MW00978829

COLLECTION
FOLIO/ACTUEL

Alexandre Zinoviev

Les confessions
d'un homme en trop

*Traduit du russe
par Galia Ackerman
et Pierre Lorrain*

Gallimard

© *Éditions Olivier Orban*, 1990.

Alexandre Zinoviev, né en 1922, est un des grands logiciens contemporains. Ses ouvrages et travaux scientifiques ont ouvert des perspectives nouvelles, notamment dans l'analyse critique des manifestations culturelles en rapport avec le langage.

Pourtant, si Alexandre Zinoviev est connu aujourd'hui d'un très large public, ce n'est pas à la science mais à la littérature qu'il le doit. *Les hauteurs béantes*, cette autopsie burlesque – autant que clinique – du totalitarisme dans son fonctionnement quotidien allait valoir à son auteur les foudres de Moscou. Déjà libéré de ses fonctions à l'université, privé de ses diplômes et exclu du parti communiste de l'U.R.S.S., Alexandre Zinoviev reçut un visa de sortie pour l'Allemagne fédérale où il avait été invité à diriger, à l'université de Munich, un séminaire de logique.

Parallèlement à son œuvre littéraire, que composent, entre autres, *Les hauteurs béantes*, *L'avenir radieux*, *Notes d'un veilleur de nuit* et *L'antichambre du paradis*, Alexandre Zinoviev poursuit avec ses essais et chroniques une œuvre de sociologue et de moraliste, à l'instar des grands écrivains russes qui, tous et toujours, ont accompagné leurs œuvres de fiction d'une réflexion d'actualité sur leur pays, leurs vues du monde ou leurs considérations sur l'histoire.

Avant-propos

En mars 1988, Olivier Orban, au nom du groupe des Presses de la Cité, me proposa d'écrire mes Mémoires. Cette occasion unique, au sens fort du terme, m'a permis de consacrer plusieurs mois au bilan de mon existence. Jamais je ne me serais lancé, de mon propre chef, dans une telle entreprise : pour trouver le temps nécessaire j'aurais dû m'arracher à mes autres occupations. De plus, je doutais, jusque-là, de l'intérêt d'un tel livre aux yeux d'un éditeur. J'ai pourtant accepté la proposition. Le résultat est l'ouvrage que vous tenez entre vos mains. Il parle du destin d'un Russe qui a accumulé dans son cœur et dans son cerveau l'histoire de la Russie postrévolutionnaire.

En un temps où je n'étais qu'un adolescent affamé et sale, en guenilles, recherché dans tout le pays par les tout-puissants « organes » de la Sécurité de l'Etat, j'écrivis un poème dicté par le désespoir :

Au Jugement dernier, nous aurons à répondre
De nos faits, de nos gestes. Il faudra les étendre
Sur de grands imprimés – époque, lieu, pays... –
Ce seront des soupirs : vingtième siècle, Russie !
A ces mots, Dieu lui-même fera une grimace :
« Encore l'énigme russe, encore cette mélasse !
Les Russes ont trop péché, il faut un châtiment.
Ils méritent amplement le pire des tourments.
Mais comment trouver pis que leur fichu pays
Auprès de la Russie, l'enfer est paradis ! »

Cinquante ans plus tard, je pourrais encore donner ce poème en épigraphe à ce livre.

Munich, décembre 1988.

CONFESSION D'UN RENÉGAT

Confession

Parmi les différentes formes de Mémoires, l'une peut être qualifiée de « confession ». L'habituelle relation chronologique de la vie de l'auteur y cède la place à l'analyse des courants qui ont ballotté son existence, ses réflexions et ses sentiments.

Une confession n'est pas une autobiographie. Elle n'a rien d'officiel et n'est pas destinée à informer. Ses pages n'entrent pas dans le détail de la vie de l'auteur. La relation n'est pas conduite comme le ferait un observateur extérieur et les détails croustillants, dont le lecteur est friand, y brillent par leur absence. Il ne faut pas voir dans ces lignes la justification d'un auteur qui chercherait à tromper ses lecteurs ou à se présenter sous son meilleur jour. Simplement, les particularités de la confession font loi et la mienne ne saurait s'y soustraire.

J'ai vécu des événements dont je ne m'ouvrirai jamais à quiconque. Certains touchent aussi à des gens que j'ai connus. J'ai promis de garder sur eux le silence absolu. Je ressens également de la douleur ou de la honte à évoquer d'autres épisodes. La peur de donner une mauvaise image de moi n'est pas la raison de mon silence. Je ne suis pas un saint et l'évocation de quelques turpitudes mineures ne changerait rien à l'impression d'ensemble. Seules des raisons de goût me les font taire. Il me semblerait indécent de les évoquer. De même, je ne mentionnerai pas d'aventure survenue dans les toilettes, ou au lit. Peut-être me trouvera-t-on vieux jeu, mais je m'en tiendrai à ce principe.

J'ai souvent vu se manifester les dispositions les plus abjectes de la nature humaine et il m'est arrivé d'en faire les frais. Nombreux sont ceux qui m'ont fait quelque mal. Très jeune, j'ai compris ce que voulait dire Lermontov dans l'un des plus beaux poèmes russes en évoquant « des amis, la calomnie empoisonnée ». Pourtant, je n'ai jamais considéré comme des ennemis personnels ceux qui, par devoir ou inclinaison, me dénonçaient, me calomniaient ou me persécutaient. Je n'ai jamais rendu la pareille quand on me portait tort. La simple idée que je pouvais vivre et agir a réussi à exaspérer, je le sais, bien des gens et à susciter en eux des sentiments tout à fait hostiles, mais je n'y attache aucune valeur morale. J'ai toujours considéré le mal que l'on pouvait me faire comme une simple caractéristique structurelle d'un système dont les individus ne sont que des instruments. A l'inverse de ceux qui personnifient les causes sociales, j'en suis arrivé à socialiser des actes qui n'étaient dictés que par des passions individuelles. Depuis ma plus tendre enfance, le système social de mon pays représente pour moi l'adversaire principal. Ceux qui en sont les vivants agents ne viennent qu'après.

Dans mes relations personnelles, je me suis toujours efforcé de donner prime à l'autre. Je ne veux donc pas me présenter ici comme la victime innocente de circonstances malencontreuses ou de la malignité humaine. Au contraire, je suis tout disposé à admettre à mon tour que je suis un phénomène négatif, une déviation apparue au sein d'un environnement social positif et normal. Je ne tire aucune vanité, mais je ne regrette pas non plus, d'avoir toujours cédé le passage à ceux qui me considéraient comme un obstacle, et choisi les voies que personne n'empruntait. De la même façon, je ne désire régler ici mes comptes avec personne. Confession signifie aveu et repentir, pas vengeance. Je passerai donc sous silence nombre de faits qui pourraient autoriser une revanche. Bien entendu, il est impossible d'éviter tout à fait ce genre d'épisodes : cela en rendrait d'autres incompréhensibles. Mais je les ai réduits au strict minimum.

Vie privée

Je n'ai jamais pensé que ma vie privée pouvait présenter un intérêt quelconque excepté pour les « organes » soviétiques et ceux qui ne me voulaient pas que du bien. Je n'en ai jamais fait étalage. Je ne me suis pas attaché à en garder tous les événements en mémoire. L'évocation m'en était douloureuse et je me suis contraint à les oublier. J'ai toujours évité d'encombrer mes souvenirs de ces petits riens personnels qui me semblaient dénués de sens, et cru préférable de réserver mes facultés intellectuelles à des matières plus nobles.

En général, ce qui se déposait dans mon cerveau ne concernait que les phénomènes sociaux environnants. Cette disposition a progressivement forgé mes goûts en littérature comme dans la vie courante. Ainsi, j'ai vite détesté le fétichisme tatillon de certains auteurs envers leur vie privée. Il m'était impossible de tomber moi-même dans ce qui m'apparaissait comme un travers impardonnable.

La mémoire humaine, on le sait, ne se conforme pas aux règles de la logique. Elle ne distribue pas les événements en catégories bien définies, d'un côté l'« essentiel » et de l'autre le « négligeable » : je me souviens toujours du numéro que je composai à toute première fois que je me servis d'un téléphone, en 1933, mais j'ai oublié celui de l'appartement moscovite où j'ai longtemps vécu. Je me rappelle le matricule du

13

fusil que j'avais à l'armée, en 1940, mais j'ai oublié les localités que j'ai fréquentées durant mes pérégrinations des années 1939-1940. J'ai toujours en tête le nom du cheval que l'on m'affecta dans mon régiment de cavalerie. En revanche, il m'a fallu plusieurs mois pour retrouver, en vue de ce livre, le nom du garçon avec qui je partageai tout, du dernier morceau de pain aux pensées les plus secrètes, et qui me dénonça à la Section spéciale du régiment. Aussi sincère que l'on puisse être, il est bien difficile de dresser à partir de sa seule mémoire un tableau objectif de toute une vie.

Pour moi, le moyen le plus sûr de parvenir à l'objectivité est l'analyse systématique du passé à la lumière du résultat final de la vie et non l'évocation fragmentaire des détails épars qui en constituent le cours.

J'ai des idées non moins arrêtées sur la manière dont il faut trier les faits privés pour les porter en place publique. Leur signification aux yeux d'autrui dépendra moins du rôle effectif qu'ils ont joué dans la vie de l'auteur que de l'état de l'opinion au moment de leur relation. Si l'auteur est d'avance sensible à l'influence de son futur lecteur, il finira par donner une vue faussée de son existence. Un exemple : je suis devenu antistalinien très tôt. Il va de soi que je n'ignorais pas, alors, certains aspects de la répression, mais je ne savais en fait que peu de choses. Ce n'est qu'après la mort de Staline que l'on a pu accéder à la pleine mesure du phénomène. Mais l'antistalinisme avait déjà perdu tout sens pour moi.

Je n'ignore pas la place que l'on accorde aujourd'hui à la Terreur dans les travaux sur l'histoire et la société soviétiques et j'aurais pu leur consacrer plusieurs dizaines de pages. Aux yeux des lecteurs, mon opposition à Staline aurait semblé avoir un fondement solide. Mais c'eût été pure falsification historique car ce n'est pas la répression qui m'a fait devenir antistalinien. Mon attitude politique m'a valu, certes, d'être persécuté, mais cela n'a rien ajouté à mes sentiments de l'époque. De plus, les persécutions dont j'ai été l'objet ne me semblaient pas foncièrement injustes.

14

En fait, les contemporains trouveraient les causes de mon antistalinisme tellement atypiques que leur évocation ne pourrait susciter qu'incrédulité et moquerie. Ainsi, peut-on sérieusement imaginer que mon nom de famille ait joué un rôle quelconque? Dans mon enfance, pourtant, mon nom de Zinoviev me valut en permanence d'être appelé « l'ennemi du peuple * » par mes petits camarades et me contraignit à occuper très tôt dans les jeux le rôle de celui qui s'oppose à la collectivité. Historiquement, des causes d'une importance phénoménale peuvent produire des effets insignifiants, tout comme des événements majeurs peuvent naître de causes sans le moindre relief.

Attitude envers les documents

Je n'ai jamais tenu de journal intime ni gardé, sauf exception indispensable, de papiers personnels. Des documents qui me concernaient ont parfois disparu. J'ai aussi été obligé d'en détruire ou d'en falsifier pour rester en vie. A plusieurs occasions, je me suis trouvé, sans l'avoir cherché, en danger de mort. Il m'est également arrivé de songer à en finir, car l'existence, devenue insupportable, ne semblait plus valoir la peine d'être vécue. J'imaginais alors le sinistre spectacle d'étrangers jetant à la décharge le fatras de papiers que j'aurais laissé derrière moi et ce tableau me retenait d'en accumuler plus que nécessaire. Les archives que j'avais fini par me constituer à Moscou avaient surtout un intérêt scientifique et littéraire. Une partie a disparu, une autre est tombée entre les mains des « organes » de la Sécurité et le reste a été si bien caché que j'ai perdu toute possibilité d'y accéder.

* Grigori Ievseïevitch Radomylski, dit Zinoviev (1883-1936), fut l'un des principaux dirigeants soviétiques après la prise du pouvoir par les bolcheviks en novembre 1917. Il aida Staline à évincer Trotski (1926). Accusé de trahison, il fut exclu du parti (1927), puis exécuté lors des purges. (Sauf mention contraire, toutes les notes sont des traducteurs.)

15

Ma vie a été ainsi faite qu'aux environs de la cinquantaine, je ne disposais toujours pas d'une table pour écrire, sans parler d'une pièce où travailler. Pour moi, le principe *omnia mecum porto* n'était pas une métaphore mais une règle de vie pratique. Mon existence m'apparaissait comme une expédition sans fin. Tout objet qui ne présentait pas une importance fondamentale me semblait un poids superflu dont je me débarrassais sans regret. Mon rapport aux papiers prenait même des formes pathologiques. Un jour, je rendis visite à un homme de ma connaissance, auteur de plusieurs articles et d'une brochure de sociologie. Il me montra des armoires entières de documentation qu'il avait mis des années à rassembler. De retour chez moi, je détruisis entièrement les matériaux réunis pour étayer ma théorie sociologique. Je regrettai cet auto-dafé dès le lendemain : il me fallut retrouver certains documents, au prix de plus grands efforts.

Pour ce livre, j'ai utilisé mes souvenirs et le contenu de mes œuvres déjà parues, conçues, elles aussi, de mémoire. En les publiant, je n'ai jamais prétendu prendre place dans la cohorte innombrable des soviétologues, politologues, sociologues et autres spécialistes des problèmes soviétiques et du communisme en général. Dans mes ouvrages, je me suis borné à rapporter à mes lecteurs l'expérience accumulée tout au long de ma vie à partir d'observations et d'études empiriques directes de la société soviétique et du communisme. C'est pour cette raison qu'il n'y a pas, dans mes écrits, la moindre trace d'« appareil scientifique », supposé témoigner de l'érudition et de la compétence de l'auteur. N'en déduisez pas que je n'éprouve que dédain pour ceux qui écrivent sur le communisme. Simplement, mes conditions de vie et de travail ne me prédisposaient pas aux recherches savantes : acquérir cet « appareil scientifique » m'était tout simplement impossible. Et je n'en ressentais pas davantage la nécessité : en Russie, je disposais en permanence d'un foisonnement de matière à observer. En général, les travaux qu'il m'arrivait de lire ne m'apportaient rien pour la compréhension de mon sujet et constituaient même une gêne car ils détournaient mon attention de mon étude.

Ce livre ne comporte pas davantage les habituelles références à des sources et documents, propres aux Mémoires. C'est là une grave carence que je n'ai pu éviter. Il m'a même été impossible de me servir de ce qui a été écrit sur moi dans la presse occidentale. Seule une partie de ces articles m'est parvenue, faute d'avoir fait l'effort de me procurer les autres : j'aurais manqué du temps nécessaire pour les utiliser. Du reste, la vision que j'ai de mes actes n'a que très exceptionnellement et partiellement coïncidé avec ce qu'en disaient mes critiques. Comme je me sens incapable de réécrire de manière plus claire et plus simple des choses que j'ai déjà dites, je n'ai jamais engagé de polémique avec eux pour me défendre : je n'aurais pu que me paraphraser ou recopier complètement mes livres.

Dans les coulisses et les profondeurs de l'histoire

Si ma vie ne se prête pas à des Mémoires conventionnels, c'est aussi parce que je n'ai jamais occupé de fonctions importantes. Dès qu'une occasion de monter dans la hiérarchie se présentait, je la refusais de moi-même. On m'a rétrogradé, parfois de la manière la plus abrupte, tant l'absence en moi du sens du commandement et mon attitude réfractaire à l'autorité étaient patentes. A l'armée, on évita de m'accorder des responsabilités trop élevées : je donnais les ordres comme un « intellectuel pourri », selon la formule de mon chef de régiment. Bien que, sous d'autres rapports, je fusse un soldat et un officier modèles, imposer ma volonté aux autres me répugnait. Incapable de punir un subordonné, il m'arrivait souvent de dissimuler des fautes et de remplir moi-même les obligations de mes subalternes. Plus tard, je n'acceptai une chaire à l'université

17

qu'à la condition expresse que mon adjoint fût chargé des besognes administratives. Et je poussai un grand soupir de soulagement quand on me libéra de mes fonctions.

Au début de la guerre, le hasard me propulsa à la tête d'un détachement de plusieurs dizaines d'hommes : j'étais le seul à ne pas avoir retiré mes insignes (j'étais sergent). Tant que ce commandement consista à résoudre un « problème d'échecs » – exécuter le mieux possible la mission de déloger des Allemands d'un dépôt de carburant et d'y mettre le feu –, je me sentis tout à fait à l'aise. Après quoi, un adroit filou prit les choses en main et je me refusai à entrer en concurrence avec lui. A l'évidence, cet individualisme ancré très tôt en moi excluait toute aspiration à vassaliser d'autres personnes.

J'ai toujours été un élève, un employé et un chercheur modèles, non par désir d'acquérir une position sociale plus élevée, mais plutôt poussé par un sentiment aigu de ma propre dignité. Sentiment qui n'avait pas que des côtés positifs : il me faisait, par exemple, m'emporter violemment lorsqu'on tentait de m'humilier ou de m'imposer des contraintes qui n'avaient rien à voir avec mes obligations de service ou qui outrepassaient le cadre des relations de travail. Ce trait de caractère était tellement visible que l'on évita de me faire monter dans la hiérarchie ou, simplement, d'améliorer ma condition.

Je n'ai jamais côtoyé de personnages historiques et les quelques rencontres que j'ai pu faire présentent un caractère purement anecdotique en raison de leur brièveté. J'entendis parler de Lénine alors qu'il n'était déjà plus de ce monde. Le nom de Staline, en revanche, me fut familier très tôt. J'allais sur mes dix-sept ans lorsque mûrit en moi le désir passionné de le rencontrer... pour lui tirer un coup de feu ou jeter une bombe sur son passage. Cette rencontre n'eut pas lieu pour des raisons purement techniques : je n'avais pas d'arme et, en aurais-je eu une, je n'aurais pu m'approcher suffisamment de lui.

18

Une fois, après la guerre, le maréchal Vorochilov serra par hasard les mains d'un groupe d'officiers qui se trouvaient sur son passage et dont je faisais partie. Il lui sembla me reconnaître et il me demanda où nous avions bien pu nous rencontrer. Je répondis que nous avions fait la guerre civile ensemble dans la 1re armée de cavalerie *. Le vieux maréchal, qui était gâteux, me félicita chaudement en me recommandant de continuer à bien servir. La plaisanterie me valut cinq jours d'arrêt.

Après ma démobilisation, j'aidais un jour mon père à peindre le bâtiment de l'hippodrome lorsqu'un autre maréchal (une spécialité chez moi!) vint nous rendre visite. C'était Boudionny qui supervisait tout ce qui touchait de près ou de loin aux chevaux. Il serra la main de tous les peintres et eut également l'impression de me connaître. Je lui dis que j'avais servi avant la guerre dans la division de cavalerie numéro tant et qu'il nous avait rendu visite. C'était l'entière vérité. Le maréchal (sénile lui aussi) me félicita et me recommanda de continuer à bien faire mon service. Il nous fit donner de la vodka. Mes confrères, non contents de s'être rincé le gosier à l'œil, allèrent en acheter d'autre. Nous nous tînmes, mon père et moi, à l'écart de la beuverie. Cela nous sauva. Au comble de l'ivresse, les peintres mirent le feu au bâtiment, qui fut réduit en cendres. Les coupables furent jugés et l'hippodrome en bois remplacé par un autre, caractéristique des délires architecturaux de l'époque stalinienne.

Au cours des années libérales de la période khrouchtchévienne, certains de mes amis, qui commençaient à réussir leur carrière, voulurent me faire entrer dans l'équipe de Souslov. Je me rendis à

___

* Le maréchal Kliment Iefremovitch Vorochilov (1881-1969) acquit sa notoriété pendant la guerre civile (1917-1921) en défendant notamment avec Staline la ville de Tsaritsyne (par la suite Stalingrad, puis Volgograd) contre les Russes blancs. Tout cela se passait, évidemment, avant la naissance d'Alexandre Zinoviev.

son bureau pour me présenter. Il me jeta un coup d'œil rapide qui signifiait clairement « Fiche le camp! ». Je le rencontrai plus tard en une autre occasion aux conséquences bien plus sérieuses pour moi. J'en parlerai plus tard.

Un soir, rue Dzerjinski, en passant devant le siège du KGB, je manquai de bousculer Iouri Andropov dont les gardes du corps avaient mal fait leur travail. Effrayé, le dirigeant se réfugia dans sa voiture. Quant à moi, on m'infligea un interrogatoire tracassier de plusieurs heures pour savoir qui j'étais et pourquoi je me trouvais à cet endroit. Après la publication des *Hauteurs béantes* et de *L'Avenir radieux*, quelqu'un de l'entourage d'Andropov me raconta que ce dernier les avait lus et relus et que seule son intervention m'avait sauvé des douze années de privation de liberté (sept ans de camp et cinq de relégation) réclamées par Souslov. Sans doute était-ce vrai, mais je ne pense pas que m'expulser de mon pays et rayer mon nom de la science et de la littérature soviétiques ait été d'une grande humanité.

J'ai rencontré Molotov à trois reprises. Après sa chute, naturellement. La première fois, je me suis trouvé à ses côtés dans une queue pour le lait au magasin d'alimentation de la rue Volkhonka, près de mon institut. La seconde, j'occupais une place non loin de lui dans la salle de lecture de la bibliothèque Lénine réservée aux professeurs d'université. La dernière fois, dans un couloir de la même bibliothèque, j'étais mêlé à d'autres lecteurs qui discutaient avec lui. La conversation me parut inintéressante et je n'y pris pas part. J'ai eu l'occasion de remarquer que les personnages déchus de leurs fonctions deviennent en général particulièrement ternes, vides et ennuyeux. En fait, ils ne le deviennent pas : ces traits font, dès le départ, partie intégrante de leur personnalité.

Telles sont mes rencontres les plus significatives avec les puissants de ce monde. Il y en eut d'autres, mais de moindre importance.

Je n'ai jamais été intime avec aucun des « rois » de la société soviétique. Je n'en éprouve d'ailleurs nul regret. Je les ai toujours méprisés et n'ai vu en eux que des sujets de satire. De toutes les personnes que j'ai eu l'occasion de rencontrer en Union soviétique, les plus intelligentes, talentueuses et morales ont ou péri, ou échoué dans leurs tentatives pour réussir dans la vie, ou encore choisi volontairement de rester aux échelons inférieurs de la hiérarchie sociale. En revanche, celles qui ont fait leur chemin ne sont que pures nullités tant sur le plan de l'intelligence que du talent ou de la morale. Je n'ai donc pas l'intention de parler des apparatchiks que j'ai pu côtoyer. Nombre de mes anciens condisciples, disciples, collègues, compagnons de bouteille et amis font maintenant partie de l'entourage de Gorbatchev. Leurs noms sont parfois cités dans la presse, mais ils n'en sont pas pour autant devenus des personnalités d'envergure qui mériteraient des chapitres entiers de Mémoires. Tous ensemble, ils ont servi de modèle à mes personnages littéraires, mais, pris séparément, aucun ne m'a jamais inspiré une seule page de description. Atomes d'un phénomène de masse, ils ne peuvent être évoqués que collectivement. J'ai eu beau multiplier les observations, je n'ai pas remarqué plus de différences significatives entre eux qu'entre les punaises qui se glissent dans les interstices d'une isba, tant il est vrai que les critères que j'utilise pour mesurer l'importance d'une personnalité ne correspondent pas à ceux qu'on emploie communément.

Il existe un ensemble de règles pratiques pour se hisser en haut de l'échelle sociale et déboucher dans l'arène de l'histoire. Cette « technique » consiste à attirer l'attention de personnalités influentes. Elle inclut l'aptitude à se forger une réputation adéquate aux yeux de ses supérieurs. Ces règles fonctionnent à tous les niveaux de la société. Elles sont claires et évidentes. Je les ai identifiées à mon tour, mais ne les ai jamais mises en pratique. A tous les niveaux, les acteurs en place ou potentiels du théâtre social ont toujours immédiate-

ment noté dans mon comportement l'absence des qualités qui pouvaient faire de moi l'un des leurs. Ils ne
pouvaient voir dans ma fréquentation qu'une menace
pour leur situation. Je comprenais à quel point nous
étions différents et m'efforçais de ne pas entraver leurs
activités. Mais nos rapports ne se fondaient pas sur la
réciprocité. Ils considéraient, eux, qu'ils avaient le
droit de s'immiscer dans mes affaires puisqu'ils en
avaient le pouvoir.

J'ai évoqué plus haut ma rencontre avec Souslov. Un
autre à ma place, dans la perspective d'avoir avec le
temps son propre petit rôle à jouer, se serait accroché
à cette opportunité d'entrer dans les allées du pouvoir,
même comme simple valet du clown historique en
chef. En moins d'une seconde, Souslov parvint à
constater que je n'étais pas de sa race.

A l'école d'aviation, j'étais un élève modèle. On me
nomma donc chef de groupe. Bien que mes obligations
fussent des plus primaires, je ne gardai mon titre
qu'une seule semaine. Les principes qui régissaient
mes relations avec autrui étaient en inadéquation
totale avec le comportement attendu d'un chef. On me
libéra donc de mes fonctions. Mon remplaçant, parfait
« lèche-cul » et authentique nullité, s'avéra parfaitement adapté à la place. Il avait tout ce qui me faisait
défaut et en particulier la crapulerie arriviste.

Dans les années soixante, un homme avec qui
j'entretenais des relations amicales depuis 1938 fut
nommé à la tête de notre institut. Il venait d'une autre
ville. Mes collègues n'ignoraient pas que nous nous
connaissions bien et l'on pensa que j'allais faire carrière. Tout le monde se mit à me traiter comme le
« favori du roi ». Mais le « roi » connaissait parfaitement la conduite à tenir quand on occupe une position
élevée. Son premier acte fut de bien laisser entendre à
son entourage qu'il n'avait rien à voir avec moi. Tant
qu'il demeura à ce poste, je n'eus pas une seule fois
l'occasion de le rencontrer en tête-à-tête. Pourtant,
nous avions habité plusieurs années dans la même maison.

Que l'on me comprenne bien : je n'en veux en aucune façon à cet homme, ni à Souslov, ni à ceux qui m'ont libéré de mes fonctions de chef de groupe. Ils ont agi selon leur nature et leurs principes. Du point de vue des intérêts propres de la société, ils ont fait ce qu'ils devaient.

Alors que j'étais déjà à l'Ouest, l'un de mes auditeurs me demanda : qu'aurais-je fait si j'étais devenu secrétaire général du Comité central du PCUS ? Je lui répondis que mon premier décret aurait été de remettre le pouvoir à celui qui m'aurait posé la question. Dans la vie, mon rôle a été tout autre : j'ai choisi de prendre les dirigeants et leur politique comme objet d'analyse critique et de satire. Il m'était évidemment impossible de devenir ce que je tournais moi-même en dérision.

Dans le fleuve de la vie, certains phénomènes viennent des profondeurs et d'autres se forment en surface. Il y a le cours caché de l'histoire et son écume. Par la force des choses, j'ai été plongé dans les profondeurs de l'histoire soviétique, ce qui est loin de garantir le côté pittoresque qui sied aux anecdotes des livres de Mémoires. Ma vie a été à ce point liée aux processus de formation de l'organisation sociale communiste que les moments décisifs de l'histoire de l'URSS me semblent relever de ma propre biographie. Ils y occupent une place plus grande que les événements de ma vie privée. Je n'ai jamais joué de rôle historique et pourtant tout ce qui m'est arrivé représente une petite parcelle d'une histoire immense et vraie, sans les travestissements et les déformations que pratiquent habituellement les clowns vaniteux qui détiennent le pouvoir.

L'essentiel dans ma vie n'est pas ce qui se voit, mais ce qui se passe à l'intérieur de moi-même : la prise de conscience du formidable processus historique qui s'accomplit encore sous mes yeux. J'ai eu beaucoup de chance. Bien que la piste où grimaçaient les grands clowns me fût interdite (je n'ai d'ailleurs jamais eu le désir réel d'y pénétrer), j'ai pu accéder presque librement aux coulisses du cirque. J'ai eu le privilège d'observer les aspects essentiels des mécanismes internes de la société soviétique à tous les niveaux de la hiérarchie. Ainsi, ma compréhension de son fonctionnement ne doit rien aux théories d'autres auteurs. Elle s'est formée à l'intérieur du drame vital de ma propre existence. Je me suis comporté comme un explorateur établissant la carte et les lois d'un nouveau phénomène historique. Puisque l'intellect a occupé la plus grande partie de ma vie, la confession m'apparaît comme le mode de narration le plus adéquat à mon propos.

Je suis mon propre Etat

Si j'ai eu quelques occasions de jouer un rôle un tant soit peu important dans la scène de l'histoire, c'est à dessein que je ne les ai pas saisies. Dès mon plus jeune âge, j'ai perçu en moi quelque chose qu'il m'est impossible de désigner précisément et qui a tenu éloignés mes jugements et mes centres d'intérêt des normes communément admises. Aux temps de mon adolescence, ce sentiment s'est concrétisé dans la formule « je suis mon propre Staline ». Avant ma démobilisation, j'eus un entretien avec le général Krassovski qui devint par la suite maréchal d'aviation. Il voulait me décider à rester dans l'armée alors que des milliers d'aviateurs plus méritants que moi la quittaient à l'époque. Il le faisait parce que j'avais été le seul de mon unité à déposer une demande de démobilisation. Il me voyait devenir colonel ou même général. Je lui dis que cela ne me suffisait pas. Très étonné, il voulut savoir ce que j'attendais. Je lui répondis que je voulais gagner ma propre bataille historique. J'ignore s'il saisit le sens de mes paroles, mais mon ordre de démobilisation fut signé sur-le-champ.

Par la suite, la formule est devenue « je suis mon propre Etat ». Cette manière de voir a eu évidemment une influence décisive sur le cours de ma vie. L'évolution de mon « Etat » intérieur (c'est-à-dire les événements de mon univers personnel) m'est devenue primordiale. Il se trouvera sans doute des psychologues qui verront une anomalie mentale dans ce tour d'esprit. Je ne les contredirai pas et me bornerai à rappeler que l'être humain se distingue des autres animaux par la déviation de certaines normes biologiques. La civilisation doit tous ses progrès aux hommes qui se sont écartés des normes communément admises. Pourtant, nous n'étudions pas l'histoire de l'humanité en recourant à des notions de médecine. Mon Etat intérieur n'était pas le fruit de mon imagination malade, ni un symptôme d'égoïsme ou d'égocentrisme. C'était un phénomène social et non psychologique : une forme de refus de la lutte à mener pour réussir socialement. Lancé dans cette voie, nul poste (même ceux de président, roi ou secrétaire général), nulle richesse et nulle gloire ne pouvaient me satisfaire.

J'ignore ce qu'il en est des autres peuples, mais nombreux sont les Russes qui se conforment à la formule « je suis mon propre Etat ». Le monde qui les entoure n'est qu'un milieu naturel qui leur apporte des moyens de survivre, tandis que l'essentiel de leur existence se déroule dans leur petit univers clos. Moi, en revanche, j'ai vécu dans un monde immense et totalement ouvert. J'ai construit la théorie de l'homme-Etat et me suis efforcé de la mettre en pratique à l'aide des derniers acquis de la civilisation.

Comme bon nombre de mes compatriotes, je suis parti de très bas. Lors de mes pérégrinations des années 1939-1940, je rêvais de m'installer dans un coin perdu comme apiculteur, garde-forestier ou chasseur. Après la guerre, devenu étudiant, le désir fugace d'abandonner la vie citadine pour une forêt ou un village perdu me traversa de temps à autre, mais j'avais déjà eu l'occasion de remarquer que la vie isolée à laquelle j'aspirais n'existait que dans les livres ou au cinéma. Dans la réalité, elle n'est possible qu'au prix d'une entière dégradation intellectuelle et morale. Pour un homme de mon genre, la mise en œuvre de son propre Etat ne pouvait s'effectuer qu'au travers d'une vie tumultueuse. C'était bien là toute la difficulté de l'entreprise. Je ne prétends pas avoir résolu le problème. En tout cas, j'ai passé toute ma vie à tenter de le faire.

Renégat de la société

En voulant respecter mes principes de vie, je suis devenu un « renégat * » dans mon propre pays. Dans les langues occidentales, ce mot n'a pas le même sens qu'en Union soviétique. Il me faut donc en définir le concept.

En URSS, un renégat est un individu isolé qui se révolte pour quelque raison contre la société qui l'entoure. On le punit soit en l'anéantissant comme personne civile, soit en le frappant d'ostracisme. En général, on ne devient pas renégat de son plein gré. On y est poussé par la société. Il arrive pourtant que, par vocation, l'on accepte volontairement ce rôle. La société lutte contre les renégats et pourtant elle a besoin d'eux. Elle les sécrète plus ou moins régulièrement pour s'en servir comme des rouages du mécanisme objectif d'autoconservation du système. Ils sont utiles en quantité restreinte et pour des périodes limitées. Le travail le plus dangereux et le plus ingrat leur incombe. Leur châtiment est une sorte de sacrifice rituel qui sert à l'édification des autres, des « normaux ».

La transformation d'un homme en renégat s'étale sur un temps plus ou moins long. Les mesures prises par la société pour empêcher les déviations suffisent à dissuader le commun des mortels. Elles s'avèrent pourtant inutiles dans certains cas exceptionnels. La

* En russe *otchtchepenets* : celui qui se met à part de la communauté, qui s'exclut de lui-même.

société met alors le récalcitrant en demeure d'afficher sa révolte et concentre sur lui son pouvoir et sa haine.

Ma maturation morale s'est faite en parallèle avec celle de l'organisation sociale du communisme. C'est au cours de ce processus que ma révolte individuelle est apparue et a mûri. Elle a eu pour conséquence de m'exiler de mon pays et de m'arracher à mon peuple. Le but de cette confession est d'expliquer la nature de ma révolte, son déroulement et son achèvement. Ma situation rappelle celle d'un chercheur en médecine qui aurait contracté une maladie inconnue et incurable : il aurait ainsi l'occasion unique d'étudier sur lui-même l'apparition et les progrès du mal.

La société a tout mis en œuvre pour me forcer à devenir un renégat. Je n'ai pourtant jamais été un jouet inerte entre ses mains. Les circonstances m'ont influencé, comme tout le monde, mais j'ai tenté dans une grande mesure d'y résister. Je me suis entêté, ma vie durant, à aller contre le courant de l'histoire. Je me suis fait moi-même conformément aux idéaux que j'avais élaborés. En ce sens, je suis un *self-made-man*. J'ai expérimenté sur ma propre personne la création d'un homme artificiel d'après le modèle que j'ai moi-même conçu. Ma confession rend compte également de cette expérimentation. Je ne prétends pas avoir mené l'expérience à son terme, mais en ma qualité de solitaire s'opposant à tout et à tous, je pense en avoir fait assez pour disposer du droit de soumettre cet ouvrage à l'attention du lecteur.

DANS UN TROU PERDU

De Pakhtino à New York

Depuis que je vis en Occident, j'ai parcouru des dizaines de fois le monde en avion. A chaque occasion, j'ai longuement examiné les cartes géographiques de bord. J'y trouvais Moscou, puis Zagorsk, Aleksandrov, Rostov, Iaroslavl, Bouï, Danilov et Galitch, villes situées sur la ligne de chemin de fer Moscou-Vladivostok. Après Galitch, la petite station d'Antropovo n'est pas mentionnée sur la carte. Tchoukhloma, localité située au bord du petit lac que l'on voit au nord de Galitch, n'est pas indiquée non plus. A peu près à mi-chemin entre Tchoukhloma et Antropovo se trouvait jadis le hameau de Pakhtino où je suis né, le 29 octobre 1922.

En fixant intensément les cartes, je parvenais à voir ce lieu avec autant de netteté que si je venais de le quitter. Je distinguais ses maisons et ses champs, ses bois et ses ruisseaux, les gens qui l'habitaient et même les vaches, les moutons et les poules. Pourtant, tout cela a disparu depuis longtemps et rien ne pourra le ressusciter. L'histoire russe a conservé peu de choses du passé. De ce point de vue, ma vie a été en totale harmonie avec elle. Presque tous les lieux où j'ai séjourné ont fini par disparaître. J'ai souvent rêvé de revenir dans les endroits que j'avais connus pour y retrouver un peu de mon passé. Lorsque j'ai tenté de le faire, les endroits n'existaient plus ou les personnes que je voulais revoir n'étaient plus là.

Avant la guerre, j'ai parcouru plus d'une fois à pied le chemin qui allait de la station d'Antropovo au hameau. Il y avait des villages, des champs cultivés, des églises. En 1946, après ma démobilisation, je fis ce trajet pour la dernière fois. Il ne restait presque plus rien. Les villages n'étaient plus que ruines, comme si la guerre venait de s'y dérouler. La forêt reprenait ses droits sur les champs et personne de ma connaissance ne croisa mon chemin.

En examinant les cartes à l'endroit où se trouvait Pakhtino, je me suis souvent étonné de rester indifférent à l'abîme qui sépare ce minuscule hameau de Russie des métropoles modernes, Paris, Londres, New York, Rio de Janeiro ou Tokyo, comme à celui entre la vieille haridelle surnommée « Cocotte » que je montais enfant, au kolkhoze, pour épandre le fumier dans les champs, et le Boeing 747 qui me portait sur un autre continent en quelques heures.

« Tu viens de quitter Munich et tu voles vers New York, me disais-je. L'avion et le service à bord sont parfaits. Il y a du vin, un film, de la musique. Dans ta jeunesse, tu n'aurais pas imaginé que l'on puisse te servir pareille nourriture et, du reste, une seule de ces portions t'aurait fait la semaine. Encore quelques heures et tu seras sur un autre continent. Tu devrais être confondu par ce miracle qu'est le progrès!

– Mais, pourquoi New York? m'objectais-je à moi-même. Que diable vais-je y faire? Regarder la statue de la Liberté qui représente à mes yeux le comble du mauvais goût? Flâner dans Manhattan? Aller à Wall Street? Je m'en bats l'œil, comme on dit. Ma visite à New York n'a pas pour objet d'étudier les us et coutumes locaux ou de m'extasier devant la beauté des " jungles de pierre ". C'est la nécessité la plus ordinaire qui la motive : j'y vais pour donner des conférences et gagner ma vie.

– Pourtant, le miracle du progrès, c'est justement qu'un Européen puisse se rendre en Amérique pour y faire des conférences et recevoir de l'argent en échange. Ensuite, tu partiras dire les mêmes choses au Chili et au Brésil. Le monde entier est à ta disposition.

– Sans doute, mais il y a le revers de la médaille. Pourquoi ne puis-je gagner ma vie là où j'habite ? Pourquoi dois-je aller à l'autre bout du monde, où je n'ai nulle envie de vivre ? De nos jours, " le monde entier " est tout petit. On y est à l'étroit.

– Mais tu ne vas quand même pas nier le progrès technique ! Les ordinateurs, par exemple...

– Ils ne rendent pas le monde plus intelligent. Le siècle dernier l'était plus que le nôtre et le suivant le sera encore moins. L'enfant qui sait utiliser un ordinateur mais ignore la table de multiplication est le symptôme d'une dégradation. Ajoutons à cela que le mystère et le sacré ont disparu. Nous nous transformons en une machine intelligente composée d'idiots au service de petits malins encore plus bêtes.

– Que faire ? Le progrès dans certains domaines s'accompagne toujours d'une régression dans d'autres. Tout se paie. Accepterais-tu aujourd'hui de te passer de tout ce que tu utilises quotidiennement ? Echangerais-tu ce Boeing contre ta Cocotte de Pakhtino ? Si ma mémoire est bonne, c'est en 1941 que tu as commencé à voler sur des avions qui étaient les précurseurs de celui-ci. De toute façon, l'avenir appartient à New York et non à ton Pakhtino qui n'existe même plus. En vieillissant, tu deviens tout simplement conservateur.

– Tu ne me vexes pas en disant cela. Quand le monde entier est rempli de partisans du progrès, le plus progressiste est celui qui proteste contre cette course effrénée qui mène à des pertes irréparables. Soit dit en passant, mon minuscule Pakhtino, rayé à jamais de la surface de la Terre, existait déjà, au dire des anciens, quand New York fut fondée. Et même si celle-ci est devenue la géante qu'on connaît, elle finira elle aussi par sombrer dans le Néant, comme mon hameau. En regard de l'Eternité, un million d'années ne représente qu'un instant. Et comparé à l'espace infini, New York n'est qu'un misérable petit point, comme Pakhtino. Je ne veux pas retourner vers le passé, mais le présent est loin de me satisfaire.

– Il y a le futur!

– Oui, mais la direction que le monde a prise m'est inacceptable. »

J'ai mené plus d'une fois des conversations de ce genre avec moi-même pendant que je volais entre deux villes, deux pays, deux continents. Mais au fond, l'idée que l'un de nous deux (moi ou le reste du monde) ait pu commettre une erreur initiale et prendre la mauvaise direction finissait par m'inquiéter. Si c'était moi, cela n'avait aucune importance. Mais si ce n'était pas moi?

Un coin perdu de Russie

La région de Kostroma, où nous vivions, était considérée comme la plus reculée de Russie. Quant à Pakhtino, c'était le hameau le plus reculé du district. En sa période la plus prospère, il n'avait pas compté plus de dix maisons. Peut-on concevoir pareille chose? Les siècles se succédaient et le hameau ne grandissait pas d'une habitation! Les gens venaient au monde, accomplissaient le cycle habituel de la vie et disparaissaient sans laisser de trace, comme s'ils n'avaient jamais existé. Habituellement, pareils hameaux sont appelés des « trous ». On peut donc dire que je suis né dans l'un des trous perdus les plus reculés de Russie.

Derrière des expressions comme « coin reculé » et « trou perdu », ceux qui ignorent la réalité des choses imaginent des gens sales et analphabètes, en guenilles et *lapti**, vivant comme des ours dans des cahutes étroites, sombres et malpropres. J'ai constaté en maintes occasions que les opinions les plus communé-

* Chaussures basses en écorce tressée.

ment admises sont bien souvent fausses en grande partie (et parfois même en totalité). Il en allait ainsi de la réputation que l'on faisait à la contrée de Tchoukhloma. En dépit d'un sol peu fertile, d'une superficie réduite et d'une agriculture quelque peu primitive et improductive, notre district était l'un des plus avancés sur le plan culturel et l'un des plus riches de Russie. Paradoxalement, c'était une conséquence de sa pauvreté : comme l'agriculture ne permettait pas de subsister, depuis des temps immémoriaux les hommes partaient travailler en ville, à Moscou, Kostroma, Iaroslavl, Ivanovo, Vologda. Ils ne devenaient pas ouvriers d'usine, préférant s'installer comme artisans : charpentiers, menuisiers, peintres, tailleurs, cordonniers. Ils se mettaient à leur compte ou constituaient des *artels* * temporaires qui pouvaient parfois réunir plusieurs dizaines d'individus. Certains de ces artisans en prenaient la tête, fondaient leur propre petite entreprise, s'enrichissaient et devenaient propriétaires en ville tout en conservant la maison qu'ils possédaient au village. Certains s'établissaient définitivement dans la cité et rendaient de temps en temps visite à leurs parents. Mais, pour la grande majorité, le séjour loin du village était seulement destiné à aider leurs familles restées sur place qui comptaient souvent entre cinq et dix enfants auxquels s'ajoutaient les vieillards. Il leur était impossible de faire venir tout le monde en ville. Aussi, quand ils prenaient de l'âge, ils rentraient définitivement. Tout ce qu'ils avaient gagné servait à améliorer leur existence : ils construisaient des maisons, achetaient des vêtements coûteux, de la vaisselle, des bijoux. Même ceux qui n'avaient pas bien réussi s'efforçaient d'en faire autant.

Avec l'argent et les biens de consommation, arrivait aussi la culture : le langage citadin, l'habillement, les parures, les livres. Les maisons villageoises imitaient

---

* Très ancienne institution russe, l'*artel* est une coopérative spontanée de travail (pêche, charroi, halage, artisanat). Plus tard, compagnies d'ouvriers.

les appartements des villes. On les peignait à l'intérieur et à l'extérieur et on les meublait à la manière citadine.

Deux exemples illustrent le niveau de culture de notre « coin perdu ». Au milieu du siècle dernier, Ioudine, un marchand de Tchoukhloma, d'origine paysanne, était l'un des plus riches de Russie. A cette époque, le mot « marchand » ne désignait pas un commerçant, mais un entrepreneur, un précurseur des capitalistes, au sens européen du terme. Il possédait plusieurs fabriques, des immeubles de rapport, des auberges et même des bateaux sur la Volga et la mer Noire. Il fonda l'un des premiers ateliers de photographie russes et un certain nombre d'écoles et d'établissements d'enseignement professionnel. Bibliophile passionné, sa bibliothèque privée, énorme pour l'époque, comptait plusieurs dizaines de milliers de volumes. C'était la plus riche de Russie. Pendant la guerre de Crimée, des pertes financières importantes le forcèrent à la vendre. Le gouvernement des Etats-Unis s'en porta acquéreur et elle constitue aujourd'hui l'un des fonds de base de la bibliothèque du Congrès.

Autre exemple : au début de la collectivisation, beaucoup d'habitants du district laissèrent leurs maisons et s'enfuirent en ville. Pendant les vacances scolaires, je quittais Moscou pour la campagne. Avec d'autres gamins, nous explorions les maisons abandonnées. Dans les greniers et les débarras, nous découvrions des revues et des livres relégués là bien avant la révolution. Et quels livres! Mes condisciples moscovites n'avaient pas la moindre idée de leur contenu alors que moi, dans mon « trou », je les avais déjà lus. Il pouvait s'agir d'œuvres de Goethe, Hugo ou Hamsun. Quant aux classiques russes, on les trouvait dans n'importe quelle maison. A l'époque, mes écrivains préférés étaient Lermontov, Hamsun et Hugo. Dans une grande mesure, ils furent à l'origine de mon penchant pour le romantisme tragique.

Les fêtes religieuses, les baptêmes, les noces étaient célébrés avec prodigalité. Les relations entre personnes étaient régies selon une certaine étiquette reproduisant la hiérarchie des familles. Toutes proportions gardées, les descriptions de la vie que menaient les marchands en ville sont, à mon avis, parfaitement applicables à notre district. J'apporterai cependant un correctif : les aspects négatifs de ce type d'existence, que la littérature classique russe illustre magnifiquement, se trouvaient dans les villes, là où les gens s'enrichissaient. Dans notre district, les éléments susceptibles d'engendrer conflits et passions sociales faisaient tout simplement défaut.

Il va de soi que le niveau de culture n'était élevé que par rapport à d'autres provinces russes. L'instruction se limitait en général à l'école paroissiale. Quant à la culture proprement dite, elle était sous l'influence directe de la capitale et ne plongeait nulle racine dans un quelconque substrat local.

Inadéquation à mon époque

Un sens moral élevé était une autre caractéristique de notre « trou ». Paradoxalement, il était la conséquence du retard historique et social et non du progrès. Les biens matériels ne s'acquéraient pas en exploitant autrui. On ne les devait qu'à son travail et ses capacités. Nous ne connaissions pas le vol. La dégradation morale n'apparut qu'avec la période soviétique. La première fois où une jeune fille « fauta » avant le mariage coïncida avec le début de la collectivisation. L'inertie de l'ancienne existence était telle que cet événement fut ressenti par tous comme la fin d'un monde. Les enfants de notre famille ont grandi dans cette atmosphère et nous ne sommes jamais parvenus à dépasser ce « primitivisme moral » (selon l'expression de mes amis). Je me suis toujours senti étranger au monde actuel et à sa licence sophistiquée. Cela m'a beaucoup fait souffrir.

Cette inadéquation à mon époque, je ne l'ai pas seu-

34

lement ressentie dans la morale quotidienne. J'ai beau avoir reçu une éducation moderne, au faîte de la culture contemporaine, je n'en suis pas moins resté, au fond de moi, un homme sorti de son « trou ». Mes aspirations aux biens matériels sont en total déphasage avec mon évolution intellectuelle et ma position sociale. Et je n'ai éprouvé ni joie ni fierté lorsqu'une certaine notoriété s'est attachée à mon nom. J'ai plutôt ressenti de l'amertume en songeant que désormais ma vie tout entière serait sujette à cette parole des Ecritures : « Vanité des vanités, et tout est vanité. »

Le labeur

La vie que nous menions dans notre « trou » était loin d'être paradisiaque. Une aisance relative ne s'obtenait qu'au prix d'un labeur acharné. On travaillait du lever du soleil au crépuscule, et parfois même la nuit, sans s'arrêter un seul instant. Tout le monde y participait, adultes, enfants, vieillards et même les malades (on considérait que quelqu'un était réellement malade lorsqu'il était incapable de se lever tout seul). Les femmes supportaient l'essentiel de ce fardeau. En plus des travaux des champs, les occupations domestiques reposaient sur leurs épaules. Elles faisaient trois ou quatre ans d'école et, à onze ou douze ans, elles commençaient à travailler comme des adultes.

En ville, les hommes vivaient dans de mauvaises conditions, seuls et en économisant sur tout. Comme mes frères et sœurs, j'ai été habitué au travail dès l'enfance. Il est si profondément enraciné en moi qu'il a toujours résumé l'essentiel de mon activité. Le labeur ne m'a jamais fatigué, au contraire de l'inaction et du repos. Si Dieu existait et qu'au jour du Jugement il me demandait ce que j'ai fait de ma vie, je ne lui dirais que ces mots : « J'ai travaillé. »

La particularité de notre district était que la terre appartenait à la communauté paysanne. Elle n'était pas la propriété de chaque paysan. On la partageait en lopins plus ou moins importants suivant la composition de la famille qui n'en avait qu'une jouissance temporaire. La terre était rare et ne permettait pas de s'enrichir. Il était exclu d'avoir un grand nombre de salariés. Un ou deux ouvriers agricoles était le maximum que l'on pouvait employer. C'étaient habituellement des femmes. En général, elles aidaient celles qui restaient au village avec les enfants. Leurs employeurs ne tiraient aucun profit de leur travail : elles leur valaient même des dépenses supplémentaires car elles étaient considérées comme des membres de la famille. Celles qu'employait ma mère devenaient pour nous de véritables parentes.

La révolution

La société russe d'avant la révolution était tiraillée entre trois forces : un système nobiliaire en voie de disparition, un capitalisme à l'état embryonnaire et une bureaucratie d'Etat. Cette dernière était à tel point prédominante dans notre « trou » que la masse de la population ne percevait presque pas les deux autres. Pour cette raison, la révolution de Février passa inaperçue. Les gens constatèrent que le tsar avait été renversé et continuèrent à vivre comme avant. L'annonce de la révolution d'Octobre fut faite par des déserteurs. Les anciennes institutions changèrent de nom, de nouvelles firent leur apparition. Il y eut de nouveaux tampons. Au sommet, de nouvelles têtes remplacèrent les anciennes, mais le pouvoir en tant que tel demeura et ses domaines de compétence furent même étendus. Les riches disparurent en abandonnant leurs biens immobiliers au nouveau pouvoir, mais, dans l'ensemble, la population continua à vivre comme s'il ne s'était rien passé de particulier. Lénine et ensuite Staline furent perçus comme de nouveaux tsars sans toutefois que le mot eût le sens féodal qu'utilisaient les

36

marxistes. Le tsar était le chef suprême et pas seulement celui des propriétaires terriens et des capitalistes.

La population du district accueillit la révolution comme une décision du pouvoir suprême qui, finalement, allait de soi. Lorsque ses conséquences se firent sentir, elles entraînèrent un certain mécontentement mais coïncidèrent surtout avec l'attirance des gens pour la vie citadine. Même si les conditions d'existence à la campagne étaient relativement décentes, il n'en demeurait pas moins que la vie se caractérisait par un travail de bagnard, des soucis et de l'anxiété. La révolution n'apporta pas d'emblée des bienfaits réels au plus grand nombre. Son véritable apport fut autrement important : elle rendit obligatoire un changement de mode de vie dans l'ensemble du pays. Si la nouvelle organisation sociale perdura, ce fut essentiellement parce qu'elle ouvrit la voie et encouragea une tendance objective de la société.

Notre groupe familial

Le destin de notre groupe familial fut symptomatique. Il me semble utile de l'évoquer car on ne rencontre guère chez d'autres auteurs le même éclairage de la révolution russe.

Les parents de ma mère, Vassili et Anastasia Smirnov, étaient des gens prospères. Ils possédaient la maison la plus riche du district et plusieurs autres à Petersbourg. Mon grand-père était l'un de ces entrepreneurs qui proliféraient dans la Russie de l'époque. J'ignore exactement en quoi consistaient ses affaires. Je sais seulement qu'il « savait tout faire » et travaillait avec ses ouvriers. La révolution lui fit perdre deux cent mille roubles d'argent liquide, ce qui n'était pas une petite somme à l'époque. Cela donne une idée de l'importance de sa fortune et montre combien les rapports économiques étaient encore primitifs. Des capitalistes de type européen existaient déjà, mais la grande masse des entrepreneurs (les capitalistes potentiels), qui auraient pu devenir le fondement de la société, se trouvaient encore au stade de l'accumulation. Ils avaient de gros revenus, mais leur argent restait dans des coffres. Ils n'investissaient pas dans l'extension et la modernisation de leur affaire, mais dans l'immobilier, les objets de valeur (vêtements, bijoux, vaisselle) et les articles d'usage courant (chevaux, traîneaux, voitures). De ce point de vue, mon grand-père était un archétype.

Les idées que Lénine professait sur le développement du capitalisme russe en se fondant sur des statistiques impressionnantes allaient cependant beaucoup trop loin. Il lui manquait d'autres chiffres, sociologiquement plus importants. Dans son argumentation, il choisissait ce qui correspondait aux *a priori* de la doctrine marxiste et ignorait ce qui n'allait pas dans son sens. Il passait sous silence ce qui favorisait une révolution socialiste réelle et exagérait ce qui se pliait à sa propre vision idéologique. Le paradoxe dialectique de l'histoire fut que l'idéologie erronée s'avéra être celle qui convenait le mieux à la révolution.

Les parents de ma mère eurent sept filles et un fils. Toutes les filles furent données en mariage à des hommes estimables qui, tradition oblige, vivaient dans le district ou en étaient originaires. L'une d'elles épousa un jeune officier de l'armée tsariste issu d'une famille aisée. Pendant la révolution, il passa aux bolcheviks et fut commissaire politique de division pendant la guerre civile. Il devint ensuite permanent du parti à un échelon intermédiaire : secrétaire d'un comité de région et membre du Comité central de l'une des républiques de l'Union. Il s'appelait Mikhaïl Maïev. Au dire des habitants du district, il serait revenu à Tchoukhloma après la révolution d'Octobre pour annoncer la constitution d'un nouveau pouvoir puis aurait quitté la région pour toujours en emmenant femme et enfants.

Alexandre Smirnov, mon oncle maternel, reçut une

solide éducation à Petersbourg et travailla à Leningrad. Avant la guerre avec l'Allemagne, il était directeur-adjoint d'un institut de recherche. Ces deux personnes faisaient la fierté de notre parentèle.

J'ai des souvenirs très vagues de mes grands-parents maternels. Ils passèrent à Leningrad l'essentiel de leur vie. A la révolution, mon grand-père perdit son capital, son affaire et ses immeubles de Petersbourg, mais il conserva sa maison à la campagne. Après sa mort, sa femme accepta qu'on en fît un centre médical. Auparavant, on avait voulu y installer le soviet du village, mais ma grand-mère avait menacé d'y mettre le feu. Sa volonté fut respectée jusqu'à la disparition du village qui coïncida avec celle d'une dizaine d'autres lors de la collectivisation. Quelque invraisemblable que cela paraisse, c'est la vérité. Tout s'explique par les particularités de la propriété foncière dont j'ai déjà parlé : des gens comme ma grand-mère n'étaient pas considérés comme des propriétaires ou des exploiteurs. De plus, l'exode rural fut très important immédiatement après la révolution et de nombreuses maisons restèrent inhabitées. Les prix de vente étaient dérisoires. Dans ces conditions, la confiscation n'avait aucun sens. En quittant le village, les gens remettaient leurs terres à la disposition de la commune, mais personne n'en voulait.

En ville, nos proches accueillirent la révolution sans manifester de sentiments particuliers quelle que fût leur place sur l'échelle sociale. A l'exception de Maïev, aucun membre de ma famille ne fut mêlé aux préparatifs ou au déclenchement de la révolution. Mais ils n'en furent pas des ennemis non plus. Ni des victimes. En ville, on ne leur fit aucun mal. Il en fut de même à la campagne.

Pendant la NEP, mon grand-père se remit à son compte. Bon artisan et excellent organisateur, il retrouva une certaine aisance matérielle. Au cours de ces années, le mode de vie de Pakhtino vola en éclats. Tout le monde le savait condamné et personne ne pensait qu'il pouvait perdurer. Mes grands-parents maternels ne thésaurisaient plus comme avant la révolution : ils dépensaient tout leur argent. Lorsqu'ils arrivaient à la campagne, ils organisaient des festins pour plusieurs dizaines de convives. Ma grand-mère se mit à faire des cadeaux à tour de bras. C'était une attitude innée dans la famille et ma mère en avait hérité (elle ne possédait pas grand-chose mais parvenait à trouver de quoi aider les plus démunis). Mes grands-parents moururent avant la guerre avec l'Allemagne. Leur fils unique ainsi que leurs filles, à l'exception de ma mère et de sa sœur, l'épouse de Maïev, périrent avec toute leur famille pendant le siège de Leningrad.

Mon grand-père maternel avait pour beau-frère l'un des « richards » de notre région. Ils avaient épousé deux sœurs. Cet homme possédait des immeubles à Moscou et un *artel* qui compta jusqu'à cent ouvriers. Comme les autres, il disposait d'une maison à la campagne. Avant la révolution, mon grand-père paternel et mon père travaillèrent comme ouvriers dans son *artel* et habitèrent chez lui. Proches parents du maître de maison, ils n'en vivaient pas moins dans un méchant réduit situé dans un sous-sol humide. Une des raisons en était que ni mon grand-père, ni mon père n'avaient l'intention de s'installer définitivement à Moscou. Cela venait aussi d'un trait qui leur était particulier : ils se comportaient dans la vie comme des originaux sans défense, incapables de s'affirmer. Seules les sauvaient leur haute qualification et leurs « mains d'or ». Notre parent par alliance eut un destin similaire à celui de mon grand-père maternel. La révolution le priva de ses biens, mais il vécut jusqu'à sa mort dans le plus bel appartement de son ancienne maison. Ses enfants firent des études et devinrent des fonctionnaires soviétiques. Pendant la guerre, j'ai rencontré par hasard un commandant qui était l'un de ses petits-fils.

L'ensemble de notre groupe familial traversa ainsi sans trop de dommages le grand tournant de l'histoire russe. Cela mérite d'autant plus d'être souligné qu'aucun membre de la famille ne se compromit par une conduite indigne pendant toute la période houleuse qui suivit la révolution. Je suis le seul à avoir risqué l'anéantissement en qualité d'« ennemi du peuple », mais pour d'autres raisons.

Les Zinoviev

Iakov Petrovitch et Prascovia Prokofievna Zinoviev, les parents de mon père, étaient considérés dans notre région à la fois comme les représentants d'une certaine aristocratie et comme des gens bizarres. Sur les origines de mon grand-père couraient toutes sortes de bruits dont il serait maintenant impossible de vérifier l'authenticité. Il y a une vingtaine d'années, l'un de mes parents découvrit des documents concernant notre généalogie. Je ne me hasarderai pas à en faire état : s'ils ont réellement existé, il doit être maintenant bien difficile de les consulter. Mon grand-père n'était pas originaire de notre région. « Il était venu dans la maison », comme on disait alors lorsqu'un homme s'installait chez sa femme. Il parlait peu de son passé et de ses ancêtres. De ces récits parcimonieux, j'ai le vague souvenir que les Zinoviev représentaient une lignée ancienne qui, pour des raisons obscures, avait décliné et sombré dans la décadence. Ses différentes branches s'étaient éparpillées dans toute la Russie. J'ai entendu mon père dire un jour que les Zinoviev étaient connus en Russie depuis plus de trois siècles.

Après son mariage et la naissance de mon père, ma grand-mère contracta un eczéma incurable de la jambe et resta invalide. Elle souffrait en permanence le martyre, mais n'accepta jamais d'être amputée. La douleur était particulièrement forte la nuit et, pendant plus de cinquante ans, elle ne connut pas une seule nuit de sommeil. Il est fort possible que sa souffrance ininterrompue ainsi que la résignation qui lui permettait de la supporter fussent en partie responsables d'un trait psychologique (et même idéologique) propre à notre famille : nous nous sentions condamnés à souffrir.

Mon grand-père Iakov était, pour autant qu'il m'en souvienne, un homme bon et rêveur. « Un être qui n'était pas de ce monde », comme on dit. Il craignait même d'élever la voix sur ma grand-mère. Il faut rendre justice à cette dernière : elle ne fit jamais mauvais usage de son pouvoir. Elle aussi était très bonne et pas le moins du monde rancunière. Mon père la dépassait en douceur. Je ne l'ai jamais entendu injurier ou offenser quiconque. Même quand mon père et mon grand-père passaient de longues périodes au village, c'était aux femmes qu'il revenait de punir les enfants (et les occasions ne manquaient pas). Curieusement, cette douceur s'alliait à une fermeté étonnante dans certaines situations. Ainsi, ils refusèrent tous deux catégoriquement d'entrer au kolkhoze. Mon père partit tout simplement à Moscou. Quant à mon grand-père, il passa le restant de ses jours au village mais ne fut jamais kolkhozien. Autre exemple : après la condamnation à mort de l'« ennemi du peuple » Zinoviev, mon père se vit proposer de changer de nom. Il refusa sans détour en donnant comme motif que les Zinoviev constituaient en Russie une lignée ancienne et que le Zinoviev en question n'avait rien à voir avec eux puisqu'il s'appelait en réalité Radomylski. Tous mes frères ont hérité de ce caractère accommodant allié à une fermeté inébranlable (poussée jusqu'à l'obstination) dans les moments importants. Mes sœurs ont, elles, l'aptitude de ma grand-mère et de ma mère à dominer leur famille.

Mon grand-père n'était pas du tout fait pour les travaux des champs, mais il avait si bien aménagé notre maison qu'on venait de très loin pour la visiter. Il excellait dans la menuiserie et la peinture. Il avait fait lui-même tous les meubles en s'inspirant de ce qu'il avait pu voir en ville. Les murs de toutes les pièces étaient revêtus de contre-plaqué peint. De Moscou, il rapportait de nombreux livres, des tableaux et, surtout, des icônes. Le père Alexandre, qui nous rendait de fréquentes visites, soutenait qu'elles auraient fait honneur à son église.

Mes grands-parents lisaient beaucoup et nous racontaient leurs lectures. Ils étaient religieux, mais sans fanatisme, d'une manière romantique qui tenait du conte de fées. Seules la foi et des prières incessantes donnèrent à ma grand-mère la force de supporter ses souffrances continuelles pendant tant d'années. Je l'ai souvent entendue converser avec Dieu et avec sa jambe. Par la suite, je me suis surpris à suivre son exemple et, lorsque j'ai élaboré mon système de vie, certains souvenirs de mon enfance me sont revenus en mémoire. Je parlais, par exemple, avec les parties malades de mon corps comme si elles avaient une existence propre. Je m'efforçais de les convaincre que leur maladie nous portait préjudice à elles et à moi. Quand j'avais des insomnies, je tuais aussi le temps en inventant des prières similaires à celles qu'avait répétées ma grand-mère toutes les nuits pendant plus de cinquante ans. J'ai donné à mes personnages littéraires bon nombre de ces traits. Ainsi, chaque nuit, ma grand-mère remerciait Dieu de lui avoir donné la vie et disait que d'autres connaissaient un destin bien pire et que la souffrance fait aussi partie de l'existence. Cette idée revient comme un leitmotiv dans les pensées du héros de mon livre *Vivre!*. Mais lui est athée et il ne parvient pas à surmonter l'épreuve. Le fait qu'il n'ait pas l'usage de ses jambes renvoie par ailleurs à la maladie de mon aïeule. L'explication que je donne de son invalidité (des expériences atomiques) est secondaire.

Ma grand-mère n'a jamais vu de chemin de fer. Enfant, mon grand-père allait à Moscou à pied. Moi, j'ai été pilote d'un avion remarquable pour l'époque et j'emprunte aujourd'hui régulièrement, comme passager, des avions qu'il aurait été difficile d'imaginer il y a seulement quelques décennies. Il y a pourtant dans notre vie des aspects intemporels qui nous mettent à égalité avec ceux qui nous ont précédés. Siècles et millénaires passeront mais toujours les hommes se ressembleront. A leur tour, ils découvriront cette vérité vieille comme le monde : le nouveau n'est rien d'autre que de l'ancien qui a été oublié. Quant aux « originaux », on pourra mettre une croix sur l'avenir de l'humanité si leur race disparaît.

Mon grand-père aimait bien boire. Ceux qui l'avaient connu jeune affirmaient qu'il était capable d'ingurgiter un litre entier de vodka sans rouler sous la table. Il était tout aussi résistant. Les ouvriers organisaient des compétitions « sportives » : monter à l'étage le plus gros sac de briques possible en le tenant avec ses dents. Malgré son apparence fluette, mon grand-père sortait souvent vainqueur de cette épreuve. Sans doute ai-je hérité de lui. Moi aussi, il m'est arrivé de boire d'énormes quantités d'alcool et de tenir encore sur mes jambes. Dans un café de Vienne, après la guerre, j'ai bu à moi seul plus que dix Autrichiens réunis. Il m'est également arrivé de gagner des compétitions alors que mes concurrents paraissaient beaucoup plus forts que moi. Cela s'est parfois produit alors que j'étais ivre. Lors des épreuves sportives de Bratislava, en 1946, j'ai été traîné, au sens propre, sur le stade pour faire une course de trois ou peut-être même cinq kilomètres et je suis arrivé premier. Mon succès peut s'expliquer, il est vrai, par l'état de mes adversaires : nous avions passé la nuit à boire ensemble.

Notre maison

Lorsque mon père se maria, mon grand-père construisit une nouvelle maison. Ses dimensions et ses commodités en faisaient l'une des plus belles de la région. La partie habitée était conçue selon le modèle des appartements urbains : cuisine séparée, une chambre à coucher pour mes parents, une autre pour mes grands-parents, une troisième pour les enfants les

44

plus âgés et une grande salle pour recevoir les invités. Celle-ci était meublée d'un vaisselier, d'une commode, d'une table autour de laquelle pouvaient tenir vingt personnes, un canapé, des chaises cannées et des fleurs. Un grand miroir, des icônes et des tableaux dont l'un représentait le tsar Alexandre II décoraient les murs. Ce tableau resta en place jusqu'au départ de toute la famille pour Moscou, en 1946, sans qu'aucun des officiels de Tchoukhloma ou de Kostroma qui nous rendaient de fréquentes visites eût jamais trouvé à redire.

La maison était entourée d'un jardin, d'un potager et d'une mare. Près de celle-ci, on avait construit un bain de vapeur avec une étuve, un poêle pour la chauffer et une pièce pour se déshabiller, ce qui était un luxe exceptionnel pour l'endroit. Derrière le potager se trouvaient la grange, le lopin destiné aux cultures fourragères pour le bétail et divers bâtiments agricoles. La maison et ses dépendances étaient installées sur des terrains de la commune villageoise. En fait, la commune ne possédait pas réellement la terre car elle ne pouvait la vendre. La révolution ne changea rien aux mentalités en ce domaine. Lorsque Staline donna la terre en « propriété perpétuelle » aux paysans, cette propagande mensongère ne créait qu'un nouvel asservissement des gens de la campagne.

Cette maison a joué un rôle dans la formation de notre psychologie. Pour nous, le village n'était pas le contraire de la ville mais plutôt une sorte de ramification. En grandissant, nous n'avons pas eu le sentiment d'être condamnés à travailler éternellement la terre. Nous aspirions à nous en détacher et à nous élever au niveau de la ville qui nous semblait supérieur à tout point de vue. La révolution et la collectivisation ne firent qu'accélérer un processus qui, sans elles, se serait étalé sur plusieurs décennies. Elles lui donnèrent aussi son caractère tragique.

45

Mon père, Alexandre Iakovlevitch Zinoviev, naquit en 1888. La maladie de ma grand-mère fit qu'il resta enfant unique. D'autres enfants auraient pu naître, mais mes grands-parents choisirent l'abstinence, ce qui peut paraître impensable à notre époque. Mon père fit trois ans d'école et, dès l'âge de douze ans, suivit les traces de mon grand-père qui l'emmena régulièrement à Moscou pour lui apprendre le métier.

J'ignore quelle fut la vie de mon père pendant la Première Guerre mondiale, la révolution et la guerre civile, car il n'en parlait jamais. Je l'ai vu photographié en uniforme de soldat et j'ai entendu dire qu'il avait été grièvement blessé ou peut-être commotionné. Les souvenirs que j'ai de lui ne me le montrent qu'au travail : le temps ne comptait pas pour lui et il ignorait fêtes et jours de repos. Une seule chose lui importait : faire vivre sa famille. C'était un ouvrier de premier ordre mais il manquait totalement d'esprit pratique. Tout le monde le dupait. Il s'habillait et se nourrissait mal. En dehors du travail, il voyait peu de gens. Le dessin au pochoir et la lecture étaient ses deux passions. Il travailla jusqu'à son dernier jour : il perdit connaissance en revenant à la maison et mourut le lendemain. Il avait soixante-seize ans.

Pour un autodidacte, il ne dessinait pas mal. Quand il revenait au village, il nous rapportait des crayons de couleur, de la peinture et du papier. Mes frères et sœurs étaient imperméables au dessin. Moi, en revanche, j'ai commencé à dessiner dès que j'ai pu tenir un crayon. Mon père voulait que je m'oriente vers la peinture. Dans sa jeunesse, malgré sa formation incomplète, il avait eu l'occasion unique d'entrer dans une école d'arts appliqués, mais il ne l'avait pas saisie. Sa famille s'y était opposée et il lui fallait gagner de l'argent pour la nouvelle maison. Pour de toutes autres raisons, j'ai également laissé tomber le dessin.

Chez nous, le chef de famille était ma mère, Appolinaria Vassilievna, née Smirnov. Elle avait vu le jour en 1891, dans le village de Likhatchevo, à quatre kilomètres de Pakhtino. C'était un grand village de belle allure, comparé au nôtre. Il se trouvait sur la rive escarpée du Tchert. Presque toutes les maisons étaient peintes et bon nombre comportaient un étage. A deux kilomètres de là, coulait la Viga, une rivière suffisamment grande pour être mentionnée sur les cartes de géographie. J'ai vu des centaines de rivières, mais j'ose soutenir qu'aucune ne l'égale en beauté, mise à part l'ancienne Volga d'avant guerre, quand digues et retenues d'eau ne l'avaient pas encore défigurée. C'est dans de tels lieux qu'il faut rechercher la vraie beauté de la nature russe.

J'ai lu plus d'une fois que la société russe reposait sur les femmes. Dans notre région, c'était encore plus vrai. Elles exécutaient les travaux les plus durs et les plus rebutants. Le rôle de la femme dans la société a imprimé sa marque sur notre caractère national. La nation russe commençait à se constituer comme une nation féminine lorsque la révolution a interrompu ce processus.

Ma mère était aussi typiquement russe que sa personnalité était exceptionnelle. Je n'affirme cela ni par piété filiale ni pour les raisons que ne manqueront pas d'imaginer les psychanalystes que je méprise. Je le dis pour rendre hommage à une femme remarquable qui n'a jamais eu l'occasion de mettre en valeur les dons que la nature lui avait accordés ni d'en faire l'apanage de la société.

Dans notre région, deux personnes étaient connues et respectées de tous bien qu'elles n'eussent point de diplômes ou de postes officiels. La première était un médecin autodidacte, Tolokonnikov. Il parvenait à soigner, par des moyens connus de lui seul, des maladies de toutes sortes et notamment le cancer. Le maréchal principal d'aviation Novikov, originaire de la région, figurait au nombre de ses patients. Atteint d'un cancer, les meilleurs spécialistes de Moscou le disaient condamné. Presque mourant, il se souvint de Tolokonnikov et se fit conduire à Tchoukhloma. Il fut remis sur pied en quelques semaines et vécut encore de nombreuses années. Il obtint la création d'une commission destinée à étudier le travail de Tolokonnikov mais, à cause des lenteurs bureaucratiques, ce dernier finit par mourir sans laisser d'écrit.

L'autre personne était ma mère. Si Tolokonnikov guérissait les maladies du corps, ma mère, elle, soignait celles de l'âme. Elle avait l'étonnante faculté d'attirer les gens à elle. En sa présence, le monde devenait plus lumineux, comme inondé de soleil, et on se sentait l'âme plus légère. Contrairement à bien d'autres femmes, elle ne se laissait jamais aller aux cris, ni aux injures. Même dans les moments d'anxiété, elle dégageait une sensation de calme et d'apaisement. Les gens venaient de très loin lui rendre visite et lui parler. Le père Alexandre, notre prêtre, qui la connaissait depuis l'enfance, disait d'elle que c'était un être de soleil à qui Dieu avait donné le don de soulager les souffrances morales.

Ma mère eut une vie éprouvante, à la limite du martyre. Elle ne pouvait compter sur son mari qu'elle ne voyait d'ailleurs que deux ou trois semaines par an et parfois moins. Elle devait s'occuper d'une belle-mère malade et d'un beau-père inapte aux travaux des champs. Ajoutez à cela une ribambelle d'enfants qu'elle devait vêtir, chausser et nourrir. L'adversité était permanente et le quotidien fait de maladies, querelles, bagarres, blessures plus ou moins graves. Les deux derniers enfants furent malades dès la naissance : mon petit frère souffrait des jambes et ma sœur des yeux. Ma mère lutta pendant plus de cinq ans pour que son fils parvienne à marcher normalement. Elle finit par vaincre la maladie et, depuis, mon frère a toujours joui d'une santé excellente (il est, du reste, devenu très sportif et a même fait son service militaire). Pareil résultat n'aurait pu être acquis sans les conseils de Tolokonnikov. Quant à ma sœur, il fallut une bonne dizaine d'années pour lui faire recouvrer la vue mais elle devint une jeune fille belle et intelligente. Elle mourut à Moscou, par suite d'une négligence criminelle à mettre sur le compte de la gratuité de la médecine soviétique.

Tout cela représente des années de nuits sans sommeil, des lustres d'anxiété pendant lesquels il fallait aussi s'occuper des autres membres de la famille, travailler au kolkhoze et sur son propre lopin de terre. J'ai compris les soucis et les affres que donnent les enfants quand ma première fille est née. Elle avait de graves problèmes de jambes et de colonne vertébrale. Il m'a fallu douze ans pour lui faire recouvrer la santé. Comme ma mère, j'y suis parvenu. Mais à quel prix ! Et pourtant, je n'avais alors qu'un enfant.

Le pire, c'était le kolkhoze. A mon avis, un an de kolkhoze dans notre région représente au moins un an de camp à régime sévère. Ma mère y a travaillé seize ans. Cette institution n'a révélé sa vraie nature que peu à peu. Quand ce fut fait, c'était trop tard. Ne restait plus qu'une seule issue : la fuite. Celle de notre famille s'est étalée sur seize ans, un instant à l'aune de l'Histoire mais une éternité pour tous ceux qui l'endurent, jour après jour. Pour ma mère, ces années furent une torture de chaque seconde. Elle travaillait plus que les autres car elle avait à charge une famille plus nombreuse. Le travail était rémunéré de façon scandaleuse, mais quelques kilos de blé supplémentaires permettaient d'éviter la catastrophe.

Elle assista à l'effondrement de l'ancien mode de vie. L'église fut fermée. Dans les villages, les principes moraux s'évanouirent les uns après les autres. Ce fut le règne de l'ivrognerie, du vol et de la fraude. Tire-au-flanc, filous et imbéciles se hissaient aux postes de commande avant d'aller rapidement moisir en prison, cédant la place à d'autres nullités de même envergure.

Ma mère se tenait à l'écart des intrigues des autorités locales, mais il était tout simplement impossible de vivre sans enfreindre les lois. Elle vivait en permanence dans la peur d'être arrêtée pour un délit mineur inventé par le nouveau régime. Ainsi, enfant, je partais ramasser des champignons en forêt à bonne distance du village et j'emportais une petite faux bien cachée pour que les voisins ne la remarquent pas! Une fois à l'abri des regards, je la fixais sur un bâton et fauchais l'herbe des clairières. La nuit, ma mère et moi la rapportions à la maison et la dissimulions. Si nos voisins nous avaient surpris, ils n'auraient pas manqué de nous dénoncer et une simple brassée de foin aurait pu nous valoir la confiscation d'une charrette entière ou même la prison. Cela faillit se produire le jour où ma mère faucha de la laîche dans un marécage pour en garnir mon matelas. Nous dûmes jeter notre récolte en présence de tous les villageois et, en guise de châtiment, ma mère se vit retirer dix jours de travail de sa rémunération au kolkhoze.

Ma mère était clairvoyante. Elle comprenait tout très rapidement et ne se berçait jamais d'illusions. Elle avait perçu ce qu'étaient vraiment les kolkhozes et prévu la ruine de la région ainsi que le cauchemar des années à venir. Mais que pouvait-elle faire? Il est facile de dispenser des conseils, dans le confort, à l'écart de l'histoire. Le seul recours des gens devant la réalité de leur existence était de fuir l'horreur du kolkhoze. C'est ce que fit ma mère en envoyant les uns après les autres ses enfants à la ville et en se préparant à partir elle-même. Plusieurs familles de notre voisinage suivirent ses conseils et quittèrent en toute hâte la campagne avant même le début de la collectivisation.

Les enfants

Ma mère eut onze enfants, le premier en 1910 et le dernier en 1935. Deux moururent en bas âge durant les années de guerre et de famine. La benjamine disparut à l'âge de vingt ans par suite d'une négligence des médecins. Son fils aîné mourut d'un cancer à cinquante-six ans. Au moment où j'écris ces lignes, nous sommes encore sept, qui n'avons eu nous-mêmes que quinze enfants, ce qui représente un peu moins de deux enfants par famille. Le nombre des enfants de nos enfants est encore plus faible. Je dois préciser aux démographes gorbatchéviens, pour qui la baisse de la natalité en Russie serait due à l'ivrognerie, qu'aucun de mes frères et sœurs ne buvaient. J'étais la seule exception, ce qui ne m'a pas empêché d'engendrer trois enfants. J'aurais pu en avoir trente. Seules des considérations d'ordre social et moral me l'ont interdit. La vodka n'y est pour rien.

Mon frère aîné, Mikhaïl (1910-1966), partit à Moscou avec mon père et mon grand-père lorsqu'il avait douze ans. Il commença par travailler avec eux, comme apprenti. Puis il suivit une école du soir tout en fréquentant l'école professionnelle d'une fabrique de meubles. Membre du Komsomol, il partit volontaire travailler pendant deux ans à la construction de Komsomolsk-sur-Amour, en Extrême-Orient soviétique. Par la suite, il suivit les cours d'une école technique du soir ce qui lui permit de devenir contremaître, puis technicien et enfin ingénieur dans une fabrique de meubles. Il se maria en 1933 et eut quatre enfants.

Pendant la guerre, il servit comme sergent puis officier subalterne et fut décoré à plusieurs reprises. La paix revenue, il fut chef d'atelier et, par la suite, directeur de fabrique. Plusieurs décorations récompensèrent son travail à l'usine. Il devint membre du parti et fut élu député, d'abord au soviet de district puis à celui de région. Un jour qu'une panne grave menaçait de se produire dans un atelier, il se rendit sur les lieux et reçut un choc violent à la poitrine. Comme cela est fréquent chez les Russes, il n'alla pas tout de suite voir un médecin et quand il se sentit mal, il était déjà trop tard. Un sarcome l'emporta. Ses funérailles rassemblèrent plusieurs centaines de personnes et l'un des orateurs dit que, en Russie, seule la mort d'un homme véritable permet de mesurer la perte que l'on a subie.

Dans le peuple, on considérait les gens de la trempe de mon frère Mikhaïl comme d'authentiques communistes et on donnait à ce terme la plus haute valeur morale. Chef d'atelier, il vivait encore avec sa femme et ses quatre enfants dans une pièce unique. Ce n'est que lorsqu'il devint directeur de fabrique qu'on lui attribua un appartement de deux pièces.

Mes deux sœurs aînées étaient aussi des femmes emblématiques des temps nouveaux. Leur instruction s'était limitée aux quatre classes de l'école du village. Elles commencèrent très tôt à travailler dans les champs. Praskovia (née en 1915) épousa à seize ans un garçon de dix-sept. Il était originaire d'un village voisin mais vivait en ville. Moyennant des pots-de-vin versés à qui de droit, ils firent falsifier leur date de naissance sur leurs papiers et partirent immédiatement s'installer à Leningrad. Il était ouvrier et sa femme est également restée ouvrière toute sa vie. Mon autre sœur, Anna (née en 1919), parvint à quitter le kolkhoze non sans peine et en graissant de nombreuses pattes. Elle travailla à Moscou, comme bonne d'enfants, femme de ménage et manœuvre dans une usine. Elle prit ensuite des cours de conduite et travailla de nombreuses années comme chauffeur. Un accident la rendit invalide et elle dut travailler comme liftière et femme de service. Elle fut décorée plusieurs fois pour ses actions pendant la défense de Moscou au début de la guerre contre l'Allemagne.

Le destin de mes plus jeunes frères est de la même veine. Nikolaï (né en 1924) arriva à Moscou en 1936 et y fit toute sa scolarité. Au début de la guerre, il commença à travailler en usine. Un retard d'une demi-heure lui valut d'être condamné à cinq ans de détention et il fut envoyé au front, dans une unité disciplinaire. Il se distingua au combat et fut blessé à plusieurs reprises. Réhabilité par la suite, il reçut de nombreuses décorations. Après la guerre, il suivit les cours d'une école technique du soir et devint un excellent spécialiste en appareils de précision. Vassili (né en 1926) fit une école d'officiers puis un institut de droit par correspondance. Envoyé en Sibérie, en Asie centrale et en Extrême-Orient soviétique, il devint colonel et juriste militaire. En 1976, il fut promu général et nommé à Moscou. Peu de temps après, au moment de la publication en Occident de mon livre *Les Hauteurs béantes*, on le somma de me condamner publiquement. Il s'y refusa et déclara même qu'il était fier de moi. Il fut renvoyé de l'armée séance tenante et contraint de quitter Moscou. Pourtant, il ne m'a jamais rien reproché et est toujours resté en contact avec moi. Comme mes autres frères, il était membre du parti et un excellent spécialiste dans son domaine. C'est un homme de bien comme on en voit peu. Quant à Alexeï (né en 1928) et Vladimir (né en 1931), ils allèrent à l'école du village, firent leur service militaire puis travaillèrent comme ouvriers tout en poursuivant des études par correspondance dans des écoles techniques et des instituts. Tous deux devinrent ingénieurs.

Aucun de mes frères et sœurs n'a ambitionné de faire carrière. Ceux d'entre nous qui ont quelque peu réussi ne le doivent qu'à leurs aptitudes et à leur travail. Mais, pour autant, notre famille ne s'est guère élevée. Le statut d'un ingénieur ne dépasse que de peu le niveau d'un ouvrier qualifié ou d'un contremaître. Avec Vassili, c'est moi qui suis monté le plus haut en devenant titulaire d'une chaire à l'université. Mais cela n'a pas duré. La progression sociale de notre famille s'inscrit dans la moyenne de l'ensemble des Soviétiques à la même époque.

Les petits-enfants

Si mes souvenirs prennent le tour d'une analyse sociologique de l'histoire soviétique, ce n'est pas tant en raison de ma passion pour la sociologie que de l'étonnante concordance de notre vie avec les lois du processus historique de l'Union soviétique. Ainsi, aucun des petits-enfants n'est devenu ouvrier, mais aucun non plus n'a dépassé le niveau du petit employé de bureau. La société est parvenue au stade de la maturité. Il est plus difficile d'accéder aux couches supérieures, et les gens déploient davantage d'efforts pour éviter que leurs enfants ne descendent aux échelons inférieurs.

Le collectivisme familial

A leur insu, ma mère et ma grand-mère avaient « découvert » les principes de pédagogie qui valurent sa gloire à Anton Makarenko : ne pas éduquer un enfant individuellement mais en qualité de membre d'un collectif de travail. Très vite, dès que nous étions capables de faire quelque chose, on nous associait au travail de la famille. Nous allions chercher du bois et de l'eau, nous sarclions et arrosions les plates-bandes de légumes, faisions sécher le foin et participions à la fenaison. La cueillette des baies et des champignons était également considérée comme un travail car elle était destinée aux besoins de la famille, dont elle couvrait une part non négligeable. Champignons et baies séchés étaient portés à des points de livraison où l'on recevait, en échange, des tissus, du savon, du sucre et autres produits introuvables dans les magasins. On arrachait et l'on faisait sécher de l'écorce de saule, utilisée dans les tanneries. On l'apportait à Tchoukhloma où on l'échangeait contre des produits « déficitaires ». On attrapait des taupes. On élevait des lapins. Bref, dès les premières années de notre existence, on nous inculquait un sentiment de responsabilité à l'égard de nos proches. Nous appartenions à un collectif.

Ce sentiment d'apporter notre contribution à la prospérité générale de la famille était plus fort que nos désirs « privés ». Ainsi, on trouvait des baies en abondance, mais, lorsque nous en ramassions, nous ne nous permettions que rarement d'en manger quelques-unes. Nous les portions à la maison et recevions alors notre part. Le partage était égal quel que fût l'apport de chacun. Un compliment était la récompense pour le meilleur résultat. Du reste, nous nous efforcions toujours de mériter les félicitations des adultes. Ainsi, nous apprenions un principe fondamental du collectivisme idéal, où les capacités de chacun sont jugées équitablement et où chacun contribue aux tâches communes. Adulte, je m'aperçus que, dans le collectivisme soviétique réel, le principe « à chacun selon son travail » était violé plus souvent qu'il n'était observé. J'ignorais alors que le respect de ce principe entraîne précisément sa violation et prenais tout cela comme une déviation.

L'une des particularités du mode de vie collectif est d'être toujours exposé au regard d'autrui. Tout le monde peut se rendre compte de qui l'on est. Dès notre plus tendre enfance, on nous habituait à produire bonne impression sur notre entourage et à gagner le respect d'autrui grâce à nos qualités propres. Mais nous étions destinés à vivre dans des collectifs différents de celui où nous avions grandi. Nous y occupâmes la place de travailleurs consciencieux, sans préoccupations carriéristes, incapables d'intrigues, de laisser-aller, de mensonge et de flagornerie. De telles qualités, conditionnées par notre éducation familiale, permettaient de vivre dignement, mais empêchaient de réussir sur le plan de la carrière et de la richesse matérielle. Je crois que si notre famille échappa à la vague des répressions staliniennes (le cas de mon frère Nikolaï et le mien sont d'un autre ordre), c'est en grande partie parce que aucun d'entre nous n'a donné dans l'arrivisme ou le vol. Nous entrions tous dans la catégorie des bons travailleurs dont le pays avait besoin et qu'il encourageait.

Il n'est pas nécessaire de lancer des entreprises grandioses pour inculquer des principes moraux élevés et de saines habitudes quotidiennes. On nous habituait à la propreté dans les choses les plus simples. On nous forçait, de façon maniaque, à nous laver les mains et les pieds. On nous coupait systématiquement les ongles et les cheveux. On faisait la guerre aux morveux et, de façon générale, à toute forme de négligence. Cela peut paraître comique ou dérisoire à ceux qui vivent dans les conditions d'hygiène moderne. Pourtant, il n'est pas si éloigné, le temps où les poux pullulaient dans les palais princiers, où les belles de la cour ne pouvaient ouvrir la bouche sous peine de montrer des dents gâtées et où les jardins royaux étaient jonchés d'excréments parce que les toilettes faisaient défaut. Dans le contexte de notre vie villageoise et de notre grande famille, la lutte pour la propreté revêtait une importance comparable à celle du prince héritier de Prusse pour faire admettre le pot de chambre dans son palais. Nous n'avions aucune idée de ce que pouvait être un drap de lit. En revanche, les matelas sur lesquels nous dormions étaient régulièrement lavés et bourrés de foin propre. La contrée tout entière savait que les Zinoviev étaient des « maniaques » de la propreté. C'est sans doute pour cela que les chefs du district et de la région, les propagandistes et d'autres visiteurs venaient volontiers dormir chez nous.

Notre apprentissage de la propreté morale ne fut pas moins rigoureux. On nous inculquait que le simple fait de penser à une mauvaise action était déjà un péché. Lorsque nous nous rendions coupables d'un acte indigne de la réputation de la famille, on nous punissait de la façon la plus dure. Le « qu'en-dira-t-on » agissait sur nous comme un coup de fouet.

Jurons et obscénités étaient résolument proscrits. Je ne me souviens pas d'un seul cas où les adultes de la famille eussent employé des mots obscènes. On considérait que la propreté du langage était un reflet de celle de l'âme. Cette idée nous imprégna totalement. Plus tard, je servis dans la cavalerie et dans l'aviation, où deux mots sur trois étaient des jurons, mais je n'en usai jamais moi-même. Après la guerre, j'ai vécu constamment dans les milieux intellectuels de Moscou, où le *mat** était de plus en plus à la mode, sans être touché par cette épidémie. Certains de mes critiques m'ont attribué, sans aucun fondement, l'usage du *mat* dans mes romans. Je l'ai décrit et raillé, mais ne m'en suis pas servi comme moyen littéraire. Je tiens cette habitude pour un signe de dégradation culturelle et morale et non de progrès.

Joyeuse pauvreté

Nous avions beau travailler avec ardeur, nous ne vivions pas dans ce que l'on peut appeler l'aisance matérielle. Quand nous ne portions pas les vieux habits de nos grands frères ou grandes sœurs, nos vêtements étaient retaillés à partir de vieilles nippes. Nous n'avions droit à des vêtements neufs qu'en des circonstances exceptionnelles ou à l'occasion de fêtes. Nous ne mangions pas à notre faim. La viande était rare et nous n'en consommions que de petites quantités. Jointe à la fatigue physique, cette sous-alimentation retarda notre croissance. Je n'ai commencé à me raser régulièrement qu'à vingt ans. La première femme que j'ai connue a été aussi ma première épouse : j'avais vingt et un ans.

En dépit de tout, notre vie était joyeuse. Nous ne nous sentions pas pauvres. Du reste, cette notion n'avait aucun sens pour nous : je ne me souviens pas d'un seul cas où nous ayons évoqué la pauvreté ou la richesse comme des catégories susceptibles d'être appliquées à notre existence.

Notre maison était toujours pleine de monde. En

* Jurons obscènes.

hiver, nous logions des tailleurs, des cordonniers, des fabricants de *valenki** qui travaillaient pour nous et pour tout le village. C'étaient de joyeux lurons qui avaient mille choses intéressantes à raconter. La maison s'animait particulièrement lorsque mon grand-père, mon père et mon frère revenaient de Moscou. Ils apportaient du sucre, des bonbons, du pain blanc, des choses de la ville, des livres d'images, des crayons de couleur, des balles de caoutchouc. La famille et les amis nous rendaient visite. Il régnait alors une atmosphère de fête.

Moi

Je suis le sixième enfant de la famille. D'après les récits de ma grand-mère, le jour de ma naissance, ma mère avait travaillé, comme d'habitude, toute la journée aux champs. Elle avait accouché dans la soirée. Trois heures plus tard, elle trayait la vache et, le lendemain, elle travaillait déjà comme si de rien n'était, ne faisant que de brefs passages pour me donner le sein. Il n'y avait là rien d'exceptionnel : les naissances étaient très nombreuses et les femmes obligées de travailler au kolkhoze.

C'était une époque de famine. J'étais très faible. Tout le monde était sûr que je ne survivrais pas. Mon grand-père prépara à l'avance un petit cercueil qui finit au grenier. Je le vis à l'âge de trois ans. Je savais que c'était mon cercueil et j'en étais très fier. J'interdisais à mes frères et sœurs d'y toucher. On le donna par la suite à des voisins dont le fils s'était noyé. Il était trop petit pour lui et il fallut lui plier les genoux. Nous en fûmes tout marris. Notre grande sœur nous taquina en prédisant que nous serions enterrés aussi les genoux pliés.

Je survécus grâce à Tolokonnikov. Il prépara une décoction de je ne sais quelles herbes que l'on me fit

---

* Bottes de feutre utilisées l'hiver.

boire pendant une année entière que je passai à pleurer sans discontinuer. Puis, un jour, je m'arrêtai soudain et ce fut à jamais. Plus rien ne pouvait m'arracher une larme. Plus tard, ma grand-mère me surprit à essayer de fumer et me donna une bonne raclée. Mais elle eut beau faire, elle ne me fit pas pleurer et finit par fondre en larmes elle-même. Cela me valut une deuxième correction de la part de ma mère : j'aurais dû ménager ma grand-mère et faire semblant de pleurer. Quant au tabac, elle me fit subir un traitement qui me dégoûta de fumer pendant vingt ans et m'empêcha par la suite de devenir un fumeur invétéré. Il me facilita aussi les choses lorsque je décidai d'arrêter définitivement. Elle roula une cigarette d'une vingtaine de centimètres de long et me força à la fumer puis à ingurgiter un bol entier de beurre. Je passai deux journées entières à vomir comme un malheureux.

D'après les adultes, j'ai commencé à parler tôt et j'avais la langue bien pendue. On me rappela longtemps l'épisode suivant : un parent éloigné que la nature avait doté de très longues oreilles vint nous rendre visite. Cette particularité produisit sur moi une si forte impression que je m'écriai que seule notre Cocotte en avait d'aussi belles. Notre malheureux parent en récolta la réputation de l'homme qui avait des oreilles aussi longues que le cheval hongre des Zinoviev. Il finit par se vexer et ne revint plus nous voir.

Très tôt, je pris conscience de moi-même. Un de mes premiers souvenirs fut d'avoir bu une gorgée de vodka dans le verre d'un invité distrait et d'avoir ensuite mimé l'ivresse. J'avais alors deux ans. J'appris très tôt à lire et à écrire en observant mes grandes sœurs. De plus, nous logions alors une institutrice qui, pour meubler ses loisirs, m'apprit la lecture, l'écriture et le calcul. Du coup, on me fit entrer directement dans la seconde classe de l'école. L'institutrice voulait même

59

me faire passer directement en troisième *, mais ma mère s'y opposa pour une raison très simple : notre école n'avait que trois classes, or ma sœur allait dans la seconde. Si j'étais entré en troisième, l'année suivante, j'aurais été obligé d'aller seul à la grande école, à huit kilomètres de notre village.

L'école

J'apprenais facilement et avec plaisir. Cette faculté d'apprendre ne m'a plus quitté jusqu'à aujourd'hui. S'il existait un métier d'éternel élève susceptible de nourrir son homme, je le choisirais sans hésiter. Lorsque l'on cesse d'apprendre, c'est qu'on entre dans l'âge de la vieillesse, et je ne puis encore me le permettre.

On manquait de papier. On nous donnait des petites feuilles découpées pour la journée. Les manuels faisaient tout autant défaut : nous devions apprendre à faire les exercices de tête et tout retenir par cœur. Je devins un virtuose. Je pouvais mémoriser d'un coup des pages entières de manuels et effectuer mentalement des multiplications à plusieurs chiffres. En quatrième, je me produisis dans les spectacles scolaires avec des performances de ce genre. Les adultes des villages environnants étaient très impressionnés par mes « tours de magie ». Par la suite, j'augmentai mes capacités grâce à des exercices spéciaux. Cette faculté m'a toujours permis de me passer d'agendas. Tout en développant cette propension à tout retenir, j'appris aussi à oublier ce dont je n'avais pas besoin.

Peu à peu, je mis au point des procédés de mémorisation qui m'évitaient de trop me charger la mémoire. J'enregistrais seulement les éléments qui me permettaient de reconstituer le tout. Devenu logicien, je reconnus dans mes procédés les règles logiques d'organisation des séries de concepts et de jugements. Cette

---

* Le décompte des classes de l'enseignement primaire et secondaire en URSS se fait de la première à la dixième qui est la classe terminale.

mémorisation logique me servit lorsque les conditions anormales de mon existence m'obligèrent à accumuler en mémoire d'énormes connaissances. Je garde encore dans ma tête de véritables réserves qui me servent pour mes romans, mes articles ou mes œuvres scientifiques. Un journaliste m'a demandé un jour, après mon départ de Russie, comment j'avais réussi à sortir mes archives du pays. Selon lui, leur volume devait être tel qu'elles auraient nécessité des caisses entières. Je lui répondis que je les gardais toutes dans ma tête, mais il ne me crut pas. J'avais pourtant dit la vérité, à ceci près que ma mémoire n'a pas enregistré des mots, des phrases ou des textes, mais la possibilité de les reconstituer selon l'objectif que je m'assigne.

Les dons

J'ai hérité de mon père la passion du dessin. Je couvrais d'esquisses tout ce qui me tombait sous la main, y compris mes livres et cahiers, ce qui ne manquait pas de m'attirer des ennuis. Je dessinais de mémoire, sans copier la nature. J'inventais. Puis j'entrepris de représenter des gens de ma connaissance. Ces « portraits » ne présentaient aucune ressemblance avec les modèles, mais tout le monde devinait immédiatement de qui il s'agissait. Je choisissais un trait particulier et dessinais ce trait plus que le personnage. Le plus souvent, c'était un trait de caractère et non une particularité physique. Détail amusant, les adultes craignaient quelque peu mes dessins. Les enfants, eux, pleuraient souvent et se plaignaient à leurs parents. Par la suite, j'appris également à saisir les traits physiques de mes modèles. Des années plus tard, un psychiatre de ma connaissance me demanda parfois de lui dessiner ses patients. Mes portraits, disait-il, l'aidaient à poser son diagnostic.

L'absence de talent joue également un rôle important dans la formation du caractère. Notre famille était dépourvue de sens musical à un point assez rare. Mon frère aîné, Mikhaïl, jouait un peu d'accordéon comme tous les jeunes gens de sa génération. Un autre de mes frères jouait de la balalaïka, mais il maîtrisait cet instrument aussi mal que Mikhaïl le sien. Ma sœur aînée était dotée d'une voix très puissante, mais totalement dépourvue de musicalité. De plus, elle n'avait aucune oreille. Il est vrai que ce n'était pas indispensable : au village, la meilleure chanteuse était celle qui criait le plus fort. En ce sens, ma sœur passait pour la meilleure du district. Lorsqu'elle entonnait des couplets, on l'entendait à des lieues à la ronde, les chevaux s'ébrouaient et les poules se réveillaient.

A cinq ans, ma marraine me rapporta un accordéon de Moscou. Pendant plusieurs jours, j'empoisonnai l'existence de ma famille par mes exercices musicaux. Par bonheur, je m'en lassai rapidement. Je m'armai de ciseaux, m'isolai et découpai l'instrument en morceaux pour en percer le secret. Mais il n'y avait rien à trouver. Ma mère ne me punit pas pour avoir détérioré un objet de valeur. Elle se contenta de me dire des paroles qui se gravèrent pour toujours dans ma mémoire : c'est avant tout dans notre propre tête que les secrets doivent être cherchés.

Mon rôle au sein du collectif

Les enfants étaient nombreux au village. Comme ils passaient de longues années ensemble, se formait un collectif enfantin plus ou moins stable qui réunissait tous les âges et tous les caractères. Chacun apparaissait déjà tel qu'il serait plus tard. Nous étions tous déterminés dans une grande mesure sur le plan social, physique et moral. Les lois universelles de la vie collective s'appliquent également aux enfants. Elles prennent même plus de relief qu'ailleurs, car les enfants ne savent pas encore faire semblant et masquer leur nature comme le font les adultes.

62

Peu à peu, on m'affubla d'un rôle qui correspondait à mes tendances naturelles. Bien sûr, nous jouions, et je jouais avec ardeur, consciencieusement, sans me lasser. Mais en même temps, je ne visais jamais le rôle de chef, j'inventais des jeux, j'entraînais d'autres enfants, mais je cédais toujours la direction formelle des opérations à ceux qui y aspiraient. Je me chargeais des tâches les plus ingrates qui exigeaient de l'adresse, de l'invention et du courage. Mais je ne cherchai jamais à commander les autres. Généralement, je devenais l'organisateur de fait au sein du groupe, mais préférais rester dans l'ombre et laisser les rôles de dirigeants à ceux qui en avaient le désir formel.

J'étais très résistant sur le plan physique. Je courais vite, montais à cheval, plongeais, grimpais aux arbres. Je ne refusais jamais la bagarre, même si mes adversaires me surpassaient en force. Je redoublais même d'acharnement si tel était le cas. Au printemps, j'étais le premier à plonger dans la rivière, la neige couvrant encore les champs. J'étais aussi le premier à affronter des endroits obscurs où nous imaginions une présence diabolique ou d'autres dangers, et le premier à me dénoncer lorsqu'il s'agissait de répondre de bêtises collectives. Cela me coûtait parfois cher, mais je ne me dérobais jamais. Aujourd'hui, loin d'en tirer fierté, je me borne à décrire le rôle qui m'était dévolu dans le collectif pour des raisons tout à fait indépendantes de ma volonté, de la même manière que m'échut, plus tard, le rôle de renégat.

J'ai toujours pris part avec ardeur aux entreprises collectives. Ma récompense sur ce plan était la conscience d'en avoir fait plus et mieux que les autres. L'ensemble du collectif le voyait et l'appréciait. Je n'attendais d'ailleurs rien d'autre que la reconnaissance de ce que je faisais et un jugement équitable. Le désir d'avoir des témoins et des juges impartiaux de ce que je suis et ce que je fais est devenu l'un des traits dominants de mon caractère. Dans *Les Hauteurs béantes*, j'ai exprimé ce désir dans la *Prière d'un athée croyant.* Le fait que, dans la réalité, le jugement porté par la société ne corresponde pas à la véritable nature de l'individu m'a toujours fait souffrir. Au début, cela me laissait perplexe. Puis j'ai compris que c'était un phénomène normal. Mais ce n'est toujours pas une consolation.

Auto-éducation

J'entrepris très tôt ma propre éducation. Bien sûr, à l'époque, ce n'était pas encore une démarche consciente comme cela le devint plus tard. Lorsque nous organisions des concours de résistance à la chatouille et à la douleur, je m'efforçais de tenir plus longtemps que les autres. Cet entraînement inhabituel me rendit par la suite plus d'une fois service. Un jour, nous pénétrâmes dans la remise où étaient conservées les réserves de crème du kolkhoze qui devaient être livrées à l'Etat et dévorâmes la production de plusieurs jours. Bien entendu, nous fûmes découverts. Nos parents durent payer une amende et l'on nous fouetta collectivement. Le président du kolkhoze en personne me corrigea à coups de brides. Il me prenait pour le meneur et mit dans ses coups toute sa conviction et, pour ainsi dire, toute son âme. Mais j'avais décidé de tenir bon à tout prix, de ne pas demander grâce et de ne pas livrer le véritable coupable. J'y parvins. J'en tirai une leçon : la douleur est toujours moins aiguë lorsque l'on a pris la ferme décision de lui résister.

A cette époque, dans les champs qui entouraient nos villages, on construisit une série de tourelles qui permettaient de prendre des mesures géodésiques. Les escaliers d'accès étaient fermés par des portes cadenassées et il était impossible d'y monter. Pourtant, sur l'un des piliers, une série de barres transversales disposées régulièrement permettait de grimper jusqu'au sommet. Je pariai de pouvoir le faire. Au milieu de l'ascension, je fus saisi de vertige, mais il était trop tard pour reculer : en bas m'observaient des gamins et des filles qui m'auraient tourné en dérision et auraient ruiné ma réputation si j'avais échoué. Il me fallut continuer l'ascension. Après cela, je pouvais grimper sans effort particulier sur toutes les tourelles du district. Je me souviens avoir réussi à vaincre ma peur en une autre occasion. J'étais en quatrième. Là encore, j'avais parié d'aller au cimetière la nuit et seul. J'avais beau déjà savoir que Dieu n'existait pas, je n'étais pas du tout rassuré. C'était même plus effrayant que de grimper sur la tourelle. Mais je réussis aussi à me dominer. Depuis, je n'ai plus jamais été vaincu par la peur et n'ai commis aucun acte sous son empire.

Avec le temps, cette auto-éducation devint parfaitement consciente : j'essayais d'imiter les modèles littéraires qui me séduisaient. Ces héros n'étaient jamais des enfants, mais des adultes qui n'appartenaient pas au monde actuel. A la longue, j'en fis un principe : ne jamais imiter personne, ne pas vouloir ce que les autres ont, si ce n'est pas un élément indispensable de l'existence.

Je ne pense nullement m'être fait meilleur que d'autres. Je ne veux faire concurrence à personne. Je constate seulement que, dans mon enfance, je m'étais déjà donné des modèles humains et que j'avais commencé à m'y conformer. Par la suite, j'abandonnai ces modèles et devins plus souverain dans mon auto-éducation : je décidai de créer un être qui n'existait ni dans la réalité ni dans la fiction.

La collectivisation

Pendant mon enfance, l'événement majeur fut la collectivisation des campagnes. Elle joua un rôle énorme dans ma formation et ma destinée ultérieure, aussi m'y arrêterai-je.

Lorsque le nombre d'individus occupés à rechercher la vérité dans un domaine donné dépasse un certain seuil, on tombe sous la loi suivante : plus nombreux sont les chercheurs, plus fortes les erreurs qui apparaissent dans le résultat de leurs recherches, les hommes étant moins occupés à chercher la vérité qu'à poursuivre des objectifs personnels sous couvert du thème général. La vérité devient alors une affaire secondaire. La collectivisation en URSS illustre parfaitement cette loi. Elle a suscité des tonnes d'écrits où il est plus difficile de trouver une parcelle de vérité qu'une perle dans un tas de fumier. Une fois émigré, je tentai d'expliquer ce que j'avais vécu et vu de mes propres yeux : on déversa contre moi les accusations les plus ineptes y compris de me faire l'avocat du stalinisme! Qu'importe que j'aie choisi à dix-sept ans la voie de l'antistalinisme et que j'aie payé pour cela! Du reste, ce fut justement une prise de position publique contre la collectivisation qui me valut d'être arrêté en 1939. On aimerait bien savoir comment les intrépides accusateurs de Staline d'aujourd'hui se seraient, eux, comportés en Union soviétique en 1939!

Notre district, je l'ai déjà souligné, avait été préparé à la collectivisation par toute son histoire antérieure. Sur ce plan, il reflétait la situation en Russie. Les paysans n'étaient nulle part propriétaires des terres. L'exploitation n'était individuelle que parce que la famille cultivait pour elle-même les terres qui lui étaient attribuées, mais elles ne pouvaient être ni vendues ni louées. La révolution liquida la grande propriété seigneuriale. La productivité du travail paysan resta extrêmement basse. Les produits de l'agriculture n'étaient commercialisés que dans des cas exceptionnels et ne constituaient en aucune façon une source régulière de revenu. Beaucoup de travaux étaient exécutés collectivement (réparation des routes, creusement d'étangs, fenaison). La collectivisation, dix ans après la révolution, ne fut donc pas pour les paysans quelque chose de totalement nouveau ou d'inattendu.

On avait commencé à parler des kolkhozes avant même les débuts réels de la collectivisation. Non loin de notre village, une commune s'était constituée, conforme aux idées des socialistes utopiques. Elle devint un objet de moqueries et fut bientôt dissoute. Toute contrainte venant d'en haut n'était donc pas forcément acceptée par les masses paysannes. Si les kolkhozes furent effectivement une contrainte, comme on l'admet généralement, c'est dans un sens particulier : c'était une forme d'organisation du volontariat. Sans quoi ils n'auraient jamais pu survivre, quelle que fût la répression. Après tout, le servage, instauré en Russie aux seizième et dix-septième siècles, avait également reposé sur une acceptation volontaire des paysans. Le problème de l'esclavage n'est pas de comprendre pourquoi on force les gens à devenir des esclaves, mais pourquoi ils se laissent asservir.

On évoquait les kolkhozes avec ironie. On plaisantait à l'idée que le village entier devrait dormir sous la même couverture et manger dans le même pot. Une vieille femme, crédule mais très rapace, se dota d'une énorme cuillère afin d'« avoir sa part » dans le pot commun. Pourtant, ces moqueries n'empêchèrent pas nos humoristes d'adhérer unanimement au kolkhoze, sans aucun écart de conduite. Seuls quelques-uns refusèrent : la vieille à l'énorme cuillère lorsqu'elle apprit qu'il n'y aurait pas de pot commun, mon grand-père et un autre villageois. Ce dernier prit ses affaires, rassembla sa famille et partit pour Leningrad, abandonnant tout bonnement son exploitation et sa maison. Il se contenta d'attacher son cheval à un poteau de la gare. De telles conduites étaient devenues possibles parce que la perte de l'exploitation ne signifiait pas nécessairement une catastrophe et que la possibilité de chercher du travail en ville la rendait moins douloureuse.

Les paysans donnèrent aux kolkhozes leurs chevaux, une partie des vaches et des moutons, leur matériel et leurs bâtiments agricoles. Ils continuèrent néanmoins à les utiliser. On supprima toutes les bornes des parcelles. Les kolkhozes reçurent des machines agricoles et des tracteurs. L'une des idées qui avait présidé à leur création était que la mécanisation était impossible dans le cadre des exploitations individuelles. En définitive, leur productivité s'avéra fort basse, mais l'Etat put se procurer une main d'œuvre bon marché grâce à l'exode rural et à l'embauche des paysans que l'on envoyait dans les villes et sur les chantiers dans les régions éloignées du pays. De plus, il put désormais pressurer à son gré les campagnes pour en extraire systématiquement et à vil prix les denrées nécessaires à l'alimentation des villes et de l'armée.

Selon une opinion bien ancrée, les kolkhozes ont été inventés par les scélérats staliniens selon des considérations purement idéologiques. Pure ineptie! L'idée n'est pas marxiste, elle n'a même rien à voir avec le marxisme classique. Loin d'être un fruit de la théorie, elle a surgi dans la vie pratique comme le produit d'un communisme bien réel, rien moins qu'imaginaire. L'idéologie ne fut qu'un moyen de justifier une évolution historique. Maintenant que l'histoire a fait son œuvre, même les dirigeants soviétiques considèrent la politique agricole stalinienne comme une erreur et lui opposent un prétendu plan léniniste (et boukharinien) de développement coopératif. J'ignore si cette attitude relève de l'idiotie ou de la malhonnêteté. Le plan de Lénine était absurde et incompréhensible. Il n'avait pas la moindre idée de ce que serait le communisme. Staline, lui, ne nourrissait plus aucune illusion léniniste. Son cynisme collait infiniment mieux à la nécessité historique. Les projets sur le papier sont une chose, les problèmes réels du pays une autre. Je prétends que la faible productivité du travail et d'autres traits tant critiqués ne sont pas des défauts spécifiques des kolkhozes mais ont pour origine le système social communiste lui-même. C'est simplement dans les campagnes que la nature réelle du communisme s'est révélée sous sa forme la plus aiguë et la plus visible. Les erreurs de Staline n'y sont pour rien. Il en a commis, mais pas plus que Khrouchtchev, Brejnev et Gorbatchev.

Tous les « charmes » de la vie kolkhozienne éclatèrent immédiatement sous une forme dure : l'anonymat, la gabegie, la dégradation morale, les crimes, la rémunération ~quasi nulle du travail et autres traits du mode de vie soviétique habituels aujourd'hui. Commença alors un exode rural comme jamais la Russie n'en avait connu. Par millions, les paysans se faisaient embaucher sur les chantiers du Nord ou de Sibérie, n'importe où, pourvu d'échapper au kolkhoze. Les conscrits ne rentraient presque jamais chez eux. Les villages se vidèrent peu à peu au point de disparaître. N'y demeuraient que les vieux et les familles qui ne savaient où fuir. Des gens venus d'ailleurs, pour l'essentiel misérables et quasi analphabètes, s'installèrent dans notre région. Toute trace de la culture ancienne disparut. L'éthylisme et les formes les plus primitives de vol régnèrent en maîtres. Presque tous les hommes restés dans la région devinrent présidents de kolkhozes ou chefs de quelque chose, sombrèrent dans la boisson ou atterrirent en prison. Lorsque je revins dans notre « trou », en 1946, je ne trouvai presque plus d'hommes. La plupart étaient morts à la guerre ou étaient en détention. Le bond en avant historique avait coûté cher à la Russie.

Mon père était enregistré comme habitant permanent de la capitale avec droit au logement dans cette ville. La question de l'entrée au kolkhoze ne se posait pas pour lui. Ma mère y adhéra pour une raison très simple : une famille comme la nôtre ne pouvait pas vivre en ville. Elle choisit donc la seule tactique possible : élever ses enfants et les envoyer peu à peu à Moscou. Elle travailla au kolkhoze pendant seize ans. Seule une femme de la campagne pouvait supporter ces années de bagne. C'est sans doute pour cela que les descriptions des camps staliniens ne m'ont pas tellement impressionné : j'avais vu et vécu quelque chose de pire.

Dès l'âge de douze ans, ma sœur Anna abattait au kolkhoze le même travail qu'un adulte. J'y travaillai également tous les étés pendant les vacances scolaires. L'été 1938, je gagnai en deux mois autant de journées-travail (c'était la forme de rémunération dans les kolkhozes) que des adultes en six. Mon salaire fut de deux *pouds* * d'avoine. Pourtant, même cette quantité modique fut une aide sérieuse pour la famille.

Avantages des kolkhozes

Il m'a suffi de faire allusion aux avantages du kolkhoze pour que mes auditeurs ou mes lecteurs, habitués à penser en termes de mal ou de bien absolus, voient immédiatement dans mes propos une apologie du stalinisme. Or la réalité comporte bien des facettes contradictoires qu'on ne saurait réduire à une formule unique. Elle implique une multitude d'individus qui ont des intérêts et des attitudes différents à l'égard de l'évolution générale. La vie kolkhozienne n'avait pas que des défauts. Elle présentait des avantages indéniables mais relatifs et provisoires. Les kolkhoziens n'avaient plus à se soucier de leur exploitation. Autrefois, ils ne dormaient pas la nuit, tant ils craignaient que la récolte ne fût perdue au gré des intempéries. A présent, ils se fichaient comme d'une guigne du temps et de la récolte. Ils étaient même contents quand il faisait mauvais. S'il pleuvait, ils laissaient tout tomber, se réfugiaient dans un hangar et plaisantaient pendant des heures. Les gens devinrent d'une indifférence totale aux affaires du kolkhoze. Tous leurs efforts se concentraient sur l'enclos privé dont ils pouvaient user individuellement. Beaucoup d'entre eux acceptèrent des postes de responsabilité. Malgré les risques, cela facilitait la vie. On avait beau les envoyer régulièrement en prison, le flot de candidats ne tarissait pas. On vit apparaître des fonctions qui permettaient de voler impunément les biens du kolkhoze. Les jeunes gens purent viser les métiers de conducteur de tracteur, de mécani-

* Un *poud* = 16,38 kg.

cien, de chef de brigade. Il y eut également des emplois « intellectuels » dans les clubs, les antennes médicales, les écoles, les stations de machines et tracteurs (MTS). Pour beaucoup, le travail en commun devint une forme de vie sociale, une distraction en elle-même. Les assemblées, les réunions, les causeries, les conférences de propagande et autres nouveautés qui ponctuaient la vie du kolkhoze rendaient l'existence plus intéressante qu'autrefois. En dépit de son caractère indigent et formel, cette vie sociale joua un rôle immense en raison du faible niveau culturel de la grande masse de la population. Evidemment, tout ceci perdit de son sens à mesure que les villages se vidaient. Mais là où se concentrait la population rurale restante, le phénomène garda sa pleine signification.

L'attitude des gens à l'égard des kolkhozes

Pour bien saisir le fond des choses, il faut se mettre à la place de ceux qui ont été mêlés à l'évolution historique de l'URSS : appliquer des critères moraux extérieurs, c'est se condamner à ne rien comprendre. Lors de mes retours au village, et aussi bien plus tard, je demandais souvent à ma mère et à d'autres kolkhoziens s'ils auraient accepté de reprendre une exploitation individuelle au cas où cette possibilité leur aurait été offerte. Tous me répondirent par un refus catégorique. La vieille société s'était effondrée sans retour possible. Le bon sens des petites gens leur faisait comprendre qu'un retour au passé était impossible. Les kolkhozes leur semblaient sinon des ponts vers le futur, du moins une force coercitive qui les y poussait. Les masses prirent conscience qu'une amélioration des conditions de vie ne pourrait se faire que sur la base de la rupture qui s'était produite. Seuls des « savants » très instruits, sans la moindre idée des réalités de la vie, peuvent continuer à ratiociner sur « ce qui se serait passé si ça ne s'était pas passé comme ça s'est passé ».

L'attitude des gens à l'égard de la collectivisation est intéressante à d'autres titres. Le collectivisme traditionnel de leur vie avait rendu les gens incapables de formes collectives de protestation. Ils réagissaient aux coups du sort en tant qu'individus, en cherchant passivement à s'en tirer. Ils fuyaient la lutte sociale et s'arrangeaient comme ils pouvaient dans leur coin. Ils prenaient les événements comme une fatalité ou une catastrophe naturelle, ne songeant qu'à une chose : survivre. Leur problème n'était pas de choisir la meilleure forme d'existence, car ils n'avaient pas le choix, mais de survivre quelle que fût la forme imposée par les circonstances.

Il n'y eut aucune protestation. Je ne me rappelle qu'un seul cas qui puisse s'apparenter de loin à de la contestation. L'arrêt des autorités suprêmes transmettait la terre « en propriété perpétuelle aux kolkhozes ». Une femme, mère de cinq enfants, déclara qu'il eût mieux valu donner aux gens ce qui poussait sur la terre. On l'arrêta pour « propagande antisoviétique ». Personne ne protesta.

A l'ère gorbatchévienne, des idéologues « progressistes », toujours prêts à justifier les sottises et les crapuleries des autorités, ont avancé l'idée « toute neuve » d'associer les employés à la propriété des entreprises remises aux collectifs de travailleurs. Selon eux, cette réforme contribuerait à élever l'efficacité économique des entreprises. Mais ce faisant, ils ont oublié que cette mesure a été essayée à la campagne avec les brillants résultats qu'on connaît. Les promesses de la collectivisation n'étaient que le masque d'une exploitation féroce. L'une des tentations et des avantages offerts par le communisme réel est qu'il affranchit les gens de tout souci et de toute responsabilité liés à la propriété. Transférer la propriété des moyens de production aux collectifs n'est qu'une nouvelle forme mensongère d'asservissement.

Au cours des années 1920, la foi et l'agnosticisme faisaient bon ménage dans notre région, autant entre les individus que dans l'esprit de chacun. Les croyants étaient tolérants à l'égard de la propagande athée. De la même manière, les agnostiques étaient tolérants envers les croyants. Mes grands-parents et ma mère étaient pratiquants. Mon père était athée depuis sa jeunesse. Ma grand-mère maternelle était croyante, mais pas son mari. Nous avions parfois pour convives le prêtre et des membres du parti, côte à côte. L'isba tout entière était couverte d'icônes. Parfois, on plaçait les représentants du pouvoir à la place d'honneur, sous l'icône principale. Les églises furent fermées avec la collectivisation, au début des années trente. La population réagit avec indifférence. Les villages se vidaient, les croyants se faisaient plus rares et l'Eglise perdait ses soutiens. Notre prêtre vécut pendant quelque temps comme un citoyen ordinaire. J'ignore ce qu'il est devenu.

La population de notre district baignait dans la religiosité, mais de manière superficielle, sans fanatisme. Dans ma famille, on nous inculqua les convictions religieuses sous forme de principes moraux plus que comme une conception du monde. Même ma grand-mère ne croyait pas que Dieu eût créé Adam avec de l'argile et Eve avec la côte d'Adam. Dieu était le juge suprême du comportement humain, un juge omniscient et juste. Ma grand-mère et ma mère ne songeaient nullement à concurrencer l'instruction et l'idéologie dispensées par les autorités et l'école. Elles avaient assez de bon sens pour comprendre qu'une opposition à l'athéisme dominant aurait mis les enfants en difficulté.

La conviction que Dieu n'existait pas pénétrait également dans le monde des enfants. Les croyants adultes ne punissaient pas les petits mécréants. La foi devenait de plus en plus instable alors que l'agnosticisme se renforçait. En quatrième, nous subîmes pour la première fois un examen médical. Je portais une croix sur moi. Comme je ne voulais pas qu'on la voie, je l'ôtai et la dissimulai dans un endroit quelconque. C'est ainsi que je devins athée. Ma sœur le rapporta à ma mère qui me tint les propos suivants :

« Que Dieu existe ou non, commença-t-elle, ce n'est pas très important pour un croyant. On peut être croyant sans qu'il y ait des églises et des popes. En enlevant ta croix, tu ne t'es pas débarrassé de la foi. La foi véritable, c'est quand on commence à penser et à agir comme s'il existait Quelqu'un qui puisse lire toutes tes pensées, voir tous tes actes et en estimer leur prix réel. Ce témoin absolu de ton existence et ce juge suprême de tout ce qui dépend de toi doit se trouver en toi-même. Or Il se trouve en toi, je le vois. Crois en Lui, prie-Le, remercie-Le pour chaque instant de ta vie, demande-Lui de te donner des forces pour vaincre tes difficultés. Efforce-toi de conserver ta dignité à Ses yeux. »

J'ai assimilé cette morale maternelle et j'ai toujours vécu comme si Dieu existait vraiment. Devenu un athée croyant, j'ai survécu en grande partie parce que j'ai fermement respecté tous ces principes. Le grand poète russe Essenine a écrit : « J'ai honte d'avoir cru en Dieu, je regrette de ne plus croire en Lui. » Il a su exprimer là les états d'âme douloureux et complexes des habitants des campagnes russes après la révolution. Je suis né trois ans avant la mort de Sergueï Essenine, mais j'ai connu cette complexité et cette douleur. Ma position était même pire : en renonçant à la religion qui m'avait été historiquement donnée, j'ai été contraint d'inventer une religion nouvelle. J'ai consacré beaucoup de pages à ce thème, surtout dans *L'Antichambre du paradis*, *Va au Golgotha* et l'*Evangile pour Ivan*. Combinant en moi la foi et l'agnosticisme, je suis donc devenu un athée croyant.

Les principes religieux et moraux que m'avait inculqués ma mère étaient formulés sous une forme

74

très fruste, mais se situaient à un niveau intellectuel très élevé. En voici quelques exemples : « Même un petit mal est un mal, nous disait-elle toujours. Même un petit bien est un bien. Prie Dieu pour qu'Il te donne la force de vaincre les difficultés, non pour qu'Il t'en débarrasse. Remercie-Le pour ce que tu as et pour le pire que tu as évité. Ne te sers pas du travail d'autrui, mais efforce-toi d'obtenir ce que tu veux grâce à ton propre travail et à tes propres capacités. Ne sois pas à la première place lorsqu'on partage des biens ou des récompenses, mais prends ce qui restera après tout le monde. Ne te décharge pas sur les autres de ce que tu peux faire seul. N'accuse pas les autres ou les circonstances. La meilleure récompense de tes actes sera la pureté de ta conscience. »

En dépit de mon agnosticisme, les problèmes de la religion demeurèrent importants pour moi pendant toute la période qui suivit. Il ne s'agissait évidemment pas de foi naïve dans les fables bibliques, mais je cherchais à préserver mon autonomie morale alors qu'autour de moi s'effondraient les fondements de la morale antérieure. Je me trouvais dans une situation comparable à celle des premiers chrétiens, sauf qu'à la différence de ces derniers, je devais être moi-même... mon propre Dieu et mon propre Christ. Contrairement aux apparences, ce n'était pas de la mégalomanie de ma part, mais la réponse à une nécessité toute prosaïque. Si ma route avait croisé celle d'un Christ du vingtième siècle, répondant à ma mentalité, à mes goûts et à mes aspirations, je serais devenu son disciple et son adepte inconditionnel. Mais je n'ai jamais rencontré un tel être.

L'évolution du village

Je terminai l'école primaire en 1933. La majorité de mes condisciples s'arrêtèrent là. Les autres poursuivirent leur formation à l'école du bourg où était situé le soviet local. Elle ne comptait que sept classes mais servait de passerelle vers les écoles techniques de la région qui formaient des vétérinaires, des agronomes, des mécaniciens, des conducteurs de tracteurs, des comptables et autres spécialistes dont avait besoin la nouvelle « agriculture ». A Tchoukhloma, il y avait une école secondaire de dix classes à l'issue de laquelle les meilleures perspectives s'offraient aux élèves. Tous ces établissements et ces professions étaient les éléments d'une révolution culturelle sans précédent. La collectivisation avait contribué directement à ce bouleversement. Outre ces spécialistes locaux relativement formés, les villages virent, en effet, affluer des techniciens venant des villes, dotés d'une formation secondaire ou même supérieure. La structure de la population rurale se rapprocha de celle de la société urbaine. On vit apparaître une nouvelle hiérarchie des positions sociales et un nouveau partage des fonctions. De même que la notion de « classe ouvrière » perdait son sens dans les villes, celle de « paysannerie » le perdait dans les campagnes. Je fus témoin de cette évolution dès mon enfance. Ma famille en parlait constamment, tout comme notre entourage. Cette transformation extrêmement rapide de la société rurale fournit au nouveau système un soutien colossal dans de larges masses de la population. Et cela malgré toutes les horreurs de la collectivisation et de l'industrialisation.

Un nouveau Lomonossov

Ma mère aurait souhaité que l'un de ses fils restât au village et lui fût un soutien. Un de nos parents devint vétérinaire. Il gagnait bien sa vie, on le respectait. Ah, si je devenais vétérinaire ou agronome, quelle aide ce serait pour la famille! Mais Moscou l'emporta. L'instituteur insistait pour qu'on m'envoyât dans la capitale. Il estimait que j'étais le meilleur élève de toute sa carrière. Il assurait ma mère que j'étais un nouveau Lomonossov *. Notre prêtre disait la même chose. Il me pardonna mon péché (la croix que j'avais retirée) et dit à ma mère qu'il y avait en moi « une étincelle divine » que nul athéisme ne pourrait éteindre. Le cœur serré, ma mère se résigna à m'envoyer à Moscou, comme si elle savait ce qui m'y attendait.

Pendant toute la nuit qui précéda mon départ, ma mère pleura et pria. Moi non plus, je ne dormis pas. Je souffrais de cette séparation tout en me prenant à rêver d'un Moscou de légende. A la maison, Moscou se trouvait souvent au centre des conversations. Grand-père Iakov parlait fréquemment de la capitale. Nous l'écoutions bouche bée comme si c'était un conte. Des enfants, et même des adultes du village venaient l'écouter. D'ordinaire, cela se passait pendant les veillées d'hiver, quand les gens disposaient de quelque loisir. Mon père aussi racontait des histoires, mais moins que grand-père. Du reste, il venait rarement au village. Nous avions chez nous, également, des piles de vieux magazines illustrés de vues de Moscou. Je me souviens en particulier de fabriques moscovites. C'étaient sans doute des brochures publicitaires. Mais c'est en grande partie sous leur influence que s'est formée mon image de la capitale. Je les regardais constamment. Avant la révolution, les usines étaient en briques rouges et ressemblaient vaguement à des forteresses et des châteaux forts médiévaux. J'imaginais Moscou comme un immense conglomérat de bâtiments rouges et ce tableau est encore présent dans mon imagination littéraire.

Ma famille se réveilla dès l'aube. Suivant une coutume russe très ancienne, nous restâmes assis en silence les quelques minutes avant mon départ. Puis je quittai la maison en compagnie d'inconnus. Ce n'était pas un simple voyage vers des contrées étrangères,

* Mikhaïl Lomonossov (1711-1765) : écrivain et savant, auteur d'une *Grammaire russe*, fondateur de l'Université de Moscou. Issu d'une famille de pêcheurs, il est devenu le symbole de la réussite des enfants d'humble origine.

77

mais un véritable passage à une autre dimension de l'être. Et ce n'était pas non plus le simple transfert d'un jeune villageois vers la vie citadine (de tels transferts n'étaient pas nouveaux dans notre région). C'était le début d'un véritable bond qui me conduirait sans transition des tréfonds de la vie nationale traditionnelle aux sommets de l'évolution de l'humanité. Un saut du passé vers le futur.

Qu'on n'y lise point une réinterprétation actuelle d'un événement passé : nous percevions tous alors je ne sais quel sens symbolique et même mystique dans ce qui se passait. Le pressentiment d'une grande rupture avait été préparé par de longues années d'histoire.

En ce siècle, des millions et des millions d'individus relégués à l'échelon inférieur du progrès social ont été et sont toujours contraints de s'adapter à la civilisation moderne. Mais mon cas personnel recelait quelque chose d'absent des destinées de ces millions de gens. La Russie frayait la voie de l'avenir et j'étais, avec d'autres, appelé à tirer les lois de cette création historique. Nous étions les explorateurs, les Christophe Colomb de ces nouvelles voies que recherchait l'humanité. En Occident, on déploie des efforts titanesques pour ignorer, minimiser, déformer cette création historique des Russes, tant il est inconcevable que pareils porteurs de *lapti* fassent des découvertes historiques! Et pourtant, il en fut ainsi, qu'on le veuille ou non.

Plus tard, dans un livre d'Eugène Sue, je fus frappé par une idée qui est répétée à plusieurs reprises. Elle tient en un seul mot : « Va! » Je me souviens de mon départ du village. Ma mère m'accompagna jusqu'à la route et me dit un seul mot d'adieu : « Va! »

DANS LA CAPITALE DE L'HISTOIRE

Prétention historique

Moscou, capitale de l'histoire? Le lecteur sera certainement étonné, voire indigné par une telle affirmation. Washington, Londres, Paris, Rome, à la rigueur New York, passe encore. Mais Moscou? Avec ses magasins vides! Sans libertés démocratiques! Les persécutions des homosexuels! L'interdiction des partis d'opposition! Le Haut-Karabakh qu'on refuse aux Arméniens! Une capitale, ça? Un trou de province en regard de l'Occident!

Sans doute est-il possible de raisonner ainsi. Mais on peut également voir les choses d'une autre façon. Au début de 1979, j'ai écrit un article sur Moscou. En voici le contenu, sans l'émotion que je ressentais alors et que je n'éprouve plus : Moscou, c'est le provincialisme agressif, la médiocrité déchaînée, l'ennui abrutissant, la grisaille qui absorbe toutes les autres couleurs. Tout cela se rapporte au mode de vie de l'ensemble des Moscovites et non seulement à l'aspect extérieur de la ville. Des immeubles gris et lugubres. Pratiquement aucune histoire perceptible : elle a été effacée et falsifiée. Des cantines et des cafés à vomir, où il faut, en outre, faire la queue pour avoir droit à la saleté et à la grossièreté des serveuses. Des magasins misérables. Des files d'attente de plusieurs heures. Des foules de femmes

79

ahuries armées de cabas, ne sachant où donner de la tête pour acheter quelque chose à manger. Pas moyen de trouver où se poser, même pour s'asseoir. Des appartements exigus. Encore s'estime-t-on heureux qu'ils aient été construits : auparavant on logeait dans des appartements communautaires qu'un Occidental aurait du mal à concevoir. Moscou est si grise et lugubre qu'elle en devient intéressante. Mais d'un intérêt particulier, purement négatif, corrosif, qui annihile toute velléité d'action. L'absence de tout ce qui fait de l'homme un individu atteint ici des proportions monstrueuses et devient un trait positif et palpable. Ici, le « non » se mue en un « oui » fondamental. La médiocrité n'y est pas simplement une absence de talent, mais un talent effronté qui consiste à étouffer le talent véritable. De même, la bêtise n'y est pas un défaut d'intelligence, mais une intelligence particulière qui remplace et chasse la véritable intelligence. Cynisme, haine, bassesse et oppression pénètrent toutes les sphères de la vie et forment le fonds psychologique commun des Moscovites.

Moscou a été conçue comme la vitrine de la nouvelle société communiste, avec ses colonnes, ses frontons et autres fioritures qui passèrent, dans la période poststalinienne, pour des fantaisies architecturales inutiles. L'image de Petersbourg, capitale répudiée, dominait l'inconscient des maîtres de la nouvelle capitale. On rasa systématiquement l'ancienne Moscou, la ville russe. Les églises furent démolies sans pitié. On redressa les ruelles tortueuses. On canalisa les ruisseaux dans des conduites souterraines. On nivela les buttes. La nouvelle Moscou, conçue comme une surface plane idéale, a été bâtie de telle façon qu'on pourrait aujourd'hui douter de la santé mentale de ses architectes. On repoussa le projet de Le Corbusier, qui proposait de construire la ville nouvelle dans la zone du Sud-Ouest et de conserver à la ville ancienne son aspect historique. Après la guerre, on finit par en reprendre l'idée, mais selon les goûts architecturaux des académiciens et des hauts fonctionnaires du parti.

Moscou, c'est plusieurs millions d'habitants. Des centaines de milliers sont des fonctionnaires florissants du parti et de l'Etat, des ministres, des généraux, des académiciens, des directeurs, des acteurs, des peintres, des écrivains, des sportifs, des popes, des spéculateurs, des escrocs... Tous les ans, des milliers d'émigrants venus de toutes les régions du pays se fondent dans la ville malgré les interdits censés s'y opposer. Les magasins de Moscou sont misérables, mais, en moyenne, les Moscovites sont habillés presque aussi bien que les habitants des villes occidentales. Les magasins d'alimentation sont vides, mais les couches privilégiées disposent de tout. On peut voir à Moscou n'importe quel film occidental, se procurer n'importe quel livre occidental, écouter n'importe quelle musique occidentale. Moscou offre mille possibilités de vivre mieux et faire carrière. Pour cela, les moyens sont innombrables. Le ravitaillement y est mieux assuré que dans les autres villes. Il existe aussi des activités qu'on ne trouve pas ailleurs. L'Occident y est plus proche, la culture plus présente, les conversations plus libres. On peut y faire ce qui n'est pas permis dans le reste du pays. Pour la grande masse de la population soviétique, Moscou est presque l'Occident.

Mais qui a droit à ces avantages et à quel prix? Pour y accéder, il faut se former et se comporter de telle façon que tout l'intérêt et l'éclat apparents de cette existence s'avèrent illusoires. Peu à peu, ils se ternissent, laissent la place à la grisaille, à la platitude, à l'ennui, à la médiocrité. Le matériau humain qui mène théoriquement la belle vie à Moscou est sélectionné et éduqué selon les lois du mode communiste. On ne saurait dès lors parler de « belle vie » que dans un sens primaire ou satirique. La belle vie moscovite s'obtient le plus souvent au prix d'une dégradation morale et de l'adoption d'un mode de vie maffieux. S'arracher par tous les moyens à l'indigence quotidienne et se tailler quelques avantages sur les autres, tel est le fondement de la psychologie sociale à Moscou.

Il existe toutes sortes de capitales. J'applique ce terme à Moscou dans un sens sociologique : c'est la source de l'évolution historique, un lieu dont l'influence se fait sentir dans le monde entier. En ce sens, Moscou est devenue une capitale de l'histoire universelle, la base, le centre, l'âme et le cœur d'une inclination fatale de l'humanité : celle d'une attaque communiste totale contre le monde entier. Je n'écris pas ces mots avec l'orgueil d'un Russe, mais avec l'angoisse d'un citoyen du monde inquiet pour l'avenir.

Quand j'arrivai pour la première fois à Moscou, dans les années trente, on était encore loin de tout cela, mais la prétention de Moscou à jouer un rôle futur se sentait déjà. On nous inculquait l'idée que Moscou allait devenir un phare historique pour les siècles à venir. Cette prétention n'était pas moins fondée que la volonté du Mongol Gengis Khan, que les Occidentaux tiennent pour un sauvage, de dominer l'ensemble du monde civilisé. Pendant combien de siècles les princes russes prêtèrent-ils allégeance à la Horde d'Or ? Rome aussi, prospère, brillante et raffinée fut dévastée et conquise par des barbares analphabètes.

Bien entendu, de telles pensées ne pouvaient me venir à l'esprit à la fin du mois d'août 1933, couché dans le filet à bagages d'un wagon d'ancien régime, la tête sur un sac qui ne contenait que des pauvres effets, un morceau de pain, une bouteille de lait et deux œufs durs. Je ne dormais pas, craignant de me faire voler et songeant à ce qui m'attendait dans cette Moscou fabuleuse, future capitale de l'histoire.

A Moscou

La Moscou réelle m'infligea une première surprise tant elle correspondait peu à l'image que je m'en étais faite. Bien sûr, certains bâtiments étaient tels que je me les imaginais : ainsi, l'ensemble de la gare de Kazan, en face de celle de Iaroslavl par laquelle nous arrivâmes. J'en avais souvent vu des illustrations et la reconnus immédiatement. Mais dans l'ensemble, la ville n'était pas ce que j'avais rêvé. Elle me parut grise et hostile. Humide aussi. Il pleuvait à mon arrivée. Mon frère Mikhaïl m'accueillit et m'emmena au 11 de la grande rue Spasskaïa, appartement 3, où je devais habiter désormais. C'était à une vingtaine de minutes à pied de la gare. Mes seuls bagages étaient une chemise et un pantalon de rechange. J'avais aussi un extrait d'acte de naissance et un certificat d'études primaires. En anticipant, je dirai que j'ai toujours vécu en Union soviétique avec un minimum de bagages et que j'ai érigé cette habitude en principe d'existence.

Nous arrivâmes devant une maison trapue. Sur une plaque, au-dessus du portail, on lisait encore le nom de son ancien propriétaire, mon grand-oncle Bakhvalov. Elle ne fut enlevée qu'après la guerre. La cour ressemblait à un puits de pierre. Nous descendîmes dans un profond sous-sol. Tous ses habitants se précipitèrent dans la cuisine pour voir le nouvel arrivant. J'appris par la suite que cette cave était divisée en cinq pièces, une par famille. Vingt personnes, sans nous compter, s'entassaient dans soixante-dix mètres carrés. Pas de salle de bains. Des toilettes antédiluviennes. Des planchers pourris. Pour obtenir qu'on leur répare les canalisations et pose de nouveaux planchers, les locataires durent se battre jusqu'en 1936. Ils adressèrent des réclamations à toutes les instances et écrivirent à Vorochilov, Boudienny et Staline en personne. Leur demande ne fut satisfaite qu'à l'occasion de la « discussion nationale » du projet de Constitution.

Mon frère me présenta aux autres locataires puis me conduisit dans une petite pièce dont l'aspect me pétrifia. Large de deux mètres et demi et longue de quatre, elle était sombre et humide. Des gouttes d'eau suintaient de l'un des murs, recouvert d'une épaisse couche de peinture verte, et s'écoulaient sur le sol. Une petite fenêtre, toujours sale à l'extérieur, donnait directement sur le trottoir. On voyait défiler des pieds et les talons des chaussures. On entendait les camions bringuebaler sur les pavés de la rue. Des soldats passèrent de leur pas cadencé, braillant une chanson de marche : les casernes de Krasno-Perekop étaient juste en face. Sous la fenêtre se trouvait un placard à provisions, humide et qui sentait le moisi. Il surmontait un coffre destiné à mon couchage. Une armoire, une table et deux chaises complétaient l'ameublement. Mon frère avait fabriqué tout cela. Il y avait aussi un lit métallique aux montants ornés de boules de cuivre où dormaient mon père et mon frère. Au plafond, une ampoule électrique diffusait une lumière terne. Accroché à la mince cloison qui nous séparait de nos voisins, le « disque » noir du récepteur radio. Il y avait enfin un poêle dont le tuyau métallique suivait le mur de pierre jusqu'au plafond et rejoignait la cheminée commune à la cuisine.

Mikhaïl me donna un morceau de pain, du saucisson et un verre de thé. Le saucisson était le moins cher qu'on pût trouver. J'appris plus tard qu'on le surnommait « la joie des chiens ». La collation me fit néanmoins grand plaisir : le thé était sucré, contrairement aux habitudes de la campagne ; quant au saucisson, j'en mangeais pour la première fois de ma vie. Peu après, mon frère partit travailler et m'abandonna jusqu'au soir. Mon père passait la nuit à son travail, quelque part en banlieue. Je restai seul. Une tristesse intolérable m'envahit. J'avais envie de repartir immédiatement au village. Heureusement, la pluie cessa. Toute une bande d'enfants débaoula dans la cour. Un gosse de mon âge, qui habitait l'appartement, passa me chercher. Rapidement, les autres nous entourèrent et commencèrent à se moquer de ma tenue, me traitant de « Vanka * ». Un garçon qui devait avoir deux ans de plus que moi et qui me dépassait d'une tête me bouscula. Sans réfléchir un seul instant, je lui donnai un

---

* Diminutif d'Ivan, équivalent de « Jeannot », presque synonyme de « plouc ».

84

coup de poing sur le nez. Le sang jaillit. Il se mit à pleurer et courut se plaindre mais j'avais gagné l'estime générale. J'enfreignis ainsi l'enseignement de l'Evangile. Au lieu de tendre l'autre joue, je commençai à élaborer mon propre commandement : « Résiste à la violence par tous les moyens dont tu disposes. » Une nouvelle époque de ma vie commençait.

L'année d'horreur

La période d'entre septembre 1933 et juin 1934 fut la plus difficile de ma vie jusqu'en 1939. Je l'ai qualifiée de « première année d'horreur ». J'ai déjà dit que mon père était totalement dépourvu de sens pratique dans la vie quotidienne. Il préparait une marmite géante de soupe pour toute la semaine dont le seul souvenir me donne encore la nausée. Un jour, il réussit à se procurer un poulet qu'il fit bouillir avec ses entrailles et toutes ses plumes, donnant ainsi à nos voisins et amis un sujet de moquerie qui dura plusieurs années. Après la guerre, alors que nous vivions déjà tous à Moscou, ma mère, qui devait recevoir des soins, envoya mon père à l'hôpital demander à une infirmière de venir lui faire des piqûres. Il se fit mal comprendre et c'est lui qui eut droit aux injections pendant plusieurs jours. Lorsque la méprise fut découverte, il souleva encore l'hilarité générale. Voilà l'homme qui devait s'occuper d'un enfant qui n'avait pas encore onze ans. Nous changeâmes bien vite de rôle et je commençai à m'occuper de lui.

Cet hiver-là, mon frère se maria et ramena sa jeune épouse de la campagne. Elle entreprit immédiatement de faire régner un « ordre nouveau » sur notre territoire : la pièce devint plus propre mais l'armoire et le placard furent cadenassés. Mon père et moi eûmes seulement droit à une armoire commune située sur le palier où nous conservions notre élixir universel (la soupe) et à une petite partie du placard sous la fenêtre.

Mon père alla dormir sur le coffre. Quant à moi, les autres locataires me permirent de passer mes nuits sur une caisse à pommes de terre placée entre le mur de notre chambre et les toilettes. C'est là que je dormis pratiquement jusqu'à la fin de 1939. Après la guerre, au terme d'une dizaine de requêtes, nous finîmes par obtenir le rattachement de ce territoire à notre chambre. Ce fut la première grande victoire de ma famille dans sa lutte pour améliorer ses conditions de logement.

Je m'adaptai rapidement à cette nouvelle existence et mon père me confia l'économie domestique. Il me donnait les cartes de rationnement et très peu d'argent. A moi de me débrouiller. Mes dons mathématiques et mon astuce me servirent. J'achetais du pétrole pour le réchaud et des provisions. Je portais le linge au nettoyage *. Mon père partant souvent plusieurs jours, je disposais de « réserves » de pain que je revendais. Cet argent me permettait d'acheter des cahiers et les quelques effets dont j'avais besoin : des chaussons de sport, un short, etc. Bref, jusqu'à l'arrivée à Moscou de ma sœur Anna et de mon frère Nikolaï, en automne 1936, je m'occupai de gérer les affaires de mon père. Même des achats d'importance, comme des chaussures ou un manteau, étaient de mon ressort.

Mon père mangeait très peu, ne buvait jamais d'alcool, ne fumait pas et ne s'achetait de vêtements que lorsqu'il ne pouvait rigoureusement plus porter les anciens. Il m'emmenait parfois à son travail et me faisait manger à la cantine ou m'en rapportait quelque chose. De plus, nous étions souvent invités ici ou là. Mais dans l'ensemble, cette année-là, tout le monde était affamé. Notre existence ne nous paraissait pas alors aussi cauchemardesque qu'il peut le sembler

* Il y avait alors à Moscou beaucoup de Chinois qui tenaient des blanchisseries. Ils disparurent tous d'un seul coup. On racontait qu'ils avaient été arrêtés pour espionnage au profit du Japon. (Note de l'auteur.)

aujourd'hui. Sur un fond de pauvreté générale, notre condition ne passait pas pour misérable.

Toutes les écoles proches de la maison étant bondées, il ne fut pas question de m'y inscrire. A quelque chose malheur est bon : je fus pris dans une école éloignée, grande rue Pereïaslavskaïa, qui était la meilleure de notre arrondissement. Au début, on ne voulut pas de moi sous prétexte que je venais de la campagne. Je déclarai que l'école de notre village était une bonne école. La secrétaire qui me recevait remarqua que je ne parlais pas comme un paysan et que mon langage était très correct pour un garçon de mon âge. Elle décida donc de m'inscrire, mais en me retardant d'une classe : normalement, je devais entrer en cinquième année et voilà que l'on me forçait à redoubler ma quatrième. Je refusai. Je lui proposai de me soumettre un problème de mathématiques avec multiplication ou division de nombres à plusieurs chiffres. D'autres personnes, des instituteurs peut-être, entrèrent au secrétariat à ce moment-là. L'un d'eux me posa une multiplication d'un nombre de quatre chiffres par un de trois. Je la fis de tête, en un clin d'œil, et je fus admis en cinquième.

L'année scolaire commença. Il fut bientôt clair que j'étais mieux préparé que la majorité des autres élèves de la classe. J'acquis donc la certitude que je pourrais réussir scolairement à Moscou, ce qui atténua la tristesse de la séparation et l'angoisse que notre situation matérielle provoquait en moi. Faire de bonnes études, à n'importe quel prix, devint mon objectif principal. Ce besoin d'aller de l'avant se combinait avec le moteur même du mouvement : le désir dévorant d'acquérir des connaissances, d'apprendre un métier et de m'affirmer face à mon entourage.

Un problème d'autodéfense

Ma première journée à Moscou avait commencé par une bagarre. Mais ce n'était qu'un début. Beaucoup d'enfants abandonnés erraient encore dans les rues de la capitale. Dans bien des familles, les parents ne se souciaient guère de ce que leurs enfants pouvaient faire dans la rue. Souvent, ils n'avaient même pas la possibilité de les surveiller. La coupure entre la rue et l'école était profonde. Dehors, les enfants s'organisaient en bandes, une par cour d'immeuble. Les meneurs étaient les plus forts et les plus âgés. Généralement, c'étaient des redoublants. Certains avaient abandonné leurs études. Ils juraient, fumaient, faisaient les quatre cents coups et buvaient de la vodka. Les batailles entre bandes étaient fréquentes et se terminaient parfois par des blessures graves. On attaquait aussi les membres des bandes rivales ou des enfants isolés pour les rosser et les voler.

Une telle bande existait aussi dans notre cour. Ses membres tentèrent de m'y attirer. Je n'étais pratiquement pas surveillé et ils me pensaient destiné à les rejoindre. Nos voisins étaient également convaincus que je succomberais aux attraits de la rue. Agacés par mes succès scolaires, certains le souhaitaient même. Pourtant, l'éducation que j'avais reçue dans mon « trou » m'empêcha de me lier avec ces garçons dont la conduite me révoltait. De plus, si j'évitais de commander les autres, je refusais tout aussi obstinément de me laisser commander. Les chefs de ces bandes manifestaient aux enfants plus jeunes et plus faibles leur pouvoir absolu sous des formes que j'aurais encore honte d'évoquer aujourd'hui.

Il n'était pourtant pas si simple de rester indépendant. Je n'avais personne pour me protéger et, du reste, je n'avais pas l'habitude de demander de l'aide. Il me fallut me battre contre tous les garçons de la bande pour affirmer mon droit. Mes succès furent mitigés mais je me battais férocement et même les plus forts commencèrent à me craindre. Lorsque d'autres bandes attaquaient la nôtre, on m'appelait généralement à la rescousse. Je ne refusais jamais, ce qui contribua à renforcer ma position. Cette tendance indi-

88

vidualiste devint chez moi un trait de caractère. Le temps en fit l'un des principes essentiels qui ont gouverné mon existence. En général, je suis toujours parvenu à gagner mon indépendance, quel qu'en fût le prix.

Un jour, après l'école, je devais passer à la boulangerie. Pour aller plus vite, je pris un raccourci par une cour et tombai sur une bande de la rue voisine. Ils m'encerclèrent avec l'intention évidente de me prendre tout ce que j'avais sur moi (argent et cartes de rationnement) et de m'infliger une sévère correction. Ce fut alors que mon caractère « zinovien » se révéla. Je les avertis que j'arracherais un œil au premier qui me toucherait et tant pis pour ce qui pouvait m'arriver ensuite. De fait, j'étais prêt à mettre cette menace à exécution. Les enfants le sentirent, eurent peur de moi et me laissèrent partir.

Cette histoire me valut une réputation de bandit capable de tout. On prétendit même que j'avais des liens avec un gang adulte. Cette rumeur parvint jusqu'à l'école. Pavlik, le responsable des jeunesses communistes, qui péchait par excès de zèle, décida de s'en occuper. Un jour, en plein cours, je fus convoqué par le directeur. Il me reçut en présence du censeur et de Pavlik. Sur son bureau se trouvait un couteau finlandais *. Pavlik prétendait qu'on l'avait trouvé dans la poche de mon manteau : on fouillait alors régulièrement nos affaires au vestiaire. Je répondis que mon manteau n'avait pas de poches. On alla chercher le vêtement qu'on m'avait taillé au village dans de vieilles nippes. J'avais dit vrai et l'histoire fut étouffée. Plus tard, Pavlik disparut de la circulation, pas à cause de moi, bien sûr. Cette aventure me fut d'un certain profit. Il m'arriva encore d'être mêlé à quelques menues échauffourées, mais, jusqu'à la fin de l'école, je me sentis désormais en sécurité.

Cette tendance à occuper une place à part dans le groupe ne signifiait nullement que j'aspirais à des privi-

* Couteau à lame courte et épaisse, utilisé par le milieu.

lèges. Au contraire, ce trait me desservait, m'attirait maints ennuis et m'empêchait d'obtenir des avantages. Il me valut plus d'une fois des sermons sur mon opposition au collectif, mon « individualisme bourgeois » et même mon « anarchisme ». Pourtant, cet individualisme n'avait rien de bourgeois. C'était une protestation contre la trahison des principes collectivistes dans leur application réelle. C'était une forme d'autodéfense d'un individu qui, naïvement, croyait aux vertus du collectivisme mais qui se rebellait contre qui voulait le reléguer au rang de particule anonyme.

Je ne peux pas dire que je me suis facilement débarrassé de l'influence de la rue. Après tout, je n'avais que onze ans et je manquais du contrôle quotidien que peut exercer une famille. Parfois, je me trouvais au bord de la chute qui aurait pu se produire de façon toute fortuite : être mêlé à une affaire impliquant des voyous ou des voleurs aurait suffi à m'envoyer en maison de redressement. Au début des années trente, on ne prenait guère de gants avec les mineurs. Un jour, les aînés de notre bande nous incitèrent à voler la petite voiture d'un marchand de glaces. Une autre fois, ils nous poussèrent à attaquer un kiosque où l'on vendait de la bière. La milice nous embarqua. Mon frère Mikhaïl dut déployer de grands efforts pour me faire relâcher. Si je fus impliqué dans ces affaires, ce n'était pas par perversité mais simplement parce que le gamin que j'étais ne voulait pas paraître couard. Je rompis définitivement avec la rue lorsque les chefs de notre bande tentèrent de m'entraîner dans des perversions sexuelles. J'en éprouvai un profond dégoût et cessai de fréquenter notre cour, sans parler des cours voisines.

Le prince déguisé

A l'école, on m'affubla du sobriquet de « Zinotchka ». Ce diminutif féminin s'expliquait par mes cheveux plus longs que la normale et par mon visage qui ressemblait à celui d'une fillette. Cela ne me vexait pas. Le surnom m'avait été attribué gentiment. Dès le début, j'instaurai des relations amicales avec mes camarades. Pendant toute la durée de mes études, je n'eus aucune querelle personnelle avec eux. Tous les conflits où j'étais impliqué étaient d'ordre social : depuis mon enfance, j'étais destiné à être un point d'achoppement des rapports sociaux. Par exemple, en histoire nous étudiâmes la révolte de Spartacus. L'institutrice nous demanda qui nous aurions aimé être à cette époque. Tous répondirent qu'ils auraient voulu être esclaves afin de lutter avec Spartacus pour leur libération. Moi, je déclarai que je ne voulais pas être esclave. Cela fit mauvaise impression. On me sermonna au cours d'une « séance de critique » dans mon détachement de pionniers et à l'assemblée de classe. Finalement, je ne cédai qu'en partie : j'acceptai de me battre pour la liquidation de l'esclavage, mais en qualité de citoyen romain libre qui aurait pris le parti des esclaves. Je défendis mon point de vue en arguant du fait que Marx et Engels étaient originaires de la bourgeoisie, ce qui ne les avait pas empêchés de passer du côté du prolétariat. On me pardonna donc. Cette fois-là, la classe tout entière m'était tombée dessus pour des raisons purement idéologiques.

Notre classe offrait un large éventail de toutes les conduites humaines : des lèche-bottes, des carriéristes, des délateurs, des zélés, des indifférents... Plus nous grandissions et plus ces traits devenaient apparents mais ces différences ne jouaient pas un rôle essentiel et ne détruisaient pas nos liens d'amitié. Bientôt, j'eus la réputation de l'élève le plus doué, mais qui ne se souciait guère de ses notes, ne flagornait pas devant les maîtres et ne se mettait pas en avant. Pour cette raison, même les arrivistes me considéraient avec bienveillance : je n'entrais pas en concurrence avec eux. Les succès des autres n'ont jamais provoqué mon envie.

Mon éducation familiale et mes conditions d'existence expliquent ce comportement. J'étais seul, je n'étais pas soutenu par ma famille qui, du reste, ne nourrissait aucune ambition sociale, et je ne cherchais pas à dominer les autres. Mes lectures et mes réflexions m'incitèrent à jouer consciemment le rôle de l'« homme en trop », du solitaire d'exception qui sort du rang. Très tôt, je découvris Lermontov * qui reste encore mon écrivain préféré. La psychologie de Lermontov coïncidait de façon étonnante avec mes propres inclinations. Enfin, sans que j'y sois pour rien, une sorte de noblesse, venue de mes parents, m'était échue en partage. A des degrés divers, mes frères et mes sœurs en sont également dépositaires. Sans doute ce trait est-il universel, même s'il se remarque rarement. Mon épouse Olga le possède au plus haut point bien qu'elle soit née après la guerre dans une famille nombreuse aussi ordinaire que la mienne.

En 1933, je rendis visite à Natacha, une fille de ma classe qui appartenait à une famille d'intellectuels. Son père était un ingénieur aéronautique de premier plan et sa mère une actrice issue d'une famille noble. Et moi, « Vanka » de la campagne, je me comportai de telle sorte que cette dame me qualifia de « prince déguisé ». En réalité, le désarroi et la timidité étaient à l'origine de mes manières. De plus, je venais de lire un livre sur les Indiens et j'en avais tiré une règle : ne jamais s'étonner de rien et faire semblant que rien n'est nouveau pour vous. J'avais donc pris l'habitude de jouer le rôle du noble « Indien ». Je me mis à considérer de haut toutes les faiblesses humaines, comme un « prince déguisé ». Cette pose s'avéra fort efficace face aux ennuis que j'eus à affronter dans ma vie.

Au début de mon séjour à Moscou, je lus le récit de Lavrenev *Le Quarante et Unième*. Mon ami Grigori Tchoukhraï en a tiré un film remarquable après la guerre. Des partisans rouges font prisonnier un officier

---

* Mikhaïl Lermontov (1814-1841) : poète romantique, considéré comme l'un des plus grands poètes russes. Auteur d'*Un héros de notre temps*, dont le personnage central est un « homme en trop » et du poème *Le Démon* dont il sera question plus loin.

blanc. Ils doivent traverser un désert. Les partisans sont exténués alors que l'officier blanc continue de marcher, croient-ils, comme si de rien n'était. Au commandant qui lui demande la raison de cette résistance extraordinaire, l'officier répond : telle est la supériorité de l'éducation.

Cette lecture m'incita à traverser le désert de la vie à la façon de cet officier, sans montrer que je souffrais et en gardant ma dignité en toute circonstance. Je dois dire que je n'étais pas une exception en ce domaine. A l'époque, les idées d'« aristocratisme » de l'esprit et du comportement étaient courantes dans notre milieu. Elles coïncidaient avec les principes moraux du communisme idéaliste.

Dès mes premiers jours d'école à Moscou, je me liai d'amitié avec un garçon qui vivait dans notre rue, à quelques immeubles du nôtre. Il s'appelait Valentin Marakhotine. Il devint l'un de mes amis les plus proches, pour toute la vie. Dans le plus pur style russe, il était très beau, bâti comme un athlète, courageux, honnête d'une façon presque maladive et plein d'abnégation. Il protégeait tous les enfants du quartier qui pouvaient être victimes de la rue. Moi aussi, je lui devais beaucoup. Son père fut tué par l'alcool, sa mère tomba bientôt malade et Valentin dut abandonner ses études. A quatorze ans, il travaillait déjà comme homme-grenouille et maître nageur. Bien qu'il n'eût pas reçu une solide éducation, il avait toutes les raisons de se considérer comme un « prince déguisé ». Je l'aimais beaucoup et le traitais en frère. J'ai eu la chance de rencontrer beaucoup d'êtres de sa qualité, surtout pendant la guerre qui provoqua une sorte de polarisation des différents types humains.

Premières découvertes

Mes premières envolées créatrices n'eurent rien à voir avec la science ou l'art. Elles furent des plus prosaïques. J'arrivai à Moscou en bottines, mais c'étaient des chaussures de fille. Pour éviter les taquineries, j'eus l'idée d'en retourner le haut pour les rendre plus basses et « masculines ». A la campagne, on ne portait pas de chaussettes. Ma mère m'avait donné des *portianki* *. A Moscou, mon père m'acheta une paire de vraies chaussettes que je mis quotidiennement jusqu'à l'apparition d'un trou au talon. Je les tournai alors de cent quatre-vingts degrés, de sorte que le trou se retrouva sur le dessus du pied. Lorsqu'un nouveau trou apparut, je recommençai l'opération en les tournant de quatre-vingt-dix degrés, puis, après le troisième trou, à nouveau de cent quatre-vingts degrés. Enfin, je les fis descendre de façon à déplacer les trous vers le bas et les portai ainsi jusqu'à ce qu'elles aient quatre ouvertures de plus. Le soir, je les lavais au savon sous le robinet pour qu'elles soient sèches le matin. Pour finir, j'entrepris de les repriser. Je ne me rappelle plus pendant combien de temps je gardai ces premières chaussettes.

Il me fallut aussi me débrouiller avec les autres pièces de ma garde-robe, la nourriture, les livres et les cahiers. J'appris à réparer mes chaussures, à repriser mon pantalon de manière invisible, à me préparer les plats les plus primitifs : cuire des pommes de terre, des nouilles ou de la kacha. Mais ma plus grande découverte fut la manière de me débarrasser des poux. A l'école, l'hygiène de chacun était contrôlée tous les jours. Je craignais de me faire exclure à cause des poux. Dès le premier jour, je pris l'habitude de me laver soigneusement au robinet et d'exterminer ces insectes pour qu'au moins ils ne viennent pas ramper sur le col de ma chemise. Puis j'eus l'idée de repasser toutes les coutures de ma chemise et de mes sous-vêtements avec un fer incandescent. Mon succès fut total mais je brûlai mes vêtements, ce qui était un moindre mal. Je tentai enfin de passer les coutures à l'alcool dénaturé qu'on utilisait pour les réchauds. Le

* Ou « chaussettes russes » : bandes dont on s'enroulait les pieds.

résultat était bon mais je sentais l'alcool comme un ivrogne invétéré et il me fallut renoncer à cette méthode.

De telles découvertes occupèrent toute ma première année scolaire. Je crois que cette inventivité forcée dans les matières quotidiennes fut la première école de mes futures recherches scientifiques.

L'école des années trente

De ma famille, j'avais appris qu'il existait dans le monde quelque chose de pur, de lumineux et de sacré. Cette idée se matérialisa tout d'abord sous l'apparence d'un temple religieux. Mais la religion reçut une blessure mortelle et le Temple s'effondra. Et comme j'avais toujours besoin d'idéalisation, l'école devint mon nouveau temple.

Mon école secondaire avait été construite en 1930. Elle était toute récente et passait pour l'une des meilleures du pays. S'il fallait décrire le système scolaire soviétique des années trente à son meilleur, je choisirais mon école comme modèle. J'y suis entré presque par hasard, mais je crois que si je suis devenu ce que je suis, c'est en grande partie de l'avoir fréquentée.

Avant et, surtout, après la guerre, on construisit à Moscou des centaines de fort belles écoles. Pourtant, du point de vue architectural, la mienne est restée inégalée. C'est du moins ce qu'il me sembla lorsque, avant d'émigrer en Occident, je passai par la grande rue Pereïaslavskaïa pour la regarder une dernière fois. Ou plutôt contempler le bâtiment. Il abritait alors une école qui n'avait absolument plus rien de commun avec celle que j'avais fréquentée et qui avait sombré à tout jamais dans le passé. Ce bâtiment avait encore fière allure en 1978 au milieu des immeubles neufs. Quelle impression devait-il produire dans les années trente, entouré de misérables bicoques en bois d'avant la révolution, à moitié délabrées ! Aux yeux des enfants qui vivaient dans des chambres exiguës et sinistres, des caves humides et des masures de guingois, il devait apparaître comme un palais magnifique de la future société communiste!

1933 et 1934 furent des années de pénurie. Le peu de denrées disponibles ne pouvait être obtenu qu'avec des cartes de rationnement. A l'école, les enfants des familles les plus pauvres avaient droit à un repas gratuit. Les autres pouvaient acheter, au buffet, quelques produits à prix réduits. Pour moi, ces repas furent d'un grand secours pendant trois ans. Ils étaient misérables, certes, mais en complétant ce que je réussissais à manger à la maison, ils me sauvèrent la vie. Nous recevions aussi, à l'école, des bons qui permettaient d'acheter à des prix modiques une chemise, une paire de chaussures ou un pantalon dans des magasins spéciaux. Plusieurs fois, on me délivra gratuitement des chemises et des chaussures. Pour cela, il fallait une autorisation particulière du conseil des parents et du conseil pédagogique. Les enfants affaiblis par la malnutrition étaient parfois envoyés passer la journée dans une maison de repos où on leur donnait de la nourriture. Cela m'arriva aussi. L'école organisait constamment des excursions de toutes sortes, au zoo, au jardin botanique, au planétarium, dans de nombreux musées. Pendant ces sorties, on nous servait souvent du thé avec du sucre et des sandwiches au fromage ou au saucisson.

Le niveau de l'enseignement était très élevé. Je crois que le système scolaire soviétique atteignit son apogée à la fin des années trente, du moins en ce qui concerne l'enseignement secondaire. Après la guerre commença une dégradation progressive de l'éducation et de l'instruction. Dans les années trente, l'enseignant était encore l'un des personnages les plus respectés de la société. Les maîtres étaient qualifiés et enseignaient leur matière avec enthousiasme. Leur parfaite moralité en faisait des modèles pour la jeunesse.

Dans les premiers temps, mon initiation à la culture

passa aussi par l'école. En plus des excursions déjà mentionnées, on organisait des sorties collectives au cinéma et au théâtre. Par ailleurs, l'école comptait de nombreux clubs, notamment le club d'art dramatique que dirigeait un acteur professionnel, Piotr Krylov. C'était du sérieux. Aux concours de théâtre amateur de Moscou, le club décrochait régulièrement des prix. Son répertoire comprenait des pièces comme *Boris Godounov* de Pouchkine et *Le Malheur d'avoir trop d'esprit* de Griboïedov, mais il était dominé par les œuvres d'auteurs soviétiques. Un des grands succès fut la mise en scène de *Lioubov Iarovaïa* de Trenev. Une autre pièce, *L'Erreur de l'ingénieur Kotchine*, joua, comme on le verra plus loin, un rôle fatal dans ma vie. L'école organisait souvent des spectacles d'amateurs. En plus des membres du club, y prenaient part des enfants qui étudiaient les arts dans les écoles de musique et de danse et à la Maison des pionniers (ancêtre de l'actuel Palais des pionniers).

En cours, on accordait une grande attention à la littérature expressive. Certains élèves récitaient bien Pouchkine, Lermontov, Blok, Maïakovski. Je m'y essayai moi aussi, mais ce fut un échec. Je jouais un rôle muet dans une pièce consacrée à la lutte des classes aux Etats-Unis et qui s'intitulait *Battez, tambours!* J'étais un pionnier tué par un policier. Devant ma dépouille, de jeunes révolutionnaires américains prononçaient des discours puis me plaçaient sur un brancard de fortune et me faisaient solennellement quitter la scène au son du tambour. Mais un jour, j'étais enrhumé. Au moment où je gisais dans un silence sépulcral, je reniflai bruyamment. La salle commença à rire. Et, tandis qu'on m'emportait, j'éternuai. Le fou rire gagna les acteurs qui me laissèrent tomber. Je quittai la scène sur mes deux jambes devant un public hilare. Ce fut la fin de ma carrière théâtrale.

Le club de dessin de l'école disposait d'une salle spéciale. Un étudiant d'une école d'art le dirigeait. Il était également chargé de la décoration de l'école : slogans, affiches, panneaux de photographies et de coupures de journaux pour les commémorations majeures. Des dizaines d'élèves doués pour les arts plastiques étaient associés à cette tâche. Le professeur de dessin prenait également part à la décoration de l'école qui, de ce point de vue, était la meilleure de l'arrondissement et l'une des premières de Moscou. L'établissement disposait même d'une petite pièce où étaient réunis tous les dessins et objets d'art concernant Lénine. Ce local portait le nom de « Salle Lénine ». Je ne fus pas pris au club parce que je ne cherchais pas à représenter les choses avec exactitude. Je faisais plutôt des caricatures d'objets ou de personnages.

Pendant les cours de musique, le maître avait remarqué que je n'avais ni voix ni oreille, mais que je dessinais toujours quelque chose. Il me proposa de « dessiner la musique » en représentant par des dessins ce que j'entendais. Je m'adonnai assidûment à cette « traduction » pendant toute l'année scolaire. L'instituteur collectionna mes dessins et nous raconta des choses incompréhensibles sur la concordance entre les images sonores et visuelles. Il était vieux et mourut l'année suivante. Les cours de musique prirent fin mais il se créa un club musical auquel, naturellement, je n'adhérai pas.

L'école disposait également de plusieurs clubs sportifs et organisait des activités sportives extra-scolaires *. Plusieurs élèves devinrent des champions de diverses disciplines. Au village, j'avais appris à bien courir, à sauter et à nager. A Moscou, je fis preuve de quelques dispositions en athlétisme et en ski de fond sur grandes distances, mais je ne voulus pas m'inscrire aux sections extra-scolaires par répugnance pour les compétitions.

L'école donnait à la majorité des enfants ce qui leur manquait dans leurs familles. En géneral, les parents étaient faiblement instruits. Ils éprouvaient du respect

* Les activités des clubs faisaient partie de l'emploi du temps scolaire.

pour leurs enfants plus cultivés et espéraient que l'instruction les ferait accéder à un rang social supérieur au leur. C'était une époque d'ascensions rapides dans toutes les branches de la société. Grimper à l'échelle sociale paraissait à la portée de chacun. Pratiquement, tous les bacheliers pouvaient accéder à un établissement supérieur. Leur seul problème était de choisir un institut correspondant à leurs capacités et à leurs goûts. On avait beau nous inculquer par tous les moyens l'idéologie de l'égalité future, la majorité des élèves voyait dans l'école une possibilité de s'élever jusqu'aux couches privilégiées de la société. On évoquait avec respect la classe ouvrière, avant-garde de la société, mais peu d'entre nous voulaient devenir ouvriers, à l'exception des moins doués et de ceux que la rue avait définitivement contaminés. La perspective d'ascension sociale rendait notre vie beaucoup plus joyeuse et intéressante que ne pouvaient le faire les idées d'égalité universelle, en lesquelles on croyait peu.

En 1933, la pédologie existait encore. Elle fut interdite plus tard en tant que « pseudo-science bourgeoise », mais à cette époque, les « pédologues » étudiaient nos dispositions et prévoyaient notre avenir, ou plutôt nous cataloguaient à l'avance dans une catégorie sociale. Un des tests consistait à faire passer des fils dans des bâtons troués. Je le faisais avec une telle dextérité que les pédologues me classèrent comme un futur ouvrier textile. La plupart des autres élèves étaient censés devenir ingénieurs ou techniciens. Pendant quelque temps, mes camarades me considérèrent de haut, comme il convient à de futurs ingénieurs ayant affaire à un prolétaire. Mais, soudain, la pédologie fut bannie et toutes ses conclusions sur notre avenir déclarées fausses. Le nez des futurs ingénieurs et techniciens s'allongea. Je les consolai en leur promettant de devenir, malgré tout, ouvrier textile.

Dans notre école, on nous enseignait efficacement les mathématiques et la littérature et beaucoup d'élèves se passionnèrent pour elles. J'étais du nombre. Dès la cinquième, je fus premier de ma classe en mathématiques et restai jusqu'au bout l'un des meilleurs de mon école. Je pris part avec succès aux « olympiades » de mathématiques mais je n'en plaçais pas pour autant cette matière au-dessus de mes autres centres d'intérêt. C'est pour cette raison que je n'ai jamais fait partie des élèves préférés des professeurs. Je crois que pour réussir dans une sphère quelconque de l'activité humaine, il ne suffit pas d'y avoir des dispositions. Serait-on très doué, si l'on n'est pas soutenu par ceux qui sont à même de reconnaître et de pousser un talent, le succès est impossible. Je participai à l'« olympiade » de maths de l'Université de Moscou et résolus la totalité des problèmes avant tout le monde et de la façon la plus rapide, mais je ne fus même pas mentionné parmi les meilleurs. Comme je demandais des explications, l'un des membres de la commission reconnut que mes solutions étaient effectivement les plus simples, mais que ce n'était pas ce qu'on demandait : il fallait faire preuve de connaissances plus étendues. En plus, j'étais un inconnu et ne bénéficiais d'aucun soutien.

Plus tard, lorsque je devins un logicien connu et que je résolus un certain nombre de problèmes importants, je me heurtai à la même situation. Mes résultats étaient trop simples pour notre époque qui réclame des solutions complexes à des problèmes ridicules. De plus, aucun homme, aucune organisation n'avait un intérêt quelconque à reconnaître mes travaux. Depuis l'école, je me suis heurté constamment à ce type d'injustice. J'en ai tiré des conclusions de principe, mais j'en souffre encore. Il me semble impossible de se faire à l'arbitraire. On ne peut que serrer les dents.

Mon autre hobby était la littérature. Avec les mathématiques, c'était notre matière principale. Outre les œuvres au programme, les professeurs nous donnaient beaucoup de lectures complémentaires. Du reste, il n'était point besoin de nous forcer : lire constituait l'essentiel de nos loisirs. Nous dévorions une énorme quantité de livres. Nous nous adonnions même, entre nous, à une sorte de compétition : c'était à qui lirait le plus d'ouvrages et répondrait de la façon la plus originale pendant les cours de littérature ou écrirait la rédaction la plus personnelle. Et là encore, j'avais d'excellentes notes et mes camarades eux-mêmes reconnaissaient que j'étais le meilleur de la classe pour les connaissances littéraires et l'originalité de mes réponses, mais les maîtres évitaient de l'admettre tout haut. Officiellement, le meilleur élève était un garçon appliqué qui obtenait de bons résultats mais n'avait pas de don particulier. En revanche, il convenait mieux que moi au rôle d'élève modèle. Plus tard, il fit partie de ceux qui me dénoncèrent aux « organes » de Sécurité. Il s'appelait Proré, prénom formé à partir des premières syllabes de « révolution prolétarienne * ».

Comme en mathématiques, ce que je faisais en littérature ne correspondait pas aux idées et normes reçues. Quelque chose en moi provoquait immédiatement la méfiance de mon entourage et le poussait même à freiner mes capacités.

Après la guerre, les anciens élèves de notre école organisèrent une réunion de retrouvailles. Notre ancienne institutrice de littérature se joignit à nous. Elle apporta mes rédactions sur Maïakovski et Tchekhov et reconnut que c'étaient les meilleures de toute sa carrière. Mais pourquoi ne m'avait-elle pas dit cela à l'époque, quand c'était si important pour moi ?

Même alors, je remarquais que mes succès irritaient

* Après la révolution, on donna fréquemment aux enfants des prénoms de ce genre, comme Vladilen (« Vladimir Lénine »), Marlen (« Marx et Lénine »), Stalinir...

les autres, comme si je nourrissais des prétentions illégitimes. Et en effet, comment accepter qu'un « Vanka » de la campagne, maigre et mal vêtu, qui crevait la faim dans une cave humide et n'avait même pas une famille normale, puisse, sans effort particulier, faire preuve d'un talent supérieur à celui d'enfants issus de familles d'intellectuels, respectables et prospères? D'autres étaient agacés par la perspective de me voir m'élever au-dessus d'eux. D'autres enfin s'offusquaient du dédain que je manifestais à l'égard de mes propres succès. Je ne m'intéressais jamais aux notes portées dans mon carnet. J'affichais une feinte indifférence lorsque j'étais sous-noté de manière injuste ou lorsque l'on s'abstenait de reconnaître ma valeur. Bref, je ressentis dès les années d'école cette propension de la société à me repousser parce que je ne répondais pas à ses exigences.

« Travail politique »

En 1934, la salle Lénine fut rebaptisée salle Staline, ce qui ne manqua pas d'en modifier les fonctions. C'était la première et peut-être la seule salle portant le nom du chef vénéré dans l'enceinte d'une école. Les autorités supérieures apprécièrent hautement cette initiative de notre direction et l'établissement eut droit à des crédits supplémentaires : on décida d'enrichir la décoration artistique. Je fus associé à cette entreprise car on connaissait mon goût pour le dessin mais cela faillit tourner à la catastrophe : j'avais été chargé de dessiner (ou plutôt de copier à partir d'un magazine) un portrait de Staline pour le journal mural. J'y mis toute mon application, mais, lorsque l'on vit mon œuvre, ce fut la panique. On voulut d'abord détruire ce dessin, mais la chose fut rapportée au directeur et au responsable des jeunesses communistes. Avant la guerre, des « organisateurs » appointés par le Comité central du Komsomol * étaient placés comme responsables dans certaines écoles de Moscou. Le nôtre était en même temps le représentant de la Sécurité d'Etat. Il décida que mon portrait serait parfait pour figurer un complot de l'ennemi. Je fus sauvé par le responsable du club de dessin qui expliqua que j'étais un caricaturiste-né, mais que je n'avais pas encore pris conscience de cette faculté. Je fus pardonné. On m'interdit désormais de dessiner les chefs du pays et on me fit entrer à la section de la satire et de l'humour du journal mural. Je faisais des caricatures et inventais des légendes pour les accompagner.

Cette collaboration aux journaux muraux devint ma forme de « travail politique » tout au long de mon existence en Union soviétique. On m'y incitait en raison de ma propension aux caricatures et aux plaisanteries. Mais cela contribua à développer chez moi une attitude critique vis-à-vis de la réalité ambiante. Je prêtai une attention croissante aux phénomènes « négatifs ». Non pas aux accidents ou aux exceptions, mais à ceux dont la répétition quotidienne finissait par constituer une norme.

Passions extra-scolaires

En 1936, j'entrepris de fréquenter le club d'architecture de la Maison des Pionniers bien que je n'eusse déjà plus l'âge d'en faire partie **. Je n'étais pas une exception : tous les membres du club étaient des pionniers attardés de mon genre ou même plus âgés que moi. La Maison des Pionniers joua un rôle énorme dans la vie des enfants moscovites des années trente. D'après de nombreux témoignages, elle a continué à

* Acronyme russe d'« Union des jeunesses communistes », organisation de masse chargée de rassembler les jeunes Soviétiques entre 14 et 28 ans. Antichambre du Parti communiste.
** Les jeunes Soviétiques sont pionniers de 9 à 14 ans. Passé cet âge, le Komsomol prend la relève.

jouer le même rôle après la guerre. Ma femme Olga et sa sœur Svetlana, qui y firent de la musique, m'ont toujours dit du bien de ce club. La Maison fut remplacée par la suite par le Palais des pionniers où ma fille, Tamara, s'inscrivit dans un club de dessin. Pour elle, c'était déjà autre chose. La société soviétique est devenue plus riche et les gens plus pragmatiques. Ils n'éprouvent plus cette impression de fête et de conte de fées qu'éveillait en nous un lieu aussi exceptionnel.

Notre club était dirigé par Mikhaïl Grigorievitch Barkhine qui devint plus tard un théoricien connu de l'architecture. J'eus l'occasion de visiter tous les lieux marquants des environs de Moscou et j'allai à plusieurs reprises à Leningrad. Cette année-là, le journal *La Pravda des pionniers* publia un article consacré à un voyage à Vladimir. J'en étais le coauteur avec mon camarade Rosenfeld qui était alors l'un de mes amis. L'article était illustré de mes dessins. C'était ma première publication. Rostislav Rosenfeld devint plus tard un archéologue réputé.

Nous étudiâmes très sérieusement le plan de reconstruction de Moscou (qui, comme on nous l'avait dit, avait été approuvé par Staline), ainsi que sa mise en application. Nous discutâmes également, avec beaucoup de respect, du plan de Le Corbusier. Barkhine développait ses propres idées. Peu avant d'émigrer, j'ai eu l'occasion de lire l'un de ses articles où il exprimait, à propos de l'urbanisme, les idées que nous avions entendues à son club quarante ans auparavant.

Je regrettais l'ancienne Moscou qu'on rasait sous mes yeux. Knut Hamsun avait visité la ville avant la révolution et avait écrit qu'elle était l'une des plus belles du monde. C'est au village que j'avais lu cela. Les gens qui démolirent Moscou croyaient qu'ils le faisaient dans l'intérêt du confort urbain et des transports. Cette opération est dénoncée aujourd'hui comme un crime. Les deux attitudes me dégoûtent également. L'histoire soviétique est toujours ignoble, tant par les ignominies commises que pour leur dénonciation.

Education idéologique

Les années trente furent la période la plus noire et en même temps la plus optimiste de l'histoire soviétique. La plus noire à cause des conditions de vie pénibles, de la répression massive et de la surveillance généralisée. La plus optimiste parce que riche d'illusions et d'espoirs. Nous reçûmes une instruction générale étendue. L'on nous initia à l'histoire et à la culture universelles. On nous éduqua d'une manière humaniste, conforme aux idées des meilleurs esprits du passé. On s'efforça de nous inculquer des principes moraux élevés. Mais la réalité s'est avérée plus forte que les vœux et les promesses des belles âmes. De ce mélange de belles intentions théoriques et de compromissions pratiques sont nés des monstres et des avortons, des héros et des martyrs, des bourreaux et des victimes.

Nombreux furent ceux de ma génération qui prirent au sérieux le flot de préceptes moraux et d'idées prometteuses déversé sur nos têtes. Dans leur majorité, ces idéalistes ont péri à la guerre ou dans les camps staliniens. Quelques-uns sont entrés en rébellion contre une réalité qui contredisait leurs idéaux moraux et sociaux. J'ai fait partie de cette poignée de rebelles qui a survécu par miracle.

Une bonne part de notre éducation consista à étudier les idées et les événements révolutionnaires du passé, la libre pensée, les protestations contre l'injustice, les révoltes, les insurrections, la lutte contre l'obscurantisme... Bref, tout ce qui était contestation de l'ordre établi. Les héros de notre jeunesse furent des hommes comme Spartacus, Cromwell, Robespierre, Marat, Pougatchev *, Stenka Razine **, les décembristes ***, les populistes russes **** et, bien entendu, les bolcheviks. Toute l'histoire universelle nous était présentée comme la lutte des meilleurs représentants du genre humain contre l'inégalité, l'exploitation, l'injustice, l'obscurantisme et les autres plaies de la société de classes.

On nous recommandait des livres mettant en scène les pourfendeurs des systèmes sociaux du passé. Nous les lisions avec passion. Même les livres consacrés à la révolution russe, à la guerre civile et à l'histoire soviétique postérieure montraient des héros combattant forces mauvaises et phénomènes condamnables. Ces personnages étaient peints à l'image des révolutionnaires passés. Comme la société soviétique était, disait-on, l'aboutissement final de toute la lutte pour le bonheur de l'humanité et le couronnement de toute l'histoire passée, nos éducateurs ne pouvaient concevoir qu'on pût appliquer des idées révolutionnaires à notre propre présent et que la société soviétique pût devenir l'objet d'une contestation ou la source d'une révolte. C'est pourquoi lorsque je fus interrogé par la police politique à la Loubianka en 1939 et que j'exprimai cette idée à mon interrogateur, il en fut littéralement saisi de stupeur.

Il est facile d'être intelligent et courageux après coup, lorsque l'on regarde le passé du haut de l'histoire achevée. Beaucoup s'étonnent de nos jours que les gens des années trente se soient si facilement laissé berner. Mais ces beaux esprits intrépides ne comprennent pas qu'ils se sont enfoncés eux-mêmes jusqu'au cou dans un mensonge contemporain d'une

* Emelian Pougatchev (1742(?)-1775), cosaque qui souleva une grande jacquerie sous Catherine II en se faisant passer pour Pierre III.
** Stepan Razine (autour de 1630-1671) : autre rebelle cosaque.
*** Officiers nobles qui tentèrent un coup d'Etat contre Nicolas Ier en décembre 1825, d'où leur nom.
**** Plus précisément les membres de l'organisation terroriste Narodnaïa Volia, née en 1879, qui organisa notamment l'assassinat d'Alexandre II en 1881.

autre espèce qui consiste à estimer que l'état d'esprit des Soviétiques des années trente se caractérisait par le mensonge et l'auto-illusion. Certes, face à une mutation aussi grandiose que celle que vécut le pays, il y eut des cas innombrables de mensonge et d'auto-illusion, mais ils ne sauraient résumer l'époque dans son ensemble. Il est courant de penser qu'une poignée de dirigeants connaissant bien la réalité aurait sciemment induit en erreur la population. Ceux qui étaient ainsi trompés en auraient été tout aussi conscients et auraient pris part au mensonge généralisé pour leur profit personnel. Or l'histoire réelle d'un pays aussi immense ne peut rien avoir de commun avec cette image d'intrigues, de machinations égoïstes et d'actions criminelles.

En réalité, l'époque accouchait d'un homme nouveau, adapté aux nouvelles conditions d'existence. Il est absurde de croire que l'éducation idéologique puisse rendre des masses gigantesques d'hommes telles que le voudraient leurs éducateurs. Seule une partie de la population se laisse conditionner. Cela ne signifie pas pour autant que le système éducatif a failli. L'éducation des masses est efficace si elle apporte quelque chose de nouveau à la formation de la conscience collective et si cet apport joue un rôle dans le processus historique. Je prétends que le système d'éducation idéologique mis en place en Union soviétique et qui a atteint son apogée dans les années trente, s'est brillamment acquitté de la tâche historique dont il était investi. Grâce à lui, des individus en nombre considérable devinrent tels que les circonstances l'exigeaient. Sans lui, la révolution sociale, économique et culturelle que connut le pays eût été impossible. On prétend que le comportement des Soviétiques pendant la guerre révélait la faillite du système et de son idéologie. Je maintiens, moi, que la guerre a été justement la preuve la plus éclatante de l'efficacité et de la puissance du système éducatif de l'époque.

Je n'entends nullement en faire l'apologie. Mon but

est de montrer à quel gigantesque mécanisme de conditionnement je me trouvai confronté avant la guerre. Maintenant que cette époque est révolue et que même les dirigeants soviétiques parlent comme des dissidents, il est facile d'adopter une attitude critique. Mais que l'on se replace, ne serait-ce qu'un instant, dans le contexte des années trente! Qu'on se mette à la place d'un gamin immergé dans cette masse humaine possédée par des illusions grandioses et une peur tout aussi grandiose de les perdre! D'un gamin qui ressentait sur lui, à chaque instant, toute la force du conditionnement idéologique! Lorsque l'avalanche de l'histoire est derrière vous et que vous considérez le passé en toute sécurité, vous pouvez vous permettre de regarder tout cela avec condescendance. Mais que vous serait-il advenu, à vous petit grain de sable insignifiant, si vous vous étiez trouvé sur le chemin de cette avalanche? J'étais un grain de sable de ce genre. J'ignorais encore ce que j'étais, dans quelle situation je me trouvais et quel torrent historique m'emportait.

Le système de conditionnement ne se réduisait pas à des institutions, des hommes, des leçons ou des paroles d'un certain type. Il pénétrait l'environnement social tout entier, mobilisant littéralement tout le monde. Toute notre vie en était imprégnée et il était impossible d'y échapper, même si nous l'avions voulu. Mais, en fait, nous ne le voulions pas. Lorsque mûrit en moi le désir d'aller contre le courant général, je réussis tout de même à faire quelque chose. Mais en 1933, je fus emporté, comme tout le monde. Bien plus, j'étais entraîné plus loin que les autres à cause de la situation pénible dans laquelle je me trouvais. Du point de vue psychologique, le communisme est une idée de misérables incapables de se défaire de leur misère. Or j'étais misérable entre tous.

La nouvelle société se voulait l'incarnation de toutes les vertus possibles en l'absence de tous les maux imaginables. L'homme qui devait habiter ce paradis social était supposé être un saint communiste, un ange terrestre. Et, de fait, on voulut faire de nous des anges communistes. Qui aurait pu alors deviner qu'en réalité ces anges n'étaient que des démons? Qui aurait pu penser qu'il existe des lois objectives de l'organisation sociale qui sont indépendantes de la volonté des hauts dirigeants? Même actuellement, les spécialistes en sciences sociales ne veulent pas l'admettre. Alors que dire des masses trop peu instruites pour les comprendre, ou de leurs chefs qui n'ont nul intérêt à les connaître!

Les lois objectives de la société communiste faisaient leur œuvre impitoyable. Elles obligeaient des millions de gens à s'adapter aux nouvelles conditions de vie. Le conflit entre les idéaux élevés et l'effrayante réalité poussa quelques rares êtres humains vers une révolte irrationnelle et désespérée. Le destin a voulu que je sois l'un d'entre eux.

Mon expérience sociale d'enfant

A la différence de l'acquisition de connaissances à l'école, la formation des idées d'un homme n'a rien d'harmonieux ni de régulier. C'est une fermentation chaotique qui demeure longtemps cachée aux regards extérieurs. Lorsqu'elle se révèle au grand jour, elle prend parfois des formes absurdes et incongrues. A partir de mon expérience personnelle, je me bornerai à décrire quelques aspects de ce processus sans en tirer de loi générale ni prétendre à la profondeur psychologique.

Comme je n'avais pas de foyer, je fréquentais ceux de mes camarades. Ils voulaient presque tous m'avoir pour ami : j'étais un compagnon commode. Cela me donna la possibilité de comparer la façon de vivre des uns et des autres. Chez certains, je voyais une misère comparable à la mienne. Chez d'autres, ce que je prenais pour une abondance de rêve. Les uns étaient calculateurs et même cyniques, d'autres insouciants et

109

idéalistes. Indépendamment de ma volonté, les faits s'imposaient à mon esprit et je ne pouvais éviter de les comparer entre eux. Certes, une certaine diversité dans le niveau et le style de vie des gens n'a rien d'étonnant, mais on ne nous en parlait jamais. Ce phénomène semblait circonscrit à la Russie d'ancien régime et au monde capitaliste. Dès qu'on parlait de notre société, on soulignait ce qui avait été fait de positif et on promettait l'abondance future. Je découvrais donc les contrastes par moi-même. Aujourd'hui, ces « découvertes » semblent bien naïves. Si je les évoque, c'est parce qu'elles contribuèrent à former la mentalité d'un garçonnet de la campagne qui se retrouvait, à onze ans, au centre de la nouvelle société.

Au début de ma scolarité à Moscou, nous étions trente-six élèves dans la classe. Au moins vingt d'entre nous avaient un niveau de vie misérable, dix un niveau de vie moyen, cinq ou six se situaient au-dessus de la moyenne. Ces élèves privilégiés (les « aristocrates ») vivaient, à l'exception d'une fillette sur laquelle je reviendrai, dans les « Maisons neuves », un quartier d'immeubles construits au début des années trente sur le modèle allemand. Les appartements, immenses pour l'époque, étaient dotés de tout le confort moderne. Un jour, on nous emmena en excursion dans ce quartier. On nous expliqua que, quand le communisme serait pleinement réalisé, tout le monde vivrait dans des immeubles de ce genre. Nos « aristocrates » se mirent à rire : devait-on en conclure qu'ils vivaient déjà sous le communisme intégral ? On ne leur tint pas grief de cette idée, de crainte qu'ils n'aillent se plaindre à leurs parents, tous plus influents les uns que les autres. Le père de l'un d'eux occupait un poste important au Comité central du parti ou au NKVD *. Ce garçon se sentait également un chef à l'école. Le père d'un autre « aristocrate » prénommé Igor était journaliste et avait séjourné plusieurs fois à l'étranger. D'ailleurs, Igor

---

* Commissariat du peuple à l'intérieur. La police politique (OGPU) y fut rattachée à partir de 1934 sous le sigle GUGB.

était né à Paris. Je ne me souviens pas des métiers des autres parents.

Igor était mon ami et j'allais souvent lui rendre visite. Il était bon élève et dessinait bien. Nous faisions ensemble des journaux muraux et des slogans pour décorer la classe. Dans sa famille, ils n'étaient que quatre mais vivaient dans un appartement plus vaste que toute notre cave avec ses six familles. Et je ne parle pas du confort : c'était la première fois que je voyais des lieux pareils. J'en fus bouleversé. Ce n'était pas de l'envie. Ce sentiment m'est étranger. J'étais d'autant plus impressionné par le contraste entre ce que je voyais et mon propre logement, que les idées sur la société communiste fondée sur l'égalité et la justice avaient déjà colonisé mon esprit. Le mobilier, l'habillement, les relations familiales, la nourriture, tout me frappa si fort qu'il me fallut plusieurs jours pour retrouver l'équilibre. Bientôt, j'appris à élaborer une défense. Je fis semblant d'être indifférent à toutes ces splendeurs et, chose curieuse, cette indifférence devint très vite réelle. Il m'arriva par la suite de fréquenter des foyers riches où des amis, ou leurs parents, cherchaient à étaler leur prospérité. Mon flegme les heurtait. Ils l'attribuaient au début à mon esprit borné de campagnard ou à un manque d'intelligence. Mais en écoutant nos conversations, ces adultes s'apercevaient qu'il s'agissait d'autre chose, bien qu'ils ne comprissent pas exactement quoi. Du reste, tout cela restait confus à mes propres yeux.

Ces premières réactions devant les différences sociales se transformèrent par la suite en détachement envers tout ce qui m'entourait. Je n'ai jamais pensé que ces gens ne méritaient pas leur train de vie ou qu'ils l'avaient acquis par des moyens malhonnêtes. Simplement, le spectacle d'une inégalité criante entre les hommes me sautait aux yeux. Et cette inégalité, loin d'être une survivance de l'ancien régime, découlait de la nouvelle société.

Après la septième, tous nos « aristocrates » disparurent. On créait alors à Moscou des écoles secondaires militaires spéciales. Deux d'entre eux entrèrent dans l'école d'artillerie où le fils de Staline, Vassili, faisait ses études. Les autres furent placés dans une école pilote que fréquentaient les enfants de hauts dirigeants du parti, de ministres (on disait alors « commissaires du peuple »), de généraux, d'écrivains ou d'artistes haut placés. C'est dans cette école que Svetlana Staline fit ses études.

Dans les années trente, l'inégalité sociale dans le système d'enseignement n'était pas aussi marquée qu'après la guerre, mais elle était déjà sensible. Plusieurs de mes amis, issus de la nouvelle élite, entrèrent dans des écoles privilégiées. Ni Marx ni Engels n'avaient certainement prévu cela...

L'une de nos « aristocrates » s'appelait Natacha Rosenfeld. Son père était un Allemand russifié qui avait été pilote d'avion pendant la Première Guerre mondiale puis était devenu ingénieur aéronautique. Il travaillait avec le célèbre Andreï Tupolev et avait pris part à la mise au point de l'avion grâce auquel Tchkalov, Baïdoukov et Beliakov avaient pu rallier les Etats-Unis. Il était déjà décoré, ce qui avait, avant la guerre, une bien plus grande importance que de nos jours. Alexandre Beliakov, futur lieutenant-général d'aviation, était son ami personnel. La mère de Natacha avait abandonné le théâtre et se consacrait entièrement à l'éducation de ses deux filles.

Les Rosenfeld étaient des gens d'une tout autre espèce que les parents d'Igor. Leur appartement de Moscou était médiocre, situé dans une maison en bois dépourvue de confort. Ils possédaient une datcha près de Moscou, mais elle avait également piètre allure. En revanche, leur maison était toujours pleine de monde. La mère de Natacha, férue d'expériences pédagogiques, entourait ses filles de dizaines d'enfants. Elle organisait des concerts, des spectacles et des fêtes costumées. Pour l'époque, son mari gagnait beaucoup d'argent, mais tout était englouti dans les activités « pédagogiques » et « théâtrales » de la mère. Elle composait elle-même des pièces et prenait part aux spectacles. Bien entendu, les rôles principaux étaient toujours joués par ses filles. Elles étaient toutes deux très belles, surtout Natacha, et une foule de soupirants se pressait autour d'elles. Leur maison était fréquentée par de nombreuses têtes qui devinrent célèbres par la suite : Beliakov, déjà cité, Igor Chafarevitch, l'un des meilleurs mathématiciens soviétiques, et Sergueï Korolev, le constructeur de fusées, futur ingénieur en chef de la conquête de l'espace. Il voulait même épouser Natacha qui refusa. Ses préférences allaient vers un colonel, pilote d'essai et héros de l'Union soviétique *. Elle n'eut pas de chance. Son fiancé mourut bientôt en essayant un nouveau prototype.

La mère de Natacha présidait le comité de parents d'élèves de notre école. Elle m'aida souvent. C'est grâce à elle que j'eus droit à des repas gratuits à l'école et à des bons pour des vêtements et des chaussures. Elle m'invitait à venir les voir mais je me sentais étranger parmi ces enfants qui envahissaient leur appartement et leur datcha et que l'on considérait, parfois avec raison, comme des surdoués. De plus, comme j'étais le plus jeune, je ne prenais pas part aux spectacles, ni aux fêtes costumées.

Le système des circuits de distribution réservés à l'élite, avec ses magasins, ses cantines, ses maisons de repos et de vacances, fut pour moi une autre découverte de l'inégalité à la soviétique. Ce système apparut dès la révolution, à cause de la pénurie. Visant à assurer des conditions de vie à peu près supportables aux personnages importants, il devint bientôt une forme spécifiquement communiste de répartition des biens. Ce système a connu des modifications mais, pour l'essentiel, s'est conservé tel quel et perdurera tant qu'existera le communisme. Il comprenait des magasins privilégiés spéciaux, les fameux *Torgsin* **, où l'on

* La plus haute distinction en URSS.
** Acronyme des mots russes qui signifient « commerce avec les étrangers ». Ces magasins sont les ancêtres des célèbres *Beriozkas*.

pouvait acheter, contre des devises étrangères, des produits alimentaires ou d'autres marchandises qu'on ne trouvait pas dans le commerce ordinaire, des bijoux ou des objets précieux (porcelaines, fourrures, œuvres d'art). Les *Torgsin* achetaient également aux particuliers des objets de valeur contre de l'argent soviétique.

Les familles de mes camarades qui vivaient dans des conditions misérables parlaient constamment de leurs difficultés. Tout le monde savait qu'une catégorie particulière vivait « comme les capitalistes et les propriétaires terriens ». Mais cela semblait aller de soi. C'était un phénomène naturel et non une injustice ou une manifestation provisoire, en l'attente de l'égalité pour tous. Après un quart de vodka, le père de l'un de mes camarades répétait toujours que « des pauvres et des riches, il y en a toujours eu et il y en aura toujours ». Nous nous insurgions contre cette idée et mettions en avant nos convictions acquises à l'école sur la future société d'abondance. D'un côté, je constatais l'inégalité de fait, de l'autre, les idéaux du communisme avaient produit sur moi une si forte impression que j'appelais de tous mes vœux leur mise en application.

Tous les étés, je retournais au village et découvrais à quel point la vie y tournait au cauchemar. Je n'en devenais que plus conscient des différences sociales entre les hommes et, en même temps, cela renforçait mon désir de voir se réaliser réellement une société d'abondance, égalitaire et juste.

La vie du pays

Le rationnement fut supprimé. Les prix des produits alimentaires baissaient régulièrement. Des objets de consommation courante, comme les vêtements, les chaussures, les ustensiles de ménage, apparurent dans les magasins. La vie devenait plus intéressante. Nous participions aux défilés, aux rassemblements de pion-

114

niers et à toutes sortes d'entreprises d'utilité publique (collecte de métaux, de papier, etc.). Au cinéma, on nous passait de nouveaux films, fort bien faits du point de vue de la propagande et qui produisaient même un certain effet en Occident. Pour nous, c'étaient de vraies fêtes. J'ai dû voir *Tchapaïev* une vingtaine de fois et *Nous autres de Cronstadt*, une dizaine. On organisait, pour nous, des lectures publiques des nouvelles œuvres d'écrivains soviétiques. Le roman de Nikolaï Ostrovski *Et l'acier fut trempé* devint une sorte de manuel d'éducation communiste de la jeunesse.

Nous ressentions les principaux événements de la vie du pays comme s'ils faisaient partie de notre propre vie. La reconstruction de Moscou qui commençait alors n'était pas, à nos yeux, synonyme de destruction et de mutilation de la ville historique, mais un progrès évident, tant esthétique que matériel. Je vis démolir la célèbre tour Soukharev et les châteaux d'eau près de la gare de Riga, les boulevards de la Ceinture des jardins et la première rue des Bourgeois. Même cela était pour nous un progrès inouï. Près de notre immeuble une église fut détruite. A sa place, on construisit une école d'arts industriels. En un mot, on nous présentait la vie du pays sous des accents héroïques et romantiques. Cela rendait exaltant le quotidien et reléguait, Dieu sait comment, au second plan toutes les horreurs et les difficultés réelles. Nous prenions la répression stalinienne pour une continuation de la révolution et de la guerre civile. Il est vrai qu'à l'époque, elle n'avait presque pas touché mon entourage. Dans l'immeuble voisin, on arrêta un ingénieur, puis celui qui lui succéda, mais cela ne nous fit aucune impression. Pour nous, les procès politiques qui suivirent l'assassinat de Kirov * furent une sorte de spectacle. Nous attendions avec impatience d'autres représentations du même ordre.

* Kirov fut tué (sans doute sur ordre de Staline qui le considérait comme un rival) en décembre 1934. Les premiers procès de Moscou s'ouvrirent en août 1936.

En dépit de toutes les difficultés, je semblais énergique, gai et respirant la joie de vivre. Dans ma famille, cette façon de faire face aux malheurs nous avait été inculquée dès le plus jeune âge. Le rire était pour nous une défense contre l'indigence et la dureté de la vie. A l'école, mes dessins du journal mural me valurent la réputation d'un humoriste-né. J'intériorisai ce rôle qui, parfois, m'entraîna trop loin. En 1935, le projet de nouvelle Constitution fut publié dans la presse pour être soumis à la discussion générale. On en débattait partout. Chacun croyait que Staline lui-même en était l'auteur. Nous en discutions pendant les cours et toutes sortes de réunions. Avec deux de mes camarades, j'entrepris, par jeu, d'écrire une Constitution pour rire. Selon notre propre Loi fondamentale, les paresseux et les ânes bâtés auraient droit aux mêmes notes que les bons élèves. Les cancres pourraient accéder aux meilleurs instituts sans passer d'examens. Les gens stupides et malhonnêtes seraient investis des plus hautes fonctions. Le peuple devrait louer toutes les décisions du pouvoir, quelles qu'elles fussent. Cela finit par prendre les dimensions d'un cahier scolaire tout entier. Nous avions même conçu une monnaie spéciale sur laquelle il était écrit que, contrairement à la société capitaliste, cet argent ne permettait pas d'acheter quoi que ce soit. Notre Constitution produisit un effet prodigieux : une vague de panique envahit l'école. Des représentants des « organes » vinrent sur place. Quelqu'un nous dénonça et on nous exclut de l'école, mais nous reniâmes notre œuvre. Notre écriture ne pouvait pas nous trahir : nous avions écrit le texte en capitales. L'enquête dura deux semaines. Pour finir, on nous réadmit à l'école et l'affaire en resta là.

Ce fut ma plus grande expérience de satire politique de ma période scolaire. Mon inclination pour les plaisanteries sociopolitiques ne m'avait jamais encore entraîné aussi loin que notre projet de Constitution.

A la fin de 1933, le paquebot *Tcheliouskine* tenta d'ouvrir la navigation septentrionale, de Mourmansk à Vladivostok. Ce fut un échec. Le navire fut écrasé par les glaces. Cette opération donna lieu à une grandiose campagne de propagande. Les participants furent célébrés comme des héros. Le père de l'un de mes camarades nous dit que tout le battage orchestré autour du *Tcheliouskine* était du « chiqué ». C'était la première fois que j'entendais ce mot qui joue un rôle si important dans la vie soviétique *. « Si l'expédition a échoué, en quoi faut-il s'extasier ? » demandait cet homme. « De quel héroïsme s'agit-il si aucun d'eux ne s'est même gelé le bout du nez ? » Ces paroles se sont gravées pour toujours dans ma mémoire. Depuis, je ne crois pas à l'héroïsme s'il n'implique pas qu'on risque sa vie.

Des paroles de ce genre, qui n'étaient pas prévues par le système d'éducation de l'Etat, faisaient leur œuvre invisible et déposaient dans mon esprit des doutes sur la crédibilité de la propagande. La plupart des enfants s'y familiarisaient avec la nécessité de « savoir se taire » et de faire semblant. Moi, ils me bouleversaient et aiguisaient en moi un sentiment d'injustice.

L'un des membres de l'expédition dans les mers nordiques était originaire d'un village voisin du nôtre. A son retour, il fut accueilli en grande pompe et couvert de cadeaux. Tout le temps qu'il vécut à la campagne, il ne dessoula pas. Puis il s'en alla Dieu sait où. Dans la région, tout le monde se moquait de lui. A mes yeux, mon frère Nikolaï, en sauvant une brebis attaquée par un loup, avait fait preuve d'infiniment plus d'héroïsme que ce prétendu héros imbibé d'alcool qui « ne s'était même pas gelé le bout du nez ». C'est ainsi que j'appre-

* En russe : *lipa*.

117

nais à faire la distinction entre l'apparence et la réalité des choses.

Orgie d'idées

En 1936, ma sœur Anna et mon frère Nikolaï vinrent s'installer à Moscou. Mon frère aîné avait déjà deux enfants. Nous logions donc à huit dans la chambre. A l'époque, je faisais mes devoirs aux bibliothèques Tourgueniev ou Griboïedov, ce qui était plus commode pour accéder aux livres. De plus, je pouvais me lier avec des gens intéressants. J'avais commencé à me passionner pour la philosophie et les socialistes utopiques. Je lus Voltaire, Diderot, Rousseau, Helvétius, Hobbes, Locke, John Stuart Mill. Je me plongeai dans *La Cité du soleil* de Campanella, l'*Utopie* de Thomas More, le *Voyage en Icarie* de Cabet. Je lus Saint-Simon, Fourier, Owen. On eut vent de mes lectures à l'école. Les professeurs d'histoire et de littérature me désapprouvèrent : ils estimaient que j'étais encore trop jeune pour lire ces auteurs. Je leur proposai de passer un test, mais ils refusèrent. En fait, eux-mêmes ne les avaient pas lus.

Dans le même temps, je me livrais à une véritable orgie littéraire. Mes héros préférés étaient des solitaires intrépides qui n'étaient pas nécessairement des révolutionnaires, mais simplement des hommes courageux qui luttaient seuls contre les forces du mal. Puis je me passionnai pour les œuvres qui mettaient en scène des « hommes en trop », cette autre espèce de solitaires. J'aimais aussi les œuvres écrites par des anarchistes ou consacrées à l'anarchie. Dans les bibliothèques que je fréquentais, je passais pour un forcené de la lecture et l'on me laissait accéder aux rayons où je passais des heures à feuilleter des livres et à sélectionner ceux qui m'intéressaient. Il m'est impossible d'énumérer tous les ouvrages que je dévorai à cette époque. Je relus plusieurs fois certaines œuvres de Victor Hugo, Balzac, Stendhal, Milton, Swift, Hamsun, Anatole France, Dante, Cervantès... Bref, je lus tous les grands écrivains du passé et les écrivains vivants reconnus qui étaient disponibles en russe. On avait alors entrepris, en Union soviétique, de publier ou de rééditer les grandes œuvres de la littérature universelle. Les hommes chargés de cette entreprise (notamment Maxime Gorki) sélectionnaient ce qu'il y avait de meilleur dans la littérature mondiale et nous épargnaient ainsi de longues recherches. Quant aux auteurs russes, nous les étudiions à l'école. En dépit de leur caractère sélectif et propagandiste, les cours nous habituaient à lire en profondeur et à analyser les œuvres. Ils nous firent considérer la littérature comme ce qu'il y avait de plus sacré dans la civilisation humaine.

Ainsi, on nous enseignait intensivement la littérature russe d'ancien régime. A cause de cela (je pourrais dire aussi malgré cela), elle tenait une grande place dans notre vie intellectuelle. A mes yeux, elle n'appartenait pas au passé. Elle était ma compagne de tous les jours. J'ai toujours oscillé entre deux extrêmes envers la réalité : la satire nihiliste et l'idéalisme romantique. Ces deux positions, qui se rencontrent fréquemment chez les Russes, ne furent pas sans influencer mes goûts littéraires. Je reconnaissais en Pouchkine un grand poète et connaissais par cœur nombre de ses œuvres, mais je ne subis jamais son influence. Mes écrivains phares étaient Lermontov, Griboïedov, Saltykov-Chtchedrine, Leskov, Tchekhov. Je n'éprouvais aucune passion pour Tourgueniev, Dostoïevski et Tolstoï, mais je les lus. Je connaissais par cœur des morceaux de *Guerre et Paix*, la *Légende du Grand Inquisiteur* des *Frères Karamazov* et certains *Récits d'un chasseur*. J'aimais les pièces d'Alexeï K. Tolstoï et d'Ostrovski. De Gorki, je n'appréciais que le théâtre. J'ai relu récemment son roman *Klim Samguine* : il m'a paru artificiel et ennuyeux. Je ne comprends pas comment j'ai pu le dévorer dans ma jeunesse. Sans doute sous la force de l'habitude : je

119

lisais de la première à la dernière page tous les livres qui me passaient entre les mains.

Le *Voyage de Petersbourg à Moscou* d'Alexandre Radichtchev représenta pour moi une immense découverte. Le livre et le sort de son auteur * me bouleversèrent tellement que je décidai d'écrire mon propre *Voyage de Tchoukhloma à Moscou*. J'avais déjà beaucoup d'idées, mais ce projet resta sans lendemain pour des raisons aujourd'hui oubliées.

Bien entendu, les auteurs soviétiques figuraient également au programme scolaire : Serafimovitch, Alexeï Tolstoï, Maïakovski, Cholokhov, Fadeïev, Blok, Nikolaï Ostrovski, Fourmanov, Bagritski et d'autres. Nous lisions aussi beaucoup en dehors du programme. Comme la plupart de mes camarades, je connaissais très bien la littérature soviétique. Je pouvais réciter presque par cœur Blok, Essenine et Maïakovski. On publiait alors peu de livres et nous les lisions tous. A mon avis, la production littéraire des années vingt et trente était de très grande qualité. Cholokhov, Fadeïev, Lavrenev, Serafimovitch, Alexeï Tolstoï, Fedine, Babel, Leonov, Ehrenburg, Iassenski, Ilf, Petrov, Tynianov, Olecha, Zochtchenko, Boulgakov, Kataïev, Paoustovski, Trenev, Vichnevski et bien d'autres étaient tous des écrivains remarquables. Je continue à considérer Maïakovski comme le plus grand poète du siècle et Cholokhov comme l'un des plus grands prosateurs. Mais nous ne nous contentions pas de les lire : nous discutions interminablement des sujets et des qualités de leurs œuvres. Il est probable que la littérature n'a jamais connu un lecteur aussi attentif et avide que le lecteur russe des années trente.

* Radichtchev (1749-1802) est souvent considéré comme le premier révolutionnaire russe. Catherine II l'exila en 1790 pour avoir écrit le *Voyage*. Il finit par se suicider.

J'adhérai au Komsomol en 1937. Il n'y avait là rien d'extraordinaire. La majorité de mes camarades en faisaient déjà partie. Cependant, pour moi, cette adhésion révêtait un véritable sens car je voulais devenir un vrai communiste. Affamé d'idéal, les vrais communistes s'identifiaient à mes yeux aux personnages des romans soviétiques, comme Gleb Tchoumalov dans *Le Ciment* de Gladkov, Pavel Kortchaguine dans *Et l'acier fut trempé* d'Ostrovski, ou ceux que j'avais vus dans des films. Ces hommes n'avaient aucune motivation carriériste. Ils étaient honnêtes, modestes et pleins d'abnégation. Ils œuvraient pour le bien du peuple et combattaient le mal sous toutes ses manifestations. En un mot, ils incarnaient tout ce que l'humanité avait de meilleur. Je dois dire que cet idéal n'était pas uniquement une fiction. De tels communistes idéalistes existaient dans la réalité mais ils formaient une minorité insignifiante par rapport à la masse des communistes réalistes. Mais ce fut précisément grâce à ces idéalistes que la nouvelle société tint bon et survécut dans les pires conditions historiques. Mon oncle, Mikhaïl Maïev, était un de ceux-là. Pendant la guerre civile, il fut commissaire de division et prit part à la prise de Perekop *. Après la guerre, il travailla pour le parti. Jusqu'à sa mort, il porta une capote militaire usagée, refusa tous les privilèges et vécut avec sa famille dans une seule pièce en appartement communautaire. Lorsqu'il mourut, il était déjà retraité et habitait Moscou. Des dizaines de personnes de toutes les régions vinrent à son enterrement pour marquer le respect profond qu'elles éprouvaient à son égard. Miron Sorokine, le père de mon épouse, Olga, appartenait à la même catégorie. On pourrait lui consacrer un livre

---

* Dernière bataille de la guerre civile, en Crimée. Les troupes blanches y furent écrasées par l'Armée Rouge, en 1920.

tant il ressemblait au communiste idéal. Après avoir combattu pendant la guerre civile, il fit ses études dans une faculté ouvrière, sorte d'école secondaire pour travailleurs qui n'avaient pu suivre une scolarité normale. Il termina l'Académie industrielle et partit comme bénévole sur un chantier en Sibérie. Ingénieur en chef dans une entreprise à Norilsk, il vécut toujours avec sa famille dans une petite pièce car il refusait les appartements « attribués ». Il travailla à la mise en valeur des terres vierges puis fut exclu du parti parce qu'il n'était pas devenu un aigrefin, comme tout le monde. Il demeura plusieurs années sans travail avec sa famille qui comptait sept personnes. Il avait soixante-cinq ans lorsque lui et les siens se virent enfin attribuer un appartement de trente et un mètres carrés. Mes frères Mikhaïl, Nikolaï et Vassili entrent également dans la catégorie des communistes idéalistes. Il m'est souvent arrivé de rencontrer de ces hommes dans les situations les plus diverses. En dépit, ou plutôt à cause de mon attitude critique envers la réalité, j'aspirais justement à devenir l'un d'eux.

La société communiste, telle que l'imaginaient les utopistes et à plus forte raison les marxistes, répondait pleinement à ma conception de la société idéale que j'appelais de mes vœux. Par mon adhésion aux jeunesses communistes, je croyais consacrer toute ma vie à la lutte pour cette société où la justice triompherait, où régnerait l'égalité sociale et économique de tous et où les besoins fondamentaux des hommes seraient satisfaits. Ma conception de la future société d'abondance était fort modeste : un lit individuel avec des draps propres, du linge propre, des vêtements convenables et une alimentation normale. Je voulais aussi que les gens soient unis et jugent équitablement la conduite de chacun. Bref, que tout le monde vive dans un collectif idéal. L'idée que le communisme pouvait donner naissance à une société collectiviste parfaite s'était emparée de moi. Le collectif commença à m'apparaître comme une sorte d'incarnation de cet

Etre suprême qui devait voir mes pensées et mes actes et me juger avec une équité absolue. Ces idées correspondaient aux principes de transparence du cœur et de l'esprit, hérités de ma mère.

Le livre d'Anton Makarenko *Le Poème pédagogique* fut publié en 1935. Cet ouvrage joua dans l'éducation de ma génération un rôle tout à fait comparable à celui de *Et l'acier fut trempé*. Je le lus et relus au moins cinq fois. Nous en discutions à l'école et entre nous. Sous son influence, je me mis à développer mes idées sur les relations entre l'individu et le collectif en les essayant sur mes amis. Je me passionnais aussi pour Maïakovski. Un de ses décrets me plaisait particulièrement : « Hormis une chemise fraîchement lavée, à vrai dire, [il n'était] besoin de rien. » Mon idéal aspirait à une société de ce type : tout appartiendrait à tous, chacun aurait le minimum indispensable et donnerait ses forces et ses talents à la société, recevant en échange la reconnaissance de ce qu'il faisait, le respect et un minimum vital égal à celui d'autrui. Les gens pourraient être différents dans leurs capacités et leur créativité. La société pourrait admettre une hiérarchie dans le mérite et le respect mais aucune différence de rémunération, aucun privilège.

Je ne crois pas avoir fait preuve de non-conformisme en nourrissant ces idéaux. Beaucoup rêvaient de la même chose. Mon originalité est d'avoir observé la réalité soviétique, d'avoir perçu comment le communisme idéaliste était vaincu par le communisme réel et d'en avoir conclu que la société soviétique excluait toute possibilité de créer le communisme idéal. Pour moi, l'abondance et la croissance du bien-être dans les conditions du communisme réel menaient à la faillite des idéaux communistes et toute tentative pour matérialiser ces idéaux conduisait aux conséquences les plus sinistres. Tout cela m'apparut très tôt d'une façon intuitive et émotionnelle. Je ne l'assumai intellectuellement que bien des années plus tard, dans la période de l'après-guerre.

A mesure que je me passionnais pour le communisme idéal, je devenais plus critique pour la réalité soviétique.

Amitié adolescente

En 1937, un nouvel élève arriva dans notre classe : Boris Iezikeïev. Il avait deux ou trois ans de plus que moi. Il souffrait d'une maladie mentale et avait passé deux ans à l'hôpital. Les médecins l'estimaient suffisamment remis pour poursuivre des études dans une école ordinaire. Il joua un rôle énorme dans ma vie. Pour moi, il était génial. Dans tout autre pays, des gens l'auraient aidé à concrétiser son génie. En Russie, tout fut fait, au contraire, pour l'étouffer. Boris dessinait magnifiquement et écrivait de superbes poèmes. De plus, il était un observateur et un interlocuteur d'une finesse extrême. Jusqu'en 1940, il fut pour moi l'être proche entre tous. Nous instaurâmes une sorte de division du travail : dans cette société en réduction constituée de deux personnes, il fut peintre et poète en chef et moi philosophe et penseur politique en chef. D'ailleurs, nous décrétâmes, par plaisanterie, que nous étions un Etat souverain.

Premiers essais littéraires

Je ne me souviens pas de mes tout premiers essais littéraires. De ma période moscovite, j'ai retenu en particulier ce fatidique portrait de Staline pour lequel j'avais composé une légende rimée : « Sans erreur et dans la gloire, Staline nous mène à la victoire. » Je dessinai aussi, toujours pour le journal mural, la caricature d'une fillette qui travaillait mal. Elle avait trois ans et deux têtes de plus que moi. Au cours d'une séance de critique de son détachement de pionniers, elle avait promis d'avoir de meilleures notes mais ne l'avait pas fait. Je donnai à mon dessin la légende suivante : « Aussi menteuse qu'une ânesse, elle a oublié sa promesse. » L'humour venait du dicton russe « il ment comme un âne * » transposé au féminin. Bouleversée par mon sarcasme, la fillette tomba malade. Ses parents exigèrent des « mesures » à mon égard. Bien des années plus tard, quand je devins collaborateur de l'Institut de philosophie de l'Académie des sciences, certaines caricatures de grands chefs idéologiques que je faisais pour les journaux muraux furent examinées de près au Comité central du parti. Ma carrière de caricaturiste prit fin au début des années 1970. Par ordre du Comité central, la rédaction de notre journal fut dissoute et je fus exclu de la nouvelle rédaction. Presque quarante ans séparent ces deux scandales : pendant cette période, j'ai dû participer à la rédaction d'au moins cinq cents journaux muraux, dessiner plusieurs milliers de caricatures et rédiger autant de légendes. Bien peu de choses sont restées de cette production.

A douze ans, j'écrivis une nouvelle très larmoyante sur un garçon de la campagne qu'on amenait à Moscou pour ses études. Je me fondais sur mon expérience personnelle et j'étais sous l'influence de la nouvelle de Tchekhov *Vanka* **. Pourtant, à la différence de Tchekhov, mon récit se terminait bien : l'école, les maîtres, le Komsomol et les pionniers aidaient mon héros à surmonter ses difficultés. Je montrai cette nouvelle à ma maîtresse de russe. Elle me complimenta. On voulut même la publier dans le journal de l'école, mais quelqu'un y trouva quelque chose de séditieux. En effet, mes camarades et mes maîtres observèrent très tôt chez moi la particularité suivante : lorsque je louais des aspects de la vie en Union soviétique, le résultat était tel qu'il aurait mieux valu que je les vilipende.

---

* L'expression exacte est : « Il ment comme un hongre gris » (comme un arracheur de dents).

** La nouvelle évoque un garçon de la campagne, orphelin, que son grand-père a placé chez un cordonnier, à Moscou, et qui s'y sent très malheureux.

J'avais sans doute, en littérature comme en dessin, un talent inné pour la satire, mais je l'ignorais encore. De sorte qu'en voulant sincèrement exprimer une idée positive, j'y glissais involontairement des connotations négatives.

En 1937, j'écrivis un récit fondé sur une histoire réelle qui s'était déroulée dans un immeuble voisin. Un ingénieur avait été arrêté comme « ennemi du peuple », sa famille exilée et sa chambre attribuée à l'ouvrier d'usine qui l'avait « démasqué » sur ordre du bureau du parti. Notre bande accueillit en héros le fils du délateur, qui fut même promu ingénieur. Au bout de quelques mois, il fut arrêté à son tour et sa famille exilée de Moscou...

Dans mes rédactions scolaires, je commençai à « jouer l'original », comme disait mon institutrice. En réalité, je ne cherchais rien de tel et si une quelconque « originalité » se manifestait, c'était tout à fait involontaire. Instinctivement, puis consciemment, j'ai toujours aspiré à la vérité et à la clarté et cherché à atteindre « la substantifique moelle » en toute chose. Je n'ai en mémoire qu'une seule de mes rédactions qui péchât par excès d'« originalité ». J'y évoquais une nouvelle de Tchekhov consacrée à la bassesse humaine et j'en tirais une conclusion sur le caractère universel des traits négatifs de l'homme. « Rappelle-toi, écrivais-je en conclusion, que le sale tour que tu peux jouer à autrui, d'autres peuvent aussi te le faire. » Ma rédaction fit l'objet d'une discussion à une réunion du Komsomol. Je fus critiqué pour n'avoir pas compris que la règle que je formulais ne jouait que dans une société bourgeoise. Dans notre société socialiste œuvrait la loi de l'entraide et de l'amitié !

Comme membre du Komsomol, je devais avoir une activité militante. Je fus nommé chef d'un détachement de pionniers de quatrième mais je m'acquittai de cette tâche sans enthousiasme ni efficacité, faute de goût à diriger les autres. Je préférais travailler en solitaire. Je proposai au comité du Komsomol de l'école

126

de publier un journal mural satirique intitulé *A la pointe de la plume*. Cela fut approuvé. Jusqu'à la fin de ma scolarité j'en demeurai pratiquement l'unique artisan. En plus des dessins et des légendes, j'écrivais des petits poèmes et des sketches satiriques.

Je n'ai aucun souvenir des sujets traités. Du reste, on ne retient presque rien de ce à quoi on n'accorde pas d'importance. A l'armée, je rédigeais des *Feuillets de combat* (une sorte de journal mural), parfois à raison de plusieurs par jour. Mais de toutes ces caricatures, répliques, poèmes et sketches, je n'ai presque rien retenu. Je peux en dire autant de mes activités similaires à la faculté de philosophie de l'université de Moscou puis à l'Institut de philosophie.

Au cours de mes dernières années d'école (de 1937 à 1939), je composai nombre de poèmes. Je les écrivais rapidement, sur toutes sortes de sujets, souvent à la suite de paris. J'imitais le poète d'ancien régime Minaïev, aujourd'hui presque oublié, que je considère comme le plus virtuose des versificateurs de la poésie russe d'avant 1917. Sur un pari, il pouvait ciseler un poème d'une seule traite, le temps de descendre la perspective Nevski à Petersbourg. Suivant son exemple, je composais mes impromptus en suivant l'avenue de la Paix (ancienne première rue des Bourgeois) depuis la place des Kolkhozes jusqu'à celle de la gare de Riga sur une distance équivalente à la perspective Nevski. En dehors de ceux qui me semblaient importants sur le plan personnel ou public, je ne notais pas mes poèmes et ne cherchais pas à les retenir. Mon livre *L'Élan de notre jeunesse* contient un poème intitulé *Première Prophétie* qui date de 1939. A l'armée, j'écrivis à Boris de longues lettres en vers. Qui sait comment mon destin aurait tourné si j'avais commencé à publier, dès ces années-là, et m'étais fait une réputation de poète ? Je ne regrette pas que cette période de création intense n'ait débouché sur rien. Qu'elle ait existé est l'essentiel. Je déplore bien plus que Boris Iezikeïev n'ait pu concrétiser ses capacités.

Il aurait pu devenir un sujet de fierté pour la nation russe. Mais en Russie, on préfère toujours s'aplatir devant n'importe quelle médiocrité occidentale en empêchant des talents de s'épanouir et en tuant des génies potentiels.

Amours adolescentes

Je ne pense pas que mon grand-père ou mon père aient fait une déclaration d'amour ou des serments de fidélité à leurs épouses. Ils ont simplement aimé, une fois pour toutes et pour toujours. Pour eux, ces femmes ont été les seules de leur vie. Point n'était besoin de dire des mots d'amour : tout était clair d'emblée. De ce point de vue, j'ai fait un pas en avant, mais pas jusqu'au point où l'on puisse me considérer comme un homme « moderne ». Beaucoup de romans que j'ai lus traitaient de l'amour et des relations amoureuses. Dans la plupart des cas, elles m'ont paru verbeuses, artificielles. D'autre part, je refuse absolument la littérature érotique contemporaine, à mes yeux mensongère. Elle concourt à la dégradation morale de l'humanité. C'est chez Lermontov, Hugo et Hamsun que j'ai trouvé les descriptions de l'amour qui m'étaient les plus proches dans l'esprit et qui m'ont paru les plus sincères. Dans mes livres, j'ai consacré très peu de place à ce thème, sauf peut-être dans *La Maison jaune*, *Va au Golgotha* et *Vivre !*. Ma réserve n'est pas due à un manque d'intérêt pour le sujet mais, au contraire, à son caractère tellement sacré que j'ai craint de le souiller avec des mots inutiles. Je ne l'ai évoqué que lorsque j'étais sûr de ma sincérité et que cela ne contredisait pas mes principes.

En classe de dixième, je travaillais régulièrement à la bibliothèque Tourgueniev, qui n'existe plus. L'immeuble a été rasé, non pas pendant la maudite période stalinienne, mais tout récemment, comme tant d'autres à Moscou. C'est là que je fis la connaissance d'une fillette qui me plaisait beaucoup. Elle portait un

128

prénom bien russe, Anna, mais elle ressemblait à une Espagnole et voulait qu'on l'appelle Ines, Ina en diminutif. Elle aimait à jouer le rôle d'une mystérieuse étrangère. Elle était en neuvième dans une autre école du quartier et fréquentait la bibliothèque pour y rencontrer des camarades intéressants avec qui parler. Elle lisait beaucoup, avait de l'esprit et se passionnait pour la peinture, comme Boris et moi. Elle devint membre de plein droit de notre bande. Son frère aîné avait été admis à la faculté de mécanique et de mathématiques de l'université et elle avait aussi deux petites sœurs. Leur père occupait un poste de responsabilité dans le commerce. Leur maison était toujours pleine de monde. On mangeait et on buvait beaucoup. Ina avait une foule d'amis qui étaient tous amoureux d'elle. Nous nous voyions assez souvent chez elle, ou dans les musées. Nous nous promenions aussi sur l'avenue de la Paix. Je crois qu'Ina m'accordait une certaine préférence. Elle était encore à l'âge où, parmi les qualités qu'elle pouvait rechercher chez un jeune homme, l'intérêt intellectuel prédominait. Elle aimait discuter. Or j'étais imbattable dans les conversations. Nous essayions de nous voir seuls et, lorsque nous étions en bande, nous restions le plus souvent ensemble. Je n'ai pas besoin de décrire mon état amoureux. Il n'avait rien d'original. Je vivais ce sentiment sous l'empire des descriptions romantiques de l'amour que j'avais lues. Ajoutons à cela mon éducation puritaine, quasi ascétique, tant dans ma famille que, sous une forme plus hypocrite mais tout aussi efficace, à l'école. Durant toute notre amitié je n'osai même pas lui prendre le bras. Ce fut un amour romantique, absolument pur. Je portais alors déjà en moi le germe d'un très grand secret. Celui d'un homme qui se rebelle contre le monde entier. A l'époque, de tels rapports entre jeunes gens et jeunes filles n'étaient pas rares. C'était d'ailleurs une tendance du communisme idéaliste.

Pour moi, le problème sexuel était avant tout spiri-

129

tuel, moral et éthique. Les relations charnelles ne venaient qu'au second plan. Je pensais que la femme n'était donnée à l'homme qu'une seule fois et pour toujours comme une déesse unique et irremplaçable ou un don divin. Cette déification délibérée de la femme commença avec Ina. Je ne crois pas que cette conception de l'amour soit la meilleure et digne d'être imitée. Au cours de la guerre et dans les années qui suivirent, la société soviétique accomplit silencieusement sa « révolution sexuelle » et devint une société sexuellement dissolue. Cette révolution ne prit pas l'aspect sensationnel qu'elle eut en Occident. Lorsque les Occidentaux ont commencé à l'évoquer, la Russie était déjà en proie à une promiscuité effrénée, masquée par une idéologie de tartufes. Je ne fais que constater cette liberté des relations sexuelles. Je ne la condamne pas mais ne l'accepte pas dans mon cas personnel. J'ignore si la monogamie est un phénomène physiologique ou moral, mais je penche malgré tout pour la seconde hypothèse. Après avoir longtemps observé les gens, j'en suis venu à la conclusion que la liberté sexuelle est tout autant une manifestation qu'une cause de leur dégradation morale.

Lorsque je me promenais avec Ina jusqu'à minuit, avenue de la Paix, j'étais bien loin de ces considérations théoriques. Nous parlions en marchant côte à côte. Ces conversations sur des thèmes qui n'avaient rien à voir avec l'amour étaient la meilleure des déclarations amoureuses. Maintenant que tout ceci a sombré dans le passé, je me le remémore sous des couleurs romantiques, mais à l'époque je souffrais de mon incapacité à vaincre la barrière de la chasteté. Bien des garçons que je côtoyais avaient déjà connu des femmes. Ils me conseillaient d'utiliser mon amitié avec Ina et m'assuraient que si je ne le faisais pas, un adulte débauché s'en chargerait sûrement. Cette pensée me faisait souffrir, mais je ne pouvais pas enfreindre ce qui était à mes yeux un tabou. Plus tard, loin d'être fier de mes conquêtes féminines, je le serai des fois où je parviendrai à m'abstenir.

130

Après l'adoption de la nouvelle Loi fondamentale, en 1936, une nouvelle matière fut introduite à l'école : l'étude de la Constitution. Notre enseignant était un étudiant de troisième cycle à l'Institut de philosophie, de littérature et d'histoire de Moscou (MIFLI). Il s'appelait Iatsenko, je crois.

Il était admis que Staline était l'auteur de cette Constitution et la plus grande partie de l'enseignement était consacrée à l'étude de son rapport de présentation du texte. A partir de 1937, on nous donna à étudier le *Court Précis d'histoire du PC(b)R* *, également attribué à Staline, dont la partie consacrée au « Matérialisme dialectique et matérialisme historique » faisait l'objet d'une attention particulière. A titre de lecture complémentaire, nous avions les *Questions du léninisme* du même Staline. Tout cela m'intéressait beaucoup. J'avais déjà lu, à l'école, bien des œuvres de Marx et d'Engels, en plus du *Manifeste communiste* dont la connaissance était obligatoire, fort de l'attrait que la philosophie et les problèmes sociopolitiques exerçaient sur moi. J'adoptai, à cette époque, une attitude nouvelle à l'égard de ces problèmes. Je me mis à chercher une explication théorique à ce que j'observais autour de moi. Le marxisme-léninisme prétendait justement être la science suprême de la réalité. Il me fallut deux ans pour comprendre qu'il laissait nombre de questions sans réponse et qu'il traitait faussement d'autres problèmes. Les textes staliniens me facilitaient l'accès aux œuvres marxistes, plutôt embrouillées quand elles n'étaient pas délibérément confuses. D'un autre côté, je remarquais (et je n'étais pas seul à le faire) la vulgarité et même l'absurdité dont Staline usait avec les idées marxistes. Elles en devenaient un

---

* PC(b)R : Parti communiste (bolchevique) de Russie.

131

objet de moquerie, de sorte que les vérités sacro-saintes du marxisme n'étaient plus respectées.

Notre enseignant était content de l'intérêt que je manifestais pour le marxisme. C'est par lui que j'appris pour la première fois l'existence du MIFLI. Il me communiquait les listes des ouvrages philosophiques étudiés à la faculté de philosophie et m'en expliquait, dans la limite de ses compétences, les passages obscurs. Sur son conseil, je lus les livres marxistes les plus accessibles : la *Dialectique de la nature* et l'*Anti-Dühring* de Engels. Je pris goût à ce mode de pensée qu'est la dialectique, non pas sous sa forme stalinienne simplifiée, mais dans une acception plus proche de Hegel et de Marx. En dixième, je lus les premières sections du *Capital*. Dans mes conversations, je m'entraînais constamment à des « trucs dialectiques » comme disaient mes camarades par plaisanterie. Le professeur me dit un jour que j'étais un dialecticien-né et me conseilla de me présenter à la faculté de philosophie du MIFLI après mes études secondaires. Je commençais à y songer sérieusement mais je n'avais pas encore pris de décision ferme.

Le résultat principal de mon premier contact avec le marxisme fut que je surmontai cette horreur sacrée qui ligotait les autres. Je m'aperçus que les textes marxistes n'étaient pas plus difficiles que les œuvres philosophiques que j'avais déjà pu lire. Les idées qu'ils contenaient étaient même plutôt simples. Surtout, je sentis que j'étais désormais capable de réfléchir dialectiquement à des problèmes réels. Des catégories dialectiques comme les « causes », les « lois », les « tendances », l'« essence », le « phénomène », le « contenu », la « forme », les « contraires », la « négation de la négation », etc., sont entrées dans mon bagage conceptuel comme des éléments d'une approche particulière de la réalité.

Je n'en trouvais pas moins ridicules maints aspects des concepts marxistes. Ainsi, le fait de considérer l'opposition entre le plus et le moins en mathéma-

tiques comme un exemple de contradiction dialectique me paraissait éminemment absurde.

Les problèmes du communisme

Les problèmes du communisme ne se posèrent pas à
ma génération de la façon dont les rêveurs, les idéologues, les révolutionnaires du passé avaient pu les
concevoir. Nés après la révolution et la guerre civile,
nous étions devenus des êtres de raison alors que les
fondements de la nouvelle société avaient déjà été jetés
et que tout le sale boulot était fait. Nous étions entrés
dans un monde où le système social communiste était
déjà une réalité. Pourtant, le souvenir de l'ancien
régime, de la révolution et de tout ce qui l'avait immédiatement suivie, était encore tout frais. Nous écoutions les récits des acteurs vivants de ce passé
héroïque. Notre école reçut la visite de la légendaire
Anka, de la division de Tchapaïev *, ainsi que des écrivains Fadeïev et Arkadi Gaïdar, d'Oka Gorodovikov,
héros de la guerre civile et commandant de corps
d'armée, et de beaucoup d'autres. Ces acteurs légen-
daires d'événements réels nous faisaient revivre leur
passé d'une manière telle qu'il devenait partie intégrante de notre propre existence. Sur le plan moral,
nous vivions d'ailleurs plus dans le passé que dans le
présent. Nous recevions plus d'informations (et de
désinformation) sur ce passé que nos parents n'en
avaient reçu. Ce fut en ces années que tous les moyens
de la culture et de la propagande se muèrent en un
puissant appareil d'éducation de l'homme nouveau.
Nous fûmes les premiers à subir toute la puissance de
ce matraquage idéologique sans précédent. J'ignore
comment des hommes tels que Fadeïev, Maïakovski,
Gaïdar, Ostrovski, Fourmanov, Cholokhov, Serafimovitch, Bagritski et bien d'autres, vécurent cette emprise
de la propagande, mais leurs personnages littéraires

---

* Héros de la guerre civile.

prenaient vie sous nos yeux. De plus, ils étaient destinés à nous servir d'exemple.

Cette prise de conscience de la révolution n'avait rien à voir avec une connaissance abstraite et académique, comme celle de phénomènes naturels. C'était un processus vivant, un mouvement de la vie, plein de drames, de conflits, de cruautés, de violence, de mensonges. Au début des années trente, les véritables acteurs de la révolution et de la guerre civile étaient pour l'essentiel anéantis ou neutralisés. La société communiste réelle s'édifiait dans une direction qui n'était pas du tout celle dont ils avaient rêvé. Le passé n'était pas seulement repensé à une échelle grandiose : il était l'objet d'une re-création idéologique destinée à servir les intérêts du présent. Il entrait dans notre vie sous une forme romantique, certes, mais aussi dans une mouture idéologique « redigérée », comme un mensonge gigantesque imprégné des sucs de la vérité. On falsifiait un passé bien particulier, bien réel, et on embellissait la réalité du communisme, déjà sortie du cadre des contes et légendes. Sans le savoir ni le vouloir, nos éducateurs attiraient notre attention sur les problèmes les plus dangereux et les plus désagréables pour l'idéologie et pour le pouvoir, car ils mettaient en question l'essence même de la société communiste et son avenir réel.

Nous nous posions encore ces problèmes d'une façon spontanée et inconsciente. Au début, même les plus sceptiques et les plus critiques d'entre nous, loin de refuser les idéaux et la pratique du communisme, entendaient seulement défendre les idéaux et la juste pratique contre les erreurs, les déformations et les déviations. Dans les conditions de l'époque, une attitude de négation nous aurait rejetés en arrière, dans le camp des contre-révolutionnaires et des anticommunistes. Pour nous, une restauration du capitalisme était chose impensable. Nous étions nés et on nous avait éduqués dans l'esprit de l'idéologie communiste. Le problème de l'avenir se posait pour nous dans le seul cadre du communisme.

134

J'ai eu, en Occident, des conversations innombrables avec mes lecteurs et mes auditeurs sur ces thèmes. Je me suis rendu compte que cette manière de penser leur reste totalement incompréhensible. Pour eux, c'est « ou bien, ou bien » : ou bien le système communiste, ou bien la « démocratie » occidentale. Ils n'ont jamais vécu dans les conditions du communisme réel en tant que fait historique. Si l'on prend le communisme comme donnée, une attitude critique à son égard n'implique pas nécessairement une comparaison avec l'Occident. Le rejeter ne signifie pas obligatoirement qu'on épouse le modèle occidental. Pour comprendre cela, ne serait-ce que par approximation, il faut imaginer que le communisme ait vaincu dans le monde entier et qu'il existe des gens qui refusent cette société, mais qui n'ont aucune chance ni aucune intention de revenir en arrière.

Au cours de nos dernières années d'école, nous disputions du communisme en puisant nos arguments dans ce que l'on nous présentait en classe et dans ce que nous lisions dans les livres. Seuls quelques-uns d'entre nous, pour étayer des jugements critiques, se tournaient de temps en temps vers la réalité. Celle-ci n'en faisait pas moins irruption dans nos pensées, nos paroles et nos sentiments. Je me souviens de deux grands débats consacrés au socialisme et au communisme intégral organisés dans notre école. Le premier se déroula dans chaque classe. Le second se tint à l'échelle de tout l'établissement et ses participants furent sélectionnés parmi les élèves qui s'étaient distingués dans les débats en classe. Ce n'était que de la frime, mais le premier débat avait débordé du cadre que les enseignants lui avaient fixé. Le point de départ de la discussion fut le problème de l'interprétation du principe « à chacun selon ses besoins » qui définit le communisme pleinement réalisé. Fallait-il entendre par là n'importe quel besoin ou bien seulement les besoins minimaux ? Comment les besoins seraient-ils définis, qui les fixerait et qui contrôlerait leur satisfaction? Telles furent les questions que je posai, moi qui passais pour le meilleur élève en la matière. Ce fut débandade. Les élèves, comme les enseignants, embrouillèrent des problèmes clairs pour en faire une pure logorrhée idéologique. Je ne fus pas admis au débat général.

Les personnages de mes œuvres littéraires disputent assez souvent de la société et de l'idéologie communistes. Ces passages donnent une impression d'humour, de satire, de grotesque intentionnels. Intentionnels, ils ne le sont pourtant qu'en partie. Pour l'essentiel, ce sont des décalques de conversations que nous menions dans nos milieux, à cette époque, mais aussi plus tard. En les reproduisant, je ne voulais pas en faire matière à sarcasmes. En fait, l'humour naissait du sujet lui-même. De plus, les protagonistes de ces discussions réelles, vivant dans la peur de la délation, tombaient dans l'idiotie et prêtaient le flanc à une satire plus acerbe encore.

Un village Potemkine

La construction de l'exposition agricole de Moscou joua aussi son rôle dans la formation de mes idées sur la société soviétique. Mon père y travailla quelque temps. Dès la classe de neuvième, je pus, grâce à lui, me faire embaucher pour de courtes périodes comme ouvrier intérimaire dans l'atelier de sculpture. La rémunération était ridicule, mais au moins on nous payait. Les dimensions de l'exposition étaient grandioses et je les comparais avec ce que je voyais dans les villages russes réels : le pays est plongé dans la famine et l'agriculture se trouve dans un état effroyable, pourtant, voilà qu'on construit une exposition colossale pour démontrer les succès et la vie heureuse des paysans soviétiques. Cette présentation était pure légende. Or la légende était plus importante que la réalité. Construire une exposition était tout de même moins onéreux que de relever l'agriculture. La preuve : la manifestation fut un succès alors que l'agriculture resta plongée dans son marasme. Un progrès agricole minime dans la réalité serait passé inaperçu. L'exposition, en revanche, fut remarquée de tout le monde. Indépendamment des progrès agricoles possibles, le retard et la pauvreté ne pouvaient pas disparaître du jour au lendemain. S'il était impossible de donner à chaque paysan un kopek, on pouvait lui en promettre un million. L'exposition était une promesse de ce genre. De plus, on escomptait qu'un grand nombre d'imbéciles croiraient à notre réussite en la visitant plutôt que les campagnes réelles. Pour moi, il s'agissait à l'évidence d'un « village Potemkine » que mes études m'avaient appris à reconnaître. Du reste, les véritables « villages Potemkine » de l'époque de Catherine II ressemblaient à des jouets d'enfants en regard de ce que je pouvais observer en Russie soviétique. La société communiste faisait preuve d'une capacité sans précédent à organiser des spectacles en trompe l'œil à une échelle gigantesque. Avec sa « perestroïka », Gorbatchev a démontré qu'il est un bon élève de Staline.

Le rôle de l'Occident

L'Occident joua dans notre formation un rôle à la fois énorme et nul : tout dépend de la définition que l'on donne au mot « Occident ». Nous apprenions la culture et l'histoire européennes. De Platon à Goethe en passant par Shakespeare, Cervantes, de Vinci, Swift, Beethoven ou Rembrandt, tous les « grands » européens nous étaient connus. Nous tenions leurs œuvres pour partie intégrante de notre culture. Il en allait de même pour les grands événements de l'histoire européenne. La Révolution française faisait presque écho à notre propre révolution et nous admirions Napoléon plus que Koutouzov. Mais peut-on vraiment qualifier tout ceci d'influence occidentale ? En fait, dans nos

137

années d'enfance et de jeunesse, la notion d'Occident commença à se dédoubler.

Le mot désignait, d'une part, un phénomène culturel et historique mondial dont la Russie d'ancien régime relevait de plein droit et, aussi, la Russie soviétique en sa qualité d'héritière.

Il désignait également ce que nous appelions les pays capitalistes d'Europe et d'Amérique qui s'opposaient au nôtre, l'URSS communiste. Peu à peu, la notion d'Occident ne fut plus employée que dans ce deuxième sens. Du même coup, tout ce qui venait des pays occidentaux se partageait également en deux catégories : ce qui était acceptable pour le pouvoir et l'idéologie et ce qui relevait de la structure sociale occidentale, et donc jugé hostile.

Nous ne connaissions la vie en Occident qu'au travers de la propagande et des livres et films autorisés. Naturellement, ils étaient sélectionnés en fonction des intérêts de ladite propagande. Le « rideau de fer » faisait son office.

Dans sa seconde acception, l'« Occident » nous laissait indifférents, mes amis et moi. Nous devenions, pour le meilleur et le pire, un produit de la société communiste sans aucune influence extérieure contraire. J'ai pu ainsi observer à loisir la formation de l'*homo sovieticus* à l'état pur.

Mon antistalinisme et, de façon générale, mon attitude critique ne se sont pas forgés à partir de comparaisons avec d'autres systèmes, mais uniquement sous l'influence des conditions de vie propres au communisme réel. Mon interprétation de la société soviétique se fondait sur l'observation directe et non sur des œuvres de penseurs occidentaux qui influencèrent, certes, mon évolution intellectuelle mais qui ne disaient rien de mon principal sujet d'intérêt : la nouvelle société communiste. Ma conception du monde et mon comportement se sont formés à partir de ce que je découvrais autour de moi. En général, cela allait à l'encontre de ce que j'apprenais dans les livres. Je n'ai

138

jamais eu de maître au sens strict du terme. D'une certaine manière, je suis parti de zéro.

Dans l'après-guerre, après la liquidation relative du rideau de fer, des facteurs nouveaux rompirent le précédent équilibre dans lequel la pureté et la clarté des mécanismes intérieurs et des processus en œuvre dans la société communiste étaient telles qu'on pouvait, pour ainsi dire, les étudier *in vitro*. C'est pour cela que l'expérience de ma génération est bien plus précieuse du point de vue scientifique que celle des générations suivantes. La situation sociale actuelle des pays communistes est troublée par des facteurs exogènes. La relative liberté d'expression, de pensée et de critique dissimule beaucoup plus la nature du communisme réel qu'elle ne contribue à la mettre au jour. Cette situation trouble est un phénomène transitoire. La nature communiste reprendra le dessus. Les gens prêteront peut-être alors plus d'attention à ces mécanismes profonds du communisme endurés par ma génération de la façon la plus directe. Car on peut dire que ces mécanismes, nous les touchions du doigt.

Solitude

J'avais beau avoir beaucoup d'amis et de connaissances, le temps que je passais avec eux était moins important qu'on ne pourrait le croire à la lecture de ces Mémoires. Lorsqu'on relate des souvenirs, on sélectionne les événements dignes d'être évoqués et le cadre général où ils se situent sort alors de notre champ de vision. Je passais surtout mon temps à lire, à rêvasser et à réfléchir en solitaire. J'errais souvent seul dans les rues de Moscou, parfois même la nuit. J'étais alors en proie à un mutisme immense, électrisé. Je réfléchissais sans m'arrêter, même en rêve. En dormant, j'inventais toutes sortes de théories philosophiques, j'imaginais des histoires fantastiques, des poèmes. Mes amis supportaient mal le poids intellectuel et la tension morale que je leur imposais, parfois involontairement, par ma seule présence. Je le sentais et me renfermais sur moi-même : je m'entraînais à la solitude. La pauvreté de mon existence matérielle était compensée par le débordement de ma vie intellectuelle.

PREMIÈRE RÉVOLTE

La révolte

Ma vie entière peut se résumer en une protestation
farouche contre le courant de l'histoire. Par « révolte »,
j'entends une explosion intense, ouverte et irrationnelle ; une rébellion individuelle ou collective sans
aucune action programmée. La révolte a des causes
mais pas de but. Ou plutôt, elle est son propre but.
C'est un phénomène purement émotionnel, bien que la
raison ne soit pas forcément étrangère à ses origines.
C'est aussi une manifestation de désespoir total. Les
révoltés peuvent commettre des actes qui paraissent
insensés. En fait, c'est un état de folie dont les causes
sont sociales et non pathologiques.

Pour irraisonnable qu'elle puisse sembler, je ne crois
pas que la révolte soit dépourvue de sens historique.
Au contraire, je considère que c'est le seul moyen
rationnel de commencer une lutte sociale. Elle introduit une rupture dans l'évolution de l'humanité. C'est
une intuition du mal généré par le nouveau cours des
choses. On peut condamner un révolté au nom de la
morale établie ou en vertu de normes juridiques. Il
peut même faire l'objet d'un examen psychiatrique.
Mais l'histoire ne saurait être pesée à l'aune de la
morale, du droit ou de la médecine. Il ne suffit pas de
constater qu'un homme, en état de démence, a

commis des crimes ou s'est livré à des actes répréhensibles. Encore faut-il expliquer en quoi consiste sa démence et pourquoi il a choisi d'enfreindre la loi ou les règles morales.

Pour ma part, j'ai mené ma révolte jusqu'à son terme logique, en me livrant simultanément à une auto-analyse systématique. Cela donne à ma vie un caractère particulier. Je suis à la fois un révolté capable d'aller au bout de sa rébellion et un arpenteur du phénomène, soucieux d'analyser sans concession la révolte de la manière la plus objective.

Naissance de mon antistalinisme

Mon conflit conscient avec le communisme a commencé avec le stalinisme. J'ai été un antistalinien convaincu dès l'âge de dix-sept ans. L'antistalinisme a été le fondement de mes actions et l'axe de ma vie jusqu'au célèbre rapport Khrouchtchev au XXe congrès du parti, en 1956.

Après la dénonciation des crimes de Staline, l'Union soviétique se peupla soudain d'antistaliniens. Les années gorbatchéviennes ont été le théâtre d'une nouvelle offensive, encouragée d'en haut, contre l'ancien guide suprême *. Pour moi, les seuls vrais antistaliniens sont ceux qui se sont insurgés à une époque où cela pouvait leur coûter la vie.

Il m'est impossible de me remémorer comment s'est forgé mon antistalinisme. A la campagne, j'avais plusieurs fois entendu les adultes critiquer le chef suprême, mais à l'époque, je ne lui portais aucun intérêt. Je dessinais son portrait sur commande et non en artiste libre. Les causes de mon hostilité furent sans

---

* L'antistalinisme de l'époque khrouchtchévienne mérite d'être considéré avec indulgence car il s'accompagna de la déstalinisation du pays. En revanche, l'antistalinisme gorbatchévien ne devrait susciter que mépris et méfiance car il masque des intentions fort peu recommandables *(NdA)*.

142

doute multiples et changèrent imperceptiblement ma façon de voir. En 1934, le Comité central du parti décida de lancer le culte de Staline. Bien entendu, cette décision ne fut pas rendue publique, mais ses effets se firent promptement sentir. Le chef fut cité de plus en plus souvent, ses louanges devinrent plus nombreuses et enthousiastes et ses portraits apparurent partout. Dans notre école, la Salle Lénine fut transformée en Salle Staline. On changea le rideau dans la salle de spectacles. Sur le nouveau figuraient, brodés d'or, les portraits de Lénine et de Staline, qui fut consacré « classique du marxisme » avant même la publication de son *Court Précis*. Il envahit les journaux, les livres et les films. Tous les jours, nous étions obligés d'assister à des séances d'information qui tournaient au dithyrambe du chef. Il était naturellement le sujet central des rassemblements de pionniers et des réunions du Komsomol qui se succédaient de façon ininterrompue. En cours, on évoquait son nom sous le moindre prétexte. En bref, ce dieu terrestre nous était imposé avec un tel acharnement que je commençai à me rebeller uniquement par esprit de contradiction.

Les sarcasmes et les allusions des parents de certains de mes camarades ajoutaient leur part à mes doutes. La misère au village, ma propre vie à Moscou me poussaient à incriminer les plus hauts dirigeants. A mesure que je grandissais et que je pouvais constater la différence entre la réalité et les idéaux du communisme, je rendais Staline responsable de cette fracture.

Mon nom d'« ennemi du peuple », je l'ai déjà dit, ne fut pas sans influence dans la genèse de ma révolte. Les plaisanteries ont parfois de lourdes conséquences.

Mes penchants anarchistes jouèrent aussi leur rôle. Alors que je ne souffrais pas d'être commandé, voilà que l'on m'imposait un chef, non pour une tâche précise, mais pour toute la vie et chacune de mes actions. Cette protestation muette et purement psychologique prit peu à peu un tour intellectuel. Un jour, je déclarai carrément chez Boris que je ne reconnaissais pas en

Staline mon chef personnel, que je refusais d'ailleurs tout chef et que j'étais « mon propre Staline ». Boris convint que j'avais raison, et son père approuva nos idées tout en nous conseillant de tenir notre langue.

J'influençai également Ina. Plus je fréquentais sa famille et plus son père me tenait en estime et se sentait en confiance avec moi. Il buvait beaucoup. Quand il était soûl, il avançait des idées qui parvenaient même à me faire peur. Selon lui, les idéaux léninistes avaient été trahis, la vieille garde de Lénine exterminée, et le parti se trouvait en pleine dégénérescence. Il disait aussi que les vrais communistes étaient les plus détestés : on les glorifiait dans la littérature et au cinéma alors qu'on les liquidait dans la vie réelle.

Les appelés d'avant-guerre

J'achevai mes études secondaires avec un diplôme d'« or » en 1939. Le pays commençait ouvertement à se préparer à la guerre. Tout le monde était sûr qu'elle éclaterait rapidement et que l'Allemagne serait l'ennemi. Les garçons de dix-huit ans qui terminaient l'école étaient aussitôt incorporés dans l'armée à condition d'être bien portants. Peu échappèrent à la conscription. D'ailleurs, le patriotisme était si fort que ceux qui auraient pu éviter le service militaire ne cherchèrent même pas, pour la plupart, à le faire. Les plus avisés s'efforcèrent d'entrer dans les académies militaires ou les écoles de la Sécurité d'Etat. Certains eurent de la chance : après la guerre, l'un d'eux devint général, un autre colonel, un troisième commandant d'un camp à régime sévère. Mais la majorité d'entre eux furent tués au front. Les appelés eurent droit à une cérémonie d'adieux solennelle. On offrit à chacun une valise et de menus objets, agendas, enveloppes, papier à lettres, ou des gobelets et des cuillers. Il y eut des discours en présence d'anciens combattants de la guerre civile, d'officiers de la garnison de Moscou et de

144

gardes-frontières qui s'étaient distingués. Bientôt nous reçûmes les premières lettres de nos camarades : elles venaient toutes d'Extrême-Orient (à cause de la menace japonaise) et de la frontière occidentale (à cause de la menace allemande).

Je n'avais pas encore dix-sept ans. J'eus donc la possibilité d'entrer dans l'enseignement supérieur. Mon ami Boris fut réformé comme malade mental et à cause de sa mauvaise vue. Trois autres élèves de notre classe, Proré G., Iossif M. et Vassili E., qui devaient jouer, plus tard, un rôle important dans ma vie, furent également dispensés. Le premier voyait mal et les deux autres redoublèrent pour des raisons que j'évoquerai plus loin.

Le choix de l'avenir

Je devais choisir mon futur institut. Presque toutes les portes étaient ouvertes aux détenteurs d'un diplôme d'« or » (qui devint plus tard une médaille d'or). Je pouvais entrer à la faculté de mécanique et de mathématiques où les olympiades m'avaient tout de même assuré une bonne réputation. En tant que membre du club d'architecture de la Maison des pionniers, je pouvais bénéficier de l'appui de l'Union des architectes pour entrer à l'Institut d'architecture (j'avais gagné un concours organisé par cette Union pour les juniors). Mais j'optai pour la faculté de philosophie du MIFLI : je ressentais déjà le besoin de comprendre ce qu'était la société soviétique. Du reste, au cours de mes deux dernières années d'école, mon intérêt pour la philosophie supplanta peu à peu mon goût pour l'architecture et les mathématiques. Alors que l'on me surnommait précédemment « l'architecte », j'étais rapidement devenu « le philosophe ».

A cause de mon âge, il me fallut une dispense spéciale du ministère de l'Enseignement supérieur pour entrer au MIFLI. C'était un établissement d'élite où la

145

sélection était sévère : à la faculté de philosophie, il y avait presque vingt candidats pour une place. Il fallait aussi une appréciation favorable de la cellule du Komsomol ou du parti. Le comité de district du Komsomol me la refusa : au cours de ma terminale, des camarades auraient remarqué chez moi des « tendances malsaines ». En fait, il est probable que l'on m'avait dénoncé pour m'empêcher d'entrer dans une faculté importante. Par ailleurs, le nombre de postulants qui avaient terminé leurs études secondaires avec un diplôme d'« or » excédait les places disponibles : total, je fus obligé de passer le concours d'entrée qui comportait huit épreuves.

De tous les candidats, j'accumulai le plus grand nombre de points : j'obtins la note « excellent » (cinq sur cinq) à sept épreuves. A la huitième, celle de géographie, je reçus la mention « bien » (quatre sur cinq). Je méritais la note maximale mais les examinateurs s'étaient mis d'accord pour réduire l'écart qui me séparait des autres. De toute manière, j'étais le premier et l'on m'admit à la faculté. J'eus droit à une bourse mais on me refusa une chambre au foyer universitaire : j'habitais à Moscou et elles étaient réservées aux étudiants venant de province.

A la fin des années trente, le MIFLI passait pour l'institut le plus brillant du pays. Nombre de ses étudiants firent de brillantes carrières. Alexandre Chelepine, qui fut par la suite premier secrétaire du Komsomol, président du KGB, membre du Politburo et prétendant au poste de secrétaire général du parti, y suivit les cours en même temps que moi. On le surnomma plus tard « le Chourik de fer * » mais à l'époque il n'était qu'« organisateur » du parti délégué par le Comité central.

Le poète Alexandre Tvardovski venait d'achever ses études au MIFLI lorsque je commençai les miennes.

---

* « Chourik » est le diminutif d'Alexandre. Ce surnom, employé par dérision, fait référence à celui de Felix Dzerjinski, chef de la police politique de 1917 à 1926, que l'on appelait « Felix de fer ».

On racontait qu'à l'examen de sortie, il avait eu comme sujet son propre poème *Le Pays de la Mouravie* qui était alors très en vogue. Philosophes, critiques littéraires, historiens et journalistes connus sont également passés en nombre par le MIFLI. Les futurs philosophes Kopnine, Gorski, Narski et Goulyga faisaient partie de mon groupe d'études. Pendant la guerre, le MIFLI fut évacué à Tachkent et rattaché à l'université de Moscou.

Où allons-nous ?

Lors de l'examen d'entrée, je fis la connaissance d'Andreï Kazatchenkov. Il était mon aîné de deux ans et avait perdu un bras dans son enfance. Quelques conversations nous suffirent à comprendre que nous partagions la même manière de penser. Il était également antistalinien et avait suivi une démarche similaire à la mienne en entrant à la faculté de philosophie pour mieux comprendre notre société. Nous pensions déjà tous deux que l'histoire s'écrivait à Moscou. Mais nous ignorions quelle sorte d'histoire et ce qu'elle apporterait à l'humanité.

Andreï était un penseur autodidacte comme on en rencontre beaucoup en Russie. Je crois que le goût pour les « grandes idées » est caractéristique des Russes, comme cela se reflète dans notre littérature. Mes relations avec Andreï ont continué après la guerre, mais nous n'avons jamais retrouvé l'intimité et la franchise de nos contacts de 1939. Il est devenu philosophe marxiste professionnel. J'ai suivi une autre voie. Je suis parvenu à me sortir des broussailles marxistes et à explorer d'autres terrains de pensée.

Sans doute nos conversations d'alors n'avaient-elles pas pour lui le même sens que pour moi, mais elles exercèrent sur mon esprit une très grande influence. Andreï fut le premier que j'entendis évoquer la répression stalinienne en des termes qui ne furent employés que bien plus tard, sous Khrouchtchev. Ce qu'il me raconta sur l'assassinat de Kirov et les grands procès qui suivirent me bouleversa. J'ignore d'où il tenait ses informations.

Je savais, bien sûr, que le pays subissait une répression massive, mais elle ne m'avait pas encore concerné personnellement, outre que je ne trouvais pas son principe injuste. Dans nos villages, on arrêtait des gens, mais cela nous semblait normal dans la mesure où ils avaient commis des délits : les plus courants étaient le vol de la propriété du kolkhoze et de l'Etat et la négligence au travail. Nous ne nous demandions pas les raisons d'une telle conduite des gens. Il était clair que ces crimes étaient apparus avec la collectivisation, mais il fallait une éducation spéciale, des capacités d'analyse et un certain courage civique pour découvrir des relations de cause à effet entre des phénomènes qui paraissent aujourd'hui si évidents. Plus de soixante-dix ans après la révolution, le pays compte des centaines de milliers de gens instruits qui travaillent sur des problèmes de société, mais combien d'entre eux acceptent d'établir une relation entre les difficultés chroniques que connaît l'Union soviétique et la logique même de son système social ? Pour autant que je sache, j'ai été le premier à le faire d'une façon professionnelle. Il se peut même que je sois le seul « hurluberlu » de mon espèce. Que pouvait-on espérer des Soviétiques des années trente, terrorisés par la simple idée de ne pas penser comme tout le monde ?

On arrêtait aussi pour des motifs « politiques ». Mais cela semblait justifié dans la mesure où il s'agissait de gens qui avaient « trop parlé ». Evidemment, ces mots en « trop » ne contenaient que la pure vérité, mais cela ne semblait effleurer personne.

A Moscou, la répression stalinienne frappait également les délits de droit commun. Plus tard, je compris que le système poussait les gens au crime. Mais, à l'époque, ces délits me paraissaient être la conséquence de la perversité de leurs auteurs : après tout, nous autres, nous respections la loi !

148

Naturellement, les principaux accusés de l'époque étaient les « ennemis du peuple ». On en parlait dans les journaux, à l'école, au cinéma, dans les livres. La propagande était si efficace que la grande masse des gens croyait ce qu'on lui assenait. Mieux, elle voulait y croire. Bien entendu, j'ignorais, comme tout le monde, l'échelle de la répression. De plus, les « organes » avaient une telle réputation d'intelligence, d'honnêteté, de courage et de générosité! Nous avions été élevés dans l'atmosphère des légendes révolutionnaires : la répression stalinienne nous apparaissait comme la suite de la révolution et la défense de ses conquêtes.

Nous étions cependant informés de ce qui se passait dans le pays par d'autres canaux que les sources autorisées et l'école. Cette information différait des versions officielles. Nous étions conscients que la vie réelle du pays s'enfonçait dans un brouillard de mensonges grandioses. Nous observions que nos collectifs scolaires étaient le théâtre de phénomènes qui ne présentaient que peu de rapport avec le collectivisme idéal et l'équité officielle. Les faits que nous remarquions, certes insignifiants au regard de l'histoire, faisaient partie de notre quotidien et nous semblaient essentiels.

Je commençai à éprouver confusément des soupçons sur le véritable sens de la répression bien avant 1939. Après l'assassinat de Kirov, une rumeur prétendit que Staline en était le commanditaire. Le père de Boris me la répéta plus d'une fois. En dépit de l'endoctrinement et de la peur, la vérité finissait par apparaître. Comme dit le proverbe : « L'alêne finit toujours par percer le sac. » Des regards, des allusions, des remarques à double sens créaient une atmosphère de défiance envers la propagande. A la fin des années trente, les milieux que je fréquentais étaient déjà placés devant l'alternative suivante : participer à l'action des staliniens ou la contester.

L'écrasante majorité resta passive, ferma les yeux devant la réalité et adhéra au mensonge officiel. Certains, sous prétexte d'éradiquer les ennemis et d'assurer le bonheur des travailleurs, devinrent des complices actifs du pouvoir. Leurs bonnes intentions n'étaient qu'hypocrisie. Le mensonge conscient remplaçait peu à peu la foi et l'idéalisme romantique. En revanche, certains individus comprenaient le sens terrible de ce qui se passait. Peu nombreux, ils n'exprimaient pas publiquement leurs opinions, mais le seul fait de ne pas penser comme tout le monde était déjà un acte de courage sans égal.

Mon évolution idéologique fut déterminée, malgré tout, par des phénomènes plus profonds que la répression stalinienne, manifestation extérieure, à mes yeux, de processus fondamentaux qui, eux, demeuraient cachés.

Je rencontrais Andreï tous les jours et nous discutions pendant des heures. En peu de temps, nous abordâmes les grands problèmes de notre société. Toute ma vie m'avait préparé à cela, mais, pour formuler clairement mes idées, j'avais besoin d'un interlocuteur qui me comprenne et pense comme moi. Conversations et polémiques avec mes amis devinrent pour moi l'un des principaux moyens de connaissance. Je ne notais rien, c'était trop dangereux. La conversation me permettait de formuler les choses de façon laconique et de les mémoriser.

La nature de notre révolution

Il va de soi que la révolution d'octobre 1917 tenait une place centrale dans l'édification idéologique. J'ignore pourquoi je ne me suis jamais intéressé aux événements concrets et aux acteurs de cette période. Je fus seulement attiré par ce que mon instituteur appelait l'aspect « quotidien » de la révolution. Je crois que la forme qu'elle avait prise dans notre région de Tchoukhloma y fut pour quelque chose. J'ai entendu plus d'une fois des adultes expliquer que le nombre de

150

chefs de toutes sortes s'y accrut de cinq fois par rapport à l'ancien régime. Un de nos parents, propriétaire d'une fabrique à Moscou, plaisantait volontiers en disant qu'au lieu d'un patron et deux employés, son entreprise comptait à présent cent directeurs différents.

Ce fut ainsi que, peu à peu, je renonçai à l'image grandiose de la révolution pour me livrer, en franctireur, à mes propres recherches. Dans tous les livres consacrés à la situation en Russie à la veille de 1917, à la révolution proprement dite, à la guerre civile et aux années vingt, je trouvai des témoignages sur ce que je définis plus tard comme le cours profond de la période. Tous les auteurs livraient à leur insu le secret de ces événements. L'un des premiers livres en ce sens fut *Les Villes et les Années* de Konstantin Fedine, ou plutôt le passage du roman où l'un des personnages explique au héros principal que la révolution a besoin d'un employé aux écritures. Pour moi, ce sujet devint pratiquement une idée fixe. Je finis par inverser la phrase : l'employé aux écritures avait besoin d'une révolution. J'appris par cœur la nouvelle d'Alexeï Tolstoï, *La Vipère*. Je lus et relus *L'Envie* de Iouri Olecha, *Les Douze Chaises* et *Le Veau d'or*, d'Ilia Ilf et Evgueni Petrov. Contrairement aux intentions de leurs auteurs, ces ouvrages n'étaient pas pour moi des satires des « survivances » du passé, mais des descriptions de la vie dans la nouvelle société communiste. Quelque part dans mon inconscient, j'avais aussi retenu les idées d'auteurs socialistes et révolutionnaires du passé (comme Bakounine, Kropotkine, Lavrov, Mikhaïlovski ou Tkatchev) qui avaient prévu certains aspects du communisme.

Bien que cette idéologie soit née en Occident, c'est en Russie qu'a surgi une énorme société communiste capable de perdurer. La conjoncture historique y a été évidemment pour quelque chose, mais, si l'on part du présupposé marxiste que les rapports sociaux communistes n'ont jamais existé dans le passé et n'ont pu apparaître que grâce à la révolution, on ne saurait expliquer pourquoi la chute de l'empire russe a donné naissance au système communiste.

En 1939, mon raisonnement était le suivant : les rapports marchands ont existé bien avant la naissance du capitalisme, mais c'est sous ce mode de production qu'ils devinrent dominants. Pourquoi ne pas appliquer ce schéma au communisme? Après tout, ce que nous voyons dans notre pays et prenons pour de nouveaux rapports socialistes (communistes) a déjà existé avant la révolution! En effet, j'avais trouvé dans les œuvres de Saltykov-Chtchedrine, Dostoïevski, Tchekhov, Alexandre Ostrovski et d'autres écrivains russes, des descriptions de phénomènes que je pouvais constater autour de moi.

Je lus de nombreux ouvrages d'histoire russe. Notamment les cours du grand historien Klioutchevski. Pour moi, la société soviétique apparaissait déjà comme l'aboutissement logique d'une tendance très forte en Russie : l'instauration d'un Etat centralisé et bureaucratique.

Avant 1917, le système féodal et nobiliaire était en déclin tandis que les rapports sociaux capitalistes se développaient. Simultanément apparaissaient d'autres rapports sociaux dont les acteurs d'alors ne percevaient pas la nature communiste : des liens de fonctionnariat croissaient au sein même de l'énorme appareil d'Etat russe et se développaient entre lui et la population. Cet appareil s'était formé sous Ivan IV le Terrible au XVIᵉ siècle. Sous Pierre Iᵉʳ le Grand, il se constitua de façon formelle et, au moment de la révolution, il était déjà la troisième grande force sociale du pays, avec les hobereaux et les capitalistes.

Dans les années qui précédèrent la révolution, les rapports féodaux vivaient leurs derniers jours et les rapports capitalistes n'étaient pas encore suffisamment développés pour régner sans partage. Les rapports de fonctionnariat imprégnaient toutes les sphères de la vie sociale, mais personne ne soupçonnait que l'avenir

152

leur appartenait. Dans une large mesure, les fonctionnaires, encore issus de la noblesse, n'avaient pas pris conscience d'être une force indépendante.

L'une des conséquences de la révolution d'Octobre fut la liquidation de la classe des propriétaires privés. Les rapports féodaux et capitalistes disparurent. Le système de pouvoir et l'administration tsariste furent également anéantis. Le nouvel appareil d'État surpassa l'ancien tant par ses dimensions que par sa fonction dans la société. Les rapports communistes, encore indifférenciés avant 1917, reçurent une pleine liberté d'action. En réalité, ils étaient déjà habituels (mais inconscients) pour des millions d'habitants de l'empire. Pour eux, la rupture révolutionnaire fut moins radicale que pour ceux qui se trouvèrent éjectés de la scène historique et, de façon générale, ceux que l'événement saisit par ses apparences formidables.

La société communiste est née en Russie en pleine conformité avec les lois de l'évolution et non comme une exception due au hasard. La révolution d'Octobre a simplement libéré la voie à une tendance sociale déjà présente en Russie depuis des siècles.

Pour comprendre la nature d'une révolution sociale de grande ampleur, il faut étudier la société qui en est issue. Seule la connaissance des résultats concrets d'un événement donné permet de s'orienter dans la matière historique, de discerner le fortuit du nécessaire, le superficiel du profond, le passager du permanent, le secondaire du principal. C'est également le seul moyen de distinguer le cours de l'histoire de la manière dont ses acteurs et observateurs l'ont perçu.

On peut considérer une révolution selon que l'on s'intéresse à ses causes, à ses participants, à ses forces actives, à ses dirigeants, à son déroulement concret, à ses conséquences, etc. Pourtant, tout cela ne permet pas de déterminer sa nature même : une révolution ne se définit que par les rapports sociaux dominants qui s'instaurent à sa suite et par les changements qui interviennent dans l'architecture des classes sociales.

153

La réalité de la révolution russe, c'était la vie quotidienne de millions de personnes et non les événements spectaculaires qui ont frappé l'imagination des contemporains. Ce que la population de l'époque considérait comme habituel et banal n'attira nulle part l'attention. Les nouvelles administrations semblaient peu différer des anciennes. La masse des fonctionnaires s'adapta tant bien que mal à la nouvelle situation. Beaucoup d'officiers furent enrôlés dans l'Armée Rouge. Cette dernière, comme la police, fut constituée à partir des anciens modèles. Le pays bénéficiait d'une expérience très riche dans l'organisation de l'ordre public et du contrôle de la population. Des millions d'emplois se créèrent dans l'appareil de l'Etat. La sphère du pouvoir s'élargit d'une façon considérable. Les gens attirés par ces fonctions devenaient des chefs aussi efficaces que s'ils avaient suivi des écoles de commandement. Dans sa nature sociale, la révolution russe fut une révolution de fonctionnaires. Non seulement le fonctionnaire devint le patron de la nouvelle société, mais tous les citoyens devinrent les serviteurs réels ou potentiels de l'Etat. Des millions de chefs, de dirigeants, de secrétaires du parti, de directeurs, de présidents de toutes sortes imposèrent à la société tout entière leur idéologie, leur psychologie, leur mode de vie et leur vision de l'existence.

Des tonnes de livres et d'articles ont été écrits sur la révolution russe. Chose extraordinaire, les théoriciens et les historiens n'ont pas su voir l'essentiel, ou ne l'ont pas jugé déterminant. Pourtant, de nombreux témoins ont perçu clairement la nature de cette gigantesque révolution sociale. Peu après 1917, Chaliapine * écrivait que le bolchevisme avait entièrement su intégrer tout l'affreux esprit petit-bourgeois de la Russie, avec son étroitesse insupportable, ses certitudes bornées, et même, au-delà de la petite bourgeoisie, tout ce que le mode de vie russe avait de négatif. Mais les « pen-

* Fiodor Chaliapine (1873-1938), célèbre basse russe, s'illustra notamment dans les rôles de Boris Godounov et de Méphisto.

seurs » patentés n'ont jamais pris au sérieux les réflexions des observateurs ordinaires de la révolution.

J'ai beaucoup abordé ce sujet, après avoir émigré comme en témoigne ce court extrait de l'une de mes premières interventions publiques, à Paris, en 1978 :

« L'histoire suivait son cours. Des hommes se juchaient sur des voitures blindées, prononçaient des discours, s'emparaient des arsenaux et du téléphone, fusillaient et galopaient sabre au clair en criant " hourrah! " Cela, c'était le rythme de l'histoire. Pendant ce temps, invisible, imperceptible, quelque chose que j'appellerais " sociologie " mûrissait au sein de la société. Pour que Tchapaïev galope, manteau au vent, il fallait un secrétariat de division, c'est-à-dire des tables, des employés aux écritures et des tampons de toutes sortes... Lorsque le drame s'acheva et que la fumée des combats se dissipa, on put enfin contempler le résultat de tout cela : l'histoire avait laissé derrière elle le *secrétariat*, avec ses papiers, son ennui, ses grades hiérarchiques, ses titres, ses lourdeurs bureaucratiques, son bluff et bien d'autres délices du même genre. Nous devons, je le répète, considérer la société telle qu'elle s'est formée et existe sous nos yeux. C'est seulement alors que nous pouvons comprendre pourquoi Tchapaïev avait galopé sabre au clair : ce n'était pas du tout pour sauver l'humanité malheureuse, mais pour que des fonctionnaires de l'appareil (du Comité central du parti, du KGB, de l'Académie des sciences, de l'Union des écrivains...) puissent avoir leur voiture de fonction à usage individuel, se procurer, dans des magasins réservés, des produits qu'on ne trouve nulle part ailleurs, vivre dans des appartements et des datchas somptueux, se soigner dans les meilleures conditions possibles et avoir accès aux stations balnéaires les plus luxueuses... »

J'ai commencé sur le tard à coucher ces idées par écrit, mais je les portais déjà en moi dans ma jeunesse. Je les ai souvent exposées à mes amis, avant, pendant et après la guerre. En général, ils souscrivaient à mes vues, mais ne leur accordaient aucune importance. Pour eux, ce n'étaient que des paroles en l'air et leur seul souci était de ne pas être dénoncés aux « organes ». Moi-même, je ne considérais pas mes idées comme des découvertes scientifiques. Elles faisaient partie de ma vie intérieure et je les payais d'un prix trop élevé : mon âme n'était plus qu'une plaie à vif qui ne cicatrisait pas. Cette souffrance était devenue l'essentiel de mon existence.

Le problème de la dictature du prolétariat

Les jeunes gens de ma génération se sentaient concernés de près par les questions de la dictature du prolétariat et la situation réelle des ouvriers soviétiques. Nous étions issus, pour la plupart, de la classe ouvrière ou de la paysannerie. Certains venaient de la catégorie des petits employés qui étaient eux-mêmes fils d'ouvriers ou de paysans. Beaucoup d'entre nous savaient d'expérience ce qu'était l'existence des ouvriers. Nous n'avions nullement l'intention de suivre la voie de nos parents. Ces derniers, d'ailleurs, le souhaitaient moins encore que nous.

Dans la société communiste, la classe ouvrière (au sens marxiste du mot) disparaît en même temps que celle des capitalistes. Ce qui reste, ce sont des ouvriers, catégorie particulière d'individus qui se livrent à un travail manuel ou qui produisent des objets à l'aide d'outils. Comme toute société développée, la société communiste, loin d'être homogène, se découpe en couches supérieures, moyennes et inférieures. Les ouvriers n'ont, en général, aucune chance d'accéder aux couches plus élevées, excepté de rares cas individuels. Leur place dans la hiérarchie sociale communiste reste immuable.

Les salaires ouvriers sont souvent supérieurs à ceux des instituteurs, des médecins, des chercheurs scientifiques et autres représentants des classes moyennes, mais cela ne suffit pas à hausser leur position sociale dans l'échelle soviétique. Etre travailleur intellectuel est malgré tout plus enviable qu'être ouvrier, même mieux payé. En général, si un ouvrier entrevoit la possibilité d'accéder à une autre catégorie sociale, il saisira l'occasion. D'où une énorme attirance pour les études parmi la jeunesse ouvrière. Ne deviennent ouvriers que ceux qui ne peuvent pas faire autrement ou n'ont guère d'exigences.

L'idéologie et la propagande s'efforcent d'inculquer la fierté d'appartenir à la « classe ouvrière », présentée comme la classe dirigeante et hégémonique de la société. Mais personne ne croit ces fables : le fils d'un haut fonctionnaire, pour avoir émis le désir d'être ouvrier, fut emmené dans un hôpital psychiatrique par ses parents paniqués. Cette anecdote résume parfaitement le sentiment profond des Soviétiques.

La structure de la société communiste comporte un autre aspect, plus important encore, qui vide la notion de « classe ouvrière » de toute signification : les ouvriers sont avant tout des membres de « collectifs » de travail où se trouvent représentées d'autres catégories sociales. Les décisions, en leur sein, sont naturellement prises par les dirigeants et les chefs, pas par les ouvriers.

En dehors des « collectifs », aucune autre structure n'unit nos prolétaires. Les organisations plus larges sont, en fait, des structures du pouvoir et de la direction : le syndicat réunit tous les employés de l'entreprise, du directeur à la femme de ménage ou au veilleur de nuit. Il ne s'agit donc pas d'une organisation spécifiquement ouvrière. La cellule du parti est bâtie sur le même modèle. Les dirigeants ne sont pas des ouvriers mais des administrateurs professionnels.

Dès les premiers jours de la société communiste, beaucoup ont compris que l'idée de la dictature du prolétariat était une ineptie si on tentait réellement de la mettre en application. Ce n'est pourtant que sous Brejnev qu'elle a été remplacée par l'idée, tout aussi creuse, de l'« Etat du peuple tout entier ».

157

Le problème du parti me paraissait plus compliqué que les précédents. Je connaissais encore très mal la structure du pouvoir, la place de l'appareil ainsi que ses rapports avec les communistes *. Lorsque que j'en discutais avec mes amis, c'était sur un plan très général et principalement moral **. Mon attention était alors attirée par des faits évidents, comme la diminution relative de la présence ouvrière dans le parti. Ceux qui avaient besoin d'y adhérer étaient surtout les chefs, les arrivistes et les fonctionnaires, et la direction du PC devait recourir à des mesures artificielles pour sauvegarder l'apparence de parti « ouvrier ». Ainsi, on encourageait les ouvriers à s'y inscrire alors que des quotas frappaient les employés. De plus, des « purges » périodiques nettoyaient ses rangs de toutes sortes d'escrocs.

Beaucoup d'entre nous comprenaient fort bien que pour gravir l'échelle hiérarchique, il fallait entrer au PC. En terminale, un événement focalisa notre attention : deux élèves, Vassili E. et Iossif M., médiocres sur le plan scolaire mais très « militants », posèrent leur candidature au parti. Le premier voulait travailler dans les « organes » et l'autre avait l'intention de devenir « permanent » politique. Leur tentative se solda par un refus : on n'acceptait jamais des élèves du secondaire. Désespéré, Vassili E. tenta de se pendre, mais il fut sauvé. Quant à Iossif M., il crut que son échec était dû à je ne sais quels péchés de sa famille. S'attendant d'un moment à l'autre à être arrêté, il fit une dépression nerveuse. Tous deux redoublèrent leur classe. Cet incident nous fut caché, mais tout finit par se savoir. Il

---

* En URSS, on désigne du nom de « communistes » les membres du parti et seulement eux.
** Ce n'est que bien plus tard que je me fis une idée plus claire et plus complète du rôle du parti. Je l'exposerai plus loin, lorsque j'aborderai la question du système de pouvoir *(NdA)*.

suscita parmi nous des discussions passionnées. C'était la première fois que je pouvais observer comment des individus, et des individus médiocres, tentaient de s'infiltrer dans l'appareil du pouvoir.

A mon entrée au MIFLI, je compris que, tôt ou tard, il me faudrait adhérer au PC. Le problème était que j'avais déjà quelques idées sur le sujet et que même mon appartenance au Komsomol me pesait. Rester dans l'organisation malgré mes tendances critiques me paraissait malhonnête et opportuniste. Andreï essayait de me raisonner. Je finis par tomber d'accord avec lui. Je n'avais nullement l'intention d'exprimer ouvertement mes convictions : je n'obtiendrais rien que des ennuis. De plus, je me sentais encore trop peu savant pour oser parler publiquement. Il me fallait acquérir une formation professionnelle avant d'entreprendre l'étude de la société soviétique et mettre mes idées en circulation.

J'avais déjà choisi ma voie. Je voulais être un révolutionnaire en lutte contre la nouvelle société. Mais pour combattre ses injustices, je devais me préparer soigneusement. Je décidai donc de me dissimuler pour un temps et de cacher ma vraie nature à mon entourage, sauf à mes amis intimes.

La crise

L'homme ne peut pas tout. Surtout s'il n'est pas calculateur. J'avais atteint les limites de l'épuisement physique et mental : de longues années de misère et de malnutrition finirent par produire leurs effets.

Les examens de fin d'études et le concours d'entrée à l'Institut m'avaient fait vivre une période de grande tension nerveuse. Pendant l'été, j'avais trouvé de menus emplois, simplement pour vivre. Mon père avait pratiquement cessé de m'entretenir et je ne pouvais me résoudre à lui demander de l'argent. La bourse de l'Institut ne m'avait été payée que deux fois. Je n'avais plus rien à me mettre. J'avais beau repriser soigneusement mes effets et multiplier les efforts pour avoir une allure convenable, je ressemblais de plus en plus à un mendiant déguenillé. Heureusement, mes cheveux longs me donnaient l'apparence d'un poète ou d'un peintre possédé par l'inspiration (alors que j'étais plutôt dévoré par la faim). Je sentais une crise morale monter en moi.

Toutes les pensées « hérétiques » accumulées depuis des années, tous les menus détails déposés dans ma conscience, commençaient à se réunir en un tout cohérent. Deux questions m'obsédaient : quelle était la nature objective de la société soviétique une fois débarrassée de ses oripeaux idéologiques ? Quelles devaient être mon attitude et mon action face à cette société ?

Je disposais déjà de nombreux éléments de réponse, mais ce n'était pas suffisant pour tirer des conclusions définitives. De plus, connaître n'est pas comprendre et, pour comprendre, je savais qu'il me manquait encore une formation spécialisée. C'était pour cela que j'avais sacrifié mes penchants pour l'architecture, le dessin et les mathématiques et que j'avais décidé de faire de la philosophie. Face à la société, mes pensées manquaient encore de stabilité et de netteté. J'étais un pur produit de l'éducation soviétique : je n'imaginais rien d'autre en dehors du système où je vivais. Bien des projets des grands utopistes avaient trouvé un début d'application en Union soviétique, mais, Dieu sait pourquoi, ils avaient engendré des effets pervers qui leur faisaient perdre toute substance. Cela me plongeait dans un profond désarroi dont il m'était impossible de comprendre les causes. Ce n'est qu'aujourd'hui que j'identifie la raison de ma crise : je prenais au sérieux les idées du communisme et croyais à une société régie par l'égalité, la justice, le bien-être et la fraternité. Or, le communisme réel, cruel, calculateur, prosaïque, médiocre et mensonger ne suscitait en moi que dégoût et révolte. Je pressentais que mes idéaux romantiques étaient irréalisables et que toute tentative pour les mettre en pratique conduirait à leur négation pure et simple. Toute mon architecture idéologique s'effondrait. J'étais désemparé.

Sans doute étais-je le premier membre d'une société communiste à voir dans les vertus du communisme la source même de ses maux. Cette découverte me plongea dans un état de désespoir cosmique, englobant l'avenir de l'humanité tout entière. Si les tares de la société avaient ses vertus pour origine, tout combat pour une organisation sociale idéale était, par définition, privé de sens. Mais alors, comment vivre dans ces conditions? Devenir comme la majorité des jeunes gens qui m'entouraient? J'en étais incapable et, du reste, je ne le désirais pas.

Je pris soudain conscience d'être déchiré par une profonde contradiction entre mes pensées et mes actes. J'élaborais constamment des éléments de théorie impossibles à mettre en application. J'ai toujours compris abstraitement ce qu'il convenait de faire pour améliorer ma situation et me garder de tout ennui. En pratique, mes actions provoquaient l'effet opposé. Je donnais ainsi l'impression de détruire sciemment mon existence, alors que je cherchais l'inverse. Je découvris en moi deux faces différentes : un chercheur impartial, objectif et sans concession; un passionné de justice, que toutes les iniquités du monde affectaient personnellement. Ces deux parties de moi-même, en lutte permanente, se sont influencées l'une l'autre : mon activité scientifique a pris un caractère moral et la science est venue colorer ma vie active.

Cette première crise morale de 1939 se solda par la mise au point rationnelle de ce que devait être la ligne directrice de mon existence : la connaissance, encore la connaissance et toujours la connaissance. Mais mes « pulsions éthiques » ne m'en poussaient pas moins vers des actes irrationnels.

Dans mon désespoir, le terrorisme individuel m'apparut comme une bouée de sauvetage. L'idée d'un attentat contre Staline envahit mes pensées et mes sentiments. Je n'avais absolument aucune possibilité de passer aux actes, mais j'étais un homme de l'époque stalinienne, pétrie de contrastes inouïs entre les idéaux et la réalité, les intentions et les résultats, les possibilités et les promesses. Ma situation personnelle était misérable, mes capacités d'action nulles, et mes ambitions grandioses. Il me semblait alors qu'au-delà d'un dirigeant, un tel attentat viserait le symbole de toute une époque, le dieu d'une nouvelle religion, le créateur d'un nouveau paradis sur Terre. Ainsi, par cet acte, j'apporterais à l'histoire universelle une contribution comparable au combat sanglant des révolutionnaires de plusieurs générations. En même temps, je ne pensais pas, par un tel acte, améliorer la situation du pays. Elle m'apparaissait comme un phénomène naturel sur lequel la volonté humaine n'avait aucune prise.

L'essentiel pour moi était (et reste) non pas de réformer la réalité mais de la comprendre aussi profondément et objectivement que possible, de manière à pouvoir exprimer un jugement moral sur elle. Je n'ai jamais cru aux effets rapides des réformes et, de plus, aucune réforme n'aurait pu conduire à une situation satisfaisante à mes yeux. Je voyais la montée d'un nouveau et effrayant « Moyen Age ». Une évolution rationnelle à partir du présent me semblait encore moins logique qu'un acte volontairement irrationnel : seule la folie individuelle pouvait s'opposer à la folie universelle.

Je m'étais déjà penché sur le terrorisme. J'admirais le courage de Khaltourine, Jeliabov, Perovskaïa, Karakozov et les autres populistes. Je parvins à me procurer le discours qu'Alexandre Oulianov prononça à la fin de son procès et je me sentis en accord total avec ses idées *. Je me bornai à les transposer à la situation que je connaissais. Alexandre Oulianov (et non Vladimir, dit Lénine) fut un des héros de ma jeunesse **.

Bien entendu, je ne saurais me remémorer aujourd'hui les formes concrètes que prenaient mes sentiments, mes idées et mes plans. Je m'efforcerai pourtant de reproduire fidèlement les états d'âme du Zinoviev de cette époque. Ce n'est pas totalement impossible dans la mesure où je n'ai jamais complètement surmonté cette crise : sous une forme assourdie, elle s'est à jamais fixée en moi.

Voici un exemple de ma façon de penser d'alors : Un soir d'insomnie, j'allai faire un tour au parc de Lefortovo que j'aimais beaucoup (si mes souvenirs sont bons, il s'appelait alors « parc de la région militaire de Moscou »). Sous la lune, il ressemblait au décor d'une tragédie antique ou shakespearienne. J'étais désespéré et me sentais condamné. Naturellement, je me voyais comme le héros principal d'une tragédie imaginaire. La question qui me tourmentait n'était pas « être ou ne pas être ? » mais « faut-il être un dieu ou un ver de terre ? ». Il m'était impossible d'être un « ver ». Or, pour devenir un « dieu » dans ce bourbier de lâcheté et de vulgarité, il n'y avait, me disais-je, qu'une seule solution : détruire la divinité et la religion existantes.

* Alexandre Oulianov (1866-1887), terroriste de *Narodnaïa Volia* (« Liberté du peuple »), frère aîné de Lénine. Condamné à mort pour avoir voulu attenter à la vie d'Alexandre III.
** Je dois d'ailleurs reconnaître que ma sympathie à leur égard s'est prolongée jusqu'à aujourd'hui. Cet intérêt pour le terrorisme s'est reflété dans plusieurs de mes livres, notamment *La Maison jaune*. Il ne s'agit pas d'un intérêt d'ordre pratique, mais d'une simple attirance. Je me suis souvent surpris à penser que si j'avais vécu à l'époque de ces terroristes, j'aurais été avec eux. Quant à Lénine, je ne l'ai jamais distingué de Staline et ne l'ai jamais placé bien haut. Je continue, comme alors, à le considérer comme un grand acteur historique, peut-être le plus grand du xxᵉ siècle. Mais pas plus *(NdA)*.

Naturellement, je m'en ouvris à Boris et Ina, puis à Andreï. Ce dernier désapprouva totalement mes idées terroristes. Moi aussi, d'un point de vue moral, je condamnais la violence. Mais je considérais que, d'un point de vue historique, il est faux de parler du terrorisme en général et de faire un amalgame de phénomènes différents par nature. Chez nous, on vénère officiellement comme des héros des personnages qui ont attenté à la vie des tsars ou de leurs fonctionnaires. Quand les bolcheviks rejetaient le terrorisme, ils ne le faisaient pas au nom de principes moraux, mais en vertu de considérations politiques. Pour eux, c'était un moyen de lutte inefficace pour prendre le pouvoir. Pourtant, sans les héros de la « Liberté du peuple », un large mouvement révolutionnaire aurait été impossible en Russie. L'histoire se répète : nous nous trouvions au tout début d'un nouveau cycle de combat social. Dans ces conditions, le terrorisme venu d'en bas ne pouvait pas avoir de signification propre. C'était une protestation contre la dureté de la vie, comparable aux révoltes spontanées qui se produisent dans les usines contre la baisse des salaires et les difficultés de ravitaillement. C'était un signal lancé à toutes les couches de la population pour leur faire prendre conscience de la situation réelle du pays et les inciter à ne plus s'y résigner. Par ailleurs, dans notre société communiste, la terreur envers la population est un mode de gouvernement. Pourquoi ne pas répondre à cette terreur par une autre, venue d'en bas ? En conclusion, je me disais qu'en agissant de manière désintéressée dans le but de servir la population et en sacrifiant son existence, on a parfaitement le droit de juger un individu ou un organisme tenu pour la personnification du mal, de le condamner et de l'exécuter. Dans ce cas, le devoir se substitue à la morale.

Que le lecteur n'aille pas s'imaginer que je prête mes idées d'aujourd'hui à des gamins de la fin des années

164

trente. Je ne nourris plus ce genre d'idées : je suis devenu trop raisonnable pour cela. En revanche, il suffit d'ouvrir des livres anciens pour les y trouver. Nos lectures d'alors nous faisaient comprendre que la société communiste, comme les sociétés du passé, sécrétait mille raisons de protester, de se révolter et de combattre. Nous n'avions pas de penchants criminels. Oulianov et les autres populistes avaient été des personnes d'une grande moralité. Elles avaient pourtant choisi le crime.

Nous étudiâmes les possibilités « techniques » d'un attentat. Un scénario nous paraissait réalisable : lors du défilé sur la place Rouge, nous nous infiltrerions, Ina et moi, dans la colonne de l'école de Boris. A l'époque, c'était possible. A la hauteur du mausolée, nous provoquerions une confusion artificielle qui me permettrait, armé d'un pistolet et de grenades, de me ruer vers les dirigeants. Je lancerais mes grenades sur la tribune et ferais feu sur Staline pendant qu'Ina et Boris lanceraient des tracts rédigés à la main où nous expliquerions les raisons de notre acte. En cas d'échec, nous comptions exposer nos idées pendant le procès.

Nous passâmes à la préparation pratique. Il fallait d'abord se procurer un pistolet et des grenades. Puis apprendre à tirer. En fait, une solution plus efficace était de fabriquer des bombes. Je pouvais ainsi me barder d'explosifs, et sauter à coup sûr près du mausolée, au cas où je ne réussirais pas à tirer sur Staline. J'étais prêt à me sacrifier sans la moindre hésitation. L'instant de ma mort aurait été l'apothéose de ma vie.

Cinquante ans ont passé et si l'on me donnait le choix entre l'existence que j'ai menée et un attentat contre Staline, je choisirais encore la deuxième variante. Mon acte pouvait échouer mais le sentiment d'avoir essayé, d'être allé au bout de mes convictions m'aurait semblé suffisant. Le héros de ma jeunesse était le Démon de Lermontov qui se rebellait contre Dieu. De mon point de vue, le rôle du démon rebelle se justifiait moralement dans les conditions soviétiques où le dieu réel était noir, sale, cruel et méchant.

165

Nos projets étaient puérils et nos espoirs d'un procès public dénués de sens : à l'époque stalinienne, c'était totalement inimaginable. Il était également impossible de se procurer des armes. Toutefois, notre dessein n'était pas totalement fou. Les auteurs des attentats d'avant la révolution étaient presque tous des amateurs naïfs et puérils. Je suis d'ailleurs persuadé que seuls des jeunes gens possédés par une idée sont capables de tels actes. Je ne cherche pas à trouver je ne sais quelles justifications à ma façon de voir d'alors. Mais je refuse de la condamner.

La fin de l'amour

Le père d'Ina fut muté dans une région lointaine. La famille quitta Moscou à la fin du mois de septembre et Ina disparut pour toujours de ma vie. Cela aggrava encore mon état nerveux. Je perdis le sommeil. La nuit, j'errais dans les rues désertes de Moscou. Je me dirigeais vers l'immeuble où Ina avait habité et attendais pendant des heures qu'elle apparût par miracle. Boris était occupé et ne pouvait m'accorder autant d'attention que précédemment. L'idée de l'attentat semblait bien enterrée.

Complot

Un an auparavant, j'avais fait la connaissance d'un curieux garçon qui s'appelait Alexeï. J'ignorais où il vivait et ce qu'il faisait. Il était nettement plus âgé que moi. Son séjour à Moscou était provisoire : il était invité par des membres de sa famille. D'après ses dires, il était responsable du Komsomol quelque part en Géorgie et connaissait Vassili, le fils de Staline. Il disait le mépriser et semblait tout à fait au courant de la façon dont vivaient les princes qui nous gouvernaient. Nous passâmes quelque temps à nous jauger mutuelle-

166

ment. Je lui dévoilai une partie de mes idées. Il m'avoua qu'il détestait Staline, mais il ne fut pas question d'attentat entre nous. Nous nous rencontrâmes à plusieurs reprises. Il me rendit visite, puis disparut pour quelque temps. Fin septembre, je le vis soudain réapparaître chez moi. Il m'annonça qu'il avait décidé de s'installer définitivement à Moscou, qu'il nourrissait un très grand dessein et que, pour l'accomplir, il devait se faire embaucher dans une usine pour n'importe quel travail. Je l'hébergeai deux nuits : il dormit par terre, dans la cuisine. Cela ne surprit guère nos voisins qui recevaient souvent des amis de la campagne. Alexeï passa également quelques nuits dans une remise, chez Boris. Puis il trouva à se loger.

Alexeï était un garçon cultivé. Il parlait bien et avait la même tournure d'esprit que moi. Je me rappelle plus ou moins des idées que nous échangeâmes au cours d'une conversation : il existe une constante dans l'histoire humaine, les hommes aspirent à quelque chose et luttent pour l'obtenir, mais le fruit de leurs efforts ne correspond qu'imparfaitement à leur désir initial. Les tentatives pour mettre en application leurs idéaux engendrent des phénomènes totalement imprévus et non désirés à leurs yeux. Cette nouvelle réalité devient une donnée initiale pour les générations suivantes, indifférentes aux sacrifices consentis par leurs aînés. Combien de gens remarquables ont sacrifié leur vie pour le bonheur des générations futures! Mais qui a profité des fruits de leur sacrifice? Nous sommes condamnés au même sort. Nous combattons les injustices actuelles pour que de futurs aigrefins profitent des résultats de notre lutte. Cela signifie-t-il que cette lutte est dénuée de sens? Pas du tout. La lutte est une façon d'être qui mérite qu'on s'y engage. La possibilité de sacrifier sa vie pour ses idéaux est en soi la récompense suprême de ce sacrifice.

Un jour, nous évoquâmes l'attentat de 1918 contre Lénine. Je posai le problème moral suivant : peut-on assassiner des chefs en oubliant que ce sont aussi des hommes? Alexeï me répondit catégoriquement : le problème n'est pas de savoir si on a le droit de les tuer, mais si c'est réalisable sur le plan pratique. Il n'y a aucun problème éthique. Le comportement des chefs sortant tout entier du cadre moral, pourquoi devrions-nous les considérer sous l'angle éthique? Après ces fortes paroles, le mur de méfiance et de doutes qui nous séparait fut abattu et nous entreprîmes de discuter de l'aspect purement « technique » du problème : comment accomplir un attentat contre Staline?

Nous adoptâmes pour commencer le scénario du défilé : Alexeï et moi défilions avec l'école de Boris. C'était mieux que de marcher avec la colonne du MIFLI. L'école de Boris était soumise à des contrôles moins sévères et nous pourrions être pris pour des étudiants des Beaux-Arts. Boris nous promit même de nous procurer des places de modèles dans son école pour que nous puissions passer inaperçus le moment venu. De plus, cette colonne devait défiler plus près du mausolée. Boris était chargé de distribuer des tracts et expliquer nos motivations. Alexeï et moi décidâmes de tirer sur Staline, de lancer nos grenades sur les autres dignitaires et de ne pas nous laisser prendre vivants. L'attentat fut programmé pour le 7 novembre 1939, mais les difficultés pour nous procurer des armes nous obligèrent à le repousser jusqu'au 1er mai 1940.

En évoquant aujourd'hui ce complot, je me demande si nous serions passés à l'acte. J'en doute. Nous manquions de cette détermination qui inspirait les populistes russes. Ils étaient apparus à un moment où la Russie s'était déjà engagée sur la voie de la révolution. Nous venions après une révolution qu'ils avaient préparée. La société cultivée les soutenait moralement alors que nous n'avions, nous, aucun appui. Je crois, néanmoins, que nous aurions pu tenter la chose au moins pour ne pas paraître des lâches à nos propres yeux. En fait, le service d'ordre aurait certainement maté notre tentative dès nos premiers gestes. Nous aurions simplement disparu sans laisser de traces. Tout se serait résumé au suicide de trois fous.

168

Une assemblée des comités du parti et du Komsomol de la faculté eut lieu au début du mois d'octobre. Pendant l'été, la « brigade de propagande » étudiante avait fait un « raid » sur les kolkhozes du pays et les participants racontèrent leurs impressions au cours de la réunion. Naturellement, ils évoquèrent tous l'état florissant des kolkhozes en glorifiant « la ligne générale du Comité central du parti et, personnellement, le camarade Staline ». Puis ils invitèrent l'assistance à prendre la parole. Les étudiants de mon groupe savaient que ma mère était kolkhozienne et que j'allais travailler au kolkhoze tous les étés. Ils se doutaient un peu de ma façon de penser : je ne pouvais la cacher entièrement. Le président de séance s'apprêtait à clore la réunion lorsque le chef de notre groupe lança que je voulais intervenir. On me donna donc la parole et je ne comprends toujours pas pourquoi je ne refusai pas. D'autant que je n'ai jamais aimé parler en public. Je montai à la tribune et racontai comment les choses se passaient dans ma région. J'évoquai la gabegie, l'ivrognerie, le vol, les arrestations, l'absence quasi totale de rémunération des paysans qui fuyaient les villages sous n'importe quel prétexte, tandis que ceux qui restaient crevaient de faim.

Mon intervention fut écoutée dans un silence oppressant. Je retournai m'asseoir au fond de la salle. Les yeux se détournèrent de moi mais je me sentis soulagé. Mon grand projet d'assassinat était définitivement ruiné. Mais ce n'était qu'un projet hypothétique alors que je venais de me livrer à une rébellion bien réelle. Comme on dit, « un tiens vaut mieux que deux tu l'auras ». Appâté avec le « tiens », j'avais mis fin au « tu l'auras ».

Je ne trouvai aucune raison ni de justifier, ni de condamner mon acte. Poussé par les autres, à mon corps défendant, j'avais fait un pas déterminant pour le reste de mon existence. Gamin, je plongeais dans l'eau

glacée pour la seule raison que l'on m'avait dit
« chiche ». La différence ici était que j'avais sauté dans
un océan hostile, sans le moindre espoir d'en sortir
vivant. Mais ce plongeon était l'expression même de
ma personnalité tout entière et j'étais fier d'être allé à
contre-courant. A mon échelle, cette brève intervention prenait l'importance psychologique d'une
insurrection universelle. Je m'identifiais à mon héros
favori, le Démon qui se rebellait contre la Création. Si
l'on m'avait condamné à ce moment à la peine capitale, je l'aurais acceptée comme une récompense
suprême. Une fois accompli, cet acte irrationnel et
incontrôlé rendit toute mon évolution morale ultérieure cohérente, volontaire et contrôlée.

Encore aujourd'hui, j'éprouve un frisson à me remémorer ce qui se passa dans la salle tout de suite après
mon intervention. Ce fut une véritable explosion de
hurlements d'indignation et de colère. Le président
parvint à grand-peine à rétablir le calme. Je ne me souviens pas si Chelepine était présent. En tant que responsable nommé par le Comité central, il devait assister aux assemblées. Je ne saurais dire, non plus, qui
présidait. En tout cas, le collectif ne pouvait que réagir
à cet événement exceptionnel. La réunion se prolongea jusqu'à minuit, ou presque. Mon intervention fut
stigmatisée comme une « sortie ennemie », et des résolutions adoptées.

Je m'éclipsai sans attendre la fin et rentrai chez moi
à pied. Il tombait de la neige fondue. Le vent était gla-
cial. J'étais trempé mais n'avais pas froid. Je me sentais
dans un état second. L'esprit vide, le pressentiment
d'une catastrophe irréparable flottait dans mon subconscient. Seule et opiniâtre, une voix intérieure me
répétait inlassablement : « Va! »

Andreï n'allait pas aux cours, ces jours-là. Sans doute
était-il malade. J'ignore si je dois le regretter. Il
m'aurait à coup sûr dissuadé de parler et, sans mon
coup d'éclat, peut-être aurais-je achevé normalement
mes études. J'aurais soutenu mes thèses et entamé une

170

carrière universitaire comme Kopnine, Gorski et Narski. En fait, ce scénario n'est guère vraisemblable : tôt ou tard, j'aurais « craqué ».

Conséquences

Le lendemain, je restai à la maison. On me convoqua au rectorat de l'Institut par coursier spécial. Je m'y rendis à pied. Le recteur, Karpova, me reçut pendant cinq minutes avant de m'orienter vers un hôpital psychiatrique qui, j'ignore pourquoi, portait le nom de Kaganovitch *. Il me semble qu'il se trouvait dans une ruelle près de la rue Kirov. Après la guerre, je tentai en vain de le retrouver. Peut-être l'avait-on transféré ailleurs pour installer à la place une école ou, plus probablement, l'Institut du Mouvement ouvrier international. Karpova me remit une lettre pour les médecins. Elle les priait d'étudier mon cas car « quelque chose n'allait pas chez moi ». Cela, je l'appris par le psychiatre. Mon examen dura une demi-heure. Le médecin rédigea ses conclusions et me les fit lire. Selon lui, j'étais sain d'esprit mais exténué. J'avais besoin d'une année de repos. Il cacheta l'enveloppe, me la donna et me demanda si je pouvais m'arracher à l'activité intellectuelle pendant un an. Il me conseilla de partir immédiatement à la campagne.

Je portai la lettre à l'Institut. On y avait décidé que mon cas serait dûment examiné au sein du comité du Komsomol et on m'ordonna de passer chez le doyen de la faculté de philosophie. Tout m'était déjà égal et je rentrai chez moi.

Le lendemain, je reçus la visite du doyen, Khaskhatchikh, du secrétaire du bureau du parti, Sidorov, et du secrétaire du Komsomol dont j'ai oublié le nom. Nous

* Lazare Moïssevitch Kaganovitch : l'un des proches de Staline, membre du Bureau politique (1930 à 1957). En 1939, il était simultanément secrétaire du Comité central du parti et commissaire du peuple à l'Industrie lourde.

eûmes une longue conversation très sérieuse. Je leur dis beaucoup de ce que j'avais sur le cœur. En partant, ils m'annoncèrent qu'en raison de ma conduite j'étais exclu du Komsomol et de l'Institut. De plus, l'accès aux autres établissements universitaires m'était désormais interdit. Après la guerre, j'appris que cette décision avait réellement été appliquée.

Seconde provocation

Le même jour, je reçus la visite de mon ancien camarade de classe Proré qui m'invita à une soirée. Je m'attendais à quelque chose de ce genre. J'avais appris à connaître les gens et l'époque. Parmi les invités, il y avait là la responsable du Komsomol Tamara G. et mes anciens camarades d'école Vassili E. et Iossif M. Il s'agissait, bien entendu, d'une provocation : ils voulaient me faire dévoiler mes pensées intimes. Je le savais et devançai leurs désirs. J'ignore comment ils avaient appris si vite le scandale de l'Institut.

J'avais des relations amicales avec tous les présents. Je ne leur reproche rien. En fait, ils ne me voulaient pas de mal. Ils pensaient m'aider à sortir de mon mauvais pas. Ils agissaient en gens de bien, mais en Soviétiques. Après tout, au Moyen Age, on brûlait des hérétiques avec les meilleures intentions du monde.

J'appris par la suite que l'instigateur de la réunion avait été Vassili E. Elève très moyen et dénué de talent, il était de petite taille. Au club de théâtre de l'école, il avait joué le rôle de l'Imposteur dans *Boris Godounov* de Pouchkine, puis celui d'un capitaine des « organes » dans une pièce soviétique, *L'Erreur de l'ingénieur Kotchine*, qui racontait l'histoire d'espions occidentaux opérant en Union soviétique. Ce rôle lui plut tellement qu'il se comporta toute sa vie comme un agent de la police politique. Nous l'appelions d'ailleurs le « tchékiste » et il était très fier de ce sobriquet. Dans la même pièce, Proré jouait le rôle d'un homme qui dénonçait un espion.

Vassili le médiocre était possédé par une idée fixe : démasquer un véritable ennemi du peuple. A plusieurs reprises, il s'en était pris à Boris et à moi, même pendant les cours, imaginant des idées contre-révolutionnaires dans nos plus banales plaisanteries. Et voilà qu'il tombait sur une occasion en or. Depuis octobre 1939, il était secrétaire du Komsomol de mon ancienne école. Trente ans plus tard, Tamara G. m'apprit que Vassili avait été accepté au parti après la soirée de provocation. Après ses études secondaires, il fut admis dans une école de la police secrète. Il fut tué à la fin de la guerre, en 1945. Il était alors capitaine.

La soirée chez Proré s'orienta rapidement vers des sujets brûlants. Vassili tentait de me pousser à approuver Kamenev, Zinoviev, Boukharine et d'autres « ennemis du peuple ». Il plaisanta platement sur mon nom de famille : n'étais-je pas un parent de ce Zinoviev qui avait été fusillé ? Mais ces personnages ne m'intéressaient pas. Je leur parlai de ce qui me préoccupait alors : le décalage entre la réalité et les idéaux du communisme. Le ton monta très vite. La conversation, qui ne me semblait pas du tout criminelle, dériva sur les rapports entre l'individu et le pouvoir. Enfin, on passa au culte de la personnalité de Staline. Les autres m'accusèrent d'individualisme et même d'anarchisme. Ils connaissaient tous ma passion pour les livres sur les anarchistes et les populistes russes. Je leur dis, en plaisantant, que je me considérais comme un néo-anarchiste. Mais mes provocateurs n'étaient pas d'humeur à rire. Je finis par exploser et rejetai le culte de Staline qui était, à mon avis, une déviation des idéaux communistes.

J'étais sûr qu'on allait me dénoncer. Confusément, je le désirais même. Je ne voyais pas d'autre issue à l'impasse où je me trouvais. Il est probable que la dénonciation fut rédigée le soir même. Ses effets se firent sentir à la vitesse de l'éclair.

Deux soirs plus tard, un jeune homme descendit dans notre sous-sol et me demanda. J'entendis sa voix et devinai qu'on venait me chercher. J'enfilai mon manteau, pris mon passeport et me présentai devant lui. Nous partîmes à pied pour la « Loubianka » sans prononcer un seul mot de tout le chemin. A l'entrée de l'immeuble, on garda mon passeport et l'on me conduisit au bureau 521. Un homme d'âge mûr me reçut. Il portait un uniforme sans signes distinctifs et m'invita à ôter mon pardessus et à m'asseoir. L'entretien promettait d'être long. Sur son bureau, j'aperçus une dénonciation écrite sur des feuilles de cahier. Je reconnus l'écriture droite, nette et haute de Proré. Sans doute était-il l'auteur du texte. Il était l'un des meilleurs élèves de l'école en langue et littérature russes et ses talents avaient dû le servir. Je reconnus également les signatures de Tamara, Vassili et Iossif. Pendant toute la conversation, la lettre resta étalée sur le bureau et je réussis à la lire en entier. Les auteurs se décrivaient comme mes amis. Ils se disaient inquiets des tendances qu'ils me découvraient ces derniers temps, en particulier de m'être proclamé néo-anarchiste et d'avoir condamné le culte de la personnalité du camarade Staline. Ils précisaient aussi que j'étais un membre sérieux du Komsomol, excellent élève et bon camarade. Selon eux, je devais être tombé sous une mauvaise influence. Ils priaient les organes de la Sécurité d'Etat de démasquer les individus qui me poussaient sur cette voie criminelle, et de m'aider à rejoindre les rangs des bâtisseurs de la nouvelle société.

Trente ans après

J'ai rencontré Tamara G. trente ans après ces événements. Des quatre signataires, elle est la seule encore en vie. Iossif M., simple homme du rang, fut tué au tout début de la guerre. Proré G. s'engagea comme volontaire en 1941, devint commissaire politique d'une compagnie et fut tué en 1944. Je le rencontrai en 1941 à Moscou. Nous restâmes ensemble pendant deux heures mais n'échangeâmes pas un seul mot sur la soirée fatidique. Peut-être croyait-il que je ne savais rien de la lettre.

En 1969, Tamara G. était déjà une vieille femme et moi un scientifique reconnu à l'étranger. Elle me raconta les détails de toute l'affaire. La terrible période stalinienne était révolue et elle pouvait parler librement. Tamara me dit que le remords n'avait cessé de la torturer et que c'était le seul acte malhonnête qu'elle eût commis de sa vie. Peut-être était-ce vrai. Mais il n'est nul besoin de commettre des bassesses tous les jours pour être un scélérat. La nature d'un individu se révèle à travers quelques actions peu nombreuses mais significatives. Pourtant, je ne ressentis aucune rancune à son égard. Je la rassurai en lui disant que je lui étais reconnaissant, à elle et aux autres : grâce à leur dénonciation, je n'étais pas devenu une merde soviétique ordinaire. Nous nous séparâmes en amis. Mais je n'eus plus envie de la rencontrer.

Cinquante ans après

Je n'ai jamais condamné ces gens mais je ne les ai pas absous pour autant. Peut-on reprocher à un serpent venimeux d'avoir une morsure mortelle ? De même, il n'y a aucun sens à condamner ou à absoudre les Soviétiques : ils agissent conformément à leur nature telle que la déterminent leurs conditions d'existence. C'était déjà ma conclusion alors que je me trouvais à la Loubianka. Je pris la décision de traiter les gens autour de moi (à l'exception de mes plus proches amis) comme des phénomènes naturels, m'évitant ainsi de nourrir par trop de mépris pour le genre humain.

S'il faut d'ailleurs porter un jugement moral sur la conduite de chacun, je considère que les délateurs et les provocateurs de l'époque stalinienne méritent bien plus de respect que ceux qui les condamnent aujourd'hui. Ces « hommes de bien » actuels (la prétendue « élite » de la société soviétique qui se prosterne devant Gorbatchev et profite à plein de la perestroïka) servent le pouvoir et bénéficient des privilèges de la couche dirigeante, tout en critiquant le régime et en prenant le masque d'opposants et de dissidents. Dans *Les Hauteurs béantes*, j'ai qualifié les frondeurs de l'époque brejnévienne de « quasi-fusillés ». Ils étaient déjà en bonne voie pour devenir ce qu'ils sont aujourd'hui.

Réflexions à la Loubianka

Après mon premier entretien avec l'enquêteur, on me conduisit dans une cellule individuelle de la prison intérieure de la Loubianka. Lors de la fouille, on me prit tout ce que j'avais dans mes poches mais on me laissa mes vêtements. J'ai lu, plus tard, des descriptions de la Loubianka et des procédures d'internement, notamment dans *Le Premier Cercle* de Soljenitsyne. Mon expérience fut différente. La fenêtre de ma cellule était munie d'une grille et d'une planche de bois (une « muselière ») qui ne laissait voir que le ciel. J'ignorais donc son orientation. Je disposais d'une couchette (avec matelas, couverture et oreiller), d'une table de nuit, d'une petite table et d'une chaise. Il y avait des toilettes et non la « tinette » si souvent décrite dans les livres. J'avais droit à une serviette et du savon. Sur le chevet reposaient une lampe et quelques livres que je n'ouvris même pas. Mes pensées étaient ailleurs. Je restai dans cette cellule plusieurs jours, peut-être une semaine. Pour la première fois de ma vie, j'avais droit à un lit pour moi. On m'apportait trois repas par jour. La qualité de ma nourriture était relativement convenable, du moins à mes yeux. Visiblement, cellule et conditions de détention étaient exceptionnelles. Je n'ai jamais rien rencontré de semblable dans les souvenirs d'anciens détenus. Par la suite, lorsque j'ai raconté mon expérience, on ne m'a généralement pas cru.

Au cours de notre second entretien, l'enquêteur m'expliqua que je n'étais pas en détention. Selon lui, nos conversations avaient un caractère amical et n'avaient rien à voir avec un interrogatoire. On me gardait sur place uniquement pour des raisons de commodité. De plus, on savait combien difficiles étaient mes conditions de vie et on avait décidé de me permettre de me reposer. En contrepartie, on espérait que je serais d'une franchise totale.

En tout, j'eus trois entretiens avec l'enquêteur. Il fut parfaitement franc avec moi. Surpris par mes discours, il m'avoua qu'il n'avait jamais rien entendu de semblable. De mon côté, j'improvisais librement, inventais toutes sortes de théories et clarifiais et systématisais tout ce qui s'était accumulé dans mon esprit. Donner des explications à autrui était pour moi un moyen de comprendre. J'avais mis au point ce procédé pendant mes conversations avec mes amis, à l'école, au cours de mes promenades sur l'avenue de la Paix, sur les paliers d'immeubles ou dans les bibliothèques. Mais mon enquêteur l'ignorait, persuadé que j'avais emprunté ces idées à quelqu'un ou que l'on m'avait endoctriné.

Dans ma cellule, je disposais de tout mon temps. Il n'y avait pas de promenades et je ne voyais personne. Réfléchir était ma seule occupation. Ces quelques jours me permirent de formuler les principes essentiels de ma vision du monde, qui n'ont guère changé depuis. En voici quelques-uns : il n'existe pas et il n'existera jamais de société idéale où régneront le bonheur général, l'égalité et la justice. Une telle société est radicalement impossible. Le communisme intégral promis par le marxisme n'est donc qu'une fable utopique. En éliminant certaines formes d'inégalité, d'injustice et d'exploitation, il en engendre de nouvelles. Il y aura toujours des pauvres et des riches, des exploités et des exploiteurs. Quant aux conflits et aux luttes, ils sont inévitables entre les individus, les groupes, les couches sociales et les classes.

Mes idées d'alors ne se réduisaient pas au résumé que je viens d'en faire. Elles portaient déjà sur la raison d'être d'individus comme moi dans la société soviétique. Je pensais aussi que si ma vie ne s'interrompait pas dans un avenir proche, je devais la consacrer entièrement à comprendre la société communiste, à en démasquer la nature profonde et à dévoiler celle-ci à la face du monde.

Toutes ces considérations déroutèrent profondément mon enquêteur. Jusque-là, il avait eu affaire à des personnes parfaitement loyales envers l'idéologie, le pouvoir et le système social, ou, au contraire, qui rejetaient le monde soviétique au nom du passé. Et voilà qu'il tombait sur un homme qui avait grandi dans la société communiste, qui avait été élevé dans le meilleur esprit communiste et retournait ces idées contre le communisme lui-même! Je pouvais voir son trouble. Il n'avait aucun argument à m'opposer, hormis des citations marxistes et des menaces.

Je puisai, moi aussi, des informations précieuses dans ces conversations. Ainsi, l'enquêteur m'expliqua ce qu'était réellement le « pouvoir du peuple » et pourquoi on avait tant besoin de la notion d'« ennemi du peuple » et de la répression. Il me parlait sur un ton de franchise qui, à son insu, s'élevait au niveau des généralisations théoriques. Parlant de la répression, il lâcha un jour une phrase dont je me suis souvenu toute ma vie : « Quand on aura réprimé tous ceux qui doivent l'être, la répression sera abolie. »

Désespoir

Une nouvelle vague de désespoir me submergea. Je venais de me rebeller contre la force historique la plus

178

puissante au monde et cette révolte « cosmique »
n'avait débouché que sur une prise de parole insignifiante dans une réunion sans importance, provoquée
par des nullités. Si j'étais en prison, ce n'était pas par la
volonté des dieux, mais par celle de délateurs et de
provocateurs. En fait de tragédie antique, je me trouvais jeté à la décharge publique. Les titans et les dieux
étaient devenus vers de terre et bactéries. J'avais
commis une grave erreur en cédant à la provocation.
Seul un attentat contre Staline était à la mesure de ma
rébellion. Il me fallait survivre à tout prix et inventer
une forme d'action qui, dans la symbolique chère à la
nouvelle époque, serait supérieure à l'attentat.

Dans ce commencement de délire, j'inventai le récit
d'un jeune garçon qui, s'apprêtant à assassiner Staline,
était arrêté à la suite d'une dénonciation. Le guide
suprême en personne apprenait l'histoire et décidait de
lui rendre visite en prison pour comprendre la raison
de son acte. Le terroriste était un mineur qui n'avait
aucun lien avec les « ennemis du peuple » habituels ou
avec ses rivaux politiques et cela ne laissait pas
d'inquiéter Staline. L'avenir appartenant à la jeunesse,
il voyait dans cette affaire le présage de futurs ennuis et
une mauvaise image de marque aux yeux de la postérité. Pendant toute une nuit, Staline racontait au garçon la situation dans laquelle se trouvait le pays avant
la révolution, l'énorme système de pouvoir, la nature
réelle des gens. Il demandait au jeune homme de se
mettre à sa place et lui dire ce qu'il aurait fait et ce
qu'il ferait dans la même situation. Le garçon admettait
finalement que, pour sauver le pays, il aurait agi
comme lui. Alors Staline donnait l'ordre de le fusiller,
bien qu'il fût mineur.

Il n'était pas dans mes vues de réhabiliter Staline. Il
ne pouvait comprendre que le garçon représentait une
nouvelle époque et, pour ainsi dire, une autre dimension. En revanche, le jeune homme comprenait Staline
en le considérant sous un angle historique, mais ne le
justifiait pas. Enfin, si Staline était impitoyable, c'est
qu'il était porteur de la cruauté de l'histoire.

Je n'ai jamais couché ce récit par écrit, mais je m'en suis toujours souvenu, y revenant plus d'une fois pour inventer de nouvelles variantes. Peut-être finirai-je par l'inclure dans un livre.

Après le XXe congrès du parti, un homme du nom de Romanov (si ma mémoire est bonne) suivit les cours de l'Institut de philosophie où je travaillais. Nous découvrîmes que nous avions fréquenté le MIFLI la même année. Il se souvenait encore du scandale que j'avais causé en octobre 1939. Il fut arrêté peu après, plus discrètement. On l'élimina simplement en silence. Condamné à vingt-cinq ans de camp à régime sévère, il purgea dix-huit ans. L'un des chefs d'accusation retenus contre lui était la préparation d'un attentat contre Staline. Je ne me souviens plus des motifs qui l'avaient guidé (je ne sais même pas s'il m'en avait fait part) mais cela signifiait que je n'étais donc pas le seul de mon espèce. Pour une partie de la jeunesse, vouloir attenter à la vie d'un tyran semble être une réaction parfaitement naturelle.

Romanov fut libéré et son procès annulé, mais personne ne l'accueillit comme un héros. Il eut toutes les peines du monde à soutenir sa thèse de troisième cycle. J'ignore ce qu'il est devenu par la suite. Il me parla très peu de son idée d'attentat contre Staline et encore, me sembla-t-il, était-ce pour en réfuter l'accusation. Curieusement, moi non plus, je n'ai jamais accordé de réelle importance à mon projet terroriste. Et si j'en ai fait le récit, c'est pour décrire mon état d'esprit de l'époque et non pour m'attirer je ne sais quels compliments. Le désespoir, seul, me poussait vers cet acte extrême bien qu'intellectuellement, je refusasse le terrorisme en tant que forme de lutte. Je crois qu'Alexandre Oulianov s'était trouvé dans une situation analogue.

De nos jours, le terrorisme a pris de telles formes abjectes que son rejet a fini par déteindre sur la manière dont on juge les terroristes du siècle dernier. Je suis sûr que mon passé « terroriste », aussi éphémère soit-il, ne jouera pas en ma faveur.

Le sujet principal de mes réflexions à la Loubianka fut ma propre existence. Voici à peu près mes conclusions : le drame existentiel d'un homme oscille entre la comédie vulgaire et la tragédie historique selon la manière dont il se voit lui-même. S'il se considère comme un Napoléon en puissance, il agira en conséquence. S'il pense être un clochard, il vivra différemment la même situation.

Je découvris en moi une multitude de personnalités historiques : Campanella, Thomas More, Fourier, Owen, Proudhon, Galilée, Giordano Bruno, Spartacus, Stenka Razine, Pougatchev, Karakozov, Alexandre Oulianov, Bakounine, Tille Eulenspiegel, Don Quichotte, Gwinplaine, le Taon *, Petchorine, Lermontov, Thomas Glahn **, Saltykov-Chtchedrine, Swift, le Démon, Cervantes et bien d'autres personnages réels ou fictifs. Ils se fondaient tous dans mon esprit en une seule et même personnalité potentielle pour laquelle les biens terrestres ne comptaient pour rien.

Je pris la résolution de poursuivre, si je restais en vie, la voie dans laquelle je m'étais engagé : je créerais mon propre monde intérieur et mon propre modèle humain. « Ce sera, me disais-je, ma protestation contre la saloperie de l'existence et ma rébellion contre cet univers vicieux et ce dieu sinistre. »

Evasion

Après un ultime entretien, l'enquêteur conclut que j'étais bien « des nôtres », mais je devais être tombé

---

* Héros du roman du même nom (*The Gadfly*) de l'écrivain anglais Ethel Voynich (1864-1960), traduit en russe en 1898 et très populaire en Russie au début du siècle.
** Héros de *Pan* de Knut Hamsun.

sous une mauvaise influence. Il m'annonça ma libération, précisant qu'il me faudrait, pendant quelque temps, habiter un appartement spécial en compagnie de deux collaborateurs des « organes ». Ma tâche serait de leur faire rencontrer tous mes camarades. Je devais aussi les présenter comme des « amis ». Je compris immédiatement que ce n'était pas une libération, même si cela en avait vaguement l'apparence, et que le seul but de la manœuvre était de trouver mes prétendus inspirateurs et complices. Cela m'effraya. Je risquais de mouiller Boris, Ina, Andreï, Alexeï et tous ceux avec qui j'avais eu des conversations « à risques ». Cela me rappelait le rôle de traître involontaire du héros du roman *Le Taon*. Je me jurai de l'éviter à tout prix. Je ne songeais pas encore à m'enfuir, mais j'étais prêt au pire, à la torture, à une longue détention, à la mort.

Tôt le matin, mes nouveaux « amis » vinrent me chercher dans ma cellule. C'étaient de tout jeunes hommes. Nous suivîmes de longs couloirs et des escaliers et arrivâmes enfin à la pièce par où j'étais entré dans la Loubianka plusieurs jours auparavant. Mes compagnons remplirent quelques formalités et nous sortîmes. A ce moment, un homme les rappela. Ils me dirent de patienter. Je partis sans attendre leur retour. Je n'avais aucun plan en tête. J'avais simplement obéi à une impulsion comme si quelqu'un m'avait crié : « Va! »

Deuxième année d'horreur

La période comprise entre octobre 1939 et novembre 1940 fut pour moi une seconde année terrible. Il m'est impossible d'en faire un récit conséquent. Je vivais dans un état second et mes seuls souvenirs nets sont la faim, le froid, la saleté, la solitude, le manque de sommeil et l'attente du pire. Si j'ai survécu, c'est sans doute parce que j'étais déjà habitué

182

à des conditions de vie très difficiles, à la limite de la résistance humaine. Et aussi, sans doute, parce que chaque fois que j'étais tenté de me rendre aux « organes », un ordre intérieur me commandait de poursuivre la voie que j'avais choisie intuitivement.

J'avais faussé compagnie à mon escorte de la Loubianka, sans papiers, sans argent, sans la moindre idée de la raison qui m'avait poussé à partir, ni de ce que j'allais faire par la suite. Je pris la rue Kirov vers la place du Komsomol et les gares de Iaroslavl, Leningrad et Kazan. Je ne saurais dire pourquoi je choisis cette direction. Mon subconscient me murmurait sans doute que, si je rentrais chez moi, on me retrouverait aussitôt. Mes amis ne pouvaient m'abriter plus d'une nuit et ils risquaient de gros ennuis à le faire. En revanche, j'étais plus d'une fois retourné au village à partir de la gare de Iaroslavl.

Bien des années plus tard, j'appris qu'un avis de recherche avait été lancé contre moi dans tout le pays. Un cousin éloigné, qui habitait à Kostroma, passa deux semaines dans notre cave, en vacances, disait-il. En fait, il travaillait pour les « organes ». Après la guerre, il me raconta qu'il avait reçu l'ordre de m'attendre là. On lui demanda aussi de se rendre à plusieurs reprises à Tchoukhloma et à Pakhtino, toujours dans le but de me retrouver. Toutefois, en prenant la direction de la gare de Iaroslavl, je n'avais pas l'intention d'aller chez ma mère à la campagne. A l'évidence, un tel voyage n'aurait eu aucun sens.

Si l'on m'avait pris alors, j'y aurais probablement laissé la vie. On ne m'aurait pas pardonné d'avoir ainsi faussé compagnie aux « organes » tout-puissants. Pour autant que je sache, de telles évasions étaient tout à fait exceptionnelles. J'ignore même s'il y en a eu d'autres.

A la gare, un train de marchandises était en partance pour Alexandrov, à cent kilomètres de Moscou. Je grimpai dans un wagon vide. A l'arrivée, j'étais transi. Je me réchauffai quelque peu à la gare puis me faufilai dans un train de voyageurs, m'étendis sur une couchette inférieure et m'endormis.

A cette époque, les trains circulaient lentement et il y avait des changements. Le premier eut lieu à Vologda : je quittai la voiture avec les autres passagers. A la gare, un milicien me remarqua et me conduisit au poste de police. Ma situation était désespérée, mais je racontai une histoire vraisemblable : j'étais étudiant, mais mon état de santé m'obligeait à prendre des vacances forcées et je me rendais chez ma mère, à la campagne, où je devais travailler au kolkhoze. On m'avait volé mes papiers, mon billet de train et mes affaires dans le train pendant mon sommeil. J'avais l'air si pitoyable que personne ne soupçonna que j'étais en fuite. Le chef de poste me traita avec sympathie et me fit donner à manger. Puis il me dit que je ne trouverais pas de travail au kolkhoze : j'avais l'air instruit et je pouvais obtenir un emploi plus important. Il me proposa de me faire embaucher sur le chantier d'une usine à une trentaine de kilomètres de la ville. J'acceptai avec joie. Il remplit un papier et le donna au milicien qui m'emmena dans un hangar près de la gare. Une trentaine de jeunes gens attendaient déjà. On nous conduisit sur une plate-forme jusqu'au chantier. Il faisait très froid, mais j'étais heureux. Sur place, on nous logea dans un baraquement équipé de châlits à deux étages. Nous reçûmes des bleus de travail usagés et même déchirés. J'étais tout content d'en avoir un.

Je travaillai quelque temps comme ouvrier auxiliaire puis dans un bureau comme aide-comptable. Nous n'étions pas très bien nourris, mais ce n'était pas la famine au sens strict du terme. Le baraquement était bien chauffé et le travail facile. Désormais, j'avais un peu d'argent. Je m'achetai quelques vêtements, un pull-over, des caleçons, une chapka, des moufles et des bottines. Je vécus ainsi jusqu'en janvier 1940. Mon chef était une femme assez âgée qui nourrissait à mon égard des sentiments maternels. Un jour, elle me dit qu'on l'avait convoquée à la direction pour lui poser des questions sur moi. Je compris que ma quiétude touchait à sa fin. Je partis tout de suite pour la ville, en auto-stop.

A la gare, une file d'attente de plusieurs heures s'était formée devant les guichets. Impossible d'attendre : au chantier, on pouvait s'apercevoir de mon absence d'un moment à l'autre et se mettre à ma recherche. Je montai donc dans le premier train en partance pour l'Est et graissai la patte au contrôleur (j'avais déjà fait cela à plusieurs reprises en retournant voir ma mère, pour éviter les queues). Il m'autorisa à m'installer dans un filet à bagages. C'est ainsi que j'arrivai à Kirov. J'avais déjà une assez bonne expérience de la vie dans l'illégalité. Je commençais à espérer que je pourrais même m'y adapter.

A la gare, je fus abordé par deux hommes qui me semblèrent assez âgés, bien que, comme je l'appris par la suite, ils avaient à peine plus de la trentaine. Ils me firent manger au buffet et me donnèrent de la vodka. J'étais passablement épuisé et l'alcool me soûla immédiatement.

Je repris mes esprits dans une chambrette exiguë et sombre où plusieurs hommes dormaient. Un homme et une femme, attablés, discutaient en fumant et buvant de la vodka. Au matin, j'appris que ces gens projetaient de cambrioler le magasin où travaillait la maîtresse des lieux. Ma maigreur avait attiré leur attention. Ils voulaient que je m'introduise dans le magasin, la nuit, par un certain trou. Je devais ensuite leur ouvrir une porte qui donnait sur la cour. J'avoue que cette perspective ne me faisait pas peur. J'avais déjà songé à passer quelques années en prison, comme droit commun. D'après les récits de ceux qui en sortaient, un camp de rééducation par le travail pouvait être pour moi un refuge contre la faim, le froid et les poursuites. Aussi j'acceptai le rôle que l'on me proposait. Pourtant, j'ignore encore pourquoi, l'opération se fit sans moi. La femme me donna du saucisson, du fromage, du pain et un peu d'argent et m'intima l'ordre de déguerpir.

Je mis plusieurs mois pour arriver à Omsk. Entretemps, je me fis embaucher sur des chantiers à deux reprises. A aucun moment, ma situation illégale (j'étais toujours sans papiers) ne constitua un obstacle. Les vagabonds de mon genre étaient légion. En outre, je possédais un certificat de travail délivré par le chantier de Vologda. Personne ne me demanda pourquoi j'étais parti. Au cours de cette période, je travaillai comme poseur de rails, manutentionnaire, bûcheron, gardien d'un dépôt, transporteur et vérificateur. J'étais très prudent et quittais immédiatement mon travail chaque fois que surgissait la moindre menace. Sans doute m'arriva-t-il d'exagérer le danger. D'autres fois, je dus fuir malgré mon désir de rester. J'ai décrit l'une de ces aventures dans mon livre *L'Elan de notre jeunesse* : je posais des rails quelque part au-delà de l'Oural sur une voie ferrée qui s'enfonçait dans la forêt. C'était un travail pénible, mais la vie était supportable. Nous vivions dans un baraquement. Les autres buvaient de la vodka et tentaient de m'en faire boire aussi. Plus de la moitié des ouvriers étaient des femmes. Elles aussi s'adonnaient à l'alcool et il vaut mieux ne pas parler de leur moralité. Toutefois, je résistai à tout cela. Je dormais dans la partie du baraquement réservée aux femmes, entre le poêle et la cuisine. Elles me protégeaient. Je me liai d'amitié avec la fille d'un chef de gare. Elle s'appelait Anastasia. Nos relations se limitaient à une sympathie mutuelle et à des conversations consacrées à de « grands sujets ». Elle faisait des études à l'école technique forestière du bourg. J'eus l'idée d'y entrer aussi pour devenir garde forestier. Mon amie m'approuva. A la longue, nous décidâmes même de nous marier. J'eus la faiblesse de parler un peu de mon passé. Elle répéta mes propos à ses parents. Son père m'enferma dans un sous-sol et partit en ville me dénoncer. Je fus libéré par sa mère qui me donna du pain et m'ordonna de filer au plus vite. En général, les femmes m'ont toujours secouru au cours de mes pérégrinations.

Il m'arriva une aventure similaire dans un chantier au nord de la ville d'Omsk. Nous étions près d'une centaine. On nous fournit des vestes en mouton, des bottes de feutre, des chapkas et des moufles. Tout cela était usagé mais pouvait nous sauver des grands froids. La plupart des hommes qui m'entouraient étaient de vieux renards. Certains n'avaient pas de papiers, d'autres en avaient des faux. A mon aspect, ma conduite et ma façon de parler, mes compagnons devinèrent que je n'étais pas de leur milieu. Un jour, ils me prirent à part et me demandèrent de partir : ils ne voulaient pas être mis au nombre des « ennemis du peuple » à cause de moi. Ils me donnèrent une miche de pain. Je fis à pied une partie du chemin jusqu'à Omsk puis un paysan me prit dans sa charrette. Je le payai en lui donnant ma veste de mouton : si je l'avais portée à la gare, la milice aurait tout de suite remarqué qu'elle appartenait à l'Etat. Pour la même raison, j'allai vendre bottes, chapka et moufles au marché aux puces. Avec ma tenue de ville, j'attirais moins l'attention.

Et puis ce fut mon mouvement de retour vers l'Europe et vers Moscou. En mai, j'étais à Kirov. J'avais acquis plusieurs attestations qui me servaient de papiers et je commençais à m'enhardir un peu. J'avais appris à me débrouiller dans les situations les plus critiques et je décidai de tenter une manœuvre que la Sécurité d'Etat et la milice croiraient inimaginable de la part d'un criminel comme moi : je me rendis à la rédaction du journal local et y racontai une histoire soigneusement mise au point. J'étais étudiant et l'on m'avait mis en congé d'études pendant un an pour des raisons de santé. Mon passeport m'avait été volé, j'avais déclaré la chose à la milice, et j'avais des attestations de travail. Je demandai un emploi quelconque, si possible en rapport avec le journalisme. On se moqua un peu de moi et l'on m'offrit un poste d'ouvrier auxiliaire à l'imprimerie. Je louai un lit chez une vieille femme de ménage de la rédaction. Un des journalistes s'intéressa à ce qu'il appela « ma riche expérience de vie » et me proposa de lui écrire quelque chose. Je rédigeai un récit sur un chantier, au fin fond de la Sibérie, où les hommes faisaient preuve d'un héroïsme exceptionnel dans des conditions naturelles très difficiles. Mon essai plut au journaliste qui me l'acheta pour quelques sous. Il le réécrivit et le publia sous son nom. Je continuai à lui fournir de petits articles. Il ne me donnait que peu d'argent, mais ces sommes constituaient un appoint appréciable à mon salaire. Je pouvais payer mon loyer et me nourrir. Un jour, je fus convoqué par le rédacteur du journal. Il était en compagnie d'un « camarade des organes » qui m'interrogea longuement pour savoir qui j'étais et ce que je faisais là. Je compris qu'il serait dangereux pour moi de rester à Kirov. Je laissai toutes mes attestations au service du personnel et quittai la ville, sans même réclamer mon salaire des deux dernières semaines. Cette fois, je décidai de me rendre chez ma mère au village. C'était tout près. De plus, je commençais à éprouver une sorte d'indifférence pour tout ce qui pouvait m'advenir.

J'arrivai à Pakhtino fin août. Je dormis tout mon soûl et commençai à travailler au kolkhoze. Mais les voisins trouvèrent mon attitude suspecte : j'étais resté, au lieu de regagner Moscou, au moment de la rentrée de septembre. Sans doute quelqu'un se chargea-t-il de me dénoncer à Tchoukhloma. Une amie de ma mère fit vingt kilomètres dans la boue jusqu'à notre village pour l'avertir qu'un homme allait partir de Kostroma à ma recherche. Ma mère me prépara aussitôt quelques affaires, un petit sac de biscottes, de l'argent pour la route et elle m'apporta tout cela au champ où je travaillais. Je partis immédiatement pour la gare, sans même repasser par la maison et sans faire mes adieux à la famille. C'était au début d'octobre. J'arrivai à Moscou où, me disais-je, on aurait cessé de me chercher. Je pensais qu'il me fallait éviter de rencontrer d'anciens camarades. Quant aux voisins du sous-sol, ils croiraient qu'on m'avait relâché et n'auraient pas l'idée de me dénoncer. Seul Boris fut mis au courant de mon arrivée. Après mon évasion, on l'avait interrogé à mon sujet, mais il avait simulé un dérangement mental et on l'avait laissé tranquille. Quant à Alexeï, il avait disparu.

Les « organes »

Ma propre expérience m'a convaincu que la réputation des « organes » de la Sécurité d'Etat était exagérée. Ce n'était pas une organisation toute-puissante et omnisciente : on pouvait se soustraire à sa vigilance. Au cours des années khrouchtchéviennes, on me raconta plusieurs cas voisins du mien. Leur apparence de toute-puissance tient à leur système de renseignement, à l'aide bénévole des individus, à l'atomisation de la société, à la docilité et l'inexpérience des victimes, au contrôle général de la population, à la misère du pays, aux difficultés de la vie dans l'illégalité et, enfin, à l'énorme énergie que peut déployer la police pour de petites affaires insignifiantes. Au cours de nos « entretiens » à la Loubianka, mon enquêteur m'avait annoncé qu'« ils » sauraient tout ce que j'avais fait, et même tout ce que j'avais pensé ou simplement rêvé. Pour me convaincre, il me cita un cas précis. Un citoyen particulièrement vigilant avait ramassé un jour dans les toilettes d'une gare un morceau d'une lettre déchirée. Après l'avoir lue, il l'avait immédiatement portée aux « organes » : l'auteur y critiquait le culte de Staline. Impossible de laisser pareille affaire sans suite : les tchékistes décidèrent de retrouver coûte que coûte l'auteur du crime. Des milliers de personnes furent mobilisées pendant deux ans pour cette chasse à l'ennemi. Et on le trouva ! On m'aurait certainement déniché moi aussi si la guerre n'avait pas éclaté. Après le virage khrouchtchévien, je rencontrai un jour, au cours d'une beuverie, un ancien employé des « organes » qui avait sombré dans l'alcool après son limogeage comme agent de Beria. Il se vanta d'avoir dirigé une opération de recherche avec, pour tout indice, un morceau de lettre ramassé dans les toilettes d'une gare. Il s'agissait peut-être de la même affaire.

Dans *Le Premier Cercle*, Soljenitsyne décrit le travail titanesque des « organes » pour retrouver un homme dont on a surpris et enregistré une conversation téléphonique. De telles activités correspondaient bien à l'esprit du temps.

La dernière chance

Il fallait vivre. Mon père ne pouvait plus m'entretenir. Du reste, je ne voulais plus être à sa charge. Sans passeport, il m'était impossible de trouver du travail. Continuer à vivre dans notre immeuble n'était pas sans danger. Je déménageai donc chez Boris, dans une sorte de remise à bois. Un voisin, directeur d'un magasin de fruits et légumes, m'embaucha. Je devais aider le comptable, en échange de quoi, je pouvais manger gratuitement à ma faim. Au bout d'une semaine, le directeur et tous ses employés furent arrêtés pour escroquerie. Boris me procura un emploi de modèle dans son école. J'étais bien payé, mais je ne pus tenir que quelques séances. Le cauchemar que j'avais vécu avait fini par me miner et je m'évanouis au cours d'une séance de pose. Naturellement, je perdis ce gagne-pain.

La situation devenait critique. Je ne voulais pas me replonger dans un voyage comme celui que je venais de vivre. Je recommençai à caresser la tentation de me rendre. Pour ne pas mourir de faim, j'allais à la gare aider à décharger les wagons de pommes de terre. Un jour, la police organisa une rafle et tous les manutentionnaires furent pris. Parmi nous, il y avait beaucoup de repris de justice qui fuyaient la police. On leur donna à choisir entre le procès et l'armée. Cette proposition n'avait rien d'étonnant : le pays se préparait activement à la guerre et la conscription touchait tous ceux qui ne jouissaient pas de privilèges particuliers. Bien sûr, les délinquants choisirent l'armée. On me prit pour un adolescent en rupture d'études et on me laissa repartir.

L'idée de m'engager germa dans mon esprit. Je craignais de me présenter au bureau de recrutement de mon arrondissement et me rendis au bureau voisin. Je déclarai que j'avais perdu mon passeport et que je voulais faire mon service militaire. Le commandant décida que je n'avais pas encore l'âge d'être appelé (j'allais sur mes dix-huit ans) mais que je brûlais de patriotisme et que je voulais devancer l'appel. De tels cas se présentaient assez souvent. Il apprécia mon enthousiasme et me fit porter sur la liste des conscrits. On remplit les imprimés en me croyant sur parole. Par prudence, je mentis sur plusieurs points. Cette précaution s'avéra finalement inutile et j'y renonçai par la suite.

Je subis un examen médical. Je mesurais un mètre soixante-dix, mais je pesais à peine cinquante kilos. Les médecins secouèrent la tête et me conseillèrent d'attendre un an. Je les suppliai de me déclarer apte au service en les assurant que je « ressusciterais » en moins d'un mois. Ils finirent par céder.

Très tôt, le matin du 29 octobre 1940, jour de mon anniversaire, je me rendis au point de ralliement. J'avais une véritable crinière faute d'argent pour aller chez le coiffeur. On me rasa immédiatement le crâne. Seul Boris était venu m'accompagner. Pour la route, il m'avait acheté une miche de pain de seigle et un morceau de saucisson : pendant les deux premiers jours de voyage, nous devions nous nourrir à nos frais. Je n'avais aucun bagage. Mes vêtements étaient dans un tel état que je les jetai dès que je reçus mon paquetage militaire à mon arrivée au régiment.

Le même soir, on nous entassa dans des wagons de marchandises. Ils étaient munis de châlits à deux étages et d'un poêle métallique. Cela signifiait qu'on nous conduisait vers le Nord ou vers l'Est. Mes compagnons se ruèrent immédiatement pour occuper les places les plus confortables. J'attendis la fin du tumulte pour occuper la place qui restait. Elle se trouvait à l'endroit le plus froid du wagon, à côté d'une fenêtre et près de la porte. Jusqu'à minuit, notre convoi erra dans la toile d'araignée ferroviaire de Moscou. Arrêts brusques et démarrages se succédaient. Je n'avais pas sommeil, mais j'étais tranquille : je m'étais évadé de la misère et j'avais échappé à l'arrestation. A coup sûr, on n'irait pas me chercher dans l'armée, me disais-je. J'ignorais encore qu'il ne me serait jamais possible d'éviter les persécutions : la société m'avait déjà marqué du sceau de renégat.

Ainsi s'acheva ma jeunesse, la plus belle période dans la vie d'un homme. Quant à moi, si l'on me donnait la possibilité de la revivre, je la refuserais.

L'ARMÉE

Le chaos des âges

Les périodes qui divisent communément la vie d'un homme (enfance, adolescence, jeunesse, maturité) n'eurent pour moi qu'un sens formel. Dès l'âge de raison, je pris part au travail collectif des adultes d'une manière qui n'avait rien d'enfantin. A onze ans, je devais déjà réfléchir à la façon de m'habiller et de me nourrir. A partir de seize ans, mes relations avec la société prirent un tour qui demeure exceptionnel pour bien des adultes. A dix-sept ans, je devins un renégat politique recherché dans tout le pays par les tout-puissants organes de répression. Je n'ai donc connu ni enfance insouciante, ni crise d'adolescence, ni jeunesse romantique et pure. J'ai vécu une sorte de chaos des âges qui reflétait celui de mon époque. Quant à la période qui commença le 29 octobre 1940, je ne puis à aucun titre la qualifier d'âge mûr.

Je restai dans l'armée jusqu'à l'âge de vingt-quatre ans. Je n'eus plus à me soucier ni du gîte, ni du couvert, ni de l'habillement. Bien entendu, je connus d'autres ennuis et d'autres inquiétudes, mais ils n'avaient rien à voir avec l'âge.

Plus tard, entre 1948 et 1976, ce fut mon tour d'élever mes propres enfants. J'enseignais alors dans des écoles secondaires, puis des instituts supérieurs, et je pus observer à loisir l'évolution d'hommes et de femmes placés dans des conditions soviétiques ordinaires. Pour beaucoup, ce chaos des âges avait été un phénomène habituel. Après la guerre, dans la plupart des cas, les enfants, en revanche, n'ont plus été obligés de partager le mode de vie des adultes. Et leur maturation intellectuelle, psychologique et physiologique se faisait plus rapide. L'âge où les hommes se sentent adultes a été avancé dans certains domaines de l'existence mais retardé dans d'autres. Leur activité sexuelle commence plus tôt et ils reçoivent une instruction plus précoce et supérieure à celle des adultes autrefois. En même temps, ils deviennent indépendants bien plus tard. Le pays compte des centaines de milliers de jeunes de vingt-cinq à trente-cinq ans qui n'ont pas dépassé moralement le stade de l'adolescence et qui se comportent encore parfois comme des enfants. Sous certains rapports, l'infantilisme est un trait caractéristique de la population des pays communistes. L'appareil du pouvoir, de l'idéologie et de la propagande traite les gens jusqu'à leur mort comme une pâte malléable, destinée à être endoctrinée. Toute sa vie, l'individu se trouve dans la position d'un éternel étudiant, sujet aux remontrances permanentes de ses supérieurs. Du reste, les dirigeants prétendent au rôle de pères et de précepteurs de leurs concitoyens-enfants.

Ainsi, en écrivant, à la fin du chapitre précédent, que ma jeunesse s'est achevée le 29 octobre 1940, je me suis trouvé dans l'incapacité de dire quelle nouvelle étape de ma vie commençait puisque, même les années que je venais de traverser ne pouvaient être qualifiées période de jeunesse que du bout des lèvres.

Un modèle de société

Si le but suprême de ma vie avait été de réussir dans la science ou les arts, mes années de service militaire m'auraient semblé du temps perdu. Mais je n'avais pas

194

d'objectif clair. J'étais poussé par la société à la rébellion individuelle. Le désir de comprendre le monde qui m'entourait faisait simplement partie de ma révolte. Je n'escomptais aucun succès et ne pensais même pas survivre. J'observais la vie et réfléchissais parce que j'étais né pour cela. Je n'envisageais pas alors de livres futurs. Ce n'est que plus tard que je pris conscience de l'utilité des années d'armée et de guerre pour mon enrichissement personnel : elles furent pour moi une école philosophique, sociologique et littéraire.

Toute armée reflète en elle les traits principaux de la société dont elle est issue, et l'Armée Rouge ne faisait pas exception. La nature communiste de la société donnait même à cette règle une valeur spécifique. Le rapport social de base qui régit notre système est celui de la subordination. N'importe quelle armée peut donc servir d'exemple des rapports sociaux communistes. Mes années de service m'ont permis d'étudier les divers aspects de la vie militaire et m'ont facilité par la suite l'analyse de l'ensemble de la société. Je crois que l'internement dans un camp de travail aurait pu jouer un rôle similaire, pour peu que j'aie survécu.

J'ai toujours été surpris que des gens cultivés et disposant de données factuelles importantes produisent, sur des phénomènes sociaux de grande envergure, des conclusions insignifiantes, superficielles ou déviées au point d'en devenir absurdes. Les conditions de mon existence et les rapports que j'ai entretenus avec mon entourage m'ont obligé à l'exercice inverse : formuler de vastes généralisations fondées sur l'observation d'un nombre limité de « petits » événements. Avec le temps, j'ai découvert que ces « petits riens » sont justement les fondements du processus historique et que, d'un point de vue sociologique, les phénomènes apparemment grandioses n'en sont que l'écume. Des notions dialectiques comme l'essence et le phénomène, le contenu et la forme, m'ont beaucoup servi.

Toute guerre révèle d'une manière ou d'une autre

les caractéristiques fondamentales des sociétés qui y sont impliquées. Celle de 1941-1945 a permis au système communiste de montrer son étonnante capacité à assurer sa survie, se perpétuer et se renforcer dans des situations limites, au point qu'il est permis de dire que ce sont des conditions particulièrement hostiles et non la prospérité, qui sont les plus favorables au système.

Une armée organise un grand nombre d'individus en un tout, mais elle ne produit rien : elle se contente de consommer, y compris dans le domaine culturel et idéologique. Elle ne reproduit pas non plus le matériau humain. Bref, on ne peut la considérer comme un modèle du communisme que sous une forme très abstraite et simplifiée. En revanche, le pays tout entier s'était mis à ressembler à un camp militaire. L'armée était donc un poste d'observation rêvé pour se faire une idée de la société dans son ensemble.

Début d'une nouvelle étape

Dès les premières minutes de ma nouvelle existence, je découvris les principes de la vie collective réelle *. Ils sont dictés aux hommes par les contraintes naturelles et ont bien plus de force que le collectivisme idéal qu'on essayait de nous inculquer en paroles. Dès que les chefs arrivèrent et nous organisèrent en plusieurs groupes, certains garçons aspirèrent aux rôles de sous-chefs. Ils entreprirent immédiatement d'attirer l'attention des supérieurs en leur faisant comprendre qu'ils étaient des responsables de groupes tout désignés. Chose étonnante, les gradés les remarquèrent et ces petites canailles assoiffées de pouvoir (même sous une forme embryonnaire) furent nommées responsables de wagons. D'autres larbins qui voulaient, eux aussi, une petite part de pouvoir et de privilèges se

* Je les ai qualifiés plus tard de principes de la conduite communale ou de communalisme (NdA).

196

mirent à les courtiser. Je crois que l'observation de telles scènes, où des conglomérats humains se structurent spontanément en vue d'une vie commune prolongée, fit plus pour affiner ma connaissance de la société communiste réelle que les centaines de volumes spécialisés que je lus plus tard.

J'observais tout cela non en sociologue, mais en homme qui avait déjà entrepris de s'auto-« fabriquer » selon certains modèles idéaux. A l'école, je n'avais jamais fait de « lèche » aux enseignants. Je ne me mettais pas en avant et ne levais pas la main pour montrer à tout bout de champ que j'en savais plus que les autres. Cette attitude m'était dictée par le mépris de ces vanités et non par la timidité, l'indécision, la modestie, ou d'autres traits qui freinent l'activité sociale d'un homme. Je savais tout bonnement que ma conduite n'aurait pas de suites catastrophiques pour moi. A l'inverse, un comportement contraire ne m'aurait pas élevé au-dessus des autres. Je décidai d'observer la même règle de conduite à l'armée. Seulement, là, les conséquences étaient plus sérieuses : l'école n'était qu'un apprentissage de la vie, alors qu'à présent j'avais affaire à la vie elle-même. Les récompenses n'étaient plus des mentions portées sur le carnet scolaire, mais des portions de biens terrestres et des avantages sur autrui. A un niveau très élémentaire, la répartition des recrues en catégories sociales se fit selon les principes qui se retrouvent dans l'ensemble de la société : en déboulonnant Grichine * pour s'asseoir dans le fauteuil de secrétaire général du parti, Gorbatchev se distinguait peu du soldat Ivanov qui éliminait Petrov pour devenir responsable du wagon.

* Victor Vassilievitch Grichine (né en 1914), premier secrétaire du comité du parti de la ville de Moscou (1967-1985) et membre du Bureau politique du Comité central du parti (1971-1986). Poussé par certains membres de l'appareil, il fut le rival malheureux de Gorbatchev au poste de secrétaire général après la mort de Konstantin Tchernenko en mars 1985. En décembre de la même année, il perdit son poste de chef du parti à Moscou et, un mois plus tard, quitta le Bureau politique.

197

Dès les premiers instants de ma nouvelle existence, j'entrai en conflit avec l'« autorité ». En voyant que je ne me ruais pas comme les autres vers les meilleures places des châlits, le responsable de wagon m'avait pris pour une « poire » sur qui exercer son autorité. Beaucoup ont commis la même erreur, par la suite. Il se mit à me donner des ordres comme un adjudant et exigea que je me mette au garde-à-vous devant lui. Je répliquai que je ne l'avais pas élu à son poste de responsabilité, que nous n'avions même pas encore prêté serment et qu'il abusait de ses prérogatives. Il se mit à crier et me menaça du wagon de police (il y en avait effectivement un dans le convoi). Je m'emparai d'une bûche, près du poêle, et déclarai au « commandant » autoproclamé que je ne me laisserais humilier par personne, pas même Staline, et que s'il se permettait encore une fois d'élever la voix à mon égard, je n'hésiterais pas à lui fendre le crâne. Les autres m'approuvèrent. Le gars prit peur et modéra ses manières autoritaires. Il devint même obséquieux envers moi : l'ambition de commander fait très bon ménage avec la flagornerie *.

Quelqu'un alla dire aux gradés du convoi que j'avais critiqué Staline au cours de ma querelle avec le chéfaillon. Je fus rapidement convoqué chez le *zampolit*, le commandant-adjoint chargé des questions politiques.

---

* Il m'est arrivé plus d'une fois, par la suite, d'éprouver le même genre d'accès de « rage ». Je me souviens d'un cas explosif. Un soir, j'étais officier de service à la cantine du régiment lorsque je vis arriver un capitaine passablement éméché. C'était le chef de la Section spéciale du régiment (le représentant des « organes »). Il exigea un repas. Il était tard et il ne restait plus rien à manger. Selon le règlement, il aurait dû nous prévenir à l'avance pour qu'on lui garde quelque chose. Mais il ne l'avait pas fait. Il refusa d'écouter mes explications et m'insulta. Je pris la mouche, sortis mon pistolet et le prévins que je comptais jusqu'à cinq avant de l'abattre s'il ne quittait pas les lieux. Il s'enfuit aussitôt. Le lendemain, rendons-lui cette justice, il vint me présenter ses excuses et me demanda si j'aurais tiré au cas où il n'aurait pas obéi. Il donna lui-même une réponse affirmative, sans me laisser le temps de répondre. Nous décidâmes de garder cette histoire pour nous *(NdA)*.

Je décidai de ne pas prendre de risques et lui expliquai que le délateur avait déformé mes propos : en fait, j'avais dit que même le camarade Staline ne se comportait pas ainsi avec ses subordonnés. Le *zampolit* m'approuva, mais, à notre arrivée au régiment, il n'en conseilla pas moins au chef de la Section spéciale de m'avoir à l'œil. Ce dernier me rappela cette histoire au cours d'un entretien que nous eûmes plus tard pour d'autres raisons.

Pendant les deux premiers jours de voyage, nous mangeâmes nos propres victuailles. Rapidement, le wagon se divisa en deux catégories : les « riches » et les « pauvres ». Les premiers plongeaient la main dans leurs valises entrouvertes et en sortaient des morceaux qu'ils avalaient en cachette. Les autres mangeaient sans se cacher et partageaient entre eux leur pitance. Le troisième jour, on nous apporta un seau d'eau, de la kacha en poudre et du pain. Le responsable du wagon nomma l'un de ses larbins cuisinier et ordonna à un autre de partager le pain. Ce fut aussitôt une avalanche de privilèges et de passe-droits. En application de la règle que je m'étais imposée, j'allai chercher ma part de kacha et de pain en dernier. Par la suite, je fis cela systématiquement. J'étais, bien sûr, un peu lésé, mais j'y gagnais sur les plans moral et psychologique. En situation de pénurie, la répartition de biens est toujours une source de tensions. Je pris l'habitude de réserver mes forces pour des choses plus importantes. Il est vrai que lorsque l'on est sous-alimenté, quelques grammes de pain en plus ne sont pas un détail.

Parfois, on nous faisait prendre un repas dans des bâtiments spécialement préparés près des gares, mais en général nous ne mangions pas à notre faim. Pendant les arrêts, les gars se livraient à de véritables raids sur les marchés et les buffets. Ceux qui avaient de l'argent achetaient des provisions, les autres les volaient. Nous profitions également de ces occasions pour échanger tout ce qui pouvait nous tomber sous la main contre du bois de chauffage. La quantité de combustible prévue pour chaque poêle était insuffisante et nous avions très froid.

Les diarrhées commencèrent au bout de quelques jours. Comme les arrêts n'étaient pas assez fréquents, nous faisions nos besoins pendant la marche du train. Dans les wagons de marchandises, ce n'était pas très facile. Il y eut même un accident : deux des nôtres retenaient un garçon par les bras pendant qu'il faisait son affaire. Quelqu'un conseilla de le tenir par les oreilles pour plus de sûreté. Les deux gars éclatèrent de rire et lâchèrent prise. Le malheureux riait encore en tombant sur la voie. Le lendemain, le responsable de wagon rapporta au commandant du convoi qu'une recrue avait disparu : peut-être avait-elle déserté.

Notre voyage dura vingt-trois jours. A mesure que Moscou s'éloignait, notre cafard augmentait. Rien n'attirait notre attention, ni les beautés de la Sibérie, ni même le lac Baïkal. Nous avions froid et faim. Aucun sentiment de fraternité ne se développa entre nous. J'écrivis à Boris de longues lettres en vers. Il les conserva. Je les détruisis moi-même en 1946. Aujourd'hui, je ne regrette nullement mon geste. Ces textes étaient loin d'être mauvais mais je suis simplement parvenu à la conclusion que, pour réussir en poésie de nos jours, il ne suffit pas d'être inspiré. Des qualités qui n'ont rien à voir avec la création artistique sont indispensables. Le monde s'est avéré pire que je ne l'avais supposé.

Au cours du voyage, ma disposition à plaisanter et mon humour noir trouvèrent à s'employer. Je me liai d'amitié avec deux autres garçons qui avaient un penchant similaire pour la blague. A nous trois, nous fîmes rire nos camarades pendant tout le voyage. J'avais déjà joué les amuseurs publics auparavant mais jamais dans de telles proportions. De tels personnages apparaissent spontanément dans les groupes relativement importants, quand de nombreuses personnes sont contraintes de vivre ensemble pendant une assez longue période. Pince-sans-rire, j'accompagnais toujours mes pitreries d'un air de sérieux et utilisais volontiers des termes scientifiques ou politiques. Parfois, le jeu devenait risqué. Plus tard, à la caserne, comme il faisait très froid, nous nous livrions à mille subterfuges pour nous réchauffer. Un petit malin avait pris des bottes deux pointures trop grandes pour pouvoir s'entourer les pieds de papier journal en plus des bandes réglementaires. Il se heurta pourtant à un problème imprévu : où prendre des journaux en pleine taïga alors qu'on n'en vendait même pas à la gare distante de dix kilomètres? La seule solution était d'en voler au « coin rouge », où l'instructeur politique gardait la presse et les livres politiques. La précieuse littérature se mit à disparaître. Le soldat finit par se faire prendre en flagrant délit. Il fut décidé d'examiner son cas en réunion du Komsomol. Je ne faisais pas partie des jeunesses communistes, mais l'instructeur politique avait décidé de m'admettre dans leurs rangs : j'étais un bon soldat et, de toute manière, je devais assister aux réunions avec les autres. Tout le monde blâma le coupable. Quand vint mon tour de parler, je déclarai que ce soldat méritait notre indulgence et même nos encouragements : selon les découvertes de la science contemporaine, l'intelligence humaine résidait autant dans la tête que dans les autres parties du corps, y compris le postérieur et les pieds. En fait, en enveloppant les siens dans une telle littérature, le coupable élevait son niveau idéologique et politique. De même, lorsque nous utilisions des journaux pour nous torcher, c'était moins par souci d'hygiène que pour leurs vertus éducatives.

Sur le papier et hors de son contexte, un tel discours n'est pas du tout drôle. Dans un régiment de cavalerie où même les gars les plus instruits régressent au niveau de leurs chevaux, l'effet fut saisissant. On voulut d'abord me punir d'avoir « transformé une séance sérieuse en spectacle de cirque ». Mais l'affaire fut rapportée au commandement de la division où l'on en fit des gorges chaudes. Je fus épargné. On rit longtemps de cette histoire, au régiment.

Je me moquais également de moi-même et de tout ce qui pouvait m'arriver. Aux pires moments de mon existence, cette attitude m'aida à survivre et à ne pas désespérer, même si parfois, sous l'effet du cafard, le drame succédait à la farce, l'apathie à l'exaltation, la prose à la poésie et le calcul à l'insouciance. Il m'arrivait de ressentir à la fois de la tristesse et de la joie, du désespoir et de la certitude, de la faiblesse et de la force, états d'âme qui s'exprimaient sous la forme d'une interminable lutte contre moi-même. Je me faisais penser à ce garçon qui, souffrant de diarrhée, se tordait de rire à cause du comique de la situation et tomba sous les roues du train à cinq mille kilomètres de chez lui.

Depuis lors, j'ai parfois rencontré des jeunes gens qui se défendaient, eux aussi, contre les cauchemars de la vie par le sarcasme et l'insouciance. Nul n'a le privilège du désespoir.

L'armée : image et réalité

Une autre raison m'avait fait envisager l'armée comme une planche de salut : son image, puisée dans les livres, les films, la propagande et les récits des « anciens ». Comparé à la vie quotidienne de l'écrasante majorité des jeunes gens, le service militaire prenait des allures paradisiaques : une nourriture à peu près satisfaisante, des vêtements corrects, l'hygiène, le sport, l'apprentissage de la lecture et de l'écriture, l'instruction politique, l'éducation, la formation aux métiers de chauffeur, de conducteur de tracteur ou de mécanicien... C'étaient là autant de raisons pour lesquelles l'armée était respectée et aimée. Beaucoup d'appelés rempilaient, devenaient sous-officiers (sergents et adjudants), progressaient jusqu'aux grades d'officiers subalternes pour finir par entrer dans des écoles militaires. De très nombreux conscrits, une fois libérés, ne retournaient pas au village, mais se fixaient dans les villes et les nouveaux chantiers. L'armée jouait un rôle majeur dans la révolution sociale, idéologique et culturelle que traversait le pays.

Naturellement, la propagande idéalisait fortement le service militaire. Je n'ai jamais cru aux fables sur les kolkhozes et la vie idyllique des ouvriers d'usines, mais l'image positive de l'armée était encore intacte dans mon esprit. En devançant l'appel, j'espérais découvrir un nouveau mode de vie qui me permettrait de reprendre des forces et retrouver mon équilibre. Mon attente ne fut qu'en partie comblée. Je ne parvins pas à fuir tous les problèmes qui m'avaient torturé jusqu'alors. De nouveaux vinrent même s'ajouter aux anciens.

Mon incorporation eut lieu au pire moment. Le pays se préparait à la guerre. Chacun se rendait compte que le pacte germano-soviétique n'était qu'un pur sursis. Les conflits armés avec le Japon et la Finlande avaient montré que l'armée soviétique n'était pas prête pour une guerre d'envergure. Le haut commandement décida d'accélérer les préparatifs, mais cela se fit à la manière soviétique à grand renfort de mutations d'officiers, d'arrestations et de condamnations à mort. Les conditions de vie des soldats empirèrent, le service devint plus dur. Semion Timochenko, qui venait de la cavalerie, fut placé à la tête de l'armée. Les jeunes gens pourvus d'une formation secondaire ou supérieure furent surtout orientés sur l'infanterie et la cavalerie et non sur les armes modernes. Ce n'est qu'à la veille de la guerre et dans ses tout débuts qu'on entreprit de verser les éléments instruits dans l'artillerie, les blindés et l'aviation. Peu avant la guerre, je fus envoyé dans un régiment blindé : j'étais le seul à y posséder une formation secondaire. Dans la cavalerie, où je commençai mon service, l'armement et l'instruction étaient les mêmes qu'au temps de la guerre civile. Notre régiment reçut de nouvelles armes automatiques, mais, comme nous ne savions pas nous en servir, elles furent stockées dans les dépôts. Un jour, on nous montra un film évoquant la guerre future. On y prévoyait l'utilisation de la télévision, mais la cavalerie continuait d'y jouer le rôle essentiel. Timochenko avait gardé en mémoire la maxime de Souvorov * : « Plus l'instruction est dure, plus le combat est facile. » En conséquence, nous avions droit à des séances d'exercices absurdes et interminables qui nous rendaient la vie impossible. Je commençai même à envisager mon existence précédente sous des couleurs plus gaies.

En 1962, la nouvelle *Une journée d'Ivan Denissovitch* ne me fit guère impression : mes premiers mois de service dans la cavalerie avaient été bien plus pénibles que la vie des détenus décrite par Soljenitsyne. Loin de moi la pensée que l'on nous humiliait et torturait à dessein. Sans doute y avait-il des commandants sadiques, mais c'étaient des exceptions et ils s'efforçaient de dissimuler leurs penchants. Dans leur majorité, les chefs étaient mus par les principes les plus nobles. Je ne peux rien reprocher à aucun des gradés que j'ai connus, même les plus féroces. Le système d'humiliations et de brimades ne tenait pas aux hommes. Il venait de l'organisation de l'armée et avait pour origine le système de commandement dans le cadre d'une société communiste. Plus tard, j'étendis ces observations au monde soviétique dans son ensemble. A la fin de mon service militaire, l'objet principal de mes critiques n'était plus tant la personne de Staline que le stalinisme ** en tant que phénomène social.

L'arrivée au régiment

Notre voyage commença à la fin d'octobre, mais nous étions tous habillés comme au printemps. A l'époque, en matière d'habillement, la plupart des

* Alexandre Souvorov (1729-1800), célèbre général russe qui avait des vues originales sur la formation militaire.
** Le mot « stalinisme » désignait pour moi l'essence même du communisme et non une simple période historique, comme on l'entend maintenant *(NdA)*.

jeunes gens faisaient peu de différence entre les sai-sons. Alors que nous roulions à une allure de tortue vers l'Extrême-Orient, les grands froids commen-cèrent. Notre destination finale était une petite gare où, pendant près de deux heures, tremblants de froid, nous battîmes la semelle sur le quai. Finalement, les représentants des régiments arrivèrent. Je dois dire qu'aussitôt tomba sur nous un déluge de jurons et d'obscénités comme je n'en avais jamais entendu au cours de mon odyssée, dans la bouche des compa-gnons les moins recommandables. Nous étions cent trente diplômés du secondaire ou du supérieur et l'on nous orienta tous vers un régiment de cavalerie. On décida de nous former en escadron à part : en deux ans, nous devions devenir aspirants. On nous fit aller à pied jusqu'au cantonnement. L'adjudant et les quel-ques sergents qui nous conduisaient tentèrent de nous faire chanter des chansons de marche, mais le résultat fut si lamentable que l'on nous ordonna de « la fer-mer ». En chemin, beaucoup d'entre nous eurent le nez, les joues, les mains ou les pieds gelés.

Nous passâmes les deux semaines de quarantaine dans le « club » de la caserne. Nous dormions tout habillés sur de la paille et ne sortions que pour courir aux latrines. La nuit, nous faisions nos besoins à côté du club, et cela irritait grandement les sous-officiers.

On nous apportait nos repas dans des seaux. Nous étions mieux nourris que dans le train et c'était déjà un motif de satisfaction. Mais nous léchions soigneuse-ment nos gamelles avant de les nettoyer avec de la neige. Tous les jours, nous avions droit à une séance d'éducation politique. L'instructeur n'arrivait pas à for-muler une seule phrase grammaticalement correcte. Son adjoint faisait moins de fautes, mais suffisamment pour nous laisser deviner précisément son niveau d'instruction : sept classes d'école de village.

On nous distribua enfin des uniformes. Ils avaient beau être neufs, notre allure resta lamentable : sil-houettes voûtées et déformées par le froid, visages bleuis, pommettes saillantes, yeux enflammés par la faim... Toute trace de notre formation intellectuelle avait disparu. Notre adjudant s'appelait Neoupokoïev (ce nom, et celui de notre commandant de section, le sergent Maïouchkine * sont restés gravés dans ma mémoire). Le faciès rougi par le froid et par le sentiment de sa propre importance, il nous fit mettre en rang. Le spectacle lui tira une grimace de dégoût. Il nous traita du nom le plus désobligeant qu'il put trouver : « académiciens ».

Au bout d'une semaine, notre jeunesse et le régime militaire finirent par prendre le dessus. Nous retrouvâmes santé et gaieté. Nous commencions à ressembler à des « combattants de l'Armée Rouge », mais pas à ceux auxquels nos commandants étaient habitués : nous étions des « académiciens ».

Dans sa totalité, le commandement du régiment était inculte. Seul un lieutenant avait terminé une école militaire normale. Tous les autres étaient sortis du rang et avaient suivi des formations accélérées. Rien d'étonnant à ce qu'une armée pourvue de tels commandants n'ait pas été correctement préparée à la guerre. Il reste extraordinaire que ces hommes soient malgré tout parvenus à maintenir l'armée à un niveau convenable.

Les « académiciens »

Le commandant de régiment pensait que notre escadron des « instruits » allait devenir exemplaire. Ce fut une erreur grossière : notre unité se transforma rapidement en un ramassis de « tire-au-flanc » particulièrement habiles à éviter les travaux, les corvées et l'instruction militaire et politique. Les « tire-au-flanc » ont toujours existé dans toutes les armées et il n'y a aucune raison pour qu'ils disparaissent. En général, ils sont

* Le premier nom peut signifier « sans repos », le second évoque l'idée d'« en baver ».

juste assez nombreux pour alimenter le folklore trou-pier, mais incapables d'entraver vraiment le cours normal de la vie militaire. Notre groupe d'« académiciens » en comportait, lui, une proportion énorme. Les techniques sophistiquées qu'ils inventèrent dépassèrent complètement nos commandants, des gens simples qui n'avaient précédemment rencontré que des amateurs. Parfois, l'adjudant de l'escadron, qui en avait pourtant vu de toutes les couleurs, ne parvenait pas à réunir plus de quinze hommes pour une corvée, alors que nous étions plus de cent.

Tout était bon pour éviter le service : les activités artistiques, les missions particulières, la maladie, le piston... Les « académiciens » étaient tous nés danseurs, chanteurs, musiciens, artistes-peintres. En fait, seuls quelques-uns étaient capables de brailler tant bien que mal des chansons populaires, de torturer un accordéon ou de tracer des lettres tordues sur des banderoles. Si l'on envoyait l'un d'entre nous chercher le courrier, mission qui devait prendre une heure au plus, on était sûr de le voir disparaître quatre heures au moins et on le retrouvait en général endormi près d'un poêle. Bien sûr, les « académiciens » étaient toujours les premiers au réfectoire. Dans la recherche du piston, ils damaient le pion aux plus vieux briscards. Ils aidaient les instructeurs politiques à préparer rapports et notes d'information, ils donnaient des adresses utiles aux commandants qui partaient en congé à Moscou. Ils recevaient des colis et soudoyaient les sergents et les adjudants avec du pain d'épice et des bonbons, les officiers avec du saucisson fumé. Dans le domaine médical, leur « activité » était telle qu'il fallut doubler le nombre de lits à l'infirmerie. Ils trouvaient le moyen d'avoir plus de quarante degrés de fièvre, de souffrir d'extinctions de voix et de diarrhées inimaginables. Leurs pieds se couvraient d'énormes ampoules sanguinolentes et leurs corps de furoncles. Ils avaient des appendicites, des hernies, des tremblements, des jaunisses et même des maladies dont personne n'avait

207

jamais entendu parler. Le commandant du régiment se prenait la tête à deux mains et criait dans tout l'état-major qu'il finirait en cour martiale à cause de cette bande de simulateurs.

Les « académiciens » comportaient également un nombre considérable de « crevards », toujours affamés, qui prenaient d'assaut le réfectoire et passaient leur temps à chercher de quoi manger. Tant que les commandants n'apprirent pas à reconnaître les conscrits de vue, la cantine perdit plusieurs dizaines de portions par jour. Les punitions n'y faisaient rien : tels des chacals, les affamés erraient autour des cuisines, les yeux enfiévrés.

Depuis l'enfance, j'étais habitué à vivre à la dure mais le service militaire était si pénible que je ne tins pas le coup. Je décidai d'abord d'attraper coûte que coûte un refroidissement pour échouer à l'infirmerie, m'y reposer et dormir tout mon soûl. Je me déshabillais et sortais la nuit, pieds nus dans la neige. Ce fut peine perdue. Je me mis alors à boire de l'eau glacée et perdis la voix. A cette époque, on sélectionnait les garçons dotés d'une bonne oreille et d'une belle voix pour le chœur du régiment. Ils étaient dispensés de corvées. Un ami me persuada de m'inscrire. Je fréquentai le chœur plusieurs jours, complètement aphone. Mon ami assurait le chef que je chanterais comme Chaliapine dès que je retrouverais mes facultés. Hélas, le moment venu, il fut évident que je n'avais rien d'un Chaliapine et l'on me chassa ignominieusement. Ce fut ma dernière tentative pour tirer au flanc.

Révolte

Nous passions presque tout notre temps dehors, même en instruction politique et étions complètement épuisés. Nous ne mangions pas vraiment à notre faim et la nourriture était mauvaise. Un jour, on nous servit une eau sale et puante à laquelle on avait donné le nom de soupe. Nous refusâmes de la manger. Selon le règlement militaire, c'était une rébellion, mais nous étions à bout et ne songions guère aux conséquences de notre acte. Le chef de la Section spéciale vint à notre table. Nous nous levâmes. Il nous demanda de nous expliquer. Tout le monde se tourna vers moi, en silence. Je formulai nos griefs. Il fit remplir les bols de soupe et ordonna à mes camarades de la manger. Quant à moi, il me conduisit à son bureau, à l'état-major du régiment. L'entretien fut long. Il me rappela l'incident du train et menaça de me traduire en cour martiale. Puis il dénuda sa poitrine et me montra des cicatrices qui venaient, selon lui, de coups de sabre des *basmatchi* * et d'autres ennemis du régime soviétique. Il me dit les avoir reçus en combattant pour que des gens comme moi aient une vie nouvelle et heureuse. Je restai parfaitement calme. Du reste, dans les pires moments de mon existence, j'ai toujours ressenti une sorte d'apaisement. Enfin, jugeant sans doute qu'il m'avait suffisamment terrorisé, le Spécial modéra quelque peu ses menaces. Il déclara vouloir tenir compte de mon origine « prolétarienne » et de mon bon comportement militaire. Il décida donc que je serais pesé tous les jours : si, au bout d'une semaine, il s'avérait que j'avais maigri, même d'un seul gramme, on doublerait ma ration. En revanche, si je prenais du poids, je passerais en cour martiale. Pendant toute la semaine, je ne mangeai presque rien, mais mon poids augmenta. Entre-temps, le Spécial apprit par ses informateurs que je n'étais pas l'instigateur de la rébellion et on me laissa tranquille, à l'exception de cinq jours d'arrêts avec sursis. Comme j'eus droit à des félicitations à plusieurs reprises, la punition finit par être levée.

---

* Ce terme, qui signifie « bandits », désignait chez les Soviétiques les chefs nationalistes d'Asie centrale qui s'opposèrent au pouvoir bolchevique dans les années vingt et jusqu'au début des années trente.

Je trouvai une nouvelle forme d'autodéfense : je devins un soldat exemplaire. J'étais le premier à me lever et à m'habiller. Je faisais mon lit d'une façon parfaite. Je fus rapidement rompu à tous les exercices. J'étrillais correctement mon cheval et ne cherchais jamais à éviter les corvées. On me félicita régulièrement : pas moins de cinquante fois en six mois, sans compter une permission de cinq jours pour mon succès aux épreuves d'équitation.

Ce comportement est devenu une règle de vie pour moi : quelle qu'ait été ma fonction ou mon travail, je me suis efforcé de remplir consciencieusement mes obligations. Agir de mon propre chef et non par la contrainte m'a d'ailleurs facilité la vie : après tout, ces tâches étaient inévitables. Je faisais donc toujours de mon plein gré ce à quoi d'autres rechignaient. Une nuit, je me portai volontaire pour aller couper l'osier dont on se servait pour les exercices au sabre. Notre escadron n'en avait plus et des inspecteurs du commandement du corps d'armée s'étaient annoncés pour le lendemain. C'était un travail assez pénible : il fallait partir à cheval dans les collines puis s'enfoncer dans la neige jusqu'à la ceinture pour pouvoir couper les rameaux au sabre. En compensation, je fus dispensé des exercices du lendemain et pus dormir jusqu'au repas de midi. J'eus même droit à un supplément de nourriture.

Finalement, seuls les trois premiers mois de service furent réellement pénibles. L'habitude des privations m'aida à m'adapter et je devins rapidement un « ancien ». Un exemple permet de comprendre ce que l'on entendait par ce terme : un jour, on demanda des volontaires pour vidanger les latrines. Ce travail humiliant et désagréable donnait droit à plusieurs paquets de tabac et à une journée de permission. J'acceptai la corvée avec un camarade. Sur le moment, on se moqua de nous, mais la suite des événements fit se figer bien des rires : des ivrognes qui traînaient à la gare firent le travail à notre place pour la moitié du tabac. Nous échangeâmes le reste de notre « salaire » contre de l'alcool et des vivres. Quelques jaloux nous dénoncèrent. On voulut d'abord nous punir, mais en fin de compte, on nous loua pour notre débrouillardise.

La vie militaire ne présenta bientôt plus de secret pour moi. En dépit de la sévérité de la discipline, cela me permit de m'arranger de petites fêtes personnelles. Ainsi, j'appris à dormir lorsque j'étais de garde. Je parvenais à sommeiller partout, même devant les couleurs, à l'état-major du régiment, mais je ne fus jamais pris. Un jour, cela faillit pourtant arriver. Notre peloton était de garde sur la frontière et je m'étais assoupi à mon poste de surveillance. Un bruit léger me tira du sommeil : un officier rampait vers moi. Je faillis l'abattre, ce qui me valut de nouvelles félicitations.

Mon seul privilège était la fabrication des *Feuillets de combat*, notre journal mural. Pour cela, on me libérait des exercices pendant une heure ou deux, juste le temps de préparer un nouveau numéro. Il m'arrivait d'y travailler la nuit. J'aimais ces moments : je me sentais libre. Ces « FC » amélioraient ma réputation et c'était pour moi un moyen de défense. Je dessinais des caricatures et composais des poèmes satiriques en guise de légendes. Ces journaux étaient bien considérés par mes supérieurs qui les montraient parfois à l'état-major de la division.

L'adjudant de l'escadron était pour nous le gradé le plus craint. C'était un vieux briscard plein de zèle. Sans doute était-il plein de bonnes intentions, mais ce n'était pas, pour nous, une consolation. Une histoire drôle lui allait comme un gant : Un général décide de se rendre compte par lui-même de ce que pensent ses soldats. A l'écurie, il engage la conversation avec le planton qui lui conseille de déguerpir rapidement, faute de quoi l'adjudant risque de leur en faire voir à tous deux de toutes les couleurs. Indiscutablement, il s'agissait bien de notre adjudant Neoupokoïev. Comme nous étions devenus des « anciens », nous décidâmes de le remettre à sa place : la nuit, nous urinions sur son lit. Il crut souffrir d'incontinence. Un médecin de Moscou qui faisait son service dans notre régiment entreprit de le soigner par hypnose. Ce fut peine perdue. L'adjudant entrevit alors la vérité et modéra quelque peu son zèle à notre égard. Ce traitement fut plus efficace que l'hypnose pour soigner son prétendu mal.

Un « ancien » n'est jamais pris au dépourvu. Pour nous occuper, on nous donna un travail absurde : creuser des trous d'abris dans la terre gelée, puis les combler, avant de recommencer à nouveau. Nous finîmes par trouver la solution : au lieu de travailler, nous dormions, dos contre dos en tremblant de froid. Lorsque des chefs passaient, nous faisions semblant de combler un trou que nous n'avions jamais creusé. Pour nous réchauffer, il nous arrivait d'organiser des jeux dont voici le plus populaire : l'un d'entre nous s'enfuyait en criant : « Compagnie, pisse-moi dessus ! » Nous nous lancions tous derrière lui. Dans la cohue, il nous arrivait de manquer notre poursuivant et de nous atteindre les uns les autres. C'était drôle et, surtout, ça nous réchauffait.

Un « ancien » ne manque jamais une occasion de dormir ou de manger, même s'il lui faut voler. Des officiers de réserve venaient effectuer leurs périodes de service dans notre régiment. Naturellement, leurs repas étaient préparés à l'avance. La scène du club leur servait de réfectoire. Un jour, nous passâmes à l'action. Au moment où le groupe d'officiers s'approchait du club, l'un d'entre nous alla leur dire qu'ils étaient convoqués à l'état-major. Pendant qu'ils prenaient cette fausse direction, nous dévorâmes leurs repas. Le Spécial tenta longuement de trouver les coupables, mais cette fois, personne ne vendit la mèche, pas même les trois ou quatre indicateurs qui se trouvaient parmi nous.

Dès que nous avions un moment de liberté, nous

nous agglutinions pour papoter et raconter des histoires drôles que nous présentions comme véridiques. Nous ne trompions personne, mais ces fictions paraissaient plus comiques si on leur donnait une apparence de réalité. J'en ai gardé une en mémoire : pour réduire le temps que les soldats passaient aux latrines, le ministère de la Défense avait décidé de faire confectionner des pantalons fendus par-derrière. On se livra à une expérience. Un général de Moscou donna l'ordre à une compagnie de faire ses besoins sans baisser les pantalons et chronométra l'opération. En moins de trente secondes, la compagnie était prête à repartir. Seulement, après inspection des lieux, le général ne trouva pas trace de leur pause. Il arrêta la compagnie et exigea des explications. « Mon général, lui dit l'adjudant, les soldats ont bien exécuté votre ordre, mais le ministère a oublié de fournir des caleçons fendus par-derrière. » Ce genre d'histoires nous faisait rire aux larmes.

L'instruction

J'étais considéré comme l'un des meilleurs soldats de notre unité. Cela me valut de prendre part, avec quelques autres, à des exercices qui me firent regretter de m'être distingué. Cette instruction me fournit une riche matière pour mes livres, mais j'aurais préféré ne pas l'avoir subie. Même pendant la guerre, je n'ai rien connu de pire. Nous dormîmes à la belle étoile toute une semaine. Nous étendions des branches de sapin à même la neige et faisions du feu. Nous nous couvrions avec d'autres branches et tremblions toute la nuit, serrés les uns contre les autres. Chose curieuse, aucun d'entre nous ne prit froid. Un jour, il nous fallut traverser une rivière. La glace était mince à cause du courant et je m'enfonçai dans l'eau. Le temps d'arriver au village le plus proche, j'étais transformé en glaçon. Lorsqu'on m'aida à retirer ma capote, elle resta debout, manches écartées. Nous éclatâmes de rire. Mon aventure provoqua l'hilarité de la division tout entière. Je restai, heureusement, en bonne santé. Nous mangions des biscottes, du concentré de kacha froid et du saucisson fumé si dur qu'on ne pouvait le ronger qu'à grand-peine.

Dans *Les Hauteurs béantes*, j'ai évoqué à plusieurs reprises mon passage dans la cavalerie et particulièrement ces exercices. Je n'ai rien inventé. La réalité était à la fois pire et plus drôle. Nous riions beaucoup de nos mésaventures. Je me livrai totalement au rôle de pitre que j'avais commencé à découvrir dans le train. Des commandants d'autres unités venaient même parfois écouter nos plaisanteries autour du feu de camp. Je rédigeais aussi les « FC », ce qui me soulageait quelque peu. Un commandant me demanda si je pouvais tracer des cartes et des schémas. Je lui répondis par l'affirmative : le dessin technique avait été l'une de mes matières préférées à l'école. On m'affecta à l'état-major du régiment. Je passais une partie de mon temps dans une tente et j'étais mieux nourri : purée de pois concentrée et viande.

Cette position privilégiée ne me dispensa pas de participer à l'opération principale des manœuvres : la prise d'assaut de la zone fortifiée « ennemie », dans les collines. Mon groupe était chargé de détruire un fortin adverse, au sommet d'une côte assez escarpée. Nous devions agir comme au combat : avancer par bonds, creuser des abris, ramper. Cela finit de nous exténuer. L'équilibre mental d'un caporal bascula : il se prit pour le commandant en chef et se redressa pour hurler des ordres ineptes. On l'emmena. Le soldat qui rampait à mon côté, épuisé, se mit à me supplier de l'achever d'un coup de feu ou de baïonnette. Moi aussi, j'étais à bout. Seule la force inconnue que j'avais déjà ressentie en d'autres circonstances me poussait en avant. Une voix intérieure m'ordonnait : « Marche! », « Cours! », « Rampe! ». Et je marchais, courais, rampais. J'ignore pourquoi je décidai tout d'un coup que la solution passait par un surcroît de difficulté et non l'inverse. Je chargeai sur mon dos le camarade qui me suppliait d'en finir, ramassai son arme et poursuivis ainsi l'ascension vers l'ouvrage « ennemi ». Les observateurs des manœuvres crurent que mon compagnon était blessé et envoyèrent des infirmiers le chercher. Je réussis par miracle à gagner le sommet. Le sergent d'un escadron voisin arriva en même temps que moi. Nous jetâmes nos « grenades » et l'ouvrage fut déclaré détruit. On nous félicita tous deux. J'étais dans un état proche de l'inconscience. Je ne retrouvai mes esprits qu'au bout de plusieurs heures.

Ces manœuvres furent suivies d'un événement qui m'affecta profondément. L'ordre du jour de la division décernait des félicitations au soldat que j'avais porté sur mon dos, et non à moi. C'était un membre du Komsomol particulièrement bien noté aux cours d'instruction politique, alors que je ne faisais plus partie des jeunesses communistes. De plus, la Section spéciale m'avait à l'œil. Je compris une fois de plus que dans la société soviétique ce n'est pas le mérite qui fait les héros, mais le respect des normes morales et idéologiques du communisme.

« L'étranger »

Mon cheval était petit, de race mongole, la crinière très longue. Il s'appelait « L'étranger ». Il ne marchait jamais au pas, mais trottinait éternellement. J'étais secoué au point d'avoir l'impression de perdre tous mes viscères. Mes pantalons s'usaient jusqu'à la corde et se retroussaient au-dessus des genoux. C'était une gentille bête et nous nous attachâmes l'un à l'autre, mais j'eus beau déployer tous mes efforts, je ne réussis pas à lui faire changer son mode de locomotion. Je finis par lui en savoir gré : après lui, plus rien ne me faisait peur au service militaire. Au moment de la répartition des chevaux, personne n'en avait voulu. Je l'avais pris en vertu de mon principe de ne jamais passer avant les autres. Les commandants de l'escadron connaissaient bien le caractère de ce cheval et le donnaient en guise de punition aux plus mauvais soldats. Comme je l'avais accepté docilement et que je m'en occupais bien, acceptant tous ses défauts sans me plaindre, on me considéra avec respect et on me proposa de changer de monture. Mais « L'étranger » s'était attaché à moi et je ne voulus pas trahir cet attachement.

Amitié

J'ai toujours d'autant plus recherché des amitiés durables que je n'avais pas vraiment de foyer, choisissant, si possible, les personnalités les plus intéressantes de mon entourage. Les quelques déceptions que j'ai pu éprouver n'ont en rien diminué ce penchant. Dans les conditions du service militaire, le besoin d'avoir un ami proche devint encore plus fort. Naturellement, j'en trouvai un. Il s'appelait Iouri, venait de Moscou, où ses parents étaient médecins. Il avait été élevé dans des conditions idéales. Il aimait la poésie et la peinture et avait fini ses études secondaires avec d'excellentes notes. Il avait demandé à servir dans la cavalerie, l'image romantique de la guerre civile en tête. Le service militaire le fit terriblement souffrir physiquement et moralement. Aux yeux de l'adjudant et du chef de section, il était un « tire-au-flanc » et un « mauvais combattant ». Il avait perpétuellement faim, trichait au réfectoire et évitait par tous les moyens le travail et les corvées. Bref, c'était un véritable « intellectuel ». En même temps, il était le garçon le plus cultivé du peloton. J'avais plaisir à discuter avec lui et le pris sous ma protection. Je l'aidais quand il devait être de service aux écuries et il m'arriva parfois de le remplacer. Comme je ressentais moins que lui le manque de nourriture, je partageais également mes repas avec lui. Il

216

avait échangé sa place de châlit avec mon voisin et nous dormions côte à côte. Par grand froid, nous nous serrions l'un contre l'autre en nous recouvrant de nos deux couvertures, comme le faisaient tous les gars de notre escadron.

Nous étions toujours ensemble. Nous parlions de la vie à Moscou, de littérature, de cinéma et de peinture. Peu à peu, nos conversations prirent un tour plus politique. Nous évoquions la situation dans les kolkhozes et dans les usines, le rôle de Staline, la répression. Je devenais de plus en plus franc. Iouri partageait mes vues. C'était un interlocuteur doué qui savait raisonner. Il n'avançait que peu d'idées, mais saisissait mes allusions au vol et parvenait à les développer, me permettant ainsi d'aller encore plus loin dans mes improvisations.

L'instructeur politique me proposa de me charger de la bibliothèque du régiment. Cela m'aurait valu quelques privilèges supplémentaires mais je refusai. Je lui conseillai de demander à Iouri qui accepta. *Ipso facto*, mon ami cessa complètement de participer aux corvées. Chose étrange : on le laissa tranquille.

Chaque fois que se produisait quelque événement inhabituel dans la vie du régiment, nous étions tous conduits à la Section spéciale. Les vols, les bagarres, les mutilations volontaires pour échapper aux corvées, les conversations non conformes : tout était répercuté à la Spéciale par les indicateurs. On nous interrogeait tous pour parfaire le tableau et pour que les mouchards passent inaperçus dans la masse. Naturellement, on me convoquait, moi aussi. Le responsable gardait en mémoire mes écarts de conduite et m'avait à l'œil en dépit de ma réputation de combattant exemplaire. Aux cours d'instruction politique, l'instructeur nous parlait de certains « ennemis du peuple » qui se faisaient passer pour des élèves modèles. Dans notre régiment, on avait « démasqué » le fils d'un koulak et celui d'un officier blanc. Un jour, le Spécial évoqua un soldat de notre escadron qui, pour se faire réformer ou muter à l'intendance, avait tenté de s'abîmer la vue en s'enfonçant des mines de crayon chimique dans les yeux. Puis il en vint à d'autres thèmes qui éveillèrent mes soupçons sur Iouri. Je décidai de mettre fin à nos franches conversations, mais il était trop tard.

Un soir, après la descente des couleurs, on me convoqua à la Section spéciale. Le chef m'annonça que l'on allait me faire monter en grade. Il me donna du papier et un stylo et me demanda d'exposer ma biographie en détail sous prétexte qu'il ne devait pas rester de zone d'ombre dans ma vie. Il voulait surtout savoir pourquoi je n'étais pas au Komsomol et pourquoi j'avais interrompu mes études supérieures alors que j'aurais dû bénéficier d'un sursis. J'écrivis que j'avais arrêté la faculté à cause du surmenage et que je m'étais engagé volontaire. Quant aux jeunesses communistes, je n'en faisais plus partie pour une simple raison matérielle : je n'avais pas payé mes cotisations. J'avais travaillé dans des trous où c'était impossible. Visiblement, le Spécial n'était pas satisfait de mes réponses. Sans doute avait-il très envie de démasquer un ennemi. Il pouvait lancer une enquête sur moi en interrogeant Moscou. Or l'adresse que j'avais donnée et qui figurait sur mes papiers était fausse. J'avais également remplacé le MIFLI par l'université de Moscou.

Mes anciennes angoisses se réveillèrent. La situation me paraissait sans issue. Je songeai même à déserter, mais ne fis pas une telle folie : on m'aurait rapidement retrouvé et la désertion se serait ajoutée à tous mes péchés. Ma peine aurait été de dix ans de camp au minimum. En fait, il est probable que l'on m'aurait fusillé.

En 1945, cet épisode m'incita à écrire un récit intitulé *La Trahison*. Je détruisis ce manuscrit un an plus tard mais je me remémorai certains passages, que j'inclus dans mon livre *Le Héros de notre jeunesse*.

Le bonheur

Même dans les pires moments, on peut connaître des instants de bonheur. Le régiment souffrait d'un manque chronique d'équipements qui existaient pourtant en abondance sur le papier. Les hommes de jour devaient donc piller les escadrons voisins pour s'en sortir. Ainsi, alors que j'étais de service aux écuries, mon attention se relâcha et quelqu'un en profita pour voler plusieurs têtières qui servaient à attacher les chevaux. Il me fallut deux heures pour en prendre le même nombre dans l'escadron voisin. J'étais en retard pour le dîner, mais j'eus une chance considérable : il restait une vingtaine de bols de porridge qui contenaient chacun quatre portions entières. J'étais au comble de la félicité. L'homme de jour du service vétérinaire vint me rejoindre. Il avait eu les mêmes problèmes que moi. A la vue d'une telle quantité de cette bouillie que nous appelions « schrapnell », il m'avoua qu'il vivait les moments les plus heureux de sa vie. Nous nous livrâmes à une véritable orgie de nourriture. Je mangeai trois bols (c'est-à-dire douze portions réglementaires). Mon compagnon en dévora cinq ou six. Il avait les yeux exorbités. Le porridge lui coulait de la bouche et même, me sembla-t-il, des oreilles. Il glissa sur le sol avec un gémissement à peine audible. Quant à moi, je regagnai à grand-peine mon dortoir et restai allongé sur le ventre toute la nuit, sans même me déshabiller. Mon camarade fut traîné à l'infirmerie où il mourut d'asphyxie : le porridge, dilaté, avait comprimé ses voies respiratoires. J'étais heureux d'avoir évité une fin aussi affreuse et humiliante. Par la suite, je tirai de cette histoire une nouvelle humoristique, mais, en fait, je n'ai jamais été plus près de la mort que cette fois-là.

Le Spécial n'eut pas le temps de tirer mon affaire au clair. Comme d'autres unités de l'Armée Rouge spéciale d'Extrême-Orient, notre régiment fut soudain disloqué, chargé sur un train sans les chevaux et expédié d'urgence vers l'Ouest. Nous devinions sans aucune peine notre destination : la frontière avec l'Allemagne. Chacun comprenait que ces transferts signifiaient que le pays se disposait à combattre. Nous savions que le pacte germano-soviétique n'avait d'autre but que de mieux préparer la guerre. Nous n'ignorions qu'un seul détail : nous n'étions pas du tout prêts. La propagande parlait de l'armée de la même manière que de l'agriculture : de même qu'on donnait aux gens l'illusion qu'il existait, quelque part, des kolkhozes richissimes, on nous faisait croire que nous disposions d'unités dotées d'armements ultramodernes et capables d'écraser n'importe quel ennemi en quelques jours. Nous ignorions la cruelle vérité sur les hostilités avec la Finlande qu'on nous présentait comme une succession de brillantes victoires.

Dans ces conditions, comment craindre la guerre ? Nous souhaitions même qu'elle commençât au plus tôt. Nous pensions que nous serions alors exemptés des exercices de rang et de bien d'autres désagréments. Quant à l'ennemi, nous n'en ferions qu'une bouchée et déferlerions sur l'Europe. Nous verrions du pays. Beaucoup rêvaient de trophées. Le régiment où l'on m'affecta après notre transfert à l'Ouest avait pris part au partage de la Pologne * : les couvertures qu'on donnait, même aux hommes de rang, venaient du butin de guerre. Elles étaient pour moi la preuve d'une richesse

---

* Après la signature du pacte germano-soviétique, les Allemands attaquèrent la Pologne le 1ᵉʳ septembre 1939. En application des protocoles secrets du pacte, les Soviétiques envahirent et annexèrent la partie orientale du pays le 17 septembre.

inouïe. Les rumeurs sur un mode de vie plus élevé à l'étranger finissaient par pénétrer jusque dans notre milieu.

A chaque kilomètre parcouru vers l'Ouest, notre humeur devenait plus joyeuse. Le printemps approchait. Nous n'éprouvions plus le sentiment pesant d'être loin de tout. Les gars vendaient les vêtements civils qui leur restaient et s'achetaient de la vodka. On buvait même de l'eau de Cologne. Pourtant, un événement gâcha ma belle humeur : le Spécial avait transmis mon affaire à l'officier des « organes » de mon convoi. Je le compris lorsque ce dernier me bouscula comme par mégarde et entama une conversation qui était manifestement de la provocation : puisque nous passions par Moscou, j'aurais sans doute envie de revoir des « amis qui pensaient comme moi ». A cette époque, l'espionnite avait atteint des proportions monstrueuses. En Extrême-Orient, nous voyions partout des espions et des saboteurs japonais. A l'Ouest, ils étaient remplacés par les Allemands. Comme je connaissais un peu leur langue, je craignais qu'on ne me fît passer pour un agent nazi. Pendant tout le voyage, mon ancien ami Iouri, qui m'avait dénoncé, demeura collé à mes basques. Je ne le fuyais pas pour ne pas éveiller d'autres soupçons. Mais j'étais inquiet. Je cherchais désespérément une issue dans la situation dangereuse où je me trouvais. Par la suite, le sort me fut favorable et l'issue vint toute seule.

En cours de route, nous eûmes connaissance d'un démenti de l'agence Tass *, publié par les journaux moscovites, selon lequel toutes les rumeurs concernant un transfert de troupes soviétiques vers l'ouest étaient dénuées de tout fondement. Cela nous fit beaucoup rire. Nous savions que toutes les voies ferrées menant aux frontières occidentales étaient encombrées de convois militaires. Ce que nous ignorions c'est que le gouvernement et le haut commandement soviétiques s'apprêtaient ainsi à fournir des mil-

* Le 8 mai 1941.

221

lions de prisonniers à l'Allemagne. Comme les autres soldats, je comprenais que ce « démenti » n'était qu'un subterfuge politique. Mais dans ma disposition d'esprit, cela devenait un exemple caractéristique de mensonge gouvernemental. Cela me conforta dans l'idée qu'il ne fallait pas croire l'Etat. Bien des années plus tard, lorsque je commençai à me pencher sur la politique de l'information en URSS, il me fallut un effort considérable pour reconnaître qu'en dépit de mes sentiments intimes, elle pouvait receler une parcelle de vérité. Mais même là, ce n'était qu'une autre forme de tromperie.

Le tournant

Lorsque nous arrivâmes à destination, près de l'ancienne frontière, en Ukraine, on nous mit en rang sur la place d'armes et on nous répartit dans plusieurs unités. Soudain, le commandant d'un régiment blindé arriva dans sa voiture en compagnie d'un groupe d'officiers. Il nous demanda si certains d'entre nous savaient conduire une motocyclette. Un garçon sortit du rang. Je le suivis immédiatement sans bien me rendre compte de ce que je faisais : je n'avais jamais touché à une moto. Nos papiers furent aussitôt transmis à un des officiers et on nous emmena au régiment de chars. Là, on découvrit que j'avais menti. Mais je ne fus ni puni, ni renvoyé à mon ancienne unité. Mes papiers spécifiaient que j'avais une formation supérieure incomplète. J'étais le premier soldat dans ce régiment à avoir un diplôme du secondaire !

On m'envoya immédiatement à l'état-major du régiment. Lorsqu'on apprit que je savais faire des schémas et que je connaissais l'allemand, on m'affecta aussitôt au service de renseignement. En outre, je suggérai à mes supérieurs que je pouvais leur enseigner l'allemand en dehors du service. Enfin, Dieu sait comment, je commençai à aider l'instructeur politique à préparer

222

ses bulletins d'information. Bref, je devenais un personnage respecté. Je fus nommé sergent. Je nageais en plein bonheur. Dans notre unité, nous n'étions pas très nombreux et régnait une bonne ambiance. La nourriture était plus abondante que dans la cavalerie, nous avions du pain à volonté. Le service était facile. Je faisais régulièrement du sport et devins physiquement plus fort. Un tournant psychologique s'opéra en moi : j'entrai dans une phase optimiste et pleine de joie de vivre qui se prolongea jusqu'à ma démobilisation. Je mangeais à ma faim et étais en bonne santé. Je commençais à penser que j'avais fini par semer les « organes » et qu'à l'avenir, je ne me laisserais plus faire. Une sorte d'insouciance me gagna. Je me retrouvai fréquemment au centre de groupes de soldats qui voulaient entendre mes improvisations comiques et s'amuser. Même la guerre et son cortège de malheurs ne purent détruire ni même affaiblir cet état d'esprit. Je me sentais comme un poisson dans l'eau et, à ma grande honte, je dois avouer qu'en 1945, je regrettai le retour de la paix.

A la veille de la guerre

L'idéologie et la propagande soviétiques ont longtemps justifié nos défaites initiales par la surprise de l'attaque allemande. L'argument est particulièrement absurde. Il faut en effet distinguer surprise et impréparation. Le pays se préparait à la guerre mais avait manqué de temps. Ainsi, on avait déjà mis au point les Il-2, ces remarquables avions d'assaut que je piloterais plus tard. Pourtant, leur production en série ne commença qu'au milieu de la guerre. Longtemps avant le début des hostilités, on avait décidé de former des dizaines de milliers de pilotes, mais cette résolution ne fut appliquée que dans la seconde moitié du conflit. Le premier avion à réaction avait été construit et essayé en URSS avant la guerre, mais il ne fut jamais utilisé comme arme. Les Allemands, en revanche, virent l'usage militaire que l'on pouvait faire de ce genre d'appareil et lancèrent la fabrication de leur Me-262 dès qu'ils le purent, vers la fin de la guerre.

Les armements automatiques étaient déjà apparus avant 1941, mais nous commençâmes à nous battre avec des fusils incroyablement démodés. Le remarquable T-34 était également au point avant les hostilités, mais les chars des débuts furent les très primaires T-5 ou, encore pire, les véhicules blindés B-10.

On peut dès lors se poser une question : pourquoi le pays n'avait-il pas eu le temps de se préparer ? A mon sens, les particularités objectives de la société communiste et de son système de pouvoir ont joué un rôle décisif. Je commençai à le mesurer dès les premières défaites. Prendre une décision est une chose, la mettre en application, une autre. Surtout lorsqu'il s'agit d'un pays immense avec une population gigantesque, un système de pouvoir hypertrophié et un personnel humain divisé de surcroît par des intérêts divergents. La même décision était interprétée différemment par les uns ou les autres et les moyens d'application pouvaient varier du tout au tout. Un processus social suit son rythme et nécessite du temps. Des conséquences imprévues peuvent toujours surgir et les bonnes intentions s'avérer néfastes. Bref, un pays n'est pas une compagnie de soldats. Or même une compagnie ne se laisse pas diriger si facilement. Ce fut au cours de la période de préparation à la guerre puis dans le déroulement même de celle-ci, que le système social communiste révéla ses forces et ses faiblesses. Mais ces dernières devinrent très vite évidentes alors que les forces n'apparurent que plus tard et de manière moins claire.

La guerre ne fut inattendue que pour les dirigeants du pays qui espéraient une période de paix plus prolongée avec l'Allemagne. Ils eurent droit à une autre surprise : nous étions beaucoup plus faibles et l'ennemi beaucoup plus fort qu'ils ne s'y attendaient.

Pour nous, soldats, il n'y avait là rien de surprenant. Peu avant l'invasion allemande, nos unités furent inspectées par le général Joukov en personne. Il était alors chef de l'état-major général de l'Armée Rouge. Il fit irruption dans notre caserne en compagnie d'un groupe de généraux et d'officiers. C'était pendant l'« heure creuse » après le déjeuner. Nous bondîmes sur nos pieds. Il jura grossièrement et nous accusa d'avoir engraissé, de vivre comme des « demoiselles » alors que « la guerre allait éclater d'un moment à l'autre ». Dès le lendemain, nos unités furent mises en état d'alerte. On nous distribua les « médaillons de la mort » qui contenaient de minuscules papiers avec nos coordonnées et notre groupe sanguin. Nous quittâmes nos cantonnements et vécûmes deux ou trois jours comme à la guerre. Puis nous retournâmes dans nos casernes, les chars et les véhicules blindés furent de nouveau immobilisés, les obus et les cartouches des mitrailleuses rendus aux dépôts d'artillerie et nous reprîmes notre existence de « demoiselles ».

L'état d'alerte fut remplacé par des manœuvres réservées au commandement. Les officiers furent séparés de leurs unités. Il m'est impossible d'expliquer cette mesure. Par la suite, j'ai entendu dire que c'était pour persuader les Allemands que nous ne voulions pas la guerre et donc pour ajourner le début des hostilités. Il se peut qu'une telle idée ait circulé, mais cela ne justifie en rien une pareille stupidité du commandement. Cela ne pouvait pas tromper les Allemands mais affecta sérieusement la combativité de l'armée.

L'ennemi ne pouvait pas prendre au sérieux tous ces signes imbéciles des intentions pacifiques de l'URSS. Je me fonde ici sur les informations dont je disposais, de par mon travail, au service de renseignement du régiment, puis du corps d'armée. Je pus me familiariser avec les données concernant les troupes allemandes et leurs déplacements dans les zones frontalières. J'avais également connaissance des renseignements que possédaient les Allemands sur la disposition de nos propres troupes.

On parlait de la guerre comme de quelque chose d'absolument inéluctable. On donnait même des dates : le 15, puis le 19 et, enfin, le 22 juin. Et malgré cela, nous nous comportions comme si nous devions préparer exprès notre défaite. Les exercices auxquels je participai étaient absurdes jusqu'à la caricature. Ainsi, on apprenait aux officiers à se servir de cartes et de schémas très primaires et à mettre en forme des documents sur les opérations militaires. Je lançai à mon chef qu'il ne s'agissait pas d'une préparation au combat, mais d'exercices de secrétariat. Il répliqua que sans secrétariat, il ne pourrait y avoir de guerre et ajouta que je ferais mieux de tenir ma langue.

Entre autres choses, on apprenait aux officiers à remplir des avis de décès. L'un des gradés de mon régiment éprouvait des difficultés à inventer des noms de victimes fictives et me demanda de l'aider. Je lui suggérai une méthode que tout écolier russe connaît bien : prendre les prénoms les plus courants, comme Ivan, Piotr, Sidor ou Nikolaï, et de combiner à partir de là les prénoms, patronymes et noms de famille des « tués ». Cet officier s'enthousiasma pour ma « découverte » et me dit que je méritais d'être académicien...

LA GUERRE

Le début de la guerre

Nous passâmes la nuit du 21 au 22 juin 1941 dans la région de Przemysl, tout près de la rivière San qui matérialisait la nouvelle frontière avec l'Allemagne *. Les services de renseignement du corps d'armée savaient parfaitement quelles forces ennemies étaient concentrées dans cette région et n'ignoraient pas que les Allemands en avaient fait l'un de leurs axes d'attaque. Pourtant, les officiers avaient dû quitter leurs unités pour venir se livrer à des exercices sans importance. Nous autres, sous-officiers, les avions accompagnés. Au cours de la nuit, nous entendîmes les ordres criés de l'autre côté de la frontière et le grondement des moteurs. Nous ne dormions pas. A l'aube du 22 juin, un fracas assourdissant marqua le début des hostilités. L'artillerie allemande commença à tirer et des nuées d'avions foncèrent sur nous. Les explosions des bombes se mêlaient à celles des obus. Les incendies embrasaient le ciel. Le bruit courut que les Allemands s'étaient déjà emparés de villes situées au nord et au sud et que nous allions être encerclés. Nous refluâmes en toute hâte vers l'est, pour rejoindre nos compagnies. A l'endroit où nous avions passé la nuit,

* Frontière issue du partage de la Pologne entre le Reich et l'URSS.

nous laissions les avis de décès employés pour les exercices. Mais loin de donner lieu aux plaisanteries habituelles, il nous vint à l'esprit que des millions de foyers soviétiques en recevraient bientôt d'authentiques.

Je n'éprouvais aucune peur et ne remarquai aucune trace de panique autour de moi. Nous ressentions tout autre chose : la surprise et le désarroi. Nous attendions la guerre d'un jour à l'autre, mais quand elle finit par éclater, ce fut comme un coup de tonnerre dans un ciel serein. Il m'est impossible de donner une description claire des premières journées de combat. C'est d'ailleurs inutile. Chacun sait que ce fut le chaos le plus total, engendré non par une peur animale, mais par l'absurdité de ce qui se passait. L'ensemble du système censé permettre l'organisation de grandes masses, contrairement à l'impression de rigueur qu'il avait pu donner, apparut comme une fiction ingouvernable. On peut arrêter la débandade de gens poussés par la panique. Mais comment faire lorsque des masses énormes se retrouvent privées de toute orientation sociale ? Un ouragan semblait s'être abattu sur la terre, bouleversant tout sur son passage. Les individus se voyaient coupés de leurs repères dans le temps et l'espace. La gigantesque machine de commandement avait brusquement disparu et plus personne ne dirigeait quoi que ce fût. Chacun était livré à lui-même.

De nombreuses unités furent encerclées et faites prisonnières. Notre groupe, composé des officiers et des sergents de ma division, se joignit à une unité relativement organisée. Comme nous n'avions pas d'armes pendant les exercices, on nous en donna. Je dus me contenter d'un fusil, modèle 1881. J'ai relaté dans plusieurs de mes livres des épisodes survenus lors de ces journées tragiques et je n'y reviendrai pas. Je me contenterai d'évoquer deux souvenirs qui prirent pour moi une signification particulière.

Pendant l'une des nombreuses attaques aériennes allemandes, alors que je m'empressais, comme tout le monde, vers un abri, je remarquai un sergent de ma connaissance allongé sur un monticule. Je crus qu'il dormait et me précipitai pour le secouer. En fait, il était bien éveillé et me proposa de m'étendre à ses côtés et d'ignorer les Allemands. « Advienne que pourra », dit-il en se conformant à la sagesse populaire. Ce n'était là qu'une banale tautologie, mais elle prenait ici un sens différent et des plus sérieux. J'eus honte de me réfugier dans un abri et restai près du sergent. Il émit alors une idée qui était effectivement très sérieuse. « Le plus terrible dans ce genre de situation, c'est de se retrouver au milieu d'une masse de gens. On y perd toute volonté propre. Il faut à tout prix échapper à la foule et conserver une position indépendante en tant qu'individu. » Nous restâmes ainsi couchés pendant le bombardement, tout fiers d'être à part, devisant et nous moquant des nôtres et des Allemands. A la fin de l'attaque, une bombe tomba au beau milieu d'une tranchée qui abritait plus de cinquante hommes. Je n'en fis mien que davantage le principe du sergent ; je m'efforcerai par la suite de toujours m'y conformer. Il est vrai que ce n'était pas toujours possible.

Notre fuite se transforma en une retraite ponctuée de combats d'arrière-garde. On craignait une attaque des mitrailleurs allemands. Comme les rangs de notre unité s'étaient fortement éclaircis, nous n'étions pas en mesure de nous défendre très longtemps. On nous donna l'ordre de nous replier en laissant seulement une couverture. Plusieurs hommes, dont moi, se portèrent volontaires. Bizarrement, le sergent plein de sagesse ne le fut pas.

Nous étions prêts à nous battre jusqu'à notre dernière cartouche et à mourir dignement pour assurer le repli de notre unité. Ce n'était pas une attitude de pure forme mais une décision venue du fond du cœur. J'ai remarqué que lorsqu'on est véritablement prêt à mourir, la peur de la mort diminue et peut même disparaître tout à fait. Je n'éprouvais nulle crainte de périr au combat. Je refusais seulement de mourir sans pouvoir me défendre ni rendre ses coups à l'ennemi. Cette

229

volonté d'affronter la mort n'était que le prolongement de ce que je m'étais forcé à faire, encore enfant : vaincre la peur en faisant face à ce qui pouvait la déclencher. Bientôt, les Allemands furent en vue. Nous ouvrîmes le feu et ils ripostèrent.

J'ai lu moult descriptions de ce que l'on ressent au cours des premiers combats. Il y a peut-être quelque chose de vrai dans ces récits, mais ce n'est pas du tout ce que nous éprouvâmes, mes camarades et moi. Nous nous mîmes à tirer sans hésitations ni états d'âme, comme des soldats chevronnés habitués à tuer. Ce n'était pas seulement parce que l'ennemi se trouvait à distance et qu'il était impossible de distinguer les visages de ceux que nous avions touchés. A un moment, un groupe de mitrailleurs allemands s'écartèrent de leur unité. Deux d'entre eux étaient couchés près d'un poste de haute tension. Un camarade et moi fonçâmes vers eux le fusil pointé. Pris peut-être au dépourvu, ils restèrent sans réaction. Nous les achevâmes à la baïonnette. Cela se fit si vite que nous n'eûmes pas le temps de ressentir quoi que ce fût.

Au cours de cette opération, je fus blessé sans gravité à l'épaule : la balle toucha l'os et ricocha. Mais le coup avait été violent et mon épaule enfla. Pendant longtemps, il me fut impossible de bouger le bras. Il n'était pas question d'aller à l'hôpital et personne ne pouvait me bander. Les Allemands cessèrent de tirer et décrochèrent. J'étais fier d'avoir été blessé et heureux d'être resté en vie.

Nous quittâmes les lieux dès la fin du temps de couverture fixé en suivant la direction empruntée par notre unité. Quelques kilomètres plus loin, un tableau d'horreur apparut sous nos yeux. Des centaines de cadavres gisaient devant nous : les soldats et les commandants de notre unité. Les Allemands les avaient encerclés et tués jusqu'au dernier, comme ils le faisaient souvent à l'époque. Je ne tentai même pas de rechercher le cadavre de mon sergent plein de sagesse et j'ignore s'il est parvenu à s'échapper de cette « foule » et à se soustraire au sort commun.

Je parvins finalement à rejoindre mon régiment, ou plutôt ce qu'il en restait. C'était un désastre. On n'avait même pas pu mobiliser les chars et les véhicules blindés faute de temps pour les mettre en état de marche. Des saboteurs allemands avaient fait sauter le dépôt de munitions.

Au moment de mon arrivée, la panique de la retraite s'était quelque peu dissipée. Les unités se préparaient à la défense (« Plus un pas en arrière! », « Se défendre jusqu'à la mort! »). J'étais infiniment heureux d'être de retour à la « maison ». En peu de temps, le régiment était devenu mon vrai foyer. A peine arrivé, la chance se manifesta une nouvelle fois. Avant la guerre, une commission médicale m'avait reconnu apte à servir dans l'aviation. On disait alors que Staline en personne avait donné l'ordre d'envoyer dans des écoles de l'air tous les jeunes conscrits physiquement aptes et titulaires du diplôme de fin d'études secondaires. Comme je n'avais nullement l'intention de piloter, je n'avais pas pris au sérieux la décision de la commission qui avait tout bonnement fini par me sortir de l'esprit. Et voilà que l'on me convoque à l'état-major du régiment, que l'on m'y donne mes papiers et que l'on me conduit à moto jusqu'aux abris souterrains de l'état-major du corps d'armée.

Une vingtaine d'hommes, dans la même situation que moi, attendaient déjà. On nous fit monter dans un camion qui démarra rapidement. Nous étions transférés à une école d'aviation. Cela mérite d'être souligné : le commandement suprême prévoyait de former des pilotes pour une aviation encore inexistante. Il ne faisait pas de doute dans l'esprit de nos chefs que la guerre durerait longtemps. Je dois reconnaître que, même dans les pires moments, ni moi ni mon entourage n'avons jamais douté de la victoire finale. L'éducation scolaire des années trente avait bien laissé son empreinte.

La sagesse du haut commandement faisait pourtant bon ménage avec la bêtise. Au lieu de nous renvoyer à l'arrière, nous nous retrouvâmes à Orcha, sur le même front, à quelques centaines de kilomètres au nord. A notre arrivée, les Allemands étaient déjà aux portes de la ville et l'école avait été évacuée. Les nôtres se disposaient à la défense. On nous incorpora dans un bataillon spécial qui regroupait tous ceux qui se trouvaient dans le même cas que nous et on nous prit nos papiers qui furent égarés peu après. Notre bataillon reçut l'ordre d'occuper une zone où les services de renseignement prévoyaient l'atterrissage de troupes aéroportées ennemies. Nous prîmes position dans un petit bois et attendîmes plusieurs heures. Au milieu de la nuit, le commandement décida de lancer une reconnaissance pour vérifier où se trouvait l'ennemi. Je me portai volontaire, avec deux autres soldats. Nous traversâmes le Dniepr à gué et explorâmes pendant une heure l'endroit où devaient se trouver, en principe, les Allemands. A l'exception d'un vieux et d'une vache, il n'y avait personne. Nous en informâmes nos supérieurs qui décidèrent qu'aucun largage de parachutistes n'aurait lieu. Le bataillon tout entier se prépara à dormir. Ce fut à ce moment précis que l'ennemi enfonça les arrières de la division, par des moyens terrestres. Des troupes aéroportées attaquèrent aussi, mais dans le seul but de faire diversion. Notre armement était mauvais et la surprise fut complète. Les Allemands étaient, eux, bien équipés et parfaitement entraînés pour ce genre d'opérations. La bataille tourna au carnage. Les parachutistes ennemis furent décimés. Mais à quel prix ! Il y eut peu de survivants dans notre bataillon alors que nous combattions à dix contre un *.

Après le combat, ce qui restait du bataillon rallia les forces principales de la division. Des unités du NKVD nous interceptèrent en chemin. On nous désarma dans l'intention de nous fusiller sur place : nos uniformes

* Du reste, si l'on en juge par les pertes sur toute la durée de la guerre, cinq soldats soviétiques sont morts pour un soldat allemand (NdA).

232

hétéroclites (nous avions conservé ceux des unités où nous avions servi auparavant) pouvaient effectivement nous faire passer pour un ramassis de déserteurs. J'ignore pourquoi on nous laissa la vie sauve. Nous fûmes finalement incorporés à une autre unité et l'on nous redistribua des armes.

Dans la confusion, presque tout le monde avait arraché ses insignes de grade (à commencer par les instructeurs politiques). Moi, je les avais gardés. Je me retrouvai à la tête d'un groupe de plusieurs dizaines d'hommes. On y affecta quelques artificiers et l'on nous donna l'ordre d'incendier un dépôt d'hydrocarbures. Contrairement aux prévisions, les Allemands s'étaient déjà emparés de notre objectif et nous nous vîmes contraints de livrer bataille. Dans l'action, nous encerclâmes plusieurs mitrailleurs qui avaient probablement épuisé leurs munitions. Nous les abattîmes de sang-froid. Je ne ressentis aucune émotion. Peut-être était-ce parce que je ne me trouvais pas seul face à l'ennemi. Même la mort de mes camarades me laissait froid. Etait-ce de l'insensibilité? Il me semble plutôt que nous nous trouvions en état de choc. Il y avait trop de morts. Nous nous contentions de les enjamber et c'était de façon presque mécanique que nous exécutions ce qu'on nous demandait.

Un groupe de renfort, un sous-lieutenant à sa tête, nous rejoignit alors que tout était fini. Cet officier rapporta à ses supérieurs que l'objectif avait été atteint. Moi, on m'oublia. D'ailleurs, mon action n'avait rien eu d'exceptionnel.

Tout au long de la guerre, je n'ai jamais vu quiconque se sacrifier « pour la patrie et pour Staline » comme le prétendait la propagande. La mort, il ne fallait l'imputer qu'aux circonstances. Le courage dont beaucoup firent preuve était surtout une marque de virilité. Sur le nombre, il est normal, dans toute armée, qu'il y ait quelques courageux. En revanche, apparurent partout des filous, des carriéristes, des hypocrites et des démagogues prêts à tout pour sauver leur peau et s'enrichir.

A proximité d'Orcha, on nous donna l'ordre de creuser des abris individuels. J'en construisis un dans lequel un homme pouvait tenir debout. Un peu plus tard, on décida de déplacer notre unité et de la remplacer par un bataillon de la division Prolétaire de Moscou (dont l'entraînement consistait surtout à défiler lors des parades militaires !). Un soldat se présenta pour me relever. Nous échangeâmes nos noms, roulâmes une cigarette (j'avais commencé à fumer) et nous séparâmes. Trente ans s'écoulèrent. En 1971, rue Gorki, je croisai un homme de mon âge. C'était ce même soldat. Nous nous reconnûmes tout de suite et nous saluâmes comme si nous nous étions quittés la veille. Nous nous enquîmes réciproquement de notre santé, bonne dans les deux cas, et poursuivîmes nos chemins respectifs. Je n'ai jamais revu cet homme.

Après la reddition d'Orcha, nos unités se replièrent vers Moscou. En mon for intérieur, j'avais calculé que la guerre était composée de cinq pour cent de bataille et de quatre-vingt-quinze pour cent de déplacements et de travaux divers. Et encore, dans ces cinq pour cent, seul un nombre infime de combattants affrontait directement l'ennemi. Dans la majorité des cas, les soldats mouraient sans l'avoir vu et sans même avoir tiré un coup de fusil.

Il est difficile de savoir pourquoi les petites choses se retiennent mieux que les grandes. Je serais incapable de décrire de manière précise un seul des nombreux combats auxquels j'ai participé et qui étaient fort dangereux. En revanche, j'ai gardé en mémoire une multitude d'incidents drôles ou absurdes. Ainsi, deux camions qui évacuaient les fonds d'une banque s'arrêtèrent à l'endroit où nous étions stationnés. On nous demanda de les garder. Je revois encore un capitaine de l'intendance rédiger sur un bout de papier un reçu selon lequel il prenait en garde tant de sacs d'argent. Son expression ne laissait planer aucun doute sur ses intentions. Nous en parlâmes à notre chef de section. Il eut un petit sourire qui signifiait : « Si cet idiot en a assez de la vie, qu'il parte avec l'argent. Seulement, où pourrait-il aller? » Cela nous amusa et me donna l'occasion d'avancer une nouvelle interprétation du communisme intégral : on donnerait à chacun de l'argent selon ses besoins, sauf qu'il n'y aurait rien à acheter. Cela fit beaucoup rire mes camarades. Tout le monde avait décidément oublié que nous vivions dans un monde de dénonciation.

Aussi décidai-je d'enfreindre mes règles de prudence et, dans une lettre à ma mère, j'écrivis : « L'ennemi, saisi de panique, fuit à nos trousses. » La censure militaire examinait le courrier selon un choix arbitraire. Le hasard tomba sur moi. L'instructeur politique me convoqua et me demanda de lui expliquer la phrase. Je lui dis que l'ennemi était effectivement saisi de panique, mais que des considérations stratégiques guidaient notre retraite. Il me rétorqua que c'était justement ce qu'il fallait écrire sans chercher midi à quatorze heures et me reprocha d'avoir un bien mauvais style pour un étudiant! Je ne me donnai même pas la peine de refaire ma lettre. Elle ne fut pas examinée une seconde fois et arriva à destination. Ma mère la garda longtemps.

La guerre n'avait rien d'un simple passe-temps. Beaucoup d'auteurs en ont décrit toutes les horreurs. D'innombrables films, que j'ai vus et revus avec émotion, les ont montrées. Moi aussi, j'ai traversé tout cela et je n'ai rien de neuf à ajouter au flot de ce qui a déjà été dit. Mes dispositions d'esprit « particulières » m'ont même fait passer à côté d'atrocités flagrantes sans vraiment en remarquer l'horreur. Je voyais, en revanche, ce qui n'attirait guère l'attention des autres : l'absurdité monstrueuse et, simultanément, l'effroyable banalité des choses.

Les écoles d'aviation

Dans les hautes sphères du commandement, quelqu'un s'obstinait à vouloir créer une aviation capable de reconquérir la maîtrise du ciel : les futurs élèves pilotes encore en vie furent retrouvés. On nous envoya à Moscou et, de là, dans une école d'aviation, aux environs de Gorki.

Ce serait mentir que de prétendre que j'étais doué pour le métier d'aviateur, mais j'appris à piloter très convenablement. Le mythe des pilotes considérés comme une race à part s'effondra devant l'afflux massif d'élèves. Choisis un peu au hasard, la plupart d'entre eux devinrent pilotes par la force des circonstances et non par vocation. En fait, pratiquement tous ceux qui étaient en bonne santé étaient capables d'apprendre à voler. Le pourcentage d'inaptes était infime. Cette banalisation se traduisit notamment par la suppression de l'uniforme spécial et la perte de privilèges de toute sorte.

Je remarquai rapidement que l'enseignement pouvait être ramené à quelques semaines et simplifié. Je rencontrai des aviateurs qui avaient appris à voler sur des avions de combat en échappant aux phases préliminaires de la formation. Dans les écoles, l'apprentissage traînait en longueur parce que avions et carburant faisaient défaut. On voulait également créer une réserve d'aviateurs. Du reste, et cela est caractéristique du système soviétique, il y avait à la fin de la guerre une véritable surproduction de pilotes. Les hostilités terminées, le commandement se vit contraint de congédier de nombreux officiers d'aviation qui possédaient d'excellents états de service.

J'arrivai à ma première école de l'air alors que le cycle de formation était commencé et fus obligé de rattraper les autres. J'assimilai en deux jours ce qu'ils avaient fini par retenir en plusieurs semaines. Mes chefs attribuèrent cela à des aptitudes particulières. L'entraînement se faisait sur des avions rudimentaires qui ne dépassaient pas cent kilomètres à l'heure, mais, à titre exceptionnel, on me permit de voler sur un appareil plus performant qui assurait la transition avec les modèles de chasse. Plusieurs autres élèves bénéficièrent de cette faveur. A l'école d'aviation militaire d'Oulianovsk, où l'on nous envoya, on nous versa d'emblée dans une section de vol et non dans une unité de réserve. Les chasseurs que l'on mit à notre disposition étaient également assez rudimentaires. Ils ne volaient pas à grande vitesse (un peu plus de 200 km/h) et disposaient d'un armement de mauvaise qualité. C'étaient des I-15 et des I-16. Nous les appelions des « bourricots ». On commençait d'ailleurs à les mettre au rebut. Difficile, dans ces conditions, de devenir des as du pilotage. Nous apprenions juste ce qu'il fallait pour décoller et constituer une cible commode et sans défense pour la chasse allemande.

Un dicton russe dit : « Il n'y a pas de mal sans bien. » La vie quotidienne, cependant, produit plus souvent une autre loi, qui n'a pas été sacralisée par un proverbe : il n'y a pas de bien sans mal. Au cours d'un vol, mon vieux « bourricot » prit feu. Je sautai en parachute, mais un courant aérien éteignit l'incendie. Cela permit à la Section spéciale de m'accuser de sabotage. Pour mon malheur, un groupe de pilotes de ma section avait été attaqué par les Allemands alors qu'il rejoignait le régiment. Je n'avais fait qu'appliquer le règlement et plusieurs pilotes avaient été témoins de l'incendie, mais l'on voulut néanmoins me traduire en cour martiale. Je risquais le peloton d'exécution. Je passai une dizaine de jours dans une cellule de la salle de police. La chance finit par se manifester sous la forme d'une commission d'inspection envoyée par la région militaire. Mon cas attira l'attention de l'un de ses membres, un ingénieur, qui examina les débris de mon appareil et ne vit rien de criminel dans ce que j'avais fait. Mais le commandement, voulant faire un exemple, ne tenait pas à me remettre en liberté. Ce fut alors que la règle « il n'y a pas de mal sans bien » joua en ma faveur. Une centaine d'élèves-officiers furent reversés dans l'armée de terre. Je me retrouvai dans ce groupe. En tant qu'ancien tankiste, on m'affecta dans les blindés. Je n'avais encore jamais mis les pieds à l'intérieur d'un char, mais dans ma nouvelle unité, on me nomma mitrailleur de tourelle et l'on m'adjoignit au chef d'un peloton de T-34. Cette fois, c'était du matériel de bonne qualité. Pourtant, je n'eus même pas le temps de tirer une seule fois. Dès le premier combat, le char fut touché et un éclat m'atteignit. La blessure était sans gravité, mais je me montrai plus sage que précédemment et acceptai d'être conduit à l'hôpital.

Quelques mois plus tard, les élèves-aviateurs furent rappelés dans leurs écoles. Les « bourricots » avaient été remplacés par des Il-2, des avions d'attaque remarquables. Ils ne volaient qu'à une vitesse moyenne (un peu plus de 400 km/h), mais ils étaient puissamment armés et disposaient d'un blindage aux points vitaux. Leur précision dans le largage des bombes les destinait au combat antichar et au bombardement des ponts et des nœuds ferroviaires. Très vite, ils devinrent la terreur des Allemands qui les surnommèrent « la mort noire ». Ils étaient pourtant vulnérables aux avions de chasse, aux canons antiaériens et même aux chars. La durée moyenne de vie de leurs pilotes était inférieure à dix missions de combat. Pour cette raison, on surnommait ces derniers les « condamnés à mort ». Et pourtant, les Il-2 jouèrent un rôle de premier plan dans les opérations : ils correspondaient parfaitement aux conditions de la guerre.

Au printemps 1944, je sortis de l'école avec le grade de lieutenant dans l'aviation d'attaque.

Le côté tragi-comique de la vie

Pendant notre temps d'école, le carburant était limité et nos missions d'entraînement au vol étaient espacées. Au sol, nous menions la vie des autres soldats : corvées, travail, instruction, sport. On nous enseignait la théorie du pilotage et l'histoire du parti, nous faisions le mur, nous soûlions et nous livrions à de menus trafics. Nous étions jeunes, n'avions pas réellement faim, et n'étions pas physiquement mis à l'épreuve. Sur différents fronts, des soldats mouraient. Nous, nous nous trouvions en sécurité. Notre finalité était de voler et non de ramper dans la boue. Mon intérêt pour les grands problèmes s'émoussa et passa au second plan. Il m'arriva, certes, de rencontrer des gens qui me ressemblaient et d'avoir ensemble des discussions politiques « à risque ». Je trouvai de plus farouches antistaliniens que moi, mais ces conversations n'avaient aucune influence sur notre conduite : nous étions des élèves-officiers comme les autres. Je parvins à rallier à mes vues certains de mes camarades, mais je ne pense pas avoir exercé sur eux une profonde influence. Naturellement, je continuais à analyser ce qui m'entourait, mais mon activité intellectuelle avait changé par rapport aux années précédentes. Elle avait pris un tour plus joyeux et, aussi, plus littéraire. L'une de mes pitreries de l'époque m'est restée en mémoire. Un instructeur nous enseignait le parachutisme et nous expliquait que, si le parachute principal refusait de s'ouvrir, il fallait tirer l'anneau du parachute de secours. Quelqu'un demanda ce qu'il fallait faire si, à son tour, celui-ci ne s'ouvrait pas. Je devançai la réponse et dis qu'il fallait aller au magasin l'échanger contre un autre en bon état. Cette blague fit le tour de l'école. L'instructeur la reprit systématiquement pour animer ses cours.

Mes plaisanteries prenaient parfois un caractère politique très net, mais les années de guerre avaient rendu possible un semblant d'attitude critique. Mes foucades n'eurent jamais de conséquences. Du reste, je n'étais pas le seul. D'autres avaient même plus de succès que moi. Mes bons mots étaient trop intellectuels et n'étaient pas compris de tous. Dans mon détachement, un garçon, improvisateur et comique-né, multipliait ses histoires drôles, toutes plus bourrées de grossièretés et de grivoiseries les unes que les autres, ce qui bien sûr en garantissait le succès.

Je m'occupais toujours des *Feuillets de combat*. En

plus des articles et des poèmes satiriques, il m'arrivait, quand j'étais désœuvré, de composer des poèmes burlesques ou, au contraire, fort sérieux. Je n'en ai conservé aucun. En 1942-1943, j'écrivis une *Ballade de l'élève-officier d'aviation*. A cette époque, un texte portant ce titre circulait à l'école. C'était un tissu d'obscénités et de jurons. Je tentai de l'arranger, mais il me fut impossible d'en effacer entièrement le caractère ordurier. C'est alors que, d'un seul jet pendant une nuit de garde, je composai ma propre *Ballade*. Le résultat fut on ne peut plus châtié du point de vue de la langue, mais très politique aussi. Je lus mon texte à ceux de mes amis en qui j'avais confiance. Ils me conseillèrent de le détruire pour éviter tout malentendu. Pendant l'été de 1943, l'on m'envoya à Moscou avec quelques camarades pour chercher un nouvel appareillage radio. Je confiai la *Ballade* à mon ami Boris. En 1946, je fus tout de même contraint de la détruire.

L'armée comptait alors dans ses rangs de nombreux jeunes hommes dotés d'une bonne instruction. Certains étaient même brillants. La vie en commun se prêtait au développement des facultés créatrices. Chaque unité comptait des poètes, des chanteurs, des danseurs, des peintres, des conteurs, des acteurs... La création devenait véritablement populaire. Notre école d'aviation était renommée pour la qualité de ses spectacles. Les autres unités et pas mal de civils se pressaient pour les voir. En 1942-1943, un autre poème circula parmi nous. C'était une parodie de celui de Nekrassov * *Pour qui fait-il bon vivre en Russie*. Il s'intitulait *Pour qui fait-il bon vivre à l'EAMOU* (Ecole d'aviation militaire d'Oulianovsk). J'en ignore l'auteur. Peut-être était-ce celui de la scabreuse *Ballade*. En tout cas, le poème était superbe : sept élèves-officiers se rencontrent dans l'escalier de la section « Etude du pilotage » et décident

---

* Nikolaï Alexeïevitch Nekrassov (1821-1877), poète et publiciste russe. Il dirigea des revues libérales (*Le Contemporain* et *Les Annales de la patrie*) qui exercèrent une certaine influence sur l'évolution politique et littéraire de la Russie.

de faire une enquête sur le thème : « Pour qui fait-il bon vivre à l'EAMOU ? » Ils interrogent tous les militaires, du mécanicien au directeur de l'école. Tous, sans exception, ont un motif de plainte. Déçus, les sept élèves regagnent la caserne et aperçoivent leur camarade Ivanov, dit « Tire-au-flanc », qui dort, dissimulé sous son matelas et couché à même le sommier métallique. A sa vue, les élèves comprennent qu'ils ont trouvé l'objet de leur quête. Il existe bien quelqu'un heureux de vivre à l'EAMOU.

Les « Tire-au-flanc » étaient encore circonscrits dans l'armée, mais, après la guerre, ils se généralisèrent à toute la société soviétique. Le « Tire-au-flanc » était l'héritier d'Oblomov * d'avant la révolution, adapté aux conditions soviétiques. Dans mon livre *La Maison jaune*, j'ai créé un personnage de ce genre, le chercheur scientifique Dobronravov qui s'est arrangé pour mener une existence agréable (de son point de vue) alors qu'il a le poste le plus minable de tout l'institut. C'est un « Tire-au-flanc » d'un niveau plus élevé que le militaire Ivanov.

Je fis beaucoup de sport pendant cette période. Je pratiquai même la boxe : l'entraîneur était un sportif de haut niveau dans cette spécialité. Un jour que je me trouvais parmi les curieux qui regardaient l'équipe de l'école se préparer pour une compétition, l'entraîneur me proposa d'essayer et d'enfiler des gants. C'était la première fois que je montais sur un ring. Il m'ordonna de le frapper. A ma grande surprise, je lui portai un direct du gauche qui le mit K.O. Il n'avait même pas eu le temps de se mettre en garde. On me prit immédiatement dans l'équipe. Je fus dispensé de vol et mon entraînement à des combats tout ce qu'il y a de plus terrestre commença. J'assimilai rapidement les rudiments techniques du noble art et remportai le championnat de notre garnison. Impressionné par mon succès, l'entraîneur me fit combattre contre le

* Personnage central du roman du même nom (1859) écrit par Ivan Alexandrovitch Gontcharov (1812-1891).

« champion » d'une école de blindés. Le garçon était deux catégories plus lourd que moi mais le chef comptait sur ma technique. Naturellement, mon adversaire m'envoya au tapis, expérience fort désagréable qui m'incita à renoncer à une carrière sur les rings. Je ne fus même pas puni par mes supérieurs : sur ces entrefaites, notre entraîneur fut envoyé dans un bataillon disciplinaire pour vol et l'équipe dissoute.

Toute cette période me livra les clés du côté matériel de l'existence : dormir lorsque l'on est de garde, voler des pommes de terre et les faire cuire dans le poêle du poste, faire le mur et aller voir les filles, s'arranger pour obtenir de la nourriture supplémentaire, se procurer une saleté bien corsée à boire. Que faut-il de plus à un soldat ?

En volant en rase-mottes, l'un des élèves de notre groupe remarqua un rucher, non loin de l'aérodrome. La nuit suivante, nous décidâmes de faire une razzia sur le miel. Le propriétaire dormait, ivre mort. Nous portâmes quelques ruches jusqu'au ruisseau, les plongeâmes dans l'eau pour empêcher les abeilles de voler et nous fîmes un devoir de manger le miel directement aux rayons. Arriva ce que nous n'avions pas prévu : après le bain, les abeilles étaient incapables de voler, mais elles pouvaient encore piquer. Je vous laisse imaginer nos têtes, le lendemain matin ! Seules étaient susceptibles de les égaler celles des pirates de *L'Ile au trésor*. Nous avions la langue si enflée que nous parvenions à peine à parler. Si l'apiculteur s'était réveillé et avait immédiatement été raconter l'incident à la Section spéciale, nous étions bons pour le bataillon disciplinaire. Heureusement, la Spéciale ne nous rendit visite qu'un jour plus tard, alors que nous commencions vaguement à reprendre forme humaine. Comme nous avions abandonné les ruches derrière les abris souterrains, des abeilles tournoyaient encore sur le cantonnement de l'escadrille. Il est étrange que personne n'ait rien soupçonné.

Nos mésaventures tournaient fréquemment aux

délits de droit commun. A la suite d'une panne de moteur de son appareil, un élève s'était posé sur un champ en dehors de l'aérodrome. Une garde spéciale, avec trois relèves, fut organisée pour surveiller l'avion. Ce furent les sentinelles elles-mêmes qui vendirent aux habitants de l'endroit le carburant, l'huile et le revêtement métallique de l'appareil. Le métal servait à faire des couverts et des casseroles. En quelques jours, il ne resta plus que la carcasse et ce fut la dernière sentinelle qui passa en cour martiale.

L'un des dépôts de notre école jouxtait celui d'un combinat laitier et les sentinelles avaient évidemment pratiqué une ouverture dans le mur mitoyen pour voler du fromage. Montant la garde à mon tour, il m'arriva de glisser mon fusil dans le trou pour ramener un fromage entier à l'aide de la baïonnette. Mais un jour, une sentinelle laissa tomber son fusil de l'autre côté du mur et le vol fut découvert. On traduisit le malheureux en cour martiale, bien que, de toute évidence, il n'avait pu ingurgiter à lui seul un bon demi-quintal de fromage.

Nous n'avions pas l'impression de commettre des délits. C'étaient seulement des amusements d'enfants. Ruches, fromages, avions, tout appartenait à la société, c'est-à-dire, de notre point de vue, à personne. Pour nous, s'approprier un objet dont l'origine était inconnue ne constituait pas, à proprement parler, un vol. Seule la peur d'être punis empêchait (et empêche encore) les gens de dilapider la « propriété socialiste ». Notre conduite était typiquement soviétique. Nos instructeurs politiques avaient beau nous expliquer que les criminels volaient dans la « marmite commune », cela n'était à nos yeux que bavardage idéologique. Nous n'avions que mépris pour la propagande qui prétendait que sous le communisme, l'être humain atteindrait un degré de conscience tel que la notion même de délit disparaîtrait.

Non moins courantes étaient les fautes de discipline. Un jour, nous fîmes le mur à quelques-uns. Nous nous

243

étions fabriqués de fausses permissions. J'avoue que les feuilles et les tampons étaient mon œuvre. Pour m'amuser, j'avais appelé tout le monde Ivanov et inventé un commandant Andouillov comme signataire. En ville, nous échangeâmes du sucre, du sel et des couteaux de notre fabrication contre de la bière. Copieusement soûls, nous finîmes au bal du club de l'endroit. Les tankistes qui patrouillaient en ville firent une descente et nous emmenèrent au bureau de la place. Quand on vit qu'il n'y avait que des Ivanov sur nos permissions, la falsification parut évidente. Aussi étrange que cela puisse paraître, ce fut le représentant de la Spéciale qui nous tira d'affaire. Pour que le scandale n'éclabousse pas la réputation de l'école, il affirma que, distrait, le commandant Andouillov avait écrit partout le même nom de famille. On nous relâcha. Pour nous punir, le directeur de l'école nous priva de permission jusqu'à notre sortie définitive, ce qui ne nous empêcha pas de continuer à faire le mur.

Pitreries

Aujourd'hui, tout le monde a oublié que Staline lançait régulièrement des emprunts obligatoires. C'était une manière de camoufler des baisses de salaire. Les élèves-officiers n'y échappaient pas. Comme on nous payait des salaires de misère et que les emprunts se succédaient, je pris la décision de m'en débarrasser une fois pour toutes et souscrivis à mille pour cent du salaire mensuel. Cela représentait dix mois sans argent. La direction y vit le comble du patriotisme. Dans leur ensemble, les autres n'avaient souscrit qu'à deux ou trois cents pour cent. A part la mienne, l'autre contribution maximale était de cinq mois de salaire. Mais l'instructeur politique se rendit compte qu'en cas de nouvel emprunt, il me serait impossible de souscrire et qu'il ne pourrait donc pas annoncer que, dans un élan patriotique unanime, la totalité de l'escadrille y avait participé. Il effaça un zéro de la somme que j'avais inscrite et on ne me préleva qu'un mois de salaire : la plus petite contribution de tout notre groupe. J'aimais particulièrement les plaisanteries de ce genre. La peur d'être puni trouvait sa limite dans le sentiment « qu'on ne pouvait pas nous envoyer plus loin que le front, ni nous donner plus que le maximum », même si ce maximum-là était le peloton d'exécution.

La société soviétique produit en permanence une altération délibérée de la réalité qui transforme des mensonges flagrants en vérités incontestables. L'un des élèves de notre détachement possédait tous les défauts possibles d'un soldat : il était mouchard, froussard et flagorneur. Comme le service dans l'aviation était devenu massif et obligatoire, il n'y avait pas moins de lâches qu'ailleurs. Pourtant, ce garçon battait des records. Selon le programme, nous devions effectuer plusieurs sauts en parachute. A peine avait-il mis les pieds dans l'avion qui devait, pour la première fois, nous larguer, qu'il vomit de peur et fit dans son pantalon. Quand vint son tour de sauter et qu'on le poussa hors de l'avion, il eut un infarctus. Ce fut un cadavre qu'on ramassa. Le bruit qu'un aviateur était mort se répandit en ville et notre direction décida de faire de ses funérailles l'occasion d'un travail éducatif. Le journal publia un portrait de lui accompagné d'un article qui le dépeignait comme un ardent patriote et un des meilleurs élèves pour la formation militaire et l'éducation politique. On ajoutait qu'il était mort en héros au cours d'une mission. Lors des obsèques, les camarades de section de l'ardent patriote qui avait héroïquement fait dans son froc ouvraient le cortège. Nous portions un calicot avec, en grosses lettres, cette citation tirée du *Chant du pétrel* de Maxime Gorki : « Nous rendons gloire à la folie des braves ! » Ce fut ainsi qu'un froussard entra au panthéon de l'école comme modèle d'héroïsme. J'avoue que ce calicot était de mon invention et que tous ceux qui assistèrent à sa fabrication ne purent s'empêcher de rire aux larmes.

De telles altérations de la réalité s'observent, on s'en doute, au sommet de la pyramide. Le cas de Brejnev est bien connu, mais la même chose se produit avec Gorbatchev : les efforts conjoints de certains Soviétiques et d'Occidentaux rusés mais bornés sont en train de hisser au rang de grande personnalité historique un médiocre carriériste du Komsomol et du parti, vaniteux mais débrouillard. A ses obsèques, aura-t-il droit, lui aussi, au slogan « Nous rendons gloire à la folie des braves ! » ?

Mariage

En 1943, je fis la connaissance de Nina Kalinina qui devint peu après ma première femme. En fait, ce fut une liaison tout à fait fortuite, comme tant d'autres à l'époque. Je n'avais nullement l'intention de me marier et, de son côté, elle n'attendait rien de moi. Aujourd'hui encore, j'éprouve de la honte au souvenir de cet épisode, dont je conclus que je m'étais bel et bien laissé contaminer par le dérèglement généralisé des mœurs dû à la guerre. Nous nous mariâmes juste avant ma sortie de l'école et peu de temps avant la naissance de notre fils. Cela me permit d'effacer un peu ma faute, mais pas assez pour apaiser ma conscience. Persuadé que je serais rapidement tué au front, je voulais faire bénéficier Nina d'une allocation pour élever notre enfant. Le mariage fut rompu peu après ma démobilisation et je payai régulièrement ma pension alimentaire. Je n'ai fait la connaissance de mon fils, Valeri, que lorsqu'il eut seize ans. Nous avons commencé à nous voir régulièrement et j'entretiens avec lui d'excellents rapports.

Mon mariage était certes de circonstance, mais ce que pouvaient faire mes semblables était bien pire. Il n'était nullement nécessaire de présenter des papiers d'identité pour se marier. Au pire, on vous réclamait une feuille de permission que quelques minutes suffisaient à fabriquer. L'un d'entre nous réussit à convoler dix-huit fois avant d'être découvert et envoyé dans une unité disciplinaire. Il faut préciser que beaucoup de ces unions arrangeaient aussi les « fiancées ». Cela leur permettait de se livrer à de petits trafics en tant que « femmes de militaires au front ». Loin de moi l'idée de me servir de cet argument comme excuse.

Rapports avec les « organes »

Nous continuions cependant à vivre dans une ambiance de surveillance et de délation. De temps en temps, un élève disparaissait et le bruit courait qu'il avait été « pris pour la politique ». En règle générale, nous évitions les sujets dangereux ou prenions des précautions. Nous savions très vite à qui parler de quoi. De plus, nous connaissions les habitudes de travail des « organes ». Ils choisissaient leurs victimes un peu au hasard et selon des critères qui leur étaient propres. Ils devaient prouver à leurs supérieurs leur efficacité (« faire claquer leurs talons ») sans nuire à l'unité dans laquelle ils travaillaient : ils s'efforçaient donc de faire croire qu'ils veillaient au grain en instruisant quelques affaires, mais que, dans leur grande majorité, les soldats étaient politiquement sains. Malgré leurs cohortes d'informateurs, ils préféraient laisser tranquilles les vrais opposants sur le plan idéologique mais qui laissaient peu de prise à la critique (comme moi) et s'attaquer à des gens bavards et un peu sots.

Si l'on excepte mon accident de vol, les organes ne me prêtèrent aucune attention pendant toute la période de mon instruction. Il y eut pourtant une histoire assez comique. Dans ma première école d'aviation, j'avais trouvé par hasard le brouillon d'une dénonciation qu'un des élèves de mon groupe avait adressée à la Section spéciale. Il m'avait même emprunté une plume et du papier. Je l'avais effectivement vu écrire quelque chose mais n'avais pas su ce que c'était

247

jusqu'au moment où, de service à la caserne, je trouvai cette feuille chiffonnée. Le papier et l'écriture me firent deviner qui en était l'auteur. Il informait la Section spéciale que j'avais « des conversations antisoviétiques qui calomniaient notre régime, nos dirigeants et la personne du camarade Staline ». Des discussions, j'en avais, mais jamais en sa présence. J'ignore comment il avait bien pu en avoir vent. Le responsable de la Section spéciale me convoqua. C'était un tout jeune lieutenant-chef, fraîchement émoulu de l'école des « organes ». Comme je connaissais le dénonciateur et le contenu de la dénonciation, je me sentais plein d'assurance et l'humeur joyeuse. Je dis tout de go au Spécial que le travail de ses informateurs était mauvais et qu'ils lui fournissaient de mauvais renseignements. Je lui citai « mon » mouchard en exemple, ce qui le désarçonna complètement. Je lui précisai aussi que les « organes » m'avaient confié une mission particulière. Après l'entretien, ce lieutenant me témoigna un grand respect et me fit même dispenser de corvées. Je lui demandai de ne pas poursuivre dans cette voie pour éviter de me faire « démasquer ».

Mes déplacements, volontaires ou involontaires, me faisaient échapper à d'éventuelles sanctions des « organes ». Comme toute institution soviétique, ils étaient loin de travailler d'une manière idéale en dépit de l'image qu'ils s'efforçaient de donner. Leur fonctionnement comportait à ce point des lenteurs qu'il était possible de les berner sans mal. Leur fameux « Nous savons tout » reposait sur les dénonciations et les aveux de leurs victimes. Pendant la guerre, cette épée de Damoclès perdit beaucoup de son tranchant. J'ai rencontré des Russes qui avaient si bien réussi à duper la police politique que je passais pour un enfant de chœur à côté d'eux. Malgré tout, des informations concernant mon passé et mes opinions parvenaient de-ci, de-là aux « organes » par des voies mystérieuses, et finissaient par s'accumuler. Je ne prenais pas toujours de précautions en parlant et il y avait certainement un informateur ou un provocateur parmi mes amis. Inexorablement, mon passé me rattrapait. Il est possible que mes apparitions à Moscou à la fin de 1941, puis en 1943 et 1944, alors que je rejoignais mon régiment, y fussent pour quelque chose. J'avais revu certaines de mes connaissances de jeunesse et j'étais passé à mon ancienne école. Il me semblait que la guerre avait effacé mes fautes d'antan, et j'avais perdu toute prudence.

Vie de « hussard »

A ma sortie de l'école militaire, je décidai d'embrasser la vie insouciante de « hussard » de l'armée moderne, c'est-à-dire celle d'aviateur du rang, sans ambition de carrière. Je me mis à boire de la vodka et découvris que je pouvais plaire aux femmes. Je pris goût à une vie déréglée et eus quelques aventures risquées. Cela me donna une réputation de boute-en-train et de noceur qui me rendit vite populaire dans les échelons inférieurs de la hiérarchie.

Dans le régiment où l'on m'affecta après un court passage dans une unité d'entraînement, j'accomplis plus de dix missions de combat. Mais, dès les premiers jours, ma belle réputation connut ses premiers accrocs. Le pilote en chef, mon supérieur direct, contracta une blennorragie. Ce n'était pas la première de sa carrière, mais, si on l'avait appris, cela risquait de lui valoir d'être envoyé dans une infirmerie spéciale où l'on employait des méthodes draconiennes. Il me demanda de le tirer de là et de dire au médecin (une femme) que j'étais malade et qu'il me fallait de la sulfidine, panacée de notre régiment. Il me décrivit ses symptômes et je fis ce qu'il me demandait. L'affaire finit par s'ébruiter. Heureusement, nos supérieurs préférèrent ignorer la supercherie. Ma réputation souffrit également du mépris sincère que j'affichais pour les grades et les décorations. A cela s'ajoutait un penchant nouveau pour l'alcool. Les missions de combat donnaient droit à cent grammes de vodka. Nous y ajoutions toutes sortes de boissons fortes que nous nous procurions par des voies détournées. Mon mitrailleur excellait dans ce domaine. Pendant les années de guerre, les supérieurs faisaient semblant d'ignorer les attitudes de « hussard » des bons officiers. Ils en tenaient néanmoins compte lors de l'attribution des grades, des décorations et des promotions. Je ne cherchais rien de tout cela et n'étais pas une exception parmi les aviateurs du rang.

Ces vices ne m'auraient pas empêché de continuer à servir le plus normalement du monde et même d'être décoré s'il n'y avait eu la politique. Dans notre régiment, un autre pilote se retrouva victime de ses convictions idéologiques. Il avait à son actif une centaine de missions de combat mais on l'avait dégradé, privé de ses décorations et condamné à dix ans pour avoir critiqué Staline. Il avait expié son crime dans un bataillon disciplinaire où il avait versé son sang. On avait fini par le reverser dans son régiment d'origine. Nous nous sentions très proches l'un de l'autre et devînmes amis. De toute ma vie, je n'ai jamais rencontré d'antistalinien plus authentique. J'ignore ce qu'il est devenu.

Un dernier incident ruina définitivement ma réputation. Au cours d'une mission de combat, une bombe resta accrochée sous l'avion du chef d'escadrille. Il était parvenu à se poser et avait sauté de l'habitacle, avec son mitrailleur, en toute hâte. De retour dans l'abri, il m'ordonna de rouler son avion en dehors de l'aérodrome. J'ignorais la présence de cette bombe qui risquait à tout instant d'éclater. J'éloignai l'appareil des dépôts de bombes et de carburant et retournai rejoindre le mess. J'y fus accueilli par de grands éclats de rire. On me raconta toute l'histoire. Je cognai le chef d'escadrille au visage en le traitant de poltron. Cela me valut une punition disciplinaire et je fus privé d'une décoration que je devais recevoir. Aucun des officiers du régiment ne prit ma défense.

Livres et films chantent les louanges des amitiés de guerre. Je ne nie pas qu'un danger commun peut rapprocher les gens, mais dans de moindres proportions qu'il est commun de le prétendre. Dès le début de la guerre, j'avais été frappé par l'indifférence générale devant la mort d'autrui. Chacun était mû par d'autres sentiments, comme la peur et la volonté de survivre et de profiter un peu plus de la vie. Le danger et les difficultés renforçaient les principes habituels de conduite des masses, et l'héroïsme et l'abnégation gardaient un caractère tout à fait exceptionnel. Dans la plupart des cas, ceux qui passaient pour des héros s'étaient vu attribuer ce rôle par leurs supérieurs. Habituellement, les vrais braves mouraient, et n'étaient donc que rarement décorés. En vérité, dans cette boucherie, les principes communistes qui présidaient à la répartition des honneurs et des réputations continuaient à fonctionner.

Un lieutenant de l'état-major du régiment avec qui j'avais l'habitude de boire me confia un jour sous le sceau du secret qu'il y avait quelque chose sur moi à la Section spéciale du régiment. J'avais eu tout loisir de m'habituer à la vie de « hussard » et n'avais nulle envie de m'en voir privé pour me retrouver simple soldat dans une unité disciplinaire. Cet homme, dont l'esprit et le caractère s'apparentaient aux miens, me suggéra de soudoyer le secrétaire de la section de combat pour qu'il me fasse « détacher » dans une autre unité.

Un uniforme neuf servit de monnaie d'échange et je fus envoyé dans un régiment d'exercice. J'ignore toujours si le « quelque chose » me suivit. Je demeurai peu de temps dans cette unité. Dès que j'en eus l'occasion, je renouvelai la manœuvre pour me faire muter ailleurs sur le front. Je n'eus rien à payer. Mon mitrailleur vola deux parachutes à des pilotes de bombardier. Nous en vendîmes un pour boire et offrîmes l'autre au secrétaire de l'état-major. Dans mon nouveau régiment, je rencontrai le Spécial de mon ancienne unité. Nous échangeâmes quelques mots et l'affaire s'arrêta

251

là. Vraisemblablement, le « quelque chose » me concernant lui importait peu à partir du moment où je n'étais plus de sa compétence.

Officier de l'aviation d'attaque

Je restai dans ce régiment jusqu'à ma démobilisation. J'y fis plus de trente sorties de combat et participai à la prise de Berlin et à la libération de Prague. Mon avion fut abattu à deux reprises. Ce fut pour moi une période de contradictions. D'un côté, je m'enfonçais de plus en plus dans ma vie de « hussard ». De l'autre, mes penchants littéraires et asociaux se développaient. Je refusai par principe de faire carrière de quelque manière que ce fût et m'en remis aux circonstances. Je n'étais pas le seul. Le service dans l'aviation y prédisposait d'abondance : nos conditions de vie étaient privilégiées et, en tant que « condamnés à mort », nous bénéficiions du respect général. Mais nous savions aussi que nous pouvions être abattus d'un jour à l'autre. De mauvaises conditions d'existence favorisent, dit-on, le développement de l'indifférence à la vie et font mieux accepter la mort. J'ai pu me convaincre que ce n'est pas toujours vrai, à observer à plusieurs reprises des gens qui, en situation de détresse totale, se cramponnaient à la vie alors que d'autres, nageant dans l'aisance matérielle, affrontaient sereinement la mort. Dans l'aviation, en règle générale, nous n'avions pas peur de la mort, tant il nous était impossible de nous y soustraire. Du reste, à de rares exceptions près, nous ne faisions aucun effort pour échapper à notre sort. Les combats nous conféraient une aura exceptionnelle et nous y soustraire nous aurait valu le mépris général. Une seule fois, un aviateur fit semblant de perdre son cap pour échapper au combat. Il fut nommé aide de camp d'escadrille (il contrôlait nos vols, en quelque sorte). C'était une créature pitoyable. Il n'échappa à la cour martiale que parce qu'il était informateur des « organes ».

Ma période de service dans ce régiment fut l'un des meilleurs moments de ma vie. Les années les plus dangereuses pour l'aviation d'assaut étaient terminées et les forces soviétiques jouissaient d'une écrasante suprématie aérienne. La durée de vie moyenne d'un pilote passa de dix à quinze sorties de combat. A la fin de la guerre, elle atteignit même vingt missions. En regard des conditions de l'époque, nous avions droit à une excellente nourriture. Nous parvenions même à nous procurer des uniformes un tant soit peu élégants. Les habits de vol nous donnaient belle allure. Nous étions des « aristocrates » aux yeux des autres militaires. Nous passions nos soirées au bal. Beaucoup de jeunes filles servaient dans le régiment comme opératrices-radio ou mécaniciennes. La plupart étaient jolies et certaines avaient une formation secondaire complète. Des femmes constituaient également la presque totalité des effectifs des batteries de DCA qui assuraient la protection de notre aérodrome. Nous étions à l'âge où l'on lie des relations d'amitié très fortes et nous en avions beaucoup. On sentait venir la victoire et un sentiment d'allégresse gagnait toute l'armée. Nos supérieurs montraient une certaine magnanimité à notre égard. On se sentait plus libre d'exprimer ses idées. La période était tout aussi faste pour les décorations : les combats devenaient moins dangereux mais on décorait plus généreusement encore. Une véritable corne d'abondance d'honneurs se déversait, y compris sur ceux qui restaient à l'arrière. Je calculai alors que plus de soixante-dix pour cent des décorations allaient à des individus qui n'avaient pas affronté directement le feu.

J'aimais les missions de combat et j'étais loin d'être une exception. L'excitation nous gagnait comme à l'approche d'une fête. Nous éprouvions une jouissance sans égale à voler dans nos puissants avions de combat, à jeter des bombes et à utiliser nos canons ou nos mitrailleuses. Nous n'apercevions nos victimes que de loin. Dans nos rapports, elles n'étaient que statistiques de pertes dans les rangs ennemis et quantités de matériel détruit. Il était tout aussi agréable de voler en rase-mottes et de tirer sur des fantassins affolés. Evidemment, nous étions la cible des canons antiaériens et des Messerschmitt qui nous abattaient souvent. Nous n'aimions guère la chose, mais nous nous consolions en pensant que l'on ne meurt qu'une fois. L'aviation d'attaque garantissait une fin rapide et indolore. Touché, l'appareil, bourré de carburant, munitions et bombes, avait de fortes chances d'exploser immédiatement. De toute manière, les Allemands ne faisaient jamais prisonniers les aviateurs. Ils les liquidaient sur-le-champ.

L'Il-2, mon appareil, était une machine remarquable qui n'eut pas son pareil de toute la guerre. On me confia, une fois, la mission de photographier les résultats du bombardement d'un nœud ferroviaire. Au-dessus de mon objectif, photomitrailleuse enclenchée, je devais éviter toute manœuvre, ce qui m'interdisait de chercher à éviter les tirs de DCA. Je fus copieusement mitraillé. Des obus me touchèrent, endommageant plusieurs cylindres du moteur. Je parvins pourtant à rallier l'aérodrome le plus proche. Les ingénieurs qui examinèrent l'épave affirmèrent qu'un avion dans cet état, en théorie, ne pouvait pas voler. Je n'en étais pas moins parvenu à rentrer.

Nature de la société

L'existence, cependant, n'avait pas que de bons côtés. Le pays s'était remis du choc des défaites et avait retrouvé confiance. Pendant la période de désarroi consécutive à l'attaque allemande, le poids politique des choses était passé au second plan. Maintenant, il faisait un retour en force. Ainsi, les décorations furent distribuées en fonction des grades et de critères sociaux et idéologiques et non plus selon les mérites réels. Ce fut à nouveau le triomphe des carriéristes, des

254

lèche-bottes et des conformistes. Jusqu'au grotesque, la fiction recommença à supplanter le réel. Nos comptes rendus de missions n'eussent-ils été qu'à moitié vrais, les Allemands n'auraient rapidement plus eu un seul soldat, char ou avion.

J'eus le tort de le dire à haute et intelligible voix. Cela parvint aux oreilles de l'instructeur politique. J'eus donc une conversation fort désagréable avec lui. Ma candidature à la fonction de pilote en chef fut refusée. L'on nomma à ma place un pilote inexpérimenté qui bien que nouveau venu dans notre régiment avait déjà réussi à prendre des responsabilités dans le Komsomol et se faire coopter candidat au parti *. Les cas où les « planqués » obtenaient la préférence redevenaient fréquents. Ainsi, lors d'une sortie qui ne présentait aucun danger, mon mitrailleur habituel fut remplacé par un commandant de la section politique de la division. Pour obtenir une décoration importante, il devait justifier de missions de combat. On me l'avait confié parce que j'avais la réputation du pilote le plus souple de l'escadrille. Notre mission était une véritable promenade : bombarder une paisible localité peu défendue. Je décidai de donner une leçon à mon passager. Il avait bu un verre de vodka avant le départ et ma façon de piloter lui donna des nausées. Il souilla non seulement l'intérieur de la cabine de tir, mais aussi le fuselage. De retour à l'aérodrome, il sortit de l'appareil dans un état semi-comateux. Je ne l'en forçai pas moins, sous la menace de mon pistolet, à nettoyer tout ce qu'il avait sali. L'incartade me valut deux jours d'arrêt. Quant à lui, il reçut l'ordre du Drapeau rouge pour avoir pris part au combat et « fait la preuve de son courage en cette occasion ».

Le système d'attribution des récompenses était d'ailleurs parfaitement arbitraire. Notre armée fut inspectée par une commission importante venue de Moscou.

* Tout postulant au parti devait être recommandé par deux ou trois communistes et faire ses preuves pendant deux ans, comme « candidat », avant de devenir membre à part entière.

J'étais de service ce jour-là. Sachant d'expérience ce qui attire le regard des officiers généraux, je mobilisai les hommes de mon régiment qui n'étaient pas de service et leur fis nettoyer le cantonnement. Je devinai juste. La commission s'indigna du désordre qui régnait dans les autres régiments, des mégots partout et des lits mal faits. La propreté de nos quartiers fit forte impression : des médailles récompensèrent une cohorte d'officiers supérieurs et l'on m'offrit une arme honorifique, un pistolet allemand Walter.

Ma nature

Je semblais avoir échappé à mon passé mais je n'avais pas échappé à ma nature. Elle faisait des siennes en permanence au grand jour. Un jour, l'on attrapa un lièvre sur l'aérodrome. Des décorations allemandes traînaient par terre et quelqu'un suggéra d'accrocher au cou de l'animal une Croix de fer. Je proposai, moi, de le décorer de l'ordre soviétique de la « Bravoure » qui se trouvait, Dieu sait pourquoi, au milieu des insignes allemands. Ce qu'on fit. Des aviateurs du régiment voisin tuèrent l'animal et rapportèrent l'histoire de la médaille au Spécial de la division. On ouvrit une enquête. Quelqu'un me moucharda. Pourtant, si l'idée était bien de moi, je n'avais pas moi-même accroché la décoration. Le coupable ne fut pas identifié, mais je fus fortement soupçonné. J'acquis la réputation d'un homme politiquement peu sûr avec de fortes tendances anarchistes. Cela ajouta à mes anciens péchés.

Il était malgré tout de notoriété publique que j'étais le meilleur à l'instruction politique et que je connaissais les classiques du marxisme mieux que l'instructeur lui-même, au point que celui-ci faisait régulièrement appel à moi pour citer le *Court Précis d'histoire du parti*. Lorsque, au lendemain de beuveries, j'oubliais le texte exact, je me lançais dans des improvisations impossibles à distinguer des élucubrations de Staline. Un jour, l'instructeur me demanda pourquoi je me conduisais si mal alors que je connaissais le marxisme si bien. Je répondis que c'était justement pour cela. Il me rétorqua que j'étais dangereux et qu'on devrait me surveiller sérieusement. Visiblement, il s'assigna cette tâche mais ne put la mener à bien. Un régiment de chasse demeura quelque temps dans notre cantonnement. Ses pilotes s'avérèrent encore plus dévoyés et anarchistes que moi. Ils se présentaient au bal du soir complètement ivres et adoraient les esclandres. Une nuit, notre instructeur politique donna l'ordre à l'un de ces ivrognes de sortir et d'aller se coucher. Le pilote sortit son pistolet et l'abattit. Notre victorieuse armée commençait à donner des signes de décomposition morale et psychologique.

Pourquoi me gardait-on ? Sans doute parce que je n'étais ni le seul en mon genre, ni le pire. Certains « spécimens » me battaient de cent coudées. De plus, je remplissais consciencieusement mes obligations de « condamné à mort » et m'efforçais de ne déranger personne. Certains prenaient ma conduite pour de l'enfantillage. Personne ne pouvait deviner que je portais en moi *Les Hauteurs béantes*, ce que j'ignorais d'ailleurs moi-même.

Je composais alors beaucoup de poésie. Je songeais aussi à une nouvelle ou un roman. Ils restèrent à l'état d'ébauches qui disparurent de manière plutôt comique. Lors d'un transfert d'aérodrome, j'avais chargé mes effets personnels dans la soute à bombes de mon avion. Nous étions à peine arrivés qu'on suspendait déjà de grosses bombes sous nos fuselages pour partir en mission. Nous effectuâmes un bombardement de routine. Par radio, on nous donna l'ordre de « doubler l'opération à l'aide du mécanisme de sécurité ». Le largage des bombes s'effectuait toujours à l'aide d'un dispositif électrique. Il arrivait pourtant qu'elles restent coincées dans la trappe. Elles risquaient alors de tomber à l'atterrissage et de faire sauter l'avion. Pour éviter ce genre d'accident, il nous arrivait d'ouvrir la trappe à tout hasard à l'aide du dispositif de sécurité. Cette fois-là, on nous en donna l'ordre par radio. Je m'exécutai : toutes mes affaires personnelles, y compris bottes, capote et manuscrits, prirent la direction de l'objectif ennemi. La capote et les bottes m'étaient des objets précieux que je regrettai beaucoup. Quant aux manuscrits, je n'y pensai même pas. De toute façon, il était assez dangereux de les conserver. Lorsque nous étions en mission, officiers et soldats de service fouillaient nos effets personnels sur ordre de la Section spéciale et j'étais obligé de cacher tout ce qui présentait un caractère délictueux.

L'Allemagne

L'Allemagne nous éblouit par sa fantastique richesse. Des millions de Soviétiques purent constater que le niveau de vie qui correspondait à leur conception de l'abondance en régime communiste existait déjà en Allemagne. Ils s'empressèrent d'étendre ce constat à l'ensemble des pays capitalistes. L'image qu'en donnaient jusque-là la propagande et l'idéologie soviétiques s'évapora comme une bulle de savon. Le marxisme et sa représentation édénique de la future société d'abondance devinrent matière à raillerie. La misère russe parut encore plus à nu. Les Soviétiques ne pensèrent à aucun moment ni à l'origine de l'abondance ni à son coût. Ils ne virent que le phénomène lui-même sous forme de maisons, routes, vêtements, meubles, vaisselle, etc., toutes choses qui constituent aujourd'hui encore à leurs yeux les indices de la richesse dont ils rêvent. Le spectacle qu'ils contemplaient avait sur eux une influence bien plus grande que tout ce que pouvait prétendre la propagande sur l'exploitation et le bagne capitalistes. Les Soviétiques continuent de plus belle, aujourd'hui, de se représenter l'Occident comme une société d'abondance matérielle. Ils en ignorent toujours le prix réel. Prix que, du reste, ils ne sont pas disposés à payer.

Les millions de Soviétiques qui pénétrèrent en Allemagne étaient des vainqueurs. La population fuyait devant l'Armée Rouge en abandonnant tout derrière elle et cela renforçait l'impression de richesse. On assista au pillage systématique de ce qui avait été abandonné et parfois même de ce qui ne l'était pas.

Notre régiment participait également à la curée générale sur les « biens de ce monde ». Des équipes furent constituées, dotées de véhicules, pour « collecter » des trophées qui étaient ensuite partagés selon les grades. Je refusai catégoriquement de participer tant à la collecte qu'à la distribution. Je me jurai de ne jamais m'abaisser à ramasser quoi que ce fût, même des diamants. Je m'enorgueillis encore de n'avoir jamais rien pris dans une maison abandonnée, fût-ce une brosse à dents. Les autres officiers manifestèrent leur mécontentement : à mes côtés, ils se sentaient des pillards. Le nouvel instructeur politique du régiment finit par avoir avec moi une longue conversation pour me convaincre que les trophées constituaient une indemnité de guerre qui ne compenserait jamais le préjudice subi par notre pays. Je ne contestai pas son opinion mais conservai la mienne : les autres étaient libres de prendre les biens abandonnés, mais c'était pour moi une question de principe de ne pas le faire.

La grande majorité des soldats ne reçut que des trophées insignifiants. En réalité, le pillage de l'Allemagne ne fut l'affaire que d'une minorité. Notre régiment comportait quelques-uns de ces « rafleurs » que nous méprisions. Mais les véritables pillards se trouvaient parmi le personnel du service d'intendance, les équipes spécialement constituées pour la collecte des prises de guerre et les officiers supérieurs et généraux. Bon nombre se livraient à cette activité avec un remarquable sens pratique, une réelle habileté et une bonne connaissance des affaires. D'énormes richesses quittèrent l'Allemagne par leurs soins. L'officier qui avait simulé une perte d'orientation au cours d'une mission et était devenu aide de camp d'escadrille, demanda à être démobilisé dès la fin de la guerre et quitta l'armée avec douze valises pleines à craquer. J'ignore s'il parvint à regagner ses foyers avec la totalité de ses bagages. Il emportait des objets à première vue absurdes, comme du papier carbone ou des aiguilles à coudre, mais qui étaient très difficiles à trouver en Russie et coûtaient très cher. L'un de nos généraux, blessé aux jambes par une mine oubliée, repartit pour l'URSS avec deux wagons entiers chargés de pianos de concert, de motos, de miroirs, de porcelaine, de couverts en or et en argent, de tableaux, de rouleaux de tissu et de caisses de vin. Plus tard, je fis la connaissance d'un ancien officier de l'une des équipes de collecte. Pour tout bagage, il n'avait pris qu'un petit sac... rempli de bijoux. Le destin lui avait joué un mauvais tour : excellent pilote de chasse, il avait abattu plusieurs appareils ennemis et reçu maintes décorations. Blessé au cours d'un combat, il se retrouva à l'hôpital. A sa sortie, on ne l'autorisa à voler que sur des appareils légers. On le nomma aviateur de liaison auprès de l'état-major du corps d'armée. Un jour qu'il était chargé d'accompagner un général politique, il perdit sa route et se posa en territoire ennemi. Il faut dire qu'il était ivre. Le général descendit de l'avion et aperçut des Allemands qui accouraient. Le pilote les vit aussi et, sans attendre son passager, mit les gaz pour décoller. Le général parvint à s'accrocher au gouvernail de profondeur avec une telle force que le revêtement en fut endommagé. Ce fut ainsi, par bonds de quelques mètres, que l'avion franchit la ligne de front, le haut gradé toujours cramponné à sa queue. Il arriva vivant, ce qui permit au pilote d'affirmer qu'il lui avait sauvé la vie. Malgré cette défense, il fut rayé des cadres. Coup de chance : des amis l'aidèrent à trouver une place dans une équipe de collecte de trophées.

L'Allemagne nous fit la plus heureuse impression également par le nombre de femmes prêtes à nous accorder leurs faveurs, des fillettes d'une douzaine d'années aussi bien que de vieilles femmes. On prétend aujourd'hui que l'armée soviétique s'est rendue coupable d'un nombre considérable de viols en Allemagne. D'après ce que j'ai pu voir de mes propres yeux, l'affirmation est absurde. Lorsque nous entrâmes en Allemagne, les Allemandes avaient déjà été presque toutes violées, si tant est qu'elles aient réellement résisté. Pour la plupart, elles avaient des maladies vénériennes. Dans notre armée, le viol était sanctionné de la cour martiale. Ceux qui attrapaient des maladies etaient envoyés à l'arrière où on leur faisait subir un traitement forcé. J'ai vu un train rempli de ces malades. Les wagons des syphilitiques étaient verrouillés de l'extérieur et les ouvertures fermées de fil de fer barbelé. Dans un village où nous devions loger chez l'habitant, le maître de maison vint personnellement mettre à notre disposition sa fille et sa petite-fille. Il tenait à la main une feuille où avaient déjà signé ceux qui avaient bénéficié de son « hospitalité ». Les Allemands se sentaient complices de Hitler et coupables des crimes perpétrés par leur armée en Union soviétique, et s'attendaient au même comportement de la part des Soviétiques. Leur complaisance, sans bornes, commençait par le corps de leurs femmes. Et nos soldats ne laissèrent pas échapper les occasions, à tel point que le nombre de ceux qui furent contaminés est impossible à établir.

Mon service en territoire allemand commença par un épisode tragi-comique. Comme je comprenais un peu l'allemand, les officiers qui désiraient avoir un commerce galant avec des Allemandes sollicitaient mes services d'interprète, à commencer par le commandant de la section politique de la division. Je lui fis rencontrer une très belle femme qui avait déjà gratifié de blennorragie plusieurs garçons. Lorsque les premiers signes de la maladie apparurent, le commandant alla se plaindre de moi à la Section spéciale, ce qui ébruita l'affaire. Le régiment se tordit de rire parce que « Zinoviev avait décoré le commandant K. d'une blenno ».

Autre curieux épisode : on arrêta, sur le parc de stationnement de notre régiment, un jeune Allemand qui crevait avec un poinçon les pneus des voitures et des motos. Quelques années plus tard, je racontai cette anecdote à quelques étudiants de troisième cycle qui venaient d'Allemagne de l'Est. L'un d'entre eux rougit et se mit en devoir d'expliquer qu'il n'avait rien à voir avec cette histoire. Ses fortes dénégations me firent soupçonner le contraire : il était justement natif de la même région et les âges semblaient correspondre. Membre du Parti communiste, il a fait une carrière fort honorable.

Derniers combats

La guerre se poursuivait sur le territoire allemand et l'ennemi redoublait d'acharnement. L'une de nos sorties de combat nous valut de perdre quatre appareils. Le mien fut sérieusement touché : plus de trente impacts.

Aux abords de Berlin, nous affrontâmes pour la première fois les Messerschmitt-262 à réaction. Nous les admirions mais ils ne nous faisaient pas peur. La guerre se terminait et ces merveilleux appareils n'étaient pas en mesure d'en modifier l'issue. En 1982, je reçus à Munich un coup de téléphone d'un certain docteur Mutke. Un général suisse qui avait lu mes livres et m'avait invité à faire des conférences lui avait parlé de moi. Au cours de la conversation, j'appris qu'il avait piloté des Me-262 dans la zone où je me trouvais à la fin de la guerre.

Après Berlin, notre régiment fut transféré en Tchécoslovaquie où nous célébrâmes la capitulation de l'Allemagne. Dans notre joie, nous nous précipitâmes à l'aérodrome pour tirer toutes nos munitions. Mais la guerre n'était pas encore tout à fait finie pour nous : les combats se prolongèrent encore quelques jours et nos derniers vols ne furent pas les moins dangereux. L'un des nôtres fut touché et dut se poser dans l'une des dernières poches de résistance. L'ennemi mit le feu à l'avion : le pilote et son mitrailleur furent brûlés vifs. Lors de l'une des dernières missions, mon gouvernail de profondeur fut endommagé et finit par se détacher complètement lors de l'atterrissage. Un simple changement de direction en cours de vol m'aurait précipité vers une mort certaine.

Premières journées de paix

La guerre était finie, mais nous n'en ressentions aucune allégresse, ni moi, ni la majorité des pilotes. Le rôle de « condamné à mort » me convenait parfaitement. En raison de la considération qu'il nous conférait, les autorités fermaient les yeux sur beaucoup de choses, qui n'étaient pas pardonnées aux « rampants ». Tous nos privilèges s'évanouirent rapidement. De dieux ailés, nous redevenions des vers de terre.

La rupture fut immédiate. L'un de nos meilleurs pilotes fut mis aux arrêts de rigueur et cité devant un tribunal d'honneur pour n'avoir pas salué un supérieur. Cette procédure ne fut engagée que pour l'exemple : l'armée se désagrégeait à vue d'œil. L'aviateur finit par se suicider. Le drame me fit comprendre qu'en temps de paix, il n'y avait pas de place pour moi dans l'armée. Je pris la décision de me faire démobiliser dès que possible.

Lors d'un banquet, au Kremlin, à l'occasion de la victoire, Staline porta un toast au peuple russe. Il songeait aux Russes en tant qu'ethnie. Cela m'inspira un poème. En 1975, je parviens à le reconstituer et l'inclus dans *L'Avenir radieux*. En 1945, pourtant, j'avais dû en renier la paternité lorsque la Section spéciale s'était mise à la recherche de son auteur.

Ma première année de l'après-guerre ne fut qu'une suite de beuveries. Mon régiment fut d'abord cantonné à Székesfehérvár, en Hongrie. Je louais une chambre que je partageais avec un autre aviateur. Nous avions échangé plusieurs miches de pain contre un tonneau de vin. Nous nous soûlions à un point tel qu'il m'est encore aujourd'hui impossible de m'en souvenir sans horreur. Nous avions viré au violet et marchions comme des somnambules. Résultat : mon compagnon de bouteille eut un accident d'avion. Quant à moi, au cours d'un exercice de bombardement, je larguai une bombe à proximité de la tour d'observation. Dans un moment de lucidité, nous décidâmes de « couper avec tout ça » et vidâmes par terre le reste du tonneau. La journée n'était pas terminée que nous vendions nos pantalons pour acheter une bouteille de vodka...

Quelque temps plus tard, à Wiener Neustadt, en Autriche, j'entrai dans un Gasthaus en compagnie de ce même camarade. Nous avions décidé de boire « modérément », c'est-à-dire pas plus d'un litre chacun. Il y avait une vingtaine de consommateurs, tous autrichiens. Il nous suffit d'un verre ou deux pour parier que nous étions capables de boire à deux plus qu'eux tous réunis. Nous gagnâmes notre pari. Incapables de regagner notre aérodrome, nous reprîmes nos esprits au bureau de la place. Le commandant aimait bien les aviateurs et il allait nous laisser partir lorsque nous nous vantâmes d'avoir battu les Autrichiens. Ce fut une erreur : il ne nous crut pas et affirma qu'il pouvait boire plus de schnaps et de bière que nous deux. Nous nous retrouvâmes tous les trois à l'hôpital. Heureusement, le commandant avait des relations et notre soûlerie fut mise sur le compte d'une provocation ennemie. La rumeur prétendit qu'on avait tenté de nous empoisonner.

La « maladie de la sociologie » dont j'avais souffert dans ma jeunesse, s'était atténuée sans complètement disparaître pendant les années de guerre. Elle se réveillait de temps à autre au sujet de décorations, de titres, d'avancement et même de répartition de femmes. A ces occasions, je me reprenais à voir les lois générales du communisme fonctionner avec un cynisme que rien ne masquait. Je ne connais pas un seul exemple de combattant ayant dépassé le grade de colonel grâce à son mérite ou à ses aptitudes militaires. Les lois qui régissaient les carrières n'étaient pas professionnelles, mais sociales. Vassili Staline était rapidement devenu général alors qu'il était un stratège insignifiant. De toute la Seconde Guerre mondiale, il n'y eut pas d'envol de carrière, comme ceux qui s'étaient produits pendant la guerre civile lorsque des sous-officiers et des officiers subalternes s'étaient élevés de manière fulgurante jusqu'aux plus hautes fonctions. Il s'agissait alors d'une guerre révolutionnaire, tandis que le conflit contre l'Allemagne était conduit selon les codes d'un communisme bien en place.

Il y a, grossièrement, trois échelons principaux dans la hiérarchie militaire. Au sein de chaque échelon (inférieur, intermédiaire et supérieur), les carrières se déroulèrent un peu plus rapidement. Les lieutenants devinrent capitaines plus vite, les commandants, colonels et les majors généraux, généraux d'armée et maréchaux. Cela était essentiellement dû aux pertes, au gonflement fantastique de l'armée et à une inflation des grades supérieurs au sein de chaque échelon. Mais le passage entre échelons ne subit, lui, aucune modification de rythme. Dans l'immense majorité des cas, dois-je le rappeler, ce passage se faisait selon des rapports sociaux qui n'avaient rien à voir avec l'héroïsme et le talent. Je me disais, en me penchant sur ce problème, que si la guerre elle-même n'avait pas ébranlé l'immutabilité dans l'échelle des services, il n'y avait aucune raison pour que la paix y parvienne. Le temps des Napoléon était révolu.

A propos de la guerre

Au cours de nombreuses discussions sur la Seconde Guerre mondiale avec des Occidentaux de toutes origines, j'ai été surpris de constater à quel point ils la connaissent mal et la dénaturent. Je ne veux pas généraliser à tous les témoignages ou documents. Certains historiens ont des connaissances indéniables en la matière et il existe des ouvrages assez objectifs. Je parle ici de l'image générale de la guerre, telle que j'ai pu l'observer. L'opinion occidentale ignore la nature sociale de la guerre, défigure le rôle des pays occidentaux, sous-estime celui de l'Union soviétique et surévalue l'intellect des hommes politiques occidentaux et la contribution de l'Occident à l'écrasement de l'Allemagne. D'un point de vue méthodologique, l'intelligibilité occidentale concernant l'URSS se caractérise par la tendance à vouloir découvrir des secrets sensationnels qui fourniraient en un tour de main une explication globale à toutes les questions. La rigidité des jugements, leur caractère superficiel, l'empirisme rampant et tous ces raisonnements que nous qualifiions dans ma jeunesse de pensée « métaphysique », voilà comment les Occidentaux analysent les événements majeurs du monde contemporain.

Je n'entends pas étudier ici la guerre en tant que telle. Je ne l'envisage que dans la mesure où elle a constitué un facteur essentiel dans mon expérience propre et ma compréhension de la société soviétique. C'est de ce seul point de vue que j'aborderai ici les leçons que j'ai tirées de cette époque.

L'expression « guerre mondiale » n'est pas une notion scientifique. Elle signifie seulement que les pays qui jouaient un rôle décisif dans l'histoire du monde ont été entraînés dans le conflit. Cela ne permet pas de déterminer le type social de la guerre. Il faut d'abord caractériser le type et les buts des belligérants. A cet égard, il y a une différence fondamentale entre la Première et la Seconde Guerre mondiale. La Première ne concernait que des pays qui étaient socialement semblables, et visait à un partage du monde. Lénine a donné une description devenue classique des guerres de ce type. Je n'y reviendrai pas. En ce qui concerne la Seconde, on passe habituellement sous silence son caractère social. La conception soviétique apporte une touche de variété en l'envisageant comme une guerre « patriotique » pour l'URSS. Mais ce mot ne caractérise en rien son aspect social.

La Seconde Guerre mondiale était socialement hétérogène. Elle rassemblait deux types de conflits : une guerre impérialiste au sens léniniste et une guerre sociale entre deux systèmes de société, le communisme et le capitalisme. La guerre de l'Allemagne hitlérienne contre l'Union soviétique n'était qu'une tentative des pays occidentaux pour écraser la société communiste en Union soviétique. De plus, les partenaires n'étaient pas également responsables du conflit. L'initiative en revenait à l'Occident pour la simple raison que l'Union soviétique n'avait pas eu le temps de s'y préparer.

La guerre sociale a montré que le régime communiste était capable d'affronter les pires difficultés et catastrophes et de les traverser intact. A plusieurs reprises dans son histoire, il a démontré qu'il était le système social le plus approprié à la sauvegarde du pays lorsqu'il s'agissait d'affronter et de surmonter des difficultés considérables. Mais ces années-là ont également mis en évidence que ce régime social était incapable de concurrencer économiquement le capitalisme et de dépasser le niveau de vie occidental. Ce fait incontestable ne remet pas en cause la capacité phénoménale des pays communistes à survivre dans des conditions impensables pour l'Occident. Ce dernier doit en effet tenir compte de la dure réalité objective.

On peut embrouiller la compréhension des gens par des flots de rhétorique qui masquent cette réalité, mais les mots n'en restent pas moins incapables de faire évoluer l'histoire.

Les pays occidentaux ont aidé l'URSS à écraser l'Allemagne hitlérienne. Ils ne l'ont certes pas fait par amour du communisme. Seules les circonstances les ont contraints à devenir les alliés de l'URSS. La guerre capitaliste s'est transformée en guerre sociale dont le communisme est sorti vainqueur, ce qui lui a permis de prendre l'initiative dans le domaine historique. Le capitalisme s'est retrouvé en position de défense. Il ne faut pas voir dans la Seconde Guerre mondiale d'autres « secrets » bien enfouis. Les « nouvelles » analyses que l'on peut en donner concernent son déroulement ou des événements secondaires. Elles n'en modifient pas l'essence. Ou ce ne sont que des formes nouvelles de falsification de l'histoire.

Pourquoi nous sommes-nous battus?

Au début de la guerre, plusieurs millions de Soviétiques ont été faits prisonniers par les Allemands. Nombre d'Occidentaux voient là un indice de l'hostilité de la population envers le régime soviétique. L'analyse manque de sérieux. Lorsque des unités entières et même des armées se rendaient, elles n'étaient pas poussées par la haine du communisme mais par une situation militaire désespérée, un commandement incapable et autres facteurs qui n'ont rien à voir avec les sentiments que les gens pouvaient nourrir envers le régime. A Stalingrad, l'armée de von Paulus capitula. Cela ne signifiait nullement que ces Allemands s'étaient mis subitement à détester le national-socialisme. Quand une unité capitule, on ne demande pas l'avis de chaque soldat. Beaucoup de Soviétiques ont collaboré avec l'ennemi, c'est un fait. Mais sont-ils si nombreux à l'avoir fait par haine du régime?

L'égoïsme, la volonté de survivre ou la peur ont poussé une majorité d'entre eux. L'URSS ne compte pas moins de froussards, de misérables, de conformistes et d'hypocrites que l'Occident. C'est trop idéaliser les masses soviétiques que de leur attribuer une conduite qui ne s'expliquerait que par la haine du communisme. On pouvait ne pas aimer le régime et se battre courageusement pour le défendre. On pouvait l'aimer tout en étant poltron et traître. Le général Vlassov * trahit parce qu'il n'avait pas eu de chance. Si son destin militaire avait été différent, il serait devenu l'un des meilleurs larbins de Staline.

En URSS, on affirme que les Soviétiques ont remporté la victoire grâce à leur sentiment patriotique. Il y eut certes un grand nombre de patriotes dans la population, mais je considère absurde cette manière de concevoir la conduite des gens pendant la guerre. Les Allemands menaient une guerre de conquête, mais ils combattaient bien mieux que les Soviétiques. L'important n'est pas que ces derniers aient eu à affronter des difficultés inouïes, subi de lourdes pertes et fait preuve d'un phénoménal héroïsme. L'important est qu'ils ne pouvaient pas y échapper. Tous ceux qui ont pu se soustraire à ces difficultés dantesques, au danger comme à l'héroïsme l'ont fait sans hésiter dans la plupart des cas. La guerre a révélé l'existence dans le pays de millions de débrouillards capables de s'adapter aux nouvelles conditions et d'en tirer le plus grand profit. Elle a mis en relief une aptitude stupéfiante à survivre dans des conditions désespérées. La victoire soviétique a été celle d'un régime social et seulement en second lieu celle du patriotisme, de l'héroïsme et autres qualités humaines.

Il est également faux de dire que les Soviétiques ont combattu pour la patrie et non pour le communisme.

* Andreï Andreïevitch Vlassov (1900-1946), général de l'Armée Rouge qui, fait prisonnier par les Allemands, passa à leur service (1942) et leva une armée contre les Soviétiques. Capturé en 1945, il fut remis à l'URSS et pendu.

Qu'ils l'aient voulu ou non, quand ils se battaient pour eux-mêmes ou pour leur pays, ils se battaient aussi pour le nouveau régime social. La Russie et le communisme n'existaient pas côte à côte, mais formaient un tout. L'écrasement de l'une aurait signifié la fin de l'autre, tout comme la victoire de la Russie a signifié la victoire du communisme.

Mon attitude critique envers la société soviétique se renforça pendant la guerre, mais je continuai à remplir consciencieusement mes devoirs de soldat et de citoyen. Je n'effectuais pas mes sorties de combat par amour de la patrie, de Staline ou du communisme, mais tout simplement parce que ma situation dans la société de l'époque m'y obligeait. Je désirais la victoire de mon pays et la défaite de l'Allemagne, sans que cela ne signifiât le moins du monde que je défendais le communisme face au nazisme. Si j'étais resté en Russie, et s'il m'avait fallu me battre contre les démocraties occidentales, j'aurais tout aussi consciencieusement fait mon devoir de citoyen et défendu l'URSS. Mais en aucun cas, on n'aurait pu en conclure que j'étais un apologiste du communisme.

J'ai plus d'une fois entendu dire que Hitler avait commis une erreur fondamentale avec les Soviétiques : en supprimant les kolkhozes, il aurait pu obtenir le soutien de la population soviétique. Je pense quant à moi que Hitler était plus subtil que ceux qui professent cette opinion. Il ne comprenait pas mieux la société soviétique que ces beaux esprits, mais il savait au moins que les masses soviétiques ne seraient de toute façon pas passées de son côté. Il ne faut pas oublier que même en rassemblant des soldats soviétiques ralliés aux Allemands par haine du communisme, il fut impossible de constituer une seule armée capable de se battre contre l'Union soviétique. L'armée de Vlassov s'avéra inutilisable, sinon en Occident. De même, on pourrait à l'heure actuelle proposer aux Soviétiques tous les biens d'une démocratie occidentale, ils ne renverseraient pas le régime communiste, même s'ils le détestent. On ne change pas de régime social comme on jette de vieux vêtements. Il s'agit de la structure même du corps social. Ce n'est pas une question d'états d'âme.

Force et faiblesse

Il est convenu de dire que nos faiblesses ne font que prolonger nos qualités, mais le contraire est également vrai. La guerre a démontré que la force et la faiblesse de l'Union soviétique avaient une seule et même origine : son système social.

Il est convenu d'imputer à Staline et aux autres dirigeants du pays les défaites du début des hostilités. Pourtant, déjà avant la guerre, dans des domaines aussi importants que les affaires ou la préparation militaire, on pouvait constater la faible efficacité du système de pouvoir et d'administration qui enserrait la société tout entière. Pourtant, ce système venait de démontrer qu'il était capable en un temps relativement court de hisser un pays en ruine à un niveau supérieur de développement. Mais il a plafonné rapidement et l'on a vu apparaître stagnation, hypertrophie bureaucratique, fraude et autres caractéristiques du communisme réel, dont on commence tout juste aujourd'hui à parler en Union soviétique. On ne les présente du reste que comme des conséquences des erreurs commises par les directions antérieures et qu'il s'agit à présent d'éliminer. Tout à leur « nouvelle pensée », les dirigeants ne se sont pas risqués à remonter jusqu'aux lois objectives de la société soviétique pour trouver la cause principale de tous ces « défauts » flagrants.

Les défaites des premiers mois de guerre obligèrent la direction soviétique à utiliser les avantages offerts par le régime pour mobiliser l'ensemble des forces et des ressources du pays et les utiliser de manière centralisée. Il ne faut pourtant pas croire que les caractères négatifs du régime ne se sont manifestés qu'au début de la guerre et les caractères positifs après. Ils ont toujours coexisté, mais ils pouvaient être déterminants à tour de rôle, selon les circonstances.

Pour analyser les possibilités et les capacités du régime communiste, il faut être dialecticien au juste sens du terme, faire preuve de souplesse de raisonnement et ne pas sombrer dans l'étroitesse de vues. Mon expérience personnelle m'a donné l'occasion de m'en convaincre. Ainsi, l'armée subit une grande « purge » dans les années qui précédèrent la guerre. Des chefs militaires de grades élevés furent arrêtés en masse, ce qui eut des conséquences catastrophiques sur le commandement de l'armée et contribua aux défaites initiales. Mais il n'y a pas de mal sans bien : ces répressions permirent le renouvellement des cadres aux échelons inférieur et intermédiaire de l'armée. Des gens qui avaient une bonne éducation secondaire, et parfois même supérieure, prirent la relève de chefs militaires peu instruits. Ce facteur eut une importance considérable dans le cours du conflit. Bismarck prétendait que la victoire de Sadowa avait été remportée par l'instituteur allemand. On pourrait dire, en conservant la même métaphore, que la Seconde Guerre mondiale a été remportée par des hommes qui avaient derrière eux dix années de scolarité dans l'école soviétique des années trente.

Dès le début de la guerre, on entreprit de former des milliers d'aviateurs. Ce fut un processus lent parce que les principes généraux d'organisation empêchaient d'aller plus vite. Néanmoins, la lenteur s'avéra positive : à la fin de la guerre, le pays disposait d'une réserve énorme d'aviateurs. Même chose des avions : l'URSS disposa, après 1945, d'une aviation surpuissante.

La guerre dura quatre ans et pourtant aucun de ces jeunes gens instruits et doués n'atteignit de poste véritablement important. Le haut commandement resta aux mains des « promus » de Staline qui étaient devenus généraux avant la guerre. Cette faiblesse incontestable de l'Armée Rouge était également l'une de ses forces. La guerre était avant tout une bataille sociale. Elle ne consistait pas seulement à résoudre le problème technique de tuer les soldats ennemis, il fallait également maintenir l'armée sous contrôle. Que le commandement stalinien l'ait compris ou non, il agissait en conformité avec l'époque et les possibilités qui s'offraient à lui.

Les défaites des débuts obligèrent à évacuer vers l'intérieur du pays les entreprises les plus importantes et à en créer de nouvelles. Les méthodes volontaristes de Staline eurent un rôle d'autant plus positif qu'elles accélérèrent la mise sur pied d'une industrie de guerre et rationalisèrent son fonctionnement, ce qui permit d'éliminer la routine bureaucratique. Simultanément, le volontarisme entrava les bons côtés de l'administration bureaucratique de l'Etat.

Ma position d'homme plongé dans les profondeurs de la société soviétique me fit tirer la conclusion de tout cela : il me fallait me remettre à l'étude si je voulais comprendre la nature, les mécanismes internes et les lois objectives du cours grandiose de la vie.

Savoir et comprendre

Il est impossible de suivre en détail la formation du caractère d'un homme et de sa conception du monde. Il peut arriver que des événements ou des manifestations sérieux n'aient aucune influence, alors que de toutes petites choses déclencheront une véritable révolution dans sa conscience. Avant la guerre, lorsque je travaillais au service de renseignement du corps d'armée, j'avais eu l'occasion d'examiner des cartes et des croquis qui représentaient le stationnement de nos troupes. Ils avaient été établis par les services allemands et nous avions réussi à nous les procurer, à notre tour. Ils étaient meilleurs que les nôtres, ce qui donnait aux officiers du service l'occasion de railler la minutie allemande. Un fait particulier me frappa : l'un d'eux reproduisait le stationnement de mon régiment et indiquait l'emplacement précis des latrines. Peu de temps après, on combla ces fosses d'aisance, saturées, et on en construisit de nouvelles. Je vis arriver dans les jours suivants un schéma allemand qui rectifiait l'emplacement des latrines. En écoutant les conversations des officiers du service, j'appris que l'ennemi connaissait la situation dans l'armée et le pays tout entier mieux que nos dirigeants eux-mêmes. Il s'était livré à une étude minutieuse de notre pays, fourmillant de détails de ce genre. Et pourtant, il n'avait rigoureusement rien compris à la nature du régime soviétique, et commit les pires erreurs sur l'évaluation du potentiel vital et militaire du pays. Cela nous parut évident dès la fin de l'année 1941.

Au cours de ces conversations, il m'arrivait d'entendre dire, à propos des Allemands, que « les arbres leur cachaient la forêt ». Un officier, qui avait bien ri à l'histoire des latrines, nous raconta celle d'une encyclopédie allemande : le texte avait été passé au peigne fin, mais personne n'avait remarqué que le mot écrit sur la couverture était « Encyclopadie ». J'ignore si l'histoire est véridique, mais elle mérite de l'être.

Aujourd'hui, les spécialistes occidentaux de l'URSS refont la même erreur. Ils sont très bien informés de ce qui se passe dans le pays, mais incapables de comprendre les mécanismes en cours. J'ai participé, il y a quelques années, à une conférence à huis clos consacrée aux problèmes de la doctrine stratégique soviétique. L'un des grands spécialistes de l'armée soviétique dont l'intervention précédait la mienne citait une multitude de faits et donnait même les noms des commandants de division et des généraux d'état-major. Dans mon exposé, j'évoquai l'histoire de la carte allemande et des latrines et précisai qu'en URSS, les professeurs d'Université étaient loin de connaître tous les noms des membres du Bureau politique et que ceux des commandants d'unités n'apportaient rien à l'analyse du potentiel militaire d'un pays et de sa doctrine stratégique. J'eus l'impression de prêcher dans le désert. Les lois qui président à l'ignorance de masse ne sont pas moins puissantes à l'Ouest qu'à l'Est.

L'officier de renseignement de notre corps d'armée dont j'ai déjà parlé était un homme intelligent, un peu plus âgé que moi. A la veille de la guerre, il affirmait que nous parviendrions à écraser les Allemands parce que ces derniers voyaient tout par le petit bout de la lorgnette et qu'ils étaient incapables de se mettre à la place de l'adversaire. Cinquante ans se sont écoulés et mon expérience accumulée me permet de tirer la conclusion suivante : dans leur large majorité, les Occidentaux ne veulent ni ne peuvent se représenter ce qu'il y a dans la tête des grands acteurs de la scène soviétique. Il ne s'agit pas d'adopter le point de vue de l'adversaire, mais simplement d'avoir une attitude d'ouverture face au réel et essayer de se représenter la manière dont les autres voient les événements, quels sont leurs buts, les principes qui les guident et les limites de leur action. Seule une telle approche permet d'évaluer objectivement les capacités réelles de la société soviétique. L'issue d'un combat dépend tout autant de la compréhension que l'on a de son adversaire que du niveau technique et économique des forces en présence. A cet égard, les guerres du Viêt-nam et d'Afghanistan ont constitué de bonnes leçons pour les deux grandes puissances.

Quant à moi, j'avais décidé de me passionner pour les phénomènes sociaux, mais j'ignorais encore que j'aurais à redécouvrir les méthodes d'analyse que personne ne pourrait m'enseigner.

LA PAIX

Le début de la paix

La fin de la guerre souleva une joie immense dans le pays, mais rares furent ceux qui purent jouir des fruits de la victoire et des honneurs de la paix revenue. Dans leur grande majorité, les Russes entrèrent dans une période presque plus dure encore que la guerre. Même au sein de l'armée, seuls les conformistes et les débrouillards, à l'instar des privilégiés, profitèrent de la victoire. L'arbitraire présidait à la répartition des décorations et des trophées. Il ne fit que redoubler après la guerre. Les haut gradés, même s'ils n'avaient pas réellement combattu, reçurent plus de médailles et d'honneurs que pendant les hostilités. Aux échelons inférieurs, le critère de courage fut remplacé par d'autres, propres aux temps de paix. L'important n'était plus l'aptitude à combattre, à éviter la DCA et à échapper aux Messerschmitt, mais l'uniforme impeccable, le lit au carré, le garde-à-vous martial et l'attitude envers les subordonnés.

L'appareil de mon pilote en chef s'écrasa au cours d'un vol d'exercice : il avait trop bu la veille au soir. En principe, je devais lui succéder, mais le chef de la section de vol, qui avait pourtant été mon ami pendant la guerre, écrivit dans son rapport que je n'exerçais aucune influence sur mes subordonnés, que j'abusais

276

de l'alcool et que je fréquentais la population de l'endroit. En fait, j'avais simplement conservé les mêmes relations amicales que pendant la guerre avec les simples soldats. Maintenant, on considérait cela comme du laisser-aller. Je ne buvais pas plus que mon chef de section, et toujours en sa compagnie. Quant à mes contacts avec la population locale, ils se résumaient à servir d'interprète aux officiers du régiment qui voulaient rencontrer des Allemandes. Conséquence du rapport : la promotion m'échappa. Un aviateur qui venait d'arriver dans notre régiment et n'avait jamais combattu fut nommé à ma place. Il me fut difficile de rester de marbre devant cette injustice et n'en affichai que davantage mon mépris pour le nouvel ordre des choses.

Désœuvrés, nous jouions aux cartes. J'avais adopté la règle, en pareil cas, pour ne pas risquer toute ma solde : je ne prenais sur moi que l'argent que j'étais disposé à perdre. Lorsqu'il ne m'en restait plus, je quittais le jeu. Dans le cas contraire, je continuais, mais en doublant les mises. J'avais calculé que je finirais ainsi par avoir un gain très important. Un soir, cela finit par arriver. Nous étions alors cantonnés à Skékesfehérvár. Le lendemain matin, je remplis d'argent une taie d'oreiller et me rendis en ville avec quelques amis. Je louai un restaurant avec piscine, repas, boisson et filles et dépensai en une soirée la totalité de mes gains. Mes supérieurs apprirent la chose. On m'accusa d'organiser des parties de cartes et des orgies. Je reçus cinq jours d'arrêt.

A cette époque, on facilitait aux combattants de la guerre l'accès aux académies militaires. Les aviateurs étaient orientés vers des écoles de perfectionnement et de formation de pilotes d'essai. Un quota de places était attribué à chaque régiment mais les premiers bénéficiaires échouèrent, pour la plupart, aux examens d'entrée. On organisa donc des cours de préparation pour les académies de l'aviation et du génie. Dans mon régiment, je fus chargé d'enseigner les mathématiques et, en remerciement, on décida de m'envoyer à l'académie Joukovski de Moscou. De tout le régiment, j'étais le seul capable de réussir les examens d'entrée directe alors que tous les autres postulaient simplement pour l'année préparatoire. A nouveau, les règles non écrites du communisme de paix entrèrent en action : le chef d'escadrille rédigea un rapport où il affirmait que je n'avais pas « étudié l'expérience de la Guerre patriotique » et que j'en rejetais même le principe. Pour l'essentiel, c'était vrai. Je n'avais pas « étudié » l'expérience de cette guerre que j'avais tout de même vécue. Il m'était arrivé d'affirmer que, tirés dans les années vingt et trente, les enseignements de la guerre civile ne nous avaient menés à rien. Dès le début de la guerre avec l'Allemagne, il nous fallut oublier cette expérience pour parvenir à arrêter l'ennemi. Il était donc préférable d'envisager la guerre suivante. Ainsi, nos Il-2 allaient bientôt être retirés du service. Les nouveaux Il-10 qui venaient de sortir allaient un peu plus vite mais appartenaient déjà à l'aviation du passé. Les Me-262, eux, représentaient l'avenir. Ces paroles ne faisaient qu'exprimer le sentiment général, mais on feignait de n'y voir que mensonge et sabotage : de l'« antipatriotisme », en somme. En conséquence, je ne fus pas envoyé à l'académie militaire. En fait, comme je n'éprouvais pas la moindre envie d'y aller, je ne m'en plaignis pas, mais cela renforça mon état d'esprit antérieur. L'hostilité de la société officielle à mon égard ne se manifestait pas par des mesures définitives, mais par les menues brimades de l'entourage immédiat. Quand mon chef de section et ancien ami me dit un jour que c'était par pure amitié qu'il s'était comporté de la sorte, je lui rappelai le célèbre proverbe : « Mon Dieu, garde-moi de mes amis, je me charge de mes ennemis. »

La fin des hostilités accentua la dépravation de ceux qui n'étaient plus désormais que des « anciens » combattants. Il n'y avait plus de discipline. Obliger des individus qui avaient vu la mort en face à obéir sans renâcler et à suivre le règlement au pied de la lettre était devenu impossible. Le nombre des manquements de tout ordre s'accrut. Les tentatives d'empêcher le contact avec les populations locales se soldèrent par des échecs retentissants. Une véritable épidémie de maladies vénériennes déferla dans nos rangs.

Plus important : idéologiquement, l'armée commençait à se décomposer. Des millions de Soviétiques avaient vu comment on vivait en Europe et en avaient tiré des conclusions. On se mit à évoquer ouvertement les difficultés de la Russie et les mensonges déversés par la propagande. Par voie de conséquence, la délation s'amplifia et l'activité des « organes » s'accrut. Malgré cela, il n'était déjà plus possible de ramener l'armée à la subordination d'avant-guerre. Une démobilisation massive fut décrétée. Les unités combattantes furent remplacées par d'autres qui n'avaient pas affronté l'ennemi, et les responsables furent remplacés par des cadres de l'arrière. On démobilisa des hommes qui avaient combattu et gravi les échelons hiérarchiques jusqu'à devenir officiers de carrière et qui comptaient bien le rester. Cela ne fit qu'alourdir l'atmosphère de désarroi moral, psychologique et idéologique. Il y eut de nombreux cas de suicides et les crimes de sang commis dans des situations de déséquilibre mental se multiplièrent.

Après la victoire, je restai dans l'armée un peu plus d'un an. Je servis en Allemagne, Pologne, Autriche, Tchécoslovaquie, Hongrie et Roumanie. Comme bon nombre de mes camarades, je continuai à vivre en « hussard ». Mais bientôt les problèmes de la vie dans une société telle que la nôtre reprirent toute leur importance passée. Je commençai à composer des récits et des nouvelles sur le thème de la guerre, tout en me rendant bien compte que j'aurais du mal à les faire publier. Je pensais néanmoins que certains courts récits pouvaient entrer dans les limites autorisées par la censure et les envoyai à *L'Etoile rouge*, le journal des forces armées. Je ne reçus jamais de réponse.

Je faisais beaucoup de sport : athlétisme, gymnastique et natation. Loin d'être un champion, je ne pratiquais ces activités que pour le plaisir, tout en obéissant aux ordres de mes supérieurs, et participais régulièrement à des compétitions où je me classais honorablement. Il m'arriva même de jouer au football : après une mémorable soirée de beuverie, à la veille d'un match, le gardien de but de notre équipe se révéla incapable de tenir sur ses jambes. De tous les sportifs du régiment, j'étais le seul suffisamment sobre pour pouvoir le remplacer. Je laissai entrer le ballon onze fois ! Mais nous gagnâmes tout de même : en dépit des vapeurs d'alcool, notre équipe marqua treize buts. L'équipe, comme un seul homme, m'exprima sa reconnaissance pour l'avoir tirée d'un mauvais pas.

Non conforme aux règles

Je me souviens d'une séance d'entraînement sur un stade. Un soldat connu pour sa force herculéenne vint à passer. Quelques haltérophiles qui s'exerçaient lui proposèrent, en plaisantant, de soulever un haltère. Le soldat obtempéra, s'empara d'une seule main d'une des barres que ces champions avaient le plus de mal à développer, la souleva comme une plume et la tint en l'air, le bras tendu. Un grand silence se fit. Le soldat retourna à ses occupations et les haltérophiles décidèrent que la performance n'était pas conforme aux règles et que ce colosse n'entrerait pas dans l'équipe officielle.

Moi aussi, pendant toute ma vie en Union soviétique, j'ai soulevé dans mon travail des fardeaux trop lourds pour les autres. Mais on a toujours trouvé que je n'agissais pas conformément aux règles et mes records n'étaient jamais homologués. Comme ce soldat, je n'ai jamais fait partie des équipes officielles.

En 1946, une vague d'ivrognerie sans pareille déferla sur l'armée entre la célébration de la fête du travail, le 1er mai, et celle de la victoire sur l'Allemagne, le 9. Notre façon de piloter s'en ressentit durement et le commandement de notre corps d'armée vint au grand complet dans notre régiment pour « faire voler les copeaux * », nous passer un sérieux savon et prendre des mesures disciplinaires. Le chef du corps d'armée nous dit que si nous ne voulions pas piloter, l'armée ne nous garderait pas et il demanda d'un ton menaçant si quelqu'un désirait quitter le service. Je levai la main. Pris au dépourvu par une telle audace, mes supérieurs blêmirent de colère. Ils étaient persuadés que nous nous cramponnions à l'armée parce que nous étions bien nourris alors que la famine accablait les civils. On m'ordonna de rédiger une demande de démobilisation, ce que je fis.

Pendant que ma demande suivait la voie hiérarchique, de nombreuses unités d'occupation furent dissoutes et des officiers démobilisés en masse. Notre régiment n'y échappa pas. La plupart des aviateurs, jusqu'au rang de colonel, furent remerciés et renvoyés à la vie civile. Pour beaucoup, ce fut une véritable tragédie. Moi, on me garda. Je ne voulais plus servir, mais on ne me laissait pas partir. Cela révoltait mes camarades et particulièrement le chef de section qui aimait tellement faire des rapports.

Ma demande de démobilisation finit par arriver sur le bureau du chef de l'armée de l'air, le colonel-général Krassovski qui devint par la suite maréchal

---

* Cette expression est issue du dicton : « On ne coupe pas de bois sans faire voler de copeaux » (qui équivaut à notre « On ne fait pas d'omelette sans casser d'œufs »). Pendant toute la période stalinienne, il a servi à justifier la répression et les injustices « individuelles » comme des conséquences inévitables de la construction du communisme dont il fallait accepter de payer le prix.

281

d'aviation. Il ordonna de me mettre à la disposition de l'état-major. J'avais pris la ferme décision de quitter l'armée quoi qu'il dût m'en coûter. Mais pour avoir l'autorisation de m'installer à Moscou, il me fallait remettre mes papiers au bureau de recrutement où je m'étais engagé en 1940. De plus, mon dossier comportait un certain nombre d'éléments qui pouvaient me rendre, par la suite, l'existence difficile. Il me fallut donc faire en sorte qu'un petit nettoyage soit effectué dans mes états de service. Ma biographie militaire en sortit appauvrie mais elle ne risquait pas d'attirer l'attention de quiconque. Cette précaution s'avéra payante. Nous étions en 1946 et les « organes » vérifiaient soigneusement la manière dont les gens s'étaient conduits pendant la guerre. Certains officiers de mon entourage aux états de service exceptionnels se retrouvèrent en camp pour des délits qui paraîtraient aujourd'hui ridicules ou invraisemblables.

J'espère que le lecteur sera indulgent envers ces faux en écriture répétés. Personne n'en eut à souffrir et ils me sauvèrent la vie. Je continue à les considérer comme moralement justifiés.

La réserve

Fin mai, le général Stepan Krassovski me fit convoquer pour me persuader de rester dans l'armée. Il me promettait de me faire nommer chef de section. Il ne faisait pas cela parce que j'étais un excellent pilote (du reste, ce n'était pas le cas) mais seulement parce que j'avais décidé de mon propre chef de quitter l'armée. Je refusai. Il me proposa alors de me faire entrer à titre exceptionnel dans une académie d'aviation en me garantissant que je deviendrais rapidement colonel. Je lui dis que c'était peu pour moi. Au comble de l'indignation, il me demanda si, des fois, je n'avais pas l'intention de devenir général. Je lui rétorquai que cela même ne me suffirait pas. Ce que je voulais, c'était tout simplement <u>gagner la bataille de ma vie</u>. Il se calma, réfléchit un court instant et me dit que si j'avais des difficultés dans le civil, je pourrais compter sur son aide. Et il me remit une lettre de recommandation pour l'un de ses amis qui travaillait à la direction de l'Aviation civile.

Les suites de l'entretien furent immédiates : je passai dans la réserve où je demeurai environ deux mois. Je me trouvais alors dans les environs de Vienne et vivais chez l'habitant en compagnie de Vassili P., un ancien pilote de chasse qui avait dû quitter l'armée à cause de sa propension aux esclandres en état d'ivresse. Nous n'étions soumis à aucun contrôle et passions notre temps à nous balader en civil dans Vienne. Je tombai amoureux de la ville. Nous y nouâmes de solides amitiés. Un jour nous fûmes pris dans une rafle en secteur américain. Quand on sut que nous étions des officiers soviétiques, on nous reconduisit à notre zone. Si notre commandement avait eu vent de cette histoire, nous aurions écopé d'un minimum de dix ans de camp.

Retour à Moscou

On finit par nous démobiliser. A la frontière, on me confisqua l'arme honorifique que j'avais eue jadis sur le champ d'aviation en récompense du ramassage des mégots et des tessons de bouteille. Sans ce geste de la Providence, ma vie se serait achevée bien plus tôt. Pour son malheur, Vassili parvint à faire passer un pistolet pris à l'ennemi en substituant son nom au mien sur l'attestation de récompense qui m'avait été remise. Il faut dire qu'à peine la guerre finie, la falsification de documents avait pris une ampleur inégalée dans toute l'histoire de la Russie.

A la fin de juillet 1946, Vassili et moi arrivâmes enfin à Moscou par la gare de Kiev et... fûmes immédiatement arrêtés. Une patrouille militaire nous conduisit au bureau de garnison parce que notre uniforme n'était pas réglementaire : les boutons de nos vareuses étaient en plastique. Le bureau se trouvait sur l'avenue de la Paix, à dix minutes de la maison où j'avais habité avant la guerre et où je comptais bien retourner. Une centaine de militaires, comme nous, attendaient là, tous de fort méchante humeur. Plus rien ne trouvait grâce à nos yeux, ni le pouvoir, ni même Staline. Beaucoup avaient arraché leurs épaulettes et les avaient jetées à terre. Nous en fîmes autant, Vassili et moi. Au bout de deux heures, un officier apporta un ordre du commandant de la place selon lequel nous devions subir l'instruction. Nous refusâmes à l'unanimité. Il n'y avait là que des officiers qui avaient connu le feu. Beaucoup étaient décorés. Certains avaient été blessés. Manier une foule prête à se rebeller n'est pas chose aisée et l'on nous garda dans la cour jusqu'au soir, sans boire ni manger. Quand nous nous trouvâmes au comble de l'exaspération, on nous relâcha. Pendant toute la journée, nous avions préparé notre vengeance et quand vint le moment du départ, nous laissâmes la cour et certains couloirs dans un état de saleté extrême. On voulut tout nous faire nettoyer, mais il était déjà trop tard. Nous étions sortis en force dans la rue. Chacun partit de son côté, non sans proférer à haute voix des phrases du genre : « Il faudrait faire sauter ce bordel socialiste. » L'état d'esprit qui régnait parmi les démobilisés était de « tout mettre sens dessus dessous dans le pays » et de « vivre autrement ». En fait, ces sentiments manquaient de force et rien ne sortit de tout cela.

Vassili et moi arrivâmes au 11 de la grande rue Spasskaïa dans la soirée. Notre sous-sol était dans un état encore plus effrayant qu'avant la guerre. Notre pièce était occupée par mon père, l'une de mes sœurs et son mari. Nous passâmes une nuit blanche. Ce ne fut qu'après leur départ au travail que nous nous allongeâmes, à notre tour, pour dormir quelques heures, tout habillés.

Lors de notre voyage de retour, nous avions ébauché

les grandes lignes de notre future vie. Vassili retournerait chez lui, dans un village situé près d'Orel pour se mettre en règle avec l'état civil (c'est-à-dire se procurer de faux papiers) et reviendrait ensuite à Moscou. Pendant ce temps, je devais lui trouver une fille disposée à l'épouser, moyennant finances, pour lui permettre de se faire enregistrer comme Moscovite. Il lui faudrait ensuite se procurer un travail. Pour moi, si le problème de l'enregistrement ne se posait pas, les autres étaient de taille. J'accompagnai Vassili à la gare. En sa qualité de démobilisé, il ne fit que deux heures de queue pour obtenir un billet. Les simples mortels attendaient des journées entières.

Je passai plusieurs jours à régler mes affaires avec le bureau de recrutement, la milice et mon point de ravitaillement. Je me rendis ensuite à l'université. Le MIFLI y avait été incorporé. Je voulais faire des études par correspondance à la faculté de philosophie tout en travaillant dans la spécialité que j'avais acquise à l'armée. On m'informa que je pouvais réintégrer l'université sans passer d'examen à condition d'apporter une attestation de mon inscription au MIFLI en 1939. Au bureau des archives, une toute jeune fille retrouva les papiers nécessaires mais découvrit que je n'avais plus le droit d'entrer dans un établissement d'enseignement supérieur. Je la priai de ne pas le mentionner sur l'attestation, arguant du fait que « la guerre avait effacé tous les péchés ». Elle accepta. C'était là un événement apparemment mineur, du même ordre que la rébellion des officiers au bureau de la garnison mais, à mes yeux, ces petites choses signifiaient clairement qu'un changement d'importance avait commencé à se produire dans le pays. Sa nature n'était pas encore évidente, mais on le percevait déjà partout et il se manifestait dans de nombreux détails de la vie courante.

En sortant de l'université, je me rendis à la direction de l'Aviation civile avec la lettre du général Krassovski. J'étais loin d'être le seul. Les couloirs et même les rues avoisinantes étaient envahis par des centaines de pilotes qui nourrissaient l'espoir de trouver un emploi quelconque. Tous portaient l'uniforme chamarré de décorations et beaucoup, surtout les officiers supérieurs, avaient conservé leurs épaulettes. Je n'avais pratiquement aucune chance, mais je comptais sur la recommandation de Krassovski. Au prix de grands efforts, je parvins à me faufiler et priai l'un des employés de porter ma lettre à son destinataire. Au bout d'une heure, on me fit appeler. La conversation fut de courte durée. L'ami de Krassovski, un personnage important, me proposa une place de deuxième pilote sur un petit avion de transport qui appartenait à une compagnie en cours de constitution dans le nord de la Russie. En échange, je devais lui remettre une coquette somme d'argent. Je n'étais pas très riche, mais durant la guerre et mon temps de service à l'étranger, ma solde de pilote s'était accumulée sur mon livret d'épargne et je pouvais maintenant l'utiliser. On me donna mon ordre d'affectation le jour même.

Heureusement pour moi, ma carrière dans l'aviation civile fut loin d'être couronnée de succès. Mon nouveau lieu de travail était situé dans la république des Komis, au nord de Syktyvkar. Les conditions étaient épouvantables. Les pilotes ne dessoulaient pas et jouaient aux cartes en permanence. Dans une telle atmosphère, il n'était pas question de poursuivre des études. Dès la fin de la première semaine, je donnai ma démission et retournai à Moscou. Je fis modifier mon inscription en faculté et abandonnai les études par correspondance. Puis je partis rejoindre ma mère au village. Elle s'apprêtait à quitter la campagne pour s'installer à Moscou avec ses deux derniers enfants encore en âge scolaire.

Notre village, comme beaucoup d'autres, avait cessé d'exister. De notre belle maison, il ne restait que les quatre murs. Ma mère habitait une vieille bicoque à moitié en ruine dans la localité voisine. J'ai décrit notre rencontre dans l'épilogue de mon poème *Ma*

Maison mon Exil. Je m'attendais à la misère d'un village russe, mais ce que j'y trouvai dépassait mes prévisions les plus pessimistes. Les préparatifs de départ furent rondement menés. Dès le lendemain, nous quittâmes définitivement le district de Tchoukhloma. Pour obtenir nos billets de train, il nous fallut verser un pot-de-vin au chef de gare qui était l'une de nos relations. Le train mit un jour entier pour parcourir les six cents kilomètres qui nous séparaient de Moscou.

Fin août 1946, notre famille était enfin réunie dans la capitale. Notre coin de cave abritait désormais mon père, ma mère, ma sœur Anna et son mari, mon plus jeune frère, Vladimir, ma plus jeune sœur, Antonina, et moi. Vladimir avait quinze ans et Antonina onze. Nikolaï qui venait d'être démobilisé nous rejoignit bientôt. Vassili et Alexeï étaient encore à l'armée, le premier dans une école d'officiers et le second au service militaire. Ils se joignirent à nous en 1948. Quant à Anna, elle donna bientôt naissance à un fils.

Commencèrent alors pour moi des « années de folie ».

Les années de folie

La situation du pays était encore bien pire que ne le prétendaient les rumeurs qui nous étaient parvenues de l'étranger. Les années 1946-1948 offrent de nombreux points de ressemblance avec les années de guerre civile et de ruine qui suivirent la révolution. Le conflit contre l'Allemagne avait épuisé les dernières forces du pays. Des millions de personnes avaient été arrachées à une vie normale et s'étaient habituées aux conditions de la guerre qui, dans une certaine mesure, dispensait les gens des soucis quotidiens. Le retour à la paix fut des plus douloureux et, si notre famille parvint à traverser tant bien que mal ces années-là, ce fut seulement parce qu'elle était unie.

En ma qualité d'officier démobilisé, j'avais droit à

certains produits alimentaires attribués mensuellement : du pain, de la farine, de la semoule, du sucre. Quand je revins à la maison avec toutes ces richesses, un instant de folie nous gagna. Ma mère et mes plus jeunes frères, après toutes les années de kolkhoze et de guerre, n'étaient plus capables d'imaginer du pain ou du thé comme ceux que je rapportai.

Ma bourse d'étudiant était insignifiante et je devais en déduire la pension alimentaire que je versais pour mon fils (mon mariage s'était rompu en 1947). Il me fallait donc gagner de l'argent. Je travaillai comme débardeur, terrassier, portier, peintre en bâtiment, laborantin dans une briqueterie, ingénieur dans un *artel* d'invalides qui fabriquaient des jouets. Je travaillais le soir et la nuit car, dans la journée, j'allais suivre les cours en faculté. Il est vrai que l'administration ne se montrait pas très exigeante envers les anciens combattants sur le chapitre de l'assiduité. Mais il valait mieux ne pas manquer les cours si l'on voulait poursuivre des études. Le programme était très lourd et comprenait des mathématiques, de la physique, de la biologie, de l'histoire et de la littérature. Il fallait en plus trouver le temps de s'adonner aux activités « culturelles » : les distractions et les beuveries.

Ces années m'ont fourni un riche matériel pour mes livres, mais si on me proposait de les revivre, je refuserais. Ce fut une période de misère, de désillusions et de délinquance forcée.

Pour améliorer les conditions de vie dans notre cave, nous livrâmes pendant près de deux ans une lutte épuisante pour transformer un coin de six mètres carrés, qui servait avant la guerre à entreposer du bois et des pommes de terre, en une pièce habitable pour Anna, son mari et leur enfant. Nous adressâmes lettre sur lettre à tous les organes du pouvoir, aux députés de tous les niveaux et même à Vorochilov, Boudienny et Staline en personne. Un ancien officier qui était devenu propagandiste au bureau de vote de notre quartier prit part à cette bataille. Il logeait dans une petite pièce comme la nôtre, finissait d'user son vieil uniforme et avait une fonction insignifiante dans un ministère. Il finit par faire carrière et occupa des fonctions importantes (je crois qu'il devint vice-ministre). Dans les années de l'après-guerre, il était comme nous et nous aida beaucoup. L'administration finit par nous donner l'autorisation d'aménager cette chambre.

J'ai parlé de délinquance forcée. L'après-guerre, on le sait, s'avéra propice à la falsification de documents de toutes sortes. Cela prit des proportions colossales. Ainsi, si l'on voulait un titre de « héros de l'Union soviétique », il suffisait de contacter des faussaires qui, moyennant une somme rondelette, fabriquaient non seulement l'attestation correspondante mais également de faux journaux reproduisant le décret du Praesidium du Soviet suprême décernant le titre. Relations et pots-de-vin permettaient de se procurer n'importe quel certificat. Les techniques de falsification étaient encore primitives. Comme les papiers officiels étaient remplis à la main avec de l'encre ordinaire ou un crayon chimique, il suffisait d'un peu de chlore, que l'on trouvait en abondance dans les toilettes publiques, pour effacer certaines mentions et pouvoir les remplacer par d'autres. Pour les tampons, il suffisait de dessiner le motif voulu sur une feuille de papier et de le transférer sur le faux document par l'intermédiaire du blanc d'un œuf dur. Les falsifications étaient si nombreuses que cela n'avait plus aucun sens de les percer à jour. Elles permettaient de vivre un peu plus facilement et constituaient un correctif naturel aux déficiences de l'Etat. Elles permettaient également à une multitude d'escrocs de s'enrichir. Bon nombre d'entre eux finissaient par aller grossir les rangs des détenus, au point que les années d'après-guerre connurent une augmentation brutale de la population carcérale.

Les gens se livraient à une foule d'écarts. Ils spéculaient, fraudaient ou tout simplement volaient. Une véritable criminalité finit par se développer à partir de cette délinquance quotidienne et, au départ, inoffensive.

289

Un étudiant de mon groupe, Vassili Gromakov, et moi avions décidé de nous faire embaucher comme veilleurs de nuit au ministère de la Construction de mécanique lourde. Vassili avait été capitaine pendant la guerre et s'était trouvé à la tête d'un bataillon. Si le service du personnel avait su que nous avions des diplômes secondaires et des grades dans l'armée, il n'aurait pas été question de nous donner ce travail. Nous jouâmes donc les anciens soldats totalement incultes. Notre service se déroulait à l'intérieur du ministère et nous permettait d'étudier en toute tranquillité. La paie était bonne et nous avions un uniforme ainsi que de la nourriture supplémentaire. Mais, un jour, le chef du service de surveillance nous prit en flagrant délit de lectures savantes et on nous renvoya.

Il m'arrivait souvent, comme à beaucoup d'autres étudiants, d'aller dans les gares aider à décharger des wagons de marchandises. Souvent, nous n'étions pas payés en argent (les chefs de brigade ou leurs supérieurs le gardaient pour eux) mais en nature. On nous donnait des pommes de terre, des pommes, des carottes. Nous rapportions les patates à la maison, mais vendions à la pièce les autres légumes et les fruits près de la gare : il nous fallait reverser une partie de nos gains aux miliciens de service. Si l'on avait payé ce travail selon les normes d'Etat, personne n'aurait voulu le faire, aussi, pour justifier les sommes qu'ils nous versaient, les chefs de brigade multipliaient parfois jusqu'à dix fois dans leurs rapports le travail effectif que nous accomplissions. Nous étions en quelque sorte complices de cette fraude connue de tous et considérée comme normale, mais qui prenait parfois des proportions grandioses : ainsi, nous déchargeâmes fictivement un train de rondins qui n'était même pas arrivé à Moscou. Des « spécialistes » avaient écoulé le bois « au noir » en gagnant des sommes colossales. Ils furent démasqués et jugés. Comme nous donnions toujours de faux noms et de fausses adresses à nos chefs de brigade, nous ne fûmes pas inquiétés.

Je passai plusieurs mois comme laborantin dans une briqueterie de la région de Moscou. C'était également un travail de nuit que j'ai évoqué dans *Les Hauteurs béantes*. Une nuée de parasites d'un institut de recherche s'était mis en tête d'améliorer la technologie de la brique alors que celle-ci était dépassée et qu'aucune modernisation ne pouvait plus être envisagée. Ils avaient truffé l'usine d'une multitude d'appareils. Le travail des laborantins consistait à noter les indications des manomètres. Si nous avions fait correctement notre travail, nous aurions passé nos nuits à courir d'un atelier à l'autre. Mais nous étions tous étudiants et, pour l'ingéniosité, n'avions de leçons à recevoir de personne. Nous remarquâmes rapidement que les données à recueillir tournaient autour des mêmes valeurs. Dès lors, notre travail ne nous prit plus qu'une demi-heure : nous alignions des rangées de chiffres imaginaires, puis passions le reste du service à étudier ou à dormir. C'est ainsi que des centaines de données entièrement fausses furent étudiées à Moscou par des dizaines de docteurs d'Etat ou de troisième cycle. Ils en déduisirent sans doute des théories surréalistes sans lien aucun avec le concret. Mais, au fond, cette fraude collective arrangeait parfaitement des centaines de personnes dans diverses institutions.

Je participai également au tournage du film *La Légende de la terre de Sibérie*. Dans la scène de la conquête de la Sibérie par Ermak, j'étais un Tatar au milieu d'une foule. Revêtu d'un manteau rayé, j'agitais un sabre de bois.

Je fus donneur de sang. Mon groupe sanguin est rare et je recevais un supplément de nourriture et une somme d'argent non négligeable. Mais il me fallait arrêter de boire. Faute de me résoudre, non par absence de volonté, mais par principe, il me fallut renoncer à ce « travail » fort lucratif.

Je servis aussi de cobaye à l'Institut de psychologie aéronautique. Mon travail consistait à résoudre des problèmes de maths enfermé dans un caisson barométrique. Je pense aujourd'hui que ces recherches étaient liées à la préparation des premiers vols cosmiques. J'étais bien payé, mais on ne me garda pas longtemps : j'arrivais toujours à résoudre les problèmes proposés, vite, bien et dans n'importe quelles conditions.

Pour subsister, un camarade et moi avions mis au point une spéculation sur le pain. Cet ami, étudiant lui aussi, entretenait une liaison avec une femme qui travaillait au secrétariat de la faculté. Elle nous fournissait des imprimés d'attestations de vacances et d'ordres de mission que nous mettions au nom de personnes fictives. Moi, je fabriquais tampons et cachets. Nous achetions au marché noir des cartes de rationnement pour le pain, puis, munis de nos documents, nous nous faisions délivrer des miches dans une boulangerie. Avec une attestation de vacances, il était possible d'obtenir la ration d'un mois entier. La boulangerie conservait les papiers comme justificatifs. Quant à nous, nous revendions au marché le fruit de notre fraude, ce qui nous procurait un bénéfice non négligeable.

J'étais devenu, pour mon entourage, un spécialiste des faux tampons. Un de mes amis de régiment, excellent musicien, décida d'entrer au conservatoire. Comme il ne pouvait pas réussir les examens d'entrée à cause des matières idéologiques obligatoires, je lui fabriquai de faux certificats attestant notamment qu'il avait passé les examens d'entrée de la faculté de philosophie en 1946. Il put ainsi entrer au conservatoire sans examen. Plusieurs années passèrent. Il entama une carrière qui n'était pas véritablement musicale. Il travaillait dans l'organisme du parti chargé de superviser la musique. Il découvrit un jour avec horreur que les tampons de ses certificats étaient devenus incolores. Il me fallut déployer de grands efforts pour parvenir à les remplacer par des vrais. Cet ami entra par la suite dans l'appareil du Comité central du parti et devint un personnage important de l'Union des compositeurs.

Cette période fourmille d'aventures. J'en ai vécu certaines en compagnie de mon ami Valentin Marakhotine dont j'ai déjà parlé. Lui aussi s'était fait démobiliser et achevait ses études dans une école du soir tout en travaillant comme ouvrier. Comme beaucoup de Russes, il était en quête de vérité et de justice. Il refusait par principe d'entrer au parti et se tenait à l'écart de toute manifestation publique, y compris les élections. Un jour de scrutin, nous avions fait la noce ensemble. Nous rentrions à la maison lorsque des propagandistes du bureau de vote nous abordèrent. Il était déjà tard et ils voulaient nous faire voter pour pouvoir dire qu'ils avaient touché tous les électeurs de leur secteur. Nous acceptâmes contre la promesse d'un verre de vodka. Devant l'urne, une équipe de cinéma était prête à filmer... les premiers votants de la journée! Comme il était impossible de tourner la scène le matin en raison du nombre d'électeurs enthousiastes qui envahissaient les bureaux de vote et les rues avoisinantes avant même l'heure d'ouverture, il avait été décidé de la tourner le soir. C'est ainsi que l'on put voir aux actualités les pires pochards de Moscou propulsés au rang de citoyens modèles. Tous nos amis en rirent longtemps et Valentin, fou de rage, prit sa plus belle plume pour adresser une lettre incendiaire à qui de droit.

Comment devenir écrivain

J'étais revenu de l'armée avec une pleine valise de manuscrits. Parmi ces textes, je fis dactylographier une nouvelle que je considérais comme achevée et politiquement inoffensive. Il m'en coûta une somme assez coquette. Il s'agissait de *La Trahison* qui évoquait la relation entre le devoir de citoyen et l'amitié. Je m'étais efforcé de donner à ce texte une allure acceptable du point de vue officiel et avais réduit le plus possible les passages satiriques. J'avais fait du dénonciateur le personnage central et de la délation un acte imposé par le devoir. J'avais même changé le titre qui était devenu *Le Devoir*. J'en apportai un exemplaire à Konstantin Simonov * et un autre à un écrivain, V.I., qu'un ami d'université m'avait présenté. Simonov me complimenta mais me recommanda de détruire ma nouvelle si je tenais à la liberté et à la vie. Je fis chez lui la connaissance d'une personne dont je n'ai pas retenu le nom ni la profession. Je me rappelle seulement qu'en sortant de chez l'écrivain, nous nous soûlâmes ensemble dans une buvette. Il lui suffit de feuilleter la nouvelle pour s'en faire une opinion définitive. A son avis, le plus grand crime de mon œuvre était d'avoir l'allure d'une justification de la bassesse. La dénonciation était de ce fait beaucoup plus vigoureuse que si j'avais recouru à la franche satire. En soulignant mon aptitude à « rire sans sourire et sangloter en riant », il me donna quelques conseils au cas où je voudrais persévérer dans la voie de l'écriture.

« Pour devenir écrivain, me dit-il, il faut s'infiltrer dans les milieux littéraires et graviter autour des personnages les plus influents. Il faut faire semblant d'être en admiration devant leurs œuvres et écrire quelque chose d'inoffensif et d'un peu terne, mais d'actualité. La guerre est, bien sûr, le sujet idéal. Ou l'héroïsme. Le texte écrit, il faut le montrer à ces personnages, écouter leurs conseils et tenir compte de leurs observations. Il y en aura bien un pour en recommander la publication dans un recueil ou quelque obscure revue. Une fois ce premier récit publié, n'oublie pas d'exprimer toute ta reconnaissance à tes éminents protecteurs et de leur offrir un tiré à part avec des remerciements enthousiastes. Hâte-toi d'en écrire un second et fais-lui prendre le même chemin. Il doit être meilleur (si toutefois tu en es capable) afin que l'on voie bien

---

* Kirill Mikhaïlovitch Simonov (dit Konstantin) : écrivain soviétique (1915-1979), auteur de poèmes, de romans (*Les Jours et les Nuits*) et pièces dont la plupart ont pour thème la « Grande Guerre patriotique ».

que tu es un talent qui pointe. Attends quelques années avant d'écrire une nouvelle et envoie-la à une grande revue. Sans oublier tes protecteurs, cela va de soi. Attends patiemment qu'on décide de la publier. L'essentiel, c'est de ne pas montrer que tu as des aptitudes. Il serait même préférable de ne pas en avoir du tout. Si tu en as d'infimes, tu peux te dire que tu as encore de la chance et que tu pourras peut-être devenir un " grand écrivain ". Une fois ta nouvelle publiée, efforce-toi d'obtenir une bonne critique. Ne lésine ni sur les cadeaux, ni sur les invitations. L'un de tes protecteurs finira bien par mordre à l'hameçon et t'élever au rang des espoirs de la littérature. Dès que la critique de ta nouvelle sera publiée, essaie d'entrer à l'Union des écrivains. Faufile-toi partout. Participe à toutes les commissions. Rampe devant tout le monde. Lèche le cul de tous ceux qui peuvent t'être utiles. Réclame des avances et des avantages de toutes sortes. Plus tu prendras et plus tu seras apprécié. Une fois bien en place, tu peux écrire un gros roman. Si tu as mis en pratique les conseils que je viens de te donner, ton roman sera automatiquement celui d'un grand écrivain soviétique à succès. »

J'ai présenté les recommandations de cet homme sous la forme résumée que je me suis efforcé de garder en mémoire, mais notre entretien dura plusieurs heures. A la fin de la soirée, je mis en pièces l'exemplaire que m'avait rendu Simonov et en jetai des morceaux dans toutes les poubelles que je rencontrai sur le chemin du retour.

V.I., l'autre écrivain, trouva ma nouvelle fausse sur le plan idéologique. Fort heureusement, il me restitua l'exemplaire. De retour à la maison, je brûlai la totalité de mes manuscrits. Je brûlai également ceux que Boris avait gardés. J'avais à peine fini que les « organes » vinrent perquisitionner chez moi. C'était probablement V.I. qui m'avait dénoncé. Je m'en tirai à bon compte et n'eus droit qu'à un entretien à la Loubianka. J'en conclus que les « organes » avaient réellement brûlé leurs archives, au moins en partie, dans la panique causée par l'approche des Allemands. Sinon, on n'aurait pas manqué de me rappeler mes « aventures » d'avant-guerre.

Crise morale

Je dus abandonner mes idées de carrière littéraire avant même de l'avoir commencée. Ajouté à mon état d'esprit de l'époque, je plongeai dans une profonde crise morale. Je décidai de me suicider. Si le Walter que l'on m'avait confisqué à la frontière s'était encore trouvé en ma possession, je m'en serais servi sur-le-champ. Mais je fus obligé de me rendre chez mon ami Vassili pour utiliser l'arme qu'il était parvenu à passer. Il m'approuva et me proposa de boire un bon coup avant mon départ pour l'autre monde. Une fois ivre, l'envie de me brûler la cervelle me quitta. Je conservai néanmoins celle de me détruire. A la fin de 1946, on m'avait trouvé un ulcère à l'estomac, mais je n'entrepris pas le moindre traitement et continuai à boire. Je me couvrais peu et sortais nu-tête par les plus grands froids. Je dormais n'importe où et n'importe comment. Je tournais en dérision tout ce qui était sacré en Union soviétique, sans épargner Staline. Mes seuls désirs étaient d'attraper une maladie incurable, être tué dans une bagarre d'ivrognes ou finir dans les geôles des « organes ». Dieu sait pourquoi, je me sortais de toutes les situations. Les personnes à qui je me heurtais avaient le sentiment que j'étais à deux doigts du gouffre et compatissaient à mon malheur. J'ignore si le trait qui consiste à précipiter la chute de son prochain et à lui fournir de l'aide ensuite est typiquement russe ou propre à toute l'humanité. Quand je cessai de boire et entrepris de mener une vie plus saine, cela déclencha des réactions de colère, et même de haine, dans le cercle de mes amis et connaissances.

296

En 1947, je perdis Boris, mon ami le plus proche. Au moment de ma démobilisation, il avait achevé ses études dans une école de Beaux-Arts. Il s'était marié et avait une petite fille. Pendant la guerre, il avait rejoint un groupe de partisans. Il avait fait une série de dessins sur la défense de Stalingrad qui lui avait valu le prix du Comité central du Komsomol. En 1946, il travaillait à la revue *Autour du monde* et avait déjà remporté plusieurs concours d'art graphique. Les connaisseurs lui prédisaient un brillant avenir. Cela le perdit. Des envieux se servirent de son instabilité psychique et de son incapacité complète dans le domaine pratique. Des intrigues lui valurent des ennuis sur le plan professionnel. Il tomba gravement malade. A la fin de 1946, sa femme le quitta en emmenant leur fille. Son père mourut. Il perdit son travail. Tout contact normal avec lui devint impossible.

L'exemple de Boris me permit d'observer l'une des manifestations les plus odieuses des lois sociales auxquelles j'ai donné par la suite le nom de lois de communalisation (ou lois des masses). Il existe deux types d'interdictions et d'entraves mises à l'activité des personnes de talent.

Dans le premier cas, le sujet a fait quelque chose et les autorités y répondent en élevant un certain nombre d'obstacles devant lui. Une telle situation est avantageuse. Le sujet jouit d'une notoriété indéniable, son niveau de vie est bon, et il bénéficie d'une réputation d'homme honnête. Certains milieux exagèrent ses succès et l'Occident les amplifie encore. Une semi-interdiction de ce type renforce le poids du sujet dans la société et son rôle culturel. L'histoire de la culture soviétique fourmille de tels personnages. Un tel rôle convient à beaucoup, car il permet d'approcher l'interdit sans prendre de risques particuliers. De plus, ces personnages rendent les plus grands services aux médias.

297

Dans le second cas, le sujet n'a même pas la possibilité d'atteindre le stade du personnage important bénéficiant d'une certaine reconnaissance sociale. Officiellement, aucun obstacle ne se dresse sur son chemin. On se contente de l'ignorer et de le laisser à la merci de gens dont dépend son destin de créateur. Ceux-ci évaluent instantanément la dimension de son talent et s'adonnent à une multitude de petites manœuvres, insignifiantes isolément, mais capables par leurs effets conjugués d'abattre n'importe quel génie. Une fois, on ne parle pas de lui. Une autre fois, on dit, au contraire, des choses auprès desquelles un mutisme total serait préférable. Puis, c'est l'une de ses œuvres qui n'est pas publiée. Ensuite, c'est une critique positive qui ne voit jamais le jour. Après cela, on recourt à la calomnie... Et ainsi de suite jour après jour, pendant des années. Le sujet est étouffé lentement mais sûrement, à l'insu de tous. Percer dans ces conditions est impossible. Seul le hasard ou un miracle peuvent l'en sortir. Mais que ce miracle se produise, que le sujet prenne conscience de son propre poids, et l'on s'acharnera de plus belle sur lui. Rares seront ceux qui viendront à son secours. Les gens assimilent avec une rapidité stupéfiante l'ensemble de procédés qui permettent d'étouffer un talent potentiel. Ils le font sans incitation extérieure, alors même qu'ils donnent l'impression d'agir sur ordre d'un centre directeur, et qu'il n'y a eu la moindre concertation préalable.

On dit que le vrai Salieri n'avait rien à voir avec ce qu'en a fait la légende. Il n'en reste pas moins que la légende se rapproche de la vérité. A l'époque de Mozart, pour un génie qui parvenait à s'épanouir, il y avait un Salieri. A notre époque, tout Mozart potentiel voit se dresser devant lui des milliers de Salieri confirmés qui agissent avec encore plus de mesquinerie et de lâcheté que celui de l'histoire.

Si l'on observe la situation dans le domaine de la culture, deux types de critères jouent : ceux qui indiquent la réussite sociale et ceux qui concernent la contribution réelle apportée à la culture. Non seulement ils ne coïncident pas, mais leur totale divergence est flagrante. Les critères de la réussite sociale ont détruit ceux du succès créateur. L'observation de ces phénomènes m'a inspiré une grande partie de mes idées sociologiques.

Le destin d'un militaire russe

Au début de 1947, Vassili vint à Moscou. Je lui fis rencontrer l'une de mes collègues de travail à l'*artel* de jouets où je travaillais comme ingénieur. Mon travail consistait avant tout à signer des papiers. Je finis par prendre conscience que cela pouvait mal se terminer et quittai cet emploi. Vassili me remplaça et épousa cette collègue. Elle dirigeait l'entrepôt de l'*artel* et, soit dit en passant, c'était une fort belle femme. Vassili était content et ne manifesta nullement l'intention de divorcer une fois son autorisation de résidence à Moscou obtenue. Au début, il s'efforça de travailler honnêtement et parvint même au mettre au point des procédés pour rationaliser la production. Il finit pourtant par comprendre qu'il était impossible de travailler sans magouiller. En haut lieu, on réclamait que l'argent rentre car on considérait l'*artel* comme une source de revenus « au noir ». Une fois sur la voie de la délinquance, Vassili, comme beaucoup d'autres anciens combattants, se laissa entraîner jusqu'au fond de l'abîme. Des vols importants furent découverts. Vassili risquait une lourde peine de prison. Il préféra se suicider avec l'arme « honorifique » dont il avait fabriqué l'attestation à partir de la mienne.

Je parvins à le faire enterrer comme un héros de guerre et non comme un criminel qui devait être livré à la justice. Il avait plus de dix décorations et une multitude de médailles. Les aigrefins de l'*artel* n'en réussirent pas moins à rejeter toute la faute sur lui et à se tirer d'affaire.

J'ai vu par la suite le film *Le Destin d'un soldat en Amérique*. C'est indéniablement un excellent film. Mais ce qui se passait alors en Union soviétique aurait pu fournir des scénarios à des dizaines de films ou de livres plus forts que celui-là, sauf qu'il était formellement interdit d'évoquer tous phénomènes de ce genre. Après la mort de Staline, il devint possible d'écrire sur la répression, mais les fondements de la vie publique ne furent pas touchés, au point que mes *Hauteurs béantes* furent le premier livre russe à analyser le quotidien soviétique comme fondement de tout l'édifice social.

L'alcoolisme

La dégradation morale de la société stalinienne commença pendant la guerre, mais elle fut masquée par les buts élevés de la défense de la patrie. Après la victoire, la corruption, le carriérisme, le conformisme, l'alcoolisme, la licence sexuelle et autres manifestations de ce type devinrent les facteurs dominants dans l'esprit de l'époque. Pour ma part, à l'exception de l'alcool, je refusai tout en bloc. De ces turpitudes imbéciles, seul l'alcoolisme me semblait moralement justifiable. J'allais encore plus loin en l'envisageant comme un phénomène inévitable en Russie, d'ordre social et non médical.

En fait, je n'ai jamais eu de disposition psychologique pour l'alcool. Excepté mon grand-père, personne dans ma famille ne buvait. Je commençai à y toucher parce que cela se faisait autour de moi et qu'on nous en donnait après les vols de combat. Boire me dégoûtait, mais je me forçais. Il en a toujours été ainsi. En Occident, j'ai eu la possibilité de boire les meilleurs alcools du monde. J'y ai parfois goûté tout en éprouvant une certaine répugnance. Dans ma période d'ivrognerie chronique, il m'arrivait, sans efforts particuliers, de cesser de boire des mois entiers et même un

300

an ou plus. En 1963, je décidai d'arrêter et n'absorbai plus une goutte d'alcool pendant une vingtaine d'années. En 1982, je recommençai à boire, mais très rarement et seulement en compagnie. Je n'ai jamais été un véritable alcoolique au sens médical du terme. En revanche, j'étais un ivrogne typique de la société et de la nation russes.

En Russie, l'alcool n'a jamais fait partie de l'alimentation quotidienne, comme c'est le cas dans les pays latins, mais il constitue l'un des éléments de la politique d'Etat. Les raisons fondamentales de l'alcoolisme ont toujours été la médiocrité et la pauvreté de la vie. Il faut y adjoindre naturellement les drames psychologiques engendrés par des situations sans issue et par le désespoir.

Pendant les années de l'après-guerre, l'alcoolisme prit une ampleur inégalée dans l'histoire de la Russie. Personne n'avait les moyens de se nourrir ou de se vêtir correctement, mais il y avait toujours suffisamment d'argent pour boire : l'alcool était bon marché et l'ivresse faisait oublier pour un temps privations et malheurs. Elle donnait à la vie un peu plus de couleur et de gaieté. Elle rendait les relations plus authentiques. Les autorités encourageaient à dessein la consommation d'alcool, comme un moyen de détourner des difficultés l'attention des masses. On vendait de l'alcool partout et les soirées de repos qu'organisaient régulièrement les entreprises et les administrations comprenaient toujours un buffet.

Plus de la moitié de mes camarades d'études étaient d'anciens militaires. Nous célébrâmes la rentrée universitaire à la buvette qui se trouvait entre les bâtiments des facultés. Nous l'avions dénommée « le Lomonossov » en l'honneur du fondateur de notre université qui, on le sait, ne refusait jamais un petit verre. Pour les étudiants, cette buvette constituait une tentation permanente. En 1948, elle fut fermée, puis démolie sur ordre des autorités. Nous organisâmes un repas funéraire dans le square qui la remplaça : la moitié des participants se retrouva au poste pour tapage sur la voie publique et l'autre moitié finit au dessouloir.

Nos beuveries prenaient souvent la forme amusante d'enfantillages, comme si nous n'avions trouvé que ce moyen barbare de renouer avec notre prime jeunesse. Des histoires désopilantes me reviennent en mémoire. En allant au défilé du 1er mai 1947, nous décidâmes de nous arrêter à chaque débit de boisson sur notre itinéraire pour avaler cent grammes de vodka *. Il y avait peu à manger, mais on trouvait de la vodka en abondance. Arrivés devant le Palais des soviets, alors en construction, nous nous écroulâmes comme un seul homme au beau milieu de la rue. La milice dut nous traîner derrière la palissade du chantier. Nous y dormîmes jusqu'au soir puis nous remîmes à boire en compagnie d'une bande de fêtards comme on en rencontrait souvent à l'époque.

Nous organisâmes également un concours de boisson au café qui faisait l'angle de la rue Gorki et du passage du Théâtre d'Art. La vingtaine de participants venait des différentes facultés de l'université. La nôtre était représentée par Vladimir Sementchev, un ancien navigateur de bombardier, et moi-même. Le spectacle était impressionnant. Nous avions demandé aux serveurs de laisser les bouteilles de bière et de vodka vides. La foule s'agglutinait autour de nos tables et aux fenêtres qui donnaient sur la rue. On pariait comme aux courses. Le vainqueur fut un gars de la faculté de géologie qui n'avait même pas fait l'armée. Dans le domaine de la boisson, il possédait effectivement un don inné. Vladimir Sementchev arriva second, avec une bouteille de bière de retard. Je fus cinquième ou sixième.

Vladimir était un excellent compagnon de bouteille, bon, généreux et intelligent. L'ivrognerie rituelle était sa véritable vocation. Même après la fin de ses études

---

* En URSS, les alcools forts se comptent en grammes. Cent grammes représentent environ dix centilitres, soit à peu près un demi-verre à eau.

et quand il devint professeur titulaire d'une chaire, il conserva la mentalité d'un ivrogne de l'après-guerre. Il nous arrivait souvent de nous adonner à des beuveries en tête-à-tête. Nous parlions de la société et du stalinisme. Vladimir partageait mes convictions et les dépassait parfois. Il ne nourrissait aucune illusion mais ne prenait jamais à cœur ce qui pouvait arriver. Il n'avait qu'un désir : obtenir une bonne situation et parfaire sa vocation de buveur.

Des milliers d'autres groupes d'ivrognes discutaient comme nous dans tout le pays. Ces parlotes étaient émaillées de blagues politiques qui laissaient échapper involontairement les pensées de leurs auteurs. Ces milliers de personnes faisaient sans s'en rendre compte un travail qui semblait anodin et sans importance. Mais elles jetaient bel et bien les bases du mouvement qui mènerait à la déstalinisation du pays.

Parmi mes compagnons de beuverie de l'époque, comment oublier Vassili Gromakov, qui avait été capitaine et chef de bataillon, et Vladimir Samigouline, un ancien lieutenant-chef qui commandait une compagnie ? Gromakov devint par la suite secrétaire du bureau du parti de notre faculté et soutint une thèse sur les ouvrages de Staline consacrés à la Grande Guerre patriotique. Cela ne l'empêchait pas d'être un excellent camarade, un merveilleux compagnon de bouteille et le meilleur connaisseur qui fût d'histoires drôles politiques susceptibles de vous faire emprisonner.

Regain d'antistalinisme

Tout au long de ces années, la répression se renforça. Elle ne touchait plus seulement les innombrables délits de droit commun, mais s'étendit à nouveau à la « politique ». Le climat des années trente revenait. L'été 1947, je partis avec une brigade de la faculté travailler dans un kolkhoze. Dans les campagnes, la situation était encore pire qu'avant la guerre. A notre retour, l'un de nous, Tom Tikhonenko, un ancien officier, eut quelques phrases sans appel sur l'état de l'agriculture. Il fut condamné à dix ans de camp en vertu de l'article 58. Il avait une année d'études de plus que moi et s'était exprimé au sein de son groupe. Je n'appris sa condamnation qu'une fois le fait accompli. S'il s'était trouvé dans la même année que moi, je n'aurais pu m'empêcher de me montrer solidaire. Tikhonenko purgea sa peine et fut libéré sous Khrouchtchev. Il révéla avoir été dénoncé par un étudiant, un certain Ilienkov, qui avait témoigné à son procès. Je reviendrai plus loin sur cet homme.

Cette même année, le futur dissident Victor Krassine, qui venait d'entrer à la faculté, fut condamné avec d'autres étudiants à une lourde peine pour avoir observé des rituels bouddhistes. Autour de moi, les arrestations furent nombreuses. Voir une nouvelle fois le stalinisme à l'œuvre suffit à faire renaître mon anti-stalinisme qui s'était quelque peu émoussé pendant les années de guerre, plus fort et argumenté qu'auparavant, et j'entrepris systématiquement de faire état de mes sentiments autour de moi.

Je n'étais pas une exception. Nombre de Soviétiques nourrissaient les mêmes idées. Pour moi, l'important n'était pas la connaissance formelle du stalinisme, ni les blagues politiques dont on le brocardait, mais la manière d'appréhender le phénomène et en quoi il influait sur ma conduite intellectuelle et morale. Au sein de nos bandes d'étudiants, nous prenions un malin plaisir à tourner en dérision le communisme scientifique de Marx ; aucun adversaire du marxisme et du communisme n'aurait pu rivaliser avec nous. Mais cela pouvait-il constituer tout le but de la vie ? Le camarade d'université en compagnie de qui j'avais cherché une place de portier collectionnait déjà à l'époque les *anecdotes* anticommunistes *, mais il n'en

_____
* « Anecdote » est employé ici au sens d'histoire drôle (en russe *anekdot*).

304

était pas devenu anticommuniste pour autant. Il s'est même spécialisé dans le « communisme scientifique ». Ceux qui organisaient la répression stalinienne connaissaient mieux que quiconque la vérité sur les camps de concentration, mais n'en devenaient pas antistaliniens pour autant.

Je n'avais pas une conscience nette du stalinisme, faute encore du professionnalisme nécessaire et que le phénomène lui-même soit parvenu à son terme historique. Alors à son apogée, il nous semblait éternel. Pour moi, comme pour d'autres, il symbolisait le communisme en tant que tel et non une forme historique de l'évolution du communisme, comme je le compris après la mort de Staline.

La guerre, en sapant les fondements mêmes de la société, porta au stalinisme un coup qui touchait à l'essentiel. Elle révéla ses tares et permit l'éclosion de phénomènes qui le rendirent peu à peu obsolète et même dangereux pour la société. Simultanément, elle le renforça dans ses manifestations et sa forme superficielle. Si le pays gagna la guerre, ce fut en partie grâce au stalinisme, et en partie malgré lui. Evidemment, dans sa grande majorité, la population était convaincue que la victoire devait tout à Staline et à ce qu'il personnifiait. Mais à peine avait-on fini de fêter la victoire, que l'horreur d'avant-guerre ressuscita. Et le stalinisme mit presque dix ans pour quitter la scène.

A mesure que les années s'éloignent, des pans entiers du passé commencent à nous sembler absurdes. Plus de trente-cinq ans après la mort de Staline, nombreux sont ceux qui l'enterrent sous un flot critique, maintenant que c'est aussi peu dangereux que de critiquer Gengis Khan, Ivan le Terrible ou Hitler. Dans les années 1946-1948, cela constituait un péril mortel. En m'engageant sur la voie de l'antistalinisme actif, je ne cherchais pas à faire figure de héros. N'entretenant guère d'espoir de survie, je désirais par-dessus tout causer le plus grand tort possible au système. Une telle attitude ne passait pas pour spécialement héroïque à l'époque, même aux yeux de ceux avec qui je parlais de sujets brûlants.

J'avais alors d'innombrables discussions, qui furent pendant longtemps ma principale occupation dans la vie. Il s'agissait généralement d'improvisations qui visaient moins à convaincre mon interlocuteur qu'à me permettre de mieux conceptualiser les sujets évoqués. Naturellement, je n'ai pas gardé en mémoire, ni par écrit, les mille et un propos de ces joutes. Je faisais certaines découvertes non dénuées, je crois, d'intérêt, sans le moindre désir de m'en assurer la paternité, ce qui de toute façon eût été impossible. Seules les dénonciations eussent assuré un tel résultat.

Propagandisme caché

Je poursuivais mes études, je gagnais ma vie : je semblais mener une existence ordinaire. Mais mon énergie était tendue vers des activités de « propagande » illégale contre la société tout entière. J'avais certainement hérité des facilités de ma mère pour parler aux gens, à cette différence que je ne m'intéressais qu'aux idées. Je parvins à convaincre plusieurs dizaines de mes interlocuteurs. Ils évitèrent, bien sûr, d'évoquer l'influence que j'avais pu exercer sur eux. Quand, les temps changeant, il devint possible de mentionner mon existence, ils gardèrent le silence, mais pour d'autres raisons, peu enclins à reconnaître que j'avais fait, aussi peu que ce soit, évoluer leurs visions des choses. A l'exception d'un seul. Il s'appelait Karl Kantor. Démobilisé à l'automne 1947, il se fit admettre dans notre faculté. Bien que stalinien, il devint l'un des rares avec qui je pouvais parler en toute sincérité, « en mettant le paquet » comme on dit. Avec lui, je polissais mes idées. Nous polémiquions mais notre polémique était plus profitable qu'un accord de principe. Karl venait d'une famille de révolutionnaires marxistes et était lui-même un marxiste-léniniste sincère. Il l'est demeuré, je crois, jusqu'à la fin de ses jours et je n'en éprouve que plus de respect pour lui. Il s'était forgé un goût très sûr, fin connaisseur en littérature et, surtout, en poésie. Il avait un art de réciter des poèmes que je n'ai jamais retrouvé chez personne. Il composait lui-même mais n'aimait pas réciter ses propres poésies. Devenu l'un des grands théoriciens soviétiques d'histoire de l'art, il versa dans le domaine de l'esthétique industrielle qui était alors tout nouveau en Union soviétique.

Nos quarante années d'amitié n'ont jamais été assombries de la moindre mésentente. L'un et l'autre tenions beaucoup à cette relation. Nos rencontres étaient toujours pour moi une fête de l'esprit. Dans la Russie d'alors, se développait un véritable engouement pour la conversation. Certains y étaient passés maîtres, d'autres carrément virtuoses. Tel était Karl. Nous pouvions parler des heures, notre commerce nous procurait un sentiment de pure jouissance intellectuelle. Tous ces entretiens m'ont offert d'élaborer et d'expérimenter les principes de base de mon esthétique intellectuelle.

Ma « propagande » n'avait nullement pour but d'inciter mes interlocuteurs à des actions concrètes. Je me contentais de parler avec eux, de ce que je savais, y ajoutant mes propres réflexions, sans songer le moins du monde aux conséquences qui pourraient en résulter pour eux. De plus, ma « propagande » fluctuait, elle se faisait toute seule, spontanément, je donnais aux gens ce qui était en ma possession, n'ayant rien d'autre à offrir.

Rire à risques

En vérité, je m'amusai bien durant mes années d'étudiant. Nous passions notre temps à plaisanter, y compris pendant les cours et les séminaires. Lors d'un cours sur la théorie des réflexes conditionnés de Pavlov, je proposai une interprétation qui inversait le rôle des chiens et de l'expérimentateur. Le conférencier ne sut quoi répondre, la théorie pavlovienne étant censée s'appliquer également à l'homme.

Ayant dégagé assez vite l'algorithme de base des textes marxistes, j'étais capable de les reproduire sans les avoir lus, à l'aide de quelques allusions. Ainsi, lors d'un examen, interrogé sur le texte de Staline intitulé *Trois Particularités de l'Armée Rouge* que je n'avais naturellement pas lu, j'inventai dix particularités supplémentaires et en aurais bien trouvé encore dix si l'on ne m'avait arrêté. Ma réponse fut jugée la meilleure.

Le russe a ceci d'avantageux qu'on peut obtenir de grands effets en se contentant de modifier légèrement l'orthographe des mots. Pour changer l'expression « les hauteurs radieuses du communisme », porteuse d'un contenu idéologique majestueux, en « hauteurs béantes du communisme », il m'a suffi de modifier une seule lettre pour obtenir l'effet satirique recherché *. Je me livrais régulièrement à ces acrobaties de langage non sans courir parfois de grands risques. C'est ainsi qu'à la fin de la période stalinienne je transformai un ouvrage de Staline intitulé *Problèmes économiques du socialisme* en *Lacunes économiques du socialisme*. Je m'en tirai à bon compte mais d'autres eurent moins de chance. Les conséquences pouvaient être tragiques même s'il s'agissait d'actes involontaires. Ainsi, le Comité central du Parti communiste émit une résolution concernant le fonctionnement de la presse où il critiquait les pages industrielles d'un journal. Le lendemain, ledit journal fit paraître un éditorial où le mot « industriel » avait perdu une lettre, ce qui lui donnait en russe le sens de « passé à savon ». Impossible de savoir si cela avait été fait intentionnellement ou non, mais nombreux furent les membres de la rédaction à se retrouver au goulag. Plus terrible encore, le slogan « Nous vaincrons avec les noms de Lénine et de Staline » avait été imprimé dans un journal de telle façon qu'il avait changé de sens pour devenir : « Nous vain-

---

* Radieux : *siiaiouchtchĭ*, béant : *ziiaiouchtchĭ*.

308

crons Staline avec le nom de Lénine ». On y vit en haut lieu un acte de sabotage et s'ensuivirent plusieurs condamnations à mort.

Il y avait, à Moscou, de véritables virtuoses des acrobaties verbales. Cette tradition se conserva après la mort de Staline. Elle prit même de l'ampleur et devint un élément du folklore de l'intelligentsia. Olga, ma future femme, était de ces virtuoses. On lui doit, entre autres, la formule : « La culture soviétique est nationale dans sa forme et répugnante dans son contenu ». Les *anecdotes* russes sont pour la plupart construites sur pareils jeux de mots. Mes livres regorgent d'acrobaties verbales, malheureusement intraduisibles. Il m'est arrivé en feuilletant certains de mes ouvrages, pourtant excellemment traduits en anglais ou en allemand, de ne pas me reconnaître.

Sobriété

Au propre comme au figuré, les années 1948-1951 furent pour moi des années de sobriété. J'avais cessé de boire. Avant le début des grandes vacances, je dus passer une visite médicale au bureau de recrutement, on ne trouva aucune trace de mon ulcère d'estomac. Je fus reconnu apte à servir dans l'aviation et à voler sur les avions les plus modernes. Tout l'été 1948 fut consacré à l'instruction. Je volai sur des appareils d'exercice. Il ne s'agissait pas seulement de parfaire notre pratique du pilotage mais aussi de nous entraîner aux vols de groupe pour dessiner dans le ciel, lors des parades aériennes, les fameux « Vive le PCUS » ou « Vive Staline » fumigènes. On proposa à plusieurs d'entre nous de revenir dans l'armée et un certain nombre d'anciens pilotes de guerre, qui avaient perdu tout espoir de se reconvertir dans le civil, acceptèrent. Je refusai. J'étais sorti à grand-peine de ma crise morale et avais retrouvé goût aux études.

Dès le début de l'année scolaire, je commençai à

gagner ma vie comme professeur dans plusieurs écoles. J'enseignais la logique et la psychologie. Il m'arriva même d'enseigner la logique toute une année à l'académie... des sapeurs-pompiers. Je suivais également les cours de la faculté de mécanique et de mathématiques. Je voulus m'y inscrire mais ne pus entrer directement en troisième année, et je n'avais pas envie de perdre deux ans. De plus, la faculté de philosophie m'avait accordé, elle, l'autorisation de ne pas assister à tous les cours, ce qui me permettait de gagner ma vie.

Je pouvais maintenant loger chez un particulier, d'autant qu'il ne m'était plus possible de rester grande rue Spasskaïa. J'élaborai un style de vie où subsister décemment avec très peu d'argent. A chaque fois que je déménageais, mon avoir ne dépassait pas ce que je pouvais tenir dans mes mains. Je n'achetais pas de livres, je les prenais en bibliothèque ou les empruntais à mes camarades. J'étais un sans-parti. J'avais pour principe de ne pas me mêler à la vie publique, à l'exception des journaux muraux auxquels j'avais eu goût de participer. Je ne lisais pas les journaux, pas plus que je n'écoutais la radio, par souci « d'hygiène mentale ». Bref, j'avais une vie parfaitement réglée et ascétique. Je ne retournai pas une seule fois chez le médecin jusqu'en 1954. Je saisissais toute occasion de faire du sport. J'avais aussi conçu un enchaînement d'exercices quotidiens, que je pratiquais en toutes circonstances. Je continue d'ailleurs à le faire.

Je louais des coins de chambre chez des personnes âgées et parfois aussi des chambres indépendantes dans lesquelles personne n'acceptait de vivre, bien qu'elles fussent moins chères. L'une d'elles ne faisait que six mètres carrés et ne comportait ni fenêtre, ni toilettes. Je devais utiliser des toilettes publiques et celles des cours avoisinantes. Une autre, en revanche, était immense et faisait plus de cent mètres carrés, vaste sous-sol cimenté... qui n'était pas complètement inondé. Devant la fenêtre, un coin était recouvert de planches : c'est là que j'habitais, tout content, jusqu'à ce que j'en fusse chassé par les rats.

J'avais quelque facilité pour les études et réussissais sans mal grâce à ma mémoire. Je ne consacrais qu'un minimum de temps (les jours où je me préparais aux examens) aux matières que je ne jugeais pas essentielles. Je parcourais en deux ou trois jours des piles de livres, qu'il me suffisait de feuilleter pour retenir une masse suffisante d'éléments. Une fois l'examen passé, je me libérais le cerveau de tout ce que j'avais emmagasiné, afin de faire place nette pour de nouvelles connaissances. Ce fut à cette époque que je mis au point mes méthodes de mémorisation, excellent entraînement pour mes futures activités de recherche. Bien sûr, en peaufinant ma gymnastique intellectuelle, je n'imaginais nullement qu'elle me servirait professionnellement plus tard.

Je pris tout autant plaisir à enseigner. Je me sentais pédagogue dans l'âme. Ma position était privilégiée car il y avait peu de cours de logique et de psychologie. Je donnais une heure de cours dans cinq ou six écoles et j'étais dispensé de réunions pédagogiques. La logique et la psychologie étaient des matières méprisées et personne ne contrôlait mon enseignement. L'essentiel était de faire régner la discipline. Avec moi, en revanche, les cours devinrent des débats récréatifs où l'on s'efforçait d'aborder les sujets fondamentaux. Bon nombre d'histoires de guerre que l'on retrouve dans mes livres furent rodées ainsi. Ce travail me prépara à l'enseignement supérieur et aux conférences, m'habituant à tenir un auditoire sur n'importe quel sujet.

L'une des écoles où je travaillais était celle où j'avais fait mes études secondaires avant la guerre. C'était désormais une école de filles. Je donnais également des cours à l'école des garçons nº 276 où Lioubov Kabo enseignait la langue et la littérature russes. Elle sera plus tard un écrivain connu grâce à son livre *Une campagne difficile*, où se trouve évoqué mon travail dans cet établissement. A Munich, après mon départ d'URSS, j'ai rencontré Ioulian Panitch, un ancien acteur de cinéma soviétique devenu célèbre en jouant dans le film *Destins divers*. Il avait suivi mes cours à l'école n° 276.

Après la guerre, l'école soviétique se retrouva fortement changée. Les études secondaires et même supérieures ne présentaient plus de caractère exceptionnel et le nombre d'établissements scolaires avait considérablement augmenté. Il ne suffisait plus d'avoir son diplôme d'études secondaires en poche pour entrer dans l'enseignement supérieur. Simultanément, le nombre d'enseignants avait augmenté. La profession n'inspirait plus le même respect qu'avant la guerre et ne suscitait plus les vocations. Les médiocres, seuls, choisissaient d'y faire carrière. Le niveau d'instruction des familles et de la société tout entière s'était élevé. Les parents transmettaient désormais ce que seule l'école, auparavant, dispensait. Sur le plan idéologique, les illusions avaient disparu. Les différences sociales s'accentuaient, englobant l'école. On assista à un éclatement du système d'enseignement entre plusieurs types d'établissements aux niveaux exigés à l'entrée tout aussi différenciés. Ainsi naquit une catégorie d'établissements privilégiés.

Parallèlement, le monde de l'enfance et de l'adolescence perdit son penchant d'antan pour le romantisme. L'esprit pratique triomphait. Les élèves changèrent, tout comme leur attitude envers l'école. Elle cessa d'être le temple des lumières et l'antichambre d'une société heureuse et prospère. L'influence occidentale renforça le phénomène, poussant à un certain progrès de l'enseignement, tout en concourant à l'affaiblissement de ses aspects idéalistes de jadis. La crise de l'enseignement, qui commença sous Khrouchtchev, s'est accentuée à la fin de la période brejnévienne, pour culminer sous Gorbatchev.

On introduisit la logique dans les écoles secondaires et les établissements supérieurs qui enseignaient les sciences humaines. Officiellement, Staline lui-même en aurait donné l'ordre. Les manuels employés dataient d'avant la révolution et étaient déjà dépassés. On leur fit subir quelques modifications : on changea les exemples de syllogismes et on y introduisit la phraséologie marxiste. Ainsi dans le syllogisme d'Aristote « Tous les hommes sont mortels, or Socrate est un homme, donc Socrate est mortel », le nom de Socrate fut remplacé par celui d'Ivan. On truffa les « nouveaux » manuels de citations ineptes d'Engels et de Lénine sur les logiques dialectique et formelle, source inépuisable de plaisanteries pour nous. Comme il n'y avait pas d'enseignants qualifiés, les écoles recrutaient au hasard, à commencer par moi. Dans les établissements d'enseignement supérieur, les plus débrouillards se posèrent en logiciens. Ils n'avaient qu'une très vague idée de ce qu'était la logique, puisée plutôt dans les remarques méprisantes des « classiques » du marxisme que dans les manuels. On assista à des situations surprenantes. Un ancien professeur de logique dans un gymnase d'ancien régime vint travailler à la faculté. Dieu sait comment il avait réussi à passer à travers la répression stalinienne. Il nous raconta qu'il avait exercé comme comptable en cachant sa véritable profession. Il s'efforçait de se faire bien voir et de montrer pleine fidélité au marxisme. Dépourvu de toute connaissance dans ce domaine, il lui arrivait de débiter des inepties telles qu'à ses côtés les pires idiots se sentaient des émules de Spinoza.

Cette « nouveauté » stalinienne eut des conséquences heureuses pour moi. Dès ma première année d'université, il était clair que le matérialisme historique et le « communisme scientifique » attiraient les professeurs et les étudiants les moins doués. Pour le matérialisme dialectique, le niveau n'était pas non plus très élevé. La philosophie des sciences de la nature, l'histoire de la philosophie et la psychologie ne suscitaient pas grand intérêt en moi et, dès ma troisième année d'études, je m'adonnai à la logique dans le but de m'y spécialiser. De plus, cette matière était considérée comme une science de sans-parti, ce qui correspondait parfaitement à mon apolitisme. Dans sa forme la plus primaire, la logique s'apparentant aux mathématiques, je me passionnai pour elle. Je lus une multitude de livres, en particulier John Stuart Mill, que je tiens toujours d'un intérêt supérieur.

En 1948, un débat portant sur les relations entre les logiques formelle et dialectique eut lieu à la faculté. L'expression « logique dialectique » figure plusieurs fois dans les ouvrages d'Engels et de Lénine. Dans l'atmosphère de renaissance qui régnait dans le pays, il se trouva des esprits enthousiastes pour vouloir innover à partir de cette expression. Cela aussi était propre à la philosophie soviétique de l'époque : on pouvait innover, mais dans la limite du marxisme classique. Le titulaire de la chaire de logique, le professeur Vitali Tcherkessov était l'initiateur du débat. Personnalité archétypale du temps, il s'efforçait de jouer dans le domaine de la logique un rôle analogue à Lyssenko en génétique. Hélas, il n'eut pas autant de succès, la logique n'occupant qu'une place secondaire dans la philosophie soviétique. Sur le plan intellectuel, le débat, parfaitement oiseux, n'en révélait pas moins le renouveau moral du pays, le mécontentement et l'effervescence des esprits. Moins que le contenu des interventions, ce qui comptait c'était que ce débat existât et rassemblât un grand nombre d'intervenants, qui jetaient un doute sur ce qu'avaient pu dire les « classiques » du marxisme.

Les participants du débat se divisèrent en deux groupes, le groupe « novateur » de Tcherkessov, minoritaire, et celui, majoritaire, des « conservateurs ». Les conceptions de Tcherkessov pouvaient difficilement être prises au sérieux. Il avait les étudiants de troisième cycle pour lui, tant les travaux des « conservateurs » étaient d'une banalité et d'un ennui accablants. Il bénéficiait par ailleurs de l'appui des jeunes parce qu'ils avaient l'impression de participer à un mouvement de protestation. Le groupe des « conservateurs » s'articulait autour des éminents professeurs Asmous, Bakradze et Strogovitch et était soutenu par les professeurs Kedrov et Ianovskaïa. Ils considéraient qu'il existait une logique formelle et un matérialisme dialectique et que la « logique dialectique » n'était qu'une autre appellation de la dialectique marxiste ou, à la rigueur, une de ses branches consacrée à l'étude des formes de pensée. Les « novateurs » affirmaient, eux, que la logique dialectique était une logique supérieure à la logique formelle et non un autre nom du matérialisme dialectique. Au dire d'Engels, la sphère de la logique formelle se limite aux « besoins domestiques » alors que celle de la logique dialectique évolue dans les hauteurs de la pensée scientifique.

Les belligérants avaient des prétentions considérables mais, dans la pratique, les « conservateurs » publiaient des textes d'une banalité à pleurer. Ils n'avaient pas avancé d'un pouce par rapport à la logique formelle d'avant la révolution et ignoraient encore les acquis de la « logique mathématique » et du positivisme logique occidental. Quant au « novateur » Tcherkessov, il avait inventé la notion de « syllogismes dialectiques », tout en faisant étalage de connaissances encore plus pauvres que celles de ses adversaires.

Le professeur Ianovskaïa avait déjà quelques notions de logique mathématique mais elle travaillait à la critique de l'idéalisme dans les mathématiques. Elle traînait dans la boue des philosophes occidentaux comme Tarski, Carnap et Reichenbach et traquait la dialectique dans les ineptes *Manuscrits mathématiques* de Karl Marx. Elle nous faisait un cours facultatif de logique mathématique dont le niveau rendait impossible d'y entrevoir ne serait-ce que l'amorce d'un quelconque progrès de la logique. Elle soutenait les

« conservateurs », tout en n'osant pas affirmer que les acquis de la logique mathématique représentaient une contribution à la logique formelle.

Je n'étais encore qu'un étudiant mais je me sentais suffisamment armé pour prendre part au débat. Bien sûr, ni les « conservateurs », ni les « novateurs » ne retinrent le point de vue que je développai.

« Il ne s'agit pas, dis-je, de faire comme s'il existait quelque part une logique dialectique toute prête, que nous n'aurions qu'à identifier comme telle. Cette science n'existe pas et l'expression " logique dialectique " possède d'ailleurs plusieurs sens. Il faut poser le problème autrement. Personne ne remet en cause le fait qu'il existe un mode de pensée et une approche dialectiques des phénomènes. On emploie dans cette approche des formes que décrit la logique formelle. Mais on recourt également à d'autres moyens qui nous permettent de nous orienter dans une réalité complexe, changeante et contradictoire. Ce sont ces moyens, qui rendent possible la pensée dialectique, qui doivent être pris pour objet d'étude de la logique. Et il importe peu que nous envisagions cette science comme une logique dialectique particulière ou comme une branche de la logique formelle. Soit dit en passant, ces modes de pensée ont déjà été étudiés par John Stuart Mill, pour ne citer que lui. »

J'évoquai la méthode hypothético-déductive, dont Tchernychevski, le traducteur des ouvrages de Mill, avait également parlé. Mon intervention me paraît encore tout à fait pertinente à l'heure actuelle. Elle déchaîna évidemment l'indignation générale. Néanmoins, les discussions qui s'ensuivirent me permirent de préciser l'axe des recherches scientifiques qui allaient m'occuper huit années durant.

Les philosophes soviétiques travaillaient à des problèmes si vastes que l'objet même de la philosophie ne parvenait plus à être défini. Pourtant, il existait des limites formelles à celle-ci : la logique, la gnoséologie et la dialectique, cette dernière étant comprise comme l'étude de l'être, c'est-à-dire l'ontologie. Cependant, ces limites n'étaient pas suffisamment définies dans la mesure où l'on peut donner aux branches de la philosophie que je viens de citer des contenus tout à fait différents. Hegel avait émis l'idée que la logique, la gnoséologie et l'ontologie n'étaient qu'une seule et même chose. Pour un idéaliste absolu comme lui, qui se fondait sur l'identité de l'être et de la pensée, cette idée était tout à fait naturelle. Lénine l'avait reprise à son compte mais y avait introduit une autre conception des rapports de l'être et de la pensée.

Ce débat m'obligea à élaborer ma propre conception de ces aspects de la philosophie. Je décidai de concevoir une discipline qui engloberait comme objet unique d'étude les problèmes de logique, de gnoséologie, d'ontologie, de méthodologie et de dialectique ainsi que d'autres matières qui touchent aux problèmes généraux du langage et de la connaissance. Je considérais comme secondaire l'appellation de ladite discipline. « Philosophie » ne convenait pas. Les philosophes soviétiques y auraient vu une critique de leurs pratiques. Des considérations tactiques me poussèrent à ne pas sortir du cadre de la logique et à ne pas afficher mon projet sous une forme globale. Avec le temps, je me mis à utiliser l'expression « logique complexe » pour distinguer ce que je faisais de ce que faisaient les autres. Je ne le fis que lorsque j'eus quelque peu avancé dans mon projet et lorsque la situation de la logique au sein de la philosophie soviétique devint exceptionnellement favorable.

A la veille du « dégel »

En 1951, j'obtins mon diplôme de philosophie avec la mention « excellent ». Le jury recommanda à l'unanimité la publication de mon mémoire et le conseil scientifique décida de m'accorder son soutien pour me permettre d'accéder au troisième cycle. J'étais sans-parti et, apolitique, j'avais la réputation d'un élément politiquement peu sûr mais fus admis à préparer une thèse en logique.

Le pays prenait le virage du « dégel » : de légers indices le laissaient entrevoir. On fermait les yeux sur mon sans-partisme. Avec la mention « excellent » et mon passé d'ancien combattant, je faisais partie de la « réserve d'or » de l'université. Il y avait même des gens que ma réputation de critique du stalinisme impressionnait. De plus, la logique formelle avait un statut de science secondaire, à l'écart du marxisme.

Vassili Gromakov, mon ami d'alors, était devenu secrétaire du bureau du parti de la faculté. Il joua un rôle important dans mon entrée en troisième cycle. Il n'ignorait rien de mes positions, qu'il ne partageait pas, mais était lui aussi saisi par l'aspiration au changement et à la liberté de pensée. Son marxisme-léninisme était tout à fait orthodoxe et sa spécialité, le « communisme scientifique ». Entré au parti pendant la guerre, il était devenu secrétaire du bureau de la faculté alors qu'il était encore étudiant. C'était un poste très important sous Staline. Il avait le pouvoir de décider si l'on devait ou non m'accepter en troisième cycle. Il se prononça en ma faveur. Nos relations démontrent que les lignes de démarcation entre les individus n'existaient pas telles qu'on a voulu les voir par la suite. Ce même homme que certains ont considéré plus tard comme un « stalinien en sursis » donna sa recommandation pour me faire entrer au parti alors qu'il n'ignorait rien de mon antistalinisme.

L'aspiration générale au renouveau et aux changements se manifestait dans le pays non par une exigence de réformes sociales mais par d'innombrables petits détails localisés. Personne n'évoquait ouvertement des changements radicaux dans le système de pouvoir ni dans le mode de vie collectiviste. Rares étaient ceux qui percevaient la nécessité et la possibilité de pareils bouleversements. C'est dans la vie de tous les jours que s'exprimait le besoin d'évolution. A ce niveau, les changements paraissaient possibles. Ceux qui y aspi-

318

raient agissaient dans le cadre des normes imposées par l'idéologie ambiante. Tous luttaient pour que soit mieux mise en œuvre la volonté de la direction du pays et, en particulier, du camarade Staline.

Dans notre faculté, cette tendance générale apparut sous la forme d'une rébellion des étudiants et des jeunes professeurs contre le niveau lamentable de la culture philosophique. Refusant la stagnation, ils réclamaient qu'on explore toutes les supposées potentialités du marxisme-léninisme. Leur révolte contamina certains professeurs plus âgés. Les réunions de spécialistes et les conseils scientifiques se transformèrent en champ de bataille, les empoignades se prolongeant dans les estaminets et autres buvettes.

On ne parlait pas alors de la nécessité des changements, à la différence de Gorbatchev et de sa révolution par le haut, mais des millions de personnes engageaient d'en bas des réformes concrètes d'une importance historique, et préparaient le grand tournant qui reçut plus tard le nom de Khrouchtchev.

La « dialectique du chevalet »

En 1951, un petit groupe se forma autour des idées contenues dans mon mémoire de diplôme, puis de ma thèse. Il comprenait Boris Grouchine, Gueorgui Chtchedrovitski et Merab Mamardachvili, étudiants, puis boursiers de thèse. Tous nettement plus jeunes que moi, ils avaient derrière eux quelques années d'études de moins. Par plaisanterie, nous nous donnâmes le nom de « dialecticiens du chevalet ». Ils m'appelaient le « maître », mais cette fois, ce n'était plus pour rire. Ils diffusaient mes idées et se souciaient de moi d'une façon touchante. Nous étions souvent ensemble et intervenions toujours de concert aux conseils scientifiques et aux différentes réunions. D'autres étudiants commencèrent à se regrouper autour de nous. En même temps, un groupe analogue se forma autour de Evald Ilienkov mais avec une autre orientation : ils réduisaient l'objet de la philosophie à la gnoséologie.

Il se produisit alors un phénomène, que je retrouverai dans toute mon activité ultérieure. J'exhortais mes compagnons à un travail difficile et minutieux qui nous aurait peut-être permis, après bien des années de recherche, d'élaborer une théorie philosophique de la science moderne. Mais ils se montrèrent incapables de mener l'entreprise et notre groupe finit par éclater. Une partie d'entre eux, Chtchedrovitski à leur tête, formèrent une sorte de secte philosophique. C'étaient des jeunes gens médiocres qui aspiraient à la gloire immédiate et à des résultats spectaculaires sans fournir le moindre travail. D'autres suivirent leur propre voie et trouvèrent leur place dans le milieu philosophique. Grouchine devint journaliste, puis sociologue. Mamardachvili finit par entrer à la revue *Problèmes de la paix et du socialisme*, puis à *Questions de philosophie*. Nous eûmes un conflit grave en 1970 à propos de l'orientation de cette revue. Il remplaçait le rédacteur en chef Frolov et refusa de publier l'un de mes articles, bien que je fusse encore membre du comité de rédaction. Nous rompîmes nos relations, mais pour un temps seulement. Après la publication des *Hauteurs béantes*, se sentant visé par un personnage du livre, il se conduisit d'une façon quelque peu étrange. Il fait aujourd'hui partie de l'entourage intellectuel de Gorbatchev.

Dès le début, le groupe d'Ilienkov rassembla ceux qui n'avaient pas la moindre idée de ce que la recherche scientifique pouvait être. En revanche, ils étaient capables de bavarder de n'importe quel sujet « philosophique ». Face aux philosophes antédiluviens de formation stalinienne, il était relativement facile de faire œuvre novatrice et de se distinguer. Leurs bavardages étaient accessibles à tous ceux qui étaient dotés d'une instruction philosophique, même élémentaire. Les ilenkovistes finirent tout de même par être critiqués publiquement. Ils battirent leur coulpe, mais le groupe demeura intact et continua à se livrer à ses logorrhées philosophiques de manière presque officielle.

Les « chtchedrovitskiens » constituèrent également un groupe semi-légal, prodigue lui aussi de logorrhées en tout genre, philosophie, psychologie, et même dans le domaine de l'esthétique industrielle sur lequel ils avaient d'emblée jeté leur dévolu pour en devenir des « spécialistes ».

Quant à moi, les efforts conjoints de mes amis et de mes ennemis parvinrent à me réduire au silence, à me marginaliser et à me confiner aux « chicanes et chinoiseries », nom que les ilenkovistes donnèrent à ma direction de travail. Je subissais déjà l'une des lois de la notoriété : le succès d'un travail dépend moins de sa valeur intrinsèque que du nombre et de l'importance des personnes qui en parlent dans la perspective d'en tirer un profit personnel. Mais ma façon d'être et d'agir me fermait cette voie. J'étais prédestiné à une reconnaissance cachée et à une persécution silencieuse dans tout ce que j'entreprenais et chaque fois que j'obtenais quelque résultat dans mon travail. On eut garde d'attaquer publiquement mes idées et mes œuvres car une telle critique eût attiré l'attention sur mes recherches. Un scientifique occidental en visite en Union soviétique m'éclaira sur la façon dont on traitait les cas comme le mien. En privé, il me complimenta sur mes travaux et me proposa de m'aider. Je lui demandai d'exposer publiquement son opinion sur mes recherches devant le Praesidium de l'Académie des sciences de l'URSS où il devait parler le lendemain. Naturellement, il ne le fit pas. Il connaissait l'attitude officielle à mon égard et tenait à revenir à Moscou. A moins que mes recherches ne lui aient semblé plus sérieuses que les siennes...

Remariage

Je me mariai une seconde fois en 1951, juste avant la fin de mes études universitaires. Plus exactement, on me prit pour mari. Ma nouvelle femme s'appelait Tamara Filatieva. Nous faisions partie du même groupe d'étudiants. Elle me plaisait physiquement, chantait bien, faisait du piano. Avant l'université, elle avait étudié dans une école musicale dont elle était sortie avec une médaille d'or. Elle voulait entrer au conservatoire ou à l'institut théâtral, mais son père, un officier des « organes », s'y opposa et la força à s'inscrire en faculté de philosophie. Nous fréquentions les mêmes bandes d'amis. Notre mariage lui donna droit d'être enregistrée comme résidente permanente à Moscou. Nous louâmes une chambre. A la fin de ses études, elle fut nommée à la section de propagande de la *Komsomolskaïa Pravda*, où elle travailla de nombreuses années. Elle passa ensuite aux *Izvestia* et y demeura jusqu'à son départ en retraite.

Son emploi l'amenait à travailler la nuit et à voyager souvent, ce qui ne favorisait pas une vie familiale harmonieuse. Très vite, notre mariage devint une pure formalité. Je me plongeai entièrement dans mon travail de thèse, la laissant totalement libre. En 1953, nous nous rapprochâmes pour quelque temps et le fruit de ces retrouvailles fut notre fille Tamara qui naquit en 1954. Elle souffrait d'une malformation congénitale de la colonne vertébrale et de la jambe. Je consacrai une part importante de mon existence à sa guérison. Notre mariage se transforma à nouveau en pure fiction. Dans les milieux cultivés, l'instabilité des ménages devenait la règle. Pour moi qui avais grandi dans l'idée de la fidélité conjugale et de la monogamie, de tels rapports étaient fort douloureux.

Ma thèse

Le sujet de ma thèse était la méthode de passage de l'abstrait au concret dans le *Capital* de Marx, c'est-à-dire l'analyse logique de la structure de l'œuvre. Cette méthode avait été mise à jour par Hegel puis utilisée

322

par Marx comme une « technique », un procédé logique convenant à l'étude et à la compréhension d'objets aussi complexes et changeants que la société humaine. Ce n'était rien d'autre, en fait, que l'aspect logique de la méthode dialectique.

Lorsque l'on veut étudier un objet complexe, différencié et changeant, il est impossible de tenir compte de toutes ses propriétés à la fois. On laisse fatalement quelque chose de côté. Du reste, beaucoup d'éléments n'ont qu'une importance minime pour la compréhension de l'objet lui-même et peuvent même constituer des obstacles à son étude. Admettons cependant qu'on soit parvenu à dégager toutes les caractéristiques significatives d'un objet donné. Même sous cette forme abstraite, il demeure encore complexe. Ses différents facteurs demeurent changeants et dépendent d'une foule d'effets constamment en mouvement. Il faut donc dégager de leurs connexions les différents facteurs, les abstraire, trouver une méthode d'observation et tenir compte des phénomènes laissés de côté. Les énoncés ainsi obtenus sont plus ou moins abstraits : ils prennent sens et pertinence à condition qu'on puisse s'abstraire d'un certain nombre de circonstances. A mesure qu'on s'attache aux différents éléments de l'objet global étudié, on élabore des énoncés plus ou moins concrets dont le sens et la pertinence s'acquièrent à condition de tenir compte des circonstances laissées de côté dans un premier temps.

Dans ma thèse, j'analysais cette méthode et en décrivais les chaînons constitutifs, comme l'abstraction d'isolement, l'abstraction de concrétisation, les modèles abstraits, la cellule du tout, le passage d'un phénomène isolé à un ensemble de phénomènes de même nature entrant dans un réseau d'interactions. Bref, je montrais que la méthode dialectique n'est rien d'autre qu'une pensée scientifique dans des conditions où, pour paraphraser Marx, les méthodes d'investigation expérimentale et empirique doivent laisser la

323

place à la force de l'abstraction, à des postulats théoriques et à des déductions appliquées à une interconnexion changeante et complexe de relations et de processus. John Stuart Mill avait déjà tenté de décrire une telle méthode, mais Dieu sait pourquoi on ne l'a jamais rapprochée de la dialectique. En Russie, Tchernychevski, qui avait traduit Mill en russe, l'avait également évoquée.

Ma thèse produisit une forte impression sur nombre d'étudiants et de boursiers de thèse. Elle fut reproduite par dizaines d'exemplaires, signe avant-coureur du *samizdat* des années 1960. Elle fut, on s'en doute, accueillie avec hostilité par les responsables du monde philosophique soviétique. En transformant le marxisme en idéologie officielle, on avait fait de la dialectique non plus un instrument de connaissance de réalités complexes, mais un moyen d'abrutissement et d'escroquerie idéologique. Toute tentative de décrire la méthode dialectique comme un ensemble de techniques logiques (et tel était bien le propos de mon travail) était vouée aux gémonies : la philosophie soviétique avait érigé la dialectique en une doctrine des lois générales de l'univers.

Les « campagnes » staliniennes

Les « campagnes » de propagande et de persécution staliniennes (contre les « cosmopolites », par exemple) ne furent pour moi que matière à plaisanteries et à soties. Ma perception du stalinisme se situait sur un tout autre plan et ces « campagnes » m'apparaissaient comme des gesticulations de surface. Pourtant, elles ne m'épargnèrent pas entièrement. Au cours d'une soirée étudiante, je me lançai dans des improvisations qui franchirent les limites autorisées. Je fus convoqué chez le doyen et eus à affronter le bureau de la faculté et les militants étudiants. Je pris la mouche et dis des choses qui, normalement, auraient dû me valoir l'exclusion

324

immédiate de l'université et un châtiment plus sévère. Et pourtant, chose étrange, ce furent précisément ma brutalité et ma franchise qui me sauvèrent. Mon ami Vassili Gromakov était secrétaire du bureau du parti de mon année d'études et membre du bureau de la faculté. Un autre étudiant de mon groupe, Piotr Kondratiev, était même devenu secrétaire du bureau de l'université. Il était entré en même temps que moi au MIFLI en 1939 et se souvenait de toute mon histoire. Pendant la guerre, il avait servi comme instructeur politique, puis comme chef-adjoint de la section politique d'une division ou d'un corps d'armée d'aviation, avec grade de commandant. Nous fréquentions les mêmes amis. Il connaissait mes idées, mais la solidarité entre anciens combattants s'avéra plus forte. Tous deux se portèrent garants et je fus donc gardé à l'université. L'incident est révélateur de l'esprit qui régnait alors dans le pays : la répression côtoyait la résistance que lui opposaient ceux qui avaient fait la guerre.

D'après ce que je pus observer, les « campagnes » staliniennes ne suscitèrent pas d'enthousiasme particulier dans la population et donnèrent naissance à une foule d'histoires drôles, ce qui était nouveau. Dans le journal mural de notre faculté, nous caricaturions les surenchères nationalistes officielles qui avaient pour objet la philosophie russe. Nous ridiculisions la découverte de prétendues lois fondamentales de la nature et de la société, singeant ainsi la « découverte » par Staline de la « loi fondamentale du socialisme ». Nous imaginions des mutations d'espèces animales en d'autres espèces, nous gaussant des idées de Lyssenko. Si étrange que cela puisse paraître, nous agissions en toute impunité. Ces caricatures étaient essentiellement l'œuvre d'Ilienkov et de moi-même. Bien sûr, nous le faisions sous une forme allusive, mais le sens en était aisément compréhensible.

La campagne dirigée contre le « cosmopolitisme » donna lieu, elle aussi, à une série d'histoires satiriques. Les appareils de radioscopie, disait l'une d'elles, n'ont pas été inventés à la suite des découvertes de Röntgen sur les rayons X, mais en Russie, dès le XIIᵉ siècle. En effet, le prince de Moscou, Iouri Dolgorouki, avait l'habitude de dire à sa femme : « Espèce de garce, je vois bien ce qu'il y a au fond de toi! » Or, comment aurait-il pu le voir, sinon grâce à la radioscopie? Autre exemple : des fouilles, en Allemagne, ont permis de trouver du fil de fer dans une couche de terrain datant du XIIᵉ siècle. Les archéologues en ont conclu que le télégraphe existait déjà en Allemagne à cette époque. En Russie, des fouilles analogues n'ont rien donné, ce qui montre bien que la Russie du XIIᵉ siècle connaissait déjà la télégraphie sans fil. Autre histoire : on lance un concours de dissertation sur le thème des éléphants. Le premier prix est décerné à une œuvre qui démontre que la Russie est la patrie des éléphants. Cette expression, « la Russie patrie des éléphants », devint le symbole de toute la campagne contre le cosmopolitisme.

La croisade contre le « cosmopolitisme » devait ressusciter le sentiment d'identité nationale des Russes. Elle révéla, au contraire, l'absence de perspectives du nationalisme russe. Celui-ci prenait immédiatement des formes monstrueuses qui le faisaient devenir la cible des autres nationalités et du pouvoir lui-même.

A propos du peuple russe

Après ma démobilisation, je renouai avec Andreï Kazatchenkov. Il avait achevé ses études supérieures et était boursier à la chaire d'histoire de la philosophie russe. Il travaillait sur une thèse consacrée à l'écrivain révolutionnaire Nikolaï Tchernychevski. Il vivait à Izmaïlovo, en banlieue, et je lui rendais souvent visite. Nous allions au parc, louions une barque et ramions jusqu'au milieu de l'étang. Là, nous abordions en toute impunité les sujets les plus tabous. Nous évoquions la guerre, Staline et le stalinisme, la situation du peuple russe, qui passionnait par-dessus tout Andreï. Loin

326

d'être chauvin, il ne s'était pas compromis dans la campagne contre les prétendus « cosmopolites ». Son attitude à l'égard des problèmes nationaux du peuple russe était beaucoup plus profonde et sérieuse. En revanche, ces questions n'attiraient pas particulièrement mon intérêt.

Lors de l'une de nos conversations, je lui récitai mon poème consacré au toast de Staline. Il me récita à son tour plusieurs poèmes de la même veine, puis nous eûmes à peu près cette discussion :

« Tu es allé dans plusieurs pays, me dit-il. Dis-moi, franchement, où trouve-t-on les pires conditions d'existence ?

– Chez nous, en Russie, répondis-je.

– Que faire ? Une grande mission historique nous est impartie et il faut bien en payer le prix.

– L'idée de mission est un procédé qui permet à une partie de la population de berner et d'exploiter l'autre.

– D'accord. Mais quand même ce n'est pas tout. Dis-moi, s'il n'y avait pas eu la collectivisation et l'industrialisation, aurions-nous pu gagner la guerre contre les Allemands ?

– Non.

– Sans les rigueurs staliniennes, aurait-on pu maintenir le pays dans un état d'ordre relatif ?

– Non.

– Si nous ne développions pas l'industrie et les armements, saurions-nous préserver l'intégrité et l'indépendance de notre Etat ?

– Non.

– Alors, que proposes-tu ?

– Mais rien ! Je me suis battu pour notre pays et si c'était à refaire, je serais le premier à me porter volontaire, indépendamment de toute autre considération. Mais je doute qu'une mission historique vaille toutes les pertes qu'a subies et que subira encore notre peuple. Je suis persuadé que les Russes auront toujours une vie de cochon tant que l'empire soviétique existera. »

Je formulai mes programmes minimum et maximum sous une forme humoristique. Programme minimum :

la Fédération de Russie doit sortir de l'Union soviétique. Programme maximum : les Russes doivent se séparer des autres peuples qui constituent la Fédération de Russie. Andreï trouva mon programme excellent mais irréalisable.

« Dans ce cas, poursuivis-je, les Russes doivent faire en sorte que toutes les sottises sur l'exploitation et la russification qu'ils font soi-disant subir aux autres peuples deviennent réalité. Pour paraphraser Shakespeare, tant qu'à passer pour pécheur, autant l'être pour de bon : la calomnie est pire que l'accusation.

– Hélas, dit Andreï, cela aussi est impossible. Les Russes ne peuvent servir l'histoire que d'une seule façon : en pavant de leurs os la route d'autrui. »

Plus de quarante ans ont passé depuis cette conversation, et je n'ai pas modifié mon point de vue. Fondamentalement, la situation du peuple russe est restée la même. En 1988, travaillant à un projet pour « l'appel de Cologne », je fis de la destruction de l'empire soviétique une condition nécessaire pour l'accès du peuple russe à la civilisation moderne.

Andreï et moi partagions l'idée que notre peuple était le cobaye idéal pour l'expérimentation du communisme. L'habitude ancestrale d'obéir aux chefs et de vivre à un niveau extrêmement bas, l'absence d'identité civique, de dignité et de solidarité nationale, la dispersion de la population sur un territoire immense, autant de traits qui, ajoutés à quelques autres, permirent aux organisateurs de la révolution d'user des Russes comme d'une masse docile. Nous étions également d'accord pour convenir que pendant toute la période d'après la révolution, on avait systématiquement détruit la nation russe. La tentative stalinienne de ressusciter l'esprit national ne changea pas les choses. Elle n'améliora en rien la situation des Russes et enferma leur nationalisme dans une impasse en lui prêtant la forme monstrueuse d'une lutte contre le « cosmopolitisme ».

Nos désaccords commençaient là. Andreï songeait à

328

des voies de renaissance de la nation russe dans son ensemble. J'insistais sur le fait que les Russes ne formaient pas un tout homogène, que les classes dirigeantes trahissaient et trahiraient encore les intérêts de leur peuple, en l'utilisant comme instrument de leurs buts privés. Je pensais qu'il ne fallait pas parler des intérêts généraux du peuple russe qui n'existaient pas, mais appeler la population à se battre pour ses intérêts sociaux. Alors, par voie de conséquence, les problèmes nationaux seraient eux aussi résolus.

Bien que je me sois toujours intéressé aux problèmes sociaux et peu aux questions nationales, je suis Russe de naissance, d'éducation, de caractère, et cela a joué, je le crois volontiers, un grand rôle dans ma vie.

Certains traits du caractère national russe ont aggravé ce qui relevait de la société soviétique. Je ne saurais dire s'ils sont positifs ou négatifs. Ce sont la patience et la capacité d'endurer les pires conditions d'existence. La débrouillardise permettant de se sortir des situations apparemment les plus désespérées. La propension à passer rapidement d'une humeur à une autre aux antipodes. La conjugaison de traits opposés comme la parcimonie et la prodigalité, la prudence et la témérité, la docilité et l'esprit de rébellion, le désir de plaire aux autres et celui de leur imposer sa volonté, la paresse et l'énergie au travail, le goût pour les spéculations abstraites et une philosophie de bazar... En peu de mots, les Russes combinent les types et les caractères humains les plus étrangers. Ils diffèrent des Occidentaux comme les bâtards des chiens de race. L'Occidental est un homme cultivé depuis des siècles, artificiellement sélectionné. Le Russe est un produit naturel qui s'est fait lui-même, avec des moyens artisanaux et primitifs, sans se livrer à aucun calcul rationnel. Il est pitoyable et menaçant, inoffensif et dangereux, méprisable et admirable, misérable et riche spirituellement, médiocre et brillant. Les Occidentaux sentent les dons et la force cachée des Russes et craignent de les voir se matérialiser. Ils ont peur que nous ne les bousculions, non pas tant sur le plan territorial que culturel et moral. Cette crainte existe d'ailleurs aussi en Union soviétique où tout est fait pour empêcher les Russes d'accéder à la culture universelle et d'y apporter leur contribution à la mesure de leurs dons naturels. Ce n'est pas tant de voir des soldats soviétiques arpenter leurs rues qui inquiète les Occidentaux que de découvrir un jour que les Russes peuvent produire des livres, des tableaux, des œuvres musicales, des films et des théories scientifiques mieux qu'eux.

Toutefois, l'un des traits nationaux des Russes préserve le monde des flambées de leur génie : ils empêchent eux-mêmes leurs propres talents de faire accéder le peuple aux bienfaits de la culture mondiale. L'auto-humiliation et l'obséquiosité dont les Russes font preuve devant les autres fait autant partie du caractère russe que l'arrogance et la suffisance qui les accompagnent immanquablement. Le Russe est enclin à souffrir et à faire souffrir les autres. Lorsqu'on considère leur sort, l'on a envie de les traiter de tous les noms, de les qualifier d'esclaves, de béotiens, de goujats. Et, en même temps, on a envie de hurler en voyant le bourbier dans lequel ils sont contraints de patauger, la façon dont les parasites nationaux ou étrangers les bafouent et ce que leur coûte une mission historique, parfaitement étrangère à leur nature. Et tout cela pourquoi ? On a imposé au peuple russe le rôle de messager d'une voie historique sans issue. On l'a contraint à sauver le monde, en le plongeant dans le gouffre du malheur.

La débrouillardise russe

J'ai mentionné la débrouillardise russe. C'est la forme par excellence de notre génie national. Leskov, un écrivain du siècle dernier, a écrit une nouvelle intitulée *Le Gaucher*, dont le thème est justement ce trait : les Anglais fabriquent une puce artificielle micro-

330

scopique capable de sauter; un artisan russe très habile, simple moujik, réussit à lui ferrer une patte et l'empêche ainsi de bondir.

Récemment, une entreprise étrangère a fourni à l'Union soviétique une chaîne de montage équipée d'un robot chargé d'éliminer toutes les pièces défectueuses. Lorsqu'on mit la chaîne en route, le robot ne laissa passer aucune pièce : toutes présentaient des défauts. La direction de l'usine fut prise de panique : impossible de licencier le robot; pas question de le soûler, de le soudoyer, ou de le blâmer en réunion du parti. C'était un travailleur sobre et consciencieux, comme il en faudrait tant pour rendre l'économie performante selon les vues gorbatchéviennes. Or, c'était précisément cet employé exemplaire qui mettait le système en danger. La situation était sans issue. Heureusement un ouvrier débrouillard trouva la solution : il attacha le bras du robot pour que celui-ci ne jette plus les pièces au rebut et se borne à en esquisser le geste. C'est ainsi que le génie russe eut raison des meilleures technologies occidentales grâce à un bout de ficelle.

La débrouillardise russe joua un rôle immense au cours de l'industrialisation stalinienne et pendant la guerre. Le niveau technologique et organisationnel était si bas que bien souvent seules les solutions artisanales permettaient de sortir de l'impasse. Mais après la révolution technologique de l'après-guerre, la débrouillardise ne servit plus qu'à alimenter les histoires drôles. Les Russes ont peu de chances de se placer, en temps de paix, à la tête du progrès technique. En revanche, en cas de nouvelle guerre mondiale et de défaite des pays capitalistes avancés, ils auraient de bonnes chances de mettre en application leur débrouillardise naturelle en récupérant ce qu'ils trouveraient dans les ruines de la civilisation occidentale pour en faire de misérables édifices. Dans mes meilleurs cauchemars, je vois parfois l'avenir de la Russie sous la forme d'un dépotoir d'ordinateurs et de robots hors d'usage, aux mains ligotées.

Staline finit par mourir. Je n'en éprouvai aucune joie. Mon ennemi de toujours, celui qui avait donné un sens à ma vie, avait disparu. Mon antistalinisme n'avait plus de sens : un Staline mort ne pouvait plus être mon ennemi. Je me sentais comme au lendemain de la guerre. En diffusant des idées antistaliniennes, j'avais l'impression d'être toujours au front. Toute conversation osée me faisait courir le risque d'être dénoncé et arrêté. Pour moi, c'était comme une mission de combat. Tout cela était fini. Certes, Staline allait être remplacé par un autre dirigeant, mais il me serait impossible de le prendre à ce point en considération.

Par principe, je refusai d'aller me recueillir sur sa dépouille ou, plus tard, de visiter le mausolée où il resta quelque temps. Pour la plupart de mes amis, la mort de Staline était un authentique malheur. Ilienkov pleurait, reportait ses espoirs sur Mao et se soûlait à la vodka. Cela ne l'empêcha pas de s'apprêter, comme tout le monde, à dénoncer la vulgarisation stalinienne du marxisme. On s'était tellement habitué à Staline qu'il était devenu partie prenante de notre vie privée. Chacun sentait qu'une époque s'achevait, d'où un sentiment de malheur. Chacun sentait aussi que cette époque était à jamais révolue, d'où la joie générale.

Ma mère découpa la photographie de Staline dans un journal et la glissa dans son Evangile. Je lui demandai pourquoi. Après tout, il avait toujours été un scélérat! Elle me répondit que Staline avait pris sur lui les péchés des autres et que, désormais, tout le monde l'insulterait. Quelqu'un devait donc prier pour lui. De toute façon, on ne pouvait savoir s'il résulterait plus de mal que de bien de ses actes. Et on ignorait ce qu'un autre eût fait à sa place.

LA JEUNESSE DU COMMUNISME

Mon antistalinisme

Mon antistalinisme fut une réaction aux conditions de vie épouvantables que je voyais autour de moi. Dans mon esprit, Staline personnifiait tout le mal existant. A dix-sept ans, au moment où ma haine de Staline atteignit son apogée et où je me sentis prêt à l'assassiner au prix de ma vie, je commençai à soupçonner que les racines du mal étaient plutôt à rechercher dans le système social que dans la personne de Staline. Pendant mes errances de 1939-1940, cela devint une certitude. Dans mon nouveau désir de comprendre les mécanismes qui engendraient le mal, Staline, malgré tout, et ses complices demeuraient pour moi l'incarnation du système social soviétique. Il en fut ainsi jusqu'à la mort du tyran. Mais en me livrant à ma « propagande » clandestine, je cherchais surtout à comprendre et faire comprendre aux autres la nature du communisme réel. A la mort du Petit Père des peuples, je compris que le stalinisme était la forme historique qu'avait prise la genèse de la nouvelle société. Sa jeunesse en quelque sorte.

Cette diffusion de mes idées présentait des dangers. Je me sentais comme un conjuré pourfendant le mal. A présent, Staline était mort et cette page semblait tournée. La question se posait dès lors de savoir quelle allait être ma vie : faire comme tout le monde, c'est-à-dire m'adapter aux circonstances et entamer la lutte pour les biens terrestres ? Mon intuition me dictait que le sort me réservait autre chose, que je devais seulement attendre et que le cours même de la vie me montrerait la voie. Dans l'agitation générale, je devais avant tout m'arracher au troupeau, me mettre à l'écart et réfléchir à l'époque qui venait de s'achever. Entre 1953 et 1956, je mis définitivement au point mes idées théoriques sur la période stalinienne. J'ai consacré par la suite beaucoup de pages à ce sujet. J'ai écrit *Le Héros de notre jeunesse* pour le trentième anniversaire de la mort du tyran. Mais je n'ai fait alors que coucher par écrit les idées que je m'étais forgées au milieu des années 1950.

Mon approche

La période stalinienne se caractérise par sa très grande complexité. Mais toutes les approches n'ont pas une valeur égale. Parmi les œuvres qui lui sont consacrées, y compris celles de Soljénitsyne, aucune ne me paraît adaptée à son objet. Toutes mettent en valeur certains aspects de l'époque, les exagèrent et les font entrer dans des cadres préétablis. Les thèmes les plus fréquents sont la répression et la lutte de Staline pour le pouvoir. Du même coup, le processus historique perd son unicité et, indépendamment de la volonté des auteurs, l'image donnée est faussée. Toute l'époque est considérée de l'extérieur, telle qu'elle apparaît à un observateur occidental, ou bien encore d'en haut, du point de vue des groupes ou des individus au pouvoir. D'où une description en surface et purement événementielle.

L'essentiel de la période, tout ce qui s'est joué au sein des masses, de la population, et qui a constitué le fondement des phénomènes décrits, n'est presque jamais pris en compte. Autrement dit, on examine l'écume de l'histoire et non son cours profond. Les faits sont détachés de leur contexte et on leur applique des concepts et des jugements inadéquats ou anachroniques. Résultat : le stalinisme est réduit à une pure entreprise de mensonge et de contrainte ; la période stalinienne est décrite comme un trou noir et un crime intégral. Dans cette optique, les dirigeants ne commettaient que des sottises et passaient leur temps à poursuivre des buts personnels. Cette vision arrange beaucoup de monde puisque n'importe quel imbécile peut dès lors se considérer comme un grand sage en regard des demeurés staliniens, et que même un fieffé coquin devient, comparé à eux, un modèle de moralité.

L'idéologie et les sciences humaines soviétiques oscillent entre semi-vérités et semi-condamnations : dans le meilleur des cas, on reconnaîtra qu'il y a eu des « erreurs » de Staline ; dans le pire, on spécule de façon éhontée sur un passé qui ne peut plus se défendre et ne représente plus aucun danger. Les matamores gorbatchéviens, qui gesticulent en une bagarre depuis longtemps révolue, ne méritent que mépris. Quant aux Occidentaux qui prennent les pitreries de ces clowns au sérieux, ils sont encore plus à plaindre. Le véritable courage consiste à juger l'époque stalinienne en fonction de son apport à l'évolution de l'humanité.

Pour moi, à la mort de Staline, le choix était clair. Pour progresser intellectuellement, je devais analyser ce qui avait eu lieu, ce qui avait disparu pour toujours, ce qui allait perdurer quelque temps par la force de l'inertie et enfin ce qui était destiné à exister durablement. Au moment où je me posai ce problème, j'étais déjà armé professionnellement pour le résoudre.

Comprendre une période historique de cette ampleur, ce n'est pas, me disais-je, décrire la chaîne des événements dans leurs causes et leurs effets. C'est percevoir l'essence de l'organisme social en gestation. Cette époque vit naître un nouveau système social, avec son économie, son appareil d'Etat, son idéologie, sa culture, son mode de vie qui touchait des millions de personnes.

Pour commencer, je refusai de qualifier l'époque stalinienne de criminelle, notion juridique ou éthique, mais qui n'a rien à voir avec l'histoire ou la sociologie : on ne saurait l'appliquer à des périodes, des sociétés ou des peuples. Ce fut, certes, une époque terrible, riche d'une multitude de crimes, mais, si graves qu'ils puissent être, une société ne saurait être seulement criminelle.

Questions de terminologie

La nouvelle société s'édifiait avec le matériel humain dont elle disposait, à partir des possibilités historiques qui lui étaient offertes et à l'aide des méthodes héritées du passé, alors accessibles, et imposées par les circonstances, ou engendrées par les masses et les chefs. Beaucoup ont fini par être rejetées, mais d'autres sont entrées dans le corps de la nouvelle société et sont devenues des mécanismes de reproduction de l'organisme social.

Que faut-il appeler stalinisme ? Ce qui a été rejeté par l'histoire ou ce qui est resté ? Mais le problème ne se réduit pas à cette question : il faut encore distinguer ce qui était lié au caractère de Staline et ce qui relevait de phénomènes plus profonds. Comment dissocier ces deux aspects ? Lorsqu'on réfléchit à ces questions, on découvre que la notion de « stalinisme » n'est pas aussi claire qu'elle le paraît à première vue. En outre, ce même mot peut également qualifier l'ensemble de principes idéologiques, explicites ou implicites, qui formaient la doctrine officielle. Aujourd'hui encore, cette notion a grand besoin d'être clarifiée. On a tout fait pour qu'elle devienne une bulle de savon idéologique destinée à troubler les esprits et à discréditer les mal-pensants.

L'idée de « stalinien » mérite aussi d'être précisée. Il peut s'agir d'un dirigeant de l'équipe stalinienne, d'un idéologue ou un apologiste de Staline, ou encore d'un agent actif de sa politique. Mais le même mot peut qualifier aussi les dirigeants actuels qui affectionnent les méthodes de cette époque. Comment classer Khrouchtchev, ancien acolyte et lieutenant du tyran mais qui, après la mort de son chef, prit la tête de la déstalinisation en usant des mêmes méthodes ? Comment qualifier les gorbatchéviens qui attaquent Staline en paroles mais qui continuent à suivre les modèles staliniens dans leur façon de gouverner ou de se comporter ? Que dire d'un homme qui émet aujourd'hui un jugement positif sur certaines actions de Staline ? S'agit-il d'un stalirien ? Est-ce parler en stalinien que de qualifier le dictateur de grand homme historique ?

Ce flou terminologique ne tient pas seulement à une absence de consensus sur les mots, mais à des divergences plus graves. Prenons la critique gorbatchévienne du stalinisme. Elle a servi à masquer le penchant des gorbatchéviens pour un volontarisme et des méthodes staliniens dans leur façon de s'adresser aux masses. Ils accusent de stalinisme les dirigeants brejnéviens et les « conservateurs » actuels. Or, si on y regarde de près, le brejnévisme a été précisément une réaction de défense de l'appareil du pouvoir contre le volontarisme stalinien de Khrouchtchev. Dans l'équipe de Gorbatchev, les adversaires des méthodes staliniennes de gouvernement, ce sont les conservateurs et non les réformateurs. Il serait donc vain d'espérer que ce flou terminologique que l'on entretient sciemment se dissipe.

Pour éviter tout malentendu, j'appellerai « stalinisme historique » (ou simplement stalinisme) la forme sous laquelle la société communiste s'est créée en Union soviétique sous l'impulsion de Staline, de ses lieutenants et de tous ceux qui exécutaient leurs volontés et agissaient conformément à leurs idées et directives (ces derniers pourront être qualifiés de « staliniens historiques »). La société communiste n'est pas le produit arbitraire de la volonté d'un homme. Elle a surgi en

337

obéissant à des lois sociales objectives, qui se sont révélées à travers l'activité de certains individus, de sorte que la forme qu'elles ont prise porte la marque de Staline et des staliniens. Si Lénine avait vécu vingt ans de plus et s'était maintenu au pouvoir, la forme historique prise par la nouvelle société eût été quelque peu différente, tout en restant de même nature. Si un autre avait dirigé le pays, il aurait donné son nom à une forme nouvelle.

J'appelle « méthode de gouvernement stalinien » tout type de direction qui est doté des traits essentiels du stalinisme historique. On peut l'observer dans d'autres pays communistes. Khrouchtchev comme Gorbatchev ont tenté de les réitérer. En général, les dirigeants évitent de parler de type de gouvernement stalinien, les uns parce qu'ils veulent eux-mêmes « porter la moustache », les autres (comme Gorbatchev) parce qu'ils veulent éviter toute analogie avec le dictateur. Mais le pionnier de ce style de gouvernement fut bien Staline et si l'on voulait être juste et protéger ses droits d'auteur, il faudrait qualifier de staliniens tous ceux qui l'imitent.

La révolution sociale

Sous Lénine, la révolution politique ouvrit la voie à une nouvelle société qui s'est formée sous Staline. La révolution sociale au sens strict, c'est-à-dire la transformation de la structure sociale de la population, s'est en effet produite sous le seul gouvernement stalinien. La révolution sociale n'a pas consisté à liquider les capitalistes et les propriétaires fonciers et à mettre fin à la propriété privée de la terre, des usines et des moyens de production. Ce n'était là que des conditions préalables pour qu'une révolution sociale s'accomplisse et que se crée une nouvelle structure sociale, une nouvelle organisation des masses. Ce fut un processus sans précédent, au cours duquel des millions de personnes furent réunies dans des collectifs communistes dotés de nouvelles structures et régis par de nouveaux rapports entre les individus. Des centaines de milliers de cellules sociales, pour la plupart nouvelles et non héritées du passé, furent créées et s'unifièrent en un tout. Quels que fussent les objectifs des bâtisseurs de la nouvelle société, leurs politiques de collectivisation et d'industrialisation accélérèrent ce processus. Le résultat principal de l'action de Staline, ce fut précisément de créer une nouvelle organisation sociale de la population.

Il est facile d'inventer une histoire fictive dans son cabinet de travail, entouré de centaines d'ouvrages savants. Chacun se croit un grand stratège à suivre les combats de loin, comme dit le poète. Tchernychevski écrivait que l'histoire réelle n'avait pas la rectitude de la perspective Nevski. Dans l'histoire réelle, les gens ne savent pas ce qu'ils font, les résultats de leur action ne correspondent pas à leurs buts initiaux et les meilleures intentions peuvent avoir un résultat détestable. Il est bien vrai que l'absurde, l'erroné, le criminel ont régné en maîtres sous Staline. Mais, en même temps, cette période fut avant tout celle où les individus apprirent à se conformer aux règles toutes nouvelles des collectifs. Ces années furent celles d'une création historique grandiose, œuvre de millions et de millions de personnes, et non la réalisation des projets perfides et malfaisants de tyrans.

Tout imbécile peut se faire valoir aux dépens du passé. Pour les malins et les matamores d'aujourd'hui, l'histoire soviétique se présente à peu près ainsi : Lénine était bon et intelligent. Il fit la NEP et les gens vécurent mieux. Mais le méchant et stupide Staline s'empara du pouvoir, força les paysans à entrer dans les kolkhozes et donna l'ordre d'arrêter des millions de gens. Malins et matamores ont réussi à créer une situation telle que toute protestation contre ces inepties est aussitôt présentée comme une apologie du stalinisme. Or, la NEP n'a pas du tout été ce qu'on en dit mainte-

nant. Elle ne fut pas abolie, mais mourut toute seule de n'avoir pas produit les résultats escomptés. Les kolkhozes, on l'a vu, ne furent inventés ni par Staline, ni même par Lénine. La collectivisation ne fut pas un crime mais une nécessité tragique. Il était impossible d'éviter l'exode rural. La collectivisation ne fit que l'accélérer : et sans elle cette mutation aurait peut-être encore été plus douloureuse et se serait étalée sur plusieurs générations. Le gouvernement soviétique n'avait pas le choix : pour la Russie, il n'y avait qu'une alternative, survivre ou périr. Et pour survivre il n'y avait pas plusieurs moyens. Staline n'est pas le créateur de la tragédie russe, il n'en fut que l'expression. On réhabilite aujourd'hui Boukharine et ses idées. On oppose leur prétendue sagesse à la sottise stalinienne. Certes Boukharine ne fut pas un « ennemi du peuple », mais cela ne signifie pas qu'il fût un puits de science. Ce fut un crétin historique, tout comme ses adeptes actuels et les larbins gorbatchéviens qui cherchent à assurer leur ascension en falsifiant l'histoire et en discréditant leurs prédécesseurs.

Ma mère souffrit, ô combien, de la collectivisation dont elle vécut tous les cauchemars, mais elle sentait parfaitement la différence entre le cours profond de l'histoire et son écume. Elle gardait dans son Evangile un portrait de Staline, mais elle me bénit quand j'entrepris de me rebeller contre lui. Staline était mon ennemi, mais je le respecte infiniment plus que ceux qui, aujourd'hui, se battent sans risques contre les spectres du passé.

Les historiographies soviétique et occidentale maltraitent tout autant l'industrialisation de l'URSS. Son aspect essentiel, sociologique, est totalement sorti du champ de vision de ses apologistes comme de ses détracteurs. J'ai rencontré un dirigeant d'alors, condamné sous Staline, réhabilité sous Khrouchtchev, mais qui est demeuré jusqu'à sa mort un stalinien convaincu. « Prenez n'importe quelle mesure à première vue absurde de cette époque, me disait-il, et je me fais fort de vous démontrer qu'elle a fini par se justifier, quelles qu'aient été les pertes et les préjudices. Mettons que nous avons construit une usine. Du point de vue économique et technologique, ce chantier s'est avéré une absurdité. L'usine a été gelée, on l'a oubliée. Mais ce fut un magnifique entraînement pour organiser et diriger les larges masses. Une foule de personnes ont acquis une profession. Beaucoup sont devenues des ouvriers hautement qualifiés. Et pensez aux ingénieurs, aux techniciens, à l'alphabétisation de centaines de milliers de personnes! Et à tout cet apprentissage permanent. Savez-vous à quel point tout cela nous a servi pendant la guerre? Sans cette expérience nous n'aurions peut-être pas pu la gagner. Sans cet entraînement, la direction aurait-elle osé évacuer une usine d'importance stratégique en pleine steppe? Et, en quelques jours, cette usine fournissait une production indispensable au front! Littéralement en quelques jours! Alors tout ça, ça ne compte pour rien? L'ignorer, c'est faire preuve d'injustice à l'égard des gens de cette époque et c'est historiquement faux. »

Comme beaucoup d'autres, ce stalinien comprenait que la politique d'industrialisation avait été avant tout une forme d'organisation des masses et seulement ensuite un phénomène économique. Bien sûr, il n'usait pas de termes sociologiques, mais il était infiniment plus près de la vérité que les « chercheurs » d'aujourd'hui.

Le pouvoir et l'administration

La période stalinienne fut le théâtre d'une unification des peuples dispersés sur un immense territoire en un organisme social homogène. Elle vit aussi cet organisme se différencier et devenir de plus en plus complexe. Il s'ensuivit nécessairement une croissance de l'appareil du pouvoir. De nouvelles fonctions furent créées. Le système administratif actuel s'est formé à

341

l'époque de Staline. Il ne surgit pas spontanément au lendemain de la révolution : de longues années furent nécessaires.

Dès les débuts de la nouvelle société, le pays attendait impérativement d'être dirigé. L'appareil d'Etat de l'ancien régime avait été détruit par la révolution. Ses débris et son expérience furent utilisés pour créer une nouvelle machine étatique, mais cela ne suffit pas : au milieu de la ruine générale, le pouvoir populaire engendré par la révolution se substitua à l'appareil détruit.

Dans l'expression « pouvoir populaire », je n'introduis aucun jugement de valeur. Je ne partage pas les illusions de ceux qui croient à ses vertus. J'entends par là une structure de pouvoir précise dans des conditions historiques précises et rien de plus. Ses traits dominants sont les suivants : l'écrasante majorité des fonctions dirigeantes sont occupées par des hommes et femmes nouveaux issus des couches inférieures. Or cela représente des millions d'individus. Le dirigeant sorti du peuple s'adresse directement au peuple, ignorant l'appareil qui fait figure, aux yeux des masses, de force hostile et d'obstacle sur la route du chef. De là les méthodes volontaristes de gouvernement. C'est également pour cela que le dirigeant suprême peut à son gré manipuler les fonctionnaires, les muter, les faire arrêter. Ce dirigeant devient un chef populaire. Le pouvoir est direct, sans médiation ni masques.

Le pouvoir populaire est aussi une forme d'organisation des masses : sans une préparation convenable de la population, la volonté du chef n'est rien. De là les militants, les initiateurs, les animateurs, les travailleurs de choc, les héros... La masse est passive de nature. Pour la maintenir dans l'état de tension requis et la pousser dans la direction voulue, il faut réussir à dégager d'elle une fraction active. Ces activistes doivent être encouragés, dotés de quelques privilèges. Ils doivent avoir un pouvoir réel sur la masse passive. Partout se créèrent des groupes informels de militants qui

342

surveillaient et contrôlaient pratiquement toute la vie du collectif et de ses membres. Il était impossible de diriger sans leur soutien une entreprise quelconque. C'étaient en général des gens dont le statut social était peu élevé. Souvent, c'étaient des enthousiastes désintéressés. Pourtant, peu à peu, ces militants de base formèrent des mafias qui terrorisèrent le personnel des entreprises et donnèrent le *la* dans tous les domaines de la vie sociale. Ils étaient à la fois soutenus par le haut et par le bas. Leur force venait de là.

Le pouvoir populaire, c'étaient aussi les dirigeants s'adressant directement aux masses et suscitant leur enthousiasme, non sans les monter aussi contre les prétendus « bureaucrates » et « conservateurs » incrustés dans d'innombrables administrations. Les chefs de tous rangs se présentaient comme des défenseurs du « peuple » dans sa lutte contre ces ennemis réels et potentiels.

Parallèlement au pouvoir populaire, sous sa protection mais en même temps opposé à lui, le système du Parti-Etat commença à se développer à partir de l'organisation sociale de la population. Il y a là une contradiction historique : le stalinisme contribua à créer le système du Parti-Etat, il l'utilisait et se renforçait grâce à lui, mais en même temps le combattait et cherchait à limiter sa croissance et sa force. Peu à peu, le pouvoir populaire avec ses chefs et ses militants, son volontarisme, ses appels aux masses, ses campagnes d'enthousiasme, sa violence, sa répression et le reste, céda la place au pouvoir officiel, légal et normatif du Parti-Etat, avec sa bureaucratie, sa hiérarchie, sa routine et son professionnalisme. Le pouvoir populaire avait été efficace dans les conditions de ruine et de misère, quand un seul homme pouvait prétendre avoir en tête toutes les usines, les chantiers, les bureaux et que les fonctions de contrôle et d'administration étaient encore relativement simples. En déployant des chantiers grandioses et en entamant une grande révolution culturelle, le stalinisme signait son propre arrêt de

343

mort : l'enfant qu'il engendrait ne pouvait pas tenir dans son ventre et fonctionner d'après ses règles primitives.

Le matériau humain changea également. Celui sur lequel avait reposé le stalinisme avait été en grande partie anéanti. Les survivants avaient vieilli, s'étaient lassés, avaient dégénéré. Certes, la jeunesse continuait à fournir ses contingents, mais les individus étaient différents : ils n'avaient plus la même psychologie, le même niveau d'instruction, les mêmes conditions de vie. Les masses avaient beau être dociles et faire tout ce qu'il fallait (approuver, stigmatiser, démasquer, applaudir), elles avaient fondamentalement changé. Les militants spontanés devinrent un objet de risée générale. Les dénonciations perdirent leur efficacité d'antan. De nombreux staliniens, parmi les plus fieffés et les plus actifs, furent éliminés aux élections du parti et du Komsomol.

Vers la fin de la période stalinienne, le système de pouvoir bureaucratique avait atteint de telles proportions et acquis une telle puissance que le pouvoir populaire devint superflu. Il constituait même un danger pour la survie de la société, qui se défendit en l'affaiblissant et en le transformant en un outil docile du pouvoir normal.

Le super-pouvoir

Dès la période stalinienne, on put distinguer deux aspects différents du système de commandement : a) les relations entre le pouvoir et la société qu'il dirigeait ; b) la division interne du système de pouvoir et les relations qui y régnaient. Ce second point fait apparaître une nouvelle structure dont la tâche est de contrôler tout l'appareil et de le forcer à fonctionner comme un tout homogène : le super-pouvoir ou le pouvoir sur le pouvoir. En effet, le système étatique prit de telles proportions qu'il devint une sur-société qui, à son tour, devait être dirigée. Sous Staline, l'appareil de ce super-pouvoir fut constitué à la fois d'éléments du pouvoir populaire et du Parti-Etat : le secrétariat personnel de Staline, le groupe formé par certains de ses proches (la mafia dirigeante), ce qu'on appelle la « nomenklatura » et les « organes ».

Les « organes »

Les « organes » jouèrent un rôle d'une importance exceptionnelle qui excédait leurs fonctions purement répressives. Instrument du super-pouvoir, ils liaient le chef aux masses et lui permettaient de conserver le contrôle de l'appareil d'Etat. Les « organes » bénéficiaient d'une grande confiance auprès de la population. On les croyait toujours et on les aidait.

L'une des tâches des « organes » consistait à entretenir une forme de pouvoir populaire, telle que le système de dénonciation des ennemis (le plus souvent fictifs) et leur répression. Il est habituel, aujourd'hui, de critiquer la délation secrète, si courante autrefois. Or la délation ouverte et publique était encore plus communément répandue et efficace. Les dénonciations ne pouvaient évidemment pas rester sans conséquences, faute de quoi elles auraient perdu leur sens et leur force. D'une certaine manière, ce système était une forme naturelle de démocratie authentique. C'était une activité spontanée des masses encouragée d'en haut, car le pouvoir suprême était populaire et cherchait à le rester. Elle s'est affaiblie en même temps que le pouvoir populaire.

La nomenklatura

Bien que la société soviétique soit le phénomène le plus intéressant, le plus important et en même temps le plus abscons de notre temps, la plupart des Occiden-

345

taux en sont encore à user de quelques mots passe-partout, destinés à expliquer d'un coup et sans efforts tout ce qui peut se passer en URSS. Quel que soit le sujet, on se sert immédiatement de notions comme « totalitarisme », « répression », « goulag », « partitocratie », que l'on combine entre elles de toutes les manières possibles.

En la « nomenklatura » on voit même le secret du pouvoir soviétique. De quoi s'agit-il en réalité? Sous Staline, c'était un levier de commande. Elle était formée de responsables du parti spécialement sélectionnés, particulièrement sûrs, qui dirigeaient toutes les régions du pays et ses divers secteurs d'activité. A l'époque, la position des chefs était relativement simple, les directives générales claires et stables, les méthodes de direction primaires et le niveau culturel et professionnel des masses très bas. Les tâches à accomplir et les règles pour ce faire étaient élémentaires et identiques partout. Tout dirigeant appartenant à la nomenklatura pouvait, avec un égal succès, diriger la littérature, une région, l'industrie lourde, la musique ou le sport. Son rôle était de créer et de maintenir l'unité et la centralisation de la direction, d'habituer la population aux nouvelles formes de relations avec le pouvoir et de résoudre à n'importe quel prix quelques problèmes d'importance vitale pour l'Etat. Les membres de la nomenklatura stalinienne ont correctement rempli ce rôle.

Dans la période post-stalinienne, quand le système de pouvoir fut entièrement parachevé, la nomenklatura, au sens stalinien du terme, disparut. Le terme est resté, mais il désigne, de nos jours, un certain nombre de fonctions importantes de direction dont les nominations sont contrôlées et avalisées par les « organes » du parti à tous les niveaux (de l'État fédéral jusqu'à la région et au district). La nomenklatura de chaque instance est tout simplement la liste des postes qui dépendent d'elle. De nos jours, les responsables nommés à ces fonctions doivent présenter un niveau

346

minimal de compétence professionnelle. Dans la pratique, la nomenklatura ne joue plus de rôle important. Elle comprend des permanents du parti et, d'une manière générale, des individus qui appartiennent aux couches privilégiées et bénéficient des mêmes avantages que les hauts fonctionnaires. Le mot « nomenklatura » contribue à masquer la structure réelle de la société soviétique et de son système de pouvoir.

Le culte de Staline

Ce fut un élément du pouvoir populaire. Implanté par le haut, il venait surtout d'en bas. Staline était un chef populaire au sens strict du terme. Beaucoup plus que ne l'avait été Lénine et que ne le furent ses propres successeurs. Tous les cultes qui suivirent furent créés par l'appareil du pouvoir et les moyens de propagande, sans aucun soutien des masses, et prirent un caractère caricatural. L'Occident contribua, lui aussi, à développer le culte de Staline comme il le fait aujourd'hui pour Gorbatchev, à la différence que ce dernier ne rencontre aucun appui populaire.

Les dénonciations

Après le XXe congrès, le bruit courut qu'on allait détruire les archives des « organes ». J'étais prêt à le croire : les chefs avaient besoin de supprimer les traces de leurs crimes. En tout cas, Khrouchtchev parvint à anéantir tous les documents sur son activité de bourreau stalinien. Ceux qui l'aidèrent dans cette tâche furent généreusement récompensés. A Kiev, où il avait dirigé les purges les plus terribles, il était de notoriété publique que la destruction des documents avait été menée par le directeur des archives du parti. Ce dernier fut récompensé du prix Lénine et élu membre-correspondant de l'Académie des sciences, bien qu'il

347

fût un zéro complet sur le plan scientifique, même à l'échelle locale.

Je déplore évidemment ces autodafés. Dénonciations et autres documents du même genre auraient eu une valeur prodigieuse en sociologie. J'ai eu, par hasard, l'occasion de feuilleter quelques dizaines de délations avant leur destruction. Pendant ces quelques jours, je pus observer, sous une forme concentrée et à une échelle incroyable, la réalité de la vie des gens au cœur de la société. Je sentis pour ainsi dire physiquement le rôle énorme que peuvent jouer des phénomènes que l'on prétend insignifiants. La disparition de ces témoignages est une perte énorme pour la science. Pendant des années, des milliers de gens ont réuni sans s'en rendre compte un magnifique matériel qui aurait pu alimenter un véritable travail scientifique. Et tout cela pour rien!

L'oppression, le droit et la morale

Le système d'oppression impliquait des millions de personnes. Ce serait donc une erreur grossière d'en rejeter toute la faute sur une poignée de staliniens, sur les « organes » et sur Staline lui-même. Il reposait bel et bien sur le volontariat. La contrainte fut un moyen d'organiser les forces élémentaires et bénévoles. Autrement dit, la contrainte par en haut organisait l'oppression qui montait d'en bas.

On considère souvent que les années staliniennes ont été le théâtre d'une violation systématique de la légalité. C'est une absurdité historique. Cette période fut celle de la gestation de rapports juridiques communistes. Il était donc impossible d'enfreindre les normes du droit puisqu'elles n'étaient pas encore entrées dans la vie pratique : des textes juridiques, sur le papier, ne sont pas encore des normes réelles. Ils furent plutôt, en l'occurrence, des moyens de propagande. C'est seulement à la fin de la période stalinienne que des règles

348

à peu près stables se sont instaurées dans les relations humaines et ont pu donner lieu, dans une certaine mesure, à des interprétations juridiques.

Considérer les procès de ces années-là sur le plan du droit n'a pas de sens, car ils n'avaient rien à voir avec le droit. Leur forme juridique était destinée à impressionner l'Occident et la population du pays. Ces procès répondaient à leurs propres normes, rituels et procédures qui ressemblaient à du droit, mais n'en étaient pas.

Accuser les gens de l'époque de Staline d'immoralité n'a pas davantage de sens. Ils étaient placés dans des conditions telles que les principes moraux n'avaient plus place dans leur univers. Du reste, les règles éthiques ne sont pas universelles. Les politiciens occidentaux, les hommes d'affaires, les généraux obéissent-ils si souvent aux règles de la morale ? Alors que pouvait-on exiger de gens situés en bas de la hiérarchie et qui se retrouvèrent dans des situations horribles et totalement inédites ?

Le type de gouvernement stalinien

Sous Staline, le pouvoir communiste s'attribua des fonctions qui étaient précédemment remplies par les entrepreneurs et les propriétaires. De là l'hypertrophie inouïe de son volontarisme. De plus, le communisme se révéla capable de conduire rapidement la société à un niveau relativement élevé à partir de l'état de ruine où elle s'était trouvée. Cela entretient l'illusion qu'un progrès illimité était possible : le pouvoir pensait pouvoir forcer la société à se développer à des rythmes toujours plus extraordinaires. La volonté de contraindre la société de suivre les directives des chefs devint la caractéristique principale du style de direction stalinien. Le stalinisme ne s'était pas encore heurté aux limites que les lois objectives du système social allaient opposer au pouvoir et à la société. Ce

349

choc avec la réalité eut lieu sous Khrouchtchev qui éprouva l'inertie du système de pouvoir, et sous Brejnev qui buta sur l'organisation sociale de la population.

Un autre trait essentiel du gouvernement stalinien fut la création du super-pouvoir, grâce auquel le chef et sa clique pouvaient s'adresser directement aux masses, en contournant l'appareil du Parti-Etat et en accusant celui-ci d'être à la source des difficultés qu'elles éprouvaient.

Ces deux traits du gouvernement stalinien peuvent être nettement observés dans le système gorbatchévien. J'y reviendrai lorsque j'évoquerai la période actuelle.

La révolution culturelle

La période stalinienne fut le théâtre d'une révolution culturelle sans précédent dans l'histoire humaine et qui toucha toute la population. Ce processus complexe fut une condition absolument indispensable à la survie de la nouvelle société. En effet, le matériau humain hérité du passé ne convenait pas aux exigences nouvelles, aussi bien de la production que de l'appareil d'Etat ou de l'armée. Le pays avait besoin de millions de personnes instruites et dotées d'une formation professionnelle. Pour résoudre ce problème, la nouvelle société fit la preuve de son extraordinaire supériorité : l'instruction et la culture, qui paraissaient si difficilement accessibles dans le passé, s'avérèrent faciles à organiser. On découvrit qu'il était beaucoup plus aisé de donner à la population une bonne formation et lui ouvrir l'accès aux sommets de la culture que de la loger, l'habiller et la nourrir convenablement. L'accès à l'instruction et à la culture furent les meilleurs moyens de compenser la misère matérielle. Les gens supportaient des difficultés, dont le seul souvenir fait encore frissonner, pour avoir la possibilité de s'instruire et d'accéder à la culture. Cet attrait était si puissant sur des millions et des millions de personnes qu'aucune force au monde n'aurait pu les arrêter. Toute tentative de ramener le pays à son état d'avant la révolution était comprise comme une terrible menace contre ces acquis culturels. La vie matérielle était de la sorte reléguée au second plan. On croyait que l'instruction et la culture apporteraient automatiquement un progrès matériel. Ce fut d'ailleurs vrai pour beaucoup, d'où la confiance générale en l'avenir.

La révolution culturelle suivit trois directions principales : l'alphabétisation et l'élévation du niveau d'instruction de la population adulte ; la création d'un réseau colossal d'établissements scolaires de tous ordres pour les jeunes générations ; une action éducative centralisée et systématique par la création de bibliothèques et de salles de lecture, l'édition de masse, le cinéma, le théâtre, les concerts et la radio. Le mérite du stalinisme dans ce domaine est incontestable. Ce phénomène, fondamental, attend toujours d'être étudié. En un temps record, on forma un tel nombre de spécialistes de toutes sortes que l'Union soviétique put soutenir une guerre contre l'Allemagne sans éprouver de manque aigu d'hommes. En particulier, malgré les purges staliniennes dans l'armée et après les premières défaites, il fut possible de satisfaire la demande de l'armée en officiers. Grâce à leur instruction, les bacheliers devenaient rapidement de bien meilleurs officiers que leurs prédécesseurs peu instruits qui avaient longtemps servi dans l'armée.

La révolution idéologique

Lorsqu'on parle de l'époque stalinienne, on passe pratiquement sous silence un autre événement considérable : la révolution idéologique. Du point de vue de la formation de la nouvelle société, ce phénomène me semble aussi important que les précédents.

Au cours de cette période, le contenu de l'idéologie s'est fixé, tout comme ses fonctions, dans la société et ses méthodes de diffusion. La structure actuelle de l'appareil idéologique s'esquissait avec déjà ses propres règles de fonctionnement. Le point culminant de cette révolution fut la parution du livre de Staline *Matérialisme dialectique et matérialisme historique*. Selon certaines rumeurs, il n'en était pas l'auteur. C'est possible. Mais même si Staline s'appropria l'œuvre d'autrui, le simple fait de donner son nom à cet opuscule, et de lui garantir ainsi le statut qu'il eut par la suite, est bien plus important que le contenu de ce texte plutôt primaire intellectuellement. Ce bref article devint un chef-d'œuvre idéologique au plein sens du mot, au point que tous ceux qui accusèrent Staline d'aplatir le marxisme-léninisme et tentèrent de revenir à un marxisme plus authentique ou, au contraire, de le réviser, ne firent que suivre le modèle stalinien. Tous les nouveaux réformateurs de l'idéologie, en effet, sont obligés eux aussi d'imiter ce modèle. Pourquoi? Non qu'ils éprouvent un respect excessif pour Staline ou qu'ils soient incapables de faire mieux (il n'est pas difficile d'écrire mieux que lui). L'idéologie est simplement un phénomène social particulier qui a ses propres lois et doit correspondre aux conditions d'existence et aux besoins de la société.

Après la révolution et la guerre civile, le parti eut à affronter un problème : comment imposer son idéologie à la société? S'il ne le faisait pas, il ne pourrait conserver le pouvoir dont il venait de s'emparer. Dans la pratique, il fallait « éduquer » idéologiquement les masses, créer toute une armée de « spécialistes » et faire pénétrer l'idéologie dans toutes les sphères de la société. Or, les neuf dixièmes de la population étaient presque illettrés et attachés à leur foi religieuse. L'intelligentsia était dominée par l'idéologie « bourgeoise ». Quant aux théoriciens du parti, ils n'étaient qu'un ramassis de semi-intellectuels, de bavards et de dogmatiques complètement perdus dans les différents

352

courants idéologiques, anciens ou nouveaux. Ils n'avaient qu'une connaissance approximative du marxisme dont ils se réclamaient. Comme le disait Lénine, cinquante ans après sa publication *Le Capital* n'était toujours compris que de quelques dizaines de personnes, et encore de travers. Les idéologues du parti étaient totalement impuissants à réorienter leur travail vers les masses faiblement instruites et contaminées par les idées religieuses, bourgeoises ou monarchistes.

Il fallait des textes adaptés aux nouvelles tâches. Il fallait une idéologie véritable pour s'adresser aux masses avec des discours assurés, opiniâtres et systématiques. Les gens qui créèrent le chef-d'œuvre idéologique stalinien se trouvaient dans la situation d'étudiants devant se préparer en un temps record à un examen pour une matière inconnue. Le problème essentiel était pour eux de trouver la méthode la plus simple pour créer des textes, des phrases, des discours, des articles, des livres marxoïdaux, et non de développer le marxisme en tant que phénomène culturel. Les staliniens devaient abaisser le niveau du marxisme existant jusqu'à en faire l'idéologie d'une masse primaire et inculte. En vulgarisant, en dégradant le marxisme jusqu'à ses limites logiques, les staliniens apurèrent son noyau rationnel et son âme, les seuls éléments qui avaient quelque valeur. Ils rejetèrent l'écorce, ce bavardage qui ne pouvait désormais intéresser que des philosophes en mal de logorrhée.

La tâche était de rabaisser les palais intellectuels au rang de chaumières idéologiques et non l'inverse. Peu importait si ces chaumières étaient inhabitables, car elles n'étaient destinées qu'à offrir une apparence de demeures. Elles semblaient accessibles à tous. Elles permettaient à des nullités de s'élever d'un coup jusqu'aux sommets du génie. Une telle tâche était plus facile à des ignares et des médiocres qu'à des érudits ou des génies.

« Il y a le marxisme dogmatique et le marxisme créateur, disait Staline. Je m'en tiens au dernier. » Pour ceux qui considéraient le marxisme comme le sommet de la sagesse et la science la plus exacte, cette phrase de Staline semblait bien hypocrite. Or, c'est bien lui – et non ses adversaires – qui eut une attitude créatrice face au marxisme.

Staline était guidé par les intérêts bien compris de l'idéologie. Il semblait tout conserver dans le marxisme en le privant de sa force réelle. Il pressa tout le citron marxiste pour en extraire le jus idéologique. Les staliniens surent extirper le noyau idéologique des textes marxistes et en décortiquer la doctrine communiste. Par la suite un mouvement inverse se produisit, mais il n'était plus possible de sortir du cadre initial : il ne fit que produire une autre écorce avec tout son superflu, sans toucher au noyau de la doctrine.

Matérialisme dialectique et matérialisme historique fut le prisme, la boussole, la pointe de la révolution idéologique soviétique. Mais cet opuscule n'épuisait pas en lui-même la révolution idéologique qui touchait toutes les sphères de la société et toutes les couches de la population. A la fin de la période stalinienne, cette révolution était achevée. L'idéologie soviétique était née, comme phénomène social à part entière et comme élément indissociable de la vie du pays.

Depuis la mort de Staline, il est de bon ton parmi les marxistes de le considérer comme un épigone du marxisme. Or, c'est bien lui qui a mis à nu l'essence de cette doctrine, qui l'a clarifiée. Depuis sa mort, la logorrhée refleurit en URSS, et des dizaines de milliers de philosophes s'acharnent à ne rien ajouter de neuf au marxisme. L'idéologie, sur le déclin pour toutes sortes de raisons, parmi lesquelles cette nouvelle épidémie de logorrhée, s'est désormais dissoute dans un bavardage de vulgarisation et de pseudo-science.

On s'est moqué également du style de Staline. C'était celui de toute une époque. La doctrine devait être exprimée en tant qu'idéologie. Il n'était pas nécessaire de l'écrire de telle sorte que chacun puisse la comprendre, ni même qu'on ne puisse pas ne pas la comprendre. Il fallait l'exposer de façon que nul ne puisse oser ne pas la comprendre!

L'idéologie à la place de la religion

Il est naïf de voir dans le combat opiniâtre qui fut mené contre l'Eglise et la religion après la révolution une manifestation de la méchanceté ou de la sottise des bâtisseurs de la nouvelle société. Leur acharnement avait des causes historiques très profondes. Il est également insuffisant de l'expliquer par le fait que l'Eglise avait pris le parti de la contre-révolution et que les chefs révolutionnaires appliquaient la doctrine marxiste sur la religion. Il est tout à fait vrai qu'une répression s'abattit sur la religion et l'Eglise. Il est également vrai que la doctrine a pu jouer un rôle dans l'activité de certains marxistes. Mais l'essentiel, c'est que les masses se jetèrent avec joie dans l'athéisme comme si c'était là une nouvelle religion qui leur promettait le paradis sur terre dans un avenir très proche. Mieux, elles adoptèrent l'athéisme pour lui-même, car au fond d'elles-mêmes, elles ne croyaient guère au paradis sur terre. Ce fut une tragédie pour beaucoup. Mais pour d'autres, bien plus nombreux, ce fut une fête sans précédent dans l'histoire humaine : ils se libérèrent de la religion qui, quelle que fût sa grandeur, chargeait les fidèles de lourdes obligations et posait des limites à leur conduite. De même que les masses avaient rejeté les chaînes de la dépendance sociale ancestrale, ignorant leur sens positif et ne se doutant nullement de la servitude qui les attendait, de même, dans la période qui suivit, elles rejetèrent les chaînes de l'oppression religieuse sans soupçonner que la servitude spirituelle qui prendrait la relève serait pire. Pour elles, le nouvel asservissement apparaissait comme un affranchissement de l'ancien qui, conformément aux lois de la psychologie de masse, passait pour le pire possible. Sans le soutien de la population, le pouvoir n'aurait pu remporter une victoire aussi éclatante contre la religion qui pourtant occupait les âmes depuis des siècles.

Mais il n'y eut pas seulement oppression et mensonge. Dans ce bouleversement social, culturel et spirituel, sans précédent dans l'histoire humaine, l'idéologie communiste était appelée à jouer un rôle décisif. La religion et l'Eglise se dressaient comme un obstacle essentiel. La bataille pour les âmes et les esprits commença. L'idéologie communiste devait prendre la place que la religion avait occupée et étendre encore davantage son empire.

Si la religion et l'Eglise ont survécu dans la société soviétique, ce n'est pas du fait de l'impuissance du régime à les anéantir, mais parce qu'elles ont capitulé devant lui et qu'elles ont accepté de jouer le rôle qui leur était désormais dévolu. Pour mille raisons, le régime soviétique a intérêt à conserver une Eglise orthodoxe. Il peut ainsi entretenir la fiction d'une liberté religieuse en URSS. Formellement, l'Eglise est séparée de l'Etat, dont elle est en fait un rouage. Elle est devenue une sorte d'institution psychothérapeutique pour les rebuts de la société soviétique, qui détourne les gens de l'action politique.

La tentation historique

Si étrange que cela puisse paraître, la cruauté exercée sur des millions d'êtres humains au cours des années staliniennes se conjuguait avec le souci qu'on prenait du bien-être de millions d'autres, encore plus nombreux, et qui se traduisait par l'organisation de l'instruction publique, des loisirs, de la formation professionnelle, du sport et l'amélioration des conditions matérielles de vie. Même si le progrès matériel était insignifiant au regard des exigences actuelles, il était ressenti comme une immense amélioration par les contemporains. Toute baisse des prix était un événe-

356

ment solennel et chacun la vivait comme une fête. Les gens étaient libérés des soucis de la propriété et, de façon générale, du pouvoir de l'argent. Ils se sentaient réellement libres sous bien des rapports. Dès les années staliniennes, ils jouissaient des avantages du communisme, comme la garantie d'un minimum vital et l'absence d'inquiétude concernant le lendemain. La propagande jouait habilement là-dessus. La vie dans les collectifs de travail compensait au début toutes les pertes qu'avait subies la population. Le communisme était avant tout une tentation. Certes, les avantages de ce mode de vie avaient leur prix, mais celui-ci était ressenti comme une tare provisoire, appelée à disparaître. Dans la période post-stalinienne, le niveau de vie des Soviétiques s'est élevé à un point tel que si on l'avait prédit aux gens des années trente, ils ne l'auraient pas cru. Mais ce n'étaient plus les mêmes gens. Leurs exigences et leur idée du confort matériel étaient différentes : la mystique du communisme avait perdu toute force.

Une création historique

Je le répète, je savais déjà en 1939 que la révolution socialiste n'avait pas inventé les rapports sociaux communistes : ils avaient déjà existé sous l'ancien régime mais devinrent dominants après 1917. Je songeais surtout à l'immense armée des chefs et à la croissance de l'appareil d'Etat. A la fin de la période stalinienne, cette idée se mua chez moi en certitude. Mais, désormais, je m'intéressais à un autre aspect de ce processus, que mon étude de la logique me permit de pénétrer. Je compris que les rapports entre les hommes se perpétuaient indépendamment des individus qu'ils impliquaient. Ainsi, les personnes concrètes qui se trouvent dans une relation de commandement et de subordination peuvent disparaître, mais la relation, elle, demeure. L'appareil d'Etat subsiste même si tous les individus qui l'incarnent ont été anéantis, et serait-il réformé de fond en comble, il ne ferait que changer de forme. La révolution socialiste détruisit les rapports capitalistes et féodaux et créa les conditions qui rendirent leur retour impossible. Elle favorisa, en revanche, des rapports sociaux qui devinrent la base de la nouvelle société. Ce processus fut l'œuvre de toute la population. La période stalinienne fut créatrice au sens strict du terme, indépendamment des fruits de cette révolution et du jugement qu'on peut porter sur eux. Tout était nouveau : l'organisation des collectifs, le système de direction, l'idéologie, la culture, les types humains, les comportements, les rituels et les procédures, les normes juridiques... Lorsque ce processus fut achevé, ses fruits devinrent des choses qui allaient de soi, et même les coquins et les imbéciles les plus invétérés se sentirent le droit et le pouvoir de critiquer la période la plus créatrice, même si la plus tragique, de l'histoire de leur pays. La déstalinisation apporta un soulagement à la population et signifia, en même temps, qu'on entrait dans une histoire routinière et banale. Ces traits se renforcèrent dans les années brejnéviennes. La tentative de Gorbatchev visant à ramener le pays dans une phase de création historique rappelle un adulte qui s'efforcerait de retrouver sa jeunesse. C'est en quelque sorte un « été de la Saint-Martin ».

À la mort de Staline, la première expérience communiste de l'histoire s'était pour l'essentiel achevée avec succès. Malgré la terreur stalinienne et les événements cauchemardesques qui marquèrent cette période, la population soviétique adopta la nouvelle société et apprit à en reconnaître les vertus. Elle sentait, bien entendu, les défauts de ce système, mais elle croyait qu'ils disparaîtraient avec le temps et qu'ils étaient étrangers au communisme. Le stalinisme avait remporté une brillante victoire historique, préparant par là même sa sortie de la scène. Il avait épuisé son rôle. Il partit sous les condamnations, les quolibets, les caricatures, mais il n'a toujours pas été compris, non pas parce qu'on a manqué d'intelligence, mais parce qu'on a tenté sciemment, en URSS comme en Occident, de falsifier l'histoire et la nature réelle du communisme.

L'ampleur de l'époque

L'époque stalinienne fut grande par l'ampleur de ses événements et de ses entreprises. Les adhésions au parti, la formation d'une nouvelle couche dirigeante, la liquidation de la paysannerie individuelle, la répression, les chantiers, l'alphabétisation, la formation de l'armée, les pertes humaines pendant la guerre, tout cela se comptait en millions de personnes. Le pays devenait un organisme social unifié, dans la souffrance et dans les pertes, mais des souffrances et des pertes grandioses et avec des résultats grandioses. Le pays était devenu communiste, il avait tenu bon pendant les années de chantiers de la grande terreur, il avait gagné une guerre sans exemple dans l'histoire, il avait supporté les difficultés de l'après-guerre. Tout cela était lié au nom de Staline. Le tournant khrouchtchévien, tout en jouant son rôle historique, rabaissa et banalisa la plus grande époque de l'histoire soviétique. Le brejnévisme en fit une caricature. Le gorbatchévisme s'est senti secrètement attiré par elle, mais réunit contre elle la vulgarité, l'outrance et l'ingratitude du khrouchtchévisme et du brejnévisme additionnés. Toute la petitesse des dirigeants actuels apparaît bien dans leur attitude envers Staline et l'époque stalinienne, petitesse à l'image de la nature mesquine et vile de la société soviétique, engendrée dans les souffrances et les victoires.

Lénine et Staline

Depuis le XXe congrès du parti, on a entrepris d'opposer Staline à Lénine et le stalinisme a été présenté comme une déviation du léninisme. Je suis toujours resté étranger à cette façon de voir. Sous Staline, la propagande et l'idéologie soviétiques présentaient le tyran comme le « Lénine d'aujourd'hui ». Mon antistalinisme était en même temps un antiléninisme. Quand j'étais jeune, je ne me posais pas le problème « Lénine-Staline » car j'ignorais l'histoire réelle des débuts du régime. Par la suite, surtout depuis le XXe congrès, j'ai beaucoup appris. Mais j'étais déjà philosophe professionnel et avais étudié les écrits de Lénine et de Staline. Ma conclusion me ramenait au point de départ : léninisme et stalinisme étaient un seul et même phénomène. Bien sûr, ils différaient sur nombre d'aspects, mais ces distinctions étaient secondaires. Le stalinisme était bien la suite du léninisme, en théorie comme en pratique. Staline a donné le meilleur exposé du marxisme-léninisme en tant qu'idéologie. Il fut un élève et un successeur fidèle de Lénine dans la pratique de la construction du communisme.

Les histoires drôles de la période stalinienne

Dès mes années d'école, puis pendant la guerre, on racontait nombre d' « anecdotes » sur Staline et sur l'URSS d'alors ; après la guerre, elles se multiplièrent. Il faut reconnaître que ces histoires drôles ne faisaient pas jouer à Staline un rôle ridicule. Le plus souvent, elles étaient racontées comme s'il s'agissait de faits.

Ainsi, Staline convoque un jour les dirigeants d'une branche industrielle en proie à une situation difficile et leur conseille de réfléchir aux moyens d'y remédier. Il les laisse seuls pendant une heure puis revient pour écouter leur avis. Le ministre commence : « Camarade Staline, nous avons réfléchi et nous avons décidé... » Après quoi il expose leurs conclusions. Staline écoute en silence en marchant de long en large et en fumant sa pipe. Le ministre termine. « Alors, comme ça vous avez *réfléchi* et *décidé* ? », constate Staline. Aussitôt, l'un des présents est terrassé par un infarctus. On l'emporte. Staline repart en sens inverse et répète : « Alors comme ça, vous avez *réfléchi* et *décidé*? » Nouvelle crise cardiaque d'un autre participant. On l'emporte. Et Staline poursuit sa marche dans son bureau, répétant la même phrase, tandis qu'un par un, on emporte les présents. Lorsque enfin, le ministre est à son tour terrassé, Staline ajoute : « Eh bien, votre décision est bonne, camarades! »

Une autre histoire met en scène un général dénommé Kourotchkine, pendant la guerre. Staline rencontre le major-général Kourotchkine dans le couloir et lui dit : « Ah, ah, camarade Kourotchkine! On sabote, n'est-ce pas? » Crise cardiaque du militaire. Après six mois d'hôpital, Kourotchkine, désormais lieutenant-général, revient à la vie active. Il croise une nouvelle fois Staline : « Vous continuez à saboter, camarade Kourotchkine? » Nouvel infarctus. Six mois après, il revient avec le grade de colonel-général. La guerre est terminée. Staline donne un bal au Kremlin pour célébrer la victoire et dit : « Ce fut une époque difficile, camarades! Mais le camarade Kourotchkine pourra nous le confirmer, nous avons toujours trouvé le temps pour de saines plaisanteries! »

Peu de temps après la guerre, j'entendis l'histoire suivante. Molotov annonce à Staline qu'il y a à Moscou un homme qui lui ressemble comme deux gouttes d'eau. Staline donne l'ordre de le fusiller. Vorochilov lui fait observer qu'il suffirait qu'on lui coupe la moustache. « Bonne idée! s'écrie Staline. Qu'on lui rase la moustache, à cette canaille. Et ensuite qu'on le fusille! »

Malgré tout, peu d'histoires drôles circulèrent pendant la période stalinienne. Elles pouvaient se solder par des arrestations et des condamnations, de sorte qu'on ne les racontait que lorsqu'on était sûr qu'il n'y aurait pas de danger de dénonciation.

Dans l'après-guerre, les gens devinrent un peu plus hardis, et la nouvelle vague de répression ne put stopper ce processus. Les histoires drôles devinrent de plus en plus mordantes. Par exemple, j'entendis à plusieurs reprises l'histoire de l'homme qui est condamné à dix années de camp et qui, demandant au juge le motif de ce verdict, s'entend répondre que s'il y avait eu un motif, il aurait écopé vingt-cinq années de détention au lieu de dix. Mais les histoires drôles sur Staline gardaient une nuance de respect à son égard. Son personnage prêtait mal à la blague, à la différence de ses successeurs Khrouchtchev et Brejnev.

Conclusion

J'ai été antistalinien, et ne suis certes pas devenu aujourd'hui stalinien. Après des années de réflexion, je suis parvenu à la conclusion que dans la conjoncture de l'écroulement de l'empire russe et de la ruine du pays, le stalinisme fut une voie efficace, peut-être la seule, pour construire le communisme. Que Staline ait été scélérat importe peu. Le fait est que c'est dans cette voie que la nouvelle société a pu révéler sa nature propre de la façon la plus éclatante. La période stalinienne demeure la plus marquante de l'histoire soviétique. Elle mérite certes mille critiques, mais aussi une compréhension objective. Staline restera le personnage le plus important dans l'histoire du communisme réel.

S'il suscite l'hostilité, la haine, c'est parce qu'il a mis à nu l'essence idéologique du marxisme-léninisme et l'essence vraie du communisme. Il a joué son rôle historique. On peut lui imputer maintenant tous les phénomènes négatifs qui ne sont en fait rien d'autre que les attributs inaliénables du communisme. On en a fait le bouc émissaire de tous les péchés de l'histoire et on l'a chargé des conséquences imprévisibles des réalités du communisme. Les dirigeants soviétiques révèlent leur vrai visage en « démasquant » Staline au lieu de s'attaquer à la nature profonde du stalinisme. Ils ont agi d'une façon malhonnête et vile à son égard, mais en parfaite conformité avec leur propre nature.

Tant il est vrai que même un âne peut donner un coup de pied à un lion mort.

LA PÉRIODE DE TRANSITION

L'évolution du pays et la mienne

La période qui s'étend de la mort de Staline en 1953 au limogeage de Nikita Khrouchtchev en 1964 fut une phase de transition entre la jeunesse et la maturité du communisme.

Gueorgui Malenkov, proche compagnon de Staline, fit un passage éphémère au pouvoir sans dévier du modèle stalinien, mais la situation matérielle du pays s'améliora rapidement. Les magasins furent approvisionnés en marchandises occidentales et en produits alimentaires. Des films étrangers envahirent les salles de cinéma. Malenkov fut rapidement « viré » et remplacé par Khrouchtchev qui marqua de son nom la période suivante.

Cette personnification des époques historiques est un tribut que je paie à la tradition et un moyen commode de les désigner. Loin de moi l'idée que les événements d'alors aient été le fruit de ces hommes. Sans Staline, la même évolution se serait produite, sous une forme différente, avec d'autres conséquences et d'autres victimes, mais, malgré tout, de façon similaire. C'est encore plus vrai de Khrouchtchev. Si Malenkov était resté en place ou si Beria s'était emparé du pouvoir, la société serait entrée de toute manière dans une période de maturité et aurait eu à surmonter la force d'inertie et les rechutes d'avant-guerre. Tout cela apparaissait de manière particulièrement évidente à mon entourage et à moi-même. Nous étions parfaitement indifférents aux changements et aux mascarades qui affectaient le sommet du pouvoir. Nous n'éprouvions pour eux que la curiosité des amateurs de ragots et ils ne provoquaient bien souvent que mépris et sarcasmes.

Ma vie personnelle suivait pour l'essentiel les fluctuations historiques du pays, tant mes réflexions et mes réactions émotionnelles étaient liées à l'évolution de la société. Cela ne signifie pas que j'aie passé mon temps à observer la vie sociale : une personnalité évolue toujours d'une façon un tant soit peu autonome. Pendant de longues périodes, je me suis entièrement plongé dans ma vie privée ou dans un travail de recherche purement académique. Il me semblait alors que j'avais complètement rompu avec mes penchants sociologiques d'antan. Jusqu'en 1974, il ne me vint même pas à l'esprit que j'écrirais un jour des articles et des livres consacrés à la société soviétique et au communisme. Pourtant, l'étude de la société ne pouvait plus disparaître de mon horizon. Ma passion dominante restait le communisme sous tous ses aspects.

Pour autant, si ma vie se trouvait « en phase » avec l'histoire du pays, ce n'était pas, on s'en doute, parce que je marchais du même pas que les « bâtisseurs du communisme » mais parce que je réagissais à leur progression. Je n'ai jamais éprouvé d'enthousiasme devant les changements qui affectaient mon pays et les ai toujours considérés d'un œil plus que critique. Bien sûr, comme tout le monde, je me suis réjoui des progrès réalisés, mais je n'y ai jamais vu la preuve des vertus ou de la supériorité du communisme. Et cela d'autant moins que les progrès de mon bien-être personnel ne correspondaient jamais à ma situation sociale. Ainsi, lorsque l'on m'attribua enfin un appartement individuel (un studio), j'étais déjà un docteur d'Etat de quarante-cinq ans, connu à l'étranger, professeur et auteur de plusieurs ouvrages. Mes succès scientifiques se sont toujours accompagnés d'une lutte incessante contre les autorités, mes collègues et mes « amis ». Ma vie a coïncidé avec l'histoire en ce sens que mes idées et ma lutte pour conserver mon autonomie ont évolué parallèlement à celles du pays.

Après la mort de Staline

Staline mort, rien ne changea dans le pays. Ou plutôt, les changements qui se produisirent étaient indépendants de la disparition du tyran et avaient déjà commencé de son vivant. Avec lui, les changements formels des organes suprêmes n'avaient jamais modifié la nature réelle du pouvoir. Plus tard, on rétablit la structure originelle des institutions suprêmes, ce qui ne changea rien non plus.

Les Occidentaux prêtèrent une énorme importance à ces modifications, tout comme ils exagèrent actuellement l'importance des gesticulations gorbatchéviennes. Cependant, même les Soviétiques moyennement instruits comprenaient (comme ils le comprennent aujourd'hui) que tout ce remue-ménage au sommet ne signifiait qu'une lutte pour le pouvoir. Que l'organe du pouvoir s'appelât Praesidium du Comité central du PCUS, au lieu de Politburo, ne changeait rien à son rôle ni à son statut.

Peu de temps après la mort de Staline, j'eus une conversation avec Vassili Gromakov, le secrétaire du bureau du PC de la faculté. Il me conseilla d'adhérer au parti, car on entrait dans une époque où mes tendances antistaliniennes allaient s'avérer utiles au pays : je pourrais mieux agir en son sein qu'au-dehors. Cela me parut convaincant. Il fut de ceux qui parrainèrent mon inscription. Le deuxième fut mon ami-ennemi Ilienkov. Je ne me souviens plus du troisième. En automne 1953, je fus admis comme membre stagiaire du PCUS.

366

Gromakov avait raison. Après la mort de Staline, les cellules des entreprises et des institutions devinrent le théâtre d'une lutte acharnée entre des millions de membres du parti.

Staline était mort, mais les staliniens, eux, restaient, tout comme le mode de vie sociale qui s'était formé de son vivant. Or, ces staliniens n'étaient pas une poignée de hauts dirigeants, mais des centaines de milliers et même des millions de chefs et de chefaillons, à tous les postes de commandement, et de militants bénévoles sur tous les lieux de travail du pays. Pendant les années 1953-1956 se développa un combat très dur contre l'héritage de Staline. Formellement, il ne visait pas ouvertement le stalinisme. Les deux camps n'étaient pas séparés par un front ou une ligne de partage bien définie. La lutte prenait la forme d'innombrables escarmouches à propos de détails : candidatures aux bureaux du parti et du Komsomol, nominations, attribution de titres, etc. Chacune isolément paraissait insignifiante, mais leur somme avait l'importance d'une gigantesque mutation historique. C'était un combat contre tout ce que la période stalinienne avait eu de négatif.

Curieusement, presque tous les staliniens retournèrent leur veste pour jouer les antistaliniens ou, du moins, cesser de se référer au tyran. Seuls quelques-uns perdirent leur pouvoir ou furent rétrogradés. Dans leur grande majorité, ils gardèrent leurs fonctions. Beaucoup progressèrent même dans leur carrière. Cette lutte était donc surtout une mutation en masse des staliniens qui adoptaient un visage nouveau, plus adéquat à l'esprit du temps. Mais cette évolution se fit sous la pression des antistaliniens qui commençaient à exprimer ouvertement les sentiments qu'ils avaient précédemment cachés. Cela pouvait encore entraîner des conséquences fâcheuses, mais elles ne pouvaient en rien se comparer aux risques encourus du vivant du dictateur. La pression antistalinienne d'en bas devint si forte qu'on ne pouvait plus la passer sous silence.

367

Staline fut embaumé et placé dans le mausolée, avec Lénine. Les plus proches compagnons de Staline étaient toujours aux postes de commandement, mais on sentait déjà que le stalinisme avait fait son temps. La répression prit fin. Les « anecdotes » fleurirent : un journaliste visite le mausolée et demande à Lénine comment il se sent depuis que Staline a été placé à côté de lui. Lénine répond : « Je n'aurais jamais imaginé que le Comité central puisse m'infliger pareille cochonnerie. » Ou encore : deux Géorgiens arrivent au mausolée et l'un demande à l'autre qui est le bonhomme couché à côté de Staline. L'autre répond : « C'est l'ordre de Lénine dont Staline a été décoré. » Malgré tout, de telles blagues valaient la prison.

La déstalinisation du pays a commencé bien avant le XXᵉ congrès et le rapport qu'y fit Khrouchtchev fut un simple bilan de la lutte. Même sans ce rapport et sans les décisions du congrès, le pays se serait déstalinisé tout seul. Khrouchtchev se servit du mouvement naissant à des fins personnelles. Une fois au pouvoir, il l'amplifia tout en s'employant à le maintenir dans un certain cadre. Il ne put mener aucune de ces deux tâches jusqu'au bout, d'où sa chute. La déstalinisation fut un processus complexe et il serait absurde de l'attribuer aux efforts et à la volonté d'un seul homme doté de l'intellect d'un apparatchik moyen et de manières de clown. Il est encore plus absurde de comparer le rôle de Khrouchtchev à celui de Gorbatchev. Les époques sont diamétralement opposées, si l'on considère leur orientation sociale. Khrouchtchev appliqua une déstalinisation qui conduisit au brejnévisme, Gorbatchev applique une débrejnévisation qui mène à une nouvelle forme de volontarisme de type stalinien.

Gromakov s'était trompé sur mon compte : j'étais par nature un sans-parti. J'étais absolument inutile dans la lutte interne. De plus, personne n'avait besoin de mes services ni de mon soutien. Je ne regrette pourtant pas mon adhésion au parti. Elle m'a permis de mieux étudier la part la plus active de la société soviétique, qui se trouve dans les organisations du parti. J'ai ainsi pu mieux comprendre l'organisation et le fonctionnement du système de pouvoir communiste. Mais ce sont là des constats rétrospectifs. Dans les années cinquante, j'estimais que mon adhésion avait été une erreur. Je m'en accommodai pourtant et considérai cette appartenance comme une pure formalité. Du reste, elle ne joua pas de rôle significatif dans ma carrière scientifique.

Après la mort de Lénine, le parti s'était gonflé d'une masse de gens qui voulaient poursuivre son œuvre : ils formèrent la « promotion Lénine », qui constitua par la suite la base sociale du stalinisme. Staline mort, de nombreux Soviétiques entrèrent au parti avec l'intention, cette fois, de combattre le stalinisme. Il est difficile de dire dans quelle mesure ils ont contribué à déstaliniser le pays.

Pendant l'été 1953, j'effectuai une période militaire en tant que réserviste. Elle dura trois mois entiers. Au beau milieu de la période, on sélectionna tous les pilotes qui étaient membres ou membres stagiaires du parti pour les amener à un aéroport militaire près de Moscou. On nous expliqua que nous allions participer à un défilé aérien où nos avions devraient former le slogan « Vive le PCUS ! ». Je devais faire partie de la lettre « C ». Nous apprîmes ensuite que ce n'était qu'un prétexte pour concentrer autour de Moscou des hommes sûrs qui pourraient être utilisés contre toute tentative de prise du pouvoir par Beria. Ce dernier avait, en effet, commencé à ramener vers Moscou les troupes du ministère de l'Intérieur qui dépendaient de lui. Mon frère Alekseï servait alors dans la division Kantemir (ou Taman, je ne m'en souviens plus), cantonnée à quatre-vingts kilomètres de Moscou. Elle fut mise en état d'alerte en pleine nuit et conduite dans la capitale où elle encercla tous les bâtiments du ministère de l'Intérieur, Loubianka comprise. Tout ceci fut fait si rapidement que les Moscovites ne remarquèrent presque rien.

Toutes sortes de rumeurs coururent sur ces événements. On prétendit que Beria avait été abattu au Kremlin par Molotov ou Joukov en personne. Nous doutions de la véracité de ces bruits qui nous indifféraient. C'était l'affaire de nos « princes ». Nous avions d'autres chats à fouetter, une autre vie et pensions différemment. Les soldats ignorent les soucis des généraux.

Les milieux idéologiques

La lutte fut particulièrement nette dans les milieux idéologiques et philosophiques. Les monstres les plus abominables de la période stalinienne étaient concentrés là. Un aussi fieffé stalinien que Gueorgui Alexandrov ne perdit pas tout de suite sa place au Comité central du parti (ce ne fut fait qu'après 1956). L'académicien Mark Mitine perdit un peu de son pouvoir mais resta académicien tout en occupant dix fonctions différentes qui lui permettaient, chacune, de gagner beaucoup d'argent. Mikhaïl Kammari, auteur d'un énorme ouvrage consacré au rôle de Staline dans l'histoire, resta rédacteur en chef de la revue *Questions de philosophie*. Il réécrivit en toute hâte son opus de larbin dans l'esprit de la nouvelle époque : un an plus tard, le livre était réédité sous le titre *Le Rôle des masses dans l'histoire*. J'écrivis alors un poème pour le journal mural où je faisais parler ainsi ce triste personnage : « A présent, je veux chanter le rôle de la personnalité... zut! pardon! des masses. » Cela me coûta cher. Après la mort de Kammari, la revue fut dirigée par Mitine, meilleur rédacteur que les « libéraux » qui l'ont remplacé. Les staliniens Piotr Fedosseïev et Fiodor Konstantinov furent promus. Ils devinrent successivement directeurs de l'Institut de philosophie, puis académiciens. Le premier est parvenu au poste de vice-président de l'Académie des sciences. Bref, tous les principaux personnages de l'idéologie stalinienne restèrent au pouvoir et menèrent eux-mêmes la déstalinisation de leur discipline. Mikhaïl Souslov, l'un des plus ignobles disciples du tyran, devint le chef de l'idéologie et, à la longue, l'un des personnages essentiels, et des plus sinistres, de l'équipe dirigeante soviétique.

Mais ces dinosaures étaient trop haut placés pour que nous les voyions. Nous avions affaire à des monstres moins gradés. A l'Institut de philosophie, ils avaient à leur tête une certaine Elena Modrjinskaïa, ancien chef du secrétariat personnel de Beria et colonel des « organes », l'une des personnes les plus ignobles qu'il m'ait été donné de rencontrer dans ma vie. C'était une communiste énergique et fanatique. Du moins, telle était l'apparence qu'elle se donnait. Elle m'a servi de prototype pour « cette chienne de Tvarjinskaïa » dans *La Maison jaune*.

Ma vie

Au printemps 1954, je confiai ma thèse au « petit » conseil scientifique. La discussion devint une véritable bataille qui dura au moins six heures. Les professeurs m'accusèrent de toutes les déviations imaginables. Les étudiants et les boursiers de thèse de mon groupe les attaquèrent et se moquèrent de leur ignorance. Beaucoup étaient venus d'autres facultés ou d'ailleurs pour assister à ces joutes : le bruit d'une thèse inhabituelle avait couru dans Moscou. Le réalisateur Grigori Tchoukhraï était là, accompagné d'un groupe d'acteurs. Mon ami Karl Kantor nous présenta et nous devînmes amis.

Le conseil scientifique décida de ne pas donner son feu vert pour la soutenance.

Après cette séance, Karl, Tchoukhraï et moi, nous nous rendîmes chez Mark Donskoï, l'un des réalisateurs soviétiques les plus connus, pour lui demander de l'aide. Nos espoirs ne furent pas déçus. Le chef de la section de la propagande du Comité central du PCUS était alors Grigori Alexandrov, ancien conseiller idéologique de Staline. Il était aussi un ami de Donskoï qui lui téléphona et lui raconta toute l'histoire. Alexandrov promit d'intervenir. Deux jours plus tard, on me faisait savoir que le conseil scientifique avait reconsidéré sa décision.

Ainsi, l'un des plus importants ex-staliniens avait appuyé le travail d'un ancien antistalinien sans même en prendre connaissance. De telles péripéties n'étaient possibles qu'à l'ère stalinienne. Je suis sûr que, dans les années « libérales », des romans comme *Le Don paisible* de Cholokhov ou *Les Douze Chaises* et *Le Veau d'or* d'Ilf et Petrov n'auraient pu être publiés : les écrivains eux-mêmes l'auraient empêché. Encore un paradoxe de la vie soviétique : si les staliniens, Alexandrov en tête, étaient restés en place pendant encore trois ou quatre ans, ma thèse non marxiste sur Marx aurait été publiée et je serais devenu aussitôt docteur d'Etat et professeur. J'aurais peut-être même été nommé à un poste élevé. Car malgré tout, les staliniens étaient plus respectueux du talent que les « libéraux ».

La soutenance de ma thèse tourna au meeting. Beaucoup d'intervenants exigeaient sa publication. Les philosophes en chef prirent peur. On me décerna le titre de docteur en troisième cycle, mais il fallut attendre quatre ans pour qu'il me soit enfin confirmé : Alexandrov, qui m'avait protégé, perdit son pouvoir. La thèse fut retirée des fonds communs de la bibliothèque Lénine et de la bibliothèque universitaire Gorki. Il fallait désormais une autorisation spéciale pour pouvoir la lire. Pour autant que je sache, cet interdit demeura en vigueur jusqu'à la parution des *Hauteurs béantes*. En 1977, un de mes adeptes tenta d'obtenir une autorisation, mais elle lui fut refusée.

Encore un détail : tant que Staline était en vie, je m'étais fait un devoir de ne jamais citer une phrase de lui. Pour cette raison, mon directeur scientifique avait refusé de laisser passer les chapitres de ma thèse qui devaient être discutés à la chaire de philosophie. Après la mort de Staline, toutes les citations de ses œuvres disparurent. Par esprit de contradiction, je fis figurer *Matérialisme dialectique et matérialisme historique* dans ma bibliographie. Cette fois, mon directeur scientifique manifesta une véhémente opposition. Le stalinisme avait plongé dans les âmes des racines si profondes que les staliniens se mirent à trahir leur idole dès que ce fut sans danger et même profitable.

L'Institut de philosophie

Mon entrée à l'Institut de philosophie de l'Académie des sciences se fit dans des circonstances assez comiques. On y avait entendu parler de moi et de ma thèse, et les « monstres », Modrjinskaïa en tête, étaient catégoriquement opposés à mon embauche. Modrjinskaïa se rendit même spécialement à l'université pour prendre des renseignements sur mon compte. Son flair de vieille tchékiste lui avait fait sentir que je n'étais pas « des nôtres ». Je n'avais aucune chance d'être pris.

Pourtant, j'assistai un jour à une soutenance de thèse dans cet institut. Le « thésard », un ancien stalinien, avait retourné sa veste et cela m'indigna. Je pris la parole pour qualifier son comportement de lâcheté caractérisée. Je citai le proverbe oriental : « même un âne peut donner un coup de pied à un lion mort ». De mon intervention, le directeur de l'Institut, Tsolak Stepanian, stalinien lui aussi, retint surtout la dernière phrase. Il sortit de la salle en silence et donna l'ordre de m'embaucher comme sténodactylographe. C'était le seul emploi vacant. Ce fut ainsi que je fis mon entrée à l'Institut. Quelques mois plus tard, je devins attaché de recherche.

Cette fois encore, des représentants du comité d'arrondissement du parti et des « organes » eurent un entretien sérieux avec moi. Eux aussi prirent mon intervention pour une défense de Staline et estimèrent qu'elle contredisait la nouvelle ligne générale. Ce qui compte, en effet, ce n'est pas ce qu'on dit, mais la conformité de ses paroles avec les directives. Sous Staline, on racontait déjà la blague suivante : un vieux bolchevik remplit un imprimé. A la question : « Vous est-il déjà arrivé de flotter dans l'application de la ligne générale du parti ? », il répond : « J'ai toujours flotté avec la ligne générale. » Cette histoire était racontée ouvertement, on en riait non moins ouvertement, et Dieu sait pourquoi, elle n'était pas punie de prison.

Le mouvement antistalinien

A mon entrée à l'Institut de philosophie, il y avait déjà là un groupe antistalinien influent. De tels groupes surgissaient un peu partout. Ils n'étaient évidemment pas réunis en une seule organisation pourvue de slogans précis, mais on peut tout de même parler d'un mouvement de masse. La vigilance communiste excluait toute unité organisationnelle. Mais elle ne s'avéra même pas nécessaire. La conjoncture et les problèmes étaient partout les mêmes. Chez nous, ce groupe était dirigé par Valentin Dobrokhvalov, un homme qui mériterait d'entrer dans la postérité et de susciter un immense respect. Malheureusement, ce n'est pas le cas. Ce biologiste de formation avait soutenu son doctorat de troisième cycle avant la guerre. Pendant les hostilités, il fut officier, puis correspondant de guerre et enfin colonel. Il travailla par la suite à *L'Etoile rouge*, le journal de l'armée. Il fut pris à l'Institut parce qu'il s'intéressait à la philosophie des sciences de la nature. C'était un homme intelligent et courageux qui connaissait bien le parti de l'intérieur. Son groupe comprenait de jeunes chercheurs. Nous reconnaissions tous en lui notre guide.

Pendant cinq ans, Dobrokhvalov se battit contre les monstres staliniens. Cette lutte n'était pas sans danger. Les répressions sanglantes avaient certes pris fin, mais d'autres méthodes leur avaient succédé. Ainsi, je fus victime, dès mon arrivée, d'une véritable persécution. Ma thèse ne fut pas validée. On refusait mes articles. Kammari déclara que, tant qu'il serait en vie, je ne serais jamais publié. Il tint parole, puisque ce n'est qu'après sa mort que je commençai à l'être, d'abord en Pologne et en Tchécoslovaquie, puis en URSS. Plusieurs jeunes collaborateurs de l'Institut furent limogés. Pour finir, Dobrokhvalov lui-même fut licencié et toute sa vie ultérieure gâchée par des inventions calomnieuses que l'on fit courir sur son compte. Ce fut là l'œuvre des « libéraux », aidés en la circonstance par les staliniens. J'ai toujours admiré cet homme et je profite de cette occasion pour lui rendre justice.

La tactique de Dobrokhvalov consistait à obliger les idéologues et les philosophes staliniens à se scinder en deux groupes, dont l'un, la « gauche » stalinienne, détentrice formelle du pouvoir, était obligé de lutter contre la « droite » qui possédait le pouvoir réel dans les collectifs. Cette tactique connut un succès total. Au cours de ces cinq années, plusieurs dizaines de monstres staliniens furent licenciés. Leurs places furent prises par des jeunes, beaucoup plus instruits et plus « libéraux » dans leur style et leurs opinions.

Ce furent des années de lutte inlassable. Notre journal mural en devint l'organe et l'une des armes majeures. Il acquit une large notoriété, provoqua plus d'un scandale et fut discuté jusqu'au Comité central du parti. Il fut d'ailleurs plusieurs fois interdit. Ilienkov et moi dessinions des caricatures et rédigions les légendes. Les dessinateurs Dragoun et Nikitine se joignirent à nous. Lev Pliouchtch, un ancien lieutenant, composait d'excellents poèmes satiriques et je l'ai souvent représenté dans mes livres sous les traits d'un poète. Mais sa vie ultérieure fut loin d'être rose. Un peu plus tard, un autre poète, Erik Soloviev, nous rejoignit. Il était l'auteur de plusieurs ouvrages philosophiques à succès. Les billets satiriques étaient l'œuvre d'Arseni Goulyga, philosophe connu, qui fut pendant longtemps rédacteur en chef du journal mural. Il joua du reste un rôle très important dans la vie de l'Institut jusqu'au début des années soixante-dix et il fut particulièrement influent dans les premières années post-staliniennes.

La participation aux réunions du parti, aux conseils scientifiques, aux colloques et aux conférences était une autre de nos formes de lutte. On se battait autour du moindre détail : les formulations des résolutions, les candidatures au bureau du parti, les primes, les approbations ou les refus de publication d'ouvrages. Modrjinskaïa était à chaque fois proposée pour le bureau du parti et, à chaque fois, nous faisions échouer sa candidature. Les institutions spécialisées dans la philosophie se multipliaient et le nombre d'étudiants diplômés s'éleva considérablement. Les staliniens finirent par se trouver noyés dans cette masse, plus instruite et infiniment plus libre d'esprit.

Les années staliniennes avaient suscité en moi indignation, protestation et colère. Les années suivantes commencèrent à m'inspirer du mépris. J'éprouvais désormais le désir de choisir ma propre voie. La part que je prenais à la fronde de l'Institut tenait plutôt à mon caractère, mes relations amicales, mon attitude caustique à l'égard de la gent philosophique et, aussi, au fait que mon itinéraire coïncidait provisoirement avec celui des antistaliniens et des « libéraux » du khrouchtchévisme triomphant.

Vie quotidienne

Ma fille Tamara naquit à la fin de mai 1954. Jusqu'à l'automne, ma femme et elle vécurent chez mes beaux-parents, à Tambov. J'étais pris par les démarches de ma thèse et avais très mauvaise mine. Gueorgui Chtchedrovitski insista pour que je me fasse examiner à l'hôpital où travaillait sa mère. On me découvrit un ulcère du duodénum qui risquait d'entraîner une perforation rapide. Il fallait m'opérer d'urgence. Boris

Grouchine, ami et « élève » de cette époque, me procura un médicament inventé par le vétérinaire Dorokhov pour soigner les brûlures. Ce médicament, « l'élixir Dorokhov », détruisait la surface du tissu mais renforçait sa capacité à se régénérer. Le conseil des « dialecticiens du chevalet » décida de l'essayer sur moi. Le résultat fut saisissant. Un mois plus tard, lors d'un deuxième examen dans le même hôpital, on ne trouva plus trace d'ulcère. Je racontai mon traitement. Le médecin m'assura que j'avais de la chance : tous ceux qui avaient essayé de se soigner avec ce médicament étaient morts à la suite d'une perforation.

En automne, ma femme et ma fille revinrent s'installer à Moscou. Nous trouvâmes une chambre à grand-peine : louer un logement en Union soviétique, c'est tout autre chose qu'en Occident. Ceux qui louent des chambres ou des coins de chambre n'en sont pas propriétaires, bien qu'ils aient le droit d'y vivre en permanence et de transmettre leur logement à leurs enfants. Dans la pratique, les locations sont illégales et peuvent coûter fort cher. Et les « propriétaires » n'aiment guère les familles avec enfants et imposent toutes sortes d'entraves à la vie quotidienne.

Ma femme avait droit à un congé d'un an, mais sans solde. Ma bourse était misérable. Il me fallut donc trouver des compléments. Je ne pouvais plus enseigner dans les écoles car, après la mort de Staline, l'enseignement de la logique et de la psychologie avaient été abolis. Pourtant, l'argent se mit à rentrer plus facilement : je me mis à donner des cours à l'université du soir de marxisme-léninisme, je faisais des comptes-rendus sur les travaux des auditeurs de l'Ecole supérieure du parti, je répondais aux lettres des lecteurs de la revue *Kommunist*, mais surtout, je gagnai une forte somme en aidant un fonctionnaire géorgien à rédiger sa thèse. Au bout d'un an, ma femme commença à toucher un salaire et reçut parfois des droits d'auteur pour ses articles. A l'Institut j'étais désormais payé comme attaché de recherche. En 1956, ma femme se vit accor-

377

der une chambre de huit mètres carrés. De mon côté, je ne pouvais pas compter sur l'Institut pour me faire attribuer un logement : en m'embauchant, on m'avait fait signer un papier où je m'engageais à ne pas en réclamer. Nous vécûmes dans cette petite chambre jusqu'en 1961.

Nous pouvions nous permettre de louer les services d'une bonne d'enfant qui vécut chez nous. Sur ce plan, nous eûmes de la chance. C'était une femme de la campagne, âgée et solitaire, très bonne et très soigneuse.

Pourtant, notre vie de famille fut un échec. Le travail de ma femme y fut pour beaucoup. Elle voyageait constamment et effectuait des services de nuit. Le milieu journalistique où elle travaillait était plutôt dissolu. Son éducation passée joua également un rôle.

Son père était un officier des « organes » qui s'était fait tout seul. Simple milicien en début de carrière, il parvint jusqu'au grade de colonel. Il m'inspira un personnage littéraire. Après la chute de Beria, il fut limogé et resta quelque temps sans travail. Il finit par trouver une place de directeur dans un établissement de bains d'une ville de province. Il y fit régner un ordre draconien. On le licencia. Pendant deux ans, il fit des pieds et des mains pour obtenir une retraite qu'on lui accorda de guerre lasse. Il s'installa alors à Tambov et, pour meubler ses loisirs, créa de sa propre initiative un réseau d'indicateurs. Le plus extraordinaire, c'est qu'il trouva des dizaines de volontaires. Sa maison devint le point de convergence de toutes les informations sur ce qui n'allait pas dans la vie du district. Il était persuadé que l'ordre stalinien reviendrait et que tous les renseignements qu'il collectait finiraient par servir. Le district tout entier fut enserré dans son réseau de délateurs enthousiastes. Les choses allèrent si loin que des officiers supérieurs du KGB furent envoyés spécialement de Moscou pour contraindre leur ancien collègue à mettre fin à ses activités d'amateur.

En 1956, mes parents, mes frères et ma sœur reçurent un appartement de trois pièces. Mon père, ma mère et ma sœur Anna, avec son mari et son fils, occupèrent l'une d'elles. La deuxième échut à mon frère Alekseï, sa femme et leurs deux enfants. Dans la troisième s'installèrent mon frère Vladimir, sa femme et leur fille. C'était un très grand bonheur pour eux tous. Ils avaient beau être à l'étroit selon les critères actuels, j'y allais souvent dormir, surtout après nos scènes de ménage. J'y étais toujours bien reçu. Le soir, tout le monde se réunissait, habituellement dans la chambre de mes parents et de ma sœur. La nourriture était pauvre et l'alcool rare, mais nous étions gais. La vie s'améliorait nettement. Mes frères faisaient des études et réussissaient dans leur travail. Du reste, le progrès était général dans tout le pays.

Ma fille

La maladie de ma fille a joué un rôle très important dans ma vie. Longtemps, à part mes intérêts scientifiques, mon existence se résuma à la guérir coûte que coûte. Je passais avec elle tout mon temps libre, mes jours fériés, mes congés. Je mis au point tout un système de soins. Je lui appris à nager en dissimulant son mal aux maîtres nageurs. A dix ans, elle prenait déjà part à des compétitions sportives et gagnait des prix. Je lui confectionnai, chez nous, une caisse remplie de sable dans laquelle elle devait « marcher » plusieurs fois par jour. Nous partîmes à plusieurs reprises en Crimée, en touristes « sauvages » *. Je la faisais nager pendant des heures et marcher sur la plage. Il nous arrivait de faire dix kilomètres par jour. Ce tourisme « sauvage » signifiait que nous devions nous occuper de tout par nous-mêmes et notamment faire la queue pendant des heures pour nous acheter à manger. J'emmenais

---

* Pour les vacances, les Soviétiques obtiennent en général de leur entreprise une *poutiovka* (feuille de route) qui leur permet de partir dans des centres ou des maisons de repos spécialement prévus à cet effet.

régulièrement ma fille dans des excursions pédestres près de Moscou. Nous emportions une tente et de la nourriture pour plusieurs jours. Ma fille manifesta très tôt un don pour le dessin. J'eus donc à l'accompagner non seulement à la piscine, mais aussi aux clubs de dessin et de peinture. Tout cela m'arrachait à mes relations normales avec les autres et me condamnait à la solitude. J'en souffrais beaucoup car j'avais toujours été friand de sociabilité. Alors que les conversations étaient indispensables à la formation de mes pensées, j'étais désormais condamné au silence et au dialogue avec moi-même. Pourtant, le silence et la solitude ne présentaient pas que des inconvénients. J'étais obligé de mener un mode de vie régulier et de faire du sport. Consacrer ma vie à quelqu'un ou quelque chose devint l'un des traits de mon caractère. Ce fut au cours de ces années que je mis au point mes idées sur la société et les principes de l'existence.

Ma fille guérit totalement. En 1964, la commission médicale de l'Institut central d'orthopédie la déclara totalement remise. Selon les médecins, c'était un cas absolument unique. Il a même été décrit dans un livre. Naturellement, les médecins s'attribuèrent le mérite de cette guérison, mais je n'en fus nullement vexé : j'étais déjà habitué au fait que les gens s'approprient volontiers les succès des autres.

Mes espoirs de mener une vie de famille normale furent saccagés. Notre mariage n'était plus qu'une forme vide et une source de conflits. Seuls mon devoir envers ma fille et l'impossibilité pratique de vivre séparément entretenaient encore cette fiction.

Le « tournant » khrouchtchévien

Comme pour tout événement de l'histoire, à propos du « tournant » khrouchtchévien, il faut bien distinguer les signes externes des phénomènes profonds. N'importe qui, même l'observateur le plus ignare,

380

remarquera les premiers, surtout s'ils sont spécialement soulignés à l'attention de l'opinion publique. Les
seconds forment les soubassements de l'événement et
on ne peut les découvrir qu'au terme d'une recherche
professionnelle. Ce principe qui vaut partout est largement ignoré en Union soviétique comme en Occident.
Il est plus facile de percevoir ce qui est superficiel et
amplifié par la propagande. En revanche, les phénomènes profonds se prêtent mal à l'observation. Il ne
suffit pas, pour les appréhender, de lire la presse ou
d'écouter la radio. Il y faut une méthode.

Seuls des individus isolés sont intéressés par la
vérité, alors que les hommes en général sont mus par
d'autres intérêts, même lorsqu'ils travaillent dans le
domaine scientifique. Volontairement ou non, la multiplication des chercheurs empêche la compréhension
objective et scientifique des réalités sociales. Il en a été
ainsi des principaux chapitres sociaux de l'histoire
soviétique, période khrouchtchévienne comprise.

Ces phénomènes secrets ne sont pas les « mystères
du Kremlin » ou des montages savants que les services
secrets occidentaux et les kremlinologues s'efforcent
de décrypter, et qui deviennent matière à sensation
dans les médias occidentaux. Ils sont formés de faits
empiriques, observables et quotidiens.

Extérieurement, voici comment apparaît le tournant
khrouchtchévien. Devant le XXe congrès, Khrouchtchev lut son célèbre rapport qui démasquait « certaines erreurs de la période du culte de la personnalité ». Ce rapport fut ensuite lu dans toutes les
organisations du parti, mais ne fut pas mis en discussion. Il fallait simplement en prendre connaissance.
En même temps, les responsables du parti reçurent un
certain nombre d'instructions : retirer les portraits, les
bustes, les statues de Staline et cesser de le citer. On
retira sa momie du mausolée. Il y eut des assouplissements dans le domaine culturel, surtout en littérature
et au cinéma. Quelques dirigeants furent remplacés.
Certains faits peu reluisants du passé stalinien furent

rendus publics. Staline devint le bouc émissaire commode pour expliquer la situation difficile du pays et les énormes pertes de la guerre. C'est l'ensemble de ces faits bien connus que l'on qualifie de déstalinisation de la société soviétique.

Mais, d'un point de vue sociologique, que signifiait cette déstalinisation? Le stalinisme historique, en tant qu'ensemble de principes de gouvernement, de conditionnement idéologique et de maintien de l'ordre, avait fini de jouer son grand rôle historique. Il était devenu une entrave à la vie normale du pays et à son évolution ultérieure. Il se maintenait encore par la force de l'inertie, parce que les millions de personnes qui avaient formé la base du stalinisme s'y étaient tellement habituées qu'elles ne pouvaient plus vivre autrement. Mais en même temps, d'autres forces avaient mûri dans le pays, qui permettaient désormais d'y mettre fin. Pendant la guerre, les entreprises et les différents organismes soviétiques avaient commencé à fonctionner d'une façon non stalinienne. La révolution culturelle avait changé le matériau humain et même les pertes de la guerre n'avaient pas arrêté cette évolution. La masse de la population éprouvait le besoin de vivre autrement, et les méthodes staliniennes avaient perdu leur sens. L'appareil de fonctionnaires qui s'était formé jouait un rôle plus important que celui, stalinien, du pouvoir populaire, désormais superflu. L'idéologie des années trente ne correspondait plus au niveau intellectuel de la population et à son état d'esprit. La déstalinisation se poursuivit en dépit de tout, objectivement, par elle-même, comme une maturation naturelle, une croissance, une différenciation de l'organisme social. Le «tournant khrouchtchévien» était donc une façon de mettre les pendules officielles à l'heure de la société réelle.

Ce fut un succès, mais seulement en ce sens qu'il authentifia ce qui était déjà réalisé *de facto* et apporta aux Soviétiques soulagement et amélioration des conditions de vie, à commencer par la couche des diri-

382

geants qui, à tous les niveaux, aspiraient à une situation stable, à l'abri de la mafia stalinienne et des « organes » de la Sécurité d'Etat. Cette couche, qui avait été la plus exposée à l'arbitraire du pouvoir populaire et de la répression, était devenue hégémonique et entendait bien entourer de garanties sa situation privilégiée.

Notre réaction

A l'Institut, le rapport Khrouchtchev fut lu à huis clos, lors d'une réunion du parti. Il ne contenait rien de radicalement nouveau, pour nous. Il fit impression parce qu'il émanait de la plus haute instance du parti et à cause des faits qu'il citait. Tout continua comme cela avait déjà commencé. On retira les portraits de Staline et il fut interdit de le citer. Lorsqu'on emporta l'énorme buste qui avait trôné dans la salle de conférences, on le laissa tomber dans l'escalier et il se brisa. « Bien fait pour lui ! », s'écria l'intendante de l'Institut qui avait été une stalinienne enthousiaste. De tels comportements avaient le don de provoquer mon dégoût et mon indignation parce qu'ils révélaient les traits les plus vils des Soviétiques. Il était particulièrement écœurant d'observer d'anciens larbins staliniens jouer les victimes du « culte de la personnalité » et se servir cyniquement de la nouvelle situation pour leurs intérêts personnels. Je compris plus tard que ce phénomène était devenu une seconde nature chez les Soviétiques. Avec l'ère gorbatchévienne, beaucoup de petits malins qui avaient prospéré sous Brejnev se sont empressés de se faire passer pour des victimes du brejnévisme parce que c'était payant. A l'époque de Khrouchtchev, ce « caméléonisme » de masse était encore une nouveauté.

Dans les milieux que je fréquentais, le bruit courait que le rapport Khrouchtchev aurait été l'œuvre des lieutenants de Beria, que ce dernier aurait eu l'inten-

383

tion de le lire en personne et que c'était pour cette raison qu'on l'avait supprimé. Quelques années plus tard, je rencontrai un homme qui m'affirma que ce rapport avait été préparé pour Staline : il aurait eu l'intention de jouer lui-même le rôle de libérateur en présentant la terreur comme l'œuvre de ses compagnons. Il est impossible de vérifier l'authenticité de ces rumeurs. Du reste, peu importe. Elles révèlent en tout cas la conviction que le stalinisme était condamné et la déstalinisation inévitable.

Les années optimistes

Les années khrouchtchéviennes furent joyeuses et drôles. Nous étions jeunes. Nous connûmes nos premiers succès et parvînmes à soutenir nos thèses. Nos premiers articles et ouvrages furent publiés. Ce fut aussi le début d'une orgie de banquets. Nos succès étaient déjà assez consistants pour nous insuffler un bel optimisme, mais ils n'étaient pas assez importants pour que des considérations de carrière nous divisent en catégories distinctes. Nos confréries réunissaient sur un pied d'égalité des personnalités fort diverses : Alexandre Bovine, futur conseiller de Brejnev et journaliste connu ; les futurs dissidents et émigrés Boris Chraguine, Alexandre Piatigorski et Nahum Korjavine (pseudonyme de Mandel) ; Ivan Frolov, futur rédacteur en chef de la revue *Questions de philosophie*, académicien, conseiller de Gorbatchev et rédacteur en chef de la *Pravda* ; Vassili Davydov, futur directeur de l'Institut de psychologie ; Evald Ilienkov qui fit plus tard partie de la commission chargée de préparer ma condamnation à l'Institut de philosophie (pour avoir publié *Les Hauteurs béantes*) ; Nail Bekenine, futur rédacteur de la revue *Kommunist* ; Iouri Kariakine, futur conseiller d'un haut dirigeant du parti et para-dissident ; Ernst Neïzvestny, qui devint un sculpteur célèbre et émigra et bien d'autres personnes qui devinrent connues sous

384

Brejnev. Au cours de ces années, une génération de carriéristes de tout poil commença son ascension. Ils formèrent par la suite l'élite intellectuelle du gouvernement brejnévien et refirent surface sous Gorbatchev. Beaucoup d'entre eux fréquentaient notre milieu, nos chemins se croisaient dans les appartements privés, les réunions et les banquets.

Aucun principe ou objectif commun ne nous réunissait. Nous étions parfaitement avertis de nos différences et distinguions parfaitement ce qui motivait les uns et les autres. Notre « unité » venait de nos contacts professionnels ou, plus largement, de la sympathie que nous éprouvions solidairement. L'atmosphère générale du pays était telle à nos yeux que nos dissemblances ne nous paraissaient pas essentielles. Les futurs fonctionnaires de l'appareil d'Etat paraissaient encore avoir un avenir dans le domaine culturel. Les agents du KGB ou les apparatchiks buvaient encore avec des hommes de culture et jouaient volontiers le rôle de protecteurs des sciences et des arts. Bref, c'était le début du « libéralisme », non seulement politique, mais aussi idéologique, psychologique et « carriériste » tel que j'ai tenté de le décrire dans *Les Hauteurs béantes*.

Bien entendu, ces années n'avaient rien de commun avec la période précédente. Nous le comprenions tous et nous efforcions d'en tirer profit. Nous avions l'impression que le temps était enfin venu pour nous de devenir des personnages importants, sinon dans la vie politique, du moins dans le domaine intellectuel et culturel.

A la fin des années 1950, du point de vue de la liberté de pensée, l'Institut de philosophie était en passe de constituer un des principaux centres de la vie intellectuelle du pays. La revue *Questions de philosophie*, la rédaction de l'*Encyclopédie philosophique* et la faculté de philosophie de l'université étaient très liées à nous. Notre directeur était l'ancien stalinien Piotr Fedosseïev. Le rédacteur de la revue, Mark Mitine et le rédacteur en chef de l'encyclopédie, Fiodor Konstanti-nov (qui remplaça Fedosseïev plus tard) étaient également des staliniens. Mais le ton était donné par des jeunes philosophes (pas plus de quarante ans en moyenne) qui, dans leur majorité, avaient achevé leurs études après la mort de Staline. Des revues et des éditions se créaient et gravitaient autour de l'Institut qui constituait un réceptacle d'idées et d'auteurs. Un grand nombre d'esprits enthousiastes firent beaucoup pour assainir le climat intellectuel qui régnait en philosophie et, par-delà, dans les milieux intellectuels. Certains d'entre eux acquirent par la suite une certaine notoriété comme, par exemple, Pavel Kopnine, Evald Ilienkov, Iouri Davydov, Peama Gaïdenko, Erik Solo-viov, Edouard Arab-Ogly, Merab Mamardachvili, Arseni Goulyga, Igor Narski, Alexeï Bogomolov, Iouri Zamochkine, Nelli Motrochilova, Boris Grouchine, Vladimir Choubkine, etc. Mais la majorité demeura dans l'ombre. C'étaient des individus en bas de l'échelle dont dépendait pourtant la publication des livres et des articles. Ils conseillaient les chefs haut placés et leur préparaient articles, ouvrages et rapports. Leur rôle « thérapeutique » fut bien supérieur à leur notoriété. Je voudrais citer le regretté Guennadi Gourguenidze qui travailla longtemps aux *Questions de philosophie*. C'était un homme d'une rare tenue morale, ancien combattant et vrai communiste au sens où j'ai déjà employé ce terme. Tout en restant dans l'ombre, il fit plus que quiconque pour élever le niveau intellectuel de cette revue et pour y publier de jeunes auteurs. C'est grâce à ses efforts que la revue commença à faire paraître mes articles, le premier sous pseudonyme pour tromper la vigilance du rédacteur en chef. De vieux professeurs qui avaient su garder leur dignité sous Staline jouèrent un grand rôle comme Valentin Asmous, Konstantin Bakradze, Alexeï Lossev et Alexandre Makovelski.

En un mot, la période khrouchtchévienne fut une déstalinisation de l'idéologie, de la philosophie, de la culture et de la vie intellectuelle du pays. Ce fut un processus long et douloureux qui s'avéra finalement très limité. Mais dans ses débuts, il inspira un enthousiasme et un optimisme démesurés par rapport à ce qui était en fait possible dans notre système social. Quelques-uns profitèrent de cette occasion et allèrent aussi loin que le leur permirent leurs capacités et leurs ambitions. Moi-même, je me servis de l'ouverture khrouchtchévienne autant que je le pus et c'est grâce à elle que je parvins à percer.

En ces années d'optimisme, je faillis faire carrière. Mes amis « libéraux » qui avaient le vent en poupe voulurent me « pistonner » auprès de Souslov en personne : j'aurais pu y devenir une sorte de consultant en philosophie. On arrangea une entrevue pour moi. Mais à peine mis-je le pied dans son bureau qu'il me jeta un bref coup d'œil et me fit signe de m'en aller. Il avait tout de suite reconnu en moi un étranger.

Souslov ne s'était pas trompé : j'étais effectivement étranger à tout ce qui touchait au pouvoir, et cela sautait aux yeux. Lors d'une réunion importante dans notre Institut, une fois de plus l'ascenseur tomba en panne et tous les participants durent monter à pied jusqu'au troisième étage. N'utilisant l'ascenseur que dans des circonstances exceptionnelles, je montai donc l'escalier quatre à quatre, dépassant allègrement les docteurs, professeurs, académiciens, directeurs et surveillants du parti qui montaient dignement. Je dépassai également un groupe de personnes qui entouraient l'instructeur de la section scientifique du Comité central du PCUS chargé de notre Institut. Me voyant ainsi bondir, l'apparatchik dit à haute voix à ses compagnons : « Cet homme ne fera pas carrière. »

Il avait raison. Ma manière de monter ne correspondait pas aux normes des carriéristes. Si on veut faire carrière, on doit monter lentement, sans sauter les marches, comme si on tâtait chacune d'elles du pied pour s'assurer de sa solidité. Il ne faut pas fléchir sa taille, il faut regarder droit devant soi tout en surveillant de son œil de carriériste la conjoncture qui règne sous ses pieds. Bref, il faut comprendre que gravir un escalier, c'est se livrer à une procédure importante entrant dans le cérémonial dirigeant, à la façon des rituels de cour des tsars, rois et autres monarques.

Malgré l'optimisme que je viens de décrire, certains facteurs objectifs de notre société se rappelèrent rapidement à notre attention et contribuèrent à nous dégriser. Nous comprenions tous que, pour poursuivre nos succès dans la vie, il nous fallait choisir entre deux voies possibles : apporter véritablement quelque chose de neuf à la culture soviétique, ou bien jouer l'opportunisme et la carrière.

La majorité suivit la seconde voie et se servit de ses petits talents et de son instruction à peu près convenable pour ce faire. Comme ils étaient plus capables et mieux formés que la génération de l'époque stalinienne et que leur « libéralisme » leur prêtait une allure d'opposants, ils se distinguèrent rapidement par une morgue extraordinaire qui devint plus tard un des traits du gorbatchévisme : ils s'imaginèrent être les guides intellectuels de la société et jouèrent le personnage du « dissident au pouvoir ». Après être passés par les bordels idéologiques sous Khrouchtchev et Brejnev et y avoir appris l'art de la débauche, ces gens refirent surface en jouant les vertus intellectuelles et créatrices. Nous savions parfaitement tous, dès le début, que pour parvenir à l'élite dirigeante il fallait plonger dans les miasmes de la réalité soviétique. Une fois qu'ils embrassèrent cette voie, les gens de l'« élite » khrouchtchévienne étouffèrent eux-mêmes l'enthousiasme qui s'était allumé en eux et, au moment où ils auraient pu dire : « Arrête-toi un instant! », devinrent un des produits les moins estimables de l'histoire soviétique.

La période khrouchtchévienne vit fleurir les relations amicales de toutes sortes dans les milieux que je fréquentais. En tout cas, je n'eus pas à souffrir du manque d'amis : il m'est impossible d'en préciser leur nombre, tellement j'en avais. Je ne saurais non plus nommer personne avec qui j'aie été en mauvais termes. Tout le monde m'appréciait, même ceux qui me causaient du tort! En ce sens, ma situation était purement sociale, tellement sociale qu'il m'était difficile de comprendre d'où venaient mes ennuis. Ainsi, l'ancien titulaire de la chaire de logique, Vitali Tcherkessov, me dénonça auprès de la commission d'experts qui validait les titres de docteurs. Pourtant, il avait plus d'une fois déclaré que j'étais le logicien le plus capable en URSS. Ce fut grâce à Modrjinskaïa que je pus donner des cours à l'université du soir de marxisme-léninisme. Après que mes collègues eurent empêché la publication d'un de mes livres, nous allâmes ensemble au restaurant pour « fêter » joyeusement cet heureux événement. Pour comprendre pourquoi et comment c'était possible, il faut imaginer les principes de conduite et les traits de caractère que je m'étais forgés depuis mon enfance. J'ai toujours entretenu avec les gens des rapports purement personnels, ignorant les rôles sociaux qu'ils étaient amenés à jouer et me moquant des conséquences que ces rôles pouvaient avoir sur ma vie.

Je dois dire que sous Khrouchtchev et dans les premières années du gouvernement brejnévien, la vie que nous menions dans mon milieu était, en dépit de tout, intéressante, joyeuse et dynamique. Le déclin commença dès la fin des années 1960, surtout après l'écrasement de la « rébellion » tchécoslovaque. Je crois que la direction soviétique craignit une « révolte » semblable chez elle. Après tout, en Tchécoslovaquie, tout avait commencé dans les milieux philosophiques! C'est alors que commença chez nous un « serrage de vis » progressif.

Dans les années 1955-1956, je travaillai sur ma thèse. Pour lui donner une forme parfaitement logique, je sortis du cadre du *Capital* de Marx et décidai d'illustrer les procédés de passage de l'abstrait au concret (pour moi, c'est cela la dialectique) par l'analyse de la société soviétique. En 1956, j'achevai un livre et le présentai, pour discussion, à la section du matérialisme dialectique (la section de logique n'existait pas encore). Les « libéraux », Pavel Kopnine en tête, démolirent mon ouvrage alors que les staliniens n'y touchèrent pour ainsi dire pas.

Kopnine, qui dirigeait la section, était un « libéral » caractéristique de la période khrouchtchévienne et brejnévienne. Notre amitié datait de 1938. Nous avions passé ensemble le concours du MIFLI. Pendant la guerre, il échappa de façon mystérieuse à l'armée et au front. Lorsque je fus démobilisé, il avait déjà obtenu son doctorat de troisième cycle. Au moment où j'obtins un poste à l'Institut de philosophie, il préparait déjà son doctorat d'Etat qu'il soutint peu après. Il devint ainsi le chef de notre section. C'était un homme agréable, léger et plein d'humour qui parvenait, en plus, à se montrer très habile dans sa carrière. Lors d'une importante réunion des cadres du service idéologique, Kopnine déclara que le marxisme nécessitait une révision sur plusieurs points. Malgré le « libéralisme » ambiant, l'idée était beaucoup trop osée. Un silence de mort s'installa dans la salle. Kopnine prolongea la pause puis conclut que cette révision du marxisme avait déjà été faite par... Lénine. La salle poussa un soupir unanime de soulagement et éclata en applaudissements.

La carrière de Kopnine fut d'ailleurs brillante. Il devint directeur de l'Institut de philosophie de Kiev, membre de l'Académie des sciences d'Ukraine, membre correspondant de l'Académie des sciences de l'URSS, puis directeur de notre Institut. Si la mort ne l'avait pas emporté relativement jeune, il serait certainement devenu l'une des figures clés de l'idéologie soviétique et un proche de Gorbatchev. Devenu directeur de l'Institut, Kopnine fit tout de suite comprendre aux autres qu'il n'avait rien en commun avec moi. En revanche, il se lia d'amitié avec les anciens staliniens Fedosseïev, Konstantinov et même Mitine. Il suivait très précisément les règles pour faire carrière. Notre amitié aurait pu lui nuire.

Lors de la discussion de mon livre, il m'accusa de positivisme logique, proposa de ne pas recommander l'ouvrage à la publication et me conseilla de m'occuper de logique mathématique. Je lui fus très reconnaissant de cette suggestion. Je ne me fâchai même pas lorsqu'il utilisa certaines idées de mon livre pour ses propres travaux. De toute façon, il les comprit mal et les exposa en marxiste-léniniste fidèle qui cherche à se bâtir une réputation en philosophie.

Je détruisis mon livre mais ne renonçai pas à mes idées. Je publiai ensuite certaines d'entre elles, débarrassées de leur gangue marxiste, dans des articles et certains chapitres de mes autres ouvrages.

Un autre facteur avait joué contre mon livre. Les événements de Hongrie venaient d'avoir lieu. Mon assistante, Pravdina Tchelycheva, protesta contre l'intervention soviétique lors d'une réunion. Elle fut exclue sur-le-champ du parti et de l'Institut et rapidement envoyée en exil intérieur dans le Kazakhstan. Naturellement, cet acte de courage n'eut aucune résonance, ni dans le pays, ni *a fortiori* en Occident. Le mouvement dissident était encore loin. Je me prononçai contre l'expulsion de Pravdina de l'Institut, ce qui, malgré ma compassion affichée pour les Hongrois, me valut juste un blâme.

Je me plongeai alors dans la logique mathématique. J'organisai à l'Institut un séminaire consacré aux problèmes de logique sans en référer à la direction. Ce groupe de recherche faillit être interdit. Ce fut le philosophe et logicien polonais Ajdukewicz qui me sauva :

lors d'une visite à Moscou, il assista à une séance de mon séminaire et en sortit enthousiaste. Il en parla au Praesidium de l'Académie des sciences et écrivit un article élogieux. Le séminaire fut reconnu publiquement. Des universitaires très connus y donnèrent des conférences : les mathématiciens Ernst Kolman, Sofia Ianovskaïa, Alexandre Essenine-Volpine, Guelli Povarov, le linguiste Sebastian Chaoumian et d'autres.

A l'origine de cette initiative, se trouvait un groupe de logiciens de l'Institut, créé par Piotr Tavanets et moi-même. Ce groupe fut transformé plus tard en une section à part, dont Tavanets prit la tête. Il m'accorda immédiatement une totale liberté. Nous préparâmes un recueil d'articles compilés à partir des conférences de mon séminaire, mais cet ouvrage ne fut publié qu'en 1959 après de longues batailles avec les « conservateurs » de tout poil. Ce recueil joua un rôle important dans la reconnaissance officielle de la logique mathématique.

En ce qui me concerne, je n'eus enfin la possibilité de publier mes travaux qu'en 1958. Les staliniens ne furent pour rien dans l'interdit qui me frappait. Mes censeurs étaient des « libéraux » dont certains prétendaient être mes amis. Ils aspiraient avec ténacité à me transformer en un philosophe soviétique classique, à leur image. Je résistais avec un égal acharnement mais de sens contraire. Je voulais publier les résultats de mes recherches sous mon propre nom et non comme un développement de la pensée marxiste, ce qui m'aurait obligé à payer mon tribut aux classiques du marxisme. Mes premiers travaux furent publiés en Pologne (grâce aux efforts d'Alexandre Orlovski qui vit aujourd'hui à Stockholm), puis en Tchécoslovaquie, en 1958. Ce ne fut qu'après que l'on autorisa la publication de quelques-uns de mes articles dans certaines revues et recueils scientifiques soviétiques.

En 1958, une conférence sur les contradictions logiques et dialectiques fut organisée à l'Institut. Nos exposés furent dactylographiés en quelques exemplaires et réunis ensemble pour utilisation intérieure. Ils n'étaient pas destinés à la publication. Ces copies furent empilées en haut d'un placard dans notre section. Une délégation de philosophes occidentaux visita l'Institut peu après. On leur mentionna notre conférence qui les intéressa. Je leur donnai une copie du recueil d'exposés. Quelques mois plus tard, en 1959, le professeur Nikolaus Lobkowicz publia dans une revue occidentale un article sur les divergences dans la philosophie soviétique. Il écrivait notamment que j'avais « le courage de nier les contradictions dialectiques ». Naturellement, on me convoqua au KGB pour me demander comment ce recueil avait bien pu parvenir en Occident. Les défenseurs de la pureté marxiste à l'Institut se servirent de ma soi-disant négation des contradictions dialectiques pour m'attaquer. Le professeur Lobkowicz fut le premier à mentionner mon nom dans une revue occidentale. Presque vingt ans après, en 1978, devenu recteur de l'université de Munich, il m'invita à y donner une série de conférences. Les autorités soviétiques utilisèrent ce prétexte pour m'expulser du pays.

Un drôle de cas

J'ai déjà mentionné que l'on m'embaucha à l'Institut comme sténodactylo. Pourtant, à ce jour, je ne sais toujours pas taper à la machine. Dans les débuts, mon travail consista à m'occuper des fous qui, par dizaines, assaillent toute institution idéologique. Je répondais à leurs lettres, lisais leurs compositions et en rédigeais des comptes rendus et les recevais personnellement. Ultérieurement, j'ai utilisé cette expérience dans mes livres, surtout dans *La Maison jaune*.

L'un de ces « dingues » était un passionné de la terreur individuelle. C'était un ingénieur très gentil et cultivé. Un jour, il se présenta à l'Institut où on l'orienta immédiatement vers moi. A peine me vit-il qu'il ressentit une confiance totale à mon égard. Il m'initia à ses plans : il voulait faire sauter la Loubianka, ou un autre bâtiment gouvernemental, rien de moins. L'explosion devait intervenir, de préférence, au moment où une occasion solennelle y réunirait le Bureau politique au grand complet. Le mausolée de Lénine figurait naturellement sur sa liste. Il devait se charger du côté technique et comptait que je lui fournisse le fondement idéologique de son acte.

Je surnommai ce fou « le Terroriste ». D'abord, il se contenta de me rendre visite à l'Institut. Puis il trouva mon adresse et me poursuivit jusque chez moi. Parfois, il parvenait à m'attraper dans les endroits les plus inattendus. Un beau matin, il monta dans notre section, à l'Institut. De la fenêtre, on voyait le Kremlin. Mon Terroriste se mit instantanément à chercher le moyen d'envoyer depuis cet emplacement un engin explosif jusqu'au siège du pouvoir. L'un des collaborateurs de notre section était assis derrière un placard. Il entendit tout et s'empressa de faire un rapport au KGB. Je ne revis plus le Terroriste. Deux hommes de la Loubianka vinrent me voir. La Direction confirma que j'étais chargé de recevoir les fous et on me laissa tranquille.

Quand le phénomène de la dissidence commença, bien des années plus tard, je n'y trouvai rien d'original. Toutes ces idées qui faisaient tant de bruit m'avaient déjà été exposées (et souvent de manière beaucoup plus claire) par mes fous. A une seule différence près, il est vrai. Aucun de mes « dingues » ne songeait à émigrer.

La vie et la théorie

Pendant l'été 1956, je fus invité en Géorgie par Venor Kvatchakhia. Séduit par ma thèse, il écrivit la sienne sur le même sujet que moi. Je jouissais déjà d'une certaine notoriété officieuse dans les coulisses de la philosophie soviétique. Et bien que je n'eusse

alors publié aucun article, je fus accueilli dans le Cau-
case comme un « futur penseur russe éminent », ainsi
qu'on me présenta lors d'un banquet à Tbilissi. Depuis
j'ai conservé d'excellents rapports avec les philosophes
géorgiens ainsi qu'avec leurs collègues dans d'autres
républiques. Cette attitude à mon égard s'explique facilement. Dans les républiques, la jeunesse progressiste
se frayait un chemin en luttant contre les conservateurs et elle avait besoin de soutien dans la capitale.
Or, à Moscou, elle ne pouvait compter que sur des gens
comme moi ou Ilienkov. Les jeunes philosophes de
RDA se trouvaient dans le même cas. S'opposant à
leurs conservateurs, ils cherchaient soutien à Moscou.
Ma propre situation était loin d'être assurée et pourtant, à Tbilissi, Bakou, Kiev ou Berlin, je représentais
Moscou.

Revenons à la Géorgie. Les Géorgiens sont les gens
les plus accueillants d'URSS. Ils vouent à l'hospitalité
un véritable culte. Cette fois-là, on m'emmena à Pitsounda, l'un des lieux les plus paradisiaques de notre
planète soviétique. C'est là que je pus voir de mes yeux
la différence colossale entre l'échelon supérieur du
pouvoir et le reste des mortels. D'un côté de la jetée, il
y avait une plage longue de cinq cents mètres environ.
Pendant la saison, plusieurs milliers de travailleurs y
passaient leurs congés. De l'autre côté de la jetée, une
merveilleuse plage s'étendait sur plusieurs kilomètres,
protégée par un haut grillage métallique le long duquel
se promenaient des gardes armés accompagnés de
chiens. Pendant la période stalinienne, c'était l'une des
datchas du chef suprême. Parfois, d'autres membres de
la direction suprême y passaient leurs vacances. En
1956, Khrouchtchev s'en servait. Naturellement, ses
proches l'utilisaient également. Lors de mon séjour, la
plage ordinaire était pleine à craquer alors que du côté
de chez Khrouchtchev, deux hommes longeaient pai-
siblement la mer. Je remarquai devant mes hôtes que
l'on voyait là l'essence même du socialisme. Un Géorgien répliqua que la grille disparaîtrait sous le commu-

nisme, mais un autre se hâta d'expliquer qu'elle n'aurait pas de raison d'être parce que les gens ordinaires ne seraient plus admis à Pitsounda. Nous éclatâmes de rire. En fait, ils étaient parfaitement conscients que le communisme ne liquiderait pas les inégalités. Quelqu'un dit que Khrouchtchev, comme Staline, était un homme modeste dans la vie quotidienne. Je lançai alors l'idée suivante : ce n'est pas la consommation personnelle d'un cadre qui compte. Il faut voir combien il coûte à l'Etat. Cette improvisation était typique de mon mode de réflexion. Je proposai un procédé d'évaluation des frais dans l'appareil de l'Etat. Ma plaisanterie amusa tout le monde. Pourtant, elle cachait une vérité sociologique tout ce qu'il y a de plus concrète.

Une blague courait à cette époque en Géorgie. Au cours d'un banquet en l'honneur d'un cadre supérieur du parti, le *tamada* * porte un toast : « Cher camarade Khatapouridze, depuis que tu es le premier secrétaire du *gorkom* ** tu as déposé un million de roubles sur ton compte d'épargne, tu t'es fait construire un hôtel particulier de luxe en ville, une datcha au bord de la mer et une autre dans les montagnes. Tu roules en Mercedes et as obtenu des automobiles, appartements et datchas à tes enfants, à tes frères et sœurs et même à tes neveux. Mais ce n'est pas du tout pour cela que nous t'aimons tant. Nous t'aimons car tu es un vrai communiste ! »

J'ai fait plusieurs voyages en Géorgie et j'ai entretenu des contacts étroits avec certains chercheurs et philosophes du pays. De nombreux phénomènes propres au mode de vie soviétique prenaient en Géorgie une forme franche, cynique et hypertrophiée. La corruption y atteignait des proportions monstrueuses. Le premier secrétaire du Comité central du parti géorgien, Vassili Mjavanadze, dirigeait également la mafia qui

* En Géorgie, le *tamada* est chargé d'animer la table, de porter des toasts, etc.
** *Gorkom* : acronyme russe de « comité de ville » du parti.

gouvernait *de facto* la république. La tendance de la mafia dirigeante à se transformer en mafia criminelle s'est réalisée en Géorgie avec une parfaite transparence.

En 1968, lors d'une visite à Tbilissi, ma femme Olga et moi, nous eûmes quelques difficultés à réserver des places sur un vol de retour pour Moscou. Le directeur de l'Institut géorgien de philosophie, Nikolaï Tchavtchavadze, nous procura une lettre du CC * pour qu'on nous vende des billets sans attendre. A la caisse, tout le monde trouva ce document très drôle. Une employée le saisit de deux doigts, comme si elle avait peur de se salir, et le montra à ses collègues avec un dédain moqueur en demandant si quelqu'un pouvait lui expliquer ce que « CC » signifiait. Après quoi, elle le laissa tomber à la poubelle. Je retournai à l'hôtel les mains vides. Mes amis géorgiens rirent beaucoup de mon récit. L'un d'eux alla voir le directeur de l'hôtel et revint avec un petit mot pour la caissière. Je retournai chercher mes billets. Cette fois, je fus accueilli comme un invité d'honneur. Non seulement j'obtins mes places, mais on m'affecta une voiture de luxe avec chauffeur pour me ramener à l'hôtel. Les billets que l'on m'avait vendus étaient destinés à un fonctionnaire du parti et l'un de ses adjoints. Ils prirent le vol du lendemain.

A partir de cette histoire véridique, j'inventai une blague qui eut un certain succès à Moscou : un Moscovite en vacances en Géorgie veut acheter un billet pour Moscou. On lui explique que cela n'est possible que s'il graisse la patte de l'employée. A la caisse, il glisse cinquante roubles à la fille qui téléphone immédiatement à la milice. L'homme est évidemment pris de peur puisque les pots-de-vin sont punis par la loi. C'est alors qu'il entend la caissière dire au chef de la milice : « Tu n'iras pas à Moscou aujourd'hui. Tu auras une place demain. »

* Comité central.

Pendant toute la période khrouchtchévienne, je me rendis régulièrement dans les kolkhozes de la région de Moscou. Parfois c'était en qualité de propagandiste et parfois au sein d'une équipe de travail *. C'était mon devoir de membre du parti. Sous Brejnev, j'y allais rarement : en tant que professeur d'université, je pouvais me soustraire à ce « travail social ».

Je participais à ces voyages avec plaisir. Malgré les conditions de vie déplorables, la mauvaise alimentation et le dur labeur, nous respirions l'air frais. Cela nous changeait du travail intellectuel et de la vie sédentaire. Qui plus est, nous nous retrouvions, pour une courte période, dans les conditions d'une collectivité communiste idéale. Nous échappions à notre milieu social habituel, régi, lui, par les règles de la collectivité communiste réelle. Ces voyages me fournirent un matériel richissime pour mes activités littéraires. J'en userai dans *L'Antichambre du paradis* et dans *La Maison jaune*.

Quelquefois, Valentin Dobrokhvalov et Ivan Guerassimov prenaient la tête de nos équipes de propagandistes. J'ai fait mes études avec Guerassimov. C'est au front qu'il avait adhéré au parti. Il était sincèrement préoccupé par la situation et le destin du peuple russe. D'ailleurs, ils comprenaient parfaitement, l'un et l'autre, l'essence des kolkhozes et voyaient qu'ils étaient condamnés.

Dobrokhvalov pensait que l'avenir de la campagne russe, c'étaient des entreprises agricoles semblables aux usines. Les kolkhoziens seraient transformés en ouvriers agricoles et les petits villages céderaient la

---

* Les travailleurs de la ville étaient censés aider les agriculteurs. Chaque année, des équipes d'ouvriers, d'employés ou d'étudiants étaient systématiquement envoyées travailler quelques semaines dans les kolkhozes.

place à de grands bourgs quasi citadins. L'idée de villes agricoles n'était pas une invention khrouchtchévienne. Beaucoup regardaient alors dans cette direction. Guerassimov pensait, quant à lui, que cette approche était précoce et même aventureuse. Il développait des raisonnements aujourd'hui à la mode parmi les théoriciens de Gorbatchev. Il prônait la création d'exploitations agricoles autour des villes qui approvisionneraient les marchés et les magasins en produits agricoles sans intermédiaire. Je les critiquais tous les deux en mettant l'accent sur les conditions réelles et les conséquences que pourraient avoir leurs programmes respectifs.

Pour la création des agro-villes, les moyens manquaient. On pouvait éventuellement en construire quelques-unes à titre d'expérience. D'ailleurs, elles existaient déjà sous la forme de grands sovkhozes *. Ce n'était pas une voie que l'ensemble de l'agriculture pouvait emprunter. Quant aux lopins individuels, dont l'expérience était à l'origine du programme « fermier », ils ne pouvaient pas convenir aux villages éloignés des villes. Quant à ceux qui en étaient proches, le passage aux exploitations individuelles risquait de provoquer une hausse vertigineuse des prix et de la criminalité. Le bénéfice économique de ce nouveau système serait illusoire. Sur des petits lopins individuels, en travaillant comme des forçats, on pouvait parvenir à une haute productivité. Il n'en irait pas de même sur des terrains importants. De plus, les jeunes aspiraient précisément à se débarrasser de ce mode de vie.

La nouvelle de Soljenitsyne, *La Maison de Matriona*, fut portée aux nues par ceux qui n'avaient aucune notion de la vie dans un village russe. En revanche, des gens comme Guerassimov, qui compatissaient vraiment à la misère du peuple russe, ne l'apprécièrent que très modérément. Plus tard, j'ai eu l'occasion

---

* Les kolkhozes sont des exploitations collectives où les agriculteurs se partagent le fruit de leur travail; les sovkhozes sont des fermes d'Etat où travaillent des ouvriers agricoles salariés.

d'opposer la Matriona inventée de Soljenitsyne à ma Matriona réelle (dans *La Maison jaune*). Le peuple russe a déjà choisi son destin historique, le communisme, et aucune force ne l'obligera à revenir au passé. La collectivisation stalinienne fut certes tragique et cruelle, mais elle correspondait à l'évolution historique du peuple russe, loin de toute tentative anachronique pour maintenir le paysan russe dans la fonction de producteur de pommes de terre et de choux bon marché pour les fumistes en ville.

La collectivité idéale

A part nos séjours fréquents dans les kolkhozes, nous faisions souvent des marches à pied dans la région de Moscou. Pendant ces sorties, nous formions également des groupes communistes idéaux. Il s'en formait également, spontanément, dans les maisons de repos. J'aimais y participer. De toutes les collectivités humaines, c'étaient ces groupes-là qui correspondaient le plus à mes idéaux de jeunesse. Les gens y oubliaient pendant quelque temps leurs angoisses quotidiennes et les rôles qu'ils jouaient à leur travail. Mais, même dans ces conditions, les relations communistes idéales ne duraient guère. L'observation de telles situations nourrissait mes réflexions sur les véritables fondements de la société communiste. Je voyais bien que les phénomènes du communisme réel apparaissaient même dans des conditions idéales de vie.

Lors d'un de mes congés dans une maison de repos de l'Académie des sciences, j'eus l'idée d'écrire un livre sur la société communiste dans les conditions de l'abondance (« à chacun selon ses besoins »). J'imaginai une région isolée où abondaient, par un concours de circonstances, produits alimentaires, vêtements, logements et divertissements. Les habitants du coin n'avaient qu'une chose à faire : introduire un système rationnel de distribution de ces biens. Sa création

entraînait rapidement l'apparition de groupes antagonistes, l'inégalité, la naissance d'un système de pouvoir
avec des organes de répression et, enfin, l'apparition
de l'idéologie. Le résultat était une société communiste
encore plus horrible que dans les conditions de pénurie permanente. D'ailleurs, un phénomène de pénurie
faisait également son apparition, comme conséquence
de l'abondance! Plus tard, j'exprimai toutes ces idées
dans mes notes pour *L'Antichambre du paradis* et, surtout, *La Maison jaune*.

Percée

En dépit des obstacles accumulés sur ma route par
mes amis « libéraux » aux meilleures intentions, je parvins à opérer ma percée « stratégique » : le premier pas
vers la conquête d'une situation indépendante et plutôt
exceptionnelle, au centre même de l'idéologie soviétique. Pendant nos tentatives pour faire publier notre
recueil d'articles de logique, j'appris à identifier toutes
les embûches formelles des procédures d'édition. Sur
le conseil de Lev Mitrokhine, je décidai de proposer
mon propre ouvrage. A l'époque et dans ma situation,
ce geste était d'une audace inouïe. J'avais accumulé
des connaissances dans le domaine de la logique multivalente dont j'étais le seul spécialiste soviétique. J'écrivis très vite *Problèmes philosophiques de la logique
multivalente*. Je mis dans le titre le mot « philosophique » simplement parce que le livre devait être
publié par l'Institut de philosophie. De même, pour
obtenir l'approbation du conseil scientifique de l'Institut, je bourrai mon ouvrage de citations marxistes. Mes
collègues étaient heureux de voir ma transformation :
enfin, je devenais un phraseur marxiste comme eux-
mêmes. Toutes les instances concernées approuvèrent
mon livre que je portai directement aux éditions
Naouka *. Je savais qu'en suivant les procédures clas-

---

* En russe : Science.

siques, ce livre ne pourrait pas paraître avant deux ans. Mais j'avais appris qu'à la fin de l'année le fonds des honoraires de la maison d'édition était généralement épuisé. On faisait donc passer en priorité les livres des auteurs qui renonçaient à leurs droits. De plus, je remplaçai le texte approuvé par une autre version qui n'avait plus rien à voir avec le marxisme. Je pensais avec raison qu'après la publication, il serait trop tard pour prendre des mesures contre moi. C'est ainsi qu'au début de 1960, mon premier livre parut en Union soviétique.

Cet ouvrage m'apporta la notoriété *urbi et orbi*. Il fut bientôt publié en polonais. C'était là un signe important de reconnaissance car la logique polonaise jouissait d'une haute renommée internationale. Il fut également traduit en anglais et en allemand. Le directeur de l'Institut, Piotr Fedossëïev, en visite aux Etats-Unis, vit mon livre à la bibliothèque du Congrès et déclara avec fierté qu'il avait personnellement autorisé sa publication. En fait, personne n'avait autorisé sa parution à l'étranger : j'avais contourné la législation soviétique en la matière.

Par la suite, je parvins à publier d'autres ouvrages de la même manière, en renonçant à tous droits. Dans notre cercle, on commença à utiliser l'expression « la logique sans honoraires de Zinoviev ». En revanche, ma position devint exceptionnelle : tout en travaillant dans un établissement idéologique de première importance, je développais mes propres idées non marxistes et publiais les résultats de mes recherches et de celles de mes élèves en Union soviétique et en Occident. Tout ceci n'aurait été possible dans aucun autre endroit du pays. A l'Institut, d'autres jeunes philosophes qui s'occupaient de logique et de méthodologie scientifique suivirent mon exemple. Notre section devint le centre d'une percée intellectuelle en dehors du cadre de la philosophie officielle soviétique.

Pour moi, cette position revêtait une importance de principe. Je ne voulais pas travailler au profit du marxisme. Je le considérais comme un phénomène idéologique fort sérieux, mais pas comme une science, même si quelques éléments scientifiques y étaient présents. Ma tentative personnelle pour développer mes idées dans le cadre du marxisme avait échoué et j'avais remarqué que l'on pouvait me pardonner une approche non marxiste des problèmes de l'idéologie marxiste mais pas de tenter de réformer l'idéologie de l'intérieur. J'ai décrit cette situation dans *L'Avenir radieux*. Je commençais également à avoir des ambitions scientifiques. Je sentais que je pouvais obtenir de vrais résultats dans mes recherches et ne voulais pas que mes découvertes puissent être considérées comme un développement d'idées marxistes. Enfin, je commençais à me frayer ma propre voie dans l'existence et l'un de mes principes était d'aller de l'avant envers et contre tous.Dans ma sphère professionnelle, un phénomène nouveau que je ne voyais pas d'un très bon œil commença à se développer. Plusieurs restrictions de la période stalinienne disparurent, mais au lieu d'encourager la vraie création, apparurent des myriades de médiocrités qui se posèrent en penseurs progressistes. Ils dissimulaient leurs faibles capacités sous des références aux nouvelles découvertes scientifiques et techniques. Et si l'on pouvait combattre l'obscurantisme des staliniens en se référant justement aux progrès de la science, il était en revanche impossible de lutter contre le délire verbal et l'idiotie de ces prétendus progressistes, sous peine d'être immédiatement rangé dans la catégorie des réactionnaires indécrottables. Ainsi, la théorie de la relativité d'Albert Einstein ne fut plus considérée comme une élucubration de la philosophie idéaliste bourgeoise. Mais lorsque je tentai de démontrer que certaines spéculations autour de cette théorie n'avaient aucun fondement scientifique, on m'en fit reproche comme si je portais la responsabilité directe à la fois du goulag et des camps d'extermination hitlériens.

A peine avais-je commencé à créer ma propre théorie, différente de tous les systèmes reconnus de la logique mathématique, que je vis mes ennemis se multiplier comme par magie et me mordre davantage. Ils répondaient à leur fonction sociale : m'empêcher de devenir et de créer quelque chose de différent d'eux.

Changements sociaux

Sous Khrouchtchev, des millions de victimes de la répression stalinienne furent libérés des camps et réhabilités. Rien que pour cet acte de réparation, Khrouchtchev mérite la reconnaissance de l'humanité. Si j'aborde ce sujet, c'est dans la mesure où il me touche personnellement. Loin de moi l'idée d'humilier les victimes. Je veux simplement rétablir la vérité.

La contribution des anciens prisonniers à la déstalinisation de la société soviétique fut pratiquement nulle. S'ils restèrent en vie grâce à elle, ils ne furent guère à son principe, et encore moins n'engendrèrent d'idées neuves sur la transformation de la société. Pire, les plus fougueux des survivants, tout à leur prétention de jouer un rôle historique, se mirent à proférer des absurdités sur le passé et le futur de la Russie et de l'humanité tout entière. En la matière, Alexandre Soljenitsyne a battu tous les records. Il ne faut pas attribuer aux victimes des vertus dont les circonstances les rendaient incapables. En réalité, la déstalinisation fut le fait de ceux qui n'étaient pas au goulag, et qui, donc, n'avaient pas trop souffert du stalinisme. Le mouvement antistalinien est né dans les masses de la population libre pendant la guerre, et atteignit sa pleine dimension après les hostilités. La lutte, menée à tous les niveaux de la société, porta ses fruits. L'Occident, fidèle à lui-même, ne remarqua pas cette lutte grandiose. En revanche, le mouvement dissident, relativement faible faute de racines dans la masse de la population, fut magnifié à l'Ouest en phénomène aux dimensions épiques. Les révélations khrouchtché-

404

viennes et la réhabilitation des prisonniers furent le résultat et non l'origine du mouvement antistalinien. Le « tournant » khrouchtchévien se fit d'ailleurs surtout dans l'intérêt de ceux qui n'étaient pas au goulag, les « libérateurs » pensant en premier lieu à eux-mêmes et à leur avenir. Le passé et ses victimes ne venaient qu'après.

Dans les cercles intellectuels, bon nombre de réhabilités ne se comportèrent pas différemment que les staliniens obscurantistes qu'ils remplaçaient. Ce fut en tout cas mon expérience personnelle. Kammari fut remplacé à la tête de la revue *Questions de philosophie* par Rosenthal, lésé sous Staline. Son adjoint le plus proche était Evgueni Sitkovski, qui avait passé de nombreuses années au goulag. Quel fut le premier geste de ces deux victimes des bourreaux staliniens ? Elles refusèrent de publier une série de mes articles. Pendant des années, Sitkovski me persécuta de concert avec Modrjinskaïa, l'ancienne collaboratrice de Beria, en lançant contre moi dénonciations et calomnies. L'union des bourreaux et des victimes, des « réactionnaires » staliniens et des « libéraux » khrouchtchéviens se fit, en plusieurs occasions, contre moi.

Si j'ai pu néanmoins percer dans une certaine mesure, ce fut grâce à la libéralisation générale, au hasard, à mon esprit d'entreprise et aussi, même si cela paraît étrange, grâce à un certain respect à mon égard des vieux aurochs staliniens. Mon premier article dans *Questions de philosophie* fut publié sur ordre d'un des plus ignobles sectateurs de Staline, Mark Mitine. Les anciens staliniens Fedosseïev et Konstantinov autorisèrent la publication de mes premiers livres. Leur coreligionnaire Alexandre Okoulov, qui dirigea l'Institut pendant une courte période, m'autorisa à soutenir ma thèse et insista pour que je sois élu à l'Académie des sciences. Ce furent, en revanche, les « libéraux » qui firent échouer mon élection à plusieurs reprises. Qu'on me comprenne bien : je ne veux certes pas justifier les staliniens. En fait, mon conflit avec le stalinisme était clos. J'étais entré dans une lutte plus profonde contre les fondements mêmes du système social communiste, incarné désormais par les « libéraux ».

Ces derniers ne me considéraient pas, pour autant, comme un adversaire. C'étaient souvent des gens agréables, intelligents et cultivés et notre différence essentielle (une différence presque ethnique) n'apparaissait que dans mille petits détails. L'ennemi visible disparut. Il se pulvérisa, prit la forme d'amis et devint à la fois diffus et omniprésent. L'ensemble du milieu soviétique normal devenait mon ennemi. On attendait que je me dissolve à mon tour dans ce milieu, que je vive et agisse comme tout le monde. Et cela m'était impossible. J'étais voué à la solitude parmi les hommes. J'ai rendu mon état d'esprit d'alors dans *Les Hauteurs béantes* et *L'Evangile pour Ivan*.

Mes collègues et amis « libéraux » se lancèrent dans une course effrénée aux meilleurs postes et aux biens matériels. Ce fut dans ces années-là que surgirent les carriéristes et les roublards libéraux qui prospérèrent sous Brejnev, pour atteindre les sommets du pouvoir et de la gloire avec Gorbatchev. A l'époque, cette orgie de conformisme, de cupidité et carriérisme se déroulait encore en bas de la hiérarchie sociale. Elle avait pour horizon des avantages médiocres et n'en paraissait que plus dérisoire. En suivant cette voie, j'aurais pu, moi aussi, connaître un succès considérable, mais j'étais incapable de m'abaisser à ces extrémités.

L'éveil culturel marqua toute l'époque khrouchtchévienne. De nombreux ouvrages furent publiés, notamment *Le Dégel* d'Ilya Ehrenbourg, *L'Opinion propre* de Daniil Granine, *Une Journée d'Ivan Denissovitch* de Soljénitsyne et *L'Homme ne vit pas seulement de pain* de Vladimir Doudintsev. Boulat Okoudjava et, plus tard, Alexandre Galitch entreprirent de donner des soirées semi-légales *. Les peintres non confor-

---

* Célèbres chansonniers, auteurs de chansons politiques.

mistes firent leur apparition. L'un de mes amis, le sculpteur Ernst Neïzvestny commença à devenir populaire. Quant aux films d'un autre de mes amis, Gueorgui Tchoukhraï, ils reflétaient clairement l'esprit nouveau. Je ne peux pourtant pas dire que ce dégel culturel m'ait beaucoup influencé. Mes positions envers la société étaient trop critiques pour ne serait-ce que fléchir devant ce frémissement timide. De plus, interdictions et limitations ne tardèrent pas à resurgir. A peine avait-elle entrouvert le système que la direction khrouchtchévienne se hâta de le refermer. Mais les autorités furent incapables d'arrêter le processus de « renaissance » intellectuelle qui aboutit sous Brejnev à une explosion culturelle.

Si l'apparition d'Alexandre Soljenitsyne fut, de fait, un phénomène considérable dans la vie spirituelle du pays, il me laissa indifférent pour deux raisons. Il fut publié dans les revues soviétiques avec, au début, le soutien de Khrouchtchev en personne, signe non équivoque d'une réputation surfaite. D'autre part, son mode de pensée et son style littéraire ne correspondaient ni à mes goûts ni à ma mentalité.

Il était clair, dès ses premiers écrits, que son œuvre était socialement et esthétiquement orientée vers le passé, ce qui, pour moi, est irrecevable. Ses autres livres, plus tard, ne m'ont pas fait changer d'avis.

La perestroïka de Khrouchtchev

Selon le projet idéologique du communisme, la société communiste devait dépasser les pays occidentaux développés dans tous les compartiments de la vie économique. Dès ses premières heures, la société soviétique s'était fixé comme but de « rattraper et dépasser » le monde capitaliste. Cet objectif devait être atteint dans les délais les plus brefs. Pourtant, après plus de soixante-dix ans, la formule fameuse semble plus utopique que jamais. Les Soviétiques ont toujours plaisanté : il ne faut pas dépasser l'Occident, sinon les Occidentaux verraient notre derrière tout nu. Désormais, on omet le mot « dépasser » et l'on ne parle plus éventuellement que d'« atteindre un haut niveau mondial ». Même sous cette forme affadie, cela paraît encore une tâche démesurée.

Les vices du système social communiste apparurent sous Lénine. Ses derniers articles et lettres témoignent de son pessimisme à ce sujet. Mais il fut évidemment incapable d'admettre qu'il s'agissait là de défauts inhérents à la société communiste qui venait de naître et que ses idéologues, dans leurs rêveries bon enfant, croyaient parfaite.

Le slogan « atteindre et dépasser » prit sous Staline un contenu moins abstrait. Comme tout commençait à partir de zéro, même la plus légère amélioration de la vie du pays prenait des proportions énormes, surtout exprimée en pourcentages. Comme les contacts avec l'Occident étaient inexistants, la propagande pouvait impunément monter de toutes pièces des images de la vie dans l'enfer capitaliste telles que la population soviétique n'avait d'autre alternative que de croire les slogans triomphalistes.

Mais pendant la guerre et dans l'immédiat après-guerre, des millions de Soviétiques découvrirent le rapport réel entre leur niveau de vie et celui des Occidentaux. L'ivresse passa.

Khrouchtchev et ses conseillers « libéraux » reconnurent officiellement les défauts saillants de la société soviétique et prirent la décision d'effectuer une *perestroïka* de tous les aspects de la vie du pays, devançant ainsi les innovations gorbatchéviennes de plus d'un quart de siècle. On décida de rentabiliser le travail des entreprises en y introduisant ce même autofinancement que les gorbatchéviens se vantent aujourd'hui d'avoir inventé. Dans la pratique, le nombre d'entreprises non rentables augmenta et le slogan de l'autofinancement fut abandonné en douceur. On perfectionna également le fonctionnement des administrations en créant notamment les *sovnar-*

hozes *. Cela n'eut pour effet que d'enfler encore l'appareil bureaucratique. Plus tard, les *sovnarkhozes* furent liquidés, ce qui gonfla d'autant le même appareil. On divisait, réunissait, recombinait, changeait de nom : ce fut tout un ballet de ministères, comités, administrations, trusts... Et le nombre de bureaucrates allait toujours croissant. Et les Soviétiques plaisantaient de plus belle : la décision a été prise de diviser en deux le ministère des Chemins de fer. Il y aura désormais un ministère « Aller » et un ministère « Retour ».

Comme Gorbatchev le fera plus tard, Khrouchtchev entreprit de démanteler le rideau de fer idéologique. Le résultat le plus tangible de son voyage aux Etats-Unis fut sa passion pour le maïs. Les vertus de cette plante lui semblaient suffisantes pour conduire les Soviétiques droit vers le passage au communisme. Cette politique fit de Khrouchtchev la risée du pays. Je voulais faire une caricature sur ce sujet pour notre journal mural, mais je ne reçus pas le *nihil obstat* des autorités de l'Institut.

Les khrouchtchéviens revinrent des Etats-Unis avec une autre idée sensationnelle : les chefs ne devaient plus tailler eux-mêmes leurs crayons car leurs forces créatrices et leur précieux temps devaient être employés à des tâches plus hautes. Une brochure à ce sujet fut diffusée à des millions d'exemplaires. L'auteur en était le grand « manager » américain Terechtchenko, descendant d'un millionnaire russe qui était parvenu à émigrer à temps aux Etats-Unis. Les bureaux des chefs s'ornèrent de verres remplis de crayons bien taillés par les secrétaires. On créa le prototype d'un taille-crayon spécial qui ne vit d'ailleurs jamais le jour. Et les chefs, libérés du souci de tailler des crayons, employèrent leur énergie créatrice à se procurer un peu plus encore de pots-de-vin et mieux tisser leurs intrigues.

* Conseils de l'économie nationale, chargés de gérer la production dans chaque région.

L'humanité n'a prêté aucune attention à l'une des plus grandes inventions de la période khrouchtchévienne. Elle demeura très localisée et fut bientôt étouffée par les conservateurs. Il s'agissait d'un produit alimentaire original : 50 ou 100 grammes de vodka à l'intérieur d'une capsule comestible. C'était le rêve de tous les ivrognes. Ils achetaient ce « combiné », mordaient dans un coin, sifflaient la vodka et mangeaient l'enveloppe ! Si cette innovation avait connu une diffusion nationale, elle serait devenue l'un des tournants clés de l'histoire du communisme. Hélas ! les apparatchiks l'emportèrent sur le réformisme de Khrouchtchev.

Khrouchtchev et son époque

L'époque khrouchtchévienne fut aussi brouillonne que le dirigeant qui lui laissa son nom. Des processus et des tendances très divers, souvent même opposés, s'y confondaient et s'entremêlaient de la manière la plus curieuse. Dans *Les Hauteurs béantes*, je parlais de période de désarroi tant il était malaisé de distinguer entre les phénomènes ce qui relevait des lois sociales et ce qui résultait de circonstances fortuites.

En fait, après Staline, n'importe quel dirigeant aurait été contraint de procéder à la déstalinisation. Mais la manière de faire, la forme et le contenu à lui donner dépendaient de la personnalité dudit dirigeant. Khrouchtchev imprégna de telle façon la déstalinisation qu'un autre scénario est proprement inimaginable.

Khrouchtchev était un homme simple, accessible, modeste, moral, relativement bon et peu rancunier. Il était aussi rusé, volontaire, enthousiaste, spontané et improvisateur. Dans la direction stalinienne, il n'y avait pas que des pions sans visage : elle comptait aussi des dirigeants de rang inférieur pleins de volonté et d'initiative. Khrouchtchev n'était guère un pion. Il

410

était un dirigeant modèle du type volontariste stalinien. Quand il accéda au pouvoir, ces qualités s'exprimèrent d'autant mieux que la peur de Staline et de son
entourage avait disparu. Sa nature désordonnée se
manifesta dans de nombreux actes hauts en couleur,
de son enthousiasme pour le maïs à la chaussure de
l'ONU. Pourtant, ce fut grâce à ces traits psychologiques que la déstalinisation eut des conséquences
profondes. Si Khrouchtchev avait agi dans le cadre de
la légalité du parti et de l'Etat au nom de laquelle Staline fut éjecté de son piédestal, la déstalinisation aurait
connu des proportions plus modestes et Khrouchtchev
aurait été enterré avec tous les honneurs dans le mur
du Kremlin. La fin de cet homme présenta le même
caractère exceptionnel que son règne.

Naturellement, Khrouchtchev ne saisit pas complètement l'occasion unique de libéraliser la société
soviétique. Par peur d'être allé trop loin, il détourna
son action dans la direction opposée. Les mérites d'un
homme se mesurent à ses actes et non aux occasions
manquées. Or, Khrouchtchev fit beaucoup plus que ne
l'admettaient les normes soviétiques. L'une des tâches
de la direction brejnévienne fut précisément de
remettre le pays dans le cadre figé de la norme. Grâce
à Khrouchtchev, la société soviétique bénéficia de
libertés dont les gens n'auraient pu rêver sous Staline.
De nombreux jeunes intellectuels se lancèrent dans
des activités sociales, la dissidence commença à apparaître et la culture s'épanouit. Le niveau de vie général
s'améliora de manière visible, même dans les kolkhozes. Des délégations occidentales commencèrent à
venir en URSS et des Soviétiques visitèrent l'Occident.
Des individus par milliers s'impliquèrent, souvent de
leur propre initiative, dans la destruction pratique du
rideau de fer. Ainsi, je m'occupai de trier les livres
occidentaux qui étaient confinés dans les *spetskhran*,
les dépôts spéciaux d'ouvrages interdits au public. Les
livres dont je certifiai qu'ils n'étaient pas antisoviétiques se comptent par centaines. Cela permit de

411

les transférer dans les bibliothèques publiques. J'utilisai aussi le dégel pour publier articles et ouvrages en Occident. De nombreux Soviétiques purent établir des relations personnelles avec des Occidentaux. Ces liens jouèrent plus tard un rôle important pour le mouvement dissident.

Les blagues des années khrouchtchéviennes

Les « anecdotes » politiques s'épanouirent sous Khrouchtchev. J'en parle pour deux raisons : les blagues reflètent l'essence même de la société et représentent l'une des formes marquantes de la créativité des masses dans la société soviétique. Sous Khrouchtchev, n'importe quoi pouvait soulever l'hilarité. Derrière les moqueries, on sentait malgré tout une certaine sympathie pour le dirigeant suprême et même un brin d'optimisme. Sous Brejnev, les blagues redevinrent méprisantes et pessimistes.

Voici quelques histoires de cette époque.

Une délégation d'hommes d'affaires occidentaux visite une nouvelle usine en URSS. Khrouchtchev en personne leur fait le commentaire : « Le rendement de cette unité de production sera deux fois supérieur à celui des vieilles usines de même type et il sera même supérieur à celui des usines occidentales équivalentes !

– Ce sera difficile, réplique l'un des Occidentaux, il n'y a qu'un seul cabinet de toilettes dans l'usine et les ouvriers seront obligés de faire la queue toute la journée ! »

Aux Etats-Unis, Khrouchtchev visite l'appartement d'un Américain moyen. « Voici notre chambre, explique celui-ci en le conduisant de pièce en pièce, voici le séjour, la salle à manger, la chambre des gosses et mon bureau. Et comment sont les appartements en URSS, monsieur le Premier secrétaire ?

– Pareils qu'ici, répond Khrouchtchev, seulement nous n'avons pas de cloisons. »

412

Khrouchtchev fait un discours au congrès du parti : « Camarades, j'ai deux nouvelles à vous annoncer une mauvaise et une bonne. La mauvaise : le maïs pousse mal et les travailleurs vont être obligés de bouffer de la merde pendant le reste du quinquennat. La bonne : de la merde, camarades, nous en avons en abondance ! »

Question : Pourquoi n'y eut-il pas d'épuration du parti après le XXe congrès ?

Réponse : Pour ne pas salir les rangs des sans-parti !

Question : Pourquoi ne peut-on plus acheter des chapkas en fourrure d'ondatra ?

Réponse : Les ondatras se multiplient en progression arithmétique et les fonctionnaires en progression géométrique. De plus, la chasse aux fonctionnaires n'est plus pratiquée depuis la mort de Staline !

Question : Qui est plus courageux, Hitler ou Khrouchtchev ?

Réponse : Hitler, bien sûr. Il a lutté contre Staline vivant et Khrouchtchev contre Staline mort.

Vie quotidienne

Ma vie de famille ne correspondait ni aux idées dans lesquelles j'avais été élevé, ni aux principes sur lesquels je m'étais réglé jusque-là. Je vivais leur effondrement. Physiquement, j'étais un homme normal et n'étais pas sans connaître quelques succès auprès des femmes. Pourtant, je restais sur la réserve. J'avais toujours une attitude romantique envers la gent féminine. La liberté et la dépravation sexuelle, ainsi que l'instabilité des rapports amoureux continuaient à susciter ma réprobation morale. Graduellement, j'arrivais à la conclusion que mon idéal de l'amour, la femme-déesse, n'existait pas en réalité. Ce qui était accessible, ce à quoi se ramenaient les relations amoureuses me semblait être un tas d'ordures. J'avoue que je contribuais à la mésentente avec ma femme en multipliant les beuveries, mon passe-temps habituel de l'époque.

Notre vie commune finit par devenir tellement insupportable que je fus obligé de quitter ma famille. C'était en 1960. Je recommençai ma vie vagabonde jusqu'en novembre 1967, quand on m'attribua, par pur hasard, un studio, alors que j'étais déjà un chercheur de quelque renommée.

Après ma séparation, j'avais loué une chambre près de celle où habitaient ma femme et ma fille. Je pouvais ainsi consacrer à celle-ci une partie considérable de mon temps. Je m'occupais d'elle dans la journée. Fort heureusement, j'étais passé maître de recherche et n'avais plus à me rendre à l'Institut que deux fois par semaine. J'étais censé passer le reste de mon temps dans les bibliothèques. En 1962, je soutins ma thèse d'État en philosophie. Mon traitement augmenta considérablement. De plus, je continuais à enseigner à mi-temps dans divers instituts et, finalement, à l'université de Moscou. Pour un Soviétique, c'était une situation plus qu'aisée. Je pouvais donner plus d'argent à mes parents et à mon fils que je voyais assez régulièrement. Je ne gardais qu'un minimum d'argent.

Mes années d'errance m'incitèrent à renforcer quelques vieux principes existentiels. De nouveau, je réduisis mes biens à ce que je pouvais emporter dans mes bras lors des déménagements. Seuls les haltères me posaient des problèmes, mais je réussissais à les porter tout de même avec le reste. Je n'avais aucun livre chez moi. Je préférais lire dans les bibliothèques. Quand, en 1965, je fis la connaissance de ma future épouse Olga et qu'elle monta la première fois dans ma chambrette, elle fut saisie par son dénuement. Elle n'arrivait pas à croire que c'était là le logement d'un professeur de renom.

Et bien sûr, j'observai de plus belle la vie des gens en bas de la hiérarchie sociale. De nombreuses histoires dans mes livres décrivent des cas réels.

J'arrêtai de boire complètement en 1964. Psychologiquement, la fin de 1963 avait été très dure pour moi. Je buvais d'énormes quantités d'alcool. En janvier, je ne mangeais presque plus, tout en consommant plusieurs bouteilles de vodka par jour *. Je ne ressentais plus le froid. Je dormais découvert près de la fenêtre ouverte. Un jour, brusquement, une clarté absolue envahit mon esprit. Le dégrisement fut total. Depuis, j'éprouve une totale aversion pour l'alcool, même en petites doses. Il existe probablement une explication médicale à ce phénomène, mais elle ne m'intéresse pas. J'arrêtai de boire, un point c'est tout.

Bizarrement, mes amis et collègues apprécièrent modérément ce changement. Certains m'en voulaient même. Tout en reconnaissant la nuisance de l'ivrognerie, on tenta de me persuader que la consommation modérée d'alcool est utile pour la santé et agréable pour les copains. On affirmait également qu'en même temps que mon penchant pour la boisson j'avais perdu ma finesse d'esprit et mon côté blagueur. D'autres répandaient le bruit que j'entendais faire carrière et que j'allais obtenir un poste dans l'appareil du Comité central ou dans un établissement militaire ou au KGB. Pour calmer les passions, je racontais que j'avais subi un traitement spécial pour les alcooliques chroniques et qu'une toute petite dose d'alcool pouvait s'avérer mortelle **. Néanmoins, quelques alcooliques expérimentés se disaient prêts à m'apprendre comment éviter les conséquences de ce traitement tout en continuant à boire. Je décris ces « techniques » dans mes livres. Certains se souvenaient de la date de départ du prétendu traitement qui devait durer cinq ans et au bout de cette période me proposèrent de fêter ma libération par une beuverie colossale. Ils s'offusquèrent de mon refus.

J'avais visité l'hôpital où l'on soignait les alcooliques chroniques et le médecin m'avait réellement prescrit le traitement en question. Mais je ne le suivis pas. Pour-

* En URSS les bouteilles d'alcool contiennent 50 cl.
** Ce traitement consistait à introduire dans l'organisme du patient une capsule contenant un produit qui, au contact de l'alcool, se transformait en un poison dont la dose pouvait être létale.

tant, ce spécialiste se persuada qu'il était parvenu à me guérir. Je ne le détrompai pas et, plus tard, je lui offris même l'un de mes livres. Il décrivit lui-même dans un manuel mon cas comme preuve de l'efficacité de sa méthode. J'étais le seul patient qu'il avait complètement guéri de l'alcoolisme.

Je menais désormais une vie saine, bien organisée, presque ascétique. J'allais régulièrement à la piscine. En hiver, je faisais du ski de fond. En été, des randonnées. Chaque jour, je faisais quelques exercices avec des haltères et des extenseurs. Mon alimentation était redevenue saine. Je devins membre de la Maison des savants où il y avait un très honnête self-service et où je pouvais obtenir des bons de séjour dans des maisons de repos pour ma fille et pour moi.

Je décidai de consacrer toutes mes forces à mon travail scientifique et pédagogique dans les domaines de la logique et de la méthodologie de la science. Cette activité prit pour moi une importance vitale. Des étudiants et des « thésards » travaillant sous ma direction et dans l'esprit de mes idées me prenaient un temps fou, en plus de toute l'énergie que je consacrais à mes propres travaux scientifiques.

Prédicateur

Après le tournant khrouchtchévien, mon anti-stalinisme perdit tout sens, mais je ne cessai pas pour autant d'être un agitateur et propagandiste *sui generis*. En fait, je devais ressembler à un prédicateur. Les conversations devenaient moins dangereuses et je pouvais élargir le cercle de mes interlocuteurs. Le choix des sujets s'élargit également et finit par englober tous les aspects de la vie en société et des rapports entre l'homme et la société. Cette expérience fut également fort enrichissante pour mes livres *Les Hauteurs béantes*, *L'Antichambre du paradis* et *La Maison jaune*. Je me pris moi-même comme modèle pour le personnage d'Ivan Laptev dans *Va au Golgotha*.

416

Grâce à mes sermons, vers la fin de la période khrouchtchévienne, j'avais déjà élaboré l'essentiel de ma conception existentielle qui peut être ramenée à la formule « je suis mon propre Etat ». Je parvins même à mettre au point un plan assez précis de construction de cet Etat souverain intérieur. Dans mes conversations, je reniais complètement le marxisme. Mieux, je le dépassais et formulais les fondements de ma conception logico-philosophique et sociologique. Quant à ma vie de tous les jours, j'appréciais les bienfaits de la solitude. Chaque matin, en me réveillant, je me disais : quel bonheur, d'être seul ! Au milieu de la journée, je répétais la même phrase. Et le soir, en me couchant, j'affirmais encore : quel bonheur, d'être seul ! Cette solitude stimulait beaucoup mon côté prédicateur.

Je remplissais mes devoirs de père et de fils et mes obligations de travail. Mais c'était l'activité intellectuelle qui absorbait toutes mes forces. Moins les résultats de mes études promettaient d'avantages pratiques et plus j'y mettais de passion. Il m'est impossible de mesurer le temps et les forces que je dépensai pour des analyses logiques de problèmes d'échecs ou pour le calcul du coefficient de stabilité du système communiste idéal. C'est par centaines que j'ai tenté d'analyser des problèmes de ce genre.

Je prononçai des « sermons » improvisés jusqu'en 1974, dont la plupart sont perdus. Ce que je publiai après cette date dans mes ouvrages littéraires ou philosophiques n'est qu'une parcelle de ces improvisations et peut-être pas les meilleures, car la capacité de parler et de penser diminue avec l'âge. En fait, je n'avais pas du tout l'intention de devenir une sorte de prédicateur public en publiant mes textes. Ce fut un pur hasard. Et, par là, j'ai enfreint l'un des principes fondamentaux que je prônais : semer ses pensées sans prétendre en être l'auteur, voir les gens en face et ne pas se placer au-dessus d'eux, ni matériellement, ni par la notoriété.

Je suis né pour devenir un citoyen modèle d'une société communiste idéale. C'est sans doute pour cela que les gens réels de la société communiste réelle me répugnent. Depuis mon enfance, j'ai remarqué qu'en réalité les gens veulent obtenir le maximum de biens pour leur usage personnel tout en y consacrant le moins d'efforts possibles. J'ai constaté aussi qu'une appréciation juste des qualités personnelles et des activités d'un individu est un phénomène plutôt exceptionnel. Mes qualités de communiste idéal ne m'ont apporté que peines et désagréments.

Depuis l'âge de dix-sept ans, j'ai toujours su que la société d'égalité, de liberté, de fraternité, de justice et de bien-être général n'existerait jamais. La société communiste n'est pas une exception. Dans cette société, l'inégalité, la violence, l'animosité et l'injustice restent aussi inévitables que dans les « sociétés antagonistes du passé » dont parle l'idéologie soviétique.

Pourtant, mon idéal communiste ne se dissipa pas totalement. Il resta quelque part en arrière de ma conscience, comme un rêve romantique et utopique, et à sa place surgit une combinaison de réalisme sobre, de désespoir, de révolte, de désir d'autodestruction. Le scepticisme et la moquerie s'emparèrent à vie de mon esprit et de mes sentiments, mais épargnèrent mon comportement. Dans mes actes, je demeurai un collectiviste modèle. Jusqu'au tournant khrouchtchévien, mon antistalinisme me sauva du négativisme et du nihilisme qui rongent l'âme. Poussé à l'extrême, il devint un idéal positif et le pivot de mon mode de vie. Après le tournant khrouchtchévien, l'antistalinisme ne pouvait plus représenter pour moi le sens de la vie.

Direction de la personnalité

Je me demandais parfois à quoi bon toutes ces angoisses et ces recherches et pourquoi ne pouvais-je vivre comme tout le monde ? Pourquoi, après avoir traversé les passions et les emballements de la jeunesse, ne pouvais-je finalement me soumettre au bon sens et succomber au désir normal d'être enfin casé ? En 1940, pendant mes vagabondages à travers le pays, je voulais me marier, m'installer dans un coin, devenir forestier et vivre entouré de gens et de bêtes. Mais le sort de l'homme est prédéterminé par des forces et des circonstances qu'il ne contrôle point. En 1943, j'eus le désir passager de me couper de la société comme je l'avais fait trois ans plus tôt. Je me mariai. Je compris rapidement que je m'étais fourvoyé et que j'allais vers la chute. Entre 1951 et 1954, je vécus de temps à autre dans un bien-être petit-bourgeois. C'étaient mes camarades d'étude, mes amis et ma femme qui veillaient à ce que mes états d'âme ne durent pas. En cette heure où je fais le bilan de ma vie, je veux remercier tous ceux qui m'empêchèrent de vivre calmement, aisément, sans problèmes, sans craintes et sans souffrance. C'est à travers eux que le destin a tracé mon évolution et mon cheminement.

Un homme vit et grandit parmi d'autres hommes. Pour des raisons indéterminées, il prête son attention à certains faits et non à d'autres. Il choisit certains livres. Il se lie avec des individus d'un certain genre. Il joue des rôles bien définis dans les jeux sociaux. Chacun de ses choix, pris à part, ne représente rien de particulier et n'attire pas l'attention, mais peu à peu la formation de sa personnalité se fait dans une certaine direction. Chez de nombreuses personnes, les directions choisies sont proches et l'on peut parler de norme. Si un individu exceptionnel s'écarte beaucoup de cette norme, il risque de se transformer en un être social d'une espèce différente. Jusqu'à un certain point, cela peut passer inaperçu, non seulement pour son entourage mais aussi aux yeux de l'individu lui-même. Mais qu'une situation exceptionnelle se présente, et l'on découvre soudain ses dissemblances. Dès lors, son comportement provoque embarras et désapprobation. La plupart de ces individus « anormaux » agissent de manière impulsive, sans réfléchir aux raisons de leur comportement. Certains d'entre eux, pourtant, prennent conscience de leur « anomalie », qui devient le trait dominant de leur être social.

Je suis sorti de la norme selon ce schéma-là. La marque de mon aliénation au sein même de la société qui m'avait engendré apparaissait dans de menus détails qui mettaient les autres sur leurs gardes, mais ne suffisaient pas pour me condamner. Mon anormalité ne devint patente qu'en automne 1939. Puis, je suis revenu un peu à la normale, mais sans pouvoir complètement changer le cours de ma vie. J'ai essayé de me dévier de mon itinéraire, mais mon pilote intérieur m'a fait, à chaque fois, reprendre le cap prédestiné. J'ignorais quel était mon but. Personne ne m'indiquait ma destination finale. Je ne ressentais que les ordres du destin : « Va! Cours! Rampe! Vole! »

Désarroi

Les années post-staliniennes passant, je dus constater que la fin du stalinisme ne me réconciliait pas pour autant avec la société soviétique. Je pensais que c'était le tournant le plus important dans l'histoire du communisme réel et que la société entrait dans une phase de maturité. Ce stade pouvait durer des siècles avec de menus changements sans importance. Je ne voyais aucune possibilité de changement radical, qui seul eût pu me satisfaire. Et je me sentais incapable de réintégrer notre société. Que devais-je faire? Je me posais souvent cette question. La recherche et l'enseignement me passionnaient mais n'étouffaient pas pour autant cette énorme angoisse qui me poussait impérativement en avant. Mais où devais-je aller? Et pourquoi?

J'étais désemparé. Comment devais-je vivre si la société communiste réelle me dégoûtait et si je n'avais plus aucune foi en l'idéal communiste? Mes critiques antérieures n'avaient plus de sens et je ne trouvais pas d'approche nouvelle où déployer mon activité. La plupart des individus autour de moi s'accommodaient des conditions objectives de la société communiste. Et moi, je devais décider comment vivre en dehors de tout conformisme. Pour cela, il me fallait élaborer une nouvelle conception systématique et bien fondée de l'existence.

Certaines personnes de mon entourage louaient mon comportement, d'autres se moquaient de moi et pensaient que j'étais un idiot incapable d'utiliser ses capacités pour réussir. Mes amis « libéraux » et progressistes devinaient que mon comportement s'appuyait sur un système de valeurs atypiques et m'accusaient d'avoir trop de dédain : à leur sens, je me soustrayais au travail ingrat qu'ils accomplissaient au nom de la société et du progrès, pour garder les mains propres. A un certain moment, un groupe d'élèves se forma autour de moi. Je leur apprenais mon système de gymnastique psycho-physique qui présentait une vague ressemblance avec le yoga. Ce n'était pourtant que la part la moins importante de ma théorie de l'existence, qui s'appliquait à l'aspect physique de la vie.

Naturellement, plusieurs de mes règles de comportement étaient depuis longtemps connues : je ne prétends pas les avoir découvertes toutes. Je dois pourtant souligner que je ne les ai pas puisées dans les livres. Je vivais au sein d'une société tout à fait nouvelle pour l'humanité. J'accomplissais des actes concrets dans des circonstances concrètes. Et si j'accomplissais ces actes d'une certaine manière, si je décidais d'agir ainsi et pas autrement, je le faisais en tenant compte des conditions extérieures nouvelles. Peu importe si quelqu'un l'avait déjà fait dans le passé. Les expériences préexistantes, décrites sous la forme de doctrines idéologiques, morales ou religieuses, ne pouvaient pas, en soi, être directement utilisées dans le cadre d'une société que leurs auteurs n'avaient pas

421

connue. La ressemblance des situations n'était pas suffisante pour permettre le transfert dans le présent de l'expérience du passé. Il fallait d'abord analyser la nouvelle situation et la comparer avec le passé pour parvenir à des conclusions d'ordre général.

Bref, si lors de mes recherches je « découvrais l'Amérique », c'était ma découverte. De plus, mon « Amérique » n'était pas celle que l'on avait découverte auparavant, même si elle lui ressemblait par quelques traits superficiels.

L'idée de la société élitiste

Collectiviste par nature et éducation, je tentai d'abord de résoudre mon problème dans un cadre collectif, avec d'autres qui semblaient partager mon attitude envers la société. J'avais avec eux des conversations infinies qui n'aboutissaient à rien. En fait, j'envisageais les discussions comme un moyen, toujours, de fixer mes idées et non comme de la propagande pour une doctrine toute faite.

Voici quel était l'axe principal de mon argumentation : le monde devient fou et l'humanité évolue dans une direction inacceptable. Mais est-il possible de s'écarter du courant puissant de l'histoire mondiale ? Notre société est pénétrée de tous les vices et nous ne pouvons pas la changer. Et, en dépit des souffrances que la vie dans cette société nous cause, il nous est impossible de la fuir. Dans le passé, les gens quittaient leur pays, découvraient des terres nouvelles et y fondaient des sociétés nouvelles. Cela n'est plus possible. Qui plus est, nous ne voulons pas quitter notre société, car nous sommes nous-mêmes ses produits. Peut-on quitter sa société et en même temps y rester ? Peut-on se soustraire au contrôle des autorités et des collectifs en créant une petite société élitiste, indépendante en quelque sorte de la grande société ? Si oui, comment faire ?

Nous sommes des gens cultivés et nous voyons très bien qu'un petit groupe d'individus dirige la scène mondiale. Les masses sont, elles, écartées de tout rôle actif. En affirmant que les masses sont la force décisive de l'histoire, le petit groupe de dirigeants les trompe et vit sur leur compte. De plus, ceux qui jouent les rôles principaux sur la scène de l'histoire ne sont guère les meilleurs représentants du genre humain et de la civilisation. Ils nous imposent la banalité de leur spectacle. C'est insultant! Alors crachons sur eux! Organisons nos propres spectacles. Petits et dilettantes, soit. Mais à nous! Et nous y jouerions les rôles principaux. Nous n'aurions besoin ni de figurants ni de spectateurs, car nous jouerions pour nous-mêmes.

Mon idée était très simple. Nous devions créer une société en réduction unie par un projet quelconque. Les membres de cette société se réuniraient régulièrement, échangeraient des idées et des informations et discuteraient de problèmes généraux. Cette association aurait ses propres principes moraux et esthétiques, ses critères d'évaluation des phénomènes de la vie courante, de la culture et de la politique. Mon ami et élève Gueorgui Chedrovitski prit cette idée au sérieux et forma un groupe semi-légal dans ce genre. Mais le niveau intellectuel et moral des participants y fut tel que cela devint une caricature de mon idée. De nombreux groupuscules émergeaient dans notre milieu, mais ils ne s'approchaient guère de mon idéal. Leurs participants restaient entièrement dans le cadre de la société officielle, vivant comme de simples conformistes. La vie se chargea de prouver que mon idée de société élitiste au sein de la société ordinaire était irréalisable. Et je trouvai une autre solution à mon problème existentiel, dans l'individualisme social.

Solution du problème

Vers la fin de la période khrouchtchévienne, je trouvai enfin mon propre système de règles de vie. Ce système n'était destiné qu'à moi. Je voulais suivre mon propre chemin sans me soucier de ce qu'en penseraient les autres. J'avais l'intention de le suivre à tout prix. Seul ou en compagnie, cela m'était indifférent.

Je ne voulais pas noter et rendre publique ma conception, mais je l'utilisai ultérieurement dans mes œuvres littéraires. Mes personnages en exposaient certains principes, même si ce n'étaient pas nécessairement des personnages positifs et même s'ils ne présentaient pas systématiquement mes idées d'une façon valorisante. Je pense que peu de gens en Occident ont vraiment compris le sens de mon œuvre. Le problème du mode de vie dans la société communiste ne paraît pas important aux Occidentaux. A l'Ouest, la vie intellectuelle traite des grandes questions qui se posent à la conscience de masse et non des individus qui relèvent de l'exception, hors la norme. C'est pourquoi je n'ai jamais escompté être pleinement compris. Si j'introduisais des éléments de ma conception existentielle dans mes œuvres, ce n'était que pour me libérer l'esprit du trop-plein qui s'y était accumulé. Grâce à un concours historique de circonstances, la première société communiste fut créée en Russie. C'est là qu'elle atteignit sa maturité et révéla sa vraie nature. Le destin voulut qu'elle devienne ma passion dévorante. Le héros de mon livre *Va au Golgotha*, Ivan Laptev, formula ainsi mon problème : la question n'est plus comment bâtir le paradis sur terre, mais comment y vivre.

MON PROPRE ÉTAT

Formule de la vie

Après mon départ d'URSS, je déclarai dans une interview ma formule existentielle : « Je suis un Etat souverain. » On l'interpréta comme un symptôme de la folie
des grandeurs en la rapprochant de la fameuse phrase
de Louis XIV : « L'Etat, c'est moi. » Fausse interprétation, faut-il le préciser. Le roi se trouvait au sommet de la hiérarchie sociale ; je m'abritais dans les
échelons du bas. Son pouvoir s'étendait sur des millions de sujets, je n'avais pas le moindre subordonné.
Dans les rares moments où j'occupais une fonction
de chef, elle me pesait et je la perdais rapidement. Le
roi s'identifiait à un Etat de plusieurs millions de
sujets et moi, le mien n'en comprenait qu'un seul :
moi-même.

La formule de Louis XIV exprimait le monarque
absolu. La mienne ne révélait que l'intention d'un
citoyen ordinaire de la société communiste de conquérir et de défendre sa propre liberté et son indépendance contre la mainmise collectiviste sur l'individu.

Au cours de mon interrogatoire à la Loubianka, en
1939, je déclarai que je ne permettais à personne, pas
même à Staline, de disposer de moi à son gré. Entre
cette déclaration de gamin et la mise au point de ma
formule, un quart de siècle s'était écoulé. La première

425

exprimait une protestation émotionnelle et morale contre le stalinisme et illustrait mon désespoir. La seconde concentrait toute une conception rationnelle et constituait un programme pour surmonter ce désespoir.

Mon penchant pour le collectivisme ne rendait pas le chemin aisé. Je savais que je me condamnais à la solitude mais j'étais en même temps intrigué de savoir quelles étaient les possibilités d'un homme seul dans une société où le succès ne pouvait être obtenu que par des groupes ou au sein de groupes. Je me rendais bien compte que ma position n'était qu'un système de défense individuelle contre les extrémités du collectivisme, les mafias, la culture de masse, la démence idéologique et la dépravation morale qui menaçaient l'humanité.

Il m'est impossible d'affirmer que mon expérience ait réussi à cent pour cent, ce qui n'est guère important. Il ne s'agissait pas de créer mon propre Etat pour y habiter en tout confort moral. C'est le processus de création qui comptait, même si ma tentative finit par échouer. Je ne me faisais d'ailleurs pas d'illusions quant à un succès éventuel, car j'allais à l'encontre de l'histoire même.

Mon intention de devenir un Etat souverain ne passa pas inaperçue. Il est vrai que mes collègues et amis n'avaient pas idée des dimensions de mon projet. Sinon, ils m'auraient écrasé dès le début tant quiconque défie le contrôle de la collectivité est perçu comme une menace contre l'intégrité de la société. C'est pour cela que la société communiste est impitoyable envers les individus indépendants. Et c'est d'ailleurs leur entourage immédiat qui s'oppose à eux, les autorités supérieures et les organes administratifs n'interviennent, eux, que plus tard.

La société au sein de laquelle j'étais né et vivais était une réalité indépendante de ma volonté et de mes vœux. Ne l'ayant pas créée, peu ou prou, je n'avais aucune intention de la vouloir détruire. Je n'étais ni son thuriféraire ni son adversaire. En Occident, on me demandait souvent si j'étais pour ou contre le communisme. Je répondais que je n'étais ni pour ni contre. Sans doute pensait-on que je rusais en voulant éviter une réponse directe. Or ma réponse était sincère et précise. On ne peut classer les gens en communistes et en anticommunistes. Certaines personnes sont totalement indifférentes aux phénomènes du communisme. Les critiques du système n'émanent pas que d'opposants et des jugements positifs ne sont pas forcément apologétiques.

Mon attitude à l'égard de la société soviétique était trop complexe pour se résumer à une dichotomie. Ma critique du communisme ne s'exprimait pas à partir de positions anticommunistes.

Je me disais que cette société était l'incarnation d'espoirs séculaires de l'humanité souffrante et la concrétisation des idéaux des meilleurs représentants de l'espèce humaine. Elle est, bel et bien, ce paradis terrestre dont on avait rêvé durant des siècles. Il n'y a pas et il n'y aura jamais d'autre paradis sur terre car les idéaux sont une chose et leur réalisation une autre. Les idéaux incitent les masses à certains actes dont le résultat dépend en premier lieu des lois objectives de l'organisation desdites masses en grandes collectivités. Les gens doivent s'accommoder aux conditions objectives de leur unité.

Le système communiste dans mon pays n'est pas une déviation de certaines normes sociales. S'il s'est établi à la faveur de certaines circonstances, il n'en a pas moins survécu dans des conditions historiques terriblement difficiles, s'est défendu dans une guerre contre un ennemi surpuissant et a fait la preuve d'un

427

énorme potentiel vital. Il n'y a pas de force au monde capable de l'anéantir. Il prolifère à l'intérieur même des pays occidentaux, y puisant une partie de ses forces. Je ne conçois certes pas ce système comme mon idéal de l'organisation sociale, mais je n'aspire pas à sa destruction et à son remplacement par un autre système. Toute autre organisation sociale à sa place serait pire encore. D'ailleurs, tous les efforts pour le limiter ou l'éliminer aboutissent au résultat inverse : sous de nouvelles formes, sa vitalité s'accroît. Il représente le début d'un nouveau cycle de l'histoire et toute l'évolution future de l'humanité sera fondée sur lui. Sans doute nos descendants inventeront-ils une nouvelle forme d'organisation sociale supérieure à celle d'aujourd'hui, mais cela se passera dans le cadre du communisme. Mais il est plus vraisemblable qu'ayant contaminé l'humanité tout entière, ce système se dégradera pour des raisons internes.

Je n'ai pas de programme positif de transformations sociales. C'est pour moi une question de principe : tous les programmes positifs visent à créer le paradis sur terre, et l'expérience montre que ces paradis n'éliminent pas les problèmes, les drames et les tragédies, au contraire !

J'ai pu constater que les pires défauts de la société sont engendrés par ses meilleures émanations et que ses pires cruautés sont commises au nom des idéaux les plus hauts. On ne peut éliminer les défauts d'un système social sans éliminer, en même temps, ses côtés positifs. Toute amélioration du système communiste provoque le renforcement de ses virtualités que je n'accepte pas. Tout affaiblissement déchaîne un ensemble de forces que je n'accepte pas davantage. Dans les marécages communistes, tout mouvement accélère l'enlisement.

Prenant en considération toutes les transformations possibles de la société soviétique – la décentralisation, l'autogestion, le multipartisme, le morcellement du pays, la fédération d'Etats autonomes, l'introduction

428

de l'initiative privée et j'en passe –, j'ai pu établir que chacune de ces transformations, seule ou combinée avec d'autres, aboutirait inévitablement à des effets contraires et des résultats négatifs. Je suis parvenu à la conclusion que les problèmes du communisme ne peuvent trouver de solution que dans le cadre du processus historique vivant qui résulte de la lutte entre les forces sociales et les tendances sociales. Ces solutions ne seront donc pas *a priori* les meilleures, mais les plus naturelles.

Comme je me refusais à élaborer des programmes positifs de transformation sociale, je n'appelais pas les autres à me suivre. Je n'étais pas un fonctionnaire haut placé de l'Etat ou du parti. Je ne participais pas au mouvement d'opposition. L'antistalinisme était un chapitre clos. Je ne voyais aucun autre mouvement auquel j'aurais pu adhérer et pour lequel j'aurais voulu rédiger un programme. J'étais un être solitaire et mon refus ne concernait que moi-même.

Mon chemin

Il était aussi insensé de penser à reconstruire la société selon les vues d'un seul individu, comme moi-même, que d'essayer d'arrêter l'avènement d'une glaciation avec des allumettes. De toute façon, aucune reconstruction ne produirait de résultat correspondant à mes idéaux. En fait, je n'ai pas d'idéal. Je suis arrivé au monde au moment où les meilleurs idéaux du communisme utopique venaient d'être réalisés, pour donner le communisme réel. De plus, je ne voulais pas, par principe, participer aux spectacles de reconstruction sociale organisés par les autorités : nul ne peut annuler l'action implacable des lois objectives de l'évolution sociale. Ce qui m'intéressait, ce n'était plus l'évolution de la société, mais ma vie en son sein, indépendamment de tout changement. Et comme je me refusais au conformisme de l'homo sovieticus, il ne me

429

restait plus qu'à créer une minuscule société autonome correspondant à mon idéal, à l'encontre, donc,
du courant de l'histoire.

Qu'un individu lutte contre plusieurs autres, une institution, une organisation ou qu'il aille à l'encontre de
la marche millénaire de l'histoire, le résultat sera probablement le même : il sera écrasé. Dans le premier
cas, il y a pourtant un espoir que l'effort ne soit pas
vain et même qu'il soit couronné de succès. Dans le
second, ne reste que la certitude d'un gaspillage
d'énergie et de l'échec final.

Quelle peut-être alors la motivation d'une révolte
personnelle contre l'histoire ? Naturellement, celui qui
s'élève contre un ennemi tout-puissant devient un
géant à ses propres yeux. Il s'illusionne lui-même sur la
grandeur de sa révolte. Pour les autres, cela ressemble
à la mégalomanie d'un ver de terre, que le premier
venu écrasera sans même s'en rendre compte.

Je ne me souviens plus dans le détail des explications
que je me donnais à moi-même pour justifier la route
que j'avais prise. C'était un mélange de poésie et de
religion. En voici une ébauche.

Celui qui va à l'encontre de la marche objective de
l'histoire n'est pas nécessairement un réactionnaire.
Celui qui contribue à cette marche objective n'est pas
non plus nécessairement un progressiste, car l'histoire
porte en elle simultanément ses périodes de régression. Le progrès dans un domaine peut coïncider avec
un recul dans d'autres. De plus, le progrès résulte aussi
bien de la soumission à la marche de l'histoire que de
la résistance à cette marche. Sans cette résistance,
l'humanité ne serait pas sortie de l'âge de pierre.
Aujourd'hui, cette marche entraîne l'humanité vers un
abîme de dégradation. C'est une chute selon les lois de
la gravitation historique. Il faut lui résister, même en
solitaire. C'est mon chemin personnel qui marque le
début de la résistance à la chute, le début de la remontée.

Je me disais que si je ne pouvais pas changer la

430

société réelle en accord avec mes idéaux, je devais changer et faire de moi-même l'homme idéal tel que je le concevais. J'étais un solitaire tel que la société en produit régulièrement. Des conditions de vie semblables devraient tous nous pousser à suivre les mêmes voies. Avec le temps, nous deviendrions nombreux et, par notre exemple, changerions la vie de manière plus radicale que tous les réformateurs pris ensemble. L'histoire a connu déjà des exemples de ce genre. Prenez le christianisme : Jésus-Christ était le produit de l'extrême désespoir. Il affirmait que le règne de Dieu est dans l'homme lui-même et qu'il fallait d'abord se changer soi-même, à cette différence près, parmi mille, qu'il pouvait, lui, s'adresser à ses contemporains alors qu'en URSS ce n'était pas possible. Pour que des individus comme moi commencent à jouer un rôle dans l'histoire, il faudrait du temps.

Pour construire mon Etat individuel idéal, je ne pouvais pas me couper des autres. Cela aurait rendu impossible ma survie physique et m'aurait imposé une existence intellectuelle et spirituelle parfaitement primitive. Or il me fallait un Etat individuel qui profite des mille et un acquis de la civilisation pour pouvoir éventuellement les dépasser. Dans la pratique, il m'était indispensable de conquérir une situation exceptionnelle dans la société, sans rallier pour autant les couches privilégiées et dirigeantes. Alors, comment?

Cet Etat devait être créé dans les limites de mes possibilités. Il me fallait donc comprendre d'abord l'étendue concrète du pouvoir d'un individu. Pourquoi les individus ne sont-ils pas maîtres de leurs propres lois sociales? me demandais-je. Parce que les règles de comportement qui se trouvent à l'origine de ces lois assurent aux gens la meilleure adaptation possible dans la société. Ceux qui n'observent pas ces règles ont une vie difficile ou périssent. Et si l'on affirme que les lois sociales ne dépendent pas des individus, c'est que ceux-ci préfèrent eux-mêmes être assujettis à ces lois.

431

Pourtant, une certaine liberté de choix individuel existe, même dans la société communiste. Il dépend de l'homme de trahir ou non son ami contre un avantage personnel, de faire le larbin ou non pour obtenir une promotion, de se contenter ou non de son humble logement et de ses vieux meubles. Le registre de cette liberté me suffisait pour élaborer un mode de vie en accord avec mon idéal. C'était faisable dans le cadre des normes et de la légalité existantes. L'ensemble construit à partir de briques autorisées enfreindrait évidemment les normes, mais quand on s'en apercevrait, j'aurais déjà si bien conquis mon statut d'« exterritorialité » que l'on ne pourrait que le tolérer.

Au moment où je proclamai mon indépendance à moi-même, j'avais déjà ébauché mes propres théories sur la pensée et la connaissance, l'existence et la société, ainsi que l'attitude à avoir envers mon entourage, le travail, la collectivité, le pouvoir, le bien-être matériel et la création. Par la suite, je continuai consciencieusement et méthodiquement à construire, élargir et perfectionner tous les éléments de mon Etat.

Bouffonnerie au sein de l'idéologie soviétique

Dans ma construction, il m'était impossible d'ignorer le marxisme-léninisme. L'idéologie officielle prétendait expliquer tous les phénomènes. De plus, si je m'étais orienté vers la philosophie, c'était précisément pour acquérir l'appareil scientifique nécessaire pour comprendre le monde qui m'entourait. Le marxisme m'apparaissait comme une doctrine à double tranchant. D'un côté, l'étude des œuvres originales me faisait le placer, de fait, dans la culture philosophique mondiale et j'y voyais des aspects dignes de respect. De l'autre, la forme qu'il avait prise en devenant le noyau de l'idéologie soviétique ne provoquait en moi que mépris et sarcasmes.

A l'école et à l'armée, j'avais déjà commencé à tourner en ridicule le marxisme. J'inventais des blagues innombrables autour des poncifs de l'idéologie. Ainsi, je définissais la femme comme « la réalité objective qui nous est donnée au travers de nos sensations ». J'amusais de la sorte mes collègues qui, bien que portés à la délation, n'ont jamais trouvé dans ces blagues des raisons d'accroître leurs relations épistolaires univoques avec les « organes ». Peut-être n'y remarquaient-ils pas mes moqueries cachées à propos des vaches sacrées du marxisme.

Dans mes années universitaires, mon passe-temps favori consistait à raconter des blagues idéologiques aux copains. Il m'arrivait même de le faire en cours. Un professeur nous exposa un jour la théorie marxiste de l'origine de l'homme. Il parlait d'un célèbre propos de Staline : quand les singes, ancêtres des humains, descendirent sur terre, leur horizon s'élargit. Je remarquai d'une voix bien audible que l'on voit beaucoup mieux du haut des arbres. Un frémissement de rire traversa l'auditoire. Le professeur, visiblement gêné, était un marxiste-léniniste invétéré. Il était habitué aux fourberies dialectiques : « Quand les singes étaient dans les arbres, jubila-t-il, ils regardaient en bas. Et quand ils descendirent sur terre, ils commencèrent à lever la tête vers le haut. Est-ce clair ? » Et il poursuivit, comme si de rien n'était, son exégèse de la géniale pensée : quand les singes descendirent sur terre, leurs membres supérieurs se libérèrent pour le travail. Sous le rire approbateur des étudiants, je précisai : « Evidemment, les singes avaient besoin de leurs mains pour tenir leur verre de vodka ! »

J'étais loin de constituer une exception. Dans le milieu étudiant, ce genre de plaisanteries idéologiques étaient très répandues, ce qui n'empêchait pas les blagueurs de passer des examens, écrire des mémoires et soutenir des thèses dans les disciplines mêmes qui suscitaient leur hilarité.

Dans les années 50, j'eus le bonheur de décrocher un travail complémentaire à l'Ecole supérieure du parti du Comité central. Cette « forge de cadres idéologiques » m'a fourni de nombreuses anecdotes pour mes livres. Tous les étudiants de l'Ecole devaient démontrer dans leurs travaux une approche créative des problèmes du marxisme-léninisme. Parmi ces « novateurs » se trouvaient des fonctionnaires du parti et des syndicats, des directeurs de bijouteries et de dépôts de pommes de terre, des officiers, des comptables, des fondeurs d'acier, des kolkhoziens et même des administrateurs de prisons. Ils venaient du Grand Nord, de l'Oural, de Moscou ou de Crimée pour « développer » la théorie marxiste alors que même le chef du parti n'a pas le droit de changer une virgule dans les œuvres des classiques, même celles qu'ils écrivirent avant leur puberté. Et nous autres, enseignants, devions suggérer des idées créatives! Il me semble bien que nous étions payés deux roubles par mémoire selon le cours actuel *. Notre intérêt était d'avoir le plus possible d'étudiants : en conséquence, notre génie créateur n'avait pas de bornes! Si l'on avait pu rassembler tous ces apports à la science marxiste, cette dernière aurait atteint des hauteurs vertigineuses. Peut-être même se serait-elle envolée dans l'espace sans laisser de traces!

En ma qualité de membre du parti, je devais avoir une activité politique dans le cadre de ma cellule. Dans les premiers temps, on me fit donner des conférences sur le communisme. Je m'efforçais donc d'être sérieux mais n'arrivais pas à me retenir. Il fut rapidement décidé de m'écarter du travail de propagande car je transformais en « farces » mes conférences. Ce n'était pas entièrement faux. Peu de temps auparavant, j'avais donné une conférence où j'avais quelque peu égratigné l'affirmation de Lénine selon laquelle il n'y aurait plus d'argent sous le communisme, où l'or servirait à fabriquer les cuvettes des toilettes. Mes auditeurs étaient

---

* Une réforme monétaire, introduite sous Khrouchtchev pour résorber la masse monétaire des ménages, changea la valeur du rouble. Un « nouveau » rouble valait dix anciens.

434

des ouvriers du bâtiment et ils réagirent vigoureusement. Quelqu'un expliqua que l'or était trop lourd pour les toilettes. Un autre remarqua que les cuvettes seraient immédiatement volées et découpées en morceaux que l'on utiliserait à la place de l'argent. Un troisième ajouta qu'il faudrait mettre des gardiens près des cuvettes : un milicien d'un côté et un agent du KGB de l'autre. Quelqu'un riposta qu'il n'y aurait plus de milice ni de KGB sous le communisme ; ce qui suscita un tollé, l'assistance réclamant le maintien des forces de répression et des prisons, faute de quoi tout le monde serait volé, pillé, violé et assassiné ! La discussion générale se poursuivit entrecoupée du rire homérique des participants. Quelqu'un écrivit une dénonciation au *raïkom* * du parti et on me passa un savon pour mes « railleries sur le marxisme ».

Sans doute en serais-je resté au stade des moqueries si je ne m'étais pas spécialisé dans la logique et la méthodologie de la science. C'est à partir de ce moment que j'ai commencé à considérer le marxisme comme un phénomène de la plus haute importance dans l'histoire de l'humanité. Je ne l'ai pas simplement réfuté. J'ai élaboré à mon usage personnel une doctrine qui traitait des mêmes problèmes, mais satisfaisait aux exigences de mon Etat.

Science et idéologie

La critique du marxisme-léninisme suivit de peu sa naissance. Dans les dernières décennies, la critique active a cédé la place au simple mépris, surtout de la part de prétendus « penseurs » modernes qui ne l'ont jamais étudié sérieusement et n'en ont qu'une idée approximative, à la limite de la caricature. Or, le marxisme-léninisme était et reste le phénomène idéologique le plus important de notre siècle.

Historiquement, le marxisme prétendait être une

* Acronyme russe de comité d'arrondissement du parti.

science. Cette prétention est sanctifiée par l'idéologie soviétique. Pour cette raison, ma critique a comme point de départ une nette distinction entre la science et l'idéologie.

La science suppose un sens précis et non équivoque de ses termes. Les thèses scientifiques peuvent être prouvées ou réfutées à moins que l'on fournisse la preuve que le problème est insoluble. Les résultats doivent être conformes à la réalité. La science exige aussi une préparation spéciale et l'acquisition d'une phraséologie professionnelle. Ces deux facteurs limitent la science à un cercle plus ou moins étroit de spécialistes.

La création de l'idéologie enfreint, elle, toutes ces conditions. Ses formes d'expression sont équivoques, diffuses, parfois privées de sens. Ses thèses défient toute vérification. Il est impossible de les prouver ou de les réfuter. Quant à ses résultats, ils ne se mesurent que par l'efficacité de l'action sur la conscience des gens.

Le marxisme s'est trouvé être une idéologie commode pour des régimes communistes naissants. Il a engendré une multitude de textes idéologiques, de promesses et de slogans démagogiques qui ressemblaient à la science sans exiger pour autant la moindre préparation théorique. Ce sont justement son manque de précision, ses thèses insensées et la nécessité constante de l'interpréter qui ont fait du marxisme un excellent outil idéologique.

Je dois dire que le marxisme aujourd'hui n'est pas seul à se camoufler en science. Presque tout ce qui s'écrit en Occident sur l'Union soviétique relève de l'idéologie et n'a rien à voir avec une pensée scientifique. Il en va de même des spéculations philosophiques qui prétendent s'appuyer sur de nouvelles découvertes de la science et de la technologie.

Vers la fin des années cinquante, je suis parvenu à la conclusion que la critique directe et ouverte de la philosophie marxiste en URSS n'a pas de sens. Avec la dé-

436

stalinisation, des zestes de philosophie et de sociologie occidentales et de science moderne ont commencé à pénétrer l'idéologie soviétique. En fait, une nouvelle idéologie s'est formée et s'est déguisée en science d'une manière beaucoup plus sophistiquée que le marxisme. Elle a écarté le marxisme classique, autorisant une certaine libération des entraves de la période stalinienne. Mais elle a, selon moi, introduit de nouvelles erreurs et créé de nouveaux obstacles. Dans ces conditions, la critique du marxisme dont j'étais capable, et que je ne voulais pas abaisser, n'avait aucune chance d'être comprise, même par un cercle étroit de spécialistes. J'ai donc décidé de poursuivre mon propre chemin et d'élaborer ma propre conception que je pourrais opposer non seulement à la philosophie marxiste mais encore au délire pseudo-scientifique à la mode qui puisait ses arguments dans les idées et les progrès de la science *.

Dans mes livres, j'aspirais à construire un système unique qui engloberait tout le contenu de la logique en

---

* Voici la liste de mes œuvres scientifiques principales de cette époque. Le fait que plusieurs d'entre elles ont paru sous Brejnev tient seulement aux conditions de publication en URSS. Trois ou quatre ans, parfois davantage, étaient nécessaires pour publier un livre ou un recueil d'articles.

En langue russe : *Problèmes philosophiques de la logique multivalente* (Moscou, 1960); *Logique d'énonciations et théorie déductive* (Moscou, 1962); *Théorie de la déduction logique* (Moscou, 1963); *Fondements de la théorie logique de la connaissance scientifique* (Moscou, 1967); *La Logique complexe* (Moscou, 1970); *La Logique de la science* (Moscou, 1971); *La Physique logique* (Moscou, 1972).

En anglais : *Philosophical Problems of Many-valued Logic* (Dortrecht, 1963); *Foundation of the Logical Theory of Scientific Knowledge* (Dortrecht, 1973); *Logical Physics* (Dortrecht/Boston/Lancester, 1983); *Non-standard Logic ant its Applications – Several Lectures in Oxford* (Oxford, 1983).

En allemand : *Über Mehrwertige Logik. Ein Abriss* (Ost-Berlin/Braunschweig/Basel, 1968); *Komplexe Logik* (Ost-Berlin/Braunschweig/Basel, 1979); *Logik und Sprache der Physik* (Ost-Berlin, 1975); *Logische Sprachegeln. Einführung in die Logik* (Ost-Berlin/München/Salzburg, 1975). *(NdA)*.

commençant par la théorie générale des signes pour finir par la méthodologie de la science.

En même temps, j'ai soumis à l'analyse logique la doctrine marxiste de la société. J'ai utilisé pour cela les méthodes scientifiques en m'appuyant sur l'observation de la société communiste réelle dont le marxisme-léninisme est l'idéologie étatique.

Selon les dogmes marxistes, la science de la société communiste (le « communisme scientifique » de Karl Marx) a devancé la création de cette même société, en prédisant son avènement. Or, on ne peut créer une discipline scientifique dont l'objet n'existe pas, et que l'on ne peut étudier. En fait, les choses se sont déroulées de la manière inverse : la société communiste existe en URSS et dans d'autres pays, mais à ce jour, en dehors peut-être de mes écrits, il n'existe pas de théorie scientifique capable d'en rendre compte. Au siècle dernier, le marxisme a construit l'image de la future société comme un conte idéologique. Il ne pouvait envisager des conséquences qui n'étaient guère contenues dans ses idéaux et qui d'ailleurs n'étaient pas prévisibles. Nous pouvons maintenant en observer les résultats. Que devons-nous croire ? Nos propres yeux et l'expérience pratique de la vie des pays communistes ? Ou les écrits d'un homme qui n'a pas vécu une seule journée dans la réalité communiste et qui promettait un paradis sur terre irréalisable en vertu des lois sociales objectives, des vraies lois et non de celles qu'il a inventées ?

La société communiste dans sa vision marxiste a été conçue au sein de la société capitaliste comme une négation de cette dernière. Elle ne devait pas avoir de classes exploiteuses, ni de relations de domination et de soumission, ni d'anarchie dans l'économie, ni de chômage. Elle était censée se passer de structure étatique et d'argent. A la place des maux, la béatitude : les forces productrices connaîtraient des possibilités inouïes de développement, il n'y aurait plus d'exploitation des travailleurs, leurs besoins toujours croissants

438

seraient pleinement satisfaits et la lutte des classes serait remplacée par des rapports d'amitié et d'entraide. Ce faisant, le marxisme ne prenait pas en compte des considérations dictées par le bon sens, notamment qu'une société de plusieurs millions de personnes ne peut guère exister sans une hiérarchie complexe des positions sociales et un système ramifié d'organes du pouvoir, qui entraînent forcément inégalité économique et sociale.

En URSS, la condition que l'on croyait nécessaire et suffisante à l'avènement du paradis communiste fut réalisée : on liquida la propriété privée des moyens de production en exterminant les classes d'exploiteurs. Mais à la place de ce qui avait été promis, se développèrent d'autres processus, totalement ignorés du marxisme.

Pour les comprendre, il faut en premier lieu définir correctement la source réelle des relations sociales communistes : c'est la réunion d'êtres humains en grand nombre, en vue d'une vie toujours plus commune. Notre attention doit donc se porter sur les rapports des gens dans les collectivités, indépendamment de leurs activités. C'est ainsi que l'on peut comprendre l'attitude des individus à l'égard du travail dans cette société. On peut également appréhender de cette manière les formes d'organisation du travail que la société est forcée d'adopter, précisément, à cause des conditions communistes qui y prévalent. Et l'on se rend compte à quel point les espoirs des apologistes du communisme sont irréels concernant la hausse de la productivité et la transformation du travail en un besoin vital et une joie pour tous. On constate aussi que les rapports humains ne sont pas aussi idylliques que le promettaient les idéologues. Les Soviétiques plaisantent : sous le capitalisme, l'homme est un loup ; sous le communisme, il est camarade loup.

Le principe du premier stade du communisme, « de chacun selon ses capacités, à chacun selon son travail », est séduisant sur le papier mais se révèle dans la réalité totalement privé de sens. D'abord, la première partie de la formule, « de chacun selon ses capacités » ne signifie pas que chaque homme a la possibilité et le droit de développer toutes ses capacités. Un homme ordinaire n'a aucun don particulier tout en ayant des aptitudes universelles. De quoi est-il capable à sa naissance? Et la société serait-elle prête à encourager tous les dons de tout un chacun? En général, les gens remplissent des fonctions sociales à la mesure de la moyenne de leurs capacités. Après tout, c'est la société qui décide quelles sont les capacités de l'individu X occupant la position sociale Y. Compris de cette façon, le premier principe est réalisé dans chaque société complexe et n'a rien de spécifiquement communiste.

Admettons ensuite que les gens aient décidé de suivre le second principe (« à chacun selon son travail ») à la lettre dans la rémunération des travailleurs. Si les gens s'occupent d'activités semblables, on peut comparer les résultats de leur travail. Mais s'ils ont des activités différentes, comment comparer les résultats? Comment mesurer le travail d'un chef par rapport à celui de son subordonné? Le seul critère, ce sont les positions sociales réelles. En pratique, le principe devient « à chacun selon sa position sociale ». Et sa conséquence : la lutte acharnée de millions de gens pour améliorer leur statut social!

Quant au stade supérieur du communisme, c'est la partie mystique de l'idéologie soviétique. Le paradis doit descendre sur terre. Mais son avènement est promis dans un avenir brumeux que l'on peut reléguer indéfiniment. Ce qui n'annule en rien la nature terrestre du paradis annoncé.

La société du communisme accompli peut-elle devenir une réalité? Cela dépend essentiellement de l'interprétation des prophéties, ce qui est une prérogative de l'idéologie. On peut toujours interpréter les promesses les plus extraordinaires de telle manière que leur réalisation puisse paraître probable voire accomplie. Ainsi,

440

l'idéologie affirme que sous le communisme, les différences de classe entre ouvriers et kolkhoziens disparaîtront, de même que les différences « substantielles » entre les villes et les campagnes. Cette prédiction se réalisera certainement. Déjà à l'heure actuelle, ces différences ne sont plus essentielles pour la société soviétique. Naturellement la formule du stade ultime du communisme, « à chacun selon ses besoins », ne peut être réalisée puisque chaque besoin satisfait en entraîne d'autres à l'infini. Sans compter que les besoins et les valeurs ne sont pas les mêmes pour tout le monde. L'idéologie soviétique a parfaitement saisi l'incongruité de ce slogan surréaliste de Marx et a rapproché le conte idéologique de la réalité en parlant de « besoins sains et sensés ». Mais qu'est-ce que cela signifie ? Et qui décide de ce qui est sensé et de ce qui ne l'est pas ? Et si la société définit quelles sont les capacités de l'individu et quels doivent être ses besoins en accord avec sa position sociale, alors la réalisation du principe « selon ses besoins » n'exclut pas l'inégalité sociale et économique et d'autres phénomènes tout aussi négatifs que l'on observe dans la société communiste.

Le communalisme

Les phénomènes que j'ai regroupés sous le nom de « communalisme » occupent une place à part dans mon système sociologique. Mon intérêt tout particulier pour eux a été conditionné par ma vie : j'observais sans cesse dans mon entourage ces lois du communalisme que je ressentais aussi sur moi-même. Sous mon regard ébahi, les phénomènes communalistes se révélaient comme les fondements mêmes de la société soviétique. En travaillant sur ma thèse de doctorat consacrée au *Capital* de Marx, je fis une découverte des plus importantes à mes yeux. Les sociétés de type communiste naissent du communalisme et sont régies par ses règles. J'ai alors défini le communisme comme un communalisme qui englobe la société entière et relègue tous les autres rapports à l'arrière-plan. Tout en considérant le communalisme comme un phénomène universel, je soulignais que seule la société communiste était totalement gouvernée selon les lois de la communalité.

Les phénomènes communalistes sont déterminés par l'existence des concentrations humaines en vue d'une vie commune. Les relations entre les hommes proviennent de leurs activités qui les obligent à entretenir des contacts, à s'affronter, à créer des groupes, à soumettre les autres et à se soumettre eux-mêmes. Au sein de chaque communauté, les gens prennent part aux activités collectives du groupe (défense, production de moyens d'existence, etc.), mais agissent dans tous les autres domaines suivant leurs intérêts propres. Le comportement de l'homme à l'intérieur de la collectivité est régi par certaines lois. S'il ne les observe pas, il ne peut avancer dans son milieu social, ni même exister. C'est l'ensemble de ces règles et des actes accomplis en conformité avec elles qui forment le communalisme. La lutte individuelle pour l'existence et l'amélioration de ses positions dans le milieu social constitue son essence. Les individus perçoivent ce milieu comme une donnée naturelle, souvent hostile. En tout cas, il ne livre pas ses biens aux hommes sans efforts de leur part. Ces lois sont partout et toujours les mêmes. Elles sont simples et connues. S'il n'en était pas ainsi, toute vie sociale serait impossible.

Les phénomènes communalistes existent dans chaque société. Mais ils ne deviennent dominants que dans la société communiste. C'est là qu'ils peuvent faire l'objet d'une étude scientifique.

L'individu communal agit en raison d'un calcul social simple : ne pas se nuire, empêcher que les autres ne lui nuisent, éviter la dégradation de ses conditions d'existence et les améliorer si possible. Evidemment, il n'est pas toujours facile de discerner quels actes sont nuisibles et lesquels sont profitables. Mais cela ne change rien au principe : l'homme le suit en fonction de ses capacités à évaluer chaque situation.

Cette conduite fondamentale est déterminée par tout un système de règles de comportement. Pour les assimiler, l'individu dépense des années de sa vie. Bien que ces principes soient naturels, les gens préfèrent les camoufler et faire semblant d'agir selon des motivations propres. Contre les excès du communalisme, les citoyens élaborent en commun les moyens d'autodéfense : la religion, la morale, l'idéologie, le droit. C'est à leur lumière que les règles du comportement communal peuvent paraître odieuses et être réprouvées par la morale ambiante. Quand nous parlons de carriéristes, de profiteurs, de roublards, d'intrigants, d'envieux, d'ambitieux, etc., nous ne faisons que constater des conduites exacerbées induites par des lois du communalisme. Les gens inventent de nombreux moyens de cacher ces conduites qui deviennent, à leur tour, des règles du comportement communaliste. L'incapacité prend figure de talent, la bassesse devient de la vertu, la lâcheté se transforme en audace et la calomnie en vérité.

Selon les normes communalistes, le comportement humain n'est jamais moral même si les individus accomplissent des actes qui passent pour tels. Certes, certaines règles de la morale sont préservées dans le règne communaliste, mais elles ne jouent qu'un rôle de second plan, purement formel. Un homme moral par conviction, qui agit vraiment selon les principes moraux, devient une exception, une déviation de la norme. Les membres des sociétés communistes observent certaines règles de la morale car les règles communalistes l'exigent. Ils ne sont pas moraux mais ils ont l'air de l'être et cela suffit. C'est pourquoi on n'y éprouve pas de remords de conscience. Les gens deviennent des caméléons sociaux. L'individu dont le comportement est vraiment fondé sur des principes moraux y souffre et vit en conflit avec son milieu. Si

443

cet individu vise le succès, il doit en premier lieu se débarrasser entièrement de la moralité intérieure et utiliser les formes extérieures du comportement moral pour dissimuler son essence immorale. L'art de l'hypocrisie y devient tellement commun que parmi les règles non écrites du comportement figure l'interdiction de dévoiler l'hypocrisie. Je pense que de ce point de vue les Occidentaux ne sont guère meilleurs que les Soviétiques.

La relation entre l'individu et le groupe est caractérisée par leur degré de dépendance mutuelle. L'individu tend à diminuer sa dépendance vis-à-vis du groupe. Le groupe tend à contrôler entièrement le comportement de l'individu et à le soumettre à la volonté de la collectivité. Les relations entre les individus au sein du groupe sont de subordination et de coordination (c'est-à-dire co-subordination). Selon le principe de la subordination, la position sociale du chef est plus élevée et plus importante que celle de son subordonné et il est mieux rémunéré que ce dernier. Le chef veut dépendre le moins possible de ses subordonnés et exercer sur eux le contrôle le plus total. Les relations de co-subordination sont réglées de façon suivante : le plus grand danger pour un individu est de voir son potentiel social surpassé par un second individu aux yeux des autres et des supérieurs. C'est pourquoi il tend à affaiblir la position de l'autre ou, au moins, empêcher son renforcement. L'empêchement mutuel représente donc, dans ce cas-là, la base du comportement communaliste.

Je tiens à mentionner deux autres phénomènes dont j'ai ressenti l'effet sur ma propre peau, en URSS pour le premier, en Occident pour le second. Je veux parler de la collectivité et des masses. La collectivité n'est pas juste le rassemblement de plusieurs individus, mais leur union en une entité agissante. Ses membres agissent en accord avec les règles de ladite collectivité et non selon leurs propres principes du comportement. Souvent, les deux peuvent coïncider : des règles

444

de la conduite communaliste sont adoptées par les individus pour régir leur comportement en dehors de ce groupe. Mais cette coïncidence n'est pas obligatoire : parfois les gens agissent individuellement de manière différente qu'ils ne le font dans le cadre de leur collectivité. Quand la publication de mon livre *Les Hauteurs béantes* fit l'objet d'une discussion à l'Institut de philosophie où j'avais travaillé pendant vingt-deux ans, tous les participants me blâmèrent unanimement. Certains d'entre eux étaient pourtant des amis de longue date qui partageaient mes convictions. C'est la méconnaissance de l'effet de la collectivité qui empêche les Occidentaux de comprendre les principes de comportement des citoyens des pays communistes.

Les phénomènes sociaux de masse résultent du fait qu'un grand nombre d'individus s'occupe simultanément du même genre d'activité. Même sans entrer en contact personnel, chacun a une idée de ce que les autres font dans leur domaine. Grâce aux moyens de communication modernes dans les domaines de l'information et l'éducation, ils élaborent une approche similaire de la réalité, y réagissent de la même manière. Bien qu'ils puissent n'avoir aucun contact entre eux, ils se comportent, dans certaines situations, comme s'ils avaient comploté et reçu des ordres d'un seul centre. J'ai ressenti l'influence de ce phénomène de masse pendant ma vie en Occident. Ainsi, dans des conditions de surabondance de livres et d'écrivains, ce sont ces derniers qui deviennent les ennemis les plus acharnés d'un écrivain hors du commun. S'il existe des dizaines de milliers de soviéto-logues, il est inutile d'espérer qu'ils fassent un accueil enthousiaste à un vrai connaisseur de la société soviétique. Quand le nombre de gens impliqués dans une sphère d'activité devient trop grand, ce sont les individus les plus moyens qui finissent par la dominer, dans la mesure où les critères d'appréciation y sont plutôt établis selon les critères de la médiocrité. On crée d'ailleurs toute une culture de la banalité avec des sommités quelconques. Sans comploter réellement, la masse des médiocres fait tout son possible pour empêcher les individualités créatives de se distinguer et d'être reconnues.

Les règles du communalisme semblent futiles si l'on considère les actes séparés d'un petit nombre de personnes. Pour comprendre quel rôle elles jouent dans la société, il faut prendre en compte la quantité d'actes que des millions d'hommes font à chaque seconde selon ces règles. Ce sont les nullités et non les tyrans tout-puissants qui jouent un rôle décisif dans la vie de la société et transforment les hommes les plus remarquables en leurs instruments. L'essence des découvertes scientifiques en sociologie n'est pas de découvrir des secrets immenses, mais de voir le rôle grandiose que jouent des vétilles connues de tous. J'ai baptisé cette science des phénomènes communaux la communologie.

Dans la société où j'ai vécu, la communauté a acquis toute-puissance et omniprésence. La tâche la plus importante de mon Etat était de réprimer en moi-même l'individu communaliste et de le remplacer par un être construit de toutes pièces pour vivre selon des règles différentes et se protéger des masses qui vivent selon les lois du communalisme.

J'ai inventé ma théorie du communalisme comme une prémisse de ma théorie de la société communiste dont j'ai élaboré ces années-là les idées principales. Elle prit une forme plus précise vers la fin des années 60. J'y reviendrai plus loin.

La zinoviega

Ce qui précède concernait l'aspect intellectuel de mon Etat. Pour l'aspect extérieur, je me suis bâti un système de règles du comportement. Mes élèves, en plaisantant, ont appelé ce système la « zinoviega ».

J'ai créé la zinoviega pour mon usage personnel. Il

m'arrivait parfois d'en parler à mes amis. Générale-ment, cela provoquait des rires, mais quelques-uns de mes interlocuteurs l'ont prise au sérieux et se sont même mis à la pratiquer. J'ai exposé certains de ses éléments dans plusieurs de mes livres. Dans *Va au Golgotha*, je l'ai appelé le « laptisme » ou l'« ivanisme » du nom de mon héros, Ivan Laptev. Naturellement, mon enseignement y est exposé sous une forme littéraire et avec de nombreuses additions qui ne faisaient pas partie de ma doctrine personnelle.

Ma zinoviega ressemble aux formes connues de certaines religions, christianisme et bouddhisme surtout, sauf qu'elle a été conçue pour un homme cultivé de la seconde moitié du xxe siècle qui a grandi dans une société athée. En outre, elle n'était pas destinée à justifier le repli sur soi-même. Elle est à l'usage d'un homme qui vit normalement dans la société soviétique et se trouve obligé de travailler au sein d'un collectif, de remplir les obligations de son service et ses devoirs sociaux, d'avoir des confrontations avec ses supérieurs, d'utiliser les transports en commun, de faire des queues et d'avoir des relations de famille et des amis. Mon héros littéraire Ivan Laptev définit ainsi la zinoviega : comment être saint sans se priver de la vie pécheresse, comment vivre dans le marécage de notre société de telle sorte qu'elle recule à l'arrière-plan de notre conscience et qu'au premier plan apparaisse notre monde intérieur avec ses propres critères et valeurs qui trouveraient leur concrétisation dans nos actes.

Voici quelques principes de ma zinoviega.

Je rejette l'aspiration au bien-être matériel mais je n'en fais pas un refus catégorique. La société contemporaine abonde de séductions. Mais elle crée simultanément la possibilité de se contenter de peu et d'avoir tout sans posséder rien.

Mieux vaut ne rien avoir que de perdre tout. Il faut construire sa vie de telle façon que l'on puisse avoir sans posséder. Apprends à perdre. Apprends à justifier ta perte et à trouver une compensation. N'achète pas ce dont tu peux te passer.

L'aspiration aux plaisirs est une maladie typique de notre temps. Résiste à ce fléau et tu comprendras que la vraie jouissance se trouve dans le simple fait de vivre. Pour cela, il faut de la simplicité, de la clarté, de la modération et de la santé morale, qualités les plus simples qui deviennent rarissimes à notre époque. Pour la plupart des Soviétiques, la vie quotidienne indigente et la pénurie de tout ce qui fait plaisir est une réalité incontournable. Il faut penser à s'accommoder à cette vie et à trouver des compensations. Le seul moyen pour cela (si l'objectif de l'existence n'est pas la lutte pour le bien-être matériel) est de développer la spiritualité et les échanges spirituels. C'est vrai que l'homme aspire au bonheur. Mais le bonheur sans bornes et hors de tout contrôle de soi n'existe pas. Le bonheur ne peut être que la récompense de la modération et le résultat du contrôle de soi. Si tu te limites dans la vie quotidienne, ton *ego* se tournera vers un autre horizon. Ce n'est que là que le bonheur est possible. Autrement, ce n'est qu'une brève et éphémère illusion. La satisfaction naît de la victoire sur les circonstances. Mais le bonheur est le résultat de la victoire sur soi-même.

Je reconnais dans chaque être un État souverain, comme moi-même, indépendamment de sa situation sociale, de son âge, de son sexe ou de son niveau d'éducation. Mon attitude à l'égard des gens ne dépend ni de leur rang, ni de leur richesse, ni de leur notoriété, ni de leur utilité pour moi. Ce qui m'importe, c'est le degré de développement de leur âme et de leur personnalité. J'adopte donc les principes suivants :

Préserve ta dignité. Tiens-toi à distance des autres. Garde un comportement indépendant. Sois respectueux envers les autres et tolérant pour leurs faiblesses. Ne t'abaisse pas, ne fais pas de la lèche, quoi qu'il puisse t'en coûter. Ne traite personne de haut, même les nullités qui ne mériteraient que mépris. Appelle le génie, génie et le héros, héros. Ne magnifie pas les hommes de rien. Ne te rapproche pas des carriéristes, des intrigants, des calomniateurs et autres gens de peu. Discute, mais ne dispute pas. Parle, mais ne pérore pas. Explique, mais ne fais pas la propagande. Ne réponds pas si l'on ne te l'a pas demandé. Si on le fait, ne réponds que sur la question posée. N'attire pas l'attention. Si tu peux te passer de l'aide d'autrui, fais-le. N'impose pas ton aide. N'aie pas de relations trop proches avec les gens. Ne tente pas de pénétrer dans l'âme d'autrui et ne laisse personne pénétrer dans la tienne. Promets si tu es sûr de pouvoir tenir ta promesse. Si tu as promis, tiens ta promesse à tout prix. N'échafaude ni intrigues ni ruses. Ne sermonne pas. Ne te réjouis pas des malheurs d'autrui. Dans la lutte, donne l'avantage à l'adversaire. Ne crée d'obstacles à personne. Ne fais ni compétition ni concurrence. Choisis le chemin qui est libre ou que les autres n'empruntent pas. Avance le plus loin possible sur ce chemin. Et si d'autres empruntent la même voie, abandonne-la : pour toi, c'est une fausse direction. La vérité n'est exprimée que par les solitaires. Si de nombreuses personnes partagent tes convictions, cela signifie qu'il y a dedans un mensonge idéologique qui les arrange. Si tu as à choisir entre « être » et « paraître », donne la préférence au premier. Ne cède pas à l'ivresse de la gloire ou de la notoriété. Il vaut mieux être sous-estimé que sur-estimé. Rappelle-toi qui te juge et qui t'apprécie. Mieux vaut avoir un seul admirateur sincère et à ta hauteur que des milliers de faux adulateurs.

Ne force pas les autres. Contraindre les autres n'est pas une marque de volonté. Seule la contrainte de soi-même l'est. Mais ne permets pas aux autres de te contraindre. Résiste à la force supérieure par tous les moyens.

Accuse-toi de tout. Si tes enfants ont grandi cruels, c'est toi qui les as élevés ainsi. Si ton ami t'a trahi, c'est toi qui es coupable de t'être confié à lui. Si ta femme t'a trompé, c'est toi qui as rendu possible son infidélité.

Si le pouvoir t'opprime, tu es coupable d'avoir contribué à sa puissance.

N'agis pas au nom des autres. Pense aux conséquences de tes actes pour les autres : tu en es responsable. Les bonnes intentions ne justifient pas les mauvaises conséquences de tes actes, de même que les bonnes conséquences ne justifient pas les intentions mauvaises.

Le corps est rongé par des microbes invisibles. L'âme est rongée par de menus soucis et émotions. Ne permets pas aux vétilles de la vie de s'emparer de ton âme.

Ne compte jamais sur l'appréciation objective de tes actes : elle n'existe pas. Les gens jugent ton comportement selon leurs intérêts et leur vision du monde. Les gens sont différents. Le même acte peut être bon pour les uns et mauvais pour les autres. Lorsqu'ils jugent les actes d'autrui, les gens ne sont jamais au courant de toutes les circonstances. N'oublie pas qu'il existe aussi des mensonges et des calomnies prémédités et que les gens ont tendance à idéaliser leurs idoles. Sache donc que tu vis et mourras incompris des autres. C'est la loi générale. Et toutes les « injustices » qu'on t'aura faites seront corrigées par la mort et l'oubli.

L'homme qui n'a aucun contrôle intérieur et extérieur de son comportement est capable de bassesse envers son prochain. Il n'est limité que par les autres. Par des efforts communs, les gens inventent des systèmes de limites sous forme de coutumes, du droit, de la religion et de la morale. Mais ces limites ne sont jamais absolues.

Au cœur du meilleur des hommes, il y a toujours un salaud qui peut remonter à la surface si le contrôle intérieur ou extérieur s'affaiblit. On ne peut donc se confier à personne. On peut toujours te tromper ou te jouer un mauvais tour. Cela concerne surtout tes proches : ils peuvent t'assener des coups particulièrement durs car tu ne t'y attends pas. Les ennemis de l'homme, disait Jésus, sont ses proches.

On ne peut se contenter de faire confiance aux gens. Il faut les placer dans des conditions telles qu'ils feront ce dont tu as besoin, non pour toi mais pour eux-mêmes. Evite les situations où tu risques d'être trompé. Attache-toi avec modération aux autres pour que la désillusion ne soit pas catastrophique.

Aie de la retenue à l'égard des femmes. Si tu peux éviter une liaison, évite-la. Ne cède pas à la licence sexuelle généralisée. Garde une attitude romantique envers l'amour malgré la trivialité de la réalité. Evite la vulgarité, la frivolité, le cynisme, le langage ordurier. La pudeur et la pureté donnent incomparablement plus de jouissances que les vilenies et les vices.

Méprise tes ennemis. Fais semblant de ne pas remarquer leur existence : ils ne sont pas dignes de ta lutte contre eux. Mais ne les aime en aucun cas. Ils ne sont pas dignes de ton amour, non plus. Evite d'être leur victime. Evite aussi qu'ils soient les tiennes. Ne les personnifie pas. Considères-tu comme tes ennemis les mouches ou les moustiques qui te piquent ? Vois en tes ennemis des mouches et des moustiques, des bactéries et des vers de terre.

Sois un travailleur consciencieux et professionnel. Sois à la hauteur de la culture de ton temps. Cela te protège dans une certaine mesure et te donnera le sentiment intérieur d'avoir raison. Quant aux unions de toutes sortes et aux actions collectives, évite-les. N'adhére pas aux partis ou aux sectes.

Sois membre de la collectivité sans t'impliquer en elle. Ne participe pas aux intrigues ni à la diffusion de rumeurs et de calomnies. Essaie d'occuper une place indépendante, sans enfreindre tes principes. Ne fais pas carrière. Si elle se fait malgré toi, arrête-la, car elle détruira ton âme.

Dans la création, ce n'est pas le succès, mais le résultat qui importe. Si tu sens que tu n'es pas capable de créer quelque chose de nouveau, d'important, cherche une autre application de tes forces. Ne cède pas aux opinions de masse ni aux goûts et modes de masse. Forge tes propres goûts et opinions.

Ne fais rien d'illégal. Ne participe pas aux jeux et spectacles du pouvoir. Ignore le côté officiel des choses. N'entre pas en conflit avec les autorités mais ne leur cède pas non plus. Ne déifie le pouvoir en aucun cas. Les autorités ne sont pas dignes de confiance, même quand elles s'efforcent de dire la vérité et de faire le bien. Leur nature sociale les pousse fatalement à mentir et à faire le mal. Ignore l'idéologie officielle. Toute attention pour elle la renforce.

Ne sois pas malade. Guéris-toi toi-même. Evite médecins et médicaments. Fais régulièrement de la gymnastique, mais avec modération. L'excès y est aussi nuisible que le manque. Le mieux, c'est d'élaborer un système d'exercices que tu puisses faire à tout moment et dans n'importe quelles conditions. Fais ces exercices-là chaque jour. Si tu veux garder ton corps jeune, soucie-toi de la jeunesse d'esprit. On peut retarder le vieillissement physique jusqu'aux ultimes années de sa vie. Et on peut garder la jeunesse de l'esprit jusqu'à la dernière seconde. On peut construire sa vie de telle façon que le vieillissement physique arrive comme un phénomène naturel, sans provoquer l'effroi de la vieillesse et de la mort. Ce qui importe n'est pas le nombre d'années vécues mais la sensation de vivre une longue vie. Seule la vie intérieure riche donne la sensation d'une longue vie biologique.

L'homme est seul. C'est son état le plus pénible. La vie est ainsi faite que les contacts avec autrui ne sont qu'extérieurs et fortuits, sans pénétration mutuelle des âmes. On peut supporter toutes les souffrances, sauf la solitude. Il n'y a pas de remède contre elle, pas d'exercices qui aident à la surmonter. Une de ses formes est particulièrement grave : c'est l'état d'un homme entouré de gens, libre dans le choix de ses connaissances, mais qui ne trouve personne qui lui soit proche. La solitude de l'homme au milieu de la foule est horrible. L'homme vit en permanence dans l'attente de sa fin. Pas d'espoir, pas de lumière à l'horizon. Mon système apprend à l'homme à éviter une telle expérience. C'est une prophylaxie de la solitude ou, plus exactement, une préparation à la solitude en tant que bilan inévitable d'une vie. Il apprend à l'affronter armé de pied en cap et à l'accueillir comme état qui possède ses propres mérites : indépendance, insouciance, loisir de contemplation, mépris des pertes, aptitude à mourir.

Il faut être toujours prêt à mourir. Il faut vivre chaque jour comme s'il était le dernier. Essaie d'achever ta vie de sorte qu'il ne reste rien après ta mort. Un petit héritage provoque moqueries et mépris. Un gros engendre méchanceté et animosité des héritiers. Tu es venu au monde sans y être appelé et tu partiras sans que l'on te pleure. N'envie pas ceux qui restent : ils partageront le même sort, nous partirons tous, tôt ou tard, et personne, jamais, ne saura ce que nous étions. Mieux vaut mourir encore en bonne santé que plus tard malade. Les faibles s'accrochent à la vie. Les forts sont plus facilement prêts à s'en séparer. Mieux vaut mourir sans en être averti, soudainement, que regardant la mort en face et lentement. Heureux ceux qui sont tués dans le dos!

Je suivais tous ces principes dans ma vie quotidienne. Pris séparément, aucun d'entre eux ne me distinguait aux yeux des autres. Mais un comportement systématique, se manifestant à travers tous mes actes, ne pouvait échapper à l'attention de mon entourage. Certains de mes principes trouvèrent son entière approbation. Je n'entrais en concurrence avec personne pour obtenir un logement, une prime ou monter en grade. Je n'acceptais pas d'honoraires pour mes ouvrages scientifiques écrits en dehors du plan de recherche. J'étais en bons termes avec tout le monde. Je participais aux soirées entre amis. Je ne jouais de mauvais tour à personne, je n'étais pas un lèche-bottes, n'écrivais pas de délations. Je faisais volontiers des sacrifices en faveur d'autrui. J'aidais mes proches et tous ceux qui demandaient mon aide. Je ne buvais plus, mais je participais volontiers aux beuveries, allant même jusqu'à verser mon écot. Je prenais la défense de ceux que l'on outrageait à tort. J'étais un interlocuteur consommé et savais écouter les autres.

Un tel comportement me valait bonne réputation et provoquait le respect de mon entourage. J'avais suffisamment de biens matériels et n'aspirais pas à en avoir davantage. J'avais un cercle de connaissances étendu. J'avais des disciples et des élèves. J'avais un accès illimité aux richesses de la culture. J'étais en bonne santé, gai, entouré d'attentions. Il semblait que mon idéal de l'homme-Etat était proche de sa réalisation.

Mais la dialectique de la vie réelle vint dire son mot fatal : plus mon idéal s'approchait de son accomplissement, et plus il devenait vulnérable aux attaques de l'extérieur.

L'EXPÉRIENCE DE LA VIE

Le coup d'Etat brejnévien

La destitution de Khrouchtchev et la nomination de Leonide Ilitch Brejnev à sa place ne firent guère d'effet sur mon entourage. C'était une péripétie banale de la vie ordinaire de la direction du parti. En somme, une mafia remplaçait l'autre au sommet du pouvoir.

La population n'eut guère plus de réaction : le changement de visages « en haut » ne l'affectait pas directement. D'ailleurs, le coup d'Etat de Brejnev n'était pas dirigé contre la société post-stalinienne, mais seulement contre les absurdités de la direction khrouchtchévienne et contre Khrouchtchev en personne qui avait épuisé son potentiel de réformateur pour se transformer en dangereux aventuriste. D'un point de vue sociologique, la période brejnévienne fut le prolongement de la précédente, mais sans ses débordements. Dans nos cercles, le changement se fit en douceur. Tous les adulateurs de Khrouchtchev se transformèrent en lèche-bottes de Brejnev sans conflits intérieurs ni remords. Ils mirent même plus de cœur dans leur nouvelle flagornerie.

On affirme souvent que la destitution de Khrouchtchev fut une réaction à la tentative de réformer la société soviétique dans un sens pro-occidental, comme si un certain appareil bureaucratique conservateur

455

avait empêché le progressiste Khrouchtchev de mettre en œuvre sa restructuration. Chansons que tout cela! En réalité, l'appareil tout-puissant mit fin aux ambitions et récidives staliniennes de Khrouchtchev. Il préserva cependant les résultats essentiels de la déstalinisation et orienta le pays vers une voie normale d'évolution. A cet égard, dans les premières années brejnéviennes, l'amélioration des conditions d'existence et la libéralisation furent même beaucoup plus importantes que sous Khrouchtchev.

L'illusion d'un retour en arrière de la société soviétique sous Brejnev est née bien plus tard lorsque l'on s'est avisé des tares de la nouvelle période (surtout sa seconde moitié) tout en considérant ses acquis comme allant de soi. Ainsi, on soulignait les répressions contre les dissidents en oubliant que le phénomène de la dissidence ne put apparaître que sous Brejnev et que les opposants se permettaient des choses impensables sous Khrouchtchev. C'est précisément grâce à une plus grande liberté que l'on pouvait parler davantage des tares du régime, oubliant qu'elles lui préexistaient. Et l'explosion culturelle sous Brejnev est incomparable au timide « dégel » khrouchtchévien. La répression s'abattit sur toute cette éclosion, mais elle avait eu lieu quand même et ce fait est tout aussi important que son écrasement.

Pour la société soviétique, la période khrouchtchévienne fut une période de transition entre l'état de jeunesse et la maturité. Dans les années brejnéviennes, le communisme réel atteignit, pour la première fois de son histoire, une forme relativement accomplie et révéla sa nature ordinaire et prosaïque, ses lois, ses mécanismes et ses perspectives banalisées. L'expression « socialisme développé » fit son apparition. Cela nous faisait rire. Nous appelions l'état précédent le « socialisme arriéré » et comme dans le discours idéologique, l'expression « socialisme développé » alternait avec « socialisme mûr », nous appelions le stade de développement suivant, le « socialisme blet ».

Pourtant l'expression était correcte du point de vue sociologique et historique. Elle correspondait à un tournant effectif de l'histoire du communisme réel. Mais nos blagues, en revanche, étaient en conformité avec les résultats de ce tournant : la grande histoire du communisme, ayant perdu les habits romantiques et tragiques de sa jeunesse, se vêtit de frusques ordinaires et comiques qui correspondaient bien davantage à sa vraie nature. Le clown Brejnev, qui se doublait d'un crétin, convenait parfaitement au rôle de dieu du communisme réel justement en raison de son exemplaire nullité. En comparaison, la personnalité de Khrouchtchev, qui n'était, lui, qu'un demi-clown, symbolisait le caractère extraordinaire du revirement historique qui s'accomplit sous son règne. La médiocrité de Brejnev reflétait la médiocrité du « socialisme mûr ».

Brejnev et le brejnévisme

Les lèche-bottes brejnéviens appelaient leur patron « dirigeant de type léniniste ». Cela lui plaisait bien. On racontait à Moscou, en forme de blague, que lorsque Brejnev accéda au pouvoir suprême, ses conseillers lui demandèrent : « Comment devons-nous vous appeler désormais, Leonide Ilitch ? » Et lui de répondre en toute modestie, en baissant ses cils teints : « Appelez-moi simplement Ilitch *. »

Pourtant, malgré les références léninistes, c'était l'image de Staline qui dominait le subconscient du secrétaire général. Staline lui servait d'exemple. Mais Brejnev n'était qu'une caricature du tyran. Le culte de Staline fleurissait au sein de la société, même s'il était habilement cultivé par le haut. Les larbins brejnéviens, eux, implantaient de force le culte de leur maître que le peuple méprisait. L'ambition de Brejnev était pure-

* Le prénom et le patronyme de Lénine étaient Vladimir Ilitch. Ses proches l'appelaient souvent « Ilitch » pour faire court.

457

ment pathologique. Sa vanité battit des records mondiaux : il réunit sur sa poitrine 260 décorations et médailles d'un poids total de 18 k g. On demandait : « Que deviendra un crocodile qui a avalé Brejnev ? » Et on répondait : « Il déféquera des médailles pendant quinze jours... »

Sa vanité et les faux exploits militaires qu'il s'attribuait donnèrent naissance à toute une série de blagues méchantes. Le maréchal Joukov demande conseil à Staline au sujet de la bataille de Koursk, en cours de préparation. « Adressez-vous au colonel Brejnev, réplique Staline, il est plus au courant. »

Brejnev commença sa carrière de chef-en-chef avec un discours que lui avait écrit en cinq minutes mon ancien copain Alexandre Bovine qui devint plus tard un journaliste connu, spécialisé en politique internationale. Par la suite, Brejnev prit l'habitude de délivrer des discours de plusieurs heures que toute une équipe pondait pour lui. Il aspirait ainsi à égaler la contribution théorique de Staline. De là naquirent la nouvelle Constitution et le nouveau programme du parti. Il ordonna l'échange des cartes du parti rien que pour obtenir la carte n° 2. La n° 1, signée par Brejnev, fut attribuée à Lénine à titre posthume.

Ses larbins l'appelaient également « combattant ardent pour la paix et le communisme ». Il était difficile de voir l'ardeur de cet être qui rappelait les premiers robots et faisait figure de modèle de sénilité précoce. Quant à la lutte pour la paix, on gardera en mémoire la Tchécoslovaquie et l'Afghanistan. Je suis persuadé qu'il décréta l'invasion de l'Afghanistan en grande partie à cause de son ambition démesurée. Devenu maréchal, il rêvait d'être généralissime à l'exemple de Staline et, à cette fin, il lui fallait une vraie guerre, fût-elle minuscule.

Dans les années trente on disait : « Staline, c'est Lénine aujourd'hui ! » Et c'était fondé. De Brejnev, on pouvait peut-être dire : « C'est Lénine et Staline ensemble, mais aujourd'hui *. » Mais cet « aujour-d'hui » n'était plus le même. Sous Brejnev, on était déjà dans la société communiste réelle, c'est-à-dire dans un royaume de grisaille, d'incapacité, d'ennui, de men-songe, de violence et autres phénomènes bien connus de ce beau rêve réalisé de l'humanité. Le culte de Brej-nev n'était pas le culte de sa personnalité, puisqu'il n'avait aucune personnalité, mais celui de la fonction sociale. Si après sa mort on avait naturalisé sa dépouille, ce mannequin aurait rempli les mêmes fonctions tout aussi bien sinon mieux que le Brejnev vivant. Le culte de Brejnev était le culte de la mafia au pouvoir dont il était le symbole.

Ses larbins appelaient le nouveau programme du PCUS « le manifeste communiste du xxᵉ siècle », de sorte que leur chef l'emportât sur *Le Manifeste du parti communiste* de Marx et Engels! Et presque toute la population adulte, y compris les soldats, les étudiants et les écoliers des classes supérieures, fut entraînée dans la discussion de ce texte et de la nouvelle Consti-tution, qui devait surclasser celle de Staline. Cam-pagnes idéologiques grandioses qui dépassèrent large-ment les orgies idéologiques staliniennes. En réalité, tous les documents théoriques du grand chef sovié-tique furent écrits par les collaborateurs les plus ordi-naires, des « prolétaires de l'idéologie » de quelques instituts idéologiques. Mais l'histoire a ses propres cri-tères de sélection et de jugement, et on peut penser

* Les « anecdotes » sur Brejnev exprimaient le mépris total de la population pour cette nullité.
Un plénum du Comité central devant avoir lieu, Brejnev demande à ses conseillers de lui préparer un discours d'une heure. Mais, le moment venu, il parle pendant quatre heures. Lorsqu'il a enfin ter-miné, il engueule copieusement son équipe. « Mais, Leonide Ilitch, se défendent ses conseillers, nous vous avions bien préparé un discours d'une heure... en quatre exemplaires. »
On sonne à la porte du bureau de Brejnev. Il chausse ses lunettes, sort un bout de papier de sa poche et lit : « Qui est là ? »
Annonce à la radio : « Le secrétaire général du CC du PCUS, Leonide Ilitch Brejnev, après une grave maladie, a repris l'exercice de ses fonc-tions, sans toutefois reprendre connaissance. »

que des individus plus intelligents, doués et cultivés auraient été incapables d'accomplir ce travail mieux que les « prolétaires de l'idéologie » les plus bêtes et incultes.

Toutes les idioties brejnéviennes étaient écrites sous la direction de ces gens « jeunes, doués et pleins d'initiative » qui ont fini par émerger et sont devenus, de nos jours, la « matière grise » de l'équipe gorbatchévienne. Comme de coutume, pour faire plaisir à leur nouveau maître, ils vilipendent l'ancien.

Ironie de l'histoire, Brejnev, qui imitait Staline dans l'aspect extérieur du pouvoir, était en réalité son contraire. Le style stalinien était volontariste : les autorités imposaient de force à la population un mode de vie et de travail. Le style brejnévien était opportuniste : le pouvoir suprême s'accommodait des circonstances objectives de la vie de la population. Les autorités jouaient la comédie du volontarisme tout en courant derrière l'évolution du pays qu'elles étaient incapables de contrôler. L'alternative au stalinisme n'est pas nécessairement quelque chose de bien. Elle peut s'avérer aussi violente que ce à quoi elle se substitue. Ce sont deux extrémités dans le cadre d'un même phénomène social.

Entrain créateur

En 1963, sorti d'une énième crise morale, je rejetai tout ce qui était lié aux péripéties quotidiennes et me concentrai sur mes activités intellectuelles. Le travail scientifique m'occupa comme jamais auparavant. J'avais de nombreux élèves que je choyais comme ma progéniture. Mon besoin d'être entouré de gens proches était en partie comblé par mes contacts avec eux. Le souci que je me faisais d'eux et les recherches scientifiques reléguèrent tout le reste à l'arrière-plan.

Dans les années 1964-1974, j'ai publié de nombreux livres et articles dont plusieurs en langues étrangères.

J'ai formé des dizaines d'étudiants et de thésards. J'ai créé mon propre groupe de logique qui a commencé à acquérir une certaine renommée à l'étranger. J'ai reçu le titre de docteur et de professeur et obtenu la chaire de logique. J'ai été membre du comité de rédaction de la revue *Questions de philosophie* et d'une commission importante du ministère de l'Éducation supérieure. On m'invitait à des congrès et symposiums internationaux. J'ai été élu membre de l'Académie des sciences de Finlande, ce qui signifiait un début de reconnaissance par la communauté scientifique internationale. Je suis devenu l'un des philosophes les plus cités en URSS et le philosophe soviétique le plus cité en Occident sans que le carriérisme y soit pour rien : j'avançais grâce à mon travail scientifique et à la libéralisation *de facto* de la société soviétique que les autorités tentaient de stopper en vain.

Mais ces années virent surtout concrétiser mes efforts pour constituer mon propre Etat. Ce n'était pas un hasard : ma conception convenait parfaitement au « socialisme mûr ».

J'avais atteint une position idéale dans la société. Mes postes et titres m'assuraient un niveau matériel élevé et une liberté d'action presque totale. Ma position et mes rapports personnels avec les gens m'ouvraient l'accès aux couches les plus diverses de la population ainsi qu'aux hautes sphères et aux meilleurs établissements idéologiques, où observer à loisir le véritable fonctionnement des mécanismes de la société soviétique. Je pouvais également me permettre des choses pratiquement interdites : ne pas être marxiste, avoir des contacts avec des étrangers, faire des conférences, prononcer des discours publics et mener des conversations privées comme si le pouvoir soviétique, le marxisme et le parti n'existaient pas.

La dialectique objective, que l'on méprise en Occident, finit par jouer son rôle fatal. Mes efforts dans la science et l'enseignement m'apportèrent le succès et contribuèrent à renforcer mon Etat personnel. En même temps, ils eurent un effet opposé. Plus le succès me souriait et plus mon milieu était décidé à m'arrêter. Ces dix années furent celles d'une lutte constante avec mon entourage, qui se manifestait par des milliers d'escarmouches et de confrontations sous les prétextes les plus gratuits.

Mon entourage

J'ai bien connu des individus de toute sorte, ouvriers, paysans, employés... Ces catégories sociales ne jouaient pas en réalité le rôle que leur attribuaient l'idéologie et la propagande soviétiques. Je vivais essentiellement dans l'intelligentsia, la partie la plus active, la plus cultivée et, à bien des égards, la plus intéressante de la population, celle qui était en contact direct avec les organes suprêmes du pouvoir comme le Comité central et le KGB.

J'utilise le terme d'intelligentsia dans un sens précis : la couche sociale influente qui gère professionnellement le domaine de la culture dont elle garde et transmet les acquis aux nouvelles générations. A de rares exceptions près, tous ses membres travaillent dans des institutions de l'Etat ou des organisations spéciales comme les Unions d'écrivains ou d'artistes.

Dans les années post-staliniennes, il est clairement apparu que l'intelligentsia soviétique constitue la partie la plus cynique et vile de la population. Mieux instruite, sa moralité est extrêmement mobile, astucieuse, conformiste. Elle sait cacher sa vraie nature, se présenter sous son meilleur jour et se trouver les justifications qu'il convient. C'est le pilier bénévole du régime. Dans une certaine mesure, les autorités sont obligées de se soucier des intérêts du pays. L'intelligentsia, elle, ne pense qu'à elle-même. Elle n'est pas une victime du régime. Elle porte le régime, tout en entrant en opposition avec les autorités, du fait de poursuivre avant tout ses intérêts personnels. Pour certains, être dans l'« opposition » s'avérait même profitable. Ils continuaient à jouir de leurs privilèges, tout en se gagnant la réputation de victimes du régime auprès de l'Occident, à qui de tels « militants » contre le système soviétique convenaient fort bien. Il existe certes parmi les intellectuels de vrais opposants au régime communiste, mais ils sont rares.

La fronde libérale

Sous Khrouchtchev, les « libéraux » commencèrent à prendre de l'influence dans les cercles de l'intelligentsia. Ils différaient de leurs prédécesseurs et concurrents par une meilleure éducation, une plus grande liberté de comportement et une certaine tolérance idéologique. Ils apportèrent un certain adoucissement des mœurs et propageaient la culture occidentale. Ils stimulèrent la critique de la société soviétique et y participèrent eux-mêmes. En même temps, ils étaient tout à fait loyaux envers le système soviétique. Leur vraie préoccupation était de s'installer à demeure au cœur du système et de le rendre le plus fructueux possible pour leur propre existence.

Avec les années brejnéviennes, les « libéraux » acquirent une telle influence que la première moitié du règne de Brejnev pourrait être qualifiée de « libérale ». Pendant la seconde moitié, le « libéralisme » diminua progressivement. Cela ne signifie pas que d'éventuels « conservateurs » l'aient emporté. Ce furent les « libéraux » eux-mêmes qui se changèrent en « conservateurs », après avoir épuisé les bénéfices du « libéralisme » et arraché les morceaux de biens publics qu'ils convoitaient.

Il serait injuste de nier le rôle positif qu'ont joué les « libéraux » dans l'histoire soviétique. Un nombre énorme d'individus a participé de ce mouvement. Leur activité se manifestait dans des millions de faits quotidiens qui ont influencé dans leur ensemble le mode de vie soviétique. Si le mouvement antistalinien agissait dans le cadre des organisations du parti, le mouvement « libéral », lui, dépassait ces limites et se répandait dans un cercle toujours plus large d'institutions soviétiques. J'ai décrit de manière détaillée la fronde « libérale » de l'intelligentsia dans *Les Hauteurs béantes*. Je voudrais ajouter à cette description un détail qui a pris une certaine importance pour moi en tant qu'écrivain et soviétologue. Il s'agit d'un phénomène lié aux œuvres de Franz Kafka et de George Orwell.

Kafkassement

L'intelligentsia moscovite commença à parler de Kafka à la fin de la période khrouchtchévienne. Quelques-unes de ses œuvres furent publiées en russe en 1965 : *Le Procès* et quelques nouvelles. Officiellement, Kafka était censé décrire les vices de la société bourgeoise et montrer les signes de décomposition annonciateurs de sa mort prochaine. Mais les intellectuels moscovites frondeurs s'en servaient pour critiquer de manière voilée leur propre société et pousser des soupirs sur leur triste sort. Naturellement, ils interprétaient l'œuvre kafkaïenne comme une révélation anticipée du « régime totalitaire » soviétique. Evidemment, leurs soupirs étaient hypocrites car leur sort n'était pas si triste qu'ils le prétendaient : ils faisaient carrière, obtenaient des succès et s'enrichissaient matériellement.

Leur interprétation de Kafka était forcée et artificielle mais elle leur permettait de mener des conversations infinies où ils pouvaient briller par leur connaissance de la culture « contemporaine » et leurs opinions progressistes. Pour désigner de telles conversations, le philosophe Erik Soloviev inventa un terme remarquable : « kafkasser ». Le « kafkassement » devint à la mode. Peu osaient dire qu'ils n'aimaient pas ou ne connaissaient pas Kafka : ils seraient passés pour des ignares ou des obscurantistes. En réalité, peu nombreux étaient ceux qui l'avaient vraiment lu. La plupart ne connaissait son œuvre que par ouï-dire.

Pourtant, le torrent de révélations sur l'histoire soviétique récente repoussa à l'arrière-plan les « kafkassements » et l'intérêt pour Kafka retomba. Son œuvre ne correspondait tout simplement pas aux goûts, à la mentalité et aux besoins de l'intelligentsia moscovite. Pour elle, Kafka ne fut qu'un prétexte pour parler de la réalité soviétique, même si ses livres ne présentaient aucun rapport sérieux avec celle-ci.

L'expérience de la société communiste réelle montre que les moyens les plus puissants d'asservissement de l'individu par la société restent dissimulés dans le cours quotidien de la vie des gens ordinaires. Le mécanisme de cet asservissement n'a rien à voir avec le monde de Kafka. Appliquer les images kafkaïennes à la société soviétique revient à créer des mythes autour d'une réalité pourtant bien évidente et faire l'économie d'un discours franc et sincère. C'était là le comportement typique de l'intelligentsia frondeuse des années brejnéviennes.

L'ignorance est une force

Les œuvres de George Orwell commencèrent à circuler dans nos cercles sous Brejnev. Les traductions étaient anonymes et parfaitement fidèles. Elles bénéficiaient d'un plus grand succès que Kafka, particulièrement *1984*. On parlait beaucoup de ce livre que l'on présentait comme un essai sociologique et même prophétique qui prédisait le futur de l'humanité. Cette interprétation allait d'ailleurs dans le sens d'Orwell lui-même. Il voulait développer jusqu'au bout les « idées totalitaires » qui s'étaient concrétisées en Allemagne nazie et en Russie stalinienne. En Occident, 1984 a été l'« année Orwell » à cause du titre de son livre. J'ai fait plusieurs interventions à ce sujet développant mes

465

conversations des années brejnéviennes. Ces discussions à Moscou, où je pouvais parler de manière plus tranchante et détaillée qu'en Occident, furent très importantes pour moi. Mes idées sur la société communiste et l'évolution de l'humanité se sont formées dans une certaine mesure grâce à la polémique sur la vision d'Orwell. Cette vision, que l'on considérait comme la meilleure description de la société communiste, me paraissait superficielle, primitive et livresque. Elle était certes très impressionnante et commode pour la critique idéologique et propagandiste du communisme mais je voulais, moi, créer une théorie objective et scientifique de la société soviétique à mille lieues des effets littéraires. J'aurai l'occasion de reparler du livre d'Orwell.

Le temps des « figues dans la poche »

Je suis resté indifférent pour les mêmes raisons aux œuvres d'Evgueni Zamiatine, d'Andreï Platonov, de Mikhaïl Boulgakov et d'autres, qui jouaient le même rôle de « figues dans la poche * » . En général, c'était l'époque des figues. On recherchait partout des allusions critiques au régime et l'on essayait d'insérer partout de telles allusions. Un grand nombre de gens parmi lesquels des chercheurs, des professeurs, des écrivains, des artistes, des journalistes, des cadres de l'appareil et même du KGB jouaient à cela. Le théâtre de la Taganka, Iouri Lioubimov en tête, constituait un exemple typique de cet état d'esprit que j'ai décrit dans *Les Hauteurs béantes*. A cette époque, une partie considérable de l'intelligentsia moscovite prenait des poses de « fusillé ». Ces gens fort gâtés par l'existence et

* Faire une « figue », c'est exprimer à autrui sa désapprobation ou son irrespect par un geste net et définitif qui consiste à placer, poing fermé, le pouce entre l'index et le majeur. Faire une « figue dans sa poche » implique l'idée que l'on fait ce même geste en le dissimulant à l'intéressé.

466

menant de belles et bonnes carrières se donnaient en même temps des airs de victimes du régime. Ils aspiraient à la fois aux privilèges et à la réputation d'opposants. Sous Gorbatchev, plusieurs d'entre eux sont parvenus dans les hautes sphères du pouvoir en se prévalant des idées et de l'action des dissidents et des vrais critiques du régime.

Olga

En 1965, une jeune fille de dix-neuf ans, Olga Mironovna Sorokina, fit son apparition à l'Institut de philosophie. Elle venait d'achever le cours de sténodactylographie du ministère des Affaires étrangères. En tant que meilleure élève du cours, elle était censée obtenir un poste au Praesidium du Soviet suprême de l'URSS. Son embauche traînait pourtant en longueur car sa sœur était mariée à un étranger. En réalité, c'était un Hongrois qui avait terminé l'Académie militaire de Moscou, mais pour le KGB c'était quand même un étranger. Au bout d'un an d'attente, Olga finit par accepter un poste chez nous. Quand la décision de l'accepter dans les services administratifs du Soviet suprême fut enfin ratifiée, elle refusa et resta à l'Institut. Nous fîmes connaissance. Elle tapait pour moi des références sur des sources étrangères et participait à la préparation des journaux muraux. Il nous arrivait souvent de nous rencontrer lors des soirées de fête à l'Institut ou de participer aux mêmes randonnées et excursions. Bref, nous nous sommes liés d'amitié. Un sentiment réciproque naquit. Mais je ne voulais même pas penser aux relations intimes. Je me portais bien et avais l'air beaucoup plus jeune que mon âge, alors que j'avais vingt-trois ans de plus qu'elle. De plus, je m'étais brûlé avec mon précédent mariage et j'avais peur de répéter la même erreur. Olga était extrêmement attirante et elle était constamment entourée d'admirateurs. Il ne fallait guère compter sur une vie de famille calme et paisible. Et puis le célibat m'allait très bien. Il me semblait qu'un nouveau mariage pourrait nuire à cet Etat que j'avais commencé de me construire. J'étais entouré d'étudiants qui comblaient largement mon côté père. C'était l'époque où je me répétais à moi-même, plusieurs fois par jour : « Mon Dieu, que c'est bon d'être seul ! » De guerre lasse, Olga finit par se marier. Mais son union fut de courte durée. Bientôt, elle divorça.

Il faut dire que j'avais entrepris quelques timides démarches pour me faire accorder un logement par l'intermédiaire de l'Institut. Une lettre, signée par le directeur, le secrétaire du parti et le président du comité d'entreprise, fut envoyée au Soviet municipal de Moscou demandant l'attribution d'un logement locatif à un « éminent chercheur de réputation internationale » (à l'époque, on le reconnaissait officiellement). Mes amis de l'appareil du parti envoyèrent une lettre similaire mais signée par Piotr Demitchev qui était l'un des secrétaires du Comité central. Tout cela n'eut aucun effet : ma demande fut refusée ! C'est alors que surgit un *deus ex machina* surprenant. Lors de la visite au Comité central dont j'ai déjà parlé, l'officier du KGB qui portait mon dossier me demanda, à la sortie, comment j'allais. Je mentionnai que je n'avais pas de logement. Il téléphona aussitôt quelque part et demanda qu'on résolve mon problème. Dès le lendemain, un studio me fut accordé. Là où une lettre d'un secrétaire du CC n'avait servi à rien, le simple coup de fil d'un obscur officier du KGB eut un effet immédiat. Nous nous installâmes, Olga et moi, dans notre nouvel appartement. Une nouvelle vie de famille commençait.

Ma mère aimait beaucoup Olga dont le caractère était très proche du sien. Malheureusement, elle commença à être très malade. Elle s'éteignit en 1969. La dernière personne qu'elle reconnut fut Olga et elle mourut avec son nom aux lèvres.

Sa mort me plongea dans une souffrance affreuse. Je ressentais une terrible amertume. Alors que j'étais enfin en mesure de l'aider ou de faire pour elle mille choses agréables, elle n'était plus de ce monde. Cette pensée me tourmente encore. Peu de temps avant sa mort, elle me demanda de faire baptiser les enfants que j'aurais avec Olga. Je le lui promis. Je ne tins pourtant cette promesse que plus tard et sur l'insistance d'Olga. Avant notre départ pour l'Ouest, nous baptisâmes notre fille de cinq ans, qui porte le prénom de ma mère, Apollinaria. Nous l'appelons par son diminutif, Polina.

Polina est née en 1971. Un livre d'un médecin américain consacré à l'éducation des enfants connaissait alors un grand succès à Moscou. Olga apprit ce livre par cœur, prenant les recommandations de l'auteur à la lettre. Cela donna des résultats heureux. Polina a été une enfant saine, joyeuse et intelligente. Elle ne pleurait jamais. Nous n'avons pas connu une seule nuit blanche à cause d'elle. Notre famille a d'abord été scandalisée par la façon dont nous traitions notre fille, mais, au vu des faits, ils finirent par nous tenir en exemple.

Notre appartement était petit (juste une pièce de dix-neuf mètres carrés) mais nous étions heureux. Olga se révéla une maîtresse de maison hors pair. Il y avait toujours des gens chez nous. Je gagnais pas mal d'argent, que nous dépensions intégralement. Nous aidions d'autres membres de la famille et nous recevions du mieux que nous le pouvions les hôtes de passage.

En 1972, le père d'Olga mourut. Sa mère resta seule dans un appartement de trente et un mètres carrés. Nous décidâmes d'échanger nos deux logements contre un plus grand où nous pourrions vivre ensemble. Cela s'avéra difficile. La paperasserie fut terrible. De plus, je ne portais pas sur ma figure mon statut social et même de petits employés se croyaient obligés de me railler. L'un de mes élèves de doctorat qui avait un poste élevé dans une administration quelconque et portait « sur la gueule l'empreinte du pouvoir », comme il se plaisait à dire, me sauva. Il m'accompagna tout simplement au service des logements. A sa vue, les employés se dépêchèrent et l'affaire fut réglée en quelques minutes.

Selon les standards moscovites, nous avions un bel appartement. Pour la première fois, j'avais mon propre bureau. Il n'était pas bien grand, mais cela me suffisait. Notre appartement devint un lieu de rencontres entre élèves et amis, que nous avions en nombre. L'amélioration des conditions de vie rendit plus difficile le contrôle des autorités sur les individus et contribua à la croissance dans le pays d'idées oppositionnelles. Il était plus facile de se réunir en grands groupes dans les appartements individuels, le téléphone et la multiplication des systèmes de transport améliorèrent la communication et la diffusion de l'information.

Ces années-là furent très intenses et productives, mais difficiles. Olga suivait les cours du soir à la faculté de philosophie tout en continuant à travailler à l'Institut. J'ai déjà eu l'occasion de décrire mes occupations. Loin que la vie en famille ait affaibli mon Etat personnel, il en sortit, au contraire, renforcé. Olga acceptait ma conception de la vie et ne m'a jamais reproché d'avoir raté une occasion d'avancement ou d'amélioration de notre situation matérielle. Les différences entre mon entourage social et professionnel et moi s'accentuèrent, mais Olga soutint toujours mes positions de principe, même si elles commençaient à me nuire.

Les étrangers chez nous

Dans les années brejnéviennes, les liens entre Soviétiques et étrangers, aussi bien ressortissants des pays de l'Est qu' Occidentaux, s'élargirent de manière spectaculaire. A la maison, nous recevions sans cesse des Polonais et des Allemands de l'Est. J'avais beaucoup d'élèves et d'amis dans ces deux pays et l'on y publiait régulièrement mes livres. Des intellectuels des autres pays socialistes et des Occidentaux qui connaissaient

470

mes ouvrages me rendaient également visite. Des camarades d'études d'Olga à l'université nous avaient fait rencontrer quelques jeunes Français qui faisaient des études ou travaillaient en URSS. Ces échanges se multiplièrent et de nombreux Français de passage en URSS vinrent nous rendre visite. Ces liens ont joué ultérieurement un rôle décisif : c'est ainsi que mes œuvres littéraires sont parvenues en Occident. La France est devenue ma patrie littéraire. Dans l'atelier de mon ami Ernst Neïzvestny, le sculpteur, j'ai fait la connaissance de dizaines d'étrangers en provenance d'Italie, d'Angleterre ou des Etats-Unis qui venaient ensuite nous voir à la maison. Avant ma révolte ouverte, j'ai rencontré quelques journalistes occidentaux parmi lesquels Robert Evans de l'agence Reuter qui nous rendait souvent visite.

Nos relations avec les étrangers étaient connues de nos collègues. Je fus convoqué plusieurs fois à ce sujet au bureau du parti de l'institut et au KGB. Mais j'ignorais tous les avertissements. Et cela accéléra le processus de ma mise à l'écart de la société soviétique.

Tentative de communion marxiste

Je conduisais mes activités scientifiques comme si le marxisme n'existait pas puisque, par principe, j'ignorais l'idéologie soviétique officielle. Je laissais à d'autres cette chasse gardée, à la satisfaction non dissimulée du milieu philosophique. Pendant que je m'occupais des « signes » et des « crochets », les autres pouvaient se consacrer tout leur soûl aux problèmes idéologiques « cardinaux ». Pourtant, ma situation de franc-tireur philosophique les inquiétait. Mon cas montrait clairement que l'on pouvait entreprendre une vraie recherche, même dans le secteur idéologique, en ignorant le marxisme. Une tendance à omettre les références traditionnelles aux classiques du marxisme commençait d'ailleurs à se manifester dans les travaux philosophiques. Ma popularité parmi les jeunes philosophes grandissait et l'on me citait de plus en plus. Naturellement, la direction voulut me priver de mon exterritorialité et m'associer au marxisme. Ses efforts culminèrent lorsque la logique devint un objet d'attention de la part de l'Académie des sciences de l'URSS. Son vice-président, Piotr Fedosseïev me proposa de faire un rapport devant le Praesidium de l'Académie. Plusieurs spécialistes éminents de la logique mathématique y assistèrent, dont notamment le grand mathématicien Piotr Novikov, académicien et prix Lénine. Mon rapport fut approuvé. De belles perspectives s'ouvraient à moi. Du moins, il le semblait.

Peu de temps après, je fus convoqué chez Fedosseïev. Il me dit apprécier hautement mes activités et m'annonça que l'on voulait m'élire membre-correspondant de l'Académie. On allait créer pour moi une section spéciale ou un laboratoire d'études logiques. En contrepartie, je devais reconnaître mon « appartenance au parti », c'est-à-dire annoncer publiquement que j'étais marxiste-léniniste et que mes recherches étaient menées à partir de ses concepts fondamentaux et non du positivisme logique. Il me suggéra d'écrire un article en ce sens dans la revue idéologique du Comité central, *Communiste*, et me promit son aide pour la publication. En effet, le fait de publier dans cette revue signifiait que l'auteur bénéficiait d'un soutien ouvert des hautes sphères du parti. C'était un pas capital dans la carrière et Fedosseïev était sûr que je saisirais une offre si prometteuse. Il n'attendit même pas mon accord.

Deux semaines plus tard, on m'annonça que le patron de l'idéologie au CC, Mikhaïl Souslov en personne, voulait me parler. Apparemment, les intentions de Fedosseïev à mon égard étaient des plus sérieuses, puisque c'était lui qui avait organisé cette rencontre. L'entretien fut bref, pas plus de cinq ou dix minutes. Souslov exigea également que je définisse mon « appartenance au parti ».

Après sa mort, en 1982, j'ai écrit pour un journal italien un article où j'exprimais ce que je pensais de lui, et que je résume ici.

Souslov était le symbole idéologique de la société soviétique. Il n'était nullement idéologue et sa contribution idéologique avoisine zéro. Il n'en a pas moins personnifié le mécanisme idéologique qui a pris des proportions gigantesques dans l'URSS de l'après-guerre et dont les traits dominants étaient le formalisme, l'ennui, la grisaille, l'impuissance créatrice, en même temps qu'une capacité prodigieuse à manipuler et abrutir des millions de gens. Pour diriger pareille machine, un Souslov convenait à merveille. Il était d'une médiocrité exceptionnelle comparé à la masse des idéologues soviétiques qui ne brillent pourtant pas par leur talent. Vivant exemple que dans la direction soviétique des nullités séniles pouvaient jouer des rôles décisifs, il était à la fois l'un des derniers survivants de l'époque stalinienne et un représentant typique de l'après-Staline, symbole parfait de la succession et de l'unité de ces époques.

Conséquences

Je me trouvais dans une situation délicate. Les bénéfices que je pouvais tirer de l'offre de Fedosseïev et Souslov ne me séduisaient guère. De plus, accepter leur proposition aurait été violer mes principes et gâcher ma réputation. Cependant, un refus direct aurait complètement ruiné ma situation. Je décidai donc d'éluder l'offre en espérant qu'on l'oublierait. Je me trompais. Un collaborateur de la revue *Communiste* me demanda à plusieurs reprises mon article. De guerre lasse, il finit par me proposer de l'écrire lui-même puisque tout ce qu'on me demandait, c'était ma signature. Cette fois, je refusai catégoriquement.

Je ressentis les conséquences de ce refus tout le temps qu'il me restait à vivre en URSS. Chaque fois que l'on proposait ma candidature à l'Académie, le Comité central s'y opposait. Si l'on demandait pour moi l'attribution d'un prix d'Etat, le résultat était identique. De plus, les tentatives pour m'associer au marxisme ne s'arrêtèrent pas là. On me téléphona même de la rédaction des *Izvestia* pour m'annoncer la publication de « mon papier ». Or je n'avais rien donné à ce journal. Quelqu'un avait écrit un vilain article marxiste en mon nom! Je demandai l'ouverture d'une enquête, mais Fedosseïev étouffa l'affaire.

Mon refus m'empêcha de faire carrière, ce à quoi je n'aspirais pas moi-même, mais n'ébranla pas immédiatement la position que j'avais déjà acquise. Il joua un rôle plus tard et ce fut une raison supplémentaire de ma chute. C'est néanmoins après cet épisode que je reçus la chaire de logique et que je devins membre du comité de rédaction de *Questions de philosophie* et d'une commission d'experts du ministère de l'Education supérieure. Au moment où l'on validait ma nomination à la chaire de logique, on me demanda s'il était vrai que je sous-estimais la logique dialectique. Je répondis que c'était faux. Mes interlocuteurs, contents, ébauchèrent un sourire qui se figea dès que j'ajoutai : « Pour sous-estimer, il faut au moins estimer un peu. Or je tiens la logique marxiste dialectique pour du charlatanisme pur! » Pourtant, tout en me demandant de garder cette opinion pour moi, on valida ma nomination. On me rappellerait ma réplique plus tard. A ma destitution.

Conflit avec les libéraux

Ma participation au comité de rédaction de *Questions de philosophie* fut symptomatique de mes relations avec les libéraux. Après *Communiste*, c'est la seconde revue idéologique en URSS. J'y fus introduit sur l'insistance d'Ivan Frolov qui est devenu, sous Gorbatchev, rédacteur en chef de la *Pravda* et secrétaire

474

du Comité central. Il était à l'époque au milieu de sa belle carrière et nous étions presque amis. Il devint rédacteur en chef de la revue. Mon ami et ancien élève Merab Mamardachvili fut nommé rédacteur en chef adjoint. Viktor Afanassiev (qui a dirigé la *Pravda* jusqu'à une date récente) et mon ami le sociologue Iouri Zamochkine faisaient également partie du comité de rédaction. Peu de temps auparavant, Afanassiev avait publié un manuel extrêmement populaire de philosophie marxiste qui lui permit de se propulser dans le cénacle des principaux philosophes.

Je fus nommé chef de la section de logique de la revue et, dans les premiers temps, tout se passa à la perfection. Je fis paraître quelques bons articles de différents auteurs. On publia même l'un des miens. Mais, bientôt, l'essence du « libéralisme » se manifesta en clair. Les articles de ma section étaient publiés avec de plus en plus de difficultés. Mon second article ne passa pas. Le « progressiste » Mamardachvili, qui remplaçait provisoirement Frolov, n'autorisa pas sa publication, arguant que cela pouvait nuire aux « intérêts de la cause ». Demeurer plus longtemps au comité de rédaction devenait d'autant plus humiliant que la revue se livrait à une flagornerie sans bornes de Brejnev. Dans un numéro, le nombre de citations du secrétaire général dépassa celui des citations de Staline dans la revue *Sous le drapeau du Léninisme* aux pires années du stalinisme !

Je démissionnai donc. Après ce geste, mes amis « libéraux » se détournèrent de moi et commencèrent à me faire petites vilenies sur vilenies. Je parvenais toutefois à me maintenir à un certain niveau professionnel, protégé par ma réputation grandissante à l'étranger.

A mesure que les « libéraux » devenaient les maîtres de la société communiste normale, ils devenaient mes ennemis principaux et moi le leur. Leur tentative pour m'apprivoiser, m'utiliser au mieux de leurs intérêts s'étant heurtée à mon refus, ils me rejetèrent de leur milieu et, finalement, de la société soviétique.

Dans *Les Hauteurs béantes*, j'ai fait d'eux l'objet majeur de ma satire. Mamardachvili était le prototype du Penseur, Zamochkine du Sociologue, Motrochilova de l'Epouse et Frolov du Prétendant. Déjà à l'époque, l'appétit insatiable de ce dernier pour la carrière se manifestait pleinement. Son obséquiosité pour Brejnev lui fit faire un grand saut en avant. Le saut suivant consista à devenir le larbin de Gorbatchev en crachant sur son ancien protecteur.

Interdit d'étranger

Dès la parution de mes premières publications, je commençai à être invité à des rencontres professionnelles dans les pays de l'Est et en Occident. Pourtant, jusqu'à mon départ définitif, je ne fus presque jamais autorisé à sortir du pays. J'étais « interdit d'étranger », pour reprendre une expression courante, à cause de ma réputation, créée par mes collègues, d'homme idéologiquement et politiquement incontrôlable. C'était en partie vrai. Mais uniquement en partie, car ces invitations n'avaient aucun rapport avec l'idéologie et la politique. Pour mes collègues, c'était un moyen efficace pour me priver de toute autorité auprès des philosophes et logiciens occidentaux.

En 1967, on me refusa l'autorisation de sortir du pays pour participer à un congrès international dont j'étais l'un des invités principaux. J'exigeai en fin de compte que l'on m'explique la raison de ces interdictions constantes. Une commission spéciale de l'appareil du Comité central fut créée. Des gens du KGB en faisaient partie. Et l'on me montra mon dossier : deux énormes cartons bourrés de dizaines et même de centaines de dénonciations. Sous Staline, une seule de ces lettres aurait suffi pour détruire, au sens figuré et au sens propre, la vie d'un homme. Et là, des dizaines ne pouvaient atteindre leur but : la situation avait bien changé. Le plus amusant dans mon dossier était que selon des informations venant de la CIA, j'étais un agent pour le compte des Etats-Unis!

Au milieu des années 60, un professeur américain, visiblement en quête de renseignements, arriva à Moscou. Il me demanda, ainsi qu'à certains de mes étudiants, de remplir un questionnaire détaillé sur certains sujets sensibles. J'y donnai des réponses banales, de notoriété publique. Naturellement, l'homme fut immédiatement dénoncé et expulsé d'URSS. Mon questionnaire tomba entre les mains du KGB. On me convoqua à la Loubianka. J'expliquai que je n'avais communiqué aucune information secrète mais que je ne me sentais pas obligé de dénoncer des espions occidentaux car cela allait à l'encontre de mes principes. Pour moi, l'incident était clos. Mais plus tard, au CC, on me dit que le KGB avait trouvé mon nom sur un document de la CIA : une liste d'intellectuels collaborant avec les services américains. Apparemment, les spécialistes de la CIA avaient pris mon refus de dénoncer leur agent pour un souhait de travailler pour eux.

Je fus réhabilité grâce à l'aide d'Ivan Frolov qui éprouvait encore de la sympathie pour moi et de mon ancien ami Boris Pychkov qui avait fait sous ma direction son mémoire de maîtrise et était entré après ses études au Comité central du parti ou au KGB. (Ma femme, Olga, inventa plus tard l'expression « Comité central du KGB ».) Frolov et Pychkov tentèrent également de faire lever mon interdiction de voyager. Sous leur pression, les secrétaires du CC Piotr Demitchev et Boris Ponomarev se prononcèrent en ma faveur. Mais Souslov maintint son veto. Après ma rupture avec les « libéraux », Frolov en tête, la question des voyages à l'étranger ne se posa même plus.

Nouvelles années de rébellion

On considère l'époque de Brejnev comme celle du retour de la répression en masse, après l'accalmie

477

khrouchtchévienne. C'est une idée absurde! La répression brejnévienne fut négligeable comparée à celle de Staline. Et surtout sa nature sociale était complètement différente. La répression brejnévienne fut une réaction des autorités et de la société officielle contre une rébellion de masse comme l'histoire soviétique n'en avait pas connu. Sous Staline, une telle révolte eût été inconcevable et, sous Khrouchtchev, elle n'avait pas encore mûri. D'ailleurs, ce dernier prenait des mesures répressives au moindre signe d'agitation.

Les années brejnéviennes ont été les plus contestataires de l'histoire de l'URSS. C'est pendant cette période que le mouvement dissident atteignit son apogée et que le *samizdat* et le *tamizdat* * firent leur apparition. Les noms de Valeri Tarsis, Venedikt Erofeïev, Gueorgui Vladimov, Vladimir Voïnovitch, Boulat Okoudjava, Alexandre Galitch et d'autres acquirent leur notoriété. Il y eut le fameux procès d'Andreï Siniavski et de Iouli Daniel. Les œuvres interdites de Soljenitsyne circulaient clandestinement. Des hommes de culture comme Mstislav Rostropovitch et Ernst Neïzvestny commencèrent à se rebeller. L'épidémie de l'émigration se répandit. Il y eut des tentatives d'autodafés et d'attentats. Quelqu'un essaya de faire sauter le mausolée de Lénine. En 1969, le lieutenant Iline tenta d'assassiner Brejnev. Cette fermentation sociale sans précédent commença dans l'intelligentsia avant de se répandre dans d'autres couches sociales et, surtout, chez les jeunes.

Ce mouvement avait pour origine deux facteurs importants. Le premier : la déstalinisation khrouchtchévienne ne porta ses fruits que sous Brejnev. Il faut du temps pour que les fruits mûrissent. Le deuxième facteur, c'est l'attention que l'Occident portait aux contestataires en URSS et l'influence occidentale sur la société soviétique. Les radios de l'Ouest jouissaient d'une énorme popularité et rendaient publique la moindre tentative de répression. Nombre d'Occiden-

* *Tamizdat* : publication non autorisée à l'étranger.

taux visitaient l'URSS et manifestaient leur attention et leur soutien à tous ceux qui protestaient et se révoltaient contre les conditions de vie soviétiques. On publiait en Occident des livres russes non officiels et des articles sur les hommes de culture qui entraient en conflit avec les autorités. De nombreux Soviétiques bouleversaient leur vie habituelle, prenaient des risques et étaient prêts aux plus extrêmes sacrifices en comptant que l'attention de l'Occident leur servirait de bouclier. Naturellement, toute cette atmosphère n'était pas sans incidence sur mon état d'esprit. Elle m'ouvrait une perspective à laquelle il m'était impossible de penser auparavant : une percée dans la culture occidentale. Mes succès professionnels me faisaient connaître parmi les philosophes et logiciens occidentaux, et je participais de la sorte à la contestation générale.

Le mouvement dissident

En Occident, tous ceux qui entrent en conflit avec le système soviétique sont appelés dissidents. Différents groupes d'opposition et de protestation se trouvent ainsi mélangés : nationalistes, sectateurs, candidats à l'émigration, terroristes, rebelles politiques, hommes de culture qui veulent une audience mondiale, etc.

Mais en URSS, seuls certains de ces opposants étaient considérés comme des dissidents : ceux qui faisaient des déclarations publiques, organisaient des manifestations et créaient des groupes de lutte pour les droits civiques et les droits de l'homme. Tout minoritaire qu'il fût, le phénomène de la dissidence était constamment au centre des discussions dans les différentes couches de la société. Il serait injuste de nier que certains assouplissements dans le domaine de la culture furent des conséquences du mouvement dissident. Et les autorités, grâce à lui, avaient une certaine idée de la situation réelle du pays, ce qui les contrai-

479

gnait parfois d'adopter des méthodes de direction plus souples.

Vers la fin de la période brejnévienne, le mouvement dissident entama son déclin. La répression n'y fut pas pour peu, mais il y eut aussi d'autres raisons. Je n'en mentionnerai que quelques-unes, à commencer par la vanité et la présomption démesurée de certains dissidents connus qui passaient pour les chefs de file du mouvement et jouaient des rôles qui les faisaient ressembler à des stars de cinéma ou de musique rock. La polarisation de l'opinion publique sur quelques figures emblématiques et les actions séparées que les journalistes gonflaient ont nui au mouvement au moins autant que les pogroms des autorités.

En règle générale, les dissidents étaient loin d'analyser en toute rigueur les phénomènes de la vie sociale. Il leur suffisait d'invectiver la société soviétique et de dénoncer ses vices pour exciper de leur supériorité sur la science et l'idéologie officielles. Il leur suffisait d'être en butte à la répression pour se croire des experts ès société soviétique.

Parmi les dissidents, beaucoup émigrèrent. Chacun trouva sa propre justification, pour soi-même et pour la presse. Or, les Soviétiques qui sympathisaient à leur cause y virent une désertion. Cet empressement à quitter leur pays indiquait, pour une bonne partie d'entre eux, que leur rébellion manquait de fondements psychologiques profonds. On avait l'impression qu'ils étaient entrés dans le mouvement dissident pour des raisons de conjoncture. Le comportement récent de plusieurs anciens dissidents, confortablement installés en Occident, et devenus des admirateurs de Gorbatchev, confirme cette impression. Ils se sont adaptés aux nouvelles conditions, en tirant un profit personnel. Au point que le dissident principal, Andreï Sakharov, certes demeuré, lui, en URSS, finit par devenir une sorte de ministre de la Dissidence auprès de Gorbatchev.

480

J'ai sympathisé avec les dissidents ; j'en connaissais plusieurs personnellement, mais je ne les ai jamais admirés et je n'ai jamais été dissident moi-même, malgré tout ce que l'on a pu dire en ce sens en Occident.

A la fin des années 60, j'ai dirigé le département de logique à la faculté de philosophie. Deux dissidents y enseignaient. L'un d'eux était Iouri Gastev. La direction de la faculté, l'ayant appris, me proposa de les licencier sous un prétexte quelconque. Je refusai. Ce geste me coûta ma chaire. Or, j'avais refusé de chasser mes collègues parce que mes principes m'interdisaient de collaborer avec les autorités en matière de politique et idéologie, et non parce que j'appréciais mes deux dissidents comme personnes humaines et comme enseignants (en fait, il n'en était rien).

Plus tard, une lettre dirigée contre Andreï Sakharov commença à circuler à l'Académie. Les plus grandes autorités de la philosophie soviétique la signèrent. Comme je bénéficiais d'une notoriété internationale grandissante, on me proposa également d'y joindre mon nom. Je refusai. Je n'approuvais pas les idées de Sakharov mais je ne voulais pas collaborer avec les autorités dans leur entreprise de discréditer l'opposition. Ce refus empira encore ma situation.

Avant la publication des *Hauteurs béantes*, j'ai fréquenté quelques contestataires, mais pour d'autres mobiles que leur contestation. Alexandre Essenine-Volpine était mon ami. J'estimais son talent de logicien tout en préférant ignorer son activité politique. Je l'invitais régulièrement à mon séminaire et j'ai réussi à publier un grand article de lui dans un recueil de notre Institut. J'ai assisté à quelques reprises aux soirées de Boulat Okoudjava et d'Alexandre Galitch. J'admirais leurs chansons mais ne les considérais pas comme des dissidents. Je me suis lié d'amitié avec le sculpteur Ernst Neïzvestny qui se trouvait en conflit permanent avec les instances officielles mais qui, à mon sens, n'était pas un dissident non plus. Dans l'atelier de Neïzvestny, j'ai rencontré, à quelques reprises, Vladimir Maximov qui avait déjà pris le chemin de la contestation. J'ai lu le recueil de ses nouvelles publiées. Elles m'ont plu. Je savais que Maximov écrivait des livres interdits, mais ce n'était pas cela qui m'importait.

Je lisais très peu le *samizdat* et le *tamizdat*. Mes seules sources étaient les amis d'Olga et Ernst Neïzvestny. Ce n'est qu'après la publication des *Hauteurs béantes*, que j'ai connu Roy Medvedev, Raïssa Lert, Sophia Kallistratova, Piotr Eguides, Venedikt Erofeïev, Vladimir Voïnovitch, Gueorgui Vladimov, Alexandre Guinzburg, Iouri Orlov et plusieurs autres dissidents et écrivains opposants. Ces gens m'intéressaient en tant que participants à un mouvement social et culturel sérieux. Mais ce qu'ils disaient et écrivaient ne me concernait ni me touchait profondément. Il me semblait que mon analyse de la société soviétique était plus avancée. Quant à ma position sociale personnelle, je préférais rester un solitaire. Je sympathisais davantage avec l'attentat du lieutenant Iline contre Brejnev, si ce n'était pas une provocation du KGB comme le disaient certains.

Du terrorisme

J'ai déjà relaté ma passion pour la terreur individuelle dans ma jeunesse. Des années ont passé et le monde a connu des changements capitaux, mais les raisons poussant à la rébellion personnelle existent toujours dans la société soviétique. Elles sont peut-être même devenues plus profondes. Je suis persuadé que les raisons du geste du lieutenant Iline * ressemblaient à notre contestation des années 30. Mais sa tentative

---

* Iline fit feu sur la voiture de Brejnev au moment où elle ralentissait pour pénétrer dans le Kremlin par la porte du Sauveur. Depuis lors, les abords de ce passage ont été aménagés pour que les limousines des personnalités puissent le franchir à grande vitesse.

est encore plus tragique que notre projet. D'abord, il n'y avait plus de raison sérieuse à un attentat. A la différence de Staline, Brejnev ne personnifiait pas un mal grandiose, il ne symbolisait que la grisaille et la banalité de la société communiste accomplie. Et puis l'impossibilité totale d'actions terroristes dans la société communiste était plus que jamais évidente. En Occident, les particuliers possèdent des armes en abondance. Dans les pays communistes, ils n'en possèdent pratiquement pas. En Occident, il y a pléthore de gens oisifs, surtout des jeunes, on se déplace facilement et il est aisé d'éviter les contrôles de toutes sortes. Dans les pays communistes, les gens sont attachés à leurs lieux de travail et d'habitation. Le nombre de gens qui ne sont pas liés par leur travail et peuvent se déplacer librement à l'intérieur du pays est négligeable. Presque tous, parmi eux, sont contrôlés par les forces de la milice et du KGB. Et puis, dans les conditions soviétiques, les problèmes de logement, de nourriture et d'habillement prennent une énorme importance.

De plus, en URSS, les personnalités de haut rang et les cibles potentielles d'attentats sont très protégées. Là où un vulgaire terroriste amateur peut liquider le Président des Etats-Unis, dans la société soviétique, une mouche ne peut se poser sur un cadre régional sans l'autorisation du KGB. En Occident, les terroristes font sauter ambassades, hôtels, banques, institutions. En URSS, on peut tout au plus mettre le feu à une poubelle placée à un kilomètre d'un objectif important. Plus près, la surveillance est trop grande.

Dans les pays occidentaux, chaque acte terroriste fait sensation et l'on s'en souvient longtemps. On en reparle à chaque occasion. Dans les pays communistes, toutes les tentatives de ce genre sont occultées. Et si on en parle, ce n'est que de façon détournée, en présentant les terroristes comme des malades mentaux. C'est ainsi qu'ont été présentés les auteurs de l'attentat contre Brejnev et la tentative de faire sauter le mauso-

483

① "Hero"

lée de Lénine. Les actions terroristes n'excitent guère les esprits et sont vite oubliées.

Même l'Occident s'intéresse peu aux actes terroristes en URSS, tout en recherchant une hypothétique « main de Moscou » dans les attentats commis contre les Occidentaux, comme ce fut le cas après l'assassinat de John Kennedy.

Je n'appelle pas le moins du monde au terrorisme ! Avec vous, je condamne les actes terroristes et les considère comme criminels. Mais depuis ma jeunesse, le problème des causes du terrorisme d'en bas me préoccupe. Il m'est impossible d'oublier le gouffre de désespoir où j'étais plongé en 1939, quand l'attentat contre Staline me semblait la seule issue possible.

Ernst Neïzvestny

Le sculpteur Ernst Neïzvestny était sans aucun doute l'une des figures les plus marquantes de la rébellion intellectuelle et de l'explosion culturelle sous Khrouchtchev et Brejnev. Au cours de la célèbre visite de Khrouchtchev à l'exposition artistique au Manège, en 1962, eut lieu une grave confrontation entre le dirigeant suprême et Neïzvestny. Ce dernier eut des mots qui lui apportèrent la notoriété internationale et exprimèrent l'essence même de la fronde des intellectuels. Neïzvestny dit que, dans son domaine professionnel, il était son propre premier secrétaire, son propre président et son propre premier ministre et qu'au vu de l'incompétence des autorités, il ne leur reconnaissait aucun droit à l'ingérence dans ses activités créatrices. Après cet incident, le sculpteur eut des difficultés permanentes jusqu'à son émigration, en dépit du succès de ses œuvres et d'un certain soutien dans l'appareil du CC. Curieusement, Khrouchtchev, après sa destitution, se mit à parler de lui avec chaleur. Son fils, Sergueï, devint un ami proche du sculpteur. Et sa famille commanda à Neïzvestny le monument funéraire de Khrouchtchev.

Cet homme est l'un des plus grands sculpteurs de notre temps. Il est également devenu un peintre remarquable. Mais son rôle, en Union soviétique, dépassait le cadre de l'art pur. Son atelier se transforma en un salon fréquenté par de nombreux hommes de culture et de science, des cadres du « CC du KGB » et des étrangers de divers pays. Il parvint à une situation exceptionnelle : il recevait de nombreuses commandes de prestige aussi bien de personnes privées que d'institutions officielles. Homme de caractère, plein d'esprit, productif, il savait attirer l'attention et conquérir les cœurs. Il savait aussi comment faire travailler les autres pour lui. Et beaucoup le faisaient de bon gré, comme une contribution à la fronde commune contre le régime, lui transmettaient la meilleure part de leur énergie car il exprimait l'essence de leurs aspirations. Il est devenu le symbole de la lutte pour la liberté de création. Je l'ai choisi comme prototype pour l'un des personnages principaux des *Hauteurs béantes*. De tout mon entourage, c'était lui qui assumait le mieux le rôle du génie solitaire dans une société dominée par les médiocres.

Les côtés négatifs de Neïzvestny étaient tout aussi intéressants. Il était passé maître dans l'art d'« en mettre plein les yeux » aux étrangers. En général, il savait faire du bruit autour de sa personne. Il développa une maladie très répandue, hélas, chez les Soviétiques devenus célèbres en Occident : la jalousie envers le succès des autres et la crainte de voir leur célébrité dépasser la sienne propre. Il voulait être connu non seulement comme artiste, mais aussi comme penseur. A plusieurs reprises, il rendit visite à notre faculté pour accréditer le bruit qu'il y avait fait ses études. Bon nombre de philosophes, comme Iouri Kariakine, Merab Mamardachvili et Nikolaï Novikov, lui rendaient visite dans son atelier. Il leur piquait des idées sans jamais en mentionner la source. Il les saisissait au vol et les présentait par la suite sous une forme plus frappante que ses interlocuteurs. Il ne me mentionna jamais non plus, alors que pendant de longues années je lui exposai les résultats, parfois les plus secrets, de mes réflexions qu'en l'absence d'une formation philosophique, il ne pouvait pas comprendre entièrement et de façon correcte.

Lorsque je commençai à écrire *Les Hauteurs béantes*, je lui en lisais certains fragments. Cela produisait sur lui une impression étrange. Il était à la fois fier de figurer parmi les héros principaux du livre, et jaloux que je devienne célèbre grâce à cette œuvre. Un jour, ivre, il m'attaqua en présence d'un officier supérieur du KGB et parla du livre. Naturellement, le KGB me plaça aussitôt sous surveillance et je rompis toute relation avec lui. Après son installation en Occident, il lui arriva de prétendre être le coauteur de l'ouvrage. En fait, je ne lui avais lu que quelques fragments qui concernaient son œuvre et certains éléments de sa biographie qu'il racontait à qui voulait bien l'entendre parmi les visiteurs de son atelier. En revanche, après la publication des *Hauteurs béantes*, il emprunta bon nombre d'éléments de mon livre pour ses propres œuvres, parfois en antidatant ses notes. Et il ne fut pas le seul à le faire...

Malgré tout, j'apprécie hautement son rôle dans la rébellion de l'intelligentsia. Neïzvestny mérite d'entrer dans la liste des personnalités les plus en vue de cette période comme Alexandre Soljenitsyne, Andreï Sakharov, Vladimir Maximov, Roy Medvedev, Venedikt Erofeïev et d'autres.

L'ambiguïté de ma situation

Ma situation au sein de la société soviétique a toujours été ambiguë : elle oscillait entre une semi-reconnaissance et une semi-interdiction. On semblait vouloir récompenser mes mérites, mais, cela prudemment restait au stade des intentions. Simultanément, on semblait vouloir punir mon comportement, mais sans aller jamais jusqu'au stade définitif. En fait, une punition publique m'aurait rendu les mêmes services qu'une reconnaissance pleine et entière. Je devais me contenter d'une certaine popularité semi-officielle : les conférences publiques, les jurys de thèses, mon séminaire de logique auquel participaient des scientifiques de renom, comme l'académicien Nikolaï Emanuel. Mais je n'avais pas accès aux médias. On me demanda de participer à un documentaire consacré à quelques chercheurs originaux, aux idées hors du commun. Le film fut tourné... et interdit à cause de moi. Chaque fois que l'on posait pour moi ma candidature quelque part, elle était refusée. Je fus tout de même élu à la commission des experts pour la validation des thèses, mais je ne tardai pas à être exclu tant mon comportement déplut au ministre Viatcheslav Elioutine. Les éditeurs de recueils avaient peur d'y inclure mes conférences publiques, par crainte de représailles. En général, ma semi-reconnaissance venait plutôt des « conservateurs » et ma semi-interdiction des « libéraux ». Ce fut l'ancien stalinien Alexandre Okoulov qui autorisa la soutenance de mon doctorat d'Etat. Il insista ultérieurement pour que je sois élu directement membre de l'Académie des sciences, sans passer par le stade de membre-correspondant. Et si j'ai reçu le titre de professeur à l'Institut Plekhanov, ce fut grâce aux efforts de Vladimir Karpouchine qui était considéré comme un réactionnaire. C'est chez ce « réactionnaire » que passèrent leurs thèses des gens considérés comme « odieux » tels que Boris Chraguine, Peama Gaïdenko et Gueorgui Chtchedrovitski.

Problème de complicité

La spécificité de ma situation découlait du fait que ma vie était en même temps l'objet même de mon investigation théorique. Ces deux aspects s'entrelaçaient jusqu'à devenir parfois impossibles à démêler.

Mon expérience vécue et l'analyse de moi-même me menaient vers des conclusions inédites. Il en fut ainsi du problème de la complicité. Il se posa à moi sous cette forme : est-il possible de créer son propre Etat souverain personnel sans faire de compromis avec la société et sans en être complice? Autrement dit, est-il possible de rester pur et innocent tout en étant plongé dans la boue de la vie?

Mon adhésion au parti me plaçait justement devant ce dilemme. Exclu du Komsomol, je n'adhérai pas, par principe, au PC avant la mort de Staline. Si j'y suis finalement entré, c'était dans la seule intention de lutter contre le stalinisme. Je n'avais pas encore de conception pleinement philosophique de ma propre vie. Le fait d'être au parti n'améliorait en rien ma situation sociale. J'aurais de toute manière obtenu tout ce que j'ai eu sans y entrer. Je n'avais pas l'intention de devenir un apparatchik. Et pour une carrière scientifique, même au sein d'institutions idéologiques, l'appartenance au parti n'était pas obligatoire. Certaines de mes connaissances ont d'ailleurs eu une ascension professionnelle plus rapide que la mienne sans en être membres. Il fut même encouragé à un moment d'être sans-parti, afin de créer « le bloc des communistes et des sans-parti », pour démontrer que la non-adhésion au PC n'empêchait pas de faire carrière. Moi-même, j'ai été montré pendant des années aux étrangers comme la vivante preuve de la liberté qui régnait dans la philosophie soviétique.

Pourtant, mon adhésion au PC pesait lourd sur ma conscience. J'avais dévié de mon principe de « non-partisme ». C'était de toute évidence un compromis avec cette société. Et quand j'élaborai ma conception d'un Etat souverain qui me soit propre, mon appartenance au parti me devint pesante. Il est vrai que je me conduisais comme un sans-parti et ne dissimulais même pas que je n'étais pas marxiste. Mais ce n'était pas là la solution à mon problème. Je restais cependant dans les rangs du parti dont je fréquentais de temps à autre les réunions. Je m'acquittais de mon « travail politique » par des conférences publiques et en participant au journal mural. Je donnais aussi mon approbation aux décisions des instances supérieures. En fait, il s'agissait d'approbations collectives et formelles mais j'y participais et cela m'engageait personnellement. Je considérais tout cela comme des gesticulations insignifiantes et, quelque peu dignes de mépris, mais j'y prenais part sans protester de mes vrais sentiments.

L'adhésion au parti était indiscutablement une erreur. Mais que faire pour la corriger? Quitter ses rangs aurait mis fin à tout ce que j'avais réussi à réaliser. Je me serais trouvé dans une telle situation qu'un retour à une vie plus ou moins normale n'aurait guère été envisageable. Et qu'aurais-je atteint avec ma révolte? Cela n'aurait été qu'une capitulation passive, un suicide social. J'ai donc transigé avec ma conscience.

Je dois avouer que cette expérience du parti a élargi mes horizons et que je l'ai utilisée ultérieurement dans mes œuvres scientifiques et littéraires. Or, à l'époque, je ne pensais même pas à de futures activités littéraires, et j'ignorais que je me livrerais un jour à la critique ouverte de l'idéologie et de la société communistes. Si je les critiquais alors, c'était parmi mes amis, sous forme de blagues, ou bien de manière voilée dans mes ouvrages de logique.

Le problème de mon éventuelle complicité avec le pouvoir ne se posait pas qu'à travers mon appartenance au parti. Mes livres aussi étaient utilisés, d'une manière ou d'une autre, par la philosophie officielle que je méprisais. Si j'avais accepté d'entrer au comité de rédaction de *Questions de philosophie*, c'était pour renforcer la position de ma discipline dans le champ philosophique. Mais mon activité concourait malgré tout au développement de la philosophie soviétique. Etait-ce la seule raison? En fait, mon entrée à la rédaction renforçait mes positions et me permettait de mieux résister aux attaques de mes collègues. C'était donc là encore un compromis. La revue publiait constamment des articles élogieux pour Brejnev, et je le supportai en me disant que j'avais ainsi la possibilité de « pousser » les articles « progressistes » de mes collègues logiciens.

Il faut un temps pour tout. Ce n'est qu'en 1968 que je suis arrivé à la conclusion que le respect total de mes principes, en excluant tout compromis, n'était possible qu'au prix d'une confrontation ouverte avec la société mais qui allait entraîner l'impossibilité de préserver mon Etat souverain. Je ne voyais pas d'autre solution que d'assurer ma sécurité grâce à mes succès professionnels. Mes nombreuses publications et ma notoriété à l'étranger rendaient mon écrasement difficile. Ce fut au cours de ces années que je quittai le comité de rédaction de la revue, perdis ma chaire de logique et fus exclu de la commission des experts du ministère de l'Education supérieure. Pourtant, ma situation demeura assez solide grâce à ma réputation scientifique. Pour certains philosophes du bloc soviétique, j'étais un exemple vivant de la liberté de création. En RDA, un groupe solide d'amis étudiants de doctorat se forma sous mon égide. Dans ce pays, on publiait tous mes livres, que l'on rééditait également en RFA. En 1971, on m'autorisa à me rendre en RDA, en compagnie de ma femme, à l'invitation de mon ancien élève, ami et coauteur Horst Wessel, chef du département de logique à l'université de Berlin-Est.

Conflit professionnel

En prenant la décision de me protéger derrière mes succès professionnels, je ne pensais pas que cela me ferait entrer en conflit avec mon ennemi le plus direct et le plus invulnérable, dissimulé sous un masque de noblesse mais fort peu disposé à mon égard : mon propre milieu professionnel. Je savais qu'il me serait impossible d'obtenir la reconnaissance de mes décou-

490

vertes, sans le soutien de mon groupe, de mon département, de l'Institut, de mes élèves, de mes collègues et
de l'Etat. A notre époque, le talent solitaire n'a aucune
chance d'être reconnu. J'ai ressenti cela de façon aiguë
après mon émigration, alors que j'étais privé de ma
qualité de citoyen d'un grand pays. Ce fut l'une des
désillusions les plus amères de ma vie. Mais dans les
années 60, j'ai commencé à me frayer un chemin dans
la science, sans connaître les possibilités sociales qui
s'offraient à moi. Si j'avais su d'emblée toute la futilité
de mes espoirs, j'ignore si j'aurais suivi la même voie.
Pourtant, ces efforts furent au moins justifiés par la joie
que m'apportèrent mon travail créatif et mes découvertes. En outre, je m'étais engagé sur une voie compa-
tible avec mes principes : la révolte ouverte contre tout
ce qui provoquait mes protestations morales et idéologiques.

Mon conflit avec mes collègues n'eut pas pour origine mes idées ou mon caractère. Je les aidais à obtenir du travail et publier leurs travaux. Je les soutenais
dans mes comptes-rendus et articles, ne leur faisais
aucune ombre et ne leur créais pas d'obstacles. Je n'en
devins pas moins l'objet de la vindicte de plusieurs
d'entre eux qui s'efforcèrent de me discréditer, de
répandre des rumeurs, de me calomnier, de susciter
des dénonciations. Ce furent les retombées de mon
activité (réputation, références à mes ouvrages, succès
de mes élèves) qui provoquèrent ces réactions.

Mes collègues se jetèrent sur moi avec un acharnement tout spécial dès que je perdis mes trois positions
importantes en même temps que le soutien du Praesidium de l'Académie des sciences et du Comité central.
Mes élèves et compagnons commencèrent à me trahir
au grand jour : ils avaient peur des complications et
pensaient gagner quelques menues faveurs. Plus tard,
des cadres du KGB me racontèrent les bassesses à mon
égard de gens qui faisaient mine de se montrer corrects avec moi. Jamais auparavant je n'avais été plongé
dans un tel flot de méchanceté, de calomnies et autres

monnaies courantes du mode de vie soviétique. Et c'était l'élite intellectuelle de la philosophie soviétique qui se comportait ainsi! On ne me permettait même plus de participer aux rencontres professionnelles dans mon propre Institut, consacrées aux sujets dont je m'occupais. En 1974, je fus élu à l'Académie des sciences de Finlande, ce qui provoqua une tempête de rage dans nos cercles. Les Soviétiques firent pression sur les académiciens finlandais pour que l'un des vice-présidents de l'Académie des sciences de l'URSS soit également admis dans leurs rangs. La presse soviétique annonça aussitôt que Piotr Fedosseïev était le premier savant soviétique élu à l'Académie finlandaise. Pour publier mon dernier livre de logique, *La Physique logique*, je dus me priver d'honoraires et ruser en substituant le manuscrit. J'appris l'existence de dénonciations où l'on affirmait que le livre était hostile au marxisme et je renonçai même à corriger les épreuves pour gagner du temps. L'ordre d'arrêter sa parution arriva alors qu'il se trouvait déjà en vente. Cela me fut d'autant moins pardonné qu'une proposition de publier une traduction anglaise me fut faite immédiatement et que la version allemande parut en RDA quelques mois plus tard. Une connaissance qui travaillait au CC m'informa qu'en 1974 on avait pris la décision de « ne pas créer de culte de Zinoviev » et d'arrêter la publication du livre en question.

Les attaques de mes collègues n'auraient jamais été si franches et insistantes si elles n'avaient pas reçu la bénédiction des hautes sphères. En fait, le pouvoir confia mon exécution à mes collègues. En Occident, cet aspect des rapports entre le pouvoir et la société, ainsi qu'entre l'individu et la société, est peu compris et laissé dans l'ombre. En revanche, le rôle du KGB est démesurément gonflé. Pourtant l'initiative de punir un individu revient rarement aux autorités. Ce sont son entourage et son milieu professionnel qui fournissent au CC les informations sur lui. Le CC et son bras séculier, le KGB, ne font qu'organiser et diriger l'initiative des camarades et des collègues de l'individu en question.

Quant à moi, personne n'essaya de me défendre. Ce n'était guère la peur des autorités (il n'y avait rien à craindre), mais une réaction conforme à la nature et à la situation des gens de mon entourage. Elèves et amis me trahirent immédiatement. Une multitude de gens qui appréciaient l'importance de mon travail laissèrent, sans réagir, à un petit groupe l'initiative de détruire en peu de temps les résultats de dizaines d'années de labeur acharné. Et cela s'accomplit sans Staline, sans le goulag, sans ordre venu d'en haut, et sans raisons politiques et idéologiques réelles. Il suffisait de priver d'un minimum de protection un homme dont l'œuvre tentait de s'élever au-dessus du niveau requis pour que s'enclenchent les leviers de la destruction.

Habitué que j'étais à supporter les déboires avec courage, je fus pourtant accablé par la nullité des circonstances et des gens qui réduisirent mes efforts en cendres. A l'Ouest, je me suis trouvé dans une situation similaire et si j'ai pu sauvegarder quelque peu mon activité, c'est uniquement grâce au morcellement et à l'hétérogénéité de l'Occident et au fait que mon œuvre a intéressé des gens qui n'étaient pas en concurrence avec moi. Hélas! il y a une loi générale que l'on préfère passer sous silence. Si les écrivains seuls devaient désigner lesquels d'entre eux doivent être publiés, l'on n'aurait jamais connu Shakespeare, Dante, Rabelais, Balzac, Tolstoï et tous les autres génies de la littérature. Et cela est vrai dans tous les domaines de l'art et de la culture. A notre époque, cette loi frappe avec une force d'autant plus implacable que le monde est saturé de savants, écrivains et artistes qui, à cause de leur grand nombre, ont acquis un énorme pouvoir sur le destin de leurs confrères.

Dans la société communiste, une situation ambiguë en résulte. L'individu a besoin du soutien des spécialistes de son domaine pour que les autorités admettent le fait même de son existence. Mais le patronage des autorités est nécessaire pour protéger l'individu de ses collègues qui commencent à lui créer des obstacles dès lors que ses activités dépassent le seuil de leur contrôle et de leur tolérance. La manière de s'en sortir dépend de l'adresse de l'individu. Il se trouve dans une position instable : un prétexte ridicule peut lui faire perdre le soutien aussi bien de ses collègues que des autorités. Et si les autorités et ses collègues s'unissent dans l'intention de mettre un terme à ses activités, rien ni personne ne l'aidera.

Au nom de quoi ?

Il m'est surtout pénible de penser au destin de mes recherches logiques : plus de vingt ans d'un travail de bagnard réduits à néant, comme s'ils n'avaient jamais existé. La Russie, une nouvelle fois, a démontré par là un de ses traits les plus noirs : toujours prête à sacrifier jusqu'aux intérêts de sa culture nationale afin d'écraser ceux de ses fils qui ont l'audace d'assumer leur différence sans l'approbation de leurs supérieurs ou des masses obséquieuses.

Pour moi, cette réaction à mes recherches n'était pas totalement inattendue. J'ai déjà raconté comment fut accueillie ma tentative d'élaborer des méthodes dialectiques dans le cadre de la logique. Horst Wessel me répétait souvent, bien avant que ne commence mon isolement scientifique, que mes idées étaient trop radicales et qu'elles ne seraient reconnues que cinquante ans plus tard.

Une question se pose : pourquoi ai-je continué obstinément mon chemin pendant tant d'années, si la réaction à mes découvertes était prévisible ? Si le moteur de mes activités avait été le désir de gloire et de bien-être matériel, mon comportement aurait été bizarre, en effet. Mais ce n'était pas le cas. Je n'ai rien contre la renommée et le confort mais j'ai découvert en moi quelques capacités en matière de logique, outre que ce travail m'apportait une intense satisfaction. Jour après jour, pendant de longues heures, j'étais capable de m'absorber dans des calculs complexes dont il m'était difficile de m'extraire. En plus, c'était pour ce travail que je recevais de l'Institut mes moyens d'existence. Je donnais des cours, j'avais des étudiants et des boursiers de thèse et cette activité d'enseignement me comblait. C'est dans la logique et grâce à elle que j'ai, pierre à pierre, bâti une situation indépendante où je faisais ce que je voulais. Cette indépendance suscitait l'irritation qu'on sait. Quand d'autres étaient critiqués pour la moindre déviation par rapport au marxisme, moi je développais impunément des idées non marxistes en public. Je ne me camouflais pas en marxiste et c'était cela qui me sauvait. Enfin, dans la logique et par la logique, j'ai découvert une telle approche de la pensée, du monde et de la connaissance que cela valait en soi tous les efforts. Je me suis échappé de la toile d'araignée de préjugés et d'erreurs innombrables dont les charlatans ont saturé l'humanité tout au long de notre siècle super-scientifique. J'ai créé pour mon Etat souverain une conception du monde aussi sensée que possible et conçu une approche qui ne laisse aucune place aux illusions et préjugés. Et s'il me fallait choisir entre avoir dix fois plus et être devenu célèbre grâce à des niaiseries, ou avoir dix fois moins et rester totalement inconnu, je trancherais sans hésiter pour la seconde solution. Quel que soit le destin de mes découvertes dans ma discipline, je sais que j'en suis l'auteur. J'ai vu le monde éclairé de la lumière de la raison. Et cette vision mérite d'être payée d'un prix beaucoup plus élevé que ce que j'ai payé.

Le renégat

Le processus de transformation d'un individu en renégat est graduel. Dans mon cas, il a pris des dizaines

d'années. En fait, il ne s'est achevé qu'en 1976. Je gardais encore certaines positions. Je conservais mon travail. Je donnais un cours à l'université. Il m'arrivait même de recevoir des prix. Mon livre *La Physique logique* fut ainsi couronné. J'ai même été décoré à l'occasion du jubilé de l'Académie des sciences. En fait, j'avais été proposé pour un ordre mais le CC a décidé de baisser le niveau de la décoration. Ma mise à l'écart n'était pas encore totale et on reconnaissait encore mes mérites. Mais on le faisait sous une forme telle que j'aurais préféré être oublié. Cette médaille me portait offense et je voulus la refuser. Le secrétaire du bureau du parti à l'Institut, Guerassimov, me persuada de ne pas le faire. J'ai tout de suite jeté cette décoration à la poubelle. Or, même cette aumône pitoyable provoqua quelque jalousie et même un peu de haine : j'étais l'un des rares décorés.

La transformation en renégat passe par plusieurs étapes. D'abord, l'entourage de l'hérétique fait preuve vis-à-vis de lui d'une vigilance croissante. Puis, l'on prend des mesures préventives tout en essayant encore de l'apprivoiser et de l'associer à la collectivité. Si cela ne donne pas de résultat, des mesures restrictives puis punitives sont adoptées. Le processus s'achève par l'isolement du renégat, son exclusion de la collectivité et un ostracisme complet à son égard.

Je ne m'étais pas encore engagé sur la voie de la rébellion ouverte en commençant à écrire *Les Hauteurs béantes* que déjà mon entourage, pressentant mon sort futur, y apportait sa contribution. Grâce à leurs modestes efforts, le ravin psychologique et idéologique entre moi et la société allait s'élargissant. Naturellement, la situation générale dans le pays jouait son rôle : c'était une épidémie de retournements, de *samizdat* et *tamizdat*, d'états d'humeur tournés vers l'émigration. Mes ouvrages étaient publiés en Occident où ils jouissaient d'une certaine notoriété. De nombreux logiciens et philosophes occidentaux me rendaient visite. Des touristes occidentaux, des collaborateurs des ambassades de Paris et de Rome et d'autres pays occidentaux continuaient à venir de plus belle. Souvent, je rencontrais des étrangers dans l'atelier de Neïzvestny. Bref, mon entourage me classa, pour finir, parmi les « émigrés de l'intérieur ». Et cette attitude de mes connaissances, collègues, ex-amis et personnes officielles à mon égard augmenta encore mon sentiment d'aliénation.

En 1974, je n'avais presque plus de travail à l'université. Le nombre de mémoires de maîtrise et de thèse que je dirigeais avait diminué considérablement, tant on élevait des obstacles à mes étudiants. L'un après l'autre, ceux-ci passaient dans le camp de mes persécuteurs. Le même phénomène se répéta en RDA. Ce n'était pas très agréable à observer. Je savais qu'il n'y avait aucune chance d'arrêter cette campagne, encouragée par les autorités. Je ne surnageais que grâce à l'inertie des choses, à ma notoriété en URSS et en Occident et à l'opinion des cercles intellectuels. J'aurais pu éviter la noyade et « remonter » trois ou quatre années plus tard. Mais une nouvelle révolte mûrissait en moi.

Première crise communiste

Dans les années soixante-dix, les signes d'une crise générale de la société soviétique se manifestèrent avec force. C'était la première crise communiste de l'histoire de l'humanité. Elle engloba toutes les sphères de la vie du pays : l'économie, la gestion, l'idéologie, la morale, la culture. Les lois objectives du système social communiste apparurent dans leur aspect le plus pur, comme lors d'une expérience en laboratoire. Il est frappant que des centaines de milliers de gens cultivés qui étudiaient ces problèmes n'aient pas remarqué cette remontée à la surface des mécanismes fondamentaux de la société communiste. Je faisais alors souvent des conférences publiques. Je m'efforçais

497

d'attirer l'attention de mes auditeurs sur ces phéno-mènes. On m'écoutait, on m'applaudissait, on m'approuvait. Mais saisissait-on vraiment mes idées pour autant, et la compréhension du communisme réel qu'elles proposaient ? La plupart des gens les rece-vaient comme une forme « zinovienne » de l'humour. L'état d'esprit critique et rebelle de ces années-là était en accord avec la nature de la société communiste : superficiel, prématuré, emprunté et dilettantiste. Je me suis retrouvé isolé.

J'avais fait pour moi-même la description d'un cer-tain communisme idéal (normal) et je définissais la crise comme une déviation de la norme dépassant les limites extrêmes. De plus, cette déviation était condi-tionnée par l'application même de ces normes.

Il va de soi que les processus réels qui aboutirent à la crise étaient incomparablement plus compliqués que mes modèles abstraits. Mais ces derniers suffisaient à constater l'approche de la crise et permettaient de la considérer comme une conséquence inévitable des lois internes du communisme. La société soviétique perdit encore l'un de ses avantages illusoires : on disait de l'organisation planifiée et centralisée qu'elle per-mettait d'empêcher les crises.

La crise idéologique

La machine idéologique ne peut se contenter de la puissance politique. Sa nature lui impose d'être le maître et le contrôleur absolus de la conscience de la société. Elle exclut toute hésitation, moquerie, critique ou concurrence. La crise idéologique commença dans la période post-stalinienne, quand ce mécanisme s'enraya. Et depuis, l'idéologie n'a plus jamais recou-vré son statut social.

La source de cette crise se trouvait pour partie dans des circonstances extérieures à la société soviétique, que la propagande appelait « l'influence délétère de l'Occident ». A l'époque, un flot puissant d'informations sur la vie occidentale commença à se déverser sur le pays, et même un appareil idéologique aussi énorme que le nôtre se montra incapable de le contenir. Les Soviétiques, et notamment les couches cultivées et privilégiées, essuyèrent l'influence occidentale comme jamais auparavant dans l'histoire soviétique. Le résultat laissa les dirigeants désemparés : les Soviétiques n'avaient pas acquis d'immunité contre cette influence !

Mais les raisons principales de la crise idéologique étaient internes. Dans le cas contraire, l'influence « délétère » de l'Occident n'aurait pu jouer le moindre rôle. Sous Khrouchtchev et Brejnev, la population soviétique se persuada, à partir de sa propre expérience et du simple bon sens, que le communisme paradisiaque promis par les prophètes du marxisme n'adviendrait jamais. Elle saisit dans toute sa vérité que le vrai communisme était bien le régime actuel. Alors, l'image idéologique de la société communiste apparut comme un mensonge criant et le camouflage maladroit d'une réalité misérable.

Ce processus de maturation de la société communiste réelle et de révélation de sa vraie nature coïncida avec l'inversion du rapport du niveau intellectuel de la société et de celui des couches dirigeantes. Le premier s'était considérablement élevé alors que le second n'avait pas changé depuis Staline. Avec Brejnev, les Soviétiques voyaient accéder au sommet du pouvoir un homme sénile, doué d'une vanité hypertrophiée. Les gens se sentaient outragés de devoir obéir à une direction à ce point stupide et amorale. C'est ce sentiment-là qui poussa sans aucun doute le lieutenant Iline à perpétrer l'attentat contre Brejnev, symbole du socialisme mûr. Dans toutes les couches de la société, se généralisa le mépris de la direction suprême du pays. Des blagues venimeuses circulaient même dans les hautes sphères parmi les proches des personnalités ridiculisées.

Sous Khrouchtchev et dans les premières années brejnéviennes, on procéda à la critique de tous les aspects du stalinisme. Cette critique se transforma graduellement en une critique du régime soviétique dans son ensemble. Seule une petite partie de ses manifestations furent connues de l'Occident : mouvement dissident, *samizdat* et *tamizdat*. On critiqua également la « vulgarisation » idéologique stalinienne, et, de fil en aiguille, le mépris envers l'idéologie devint général. Même les idéologues et les cadres du parti avaient désormais honte de faire appel à l'idéologie. Cette épidémie n'épargna pas les anciens staliniens jadis virulents, qui parfois dépassaient dans leur zèle les « novateurs » (conjoncture oblige !). En même temps, des foules de « théoriciens » de toute sorte inondèrent l'idéologie de petits mots et d'idées à la mode sous prétexte de développement créateur du marxisme. Mais même ces créateurs ne croyaient pas au marxisme dont ils se moquaient ouvertement dans les cercles d'intimes. Dans leur imagination, ils singeaient une révolution spirituelle en se couvrant par nécessité du marxisme. En fait, ils ne produisaient rien qu'une logomachie sans frein, mais contribuaient à la destruction de l'idéologie tout en recevant décorations et louanges.

La crise morale

Le processus de dépravation de la société prit des proportions inouïes, surtout dans les couches dirigeantes et les milieux privilégiés. Les hauts responsables du pays, des républiques et des régions se transformaient en chefs de mafias purs et simples. L'exemple le plus connu en est la transformation en mafia de tout le système du pouvoir en Géorgie ou en Azerbaïdjan. Un groupe de mafiosi se forma sous l'aile de Brejnev. La fille et le gendre de Brejnev, devenu premier vice-ministre de l'Intérieur, en firent partie. Le premier adjoint de Iouri Andropov, le chef du KGB, s'avéra lui-même un criminel. Cela se passait au vu et au su de tout le monde, dans un cynisme insolent.

Ma vie et mes activités se déroulaient parmi les idéologues et les cadres de l'appareil du pouvoir. Je connaissais donc bien l'état moral et idéologique des couches dirigeantes et il m'était impossible de rester indifférent à ce qui se passait : l'heure de la rébellion approchait. Je sympathisais avec le lieutenant Iline. Mais je n'étais plus un jeune homme, j'étais un homme mûr. Je voulais, moi aussi, tirer sur le système que symbolisait Brejnev, mais de façon plus sérieuse, en mettant au jour la société communiste dans son vrai fond, et quels personnages insignifiants en étaient les représentants et les piliers.

Recherches sociologiques

Pendant longtemps, mes recherches scientifiques et le travail pédagogique aspirèrent toutes mes forces, reléguant à l'écart mes préoccupations sociologiques. Elles se ranimèrent lorsque la sociologie concrète fut autorisée et même encouragée en URSS. Soudain se mirent à proliférer des groupes, des secteurs, des sections et même des instituts de recherche entiers. On organisait des conférences et des symposiums, on publiait des monographies et des recueils d'articles. La société communiste démontra, une fois de plus, l'une de ses particularités : dès que la décision est prise d'admettre et d'encourager quelque chose, une armée de parasites et d'institutions parasitaires se forme aussitôt pour créer l'illusion de l'accomplissement de la tâche demandée.

Je m'intéressais aux recherches sociologiques de façon sporadique, comme un hobby. Je parcourais la littérature dans ce domaine, participais aux conférences. Parfois, je prenais part au travail de groupes sociologiques dans des institutions inofficielles. Tout ceci élargissait naturellement mes connaissances en la

501

matière, mais contribuait surtout à forger mon attitude critique. D'expérience, je savais que si des milliers de médiocrités opèrent dans un domaine, les normes morales et les critères d'appréciation y seront bientôt foulés au pied. Une foule d'ignorants, de sans-talents, d'aventuriers se ruèrent sur la sociologie. Cela n'avait donc aucun sens de plonger dans un marais intellectuel encore plus nauséabond que la logique. Seul bénéfice de ce boom sociologique : il affaiblissait d'autant le contrôle idéologique du pouvoir et contribuait à une plus grande liberté de pensée.

Je commençais à réfléchir à la manière d'utiliser mes idées logiques pour élaborer une théorie de la société communiste. Graduellement, ces réflexions m'entraînèrent de plus en plus loin. Je dissimulais mon intérêt pour la sociologie et faisais comme si les phénomènes sociaux ne me servaient que d'illustration de concepts logico-mathématiques. Si je me comportais de la sorte, ce n'était guère à cause du KGB qui, pour moi comme pour mon entourage, ne représentait plus une menace. Cela venait plutôt des rapports humains dans la société communiste, où les collègues, face à une entreprise qui se veut originale, prennent spontanément les mesures propres à empêcher qu'on se distingue par trop d'eux. Une nouvelle fois s'appliquait le principe social d'empêchement qui supplante le principe de la concurrence sous forme d'émulation. Et si mon entourage apprenait que je faisais maintenant des recherches sociologiques, il ne manquerait pas de me priver de toute possibilité en son pouvoir de les poursuivre, alors que je n'avais pas la moindre intention de faire une nouvelle carrière en sociologie et ne rêvais que d'appliquer mes idées méthodologiques pour bâtir la théorie du communisme.

Pendant un temps, je dirigeai un séminaire à l'Institut de physique et de technique. J'y fis la connaissance du mathématicien Nikita Moïsseïev, doyen d'une des facultés de l'Institut. Il est devenu plus tard membre-correspondant de l'Académie des sciences de l'URSS.

502

Il s'intéressait à l'application des méthodes mathématiques aux études sociales et nous parlions souvent de ces sujets. Je consultai des étudiants qui avaient élaboré un modèle mathématique des crises capitalistes. Après quoi je commençai à produire moi-même des modèles de ce genre pour certains aspects de la société soviétique. Et j'obtenais des résultats curieux.

Je voulais à la fois créer un tableau général de la société communiste et élaborer des méthodes exactes pour résoudre des problèmes ponctuels. Je construisis ainsi un modèle logico-mathématique de la société communiste abstraite qui démontrait que les situations de crise y sont inévitables. La crise générale à la fin de l'ère Brejnev confirma ces calculs. Ce modèle était une forte simplification de la réalité : je pouvais prédire la tendance à la crise, mais ni le moment ni la forme de son avènement. En concevant ces méthodes de calcul, j'en vins à l'idée d'élaborer une conception du communisme selon les méthodes de la science moderne. Mais je n'avais ni le temps, ni les forces, ni les collaborateurs nécessaires pour mener à bien cette tâche. Et je n'avais pas de stimulants, non plus.

LES HAUTEURS BÉANTES

Le tournant vers la révolte

Deux tendances se partageaient mon âme et sous-tendaient tous mes comportements. La rébellion qui se manifesta, aiguë, en automne 1939 et, plus tard, dans de nombreux faits et gestes de moindre envergure ; et la tendance à une vie calme et régulière, organisée selon des principes rationnels, qui l'emporta dans les années 1962-1968. Je vivais alors me conformant à cette conception toute personnelle de l'homme comme Etat souverain. En 1968, graduellement, le vent de la rébellion se remit à souffler. Je sentais que mon Etat s'effondrait sous la pression de forces supérieures. Je ne mettais certes pas en doute mes principes – jamais de la vie ! –, je les ai toujours suivis et je continuerai jusqu'à la fin de mes jours. Mais mon entourage ne pouvait plus tolérer l'existence paisible de mon Etat.

L'écrasement du Printemps de Prague en août 1968 joua un rôle essentiel dans ce tournant. Nous apprîmes, Olga et moi, l'intervention soviétique lors de notre séjour en Géorgie, dans un camp touristique de la Maison des savants de Moscou. Cela nous pétrifia littéralement. Les vacances étaient gâchées. Pour nous, la Tchécoslovaquie et la Pologne n'étaient pas juste des pays socialistes, mais des pays qui protestaient, sous diverses formes, contre le soviétisme en général. Et nous sympathisions avec eux. Comme des milliers d'intellectuels moscovites, nous ressentîmes la défaite de la révolte de Prague comme un coup porté à nous-mêmes. Je confiai à Olga que l'on ne pourrait « leur » pardonner et supporter cela, qu'il fallait se venger d'« eux ». Depuis, l'idée de « leur » donner une gifle ne me quitta plus.

Ma deuxième grande rébellion différa de la première. La première avait eu lieu à l'époque des implacables répressions staliniennes, la deuxième se déroulait dans les conditions relativement libérales du brejnévisme, alors que des centaines et des milliers de gens commençaient à se révolter ouvertement. En 1939, j'étais un étudiant parfaitement anonyme, alors qu'au début des années 70, j'étais un professeur assez connu, auteur de plusieurs livres traduits en langues étrangères. Dans ma jeunesse, je commençais juste à m'intéresser à la société soviétique, alors que j'en avais désormais une large connaissance. Je me sentais d'autant plus sûr que l'Occident soutenait les dissidents et écrivains soviétiques qui publiaient leurs œuvres là-bas ou les faisaient circuler en *samizdat*. Et j'avais déjà de nombreux contacts avec l'Occident.

Je savais qu'en entrant en rébellion ouverte, j'allais perdre tout ce que j'avais pu obtenir après des années d'un travail de bagnard. Mais je savais aussi que je jouissais d'une certaine protection et que je ne serais pas écrasé furtivement et sans bruit, comme cela aurait pu m'arriver en 1939. Je n'étais pas le seul dans cette situation. Plusieurs hommes de culture, protégés par leur notoriété et leur rang, commençaient à se révolter, notamment Sakharov, Chafarevitch, Orlov, Tourtchine et autres. Vu de l'extérieur, mon comportement n'avait rien d'original. L'originalité de mon chemin se cachait en moi-même, dans ma vie et mon Etat personnel que les autres, par définition, ne pouvaient connaître. Seul mon entourage immédiat remarquait les signes de ma zinoviega. Seuls quelques-uns de mes élèves savaient et comprenaient ce que j'avais fait en logique et en philosophie. Mes idées sociologiques n'avaient pas été couchées dans des livres ou des articles. Et *Les Hauteurs béantes* n'étaient pas encore écrites. Ma révolte coïncidait avec un état d'esprit général dans tout le pays, même si elle résultait essentiellement de mon évolution individuelle.

Recours à la littérature

Ma rébellion, cette fois, prit une forme littéraire. Pour moi, la littérature n'était guère une fin en soi mais d'abord un moyen d'exprimer mon indignation devant ce qui se passait dans mon pays, pour mon peuple et pour moi.

J'avais le choix : soit frapper ouvertement et coucher noir sur blanc les résultats de mes réflexions sociologiques sous forme d'un essai ou d'un pamphlet, soit agir selon le principe de l'iceberg et superposer à un fondement sociologique caché une sorte de structure littéraire visible. Pour des raisons évidentes, je choisis la seconde voie.

Je commençai à écrire *Les Hauteurs béantes* pendant l'été 1974, sacrifiant toute autre occupation. Je voulais décrire un pan de la vie réelle de la société communiste représentatif de la société tout entière.

Le recours à la littérature n'était pas un hasard. Je crois même que c'était une solution naturelle dans la situation où je me trouvais. Toute ma vie, je me suis occupé de création littéraire, sous différentes formes. J'écrivais des textes pour les journaux muraux et des sketches pour des spectacles d'amateurs. Je faisais des improvisations littéraires dans le cercle de mes amis, inventais des blagues et des histoires. Mes conférences publiques, que je m'attachais à ciseler du point de vue du style, contenaient souvent des petites histoires amusantes que j'improvisais ou composais d'avance. De plus, il m'arrivait à l'occasion d'écrire des poèmes, des nouvelles et des récits satiriques même s'il était inconcevable de les publier.

Mais quitte à publier quelque chose, je voulais que ce soit un livre inhabituel, spécifiquement « zinovien ». Le titre *Hauteurs béantes* m'était venu en 1945. Il parodiait le cliché utilisé pour désigner le futur paradis communiste. Mais il me fallut de longues années pour pouvoir écrire un livre à la mesure de mon ambition.

Ce n'est qu'au début des années 70 que les conditions furent réunies. J'avais accumulé un énorme matériel que j'avais de plus en plus de mal à conserver par-devers moi. Le désir de donner une gifle à tout mon entourage social m'obsédait et l'atmosphère générale de rébellion renforçait mon vieux côté rebelle. Il y avait un certain espoir de publier mon œuvre en Occident. Beaucoup de mes confrères le faisaient et s'en tiraient avec des punitions bénignes. J'en avais déjà fait l'expérience avec mes livres et articles logiques que je faisais parvenir à l'étranger sans me soucier de la législation en vigueur.

En 1971 et 1973, j'écrivais une série d'articles d'actualité qui furent publiés en Pologne et en Tchécoslovaquie. Ces pays jouaient pour nous le rôle d'un semi-Occident. En 1973, le journaliste polonais Zbigniew Podgorzec publia un entretien avec moi dans un journal catholique de Cracovie. En 1975, de larges extraits de cet entretien furent publiés en Italie par Vittorio Strada dans le recueil *Rossia*. En fait, c'était la première publication d'un fragment des *Hauteurs béantes*.

Certaines de mes conférences publiques qui rencontraient quelque succès et que j'arrangeais par la suite sont aussi devenues des chapitres du livre. J'en donnai une à l'Académie militaire de l'artillerie. En me dirigeant vers la salle de conférences, je montrai à l'officier qui m'accompagnait le slogan qui surmontait le bâtiment : « Notre objectif est le communisme *. » Il ne saisit pas tout de suite. Je précisai que nous nous

---

* Le mot *tsiel* signifie indifféremment but (objectif), ou cible.

507

trouvions dans une école d'artillerie pour qu'il perçoive l'ambiguïté du slogan. En repartant, l'inscription avait été prestement effacée. J'ai raconté l'épisode à des amis et il a commencé à circuler à Moscou en tant que blague. Quelques centaines d'officiers assistaient à ma causerie. Les deux premiers rangs étaient entièrement occupés par des généraux. J'improvisais, mais mes auditeurs étaient certains que je me conformais aux nouveaux ordres du CC. Ils ne pouvaient pas s'imaginer que je disais des choses si osées à mes risques et périls. Cette intervention, notée par la suite, est devenue un des chapitres les plus critiques des *Hauteurs béantes*. Je concevais mes conférences comme des nouvelles achevées, mélange savant de sociologie et de littérature, tout à fait dans mon esprit. Elles ont défini le style de l'ouvrage.

Une autre composition de ma période « prélittéraire » a servi de préparation à mon livre. C'est un essai sur l'œuvre d'Ernst Neïzvestny que j'avais écrit à sa demande. J'y développais mes idées sur la situation du génie dans une société régie par des médiocres tout-puissants. L'œuvre de Neïzvestny ne me servait que d'illustration de thèses générales. J'ai choisi le destin d'un génie pour mieux démontrer l'action des lois communistes sous le communisme. Le génie créateur endure l'hostilité générale plus que nul autre dans une telle société. La reconnaissance officielle d'un médiocre arrange bien plus de monde que celle des vrais talents. L'intelligence engendre parmi la masse des médiocres l'angoisse que leur nullité n'en soit que plus visible, et seule l'imitation du génie en lieu et place des authentiques créateurs peut calmer cette angoisse. J'y décrivais également l'art soviétique comme un ensemble d'institutions typiques du communisme, avec des règles de fonctionnement bien définies. Neïzvestny fit circuler mon essai parmi les intellectuels moscovites. Il cachait que j'en étais l'auteur par crainte, disait-il, des conséquences pour moi. Une amie de ma femme, Marina

Mikitianskaïa, qui était mariée à un ingénieur français, Gilbert Caroff, me proposa de faire parvenir l'essai en France afin de le publier. Je donnai mon accord en demandant de ne pas le publier tout de suite : j'avais décidé d'écrire un gros livre.

Les Hauteurs béantes

L'écriture m'absorba complètement. Je pensais à mon livre jour et nuit, au travail, pendant les trajets, à la maison, en rendant visite aux amis et même pendant les promenades avec ma fille. Il m'arrivait d'écrire vingt heures d'affilée, ne m'interrompant que quelques minutes. Je n'avais encore ressenti un tel entrain que lorsque je cherchais à démontrer les théorèmes majeurs de mes recherches. J'avais l'impression qu'une avalanche de pensées, longtemps contenue, se précipitait sur le papier. En revanche, les conditions dans lesquelles j'écrivais étaient rien moins que roses.

Avant même que je ne commence à écrire, mon entourage devinait déjà que j'allais « faire l'intéressant ». Je me trouvais depuis longtemps sous l'œil du KGB et plusieurs informateurs tournaient autour de moi. Ils étaient faciles à reconnaître. Même la manière de sonner à la porte les trahissait. En Occident, on nous demande souvent comment nous faisions pour reconnaître les agents du KGB. Et nous répondons que, pour nous, c'est aussi facile que de distinguer un Chinois dans une foule occidentale. L'expérience de toute une vie fait que nous les reconnaissons aux intonations de leurs voix, à leurs regards et à leur façon de parler.

A cette époque, les autorités avaient déjà suffisamment de soucis avec les dissidents et artistes rebelles. Elles voulaient casser le processus de la révolte et prévenir de nouveaux cas. Mon caractère étant bien connu, je bénéficiais de l'attention toute spéciale de ceux qui voulaient empêcher ma « chute ». Je le ressentais à plusieurs petits détails, mais aussi à des choses plus sérieuses. Ainsi le CC prit la décision de ne plus autoriser la publication de mes ouvrages. Cette mesure prophylactique du pouvoir coïncida avec le désir caché de mes collègues. D'ailleurs les deux étaient liés. Dans les dénonciations, on m'accusait d'« émigration intérieure » et on affirmait que je choisirais de trahir mon pays si l'on m'autorisait un voyage en Occident.

Mon élection à l'Académie finlandaise des sciences ne m'en sembla que plus providentielle et, pourtant, elle irrita les autorités qui veillaient, avec mon entourage, à ce que je ne puisse recueillir les fruits de ce qu'il m'était interdit de prétendre selon les lois non écrites de la communauté. L'ancien président de l'Académie finlandaise, von Wright, vint me rendre visite à mon domicile accompagné de journalistes finlandais et suédois qui firent mon interview. Cela renforça encore, si c'était possible, la tension autour de moi.

Je lus les premiers extraits des *Hauteurs béantes* à Neïzvestny qui, soûl, trouva moyen d'en parler en présence d'un officier du KGB qui visitait régulièrement son atelier. La surveillance se renforça autour de moi. Les « guébistes » me suivaient partout, même dans les toilettes publiques. On fouillait notre appartement en notre absence. Je compris que seule la célérité pouvait me sauver. Il me fallait devancer les mesures que les autorités prendraient pour empêcher la sortie du livre. J'écrivais fiévreusement. Ma femme Olga retapait le manuscrit sur du papier pelure de façon très compacte et des deux côtés. Nous le faisions parvenir en France chapitre par chapitre et il m'était impossible d'y apporter des corrections.

Pendant l'été 1974, nous louâmes une datcha dans les environs de Moscou. Son propriétaire était un ancien secrétaire d'un *raïkom* moscovite du parti. C'était un parfait salaud qui m'a servi de modèle pour l'un des personnages de *L'Antichambre du paradis*. Il s'appropriait tout ce qui lui tombait sous la main, y

510

compris une bague qu'Olga avait oubliée près de l'évier et les obligations qu'une amie qui voulait émigrer nous avait demandé de garder. Si l'on nous rendait visite, il était constamment aux écoutes de ce que l'on pouvait dire. Il se mit également à ramasser et à ramener à Moscou les brouillons de mes manuscrits que je jetais à la poubelle. Je le remarquai très vite et commençai à cacher soigneusement un manuscrit de logique que je préparais pour une édition à l'étranger, tout en jetant à la poubelle des morceaux du brouillon de cet ouvrage. Bien entendu, le propriétaire les collectait avec diligence, alors qu'une pile de feuillets des *Hauteurs béantes* se trouvait ouvertement près de la machine d'Olga. Le type ne les toucha même pas, convaincu que des feuillets aussi en évidence ne contenaient aucun secret.

Près de cette maison, se trouvait une datcha du KGB. Elle était entourée d'une haute palissade que couronnaient des barbelés. Dans le jardin, grondaient des chiens de garde. On apercevait à l'intérieur un beau pavillon et le mât d'un émetteur radio. Cet été-là, on y installa un groupe de gens censés nous surveiller. Ce fut pourtant pendant ces quelques semaines que j'écrivis la plus grande partie de mon ouvrage et que je le fis passer en France grâce à des amis d'Olga et notamment de Christine Mestre, une Française qui travaillait en URSS et qui est devenue la marraine de notre fille Polina. Je n'ai pas encore le droit de citer les noms des autres personnes qui nous ont aidés.

La forme du livre a été déterminée dans une grande mesure par mes conditions de travail. Nous n'avions pas la certitude absolue que j'aurais le temps d'écrire un gros livre. J'écrivais donc chaque morceau comme s'il était le dernier, ce qui donne à l'ouvrage l'aspect d'une succession de livres indépendants. Chacun d'entre eux représente à son tour un recueil de courtes nouvelles. L'unité des idées et des personnages assure l'unité de l'œuvre.

J'écrivais tout en continuant de m'occuper de mon

travail et de ma famille. Parallèlement, un groupe d'étudiants est-allemands travaillait sous ma direction, ce qui me prenait beaucoup de temps. Certains de mes thésards continuaient également à travailler avec moi et des recueils d'articles avec leur participation étaient en préparation. Avec Horst Wessel, j'écrivais un manuel de logique pour la RDA. J'étais donc contraint d'interrompre périodiquement mon travail littéraire.

Vers la fin de 1974, j'avais suffisamment avancé pour considérer mon livre comme achevé. Au début de 1975, une occasion se présenta pour faire passer en France le nouveau texte dont j'écrivis la fin en quelques jours. Le livre était terminé, en ce sens que le manuscrit se trouvait désormais à l'étranger, hors de portée du KGB. Je détruisis tous les brouillons, bêtise qui me valut plus tard quelques mois d'émotions désagréables. Il m'était impossible d'imaginer les épreuves qui attendaient l'ouvrage en Occident. Si j'en avais eu la moindre idée, j'aurais plutôt écrit un traité ou un pamphlet sociologique.

Roman sociologique

Avant de commencer l'écriture, j'avais beaucoup hésité sur la forme de l'ouvrage. Roman, traité ou pamphlet ? Mon expérience me disait que je ne devais pas attendre la reconnaissance de mes idées sociologiques et de ma théorie du communisme des sociologues, soviétologues et politologues occidentaux. C'est pour cette raison que je décidai de m'abandonner à ma nature et de laisser parler mon mode de pensée selon ses propres lois. Il en résulta ce mélange de fragments scientifiques, de pamphlets sociologiques et de morceaux purement littéraires. Je m'imaginais en train de donner une très longue conférence publique ou bien de mener une conversation sans fin avec des amis autour d'une table. Et le livre commença à s'écrire de lui-même. Je n'éprouvais pas la moindre difficulté à mettre en forme mes pensées et brosser mes personnages. Mon expérience dans la versification et l'invention de blagues m'aidait également.

Mais il ne s'agit pas que de cela. Dès le début, je savais très bien, en vérité, ce que je faisais. J'écrivais un roman d'un type spécial : un roman sociologique. On peut certes penser que celui-ci est à la sociologie ce que le roman historique est à l'histoire. Ce ne fut pourtant ici pas le cas. Je ne me servais pas d'une science toute prête. J'avais élaboré de toutes pièces la théorie sociologique à l'œuvre dans mon livre, qui visait, justement, à exposer mes idées en la matière. Je décidai de faire des lois de l'existence les personnages mêmes du livre et démontrer ainsi les rapports entre ces personnages, les lois et l'influence de ces lois dans la société. A la différence de l'idéologie, je ne voulais pas les présenter comme des phénomènes mystiques et grandioses, tantôt nobles et tantôt triviaux, parfois bons et parfois cruels, mais comme les nullités ordinaires, voire ordurières, qu'elles sont en réalité.

Mais si j'ai choisi pour personnages de mon ouvrage les lois mêmes de l'existence humaine, il me fallait pour la narration user d'un style et d'un mode de pensée particuliers. Plusieurs critiques ont tenté de trouver dans mon roman des ressemblances avec d'autres auteurs, mais ils n'ont pas vu, en revanche, ce qui le rendait différent des autres : j'ai introduit en littérature un style scientifique particulier : la pensée imagée. On m'a comparé à de grands écrivains du passé, mais je ne suis pas un deuxième Swift ou un second Rabelais. Je suis le premier Zinoviev.

Après la parution du livre, on me demandait sans cesse à quelle tradition littéraire je me rattachais. Et je répliquais : à aucune. On pardonnera à un écrivain d'insister sur son originalité, d'autant qu'en ce qui me concerne je suis entré en littérature à un âge relativement avancé et avec quelques dizaines d'années de travail scientifique derrière moi. Aujourd'hui, jetant sur mon œuvre un œil plus distant, je me classerais parmi les écrivains russes tels que Saltykov-Chtchedrine ou Tchekhov, qui appartiennent au courant du réalisme sociologique. D'ailleurs, tous les grands écrivains russes d'avant la révolution, en commençant par Lermontov, ont eu des affinités avec ce courant, attaché à la description des relations sociales objectives entre les gens, dont il fait dépendre tous les autres phénomènes de la vie humaine. Fidèle à cette approche, j'ai dépeint mes personnages comme des fonctions dans un système de relations sociales, et j'ai tenté de porter ce courant à son aboutissement logique en lui donnant la forme d'une conception logico-littéraire consciente et en le liant à la critique scientifique de la société.

La tâche essentielle du réalisme sociologique en littérature est de pousser le lecteur à réfléchir sur les problèmes de l'existence et non de le divertir. Bref, une littérature qui exige un effort de pensée, de concentration et la capacité de remarquer l'aspect esthétique des idées abstraites.

Dans mon cas, il s'agissait moins de suivre les traditions du réalisme sociologique russe que de faire d'un roman entier l'expression d'une conception scientifique et sociologique de la société. Une telle œuvre n'est pas un pur roman social comme *Guerre et Paix* et *Anna Karenine* de Tolstoï ou *Crime et Châtiment* et *Les Frères Karamazov* de Dostoïevski et consorts.

Quand j'ai commencé mon livre, les œuvres de Soljenitsyne et autres écrivains qui dénonçaient les horreurs de la période stalinienne étaient déjà mondialement connues. A quoi bon écrire un livre de plus de révélations? Je pouvais donc me concentrer entièrement sur la description d'une société communiste normale, saine, développée, comme l'était la société soviétique sous Brejnev. Laissant de côté les phénomènes extrêmes, au profit de la norme, le roman sociologique était la forme la plus adéquate.

J'ai choisi comme cadre de mon roman la ville-Etat imaginaire d'Ibansk *. En russe, ce mot a un sens railleur intraduisible. Mais ce n'est pas le jeu de mots qui compte.

Certains critiques ont avancé que j'ai inventé Ibansk pour me protéger et ne pas parler ouvertement de l'Union soviétique. Ce n'est pas vrai. Ibansk est un procédé littéraire qui renforce l'effet critique. Par ailleurs, il ne me protégeait guère. Pour moi, c'était le moyen de présenter les résultats de mes études de la société soviétique comme valables plus ou moins partout où il y a de grandes collectivités développées.

La fiction m'était nécessaire pour exprimer sous forme littéraire les résultats de mes études scientifiques. De telles études ne sont guère possibles sans modèles abstraits, exemples hypothétiques et explications s'appuyant sur des résultats imaginaires. Dans la littérature dont je parle, ces moyens scientifiques se transforment en moyens figuratifs, caractéristiques de la fiction. Il serait donc incorrect de considérer toutes les situations concrètes dans mes livres comme de simples notes sur ce que j'ai pu voir ou entendre. Bien sûr, je faisais mon miel de ce qui se passait autour de moi. Mais les petits faits de la vie quotidienne ne constituent pas, en soi, des situations littéraires. A dire vrai, j'ai tout inventé dans mes livres, même s'il y a souvent des analogies avec la vie réelle. Parfois je m'appuyais sur ces similitudes, mais je réécrivais toujours les faits. En m'appuyant sur des méthodes scientifiques, je calculais les situations que la logique permettait de prévoir. Et parfois, je découvrais par la suite des faits concrets qui correspondaient à mes inventions.

Pendant l'écriture des *Hauteurs béantes*, les proces-

---

* En français, cela pourrait plus ou moins correspondre à la ville de Foutoir.

sus réels de la société soviétique se déroulaient sous mes yeux à un rythme accéléré. Des gens construisaient leur carrière et progressaient. D'autres entraient en conflit avec leur entourage, connaissaient des échecs, devenaient des renégats. Ils servirent tous de modèles à mes personnages, en tant qu'épiphénomènes de la société. Une bonne partie de mes personnages reflétait toute une génération de carriéristes qui se trouvaient encore à l'époque aux échelons subalternes du pouvoir mais avançaient déjà d'un pas sûr vers les sommets. Ces gens sont aujourd'hui dans l'entourage de Gorbatchev.

C'est d'abord le côté emblématique de mes personnages qui compte. Il est vrai que Staline, Khrouchtchev, Brejnev, Soljenitsyne, Galitch, Neïzvestny, et d'autres m'ont servi de prototypes pour le Patron, Kroukrou, le Numéro Un, le Père-la-justice, le Chanteur, le Barbouilleur. Mais les emprunts s'arrêtent là. Si certains faits de sa vie ont été souvent utilisés dans le livre, pour autant le Barbouilleur n'est pas Ernst Neïzvestny. En général, les pensées de tous mes personnages sont mes propres pensées. J'ai attribué à certains personnages (le Schizophrène, le Bavard, le Maître, le Braillard, le Calomniateur) de nombreux faits de ma biographie et des idées de ma théorie sociologique. Mais aucun d'entre eux n'est moi. Et aucun n'exprime individuellement la position de l'auteur. C'est tous ensemble, avec d'autres personnages, qu'ils expriment ma conception du monde.

Littérature synthétique

Je décidai aussi d'utiliser tous les procédés littéraires qui m'étaient accessibles : prose, poésie, blagues, histoires, réflexions théoriques, essais, théâtre, retours en arrière historiques, sociologie, satire, tragédie... Bref, tout. J'ai utilisé fréquemment la poésie « sociologique » en la combinant à la prose. C'est ainsi que j'ai

516

reconstitué la *Ballade d'un aviateur raté* qui, pour des raisons techniques, ne fut pas incorporée dans le texte définitif des *Hauteurs béantes* *. Dans cette ballade, j'ai délibérément renoncé aux finesses et raffinements poétiques, mettant l'accent sur le contenu, les images et les procédés intellectuels.

L'œil du cyclone

1975 et le début de 1976 furent relativement calmes. Le livre que j'avais écrit avec Horst Wessel fut publié en Allemagne. J'y exposais ma conception de la logique. Quant à Wessel, il en fit la traduction en allemand avec quelques additions et commentaires. On m'autorisa même à me rendre à Berlin-Est pour deux semaines. J'écrivis un traité de logique où j'exposais ma théorie de la logique des prédicats. Il devait paraître dans un recueil d'articles de logiciens soviétiques en vue d'une publication aux Etats-Unis. Après 1976, ma contribution fut retirée. Je ne parvins à la publier qu'en 1983. En même temps, je préparais mon livre *La Physique logique*, à paraître en anglais et en allemand. Il fut publié en RDA en 1975. La version anglaise ne parut, elle aussi, qu'en 1983.

Des années plus tard, quelqu'un de très bien renseigné me raconta pourquoi on m'avait laissé tranquille quelque temps encore. Le KGB était enfin parvenu à mettre la main sur des parties du manuscrit des *Hauteurs béantes*. Il est de règle, en pareille circonstance, de transmettre le texte aux spécialistes de la science et de la littérature qui collaborent avec le KGB. Mes textes furent donc confiés pour expertise à un écrivain et à un sociologue. J'ai appris récemment que ce dernier n'était autre que Iouri Zamochkine, qui m'avait justement servi de prototype pour le personnage du Sociologue! Ces experts arrivèrent à la conclusion que mon œuvre n'avait aucune valeur scientifique

* Pour ce texte, cf. *L'Antichambre du paradis (NdA)*.

517

ou littéraire et n'aurait par conséquent aucun succès en Occident en cas, bien improbable, de publication. Apparemment, cela calma les responsables de la prophylaxie sociale à mon égard. On décida même de se montrer magnanime et, comme je l'ai déjà dit, je fus l'un des rares collaborateurs de l'Institut à recevoir une médaille à l'occasion du jubilé de l'Académie des sciences.

Mes lecteurs secrets étaient proches de la vérité sur un point : mes chances de publier *Les Hauteurs béantes* en Occident tendaient vers le zéro absolu. Plus tard, les amis en possession du manuscrit nous racontèrent qu'aucune maison d'édition en langue russe n'en voulait, y compris « YMCA-Press », que contrôlait Soljenitsyne, ce qui n'est guère étonnant : obsédé par le « complexe de Dieu », il pouvait difficilement favoriser l'apparition d'un écrivain qui pourrait devenir son concurrent.

Parties disparues, corrections et additions

En 1975, j'appris la perte de deux parties du livre. L'une s'appelait *Le Conte de Moscovie* et l'autre *La Confession du Renégat*. L'homme qui devait les faire passer à l'Ouest jurait qu'il les avait passées comme prévu puis transmises à un ami qui, à son tour, devait les envoyer par la poste à leur destinataire définitif. Or mes amis n'ont jamais rien reçu. J'imagine que cet homme transmit mes manuscrits au KGB ou peut-être les détruisit de peur d'être trouvé en leur possession. Je décidai de reconstituer les parties perdues et d'en faire des livres à part entière. Je fis ce travail moins fébrilement et sans prendre de grandes précautions. C'est ainsi qu'en 1975 et 1976, j'écrivis *L'Avenir radieux* et les *Notes d'un veilleur de nuit*. Ces manuscrits parvinrent en France grâce à nos amis français.

Avant la publication des *Hauteurs béantes*, envoyant mes corrections en Occident, je changeai le titre de

certains chapitres : *La Ballade des ratés* (chapitre Ier) ;
La Parabole des vétilles (au lieu de *Pierre tombale*,
chapitre II) ; *La Légende du Braillard* (à la place de
La Solution, chapitre IV). J'éliminai certains morceaux
de l'essai sur l'œuvre d'Ernst Neïzvestny, qui
encombraient le livre de considérations superflues, et
je raccourcis plusieurs passages sur le Père-la-justice.
Je modifiai également le sujet de la quatrième partie.
Dans le texte original, le Braillard s'occupe du livre du
Père-la-justice et dans la variante corrigée, de son
propre livre. Il n'était pas difficile de faire ces corrections. Mais elles ne parvinrent pas à l'éditeur et ne
furent pas portées dans les rééditions du livre.

J'avais en outre prévu quelques corrections rédac-
tionnelles et de petites additions, ainsi que des commentaires pour expliquer aux Occidentaux certains
détails qui ne sont connus que des Soviétiques. Tout
cela s'est également perdu. En tant qu'auteur, je
souffre de voir mon enfant garder des défauts que
j'aurais pu corriger depuis longtemps. Or je n'en ai pas
le droit en raison des conditions de l'édition et de la
réédition du livre. J'ai pu cependant apporter certaines
modifications à l'édition allemande. J'espère qu'un
jour mes corrections seront prises en compte lors
d'une réédition quelconque.

Les mois de crise

Le printemps et l'été de 1976 furent très durs pour
moi et pour ma famille. Ernst Neïzvestny, émigré en
Occident, commença à manifester un étrange intérêt
pour mon livre, en dépit de mes protestations. Il me
téléphonait et parlait ouvertement du manuscrit, tout
en sachant que les conversations avec l'étranger
étaient sur écoute. Jaurès Medvedev, qui vivait à
Londres, envoya à l'un de mes amis une carte postale
où il mentionnait mon ouvrage (on était entré en
contact avec lui au sujet de sa publication éventuelle).
Heureusement, il s'exprimait de manière très négative.

Quoi qu'il en fût, notre situation empira à vue d'œil. Apparemment, des bruits se répandaient en Occident et parvenaient aux oreilles du KGB. Du coup, nous n'eûmes plus aucune nouvelle du destin du livre. J'avais l'impression que le manuscrit avait disparu.

Pendant l'été, nous louâmes une chambre à la campagne, près de Kiev. Olga et Polina y partirent. Je restai à Moscou avec la mère d'Olga qui vivait avec nous. J'essayais de remplir les formalités pour partir en Finlande, à un symposium de logique. La délégation soviétique devait compter une vingtaine de personnes. Bien que *Les Hauteurs béantes* fussent écrites, je n'avais pas encore l'intention de rompre ouvertement avec la société. Le destin du livre m'étant inconnu, je n'avais nullement l'intention de faire dépendre ma vie de ce qu'il me réserverait. En aucun cas, je ne voulais émigrer. Je savais qu'en Occident ma situation en tant que logicien serait pareille, ou pire, qu'en Union soviétique. Et, en même temps, j'avais le cœur tellement gros que je n'en pouvais plus. Pour moi, l'autorisation d'aller en Finlande était devenue une question de principe. Si en dépit de ma qualité de membre de l'Académie des sciences de Finlande, je n'étais pas autorisé à m'y rendre, j'étais décidé à ne plus tolérer cette injustice à mon égard. Ce fut à la veille du départ, littéralement, que l'on me fit savoir que le visa de sortie m'était refusé. J'envoyai un télégramme à Olga pour lui annoncer ma décision de protester publiquement. Elle me répondit par un autre télégramme : elle m'approuvait.

Je rencontrai des journalistes occidentaux parmi lesquels le correspondant du journal *Le Monde*, Jacques Amalric. Ma déclaration fut publiée dans la presse occidentale et transmise par les radios. Le pas décisif était fait.

Le lendemain, j'arrivai à l'Institut avec l'intention de rendre ma carte du parti. Guerassimov refusa de la prendre. Il faut lui rendre justice : il croyait qu'en dépit de mes algarades j'étais un communiste et un patriote

520

plus pur que ceux qui me poussaient à bout. Il tenta de me persuader d'orienter ma lutte contre ces gens-là. Mais je refusai en arguant qu'une lutte officielle était sans perspectives. « Peut-être, ajoutai-je, que ma triste expérience poussera certaines personnes à réfléchir sur ce qui se passe dans le pays. » Je laissai ma carte au secrétariat.

Le même jour, mes anciens amis commencèrent à me téléphoner pour m'annoncer qu'ils rompaient tout contact avec moi. Ils étaient tous au courant de mes nombreuses invitations professionnelles à l'étranger et des interdictions des autorités de me laisser m'y rendre. Ils en étaient tous indignés. Mais il avait suffi que je proteste publiquement pour que, sacrifiant notre longue amitié, ils me condamnent sur-le-champ. D'ailleurs, indépendamment des *Hauteurs béantes*, cette déclaration publique suffisait à me mettre au ban de la société.

Je pris mon congé. On me l'accorda volontiers car cela correspondait au souhait des autorités de m'éloigner de Moscou et des journalistes occidentaux. Je partis tout de suite pour Kiev, où m'attendaient Olga et Polina. Ma femme était déjà au courant de ma déclaration : nos voisins de datcha écoutaient les radios occidentales.

Le lendemain, un homme arriva de Moscou en voiture avec sa femme et deux chiens et s'installa dans la datcha où nous louions une chambre. Il se présenta comme N.A., employé du ministère des Affaires étrangères. Comme il s'installa dans la chambre de la propriétaire, temporairement délogée pour ce faire, nous ne nous fîmes pas d'illusions quant à ses véritables fonctions. Bientôt, Olga le reconnut. Alors qu'elle suivait les cours de sténodactylo au ministère des Affaires étrangères, une soirée avait été organisée pour les jeunes filles de son cours et les élèves officiers de l'institut militaire des langues étrangères. Les jeunes hommes avaient été présentés par le colonel N.A. Pendant tout notre séjour près de Kiev, nous restâmes sous la surveillance de cet homme.

Après la parution des *Hauteurs béantes*, je le croisai une nouvelle fois. Je devais rencontrer Robert Evans de l'agence Reuter. Ce fut le journaliste autrichien Erhard Hutter qui me conduisit au bureau de Reuter et le milicien, à l'entrée, ne vérifia pas mes papiers. Evans, après notre entretien, décida de me ramener à la maison dans la voiture soviétique que les autorités avaient mise, avec un chauffeur, à sa disposition. Et je me retrouvai face à face avec N.A. qui jouait, cette fois, le rôle du chauffeur. A ma vue, il faillit s'évanouir. J'imagine que le milicien qui ne m'avait pas remarqué a dû en baver.

En juillet, la mère d'Olga eut sa troisième hémorragie cérébrale dont elle mourut. Olga prit l'avion pour Moscou. Nos surveillants étaient paniqués. Ils pensaient qu'Olga était partie rencontrer des Occidentaux.

A la fin du mois d'août, nous rentrâmes à Moscou. On n'avait toujours pas de nouvelles de mon livre. Une commission spéciale fut créée à l'Institut de philosophie. Elle était composée de Teodor Oïzerman (aujourd'hui académicien), Vadim Semionov (à l'époque rédacteur de la revue *Questions de philosophie*) et Evald Ilienkov. Ce dernier se suicida quelques années plus tard et son rôle, peu louable dans mon affaire, en fut l'une des raisons. La commission insista pour que je démente les informations de la presse et des radios occidentales. En échange, on me promettait de ne pas me licencier et de se limiter à m'infliger un blâme du parti. Je déclinai l'offre et on me licencia immédiatement au mépris de toutes les lois. Cela me permit d'obtenir ma réintégration mais on me vira une deuxième fois, et cette fois dans les règles. Mes collègues et connaissances ne me saluaient plus en me croisant. On me chassa de l'université. Mes articles furent retirés de l'impression et on m'exclut de la société philosophique... dont je n'ai jamais été membre.

Enfin, le 26 août, les radios occidentales annoncèrent que *Les Hauteurs béantes* venaient de paraître

522

en Suisse aux Editions L'Age d'Homme. L'écrivain Vladimir Maximov, qui vivait déjà à Paris, présenta le livre à Radio-Liberté. Le poids qui pesait sur moi depuis des années était tombé. Ma rébellion avait eu lieu. J'avais accordé ma situation dans le monde avec mon état intérieur.

Ostracisme

Comme dans une expérimentation en laboratoire, on pouvait observer in vitro les forces qui poussent un individu à devenir un renégat, ainsi que le comportement des divers acteurs du jeu social dans cette situation extrême. Le plus intéressant, c'était justement la conduite qu'adopteraient les gens ordinaires non impliqués dans le système de pouvoir ou les organes de répression, mais liés au renégat par des liens d'amitié ou professionnels.

A l'Institut, où j'avais travaillé pendant vingt-deux ans, l'opinion générale qui me tenait jusque-là pour un chercheur estimé, fut résumée d'une phrase par une ancienne amie à moi : « On l'a laissé passer ! » Et de fait, ils n'avaient pas su prévenir l'explosion que produisit mon livre, alors qu'ils savaient pertinemment qui j'étais. Si l'on m'estimait, c'était justement pour ces mêmes qualités qui allaient être condamnées. Si ces quelques qualités ne s'étaient exprimées qu'à l'intérieur de la collectivité philosophique, si je n'avais pas été connu en Occident et si l'on n'avait pas traduit mes livres et mes articles, je serais resté un homme de bien pour tout le monde. On aurait dit de moi : « Voici un homme de talent ! » et l'on m'aurait aimé pour cela. Mais dès que j'ai commencé à m'en distinguer, la collectivité a réagi par un lent isolement. Par un scandale public, j'avais enfreint la loi non écrite du communalisme, que mes personnages formulent ainsi : « Nous sommes tous des nullités ! Sois comme tout le monde ! Ne te montre pas ! »

Du point de vue de mon entourage, mon plus grand crime n'était pas la parution d'un livre en Occident. Après tout, j'en avais publié d'autres. Non! Mon plus grand crime c'était d'avoir écrit un livre sur mon entourage, et qui plus est un livre, il faut le croire, pertinent, si l'on en juge par son succès. Si mon livre avait été mauvais et avait diffamé vraiment la réalité en la travestissant, on ne s'en serait pas pris à moi avec une telle véhémence. On m'aurait puni, certes, mais pas trop fort. Plusieurs de mes amis et connaissances auraient gardé des relations avec moi et même m'auraient loué pour mon travail.

De nombreuses copies des *Hauteurs béantes* firent leur apparition à Moscou, comme un coup de vent. Le livre fit sensation, et cela aggrava la réaction de mon milieu professionnel.

Finalement, on me chassa de mon travail, on me priva de tous mes titres scientifiques et de mes décorations. Mes ouvrages furent déclarés nuls et non avenus et on leur dénia toute valeur scientifique. Mes anciens élèves publiaient désormais mes idées et résultats comme les leurs propres, sans donner de références. Ma seule élève qui ne rompit pas avec notre famille, Anastassia Fedina, fut licenciée de son travail et contrainte d'abandonner la logique, alors qu'elle était extrêmement douée. Pour justifier le tout, on prétendit que mon livre dénonçait l'intelligentsia créatrice et libérale.

Je note en passant que les logiciens et les philosophes occidentaux ne m'ont manifesté aucune solidarité professionnelle. Ils étaient, en revanche, plutôt solidaires de mes persécuteurs. Le philosophe polonais, Adam Schaff, qui avait de l'estime pour mes travaux et contribuait à leur publication en Pologne, déclina ma candidature à l'Institut international de philosophie, et proposa à ma place celle de Piotr Fedosseïev. Et le grand historien polonais de la logique, Bochenski, qui me citait avantageusement parmi les trois meilleurs logiciens du monde, désapprouva la publication des *Hauteurs béantes*. Dès lors, mon nom ne fut plus mentionné dans la revue qu'il dirigeait.

A proximité de notre immeuble, le KGB organisa un point de surveillance permanente. Des agents veillaient jour et nuit à notre porte. Parfois, des groupes entiers restaient assis dans les voitures. Ils photographiaient ou filmaient tous ceux qui venaient nous voir. On me convoquait régulièrement à la milice et on me menaçait de me renvoyer de Moscou pour cause de parasitisme. On alla même jusqu'à me proposer un poste d'informaticien ordinaire à Omsk. Les agents du KGB nous accompagnaient partout où nous allions.

Le danger nous guettait. Peu de jours après la parution des *Hauteurs béantes*, je rentrais dans mon immeuble lorsqu'un « ivrogne » s'accrocha à moi sur le palier. Malgré ma bonne condition physique, je fus incapable de repousser ce type, un vrai géant. Olga entendit le bruit et sortit pour tenter de m'aider. Ses forces ne suffisaient pas non plus. Alors, elle courut dans la cuisine, saisit un pilon métallique et frappa l'« ivrogne » sur l'épaule. Il était temps, j'asphyxiais. Le coup d'Olga le dégrisa : le bras pendant, il me laissa et partit en proférant des menaces. Des cas de passage à tabac de dissidents et même d'assassinats par des « hooligans » étaient déjà connus à Moscou.

Quelque temps plus tard, une personnalité haut placée me raconta la réaction de Souslov à la publication de mon livre : « Nous nous sommes occupés des dissidents, et la plus grande canaille nous a échappé! » Il insistait pour que je sois jugé et condamné à une peine sévère. Andropov, le chef du KGB, proposa de me permettre d'aller en Occident à l'invitation d'une université quelconque et de m'y laisser. Ce récit m'a été confirmé par d'autres sources et je suis prêt à le croire. A l'Institut, lors de la réunion où l'on me condamna à l'unanimité, mes collègues et collaborateurs – parmi lesquels d'anciens amis – exigèrent que je sois jugé. Le représentant du KGB qui assistait à la réunion sous une couverture quelconque leur fit savoir que ce n'était pas leur affaire.

Je ne veux pas blanchir le KGB. Je veux juste dire que le KGB n'est pas à la source de tous les maux, contrairement à ce que l'on pense aussi bien en Occident qu'en URSS. Il n'est qu'un organe exécutif du CC, qui est, lui, le premier responsable quand il s'agit de frapper.

S) La famille

Le comportement de mes proches dans cette situation hors du commun allait illustrer les changements qui s'étaient produits dans la société post-stalinienne. Tout d'abord, ma femme, Olga, devint ma complice et mon meilleur aide. Elle comprenait parfaitement qu'à la suite du livre, notre aisance matérielle allait être ruinée et ma carrière scientifique interrompue. Elle ne voulait pas émigrer en Occident. Elle pensait, comme moi, que nous allions perdre toute possibilité de continuer de vivre comme par le passé. Elle comprenait également que notre fille, Polina, serait confinée au rang des parias de la société. Et pourtant, son attitude de principe à l'égard de ce qui se passait et sa solidarité avec moi lui ont permis de surmonter ses doutes et ses craintes. Elle décida de me suivre jusqu'au bout, quel qu'en fût le prix.

Ma fille Tamara, qui refusa de rompre avec moi, fut exclue du Komsomol. Par la suite, pendant plusieurs années, elle ne put obtenir d'emploi permanent. Mon fils Valeri vivait, avec sa famille, à Oulianovsk. Il était capitaine de la milice et avait de très bonnes perspectives d'avancement. Il fut prévenu que s'il maintenait ses relations avec moi, il recevrait un blâme du parti et serait licencié. Pour un père de famille qui vit en province, au sein même de la société russe, c'est une menace capitale. Pourtant, Valeri vint me voir à Moscou dès qu'il apprit que je risquais l'emprisonnement

526

ou l'exil. Il le paya très cher. Il fut exclu du parti et chassé de la milice. Pendant quelques années, il travailla comme simple ouvrier et suivit des cours du soir à l'institut local des ingénieurs. Or, la situation sociale d'un ingénieur est inférieure à celle d'un officier de la milice et, de plus, n'ouvre aucune perspective de carrière.

D'autres membres de ma famille et de celle d'Olga ont également souffert. Ce fut mon frère Vassili qui en bava le plus. Juriste militaire, avec grade de colonel, il avait participé à des opérations d'envergure contre des mafias de haut niveau, notamment celles de Vorochilovgrad et d'Azerbaïdjan. Grâce à son excellente réputation, il venait d'être nommé chef de section au parquet militaire de Moscou et s'occupait de la coordination avec le KGB. Il allait être promu au grade de major-général. On lui avait octroyé un appartement à Moscou où il s'installa avec sa fille, tandis que sa femme restait encore à Kiev (sa précédente affectation) pour préparer le déménagement. C'est à ce moment décisif de la carrière de Vassili que furent publiées *Les Hauteurs béantes*. On le convoqua chez le chef de la direction politique de l'Armée et de la Flotte, le général Alexeï Epichev, et on lui demanda de me condamner publiquement. Sa réaction fut extraordinaire. Vassili répondit qu'il ne savait rien sur ce livre. Il ne l'avait jamais vu et n'en avait jamais entendu parler, mais il avait le plus grand respect pour moi et ne me croyait pas capable d'un acte indigne. On lui proposa de bien réfléchir pendant quelques jours. Il alla voir Epichev pour la deuxième fois. Il avait lu le livre qui lui avait fait forte impression. Il regretta seulement de ne pas l'avoir lu plus tôt car il m'aurait transmis des faits sensationnels sur sa propre pratique professionnelle. Il dit à Epichev qu'il était fier de moi et ne me condamnerait en aucun cas. Il fut immédiatement limogé, chassé de l'armée et de Moscou. Sa fille fut renvoyée, elle aussi. La sévérité de la punition de Vassili s'explique par le fait que les autorités avaient peur qu'il me soutienne. Dans l'armée, l'antibrejnévisme était fort répandu.

Les gens « simples »

Nombre de gens ordinaires m'approuvèrent et ne rompirent pas avec moi. Il s'agissait surtout de personnes qui se trouvaient au bas de l'échelle dans notre milieu. C'était le cas d'Inna Korjeva, simple rédactrice de la revue *Questions de philosophie*, de Vera Malkova, collaboratrice technique à l'Institut de philosophie, de Klara Kim, enseignante d'esthétique dans un institut de Moscou. Toutes personnes qui n'avaient aucune influence sur la collectivité de mon établissement, ni sur les décisions des autorités. Après la sortie de mon livre, nous reçûmes la visite d'ouvriers, de petits employés, d'étudiants, d'officiers, de retraités, d'instituteurs, de médecins qui approuvaient, eux aussi, mon livre, me proposaient leur aide et me communiquaient des informations et des faits pour mes futurs ouvrages.

Je suis persuadé que si *Les Hauteurs béantes* étaient publiées en Russie, les gens « simples » en seraient les meilleurs lecteurs. Peut-être mon livre est-il intellectuellement « élitiste », mais il parle à tous ces gens qui, tout ordinaires qu'ils soient, ont pourtant un niveau d'éducation et des intérêts spirituels beaucoup plus élevés que lesdites « couches supérieures » de la société. Je soulignerai longuement ce constat dans *La Maison jaune*.

Emigration intérieure

Chassé de mon milieu, je me suis retrouvé, avec ma famille, dans la situation d'un émigré de l'intérieur. Ce n'était pas tellement un état moral et psychologique. J'avais été littéralement mis en dehors de la société, tout en étant retenu dans le pays. D'autres gens commencèrent à fréquenter notre appartement : désormais, nous vivions parmi les dissidents ou ceux qui avaient un esprit critique mais peu de propension à faire carrière. Quelques amis aussi nous restèrent fidèles comme Valentin Marakhotine, Gordeï Iakovlev, Anastassia Fedina, Karl Kantor, Iouri Lebada...

En revanche, certains de mes amis que je connaissais depuis des dizaines d'années traversaient la rue dès qu'ils me voyaient. L'un d'eux, me raconta-t-on, cassa de rage un poste de radio en entendant une émission qui m'était consacrée sur une radio occidentale.

Il y avait pourtant beaucoup d'exemples inverses. A proximité de notre immeuble vivait un général du QG de l'Armée soviétique. Parfois, il se promenait avec sa petite fille sur le boulevard où j'avais l'habitude de sortir avec Polina, qui avait le même âge. Nous fîmes connaissance. Il s'était procuré quelque part *Les Hauteurs béantes* et usa son exemplaire « jusqu'à la corde », comme il aimait à le dire. Chaque fois qu'il me voyait, il poussait une exclamation admirative et se mettait à dénigrer « notre système ».

Le 7 novembre *, quelques officiers d'une académie militaire me téléphonèrent pour me dire qu'ils m'admiraient et buvaient à ma santé. Des dizaines de gens nous appelaient chaque jour, certains pour nous menacer, d'autres avec des mots d'encouragement. Bientôt, notre ligne fut coupée. Parfois, des inconnus s'approchaient de moi dans la rue pour me serrer la main. Ils me reconnaissaient d'après les photos en circulation à Moscou. Naturellement, ils voyaient les agents du KGB qui m'accompagnaient. Un jeune gars proposa même à mes « gorilles » de vérifier ses papiers. Ils détournèrent les yeux.

Chaque jour, des inconnus affluaient dans notre appartement. Ils apportaient de la nourriture et des boissons. Certains de ces visiteurs venaient d'autres villes. C'étaient des gens qui créaient des groupes illégaux et propageaient mes idées. Parfois, c'étaient de

* Anniversaire de la révolution. Fête nationale d'URSS.

jeunes officiers. Deux lieutenants, venus à Moscou en congé, me racontèrent qu'en 1976-1977, des cercles clandestins politiques s'étaient formés dans l'armée. Ceux-ci s'étaient donné pour but l'étude objective de la société et la critique de l'état des choses. Ils furent vite découverts, plusieurs officiers furent jugés par les tribunaux militaires et certains condamnés à mort. J'étais enclin à y croire, en repensant à la tentative d'attentat du lieutenant Iline en 1969 et à la révolte d'une frégate dans la Baltique en 1975 *. On me raconta également qu'Iline n'était pas seul, qu'il faisait partie d'un groupe de conspirateurs qui furent tous fusillés. On prétendait que le KGB les avait infiltrés pour contrôler le déroulement du complot. Brejnev, « le second Ilitch », voulait se prévaloir d'un attentat contre lui dans sa biographie, à la seule condition de ne pas courir de risques. Cela aurait renforcé son image personnelle et aurait servi de prétexte pour renforcer la répression. Or, Iline échappa à la surveillance du KGB et Brejnev eut peur au dernier moment et ne vint pas sur le lieu de l'attentat. J'ai essayé de passer cette information aux journalistes occidentaux mais ils n'y ont pas cru. En général, cet aspect de la rébellion n'intéressait guère l'Occident.

Certaines personnes de notre entourage nous apportèrent un appui considérable pendant les deux années de notre émigration intérieure. J'en ai déjà cité plusieurs. Il y eut également Izolda Chtchedrovitskaïa, Dmitri Khanov, Natalia Osmakova, Natalia Stoliarova, qui avait passé dix-huit ans dans les camps staliniens. Beaucoup d'autres restèrent en contact avec nous,

* Pendant les fêtes de la révolution, le commissaire politique, le second capitaine et plusieurs membres d'équipage prirent le contrôle de la frégate lance-missiles *Starojevoï*, quittèrent Riga et tentèrent de rejoindre la Suède. Un message lancé par des marins « loyalistes » donna l'alerte. Le *Starojevoï* fut rattrapé à quelque cinquante kilomètres des côtes suédoises et contraint de rentrer en URSS. Les mutins furent jugés et plusieurs d'entre eux exécutés. Le navire, qui avait été atteint de plusieurs obus pendant la poursuite, fut réparé, repeint et affecté à la Flotte du Pacifique.

mais il m'est impossible de les nommer sans leur accord et je n'ai plus de contacts avec eux, tout convaincus que soient les médias occidentaux que l'URSS traverse une période de libéralisation.

Karl Kantor me rendit visite à plusieurs reprises. Ses jugements sur mon livre m'étaient particulièrement précieux à cause de son autorité en matière d'esthétique. On me transmit qu'Anatoli Rikitov, quand on eut fini de lui lire mon livre (il était aveugle), s'était écrié : « Mais c'est immortel ! » Certains, chantant les louanges de l'ouvrage, me remerciaient de ne pas les avoir fait figurer parmi les personnages. Or, l'un d'eux m'avait bel et bien servi de prototype. Il se trouvait simplement dans l'une des parties disparues. Lorsqu'elle fut publiée sous le titre *Notes d'un veilleur de nuit*, il changea du tout au tout d'avis sur mon travail.

Dmitri Khanov venait me voir presque chaque jour. Il m'accompagnait dans mes promenades car il était dangereux pour moi de sortir seul. Grâce à lui, j'ai perfectionné mon anglais. Il avait fait ses études à la faculté d'anglais de l'institut des langues étrangères. Il deviendrait l'un des modèles du héros principal de *La Maison jaune*, dont la biographie reprend la mienne mais dont le caractère et la psychologie s'inspirent de Khanov.

De même, Valentin Marakhotine et Gordeï Iakovliev venaient nous voir presque quotidiennement. Ils nous apportaient de la nourriture et m'accompagnaient, aussi, dans mes promenades. Valentin avait gardé par miracle mes poèmes de la guerre dont *La Ballade d'un aviateur raté*. La vie de cet homme, cher à mon cœur, prit une tournure tragique, typiquement russe. Orphelin dès son enfance, il commença à travailler très jeune. Il se maria, mal, et divorça. Son fils était à sa charge mais à l'âge de seize ou dix-sept ans, le garçon fut tué par des voyous. Après avoir travaillé pendant plus de trente ans comme ouvrier dans le même établissement, il finit par obtenir une chambre à lui de douze mètres carrés, dans un appartement communautaire. Après mon départ d'URSS, il se remaria et eut un fils. Il avait alors soixante ans. Pendant la campagne antialcoolique de Gorbatchev, il but chez quelqu'un un alcool frelaté. C'était un homme qui buvait peu et rarement. J'ignore pourquoi il s'était laissé aller cette fois-là. Sous l'action du tord-boyaux, il perdit connaissance dans la rue et fut écrasé par une voiture. Cher ami, *sit tibi terra levis!*

Pendant l'été 1978, nous passâmes quelques semaines chez mon frère Vassili à Kiev. Je connaissais beaucoup de monde dans cette ville, plusieurs de mes anciens élèves y travaillaient. Les philosophes et logiciens de Kiev, jusque-là, me tenaient en estime et se référaient à l'occasion à mes travaux. Naturellement, l'attaque contre moi se répercuta à Kiev et mes amis réagirent comme les Moscovites. Un ami très proche, M.P., quitta même la ville, cet été-là, pour ne pas avoir à me rencontrer. Mais il rentra un jour trop tôt et nous nous croisâmes dans la rue. Impulsivement, nous nous embrassâmes. Evidemment, on nous photographia depuis la voiture du KGB qui me suivait partout. Mon ami faillit s'évanouir et partit sans dire au revoir. Des collègues à lui furent témoins de l'épisode et en parlèrent au travail. Cela ne l'empêcha pas d'être élu à l'Académie des sciences d'Ukraine.

Dans le milieu dissident, mon livre provoqua des réactions très diverses. Raïssa Lert était enthousiasmée. Malgré son âge avancé, elle nous rendit visite pour nous donner son opinion de vive voix. Elle écrivit une excellente critique qui ne fut publiée, dans la presse de l'émigration russe, qu'après sa mort. Nous nous liâmes d'amitié et nous vîmes souvent jusqu'à mon émigration. De même, l'avocate Sofia Kallistratova, l'une des femmes les plus remarquables que j'ai jamais rencontrées, aimait mon livre, ainsi d'ailleurs que Roy Medvedev, Piotr Eguides, Tamara Samsonova, Iouri Gastev et plusieurs autres dissidents. En revanche, Andreï Sakharov eut une attitude extrêmement réservée : dans une interview à un journal français, il jugea mon livre décadent. Dans l'entourage de Sakharov, on me traitait d'extrémiste. Des journalistes occidentaux m'ont dit, à plusieurs reprises, que les Sakharov leur déconseillaient de rendre visite à Zinoviev. Lors d'une rencontre chez Sofia Kallistratova, le physicien ne m'adressa même pas la parole alors que nous étions assis côte à côte. La réaction de Valentin Tourtchine fut tout aussi bizarre : il exprima juste son étonnement de me rencontrer là malgré notre amitié antérieure.

Je ne vis Iouri Orlov qu'une seule fois. Il me téléphona pour me proposer de faire un exposé à son séminaire scientifique à domicile. Après son arrestation, son fils vint souvent chez nous. Nous le recevions volontiers et il s'attacha à notre famille. J'ai gardé un énorme respect pour Orlov. Je le tiens pour l'une des figures maîtresses du mouvement dissident.

Anatoli Chtcharanski me rendit un jour visite en compagnie du journaliste américain Tod. Nous parlâmes de broutilles. Quelque temps après, Tod fut mêlé à une histoire quelconque et arrêté. Pendant sa détention, il donna des informations compromettantes sur Chtcharanski. Il fut rapidement expulsé d'URSS et, à son retour aux Etats-Unis, il publia un article où il affirmait que je lui passais des informations « secrètes » d'ordre sociologique. Lors d'un voyage aux Etats-Unis en 1979, je rencontrai ce journaliste à Washington. Il m'expliqua qu'en écrivant l'article, il voulait détourner l'attention du KGB des gens qui lui donnaient vraiment des informations. Il était sûr, me dit-il, qu'on n'oserait pas m'arrêter!

Après l'arrestation de Chtcharanski, on me convoqua à la prison du KGB de Lefortovo. Le juge d'instruction me montra le procès-verbal de l'interrogatoire de Chtcharanski. Ce dernier aurait dit des choses qui pouvaient m'incriminer. Je refusai de le lire en arguant que je n'avais jamais eu accès à des documents secrets et que je n'avais nulle intention de commencer maintenant. Quelques jours plus tard, la milice me ramena de force à Lefortovo. On se contenta de consigner mon refus de témoigner et on me laissa partir.

On m'a raconté que mon entrée en littérature fut mal accueillie par Soljenitsyne. Pourtant, j'ai été le premier écrivain à faire des dissidents et des critiques de la société soviétique les héros d'une œuvre de fiction, et mes personnages n'avaient qu'estime pour les activités de Soljenitsyne, Sakharov, Grigorenko, Orlov, Tourtchine et autres.

Ma rencontre avec Nadejda Mandelstam fut une vraie fête pour moi. Elle m'accueillit au seuil de son appartement, *Les Hauteurs béantes* pressées sur sa poitrine. Elle me dit que c'était le livre qu'elle avait attendu toute sa vie. Pour moi, c'était le plus beau compliment. Je fus également très heureux d'apprendre qu'Evguenia Guinzburg avait aimé mon livre qu'elle avait lu peu de temps avant sa mort. Si mon travail a fait plaisir à ces deux femmes remarquables dans les derniers mois de leurs vies, cela justifie à mes yeux tous les dommages subis à sa publication.

Evguenia Vinogradova, une orientaliste connue, me conserva son amitié et m'aida à résoudre quelques-uns de mes problèmes en dépit du danger que lui faisait courir ma fréquentation. Sa mère, Tatiana Zavadskaïa, qui avait travaillé de nombreuses années dans la revue *Questions de philosophie*, relut *Les Hauteurs béantes* à plusieurs reprises. A quatre-vingt-quatre ans, elle gardait une parfaite lucidité. Elle se souvenait de menus détails littéraires et idéologiques du livre et cela me frappait beaucoup. Plusieurs personnes fort âgées, qui avaient vécu la révolution de 1917 et le stalinisme, ne ménagèrent pas leur enthousiasme envers le livre.

Des représentants du père Doudko vinrent me voir avec un avertissement : ils me déconseillèrent de toucher à la religion. En revanche, le dissident religieux Bourtsev me donna une grande joie : je garde à ce jour l'amulette qu'il m'offrit à la veille de notre émigration.

Nous fîmes également la connaissance des écrivains

George Vladimov, Venedikt Erofeïev et Vladimir Voïnovitch. J'ai beaucoup aimé *Fidèle Rouslan* de Vladimov, *Moscou-Petouchki* de Erofeïev et *Ivankiade* de Voïnovitch. Je considère *Moscou-Petouchki* comme une perle de la littérature russe. Outre ces nouveaux amis, Karl Kantor m'apporta le livre d'un jeune écrivain sibérien, Guennadi Nikolaïev, *La Cravache à deux bouts*, l'une des meilleures œuvres littéraires de l'après-guerre. J'ai réussi à le faire publier en France quelques années plus tard.

Certains journalistes occidentaux devinrent nos amis : l'Autrichien Erhard Hutter, l'Italien Piero Ostellino, Ebba Sevborg de Suède, Harold Piper des Etats-Unis et le Britannique Robert Evans. Tout au long des années brejnéviennes, les journalistes occidentaux jouèrent un rôle énorme, ne ménageant pas leur appui aux esprits rebelles du pays. Pour moi et ma famille, ils assuraient le lien avec le monde extérieur. Par leur intermédaire, nous recevions des livres occidentaux et faisions parvenir à l'Ouest manuscrits et informations sur notre situation. Piero Ostellino fit passer en Occident le manuscrit de *La Maison jaune*. Erhard Hutter envoya par la valise diplomatique l'ébauche de mon livre *L'Antichambre du paradis*, ce qui lui valut d'être expulsé d'Union soviétique. Ostellino partit de lui-même à l'expiration de son contrat, sans quoi il aurait vraisemblablement subi le même sort. Il devint ensuite rédacteur en chef du *Corriere della sera* et publia mes articles d'actualité.

De quoi vivions-nous ? Pour éviter l'accusation d'être à la solde de la CIA, je refusais catégoriquement de recevoir l'argent venant de l'étranger. Nous vendions des livres de notre bibliothèque. Nous avions une belle collection de livres d'art qui valaient très cher au marché noir. Ainsi, nous vécûmes un mois entier sur le produit d'un album de Salvador Dali que des amis nous avaient apporté de l'étranger. Nous vendions aussi nos vêtements. Nous recevions une aide du fonds des dissidents. Parfois, des lecteurs nous envoyaient de l'argent, presque toujours dans l'anonymat. Nous trouvâmes à plusieurs reprises des enveloppes avec de petites sommes, glissées directement dans notre boîte à lettres. Une fois, Piotr Eguides et sa femme, Samsonova, nous laissèrent de l'argent en cachette, car ils avaient peur de nous offenser. L'académicien Piotr Kapitsa nous donna ouvertement de l'argent qui nous permit de nous alimenter pendant presque un mois. Il m'arrivait aussi d'écrire pour d'autres des articles philosophiques. Je rédigeai également une thèse d'Etat pour un futur philosophe. Je vendis quelques dessins. Je n'avais évidemment plus le niveau de vie d'un professeur mais l'existence était tolérable. J'avais encore l'espoir de trouver un travail convenable. Olga aussi se mit à rechercher un emploi, mais sans résultat. Les officiels nous fuyaient comme des lépreux ou bien nous proposaient du travail à Omsk ou à Syktyvkar. Accepter de telles propositions équivalait à un suicide. De plus, notre fille grandissait et il fallait lui assurer l'éducation qu'elle méritait.

Nous commençâmes à recevoir des critiques des *Hauteurs béantes* parues dans la presse occidentale. Le premier article qui atteignit Moscou avait été publié dans le journal new-yorkais de l'émigration russe, *Novoïe rousskoïe slovo*. Il était totalement incongru et écrit à l'emporte-pièce. Des gens malveillants le diffusèrent volontiers à Moscou. Mais la joie méchante de mes anciens collègues et amis ne fut pas longue. Le flot de critiques favorables ne tarda pas à déferler. L'article d'Alexandre Nekritch, auteur d'un livre sur le début de la Seconde Guerre mondiale en URSS qui faisait autorité, fut l'un des premiers. Ensuite nous parvinrent des textes du professeur Georges Nivat, spécialiste de la littérature russe, et de l'historien Michel Heller qui a passé par le goulag et vit aujourd'hui à Paris. Le succès fut évident et cela nous soutenait moralement.

Faisant irruption dans la littérature comme un météore inattendu, on alla jusqu'à me ranger parmi « les plus grands écrivains du siècle », comme le prétendaient quelques journaux. Si mon livre avait été publié en Russie, sans doute aurais-je eu un excellent accueil. Mais les autorités soviétiques, non contentes de me voler ma réputation scientifique, me volèrent aussi ma réputation littéraire dans mon pays. On tentait d'empêcher la circulation clandestine de mon livre. Lors de son arrestation, Sergueï Khodorovitch fut accusé de posséder un exemplaire des *Hauteurs béantes* et, même encore en 1983, Andreï Chilkov fut condamné pour avoir diffusé mes ouvrages.

Au marché noir, *Les Hauteurs béantes* atteignait des sommes faramineuses. L'un de mes bons lecteurs recopia le livre en caractères minuscules, et son exemplaire n'était pas plus grand qu'un calepin. Il me l'apporta pour me le montrer. Bref, malgré tous les obstacles, mon œuvre se répandait dans le pays. Notre appartement se transformait en un centre d'opposition. Naturellement, cela ne laissait pas d'inquiéter les autorités.

Travail littéraire

Ces années-là, j'écrivis beaucoup en dépit des conditions éminemment défavorables. Parfois, je parvenais à échapper à la surveillance du KGB et j'allais furtivement chez des gens de connaissance pour y écrire quelques heures. Je leur laissais mes manuscrits. Dans la plupart des cas, ces gens ne m'ont pas trahi. Pourtant, je ne connaissais certains que depuis quelques semaines ou quelques mois. Il y eut cependant cet ami proche à qui j'avais confié deux parties du manuscrit de *La Maison jaune* et qui les transmit au KGB. Plus tard, à Munich, j'ai su par hasard que l'un des experts du KGB, un écrivain, y avait puisé bien des choses. Il s'était aussi inspiré d'un autre de mes manuscrits, *Va au Golgotha*, volé en Occident.

Après avoir envoyé en Occident *L'Avenir radieux* et les *Notes d'un veilleur de nuit*, je commençai à travailler sur un grand roman sociologique. En voici le sujet : dans un pays donné, on construit une société communiste exemplaire. Toute critique du système social, du pouvoir et de l'idéologie est considérée comme un crime grave ainsi, d'ailleurs, que la divulgation des informations sur la situation réelle du pays. Les gens condamnés pour ces crimes sociaux sont internés à vie dans des établissements fermés, des « isolateurs ». Des organes spéciaux de l'assainissement social sont créés pour détecter ces crimes et prendre toutes mesures prophylactiques contre leurs auteurs. Ces organes possèdent un réseau grandiose d'informateurs et d'experts en tout genre. Mais en même temps, la société ayant besoin d'une connaissance objective d'elle-même, on crée un complexe où l'on concentre tous les résultats de l'activité intellectuelle des criminels sociaux pour les étudier, les trier, les traiter et envoyer des dossiers correspondants aux autorités pour utilisation pratique. Naturellement, le complexe est une entreprise secrète.

Je voulais montrer dans ce roman les diverses catégories de criminels sociaux, représenter les raisons de leurs actes et exposer les résultats de leurs activités intellectuelles. Mon intention était de décrire, sous une forme littéraire, les mécanismes de la connaissance de soi dans une société où cette fonction est interdite aux citoyens ordinaires. En d'autres termes, il s'agissait du mécanisme de la formation d'esprits critiques dans un pays communiste, en dehors de toute influence de pays non communistes.

Une œuvre littéraire sérieuse ne peut produire l'effet souhaité par l'auteur que si le lecteur mémorise tout le texte depuis le début. Le roman que j'avais conçu devait contenir, en un seul volume, plusieurs livres différents, semblables aux diverses partitions d'un orchestre. Or, faute de pouvoir lire tous ces livres simultanément, c'est grâce à sa mémoire que le lecteur pourrait faire coïncider dans sa conscience ces différentes « partitions » littéraires.

J'étais parvenu à amasser un matériel considérable

pour ce livre mais je ne pus réussir à en tirer l'œuvre que je voulais. La menace d'une arrestation devenait pesante. On ne pouvait plus garder de manuscrits sans risque de les voir confisqués. J'acheminai donc les miens vers l'Occident. Je prévins mon éditeur, Vladimir Dimitrievic, que ces manuscrits faisaient partie de mes archives littéraires et qu'il ne fallait les publier qu'en cas d'arrestation. Il décida pourtant de les faire paraître comme une œuvre achevée. Peut-être n'avait-il pas reçu mon avertissement. Quand je suis arrivé en Occident, l'édition française était déjà en préparation. Je ne voulus pas la retarder. Mais je me réservai de corriger ce livre dans sa version russe, qui sortit en 1979 sous le titre *L'Antichambre du paradis*. Ma vie a pris une tournure imprévue. J'ai renoncé à mon livre-symphonie qui ne correspondait pas aux goûts littéraires en Occident et j'ai utilisé les matériaux de ce projet pour d'autres livres.

Finalement, je ne fus pas arrêté. Comme j'avais du temps à revendre, je commençai à rédiger *La Maison jaune*. Je transmettais mes chapitres écrits à Piero Ostellino qui les envoyait en France via l'Italie.

L'avenir radieux

Au printemps 1978, mon deuxième roman, *L'Avenir radieux*, parut en Suisse. Son action se déroulait dans les années 70 à Moscou et non à Ibansk. Les thèmes principaux étaient le mouvement dissident, l'émigration, la complicité avec le pouvoir. Brejnev et le brejnévisme y étaient ouvertement critiqués. Brejnev y était décrit comme « un stratège qui n'a pas gagné une seule bataille et un théoricien qui n'a pas fait une seule découverte » et comme « un clown sénile qui grimace sur la scène de l'histoire ». C'était le seul cas, resté unique à ce jour, où un Soviétique avait l'audace de représenter ainsi dans un ouvrage le chef en exercice du parti et de l'Etat. De nos jours, Brejnev bat les records de critique mais personne ne se souvient plus que j'avais pourfendu le brejnévisme quand cela était réellement dangereux. La publication de *L'Avenir radieux* fut la vraie raison de mon expulsion du pays et de la hâte que mit Brejnev à signer le décret qui me privait de ma nationalité soviétique.

Le livre met en scène la tentative d'un idéologue soviétique pour parfaire l'idéologie. C'est un léniniste sincère et son désir d'affiner l'idéologie est tout aussi sincère, mais il se heurte à la résistance des instances idéologiques et son expérience se solde par un fiasco total car, par définition, toute tentative pour réformer la société en mettant à mal les cadres structurels de la médiocrité ambiante est vouée à l'échec. Dans ce roman, j'abordais également les problèmes du stalinisme. J'y inclus d'ailleurs mon poème *Le Toast*, composé en 1945.

La vague d'émigration

L'un des phénomènes majeurs de la période brejnévienne fut l'émigration massive vers l'Occident que l'on appela la « troisième vague ». La première vague fut l'émigration d'après la révolution. La deuxième regroupait les Soviétiques qui s'étaient retrouvés en Occident pendant la Seconde Guerre mondiale et qui y restèrent.

Pour l'Occident, la troisième vague est une émigration russe. En fait, il y a une confusion entre les adjectifs « russe » et « soviétique ». En réalité, la plupart des émigrés de cette vague sont arméniens, allemands et juifs. Parmi eux, le nombre des Russes ethniques est presque négligeable.

Socialement, cette troisième émigration est extrêmement diversifiée. Les uns ont quitté l'URSS pour fuir leur situation matérielle, d'autres leur situation sociale. Certains l'ont fait de bon gré, d'autres y ont été poussés et même expulsés de force. Comme tout phénomène de masse, cette vague résulta de la conjonction de plusieurs facteurs. Son origine fut en partie spontanée, mais la propagande occidentale y joua un rôle non négligeable et les autorités soviétiques s'en servirent pour épurer le pays des indésirables. Malgré tout, le phénomène concerna des millions de gens : les candidats à l'émigration et les expulsés du régime, mais aussi leurs familles et leur entourage. Il occupa l'attention internationale pendant plusieurs années et influença de manière notable l'atmosphère idéologique, morale et psychologique en URSS et en Occident.

Quels qu'aient été les motifs individuels des émigrants, la troisième vague représente le premier mouvement de protestation de masse de l'histoire soviétique. L'émigration était étroitement liée à la dissidence dont les *refuzniks* * venaient souvent grossir les rangs. La plupart des dissidents ont d'ailleurs fini par émigrer vers l'Occident. Pour les autorités, c'était un moyen efficace de combattre le mouvement dissident et de parvenir à incorporer des Soviétiques en masse dans la société occidentale. Les émigrés, en gardant leur esprit soviétique, étaient supposés contaminer quelque peu l'Occident. Je ne parle même pas de l'utilisation de l'émigration pour l'implantation des agents secrets.

Il est difficile de dire si je me serais retrouvé dans l'émigration en l'absence de cette vague. Je pense que non. On aurait su me punir à l'intérieur du pays. La société soviétique en possède amplement les moyens. En tout cas, nous n'avions pas l'intention d'émigrer. Je savais d'avance qu'en tant que logicien, je n'avais rien à y gagner. J'ai déjà expliqué pourquoi. Je ne comptais pas, non plus, pouvoir y travailler en Occident dans le champ de la sociologie.

Mais je n'avais pas l'intention, non plus, de me consacrer entièrement à la littérature. Je n'étais pas sûr de pouvoir vivre et nourrir ma famille avec mes droits d'auteur. Bien des rumeurs circulaient à Moscou sur les millions que recevaient les écrivains émigrés.

* Personnes à qui les autorités soviétiques refusent le droit de quitter le pays.

Mais ces histoires me semblaient douteuses. Et puis je savais que j'étais un écrivain atypique et qu'une telle aisance n'était pas pour moi.

Pourtant, il nous arrivait de discuter de l'éventualité de nous rendre en Occident pour quelque temps à l'invitation d'une université quelconque. Les universitaires occidentaux qui nous rendaient visite envisageaient parfois une telle hypothèse. Au cours des deux années qui suivirent la publication des *Hauteurs béantes*, je reçus une vingtaine d'invitations d'universités occidentales. Les délais de séjour variaient considérablement de l'une à l'autre et l'on me proposait même un poste permanent. Il y avait donc un certain espoir de pouvoir subsister, malgré mon pessimisme total quant à mes perspectives scientifiques en Occident. Je pensais aussi qu'il me serait possible de continuer à écrire, même à titre non professionnel. De toute façon, tout cela ne dépassait pas le stade des conversations.

Entre-temps, il nous fallut inscrire Polina à l'école. Elle n'avait pas encore sept ans, mais savait déjà lire, écrire et compter. Elle passa sans problèmes un test d'aptitudes et l'institutrice voulut l'inscrire directement en deuxième. Puis on lui demanda de parler un peu de « Grand-Papa Lénine » et de réciter par cœur un poème sur lui. Polina répondit qu'elle connaissait par cœur des poèmes sur Winnie l'ourson, mais qu'elle n'avait pas un tel grand-parent. L'institutrice resta sidérée. Elle réalisa que le père de la fillette était ce même Zinoviev que l'on qualifiait d'« antisoviétique le plus agressif ». Polina fut quand même inscrite, mais en première, et on annonça à Olga que l'école se chargerait de son éducation. Si notre mauvaise influence continuait, nous avertit-on, l'école prendrait l'initiative d'une action pour nous priver de nos droits paternels. A notre inquiétude générale, s'ajouta l'angoisse pour notre enfant.

Les Soviétiques avaient à cette époque une réaction très hostile à l'égard de l'émigration. Avec le recul, elle semble assez folle. En fait, leurs réactions étaient encore pires que celles des autorités. A mesure que les illusions sur le communisme se dissipaient, les émigrants étaient perçus comme des traîtres qui abandonnaient leurs compatriotes à leur triste sort pour aller profiter de l'opulence capitaliste. Par le simple fait de son existence, l'émigration démasquait l'imposture du paradis communiste et les masses transféraient sur les émigrants leur rage contre l'idéologie et le régime. Cela concernait tout autant les « émigrés de l'intérieur » car tout était confondu et les gens considéraient mon attitude comme une trahison à leur égard. On répandait des rumeurs sur notre compte : Olga aurait été le « mauvais génie » qui m'aurait forcé à écrire *Les Hauteurs béantes* pour pouvoir émigrer. Ces bruits banalisaient mon cas et me noyaient dans la masse d'émigrants ordinaires qui se ruaient vers l'Occident. Cela ne m'en faisait que plus écarter l'idée même d'émigrer.

Derniers jours dans la patrie

Un proverbe russe dit : l'homme suppose, Dieu dispose. Pris dans ce flot incontrôlable d'événements, à l'encontre de mes principes et de mes habitudes, je devenais une marionnette. Cette situation se dénoua toute seule. Les autorités décidèrent de ne pas faire de moi un martyr, comme Soljenitsyne et Siniavski. A la fin de juillet, Roy Medvedev vint nous dire que, selon ses informations, il avait été décidé de nous priver de la nationalité soviétique et de nous expulser du pays mais dans le calme, en évitant un scandale qui aurait décuplé l'intérêt pour mes livres. Je ne le crus pas. Une demande de visa pour les Etats-Unis, où j'étais invité par l'université de Yale, venait de m'être refusée et j'avais décidé de ne plus renouveler les demandes de ce genre. Deux jours après la visite de Medvedev, on me fit mander à l'OVIR *. Je jetai la convocation à la

* Direction des visas et de l'enregistrement qui dépend du ministère de l'Intérieur.

poubelle. Le lendemain, un inconnu vint nous voir : il avait entendu dire, « par hasard », que l'on m'autorisait à émigrer. Je lui dis que je n'avais nullement l'intention de le faire. Le jour suivant, très tôt le matin, un coursier de l'OVIR vint nous chercher en voiture. Dans les bureaux de cette administration, on nous prit nos cartes d'identité pour nous donner, en échange, des passeports pour l'étranger. On nous proposait de partir en RFA, à Munich, dans les cinq jours qui suivaient. Et de fait, l'une des invitations que j'avais reçues venait bien de Munich.

Cet ordre de quitter le pays nous prit totalement au dépourvu. Pour nous, l'exil était une punition préférable, d'un certain point de vue, à la prison et à l'exil intérieur. Mais la prison et l'exil intérieur étaient limités dans le temps et, les délais passés, nous pourrions revenir à une vie normale, serait-ce au niveau le plus bas. En revanche, l'exil était définitif et cela nous effrayait. J'étais loin d'être jeune, notre fille était encore un petit enfant et nous n'avions aucune famille en Occident. De plus, Olga savait qu'elle ne trouverait pas de travail dans sa profession. Pour nous, Russes, la vie en dehors de notre pays nous semblait tout simplement impossible. Mais nous ne pouvions pas rester non plus. On nous avait avertis, plus d'une fois, que je partagerais le destin de Iouri Orlov et qu'Olga paierait elle aussi sa « complicité » dans mes activités antisoviétiques. On nous « expliqua » également que cet exil était assimilé à une peine de prison et que, dans quelques années, si je me conduisais bien, j'aurais la possibilité de revenir en URSS et même de reprendre un travail scientifique. Nous n'y croyions pas. Mais, à choisir entre deux maux, l'exil ou la prison, le premier était naturellement préférable. Nous pensions aussi à notre fille : quel serait son destin si nous refusions de partir ?

Nous prîmes contact avec l'ambassade de RFA. L'attaché culturel, Doris Schenk, s'occupa de nous. Nous lui confiâmes des documents et photos que l'on nous interdisait de sortir du pays, une partie de mes dessins et tableaux ainsi qu'un carton de dessins de ma fille collectionnés depuis son plus jeune âge. Nous donnâmes toutes nos affaires et nos meubles à la famille et aux amis. Notre appartement était ouvert aux visiteurs jour et nuit. Nous dormions par à-coups. La rumeur de notre départ se répandit à Moscou. Les radios occidentales l'annoncèrent également. Mon fils Valeri et mon frère Vassili vinrent d'urgence à Moscou.

Le 6 août 1978, nous quittâmes la maison avec une seule valise qui contenait les livres russes de Polina. Famille et amis nous accompagnèrent à l'aéroport. Là, on nous entraîna dans des couloirs internes pour nous séparer d'eux. Les autorités avaient peur de manifestations.

Nous étions en état de choc. Jusqu'au dernier moment, nous caressâmes l'espoir que l'on finirait par nous retenir sous un prétexte quelconque. Naturellement, ce ne fut pas le cas. On nous conduisit à l'avion de la Lufthansa sous escorte. Nous jetâmes un dernier regard sur Moscou par le hublot de l'appareil. Et nous quittâmes notre patrie, pour toujours.

C'était une punition pour une faute que nous n'avions pas commise. C'est la Russie elle-même qui venait de commettre un crime contre un de ses fils. Les gens qui m'avaient jeté hors du pays pensaient qu'il n'existe pas de gens irremplaçables et qu'à la place de Zinoviev viendraient des dizaines d'autres chercheurs plus malléables. Quelle erreur! Les gens de mon espèce sont le produit d'un concours de circonstances très improbable. Ce sont de rares et très précieux éléments de néguentropie sociale. En s'en privant, la société barre les chemins de son propre progrès. Il y aura sans doute d'autres Zinoviev en Russie. Mais à ce jour, aucune voix ne s'est élevée en Russie pour que soient restituées au peuple russe les œuvres d'un philosophe, savant et écrivain russe du nom de Zinoviev.

Quel pays! Quelle époque! Quelles gens!

EN EXIL

Un tournant imprévu

J'avais cinquante-six ans en quittant la Russie. Je ne sentais pas mon âge. En vivant selon les règles que je m'applique à moi-même, l'homme devrait pouvoir garder l'énergie de sa jeunesse jusqu'à la tombe ou presque. Je les suivais méticuleusement. Mes anciens amis à Moscou me disaient que mon premier métier était de rester jeune – et je crois avoir conservé à ce jour l'essentiel de mon potentiel créateur et mon aptitude au travail. Or, le cas d'émigration forcée n'était guère prévu dans mon système existentiel. J'étais davantage prêt psychologiquement à passer le reste de ma vie en prison, dans les camps ou en exil en Sibérie, mais je n'étais pas prêt à la punition la plus raffinée : la liberté occidentale. Quelque satisfaisant que fût mon état physique, je portais en moi le poids de cinquante-six ans d'expérience et je ne pouvais tout de même pas m'abstraire complètement du contenu même de ma personnalité. Je devrais continuer à porter ce fardeau, dans des conditions totalement inédites. Les gens qui me chassèrent de Russie savaient cela parfaitement. Je ne crois pas qu'ils avaient l'intention « de me mettre en réserve de la culture russe », comme me l'assurèrent plus tard des « messagers » de Moscou. Plus de dix ans ont passé, au cours desquels ces mêmes gens ont fait tout ce qui dépendait d'eux pour me barrer l'accès à ladite culture russe.

Non, ils n'avaient pas de bonnes intentions. Ils savaient fort bien que je ne brûlais nullement d'aller en Occident y saisir ma part de liberté et d'abondance. Je n'ai jamais rêvé de la liberté occidentale, que je tenais pour incompatible avec les conditions de la société communiste. Quant au bien-être matériel, il me laissait plutôt indifférent.

Les gens qui me chassèrent de Russie étaient persuadés que je serais « cassé » par les conditions de vie occidentales et, en effet, je faillis y succomber. Pendant quelque temps, je me sentis comme un poisson jeté sur le sable. Ce n'est que par miracle que j'ai survécu. Mais, après ces années de persécution, il m'a été impossible de retrouver mon calme et la paix intérieure.

Pourtant, indépendamment de l'état de mon esprit, cette décennie en Occident a été fructueuse et riche en événements. J'ai fait d'innombrables voyages dans différents pays du monde. J'ai publié plusieurs romans, essais et articles. J'ai donné des centaines d'interviews. J'ai fait une multitude de conférences publiques. J'ai eu une multitude de rencontres avec des gens de nationalités et catégories sociales différentes. Une presse abondante et flatteuse a couronné mes livres. On m'a décerné des prix et invité à moult émissions de télévision. Des expositions de mes tableaux et dessins ont été organisées. J'ai fait la connaissance de gens comme Fellini, Dürrenmatt, Ionesco, Montand, Rostropovitch, Ashkenazi, Mock, Kœnig, Bellow, Aron, Milosz, Tarski, Ayer et plusieurs autres. Bref, j'ai mené une vie grosse d'impressions, de réflexions, de conversations, de travail et d'événements. Pendant ces années, nous avons visité plus de musées que pendant toute notre vie à Moscou, assisté à plus de concerts, vu plus de pièces de théâtre et pris davantage de vacances. En ce sens, mon passé russe ne vaut rien en comparaison avec cette décennie.

J'éprouve néanmoins la plus grande difficulté à décrire cette période. La multitude de sensations dont je parle s'est fondue en un mélange sans forme que je n'arrive plus à ranger dans l'espace et le temps. Une surabondance d'impressions aboutit au même résultat que leur pauvreté excessive : la conscience se trouve désemparée, désorganisée. Je me souviens d'un ami moscovite dont la vocation était les femmes et l'alcool. Une fois, je lui ai demandé de me raconter ses aventures les plus intéressantes. Il ne se rappelait rien.

Il en va de même de ma vie en Occident. Le héros de mon livre *Para bellum* vivait ma propre situation : « Dans sa voiture allemande, il brûlait la route entre une petite ville allemande, propre, qui ressemblait à un " kuchen " et était célèbre pour ses bâtisses médiévales, et une autre petite ville allemande, propre, qui ressemblait à un " kuchen " et était célèbre pour ses bâtisses médiévales. Il connaissait ces petites villes par cœur, et y était allé des dizaines de fois, mais dans son imagination, elles s'étaient toutes fondues dans une même petite ville, propre à vomir et ressemblant à un " kuchen " nauséabond, avec le même Hôtel de ville du énième siècle, une cathédrale, une place du marché, une statue équestre ou pédestre d'un grand Untel (ici, à la différence des Russes, ils sont tous grands)... Et naturellement, avec des magasins luxueux, des hôtels, des devantures. » A la différence de mon héros, je suis allé, en plus de l'Allemagne, en France, en Italie, en Espagne, en Suisse, en Autriche, en Angleterre, en Hollande, en Belgique, au Danemark, en Norvège, en Suède, aux Etats-Unis, au Chili, au Brésil, au Japon...

Je n'ai pas spécialement collectionné, comme en Russie, les coupures de presse me concernant. Je n'ai gardé que celles que m'ont envoyées des amis, des lecteurs, des maisons d'éditions ou les journaux eux-mêmes. Elles s'amassaient en vrac dans un coin. Olga et moi avons à plusieurs reprises manifesté la velléité de les classer, mais, à chaque fois, nous avons remis à plus tard. C'est pourquoi, dans cette partie de mes confessions, je ne m'en tiendrai pas, non plus, à une stricte chronologie et parlerai des aspects les plus importants de l'émigration. Malgré un tournant aussi radical que peut l'être, pour un Russe, l'exil définitif, je continuais à vivre de la même façon qu'en Russie. Je ne traiterai de l'Occident que dans la mesure du strict nécessaire car jamais je ne connaîtrai ni sentirai l'Occident avec la même pénétration que je sens et connais l'Union soviétique.

En Occident

Olga et moi faisions partie de la minorité de Soviétiques correctement informés sur l'Occident et n'avions pas de préjugés anti-occidentaux. Pourtant, nous savions en quittant la Russie que nous allions entrer dans un monde de qualité et de dimensions radicalement différentes. Dans mes rêves les plus avantageux je formais le projet d'enseigner la logique dans une université occidentale et d'y fonder mon propre groupe de logiciens, comme à Moscou. Or, ce modeste calcul s'avéra le plus irréaliste. L'Occident est, en effet, un autre monde mais, dans les dimensions qui lui sont propres, les lois générales du communalisme y fonctionnent de la même manière qu'en Union soviétique et aboutissent à des résultats plus absurdes encore.

A Francfort nous attendait une foule de journalistes. Brèves interviews. Photos. Tournages télé. Une partie des journalistes nous suivit à Munich dont Xenia Antitch qui devint par la suite une amie proche de notre famille. Elle était apparentée à la famille Miller, très connue en Russie. Le recteur de l'université de Munich, le professeur Nikolaus Lobkowicz, nous accueillit à l'aéroport de Munich. On nous amena dans un salon où tout était préparé pour une conférence de presse télévisée. Nos amis étaient là : Christine Mestre, Marina Caroff, Erhardt et Raïssa Hutter dont le chien me reconnut et se jeta dans mes bras. C'est ainsi que sur mes premières photos dans la presse occidentale, on me voit avec ce chien et avec une guitare que quelqu'un, Dieu sait pourquoi, avait donnée à Polina avant notre départ. Mon éditeur, Vladimir Dimitrievic, arriva aussi. Je ne l'avais jamais vu auparavant, même sur une photo, mais je le reconnus aussitôt. Deux ans plus tôt, lui aussi m'avait reconnu sans hésiter au milieu d'un groupe, sur une photo.

Nos appréhensions se dissipèrent quelque peu après cet accueil. Christine, Marina et Vladimir s'occupèrent de nous de façon très touchante. Ils nous ont aidés dans nos premiers pas. Vladimir nous apporta de l'argent grâce auquel nous avons acheté le minimum nécessaire pour commencer la vie. Nous jouissions d'un intérêt et d'une attention exceptionnels de la part des journalistes et des télévisions. Mais nous ne nous sentions pas des célébrités mondaines. Il nous semblait simplement que d'autres gens partageaient notre malheur.

Très rapidement, nous avons visité la France, la Suisse, l'Espagne, l'Italie, sans parler de plusieurs villes allemandes. Nous observions la facilité de déplacement d'un pays à l'autre, les visages des gens en bonne santé, sans malice, les merveilles de la civilisation que nous connaissions par les livres, les couleurs vives et joyeuses, l'abondance de tout ce qui manquait en Russie. Nous pensions à nos compatriotes privés de tout cela et cette souffrance étouffait notre joie. Dix ans ont passé mais il nous a été impossible de nous y habituer. Face à la richesse et aux aspects positifs de la vie occidentale, il nous est impossible d'oublier dans quelles conditions vivent encore des dizaines de millions de Russes.

L'homo sovieticus en Occident

Les Hauteurs béantes et L'Avenir radieux comportent des scènes sur l'instruction des Soviétiques avant le voyage à l'étranger et des épisodes de leurs séjours en

Occident. Mes descriptions étaient fondées sur des faits précis. Je garde le souvenir de l'un de ces épisodes, plutôt comique. Un groupe de sociologues soviétiques participait en Occident à un symposium international. Ils étaient logés dans un bon hôtel. Dans leurs chambres, à part les cuvettes bien connues, il y avait aussi des bidets dont les représentants de la pensée sociologique soviétique ignoraient la fonction. L'un d'eux décida que cet appareil devait remplir des fonctions analogues à celles du papier toilette. L'eau brûlante lui échauda la partie la plus sensible de son anatomie et il bondit dans le couloir, pantalon baissé, en hurlant de douleur et de panique... Au Praesidium de l'Académie des sciences, on livra quelque temps cette histoire aux membres d'autres délégations en leur conseillant de ne pas toucher aux objets inconnus. Quant à ce sociologue, il fut « interdit d'étranger » après cette histoire. Il en fut tout fier, interprétant sa mésaventure comme une provocation de la CIA.

Dès mon arrivée en Occident, j'ai pu constater que mes descriptions, pour caricaturales qu'elles fussent, étaient pourtant exactes. Ainsi, je vis un jour dans une vitrine une chemise qui me plut beaucoup. Je me l'offris séance tenante pour 150 marks. Deux cents mètres plus loin, elle était exposée au prix de 70 DM seulement. Et le lendemain, je rencontrai un ami qui portait ladite chemise, achetée en solde 15 DM. Il me fut impossible de porter ce vêtement : j'en étais totalement dégoûté. La première fois que je pris le tramway, j'attendis une bonne demi-heure à la station. Plusieurs tramways passèrent. Ne comprenant pas pourquoi leurs portières ne s'ouvraient pas, je me décidai finalement à aller à pied. Je n'avais pas deviné qu'il fallait appuyer sur un bouton pour que la portière s'ouvre. A Moscou, l'ouverture des portes est automatique.

Mais je n'étais pas en Occident pour y ramasser le matériel de mes œuvres futures. J'étais en exil, pour toujours. Et je n'étais pas d'humeur à rire.

Olga et moi étions des Soviétiques dans le sens que notre milieu naturel était la société soviétique. Malgré tous les changements que nous subissions, ceux-ci se situaient dans le cadre intangible d'un même système, et il ne nous était pas nécessaire de réapprendre à chaque fois les choses élémentaires de l'existence. Soudain, nous nous sommes retrouvés confrontés à un milieu social totalement différent, un autre mode de vie et une tout autre mentalité. La différence entre les deux systèmes sociaux n'est pas une invention de la propagande. Elle est même beaucoup plus profonde qu'on ne le pense en URSS et en Occident, pour l'avoir, ô combien, ressenti sur nous-mêmes.

Nous disposions d'informations assez détaillées sur la vie en Occident et tout, en principe, nous était connu. Mais il y a une différence entre connaître l'existence du chômage, de la concurrence, du crédit ou des impôts et les expérimenter sur soi-même, être sans travail fixe, payer des impôts ou se laisser entraîner dans l'engrenage des crédits bancaires.

Quand on évoque les conditions de vie en Occident, on néglige totalement de parler des vétilles pourtant essentielles pour des millions de gens et qui révèlent mieux que tout l'essence même de la société occidentale. La même chose se produit d'ailleurs en sens inverse à propos de la société soviétique.

C'était comme s'il nous fallait apprendre à vivre de nouveau. Cela nous plongea dans un malaise tel qu'il nous fallut plusieurs années pour le surmonter. Je reconnais ne pas y être totalement parvenu et il est possible que je n'y parvienne jamais. Olga n'avait que trente-trois ans, mais elle a vécu tout aussi difficilement notre acclimatation. Même Polina, qui n'avait que six ans au moment de notre départ, ne se sent pas tout à fait allemande au bout de dix ans, malgré sa maîtrise parfaite de la langue. Alors, que dire de moi!

Et si nous avons rapidement maîtrisé l'usage des

objets quotidiens et les choses fondamentales comme les services médicaux ou le système d'imposition, les relations entre les gens exigeaient un véritable apprentissage. Je me suis également trouvé dans l'obligation de vivre à l'encontre des principes que je m'étais forgés en URSS. J'ai dû renoncer à ne rien posséder. J'ai été obligé d'acheter des choses que je n'aurais jamais achetées dans mon pays : un smoking, des cravates, un coffre-fort. J'ai dû acheter une voiture, faute de quoi toute vie normale est ici impossible. Je n'avais ni le temps, ni les forces de passer mon permis de conduire et Olga fut obligée de le faire. L'étude du code de la route lui servit d'ailleurs de base à l'apprentissage de l'allemand.

La langue

Pour les émigrés soviétiques, la barrière de la langue est l'un des obstacles les plus sûrs à l'intégration sociale. Je pouvais lire de la littérature spécialisée en anglais et en allemand. Mais je parlais trop peu l'allemand pour vivre en Allemagne. Olga maîtrisait assez bien l'anglais et un peu le français. L'allemand la rebutait et elle n'en connaissait pas un mot. Nous dûmes nous y mettre. Olga commença à apprendre toute seule en aidant Polina, qui venait de commencer l'école, puis en préparant l'examen de conduite. Elle entra par la suite à l'institut linguistique spécial pour étrangers. Elle parla bientôt couramment l'allemand. Mais à quel prix !

Pour moi, l'anglais était plus important. Je participais fréquemment à des symposiums ou des congrès et donnais interviews et conférences, de par le monde. Pour tout cela, la maîtrise de l'anglais était nécessaire autant que suffisante. Je m'y plongeai entièrement pendant deux semaines. Je pris un professeur, mais cette dépense importante fut entièrement justifiée. J'étudiais pendant huit ou dix heures par jour et mes progrès furent substantiels. A peine cet entraînement achevé, je donnai à Londres une interview pour la télévision, en anglais. Le journaliste me demanda depuis quand je parlais la langue. Je répondis : maintenant. On crut à une plaisanterie, mais c'était la vérité : c'était ma première interview en anglais. En même temps, je perfectionnais mon allemand de manière à pouvoir donner des conférences sans interprètes. Je laisse imaginer au lecteur les efforts que cela m'a demandés, à mon âge. Outre qu'il faut s'entretenir dès lors par la lecture et de façon soutenue, les langues s'oubliant à une vitesse vertigineuse.

Notre vrai problème linguistique était moins de nous faire comprendre dans la vie quotidienne, que la disparité entre notre niveau intellectuel et culturel et nos capacités d'expression en langues étrangères. Cette disparité me déprime, car je n'arrive toujours pas à utiliser tous mes atouts intellectuels dans mes conférences, mes articles et, surtout, les discussions.

Dès notre arrivée, nous nous sommes mis à lire livres et journaux en allemand et en anglais. Notre habitude de lire beaucoup s'est encore renforcée par le choix fantastique qui s'offrait à nous. Si la lecture enrichit les moyens d'expression, et que notre vocabulaire dépasse celui de la moyenne des gens cultivés, j'éprouve encore des difficultés à m'exprimer en anglais et en allemand sur des sujets de la vie courante. J'ai appris à parler librement avec des intellectuels, mais je n'ai pas encore la maîtrise du vocabulaire quotidien.

Comme je me déplace souvent dans les pays francophones, j'ai fait mine de vouloir apprendre le français. Je trouvai un professeur, une femme, qui me demanda tout de go si j'avais déjà quelques connaissances de cette langue. J'ai repondu que je connaissais juste trois phrases : « Cherchez la femme », « c'est la vie » et « l'Etat, c'est moi ». Elle me dit alors que je connaissais le principal et que ce n'était pas la peine de continuer. Je suivis son conseil. En tout cas, il y a d'excellents

554

interprètes en France et leur présence oblige à un discours plus concis, de sorte que je ne perds pas beaucoup à cause de la traduction. C'est tout de même dommage que je ne parle pas la langue de Rabelais. Je regrette aussi de ne pas connaître l'italien, tant je vais souvent en Italie.

Punition par la liberté

A mon arrivée en RFA, une petite revue en langue russe écrivit que j'avais choisi la liberté. J'expliquai peu après, dans une interview, que je n'avais pas choisi la liberté mais que l'on m'avait exilé sans me demander mon avis. Si les menaces contre moi avaient été moins vives, je n'aurais pas échangé ma vie en Russie contre toutes les libertés occidentales. Je serais resté en Russie pour des raisons qui n'avaient rien à voir avec la liberté de choix, les préférences de la vie quotidienne et les calculs rationnels en général. Je crains ne pas avoir été compris. Et la petite revue m'a « démasqué » : je n'étais qu'un agent de Moscou. Ce n'était pas la première calomnie à mon adresse et je n'ai pas réagi.

On estime en général que la possibilité du choix et la liberté de prendre des décisions sont des avantages du mode de vie occidental. Je ne le discute pas, ce sont bien là des avantages, mais ils ne sont pas absolus. En URSS, nous avons été habitués, dès notre enfance, à l'absence de choix ou à un choix très restreint. L'initiative de la prise de décisions ne nous appartenait que rarement. Mais ce n'était pas là le mal absolu du mode de vie communiste, car nous étaient épargnées les angoisses liées à la liberté de choix à la responsabilité de la prise de décisions. La vie était ainsi plus simple et plus facile, mais elle n'en était pas vraiment appauvrie. Sa richesse se concentrait simplement sur d'autres aspects de l'existence. Ma passivité devant les mesures de répression qui se sont abattues sur moi en 1976 n'était pas l'expression de je ne sais quelle docilité, mais une réaction raisonnée au cours inévitable des événements. J'aurais été pathétique si je m'étais mis à protester, à me plaindre de réunion en réunion. Naturellement, toutes les actions contre moi se faisaient en violation des lois. Mais, du coup, le mépris était psychologiquement et moralement notre position la plus forte. De même, nous avons laissé les autorités décider de notre sort. Ce n'est pas nous qui avons pris l'initiative de l'émigration. Et lorsque la décision de nous expulser a été prise, nous avons cédé à la force. Cela nous épargna bien des émotions, inévitables dans le cas d'émigration volontaire. De même, nous avons considéré tous les malheurs qui nous sont arrivés depuis lors, comme le châtiment inéluctable de mes actions en URSS. Sans pour autant penser le moins du monde que cette punition soit légitime, notre situation nous semble régie par une logique sociale et non par les catégories de la morale et du droit. On nous refusa un voyage aux Etats-Unis, pour nous intimer l'ordre quelque temps plus tard de déguerpir en Allemagne. Nous avons obéi. De toute manière nous n'avions pas le choix. Même cela présentait un avantage : si nous avions choisi nous-mêmes le lieu d'exil, nous nous le serions reproché.

Je n'affirme pas qu'un tel comportement, induit par l'absence de choix et par la contrainte, soit un bien pour l'individu. Je prétends seulement qu'il est caractéristique des Soviétiques, qu'il a ses avantages et que la majeure partie de la population l'accepte.

Je ne fatiguerai pas le lecteur par mes réflexions sur la liberté. Le problème n'est pas aussi simple que le pensent les Occidentaux, dûment élevés dans la tradition libérale. En Russie, au XVIe siècle, sous le tsar Alexeï Mikhaïlovitch, on adopta une loi qui interdisait à un homme libre d'entrer volontairement en servage sous peine de knout et d'exil en Sibérie. Comme l'écrivait l'historien russe Klioutchevski, cette loi transformait l'un des droits les plus précieux de l'homme en une obligation pénible envers l'Etat. A cette époque, il n'y avait encore guère, même en Occident, de bons esprits pour glorifier la liberté abstraite comme un bien absolu. Le servage en Russie, aboli en 1861, naquit quelques siècles plus tôt comme un phénomène largement volontaire. Comment appliquer dans pareils cas les notions modernes de liberté? La loi du tsar Alexeï Mikhaïlovitch ne fut jamais réellement appliquée : le servage s'ancra dans l'histoire russe pendant deux siècles. Dans les conditions actuelles de la Russie, toute tentative sérieuse pour imposer aux gens les libertés occidentales se heurtera à une très forte résistance de la population. Déjà, un simple flirt avec ces libertés a accéléré la criminalité et la dépravation morale de la société soviétique. La liberté n'est pas en soi une garantie du progrès de la société.

En Occident, nous nous sommes retrouvés dans une situation où prendre des risques et assumer ses responsabilités joue un rôle essentiel dans le comportement. Ces contraintes me sont pénibles. Je suis habitué à être libre de mes choix et de mes décisions dans mon activité intellectuelle. Mais cela ne prédispose pas forcément à des dispositions similaires dans la vie pratique.

Je ressentis les tourments de la liberté et du choix autant dans les petits détails que dans les choses sérieuses. Nous avons quitté Moscou, sans bagages, avec ce que nous portions sur nous. A notre arrivée, je voulus m'acheter un pantalon. A Moscou, c'était simple : si celui que je portais était usé, j'entrais dans le premier magasin et j'y achetais le premier pantalon disponible. A Munich, je me promenai pendant une demi-heure au milieu de centaines de pantalons de tailles, prix, qualités et coloris différents. Perdu devant tant d'abondance, je finis par partir les mains vides. Depuis lors la responsabilité des choses du quotidien repose sur les épaules d'Olga. Elle est beaucoup plus futée que moi.

Nous avons été confrontés à des problèmes plus sérieux. Pendant quelques années, nous avons loué

557

notre logement et payé des sommes faramineuses selon les standards soviétiques. Et puis un jour, Olga décida qu'il était plus raisonnable d'acheter un appartement. Nous étudiâmes une multitude de possibilités. Pour moi, elles étaient toutes bonnes et mauvaises en même temps. Bonnes parce que les appartements que nous visitions étaient hyper-confortables en regard de ceux de Moscou. Mauvaises à cause de leurs prix. J'étais horrifié par le prix du logement le plus modeste. Je n'osais même pas rêver disposer un jour de telles sommes. Et je respirais avec soulagement à chaque fois qu'Olga renonçait à une variante. Finalement, elle choisit un appartement qui lui parut convenable et pas trop cher. Mais cet achat si « bon marché » me déprima pendant des semaines. Il fallut prendre un crédit dont les conditions m'épouvantèrent : avec les intérêts cumulés, nous devrions rembourser pendant trente-deux ans le double du capital initial emprunté. Cette pensée pèse encore sur moi bien qu'on nous ait plusieurs fois répété que nous avons fait une bonne affaire. Ce qui m'est le plus pénible, c'est que ma femme et ma fille soient obligées de continuer à rembourser le crédit plusieurs années après ma mort. Et si un malheur m'arrive maintenant ? A Moscou, je préférais vivre sans logement permanent et voilà que je me vois obligé de devenir propriétaire. J'avoue que j'ai joué un rôle totalement passif dans cette opération immobilière. Je me contentais de fermer les yeux et signer des papiers, Olga s'occupant de toutes les formalités.

Le choix entre l'enseignement universitaire et la carrière d'un écrivain indépendant me fut encore plus difficile. Comme soviétique, j'étais habitué à disposer d'un travail fixe me garantissant un minimum de moyens d'existence. Avec quelques efforts, j'aurais pu trouver en Occident une activité scientifique permanente dans une université ou un centre de recherche. Au cours de deux années de travail à l'université de Munich, je me rendis compte que les conditions de travail dans le milieu universitaire n'avaient rien de comparable avec celles que j'avais connues à Moscou. Mon âge, la concurrence d'autres chercheurs, le type des étudiants et le fait même de ma notoriété parmi les philosophes et les logiciens, tout cela m'aurait empêché d'occuper à Munich une position aussi forte que celle que j'avais à Moscou. Personne n'avait besoin de mes quelques innovations. J'étais reconnu en Occident tant que je restais à Moscou sans créer de tort à personne.

Un autre élement entra en ligne de compte : il m'était pratiquement impossible de mener de front un travail universitaire et mes activités littéraires. Or mes livres m'obligeaient à de fréquentes interventions publiques. Je devais choisir. Je pris un gros risque en optant pour la carrière d'écrivain car la période des droits d'auteurs somptueux pour les auteurs russes émigrés était terminée. Il y avait désormais en Occident des myriades d'émigrés soviétiques, qui se prétendaient écrivains. Il me semblait pourtant difficile de vivre et de nourrir une famille sur des droits d'auteurs. Ce problème me tourmenta pendant quelques années. Sa solution vint toute seule.

L'aspect matériel de la vie

L'épreuve la plus dure que j'eus à surmonter dans les premières années de ma vie à l'Ouest fut l'étroit rapport entre les aspects matériels de la vie et le succès intellectuel. En Union soviétique, je ne m'étais jamais trouvé confronté aux problèmes matériels. Je considérais le niveau de vie comme un fait donné, de second ordre. Je me réjouissais de l'amélioration de mes conditions matérielles, mais ce n'était nullement l'objectif principal de mon activité. En fait, indépendamment de mon cadre d'existence, ce qui comptait pour moi c'était la création intellectuelle. Je me sentais participer à la marche du progrès culturel.

J'ai eu à plusieurs reprises la possibilité de devenir un homme privilégié et fort aisé. Mais ce ne pouvait être qu'au prix de l'abandon de mes principes et règles de vie et j'ai volontairement laissé passer ces « chances ».

A l'Ouest, ma situation a radicalement changé. Le souci du bien-être matériel de ma famille est désormais primordial. L'écriture est devenu mon gagne-pain. Il n'y a plus place pour le savant, l'écrivain libre, qui crée au seul nom de la vérité et de la beauté.

Cela ne veut pas dire que j'ai renoncé à la vérité par goût du lucre. Rien de tel! Pendant cette décennie, je n'ai pas écrit un seul mot qui soit en contradiction avec mes idées. Cela veut dire simplement que j'ai été obligé d'utiliser mes connaissances et mes dons comme seul moyen de nourrir ma famille.

Evidemment, je ne suis pas le seul dans ce cas! L'originalité de mon cas se trouve ailleurs : quelques dizaines d'années de ma vie, en Russie, m'ont été nécessaires pour obtenir un statut intellectuel et une place dans la hiérarchie sociale qui m'épargnaient les soucis du quotidien et me laissaient libre de mon activité créatrice. En Occident, je n'ai rien obtenu de tel. Avec tous mes livres, je ne gagne pas suffisamment d'argent pour pouvoir vivre tranquille ne serait-ce que deux ans, sans être obligé de rechercher de nouveau revenus.

J'aurais pu obtenir une situation matérielle garantie en renonçant à la littérature et au journalisme. Cela n'a pas marché. J'aurais pu atteindre une plus grande aisance matérielle en sacrifiant mes principes pour me mettre à écrire et à dire ce qui plaît aux Occidentaux et rapporte de l'argent. Plusieurs émigrés soviétiques l'ont fait. Pour moi, c'est inacceptable. Je n'ai pas trouvé de mécène, non plus. Je me suis retrouvé seul. C'est pour cette raison que je suis obligé de bosser comme un bagnard, moi qui avais pourtant l'habitude de travailler deux fois plus que les autres. Les journalistes me demandent parfois pourquoi j'écris une telle quantité de livres et donne si souvent des conférences publiques. On me dit que cela me nuit. Je réponds toujours que si l'on me payait pour des livres imaginaires, je n'aurais plus écrit une seule ligne. Ils prennent ça à la blague, persuadés qu'un écrivain si avantageusement connu doit disposer de revenus confortables. Pour l'écrivain russe en Occident, la réputation littéraire ne va pas toujours de pair avec le succès commercial, hélas!

Ce que je viens d'écrire ne signifie pas que nous avons succombé, Olga et moi, aux séductions occidentales. Pas du tout! Nous avons d'autres intérêts et il nous reste quelques solides principes. Simplement, les conditions concrètes de l'existence en Europe occidentale se sont avérées telles que le problème du gagne-pain se pose pour nous de manière aiguë et qu'il est impossible de l'escamoter. Un haut niveau de vie est certes agréable, mais il prend pour nous, habitués que nous étions à l'Union soviétique, des formes négatives et même coercitives. Là-bas, nous dépensions notre argent essentiellement pour la nourriture et les vêtements. Ici, la plupart de ce que je gagne sert à payer l'appartement, la voiture, la caisse de maladie, la Sécurité sociale, les impôts, les avocats, les conseillers fiscaux, etc. Seule une tranche minime de mes revenus est destinée aux frais quotidiens dans le sens soviétique.

Il peut paraître possible de diminuer ses dépenses en réduisant son niveau de vie. Illusion que cela! On ne peut baisser considérablement ses dépenses qu'en tombant au rang des malheureux incapables de gagner leur vie et dont la société doit prendre soin. En ma qualité d'écrivain connu, je ne pouvais tout de même pas devenir un cas social!

Le niveau de vie supérieur en Occident est perçu par les Soviétiques comme une plus grande quantité de biens matériels à la disposition des individus. Mais ils ne se demandent pas comment on obtient ces biens et quel en est le prix. Or le haut niveau de vie, en réalité, c'est d'abord un haut niveau de dépenses dont les Soviétiques sont épargnés, en totalité ou en partie. Pour jouir de l'abondance et des libertés occidentales, il faut de l'argent. Et pour l'obtenir, il faut descendre dans l'enfer de la société qui est comparable, et même pire par certains côtés, à l'enfer soviétique. Pour ce haut niveau de vie, les Occidentaux paient un prix que les Soviétiques, accoutumés à l'indolence de la société communiste, ne seraient pas disposés à payer. Certes, ils voudraient bien disposer de tous les biens de la terre, mais sans efforts ni sacrifices supplémentaires. C'est, hélas, impossible d'après les lois objectives de la science sociale.

Pour moi, ces lois se sont traduites par l'obligation de soutenir un train de vie quelque peu écœurant et en totale contradiction avec mes principes. N'ayant pas de revenus réguliers, je me suis rapidement senti obligé d'accepter des propositions de conférences ou d'articles, des quatre coins du monde. Certes l'on me proposait des sujets à mon exacte mesure. Mais je voyageais sans cesse. Et cela signifie des hôtels, des gens étrangers, une vie hachée et une nervosité accrue. Cette vie-là fut l'une des causes de notre crise familiale de 1982-1983.

Nostalgie

On dit que les Russes sont particulièrement sujets à la nostalgie. Il m'est impossible de juger de la justesse de cette affirmation, mais en ce qui nous concernait, Olga et moi, dans les premiers temps de notre arrivée, nous ne souffrions guère de nostalgie, étouffée qu'elle était par d'autres sentiments plus violents. Nous avons fini par comprendre ce qui nous était arrivé en Russie et le traitement que nos propres compatriotes nous avaient fait subir. Quelles que fussent mes opinions, mon œuvre faisait tout de même partie de la culture russe. Mais parmi mes compatriotes aucune voix ne s'éleva pour me défendre. Un pillage sans vergogne de mes œuvres scientifiques et littéraires commença. Aucun confrère russe ne protesta. Mon propre peuple m'arracha de son sein et laissa piétiner et mettre à sac ce que j'avais créé. Personne n'essaya de me trouver un refuge, même primitif, pour me permettre de rester en Russie. C'était frappant. Je savais quels efforts et quelle ingéniosité on déployait pour héberger et cacher les « indésirables » persécutés par les autorités. J'y avais participé moi-même. Mais dans mon cas, nul ne bougea le petit doigt. Après tout cela, peu de choses en Russie pouvaient nourrir notre nostalgie.

Grâce aux moyens de communication modernes, plus personne ne peut plus se sentir complètement isolé, loin de son pays. A l'Ouest, nous recevions des informations sur la vie en Russie et en savions plus que quand nous y vivions. Enfin, la situation en URSS évoluait d'une telle façon que la nostalgie n'était plus possible. Tous les arrivistes que j'avais ridiculisés dans *Les Hauteurs béantes* devenaient de plus en plus les maîtres spirituels du pays. Ce n'étaient guère les lugubres serviteurs de *Big Brother* selon Orwell, mais les représentants les plus « éclairés », « intellectuels » et « libéraux », de la société. Ils ne pouvaient me pardonner de les avoir compris et démasqués. Graduellement, la Russie devenait pour nous beaucoup plus étrangère que ne pouvait l'être l'Europe occidentale. Selon mes informateurs, mes livres continuaient à circuler illégalement en URSS, mais ce n'était là qu'une mince consolation.

Pour moi, comme pour quelques autres Russes, nous nous trouvions devant une situation historique sans précédent : ce n'était pas nous qui avions trahi notre peuple, mais notre peuple qui nous avait trahis en permettant à ses prétendus représentants de nous chasser ignominieusement de notre patrie. Alors de quelle nostalgie parlons-nous ? La Russie cessa de nous considérer comme ses enfants. Elle cessa donc d'être notre patrie. Etre pleinement conscient de cela est un sentiment infiniment plus douloureux que le simple mal du pays.

Dans les années gorbatchéviennes, on a parlé en Russie de Goumilev, Tsvetaïeva, Bounine, Zamiatine. On a publié les livres jadis interdits de Grossman, Pasternak, Platonov, Galitch, Erofeïev. On parla même positivement de plusieurs hommes de culture qui avaient fait à l'Union soviétique plus de mal que moi. Mais personne n'a dit publiquement qu'il fallait rendre mon œuvre à la culture russe. Si le peuple russe me juge inacceptable, c'est son affaire. Je ne demande pas à retourner en Russie. Je ne demande pas que mon œuvre y soit reconnue. Et je ne vais pas m'humilier, quoi que l'on me promette dans ma patrie. Ma conscience est propre. C'est la Russie qui est coupable envers moi.

Ma patrie littéraire

Je me suis frayé un chemin en logique grâce à l'aide de Polonais, d'Américains et d'Allemands. Mais je suis devenu un écrivain reconnu grâce aux Suisses et aux Français. La Suisse et la France sont devenues ma patrie littéraire. L'éditeur Vladimir Dimitrievic prit le risque de publier *Les Hauteurs béantes*. Il crut immédiatement en mon talent et publia au cours des années suivantes une multitude de livres de moi. Je pense que Vladimir écrira un jour un livre sur nos rapports. J'en dirai juste quelques mots.

Vladimir est d'origine serbe. Son père fut un compagnon de cellule de Milovan Djilas, sous Tito. A l'âge de dix-neuf ans, Vladimir s'enfuit de Yougoslavie et arriva en Suisse, via l'Italie. Cet autodidacte d'une grande intelligence est devenu un remarquable connaisseur de la littérature. Peu de gens possèdent une si grande culture littéraire et un goût si sûr. Au prix d'un travail très dur, il acquit les Editions L'Age d'Homme et sut en faire une maison d'édition importante et indépendante. Nous sommes liés depuis de longues années par l'amitié et un grand travail en commun. Dans son mini-bus où il transportait lui-même ses livres, nous avons parcouru ensemble, dans tous les sens, la Suisse et la France. De mon côté, je l'ai aidé grâce à d'innombrables conférences et rencontres avec les lecteurs. Ce furent mes années d'activité publique les plus intenses. Au cours de nos voyages, nous menions des conversations sur les sujets les plus divers. J'avoue qu'il me serait difficile de trouver un interlocuteur de ce niveau-là. Nos conversations ont joué également un grand rôle dans l'écriture de certains de mes livres. C'est Vladimir qui a eu l'idée de publier mes conférences sous forme de recueils. C'est en partie grâce à lui que je suis devenu essayiste.

Vladimir publiait mes livres simultanément en russe et en français. J'ai eu de la chance avec mes traducteurs français. Wladimir Bérélowitch a traduit *Les Hauteurs béantes* et quelques autres. *Les Hauteurs* étaient sa première expérience de traduction et le résultat fut brillant. « Wladimir deux » (le premier c'est Dimitrievic) est un homme très agréable, cultivé et qui maîtrise parfaitement le russe. Il appartient à la troisième génération de la première émigration. Il participait aussi à nos voyages et me servait d'interprète. La qualité de ses traductions orales était tout aussi superbe. Et il a fini par connaître tellement bien mes livres et mes idées qu'il répondait parfois lui-même aux questions des auditeurs sans attendre mes paroles. Nous avons établi un rapport très amical.

J'ai eu deux autres excellents traducteurs : Jacques Michaut et Anne Coldéfy. Le premier a travaillé sur *Le Communisme comme réalité*, *Homo sovieticus*, *Le Héros de notre jeunesse* et *Para bellum*; la seconde a traduit *La Maison jaune* et *Va au Golgotha* ainsi que plusieurs de mes articles.

En France, j'ai eu aussi la chance d'être soutenu par des personnalités comme Raymond Aron, Eugène Ionesco, Simone Veil, Georges Nivat, Max Gallo, Alain

Peyrefitte, Yves Montand, Alain Besançon, Jean-François Revel et d'autres. En 1986, le médecin Jean-François Véré et l'avocate Sylviane Jullian ont organisé un festival littéraire autour de mon œuvre à Avignon et à Orange. Je suis devenu citoyen d'honneur de ces deux villes. Dans le pays des Lumières, j'ai également reçu le Prix Médicis étranger en 1978 et le Prix Alexis Tocqueville en 1982.

Kaléidoscope

Notre mode de vie en Occident n'était guère celui des émigrés soviétiques, vivant plutôt en vase clos. J'avais constamment affaire aux journalistes, éditeurs, lecteurs. Notre maison était ouverte en permanence. Je voyageais beaucoup, souvent avec Olga. En un peu plus de dix ans, nous avons rencontré une multitude de gens intéressants. Plusieurs épisodes se sont gravés dans ma mémoire.

Dès mon arrivée en RFA, je fus invité à un congrès de philosophie à Düsseldorf. J'étais logé dans le même hôtel que la délégation soviétique. Le matin, je pris le bus qui devait nous conduire au centre des congrès. Les Soviétiques étaient déjà installés. Dès qu'ils me virent, ils quittèrent leurs places avec ostentation et descendirent du véhicule. Pendant une pause, j'aperçus Horst Wessel, mon élève préféré. Il ne s'approcha pas de moi. Nous nous regardâmes à distance. L'un de mes anciens amis de Tchécoslovaquie, le philosophe Berka, déclara même qu'il ne me connaissait pas.

A propos de Soviétiques en voyage en Occident, nous rencontrâmes un jour à Paris un groupe de l'Académie des sciences. Nous prenions notre petit déjeuner, Olga et moi, dans la salle à manger d'un hôtel parisien lorsque quelques Russes entrèrent. Nous entendant parler russe, ils s'approchèrent de nous et nous demandèrent ce que nous faisions en France. Ils nous dirent être là pour « des questions scientifiques ». Je répondis que nous y étions pour « des questions littéraires ». En partant, je me trouvai nez à nez avec un homme que j'avais rencontré à plusieurs reprises au Praesidium de l'Académie : c'était lui qui donnait les instructions aux délégations qui partaient pour l'étranger. En me voyant, il pâlit, fit volte-face et partit comme une flèche. Nous n'avons plus revu nos ex-compatriotes.

De telles scènes se répétaient souvent. A Stratford-on-Avon, dans l'église où se trouve la tombe de Shakespeare, j'eus une longue conversation avec un prêtre. Pendant tout ce temps, un groupe de Soviétiques où quelqu'un m'avait reconnu attendait patiemment dans la rue. Ils n'entraient pas à l'intérieur pour ne pas me croiser. A ma sortie, je passai près d'eux. Leur chef leur disait : « Ici se trouve le tombeau de Shakespeare, camarades. Cette visite nous oblige. Nous devons écrire comme lui et même mieux. » C'était un groupe d'écrivains.

En 1978, j'ai rencontré à Paris Boris Bajanov, qui, pendant une courte période, avait été secrétaire de Staline. En 1928, il était venu en Occident et y était resté. Il avait vécu dans une horrible misère en se cachant des agents soviétiques. Il se présenta à moi comme un ancien secrétaire du CC, pas comme celui de Staline. Il rêvait de former un nouveau gouvernement. Soljenitsyne et moi fûmes pressentis pour en faire partie.

C'est encore à Paris, lors de mon premier voyage en France, que je rencontrai le mathématicien René Thom. Nous avions connu à Moscou sa fille, Françoise.

Pendant un mois, j'ai donné un cours à Oxford. J'y ai fait la connaissance de la sœur de Boris Pasternak. Elle se déplaçait sur un vieux vélo, couverte d'un vieil imperméable. Chez elle, les tableaux de son père, Leonide Pasternak, occupaient tous les murs. Elle était persuadée que son frère était un mauvais poète qui avait gâché la réputation de la famille et que son père était un peintre génial. A Oxford, j'ai également rencontré des descendants de grands aristocrates russes. J'ai gardé le souvenir des Tolstoï et des Obolenski. En fait, j'ai eu l'occasion de côtoyer des membres des grandes familles russes dans toutes les villes européennes. J'ai signé des livres à des Golitsyne, Stolypine, Chouvalov, Panine, Vassiltchikov, Zoubov et d'autres. J'ai vu plusieurs fois Alexandre Romanov, membre de la maison impériale. Il a aidé mon amie Betty Pollock à traduire en anglais mon poème *Ma maison mon exil*. J'ai également dédicacé l'un de mes ouvrages à la Grande-Duchesse, une dame très, très âgée. Elle se souvenait avoir entendu dire, dans les années 30, que j'avais été fusillé. Je lui répondis que j'étais bel et bien vivant, comme elle pouvait le constater. Elle hocha la tête et dit que les rumeurs mentaient toujours. Mon nom éveilla plus d'une fois la curiosité. Nombre de gens pensaient que j'appartenais à la famille de ce « Zinoviev-là ». Je répondais d'habitude que je n'étais même pas son homonyme.

A une réception privée, un vieillard (j'appris par la suite qu'il avait plus de quatre-vingt-dix ans) s'approcha de moi et se présenta comme sous-lieutenant du régiment Semionov, de la Garde impériale de sa Majesté. Alors moi, je me présentai comme capitaine du groupe aérien d'assaut, etc. « Si jeune, constata-t-il, et déjà capitaine ! »

Nous avons fait la connaissance de Fiodor Chaliapine, le fils du grand chanteur russe qui vivait à Rome. Il avait plus de quatre-vingts ans mais se portait bien, conduisait lui-même sa voiture, participait aux tournages de films et se rendait à Moscou. Il avait transféré en Russie les restes de son père et apporté aussi de nombreux objets et documents de la famille. Mais l'accueil des autorités soviétiques n'avait pas été très chaleureux, ce qui lui fit de la peine.

A Madrid, lors d'une émission de télévision, j'expliquai entre autres choses que, dans ma jeunesse, j'étais anarchiste et voulais tuer Staline. A notre sortie dans la rue, une petite foule nous attendait. Les gens applaudissaient et nous marquaient leur approbation. C'était un groupe d'anarchistes locaux.

Lors d'une de mes visites en Espagne, nous fûmes invités, Olga, Polina et moi, chez le marquis d'Oriol, l'ancien président du Conseil d'État. Notre fille, qui connaissait une multitude de contes avec des rois, des princes et des ducs, fut très déçue car le marquis ne portait pas de couronne et son domaine n'avait rien de légendaire. En s'avançant vers notre hôte, Polina me demanda dans quelle langue elle devait lui parler. Cela nous a semblé très drôle. Et maintenant, dix ans plus tard, notre fille parle les principales langues européennes.

En 1979, j'ai visité la Norvège. J'avais dit dans mes interviews que Knut Hamsun était l'un de mes écrivains préférés. A mon arrivée en Norvège, le fils de Hamsun m'invita chez lui. Pendant la guerre, il était aviateur, comme moi. Et après la guerre, il est devenu peintre. Nous passâmes une excellente soirée ensemble. Il me proposa de revenir dans son pays pour une période plus longue et de m'installer dans sa maison du Nord où son père avait passé les dernières années de sa vie. A mon grand regret, je n'ai pas réussi, à ce jour, à trouver le temps pour ce voyage.

A Oslo, après l'une de mes conférences, un groupe de gens m'écarta de mes accompagnateurs et tenta de me pousser dans une voiture. Après cet incident, on m'attribua des gardes du corps : quatre barbus de deux mètres de haut. Lors d'une autre conférence, on me demanda comment un petit pays comme la Norvège pouvait se défendre contre la menace soviétique. Je répondis que cette question m'étonnait. S'il y avait dans le pays ne fût-ce qu'un millier de gars comme mes gardes géants, prêts à défendre leur patrie jusqu'au bout, alors l'Union soviétique ne pourrait jamais les vaincre. L'un des auditeurs répliqua qu'il n'y avait guère chez eux plus d'une centaine de tels compatriotes.

En Angleterre, je donnais une interview à la veille des élections et l'on me demanda qui, d'après moi, allait être élu. Je répondis que ce serait Mme Thatcher.

Cette prévision ne fut pas publiée sous prétexte que c'était une ingérence dans la campagne électorale. Mais alors, pourquoi me l'avoir demandé ?

La Finlande est un pays où je n'ai pas donné de conférences : par des intermédiaires, les autorités m'ont demandé de ne pas y venir sous prétexte qu'on ne pouvait pas assurer ma sécurité.

Dans mes innombrables voyages à travers le monde, je visitais toujours les musées et les grandes galeries de peinture. A Munich, nous n'avons pas manqué une seule exposition. Musées, vernissages et concerts sont devenus une habitude rituelle de la vie de Polina. Rien de tel n'aurait pu lui arriver en Russie. Nous avons pu mesurer combien le peuple russe n'était pas seulement mal loti dans le domaine matériel, mais aussi dans celui de la culture. Les Russes, doués par nature, sont simplement exclus du processus mondial de développement culturel.

J'ai reçu en 1986 la médaille de résident d'honneur de la ville de Ravenne, en Italie. C'est le maire, un communiste, qui me remit cette distinction. Je lui exprimai mon étonnement : j'étais pourtant un critique connu du communisme. Il me répondit qu'il était un communiste italien, et pas soviétique, et que la décoration m'avait été attribuée pour mon œuvre littéraire dont il était un admirateur. Le journal communiste *L'Unitá* publia une série d'articles positifs sur moi. Et, en 1988, son ancien rédacteur en chef a écrit un article très élogieux sur mon livre *Le Gorbatchévisme*.

En général, je me sens toujours bien en Italie. J'y suis beaucoup allé et la presse là-bas m'est toujours flatteuse, bien que les Italiens soient pro-gorbatchéviens. En novembre 1988, Vladimir Maximov et moi donnâmes une série de conférences à Rome, Bologne, Padoue et Milan à l'occasion de la sortie du recueil sur notre nouvelle opposition. Notre engagement ne correspondait pas au sentiment dominant de l'opinion publique, mais plus de vingt articles sont pourtant parus dans la presse en quelques jours.

A Milan, mon éditeur présentait, en même temps que mon livre, un ouvrage d'un écrivain italien du nom de Fontana. Plus tard, nous nous réunîmes tous dans l'appartement du journaliste Daniel Salvatore-Schiffer qui avait écrit un grand article sur moi. A onze heures du soir, notre hôte nous annonça qu'il devait ramener Fontana en prison. Celui-ci était, en effet, un ancien terroriste condamné à vingt-cinq ans de prison lorsqu'il en avait vingt-quatre. Il avait purgé déjà la moitié de sa peine. Il me demanda de lui signer mon livre. J'ai écrit : « A un jeune Italien, ancien terroriste, de la part d'un vieux Russe, ancien terroriste. » Nous nous sommes séparés en amis mais je n'en revenais pas : un terroriste condamné à une longue peine de prison, qui y écrit des livres (c'était son troisième ouvrage) et qui est relâché pour présenter son œuvre, voilà de quoi rendre perplexe un Soviétique !

En 1987, nous avons été invités, Olga et moi, à visiter le Chili. Notre voyage était financé par le journal *El Mercurio* et l'université de Santiago, à l'instigation de Jaime-Antuñez Aldunate, journaliste et professeur que j'avais connu à Munich. Ce fut un agréable succès. En une semaine, j'ai donné plus de dix conférences et parlé à plusieurs reprises à la radio et à la télévision. Ma brochure sur la perestroïka de Gorbatchev fut rapidement épuisée. A l'université, la salle était comble et mes paroles furent accueillies avec attention et bien-veillance. A notre retour en Allemagne, nous n'en avons appris qu'avec plus de surprise par les médias qu'il y avait des grèves et des manifestations à l'université chilienne lors de notre séjour. Nous n'en avions vu aucune trace. Nous n'oublierons jamais l'accueil cordial et chaleureux qui nous a été réservé au Chili.

Les lettres de mes lecteurs jouent également un rôle important dans ma vie en Occident. J'en reçois en quantité des quatre coins du monde. Dans les moments difficiles, c'est un soutien moral inappréciable. Dans leurs lettres, les lecteurs expriment ce que les critiques n'osent pas dire en public. Je suis entré en correspondance régulière avec certains d'entre eux. Les missives de Marc Salzberg m'ont été particulièrement précieuses. Nous sommes devenus des « amis épistolaires ». En 1987, alors que je donnais une série de conférences aux Etats-Unis, j'ai pris un avion spécial pour Houston afin de rencontrer Marc. Nous avons passé ensemble quelques jours. Le destin envoie rarement des interlocuteurs aussi intelligents.

Ecole

En septembre 1978, nous avons inscrit notre fille Polina à l'école. Nous avons décidé qu'elle irait dans un établissement ordinaire, le plus proche de notre domicile, et non dans une école privée quelconque, comme certains émigrés soviétiques nous le conseillaient. Nous avons eu une chance extraordinaire. Elle était gratuite comme toutes les écoles populaires. Dans la classe de Polina étudiaient des descendants de Bismarck, Schullenburg et Siemens mais ils ne jouissaient d'aucun privilège.

La première maîtresse de Polina était une femme digne du plus grand respect comme pédagogue et comme être humain. Elle s'appelait Eva Schepler. Polina ne parlait pas un mot d'allemand. Frau Schepler a appris elle-même quelques mots de russe, disposé la classe en faveur de Polina et fait son possible pour aider notre fille dans ses premiers mois d'études, les plus difficiles. En six mois, Polina parlait l'allemand. Elle fut bientôt suffisamment forte pour sauter une classe, ce qui était sans précédent dans l'histoire de l'école. Et Polina avait en plus de bonnes notes en allemand.

Les gens

Bien que les Allemands soient réservés et formels, nous n'éprouvions aucun manque de contact avec eux.

Un cercle stable de connaissances se forma : notre médecin Karl Weixner et sa femme, Hannelore, nos voisins d'immeuble Jorg et Kerstin Gaertner, et plusieurs autres. Les propriétaires d'une galerie de peinture qui organisa une exposition de mes dessins, Helmut et Meisi Grill, sont également devenus nos amis. Nous rencontrions souvent l'éditeur Klaus Piper. Nos rapports d'affaires n'étaient pas les meilleurs mais nous avons gardé des relations de sympathie. Une véritable amitié s'est créée entre nous et le journaliste Adelbert Reif qui a fait avec moi un livre-interview : *Je suis mon propre Etat*. Nous entretenons aussi des relations avec le metteur en scène Kurt Hoffman qui a réalisé un téléfilm sur moi.

En 1981, j'ai commencé à recevoir des lettres admiratives d'une certaine Betty Pollock. Elles venaient d'abord des Etats-Unis, puis d'Angleterre et de France. Je recevais des quantités de courrier et je ne prêtai pas d'attention particulière aux lettres de Betty. Je me bornais à répondre poliment. Mais, l'année suivante, cette femme me téléphona de New York pour m'annoncer qu'elle venait à Munich pour me rencontrer. Je répondis que nous partions en vacances en Autriche, mais elle me demanda où précisément. Le lendemain, nous partîmes pour Leutasch. Un jour plus tard, alors que nous rentrions d'une promenade, une femme très grande, mince, d'allure aristocratique, qui avait dû être très belle dans sa jeunesse, nous attendait à l'hôtel : c'était Betty Pollock. On lui donnait cinquante ans mais elle en avait « cent cinquante » comme elle aimait à plaisanter. Bien que l'hôtel affichât complet, on lui donna immédiatement la suite la plus luxueuse. A vrai dire, en la voyant, je fus assez décontenancé. Elle décida sur-le-champ de nous offrir de la vodka et sembla déçue d'apprendre que nous n'en buvions pas. Au bout d'une demi-heure, nous étions aussi à l'aise que de vieux amis.

Betty s'avéra être une personne remarquable. Elle avait une bonne connaissance de la littérature russe en général, et de mes livres en particulier. Elle les avait tous lus en anglais, en français, un peu en russe. Elle écrivait une thèse de doctorat sur mon œuvre. Plus tard, elle a traduit en anglais l'un de mes poèmes. Nous lui avons rendu visite, à plusieurs reprises, à Londres, dans le Gloucestershire et à New York. Nous avons aussi sympathisé avec son ami, Paul Douglas, un businessman américain typique.

En 1982, j'ai rencontré Charles Janson, éditeur d'une revue anglaise *Soviet Analyst*. Il est devenu un « zinovien ». Notre amitié a commencé dès la première minute. Charles a traduit en anglais deux de mes livres, *Le Communisme comme réalité* et *Homo sovieticus*. Il a également participé à l'organisation d'un symposium consacré à mon œuvre, et a contribué à la publication des textes : *Alexandre Zinoviev, écrivain et penseur* (1986). Il a écrit lui-même un article chaleureux et flatteur pour ce livre. Pendant nos séjours à Londres, nous étions toujours invités par les Janson. Parfois, nous logions chez eux. Charles est marié à la duchesse Elisabeth Sutherland, propriétaire d'un grand domaine et du château de Don-Robin, au nord de l'Ecosse. J'y ai passé deux étés, avec ma famille. Cela ne veut pas dire que les Janson soient des gens très riches. Ils ont un train de vie modeste. Ils ont transformé Don-Robin en musée car l'entretien revient très cher. Charles finance aussi sa revue qui est d'ailleurs l'une des meilleures publications soviétologiques en Occident.

Le niveau de prestige

Le niveau de prestige est l'un des phénomènes du communalisme. On le rencontre dans toutes les sociétés un tant soit peu développées. Dans la société communiste, c'est un moyen de hiérarchisation sociale. Quelques exemples permettront de comprendre cela. Le sculpteur Ernst Neïzvestny n'avait aucun titre et n'occupait aucune position officielle. Pourtant, sa notoriété en Occident lui donnait un niveau de prestige élevé. Des étrangers célèbres et haut placés lui rendaient visite, il connaissait des personnalités dans le pays et il était connu de l'appareil du « CC du KGB ». Après son conflit avec les autorités, son prestige monta encore. Le metteur en scène Iouri Lioubimov, du théâtre de la Taganka, avait un prestige encore plus élevé, car sa troupe jouait un rôle important sur le plan politique en tant que forme tolérée d'opposition au régime. Lioubimov bénéficiait de la protection personnelle de Iouri Andropov et avait des contacts avec les instances supérieures de l'appareil du pouvoir. Alexandre Soljenitsyne avait, lui aussi, un haut niveau de prestige. Les décisions concernant ses publications étaient prises par le CC du parti. Il eut même pendant quelque temps des rapports chaleureux avec Khrouchtchev. Mais le prestige le plus élevé revenait indiscutablement à Mstislav Rostropovitch. On lui avait octroyé une datcha proche de celle de Brejnev et il faisait partie des « courtisans d'élite » des hauts fonctionnaires du parti.

Pour cette catégorie de personnes, c'est le niveau de prestige qui détermine la situation sociale. Il existe une hiérarchie de ces niveaux, bien qu'elle soit moins évidente que l'échelle hiérarchique officielle. Elle se manifeste dans le degré d'aisance matérielle, les décorations, les épithètes, la publicité et même à travers les nécrologies et les lieux d'enterrement. On m'a raconté, à Moscou, que le poète Mikhaïl Svetkov se renseigna de son vivant pour savoir comment il serait enterré. On lui dit qu'il aurait droit à un enterrement de première catégorie (mais pas la supérieure). Il demanda alors à avoir une cérémonie de troisième ordre et qu'on lui paye la différence de son vivant. J'ai parlé du rôle des nécrologies dans la vie sociale soviétique dans mon livre *Para bellum*.

Le niveau de prestige d'un individu n'a qu'un lointain rapport avec son pouvoir créateur. Ce qui importe réellement, c'est l'appréciation de la société sur son type d'activité et à quel point la personne concernée correspond aux intérêts des autorités et de la société. La plupart des gens sérieux ont un niveau moins élevé que quelques représentants de leur profession rompus à la promotion sociale. Un chanteur, un musicien, un acteur ou un footballeur populaires peuvent jouir d'un niveau de prestige plus élevé que de vrais créateurs de la culture. C'est un phénomène général de la modernité, mais il joue un rôle essentiel dans la société communiste.

Le niveau de prestige de la plupart des émigrés soviétiques baissa considérablement après leur installation à l'Ouest. Même Rostropovitch l'a ressenti à un moment donné. Lioubimov et Neïzvestny sont tombés d'une hauteur vertigineuse à un niveau fort moyen au regard des critères soviétiques. Il en est allé de même pour des gens comme Voïnovitch, Vladimov, Barchaï, Axionov et tant d'autres. Moi, j'ai eu de la chance. En Union soviétique, ma profession n'assurait pas un haut niveau de prestige. Même Aristote, vivant de nos jours, ne serait pas monté au-dessus d'une nécrologie et d'un enterrement de troisième catégorie, sans avoir fait une carrière officielle. D'ailleurs, dans la même situation, Mozart n'aurait certainement pas pu atteindre le niveau de prestige atteint aujourd'hui par certains de ses interprètes. En URSS, je n'existais pas comme écrivain et sociologue. J'avais une certaine notoriété dans un cercle restreint mais pas auprès du grand public. Je n'ai donc rien perdu dans l'émigration puisque j'ai atteint, en Occident, un certain prestige public. Pendant ces dix années, j'ai occupé un rôle que je n'avais aucune chance de jouer en Union soviétique. C'est devenu pour moi un travail de routine qui non seulement me rapporte mes moyens de subsistance, mais

576

me permet de sentir que mon activité n'a pas été inutile *.

L'émigration russe

L'émigration russophone, arrivée en Occident en trois vagues, est fragmentée et dispersée dans divers pays. Elle n'a pas d'unité sociale mais sa structure imite en partie la société soviétique et en partie l'occidentale. Selon le critère de l'activité politique et sociale, elle se compose de trois couches. La première, ①
ce sont les écrivains, journalistes et enseignants qui truffent les organismes de presse et d'édition de l'émigration et les organisations d'émigrés ou travaillent dans les radios occidentales qui émettent vers l'Union soviétique. Cette couche imite certaines fonctions du pouvoir, de l'idéologie, de la culture et des médias d'une société normale. Ce sont, si j'ose dire, les chefs, les généraux, les idéologues et les juges de l'émigration. Ils ont des contacts avec la société officielle des pays occidentaux et en reçoivent soutien matériel et aide idéologique. La deuxième couche est constituée ②
de gens qui ne participent pas directement à cette vie politique mais s'y intéressent en tant que lecteurs, auditeurs, et participants aux réunions et rencontres. Ils ont des liens personnels avec les représentants de la première strate, qui leur permettent d'influencer l'opinion publique de l'émigration sans s'exprimer publiquement pour autant. L'opinion publique officielle de l'émigration (formée par la première couche) dépend de l'état d'esprit des cercles politiques et des médias occidentaux. Elle est sujette à la conjoncture et son opinion varie. En revanche l'opinion publique non officielle (formée par la deuxième couche) est moins

* De nombreux auteurs ont publié des textes sur mes œuvres entre autres : A. Burgess, S. Veil, E. Hutter, J. Amalric, N. Zand, M. Gallo, A. Nekrich, G. Nivat, M. Heller, L. Schapiro, C. Schmidt-Häuer, A. Peyrefitte, A. Besançon, F. Bondy, G. Urban, P. Genis, F. Fassio *(NdA)*.

sujette aux pressions et donc plus objective. Enfin, la troisième strate réunit la masse des émigrés socialement et politiquement indifférents.

A part cette division, l'émigration est scindée en de nombreux groupes concurrents en mauvais termes les uns avec les autres qui se disputent les moyens matériels et la reconnaissance des Occidentaux. Il me semble que l'unité de l'émigration n'intéresse pas les organismes des pays occidentaux dont dépend en quelque sorte le destin de l'émigration. Ils contribuent, à mon avis, à sa division et à la création de groupements et de mafias politiques en son sein.

Des spécialistes de ces questions m'ont confirmé mon impression : il est, en effet, plus facile de manipuler une masse d'émigrants divisée en factions rivales. J'ai pris la décision de ne pas participer aux luttes et intrigues de l'émigration. J'y ai plus ou moins réussi, en y mettant le prix.

L'émigration n'était guère unanime dans son appréciation de mes livres. L'opinion informelle était en général très positive, mais la couche officielle réserva un accueil peu chaleureux et même hostile à mes livres et à mon arrivée en Occident. J'ai déjà eu l'occasion de mentionner que la première critique en langue russe des *Hauteurs béantes* ne fut pas favorable. Par la suite, quelques articles positifs furent publiés, mais il y eut bientôt un tournant : les critiques devinrent de plus en plus rares, plus brèves, plus hostiles. Ainsi, Natalia Roubinstein, qui avait publié une bonne critique de mon premier livre, m'accusa de graphomanie à la parution de *L'Avenir radieux*, comme si elle s'était ravisée. Quant à George Vladimov, dont j'acclamais les œuvres, il laissa publier contre moi dans sa revue *Grani* un article dans la plus pure tradition stalinienne. Pour finir, ce fut le silence sur mon œuvre. On ne mentionnait plus mon nom parmi les écrivains de l'émigration, on affirmait que j'étais un mauvais philosophe, on me disait russophobe, antisémite, agent du KGB, et autres gracieusetés du même acabit. On prétendit

578

même que mes livres étaient écrits par quelqu'un d'autre...

J'ai reçu quelques prix importants pour mes œuvres littéraires et essais scientifiques, mais la presse russe de l'émigration n'en a soufflé mot. Cette conspiration du silence prenait parfois des formes grotesques. En 1986, à Avignon et à Orange, lors du festival littéraire consacré à mon œuvre, qui dura une semaine entière, plusieurs organisations et personnalités m'adressèrent leurs félicitations : le président François Mitterrand, le vice-chancelier autrichien Aloïs Mock, Yves Montand, Simone Veil et d'autres. La presse russe n'en souffla mot. Alors que je signais mes livres à la séance annuelle des ventes du Pen-Club, à Paris, la rédactrice en chef du journal *Rousskaïa Mysl* (« La pensée russe » publiée à Paris), Zinaïda Chakhovskaïa, m'aida à encaisser l'argent. Le numéro suivant du journal publia une photo de Chakhovskaïa à cette vente. Le texte prétendait que c'était elle qui signait des livres. Il est vrai que l'on me voyait en arrière-plan, mais mon nom ne fut guère mentionné.

J'ai eu ma première rencontre avec un auditoire d'émigrés aux Etats-Unis en 1987. Ce n'était pourtant pas la première fois que je traversais l'Atlantique. Mes tentatives d'obtenir une bourse quelconque afin de pouvoir travailler tranquillement sur un livre pendant une année au moins – sans penser aux échéances des paiements à la banque – échouèrent. Michel Heller, qui avait écrit une assez bonne critique des *Hauteurs béantes*, m'accusa dans la presse d'être un agent du KGB. Il s'ingénia même à l'écrire dans sa préface à l'édition polonaise de *Homo sovieticus*. Seule la menace d'un procès obligea l'éditeur à retirer ce texte. Quelques dizaines de copies ont nonobstant paru, avec cette calomnie. Leonide Pliouchtch m'accusa d'anti-sémitisme dans une interview au *Corriere della sera*, juste parce que j'avais dit qu'en URSS la majorité des Russes ethniques avaient un niveau de vie plus bas que les juifs. Même les coryphées de la dissidence et de la

579

littérature illégale, Andreï Sakharov et Alexandre Soljenitsyne, apportèrent leur obole à la campagne de
calomnie dirigée contre moi.

Pourquoi cette attitude de l'émigration envers moi ?
En partie pour les mêmes raisons qui ont provoqué
mon isolement en URSS. Je crois qu'une autre raison
tient à ma situation particulière en Occident. J'ai fait
mon apparition sur la scène littéraire et sociale à un
moment où tous les rôles dans le mouvement d'opposition étaient déjà distribués et les titres de génies et de
talents divers octroyés. Ma présence et mon succès
vinrent troubler cette distribution. Je suis entré dans la
culture internationale de façon inattendue et à
l'encontre de tous les canons littéraires en surgissant
du néant, sans passer par le *samizdat* et le *tamizdat*
sous contrôle de l'émigration. Et j'ai occupé tout de
suite la place d'un solitaire d'exception, indépendant
dans ses jugements, n'écoutant que sa conscience sans
céder à la pression publique ni à l'attrait des lauriers et
des richesses. L'attention à mon égard des lecteurs et
des médias occidentaux irritait mes anciens compatriotes. Quand Eugène Ionesco dit dans une interview
que j'étais le plus important écrivain russe contemporain, quand, au cours d'émissions télévisées et dans de
nombreux articles, on commença à me ranger parmi
les grands écrivains russes modernes, la patience de
l'émigration s'épuisa et un torrent d'ordures se déversa
sur moi. La démocratie occidentale ne protège pas de
la calomnie ni de la persécution.

Naturellement, il y eut des exceptions, comme Vladimir Maximov, le rédacteur en chef de la revue
Continent. Il publia plusieurs critiques de mes livres
dont certaines bonnes, comme celle de Piotr Guenis et
d'Alexandre Veil, et des comptes-rendus brefs mais
bienveillants de Kirill Pomerantsev. Maximov a publié
aussi ma pièce de théâtre *La Main du Kremlin*, des
extraits du roman *Catastroïka* et plusieurs de mes
articles dont une série importante sur le mouvement
d'opposition en Union soviétique.

Avec le temps, je me suis lié d'amitié avec Edouard Kouznetsov et sa femme Larissa Guerstein, Xenia Antitch et son mari Zdenko, les anciens comédiens et metteurs en scène Julian et Ludmila Panitch, l'ancienne chanteuse Lioubov Tcherina, le violoniste Garrik Jasseniavski et sa femme Irina. Mais ces amitiés se délièrent après la crise dont je vais parler maintenant.

La crise morale

Tous les émigrés soviétiques se présentaient comme des victimes du régime et l'Occident les considérait comme telles. Moi, j'affirmais que je n'étais pas sa victime et que c'était plus lui qui était la mienne. En effet le régime a davantage souffert de moi que moi de lui. On affirmait que les émigrés avaient choisi la liberté en quittant leur pays. Je disais de mon côté que l'on m'avait puni par la liberté. Tous se présentaient comme l'exception parmi la multitude des mauvais Soviétiques. Je soulignais que j'étais soviétique jusqu'à la moelle des os. Le public ne m'a pas compris. C'était soit une manifestation de ma propension aux paradoxes, soit un état d'esprit prosoviétique.

Or il n'y avait là rien de paradoxal, ni de prosoviétique. Simplement, mon chemin personnel coïncida pendant quelque temps avec le chemin commun des Russes et fut jugé par l'Occident à partir d'une certaine appréciation générale des phénomènes soviétiques. En URSS, on me fit « justice » en me jetant dans le flot trouble de la dissidence et de l'émigration. L'Occident acheva cette besogne. Je n'étais pas seulement un pur produit de la société communiste mais un intoxiqué de cette société. Je me suis formé pour y vivre, par principe, éternellement. En quittant la Russie, je sortais hors du fleuve magistral de l'histoire pour m'agiter à la surface de l'écume, dans la vanité et l'angoisse. Tous les biens que l'Occident pouvait m'offrir étaient incapables de satisfaire les prétentions existentielles d'un créateur de son propre Etat, si microscopique fût-il. Cet Etat personnel, que j'ai construit toute ma vie au prix d'efforts considérables, ne pouvait exister que dans les conditions de la vraie société communiste, celle qui s'est formée sous Staline, Khrouchtchev et Brejnev. En passant à la rébellion ouverte, j'ai sacrifié le propos de ma vie entière. Mon expulsion du pays a achevé ce sacrifice. Je pense que les fondements de ma crise morale se trouvaient là. Cette crise a atteint son apogée quelques années plus tard, vers la fin de 1982.

Les gens qui m'expulsèrent vers l'Occident s'attendaient à voir mes activités se tarir avec *Les Hauteurs béantes*, mais ce n'était que le début. Face au succès de mes livres « dans les coulisses », je ressentis rapidement l'intention de Moscou d'empêcher mes idées de se propager plus avant. Je la ressens encore. Des menaces, ouvertes ou camouflées, directes ou indirectes, me parvinrent. Des rumeurs calomnieuses enflèrent. Même un homme haut placé dans la hiérarchie soviétique comme Gueorgui Arbatov * contribua à leur diffusion en parlant de ma prétendue démence. Il y eut des ingérences dans mes relations d'affaires avec des entreprises ou des institutions occidentales. Certaines maisons d'édition refusèrent de publier mes livres : on les avait prévenues que, si elles passaient outre, elles ne pourraient participer à la foire du livre de Moscou. Des conférences furent annulées, des articles qui devaient être publiés ne virent jamais le jour. En 1979 et 1980, je fus victime de deux tentatives d'empoisonnement bactérien. Heureusement, mon organisme fut capable de les supporter. Par deux fois, on tenta de m'enlever : à Oslo en 1979 et à Stockholm en 1981. Pour plusieurs raisons, dont la demande expresse des autorités locales, je n'ai jamais rendu ces

* Directeur de l'institut des Etats-Unis et du Canada de l'Académie des sciences de l'URSS. L'un des principaux conseillers sur les questions de politique étrangère de tous les secrétaires généraux qui se sont succédé depuis sa nomination en 1967.

faits publics sans compter que j'ai toujours évité d'utiliser les circonstances de ma vie à des fins publicitaires. Joue aussi le fait que les Occidentaux sont persuadés que les émigrés soviétiques sont tous atteints d'espionnite aiguë. Or il n'y aucune preuve que ces actions-là aient été effectivement commises par des agents soviétiques. En 1983, j'ai été victime d'une tentative de chantage, mais on ne sait pas, non plus, qui en étaient les auteurs. De toute façon, même si les actions contre moi n'ont pas été perpétrées par les Soviétiques, elles allaient dans le sens de leurs intérêts. S'ajoutaient également des pressions officielles. Après mon arrivée en Occident, les invitations à participer à des rencontres internationales de logiciens ou de philosophes se firent rares. Les autorités soviétiques donnaient à choisir aux organisateurs de congrès et de symposiums entre leur participation ou la mienne. La plupart préféraient éviter les ennuis et renonçaient à m'inviter. Lorsque les organisateurs insistaient pour m'avoir, c'étaient les Soviétiques qui refusaient de venir.

La situation d'Olga n'était guère plus facile. Nous avions traversé à l'unisson les événements de Moscou et je n'étais entré en rébellion qu'avec son plein accord, mais il y avait une énorme différence entre nous. Elle comprenait et acceptait mon attitude à l'égard du communisme, mais il serait faux d'identifier sa personnalité à la mienne. Elle partageait mon destin, mais elle avait aussi le sien propre. En Occident, ils cessèrent de coïncider et un drame aboutit à l'effondrement de notre famille et à notre rupture (provisoire) vers la fin de 1982. Je ne veux pas en parler. Je pense qu'Olga le fera un jour elle-même.

Etre ou ne pas être

La position exprimée par la formule « Je suis mon propre Etat » n'impliquait pas l'isolement mais un mode de comportement permettant de rester libre

583

parmi ses semblables tout en ayant des rapports avec autrui plus intenses et diversifiés que la moyenne. Avant la publication des *Hauteurs béantes*, je vivais dans un milieu familier et en contact permanent avec une multitude de gens qui me portaient l'estime et le respect que les hommes se doivent. Les besoins normaux d'un homme habitué à vivre en collectivité étaient pleinement satisfaits. Après sa parution, je fus, pour beaucoup, privé du commerce de mes semblables, mais il n'y eut pas de rupture complète avec mon milieu. Je restais entouré de Soviétiques dont je comprenais le système de pensée et j'avais ma famille à mes côtés, soudée par des intérêts communs. Des éléments inhabituels et même étranges apparurent dans mes relations avec les gens, mais elles ne changèrent pas fondamentalement de nature.

Ce n'est qu'en Occident que je me suis retrouvé hors de mon univers et quand la ruine de notre ménage se précisa, je me retrouvai dans une solitude d'un genre nouveau. Il y avait des gens autour de moi, je voyageais à travers le monde, donnais des interviews et des conférences, signais des livres, discutais avec ceux qui m'invitaient et pourtant, je me sentais un intrus dans un autre monde. Certains éprouvaient de la curiosité pour moi, je représentais pour d'autres un intérêt d'affaires mais je restais un étranger pour tous. Les contacts étaient brefs : déjeuners, poignées de main, applaudissements, échanges de quelques paroles. Pas plus. Pas de vraie affinité. Mes relations avec mes seuls proches, Olga et Dimitrievic, se refroidirent jusqu'à frôler la rupture. De rares contacts avec des émigrés soviétiques renforçaient encore mon isolement. De plus, j'étais seul la plupart du temps. Même si j'avais quelques rendez-vous et des courses dans la journée, il me restait quotidiennement vingt heures à combler. Or j'avais perdu la capacité de dormir. Deux à quatre heures par jour me suffisaient. Le temps me semblait infini. Je travaillais beaucoup, mais comme je n'avais personne auprès de moi pour partager mes analyses, mon sentiment de solitude cosmique se renforçait encore. Dans mes interventions, mes conversations et même mes écrits, je voyais baisser ce dont j'étais capable. Je ressemblais à un chanteur qui a perdu sa voix. Ma famille demeurait le seul fil qui me reliait encore à l'humanité. Mais ce fil allait se casser incessamment. Et je me sentais incapable de m'opposer à une multitude de gens qui œuvraient, volontairement ou non, à le détruire. Leurs efforts furent couronnés de succès.

J'ai été confronté au problème « être ou ne pas être » sous sa forme pratique. Mon expérience aboutit à sa fin logique : non seulement j'étais devenu un Etat souverain en principe, mais aussi physiquement. Je vivais dans une solitude complète et glaciale. A la fin de 1982 cette situation atteignit son paroxysme. La destruction de ma famille, la complication de mes relations avec mon éditeur et ami et la disparition d'une partie de mes manuscrits firent que je perdis tout intérêt à la vie. Je ne dormis plus trois mois durant. Pendant mes nuits blanches, je faisais des exercices physiques et lisais. Mais je le faisais de façon mécanique, par inertie. J'écrivais beaucoup et bien, mais l'écriture ne m'apportait aucune satisfaction. Je tentai de renouer avec l'alcool, mais cela ne fit que renforcer mon état de crise sans m'apporter l'oubli ou le soulagement. Seule mon inquiétude pour Olga et Polina m'empêchait de me suicider. Je savais que l'émigration avait été une épreuve difficile pour Olga et qu'elle vivait elle-même une crise psychologique. Sans mon soutien, une catastrophe était possible. En outre, je ne voulais pas abandonner à leur sort mes livres, achevés ou non. C'étaient mes enfants et je me sentais aussi responsable d'eux que de Polina.

Personne parmi nos connaissances ne soupçonnait les raisons profondes de ma crise morale. Les uns y voyaient un simple conflit de famille, comme il y en avait beaucoup dans l'émigration. D'autres me croyaient fou et en répandaient la rumeur. Les proches

585

d'Olga, surtout son avocat et sa meilleure amie, l'en persuadaient et la montaient contre moi en lui représentant la nécessité de la rupture. La rumeur sur ma démence se propageait à une vitesse incroyable. Je me sentis obligé de passer un examen psychiatrique à Paris pour obtenir un certificat de santé mentale. La situation de 1939 se répétait. Cependant, je parus plusieurs fois en public et j'écrivis plusieurs articles ainsi que le livre *Para bellum*.

Ce qui me frappa le plus, c'est que presque toutes nos connaissances contribuèrent d'une manière ou d'une autre à notre rupture. Je ne racontais à personne notre vie de famille. Pourtant, presque tout le monde prit le parti de la pauvre Olga qui aurait souffert avec le vilain Zinoviev pendant presque vingt ans. Ils créèrent un mur infranchissable entre nous, de sorte que je ne pus avoir qu'une brève explication avec elle, chez son avocat et en présence de Dimitrievic. Personne n'essaya d'influencer Olga pour qu'elle revienne sur ses décisions. Même ceux qui se rangeaient de mon côté voulaient sanctionner la rupture. Mon ami Charles Janson, qui m'appelait le « Mozart de la sociologie », m'a soutenu matériellement et vint me voir à Munich. Il croyait pourtant que je devais quitter définitivement l'Allemagne et m'installer à Londres. A son honneur, il a changé d'avis plus tard.

Je tiens à parler du rôle de ma voisine d'immeuble, Kerstin Gaertner. Suédoise d'origine et médecin de formation, elle était mariée, avec des enfants. Nous nous rencontrions parfois en famille. Elle avait lu tous mes livres avant de faire notre connaissance. Elle pouvait citer des passages entiers des *Hauteurs béantes* qu'elle avait lues un nombre impressionnant de fois. Elle lisait beaucoup et s'intéressait à la littérature russe, à la psychiatrie et à la psychanalyse. Quand je restai seul, elle et son mari, médecin lui aussi, commencèrent à m'inviter presque chaque jour. Kerstin comprit très bien mon état. Pendant des heures, nous parlions de ma vie passée et ma situation présente. Ces conversations ont joué un rôle énorme dans la résolution de la crise. Elle était la seule à affirmer que ma vie avec Olga reprendrait son cours et je lui en serai reconnaissant jusqu'à mon dernier souffle.

Je veux aussi mentionner Elena et Mario Corti qui sont devenus nos amis dès les premiers jours à Munich. Ils se souciaient de moi de manière très touchante. Dans les semaines les plus aiguës de ma crise, je me rendais chez eux presque quotidiennement. Je peux en dire autant de Svetlana et Stanislav Deïa.

Vers mars-avril 1983, la crise s'affaiblit et la vie commença à reprendre son cours normal. Mais les dégâts étaient énormes. J'avais abandonné tout espoir d'obtenir la reconnaissance de mes idées en Occident. Je ne me demandais plus si mes œuvres parvenaient ou non en Russie. Je pris une distance de principe à l'égard de tout ce que je faisais. Et je réappris à dormir.

La crise de mon Etat

Pendant cette période, que j'ai appelée ma troisième année d'horreur, je poursuivis l'observation de soi-même. Bien qu'en Russie je semblais être parfaitement rodé à la solitude, du fait de mon propre Etat, je restais lié à mes semblables et à la société par mille fils invisibles. Chacun de ces fils était ténu mais tous ensemble ils me retenaient dans mon milieu naturel. Dans l'émigration, tous ces fils cassèrent.

Mon système ne pouvait fonctionner que dans les conditions bien définies de la société soviétique où l'on peut survivre même dans la misère sans penser au lendemain et où la solitude peut être compensée par des contacts humains du meilleur aloi. Et par-dessus tout, mon système supposait comme condition *sine qua non* la limitation de mes prétentions matérielles. En Occident, toutes ces conditions ont été chamboulées. Les circonstances m'ont imposé un style de vie qui m'était étranger. J'ai dû, non seulement m'accommoder à des conditions inhabituelles, mais aussi casser les bases mêmes de mon attitude face à la vie pour pouvoir commencer une nouvelle existence, pour laquelle je n'avais pas de système, de règles. Je répète : la raison première de ma crise morale fut la ruine de mon Etat personnel. Les autres circonstances ne firent que rajouter à cette crise.

Il ne suffit pas d'inventer son système de vie. Encore faut-il en avoir une expérience pratique. En URSS, disposant de l'expérience de toute une vie, ma tâche principale était de rester le citoyen que je m'étais inventé. Et comme un musicien ou un sportif qui s'entraîne quotidiennement, je faisais mes propres exercices pour maintenir mon haut niveau « civil ». Mon entraînement consistait en un certain mode de comportement dans la société soviétique, que je n'eus plus la possibilité, par définition, de pratiquer en Occident. Chassé de cette société, il ne m'était plus possible de rester le citoyen que je m'étais moi-même créé et je me suis retrouvé comme un poisson sur le sable.

D'autres conditions étaient également indispensables à maintenir mon niveau civil : une situation matérielle garantie par la société et la possibilité de démontrer aux autres mes qualités, de les voir reconnues et appréciées. Ma vocation principale était d'être citoyen de mon propre Etat et, pour confirmer cette vocation, j'avais besoin de témoins et de reconnaissance, de la même manière qu'un musicien ne peut tout le temps jouer dans la solitude et a besoin d'auditeurs. Quant à la situation garantie, elle m'était nécessaire pour avoir une certaine indépendance vis-à-vis de ceux qui pouvaient m'empêcher de suivre mon chemin.

En revanche, en Occident, mes activités littéraires et journalistiques, secondaires en URSS, passèrent au premier plan. Et mon expérience civile sans précédent ne me valut aucune attention, ou demeura au mieux incomprise. Bref, en Occident, on considérait mon expérience comme similaire à celle de centaines d'autres émigrés soviétiques, qui n'avaient rien de commun avec moi en tant que produits de la société. Et cette différence joua contre moi et fut à l'origine de ressentiments et d'actions négatives à mon égard.

Bien sûr, j'ai su préserver ma spécificité en Occident et y acquérir une position bien particulière. Mais qui l'a compris et interprété correctement? Les gens mesurent tout à leur toise et n'admettent que difficilement l'existence d'individus vivant dans un monde intérieur différent.

En Occident, les particularités morales et idéologiques des Soviétiques ne comptent pas. On ne les remarque même pas. Des piliers du régime y sont perçus de la même manière que les victimes et les renégats du système. Les premiers peuvent même compter sur un meilleur accueil que les seconds. En fait, il est impossible de connaître la nature véritable des êtres tant qu'on ne les voit pas vivre dans les conditions normales de leur existence. Les Occidentaux ne voyaient pas que bien des Soviétiques qui passaient pour des victimes du régime et semblaient y représenter l'aspiration démocratique n'étaient, en réalité, que des carriéristes ordinaires, hypocrites, menteurs et conformistes. En effet, comment savoir qui est lâche et qui est audacieux, s'il est impossible d'observer les gens dans des situations où se dévoilent nécessairement leurs qualités ou leurs défauts? Or, les conditions de vie en Occident privent mon expérience, ici, de son sens. Des individus comme moi ont moins de chances d'exister en Occident qu'en URSS, pour les mêmes raisons qui expliquent l'absence de dromadaires dans les régions riches en eau.

J'étais un homme suffisamment mûr pour comprendre que l'Occident ignore ma lointaine contribution à la logique et à la philosophie. J'ai perdu beaucoup dans la vie et j'y suis habitué. Je connais les lois de phénomènes de masse et du communalisme et j'en ai éprouvé l'effet. Mais il m'était impossible de supporter que l'œuvre de ma vie, moi-même en tant qu'autocréation, s'évapore pour de bon. Au début, je n'ai pas compris ce qui m'était arrivé. Je n'y pensais même pas. J'étais tellement habitué à mon mode de vie et à ma conscience d'homme-Etat, que l'idée d'en être privé ne me venait pas à l'esprit. Il se peut que le poisson rejeté sur le sable ne sente pas tout de suite sa perte.

Jeté hors de Russie, j'ai été privé du laboratoire vivant où s'effectuaient mes expériences. En Occident, mes résultats furent simplement ignorés, quand on ne tenta pas de les piétiner.

Tout cela, je ne l'ai pas compris tout de suite, mais je l'ai senti et commencé à l'exprimer dans mes livres. Plus exactement, j'ai commencé à y introduire des éléments de cette expérience, de ma personnalité, de mon propre Etat. C'était une manière de compenser la mort de mon passé civil. Mais ce n'était pas suffisant pour éviter la crise morale. Quand je m'en suis totalement rendu compte, j'ai pris la décision d'achever mes affaires en cours et de me suicider. Or, la providence veillait sur moi. J'ai traversé la crise et lui ai trouvé une issue simple : s'il m'est impossible de poursuivre mon expérience en Occident, je peux au moins la décrire ou l'utiliser dans mes livres. Il se peut que les autorités soviétiques, sans le soupçonner, m'aient confiné à une sorte de « réclusion solitaire » à l'Ouest pour me permettre de dresser le bilan de mon expérience. Qui sait ?

Cas typique

Au début 1983, j'ai donné une interview de plusieurs heures au journaliste anglais George Urban. Nous étions convenus qu'il la publierait dans un recueil de ses interviews, après me l'avoir soumise. J'ai donné cette interview en anglais, dans un état quelque peu dépressif et je souhaitais la revoir avant publication. Or, à ma surprise, l'interview commença à circuler « de main en main » avant sa publication dans le livre et, finalement, parut dans la revue *Encounter*, provo-

quant une réaction assez forte et essentiellement négative du public. Mes positions avaient été sérieusement
altérées. Je manifestai mon étonnement au rédacteur
en chef dans une lettre. Il ne daigna pas répondre. J'en
envoyai des copies à la revue *Continent* et aux journaux
Times et *Herald Tribune* qui ne la publièrent pas davantage. Par la suite, l'interview fut traduite en plusieurs
langues dont le français, et publiée sans ma connaissance, ni mon accord. Une campagne de calomnie
contre moi prit son essor. J'eus un long entretien avec
des journalistes de l'hebdomadaire *L'Express* où
j'expliquais mes idées. Mais elle fut publiée avec une
introduction d'Alain Besançon qui défigurait mes positions et montait les lecteurs contre moi.

Cette histoire empoisonna mon existence. Il y en eut
d'autres. J'ai compris qu'il n'était pas simple de
défendre ses droits dans ladite société de droit occidentale. Les gens compétents m'ont fait comprendre
que je dépenserais toutes mes forces en pure perte à
lutter contre les diffamateurs. Et puis, il me faudrait
des moyens dont je ne disposais pas. A la fin, mon gain
se serait borné à une pure satisfaction morale. Et les
pertes auraient été d'autant plus graves que j'aurais
monté contre moi la presse et pour longtemps. Et puis,
je n'avais nul penchant pour la procédure.

Rumeurs sur mon retour en URSS

En 1984, un bruit incongru se répandit comme une
traînée de poudre : je voulais retourner en URSS. On
affirmait même m'avoir vu sur la Place Rouge, en train
de nourrir les pigeons. Ce dernier détail m'indigna tout
particulièrement. Je déteste les pigeons, volatiles
méchants, malpropres et bagarreurs. Je leur préfère de
loin les moineaux. Et si j'ai jamais nourri des oiseaux,
c'étaient des moineaux, ou des canards dans le pire des
cas.

Plus je tentais de les démentir et plus ces rumeurs

enflaient. On disait que je niais « pour mieux détourner l'attention ». Je ne sais toujours pas quelle logique aurait pu me pousser à camoufler un éventuel retour. Je publiai deux déclarations en ce sens. L'une, à l'occasion du retour de Svetlana Alliloueva, la fille de Staline, en URSS, et l'autre pour expliquer clairement ma position. Voici ce que j'écrivais : « Retourner à la maison : quelle incongruité dans mon cas! Penser au retour, tout en étant sûr qu'on ne t'admettra qu'à un prix inacceptable? Endurer une tragédie historique, vivre une vie qui me semble aujourd'hui une invention cauchemardesque, et échanger tout cela contre de mesquins calculs pratiques?

« J'appartiens à la génération engendrée par la révolution et assassinée par ses conséquences. Imprégnés des idéaux révolutionnaires, nous ne fûmes que plus cruellement déçus de la traduction lugubre qui en fut donnée. Pour les gens comme moi, la séparation de la patrie ou le retour à la patrie est un faux problème. En quittant notre patrie, nous y avons laissé notre âme. Mais si nous y retournions, nous ne serions que des étrangers, sur le plan de l'esprit. Notre situation est sans issue. Nous sommes des renégats de l'histoire, et nous ne surnageons que par la force des circonstances. Nous n'avons pas d'endroit où retourner, ni de raison de le faire. La Russie où nous aurions pu retourner n'existe plus sur cette terre. Et nous, nous n'existons plus depuis longtemps. Nous ne sommes plus que les spectres de notre propre existence qui attendons l'exécution du verdict de l'Histoire.

« Lorsque je n'étais qu'un garçon de dix-sept ans, affamé et en loques, persécuté par les " organes ", je me suis juré à moi-même de consacrer toute ma vie à la révélation de l'essence du communisme réel qui m'a engendré et détruit, et de la maison communiste, seule acceptable et pourtant haïe. Maintenant, après une vie longue et difficile, je peux affirmer : j'ai tenu ma promesse. Et si j'ai pu la tenir, c'est, en grande partie, parce que j'ai quitté ma maison. Ou plutôt parce que l'on m'a jeté dehors...

« Aujourd'hui, un retour en Russie n'est possible qu'au prix du reniement de tout ce à quoi j'ai consacré ma vie. Ce serait une trahison. Je ne retournerai pas en Russie car je ne veux pas achever ma vie par une trahison...

« Nous sommes les enfants d'une époque tragique et la tragédie exclut un dénouement heureux. Où que le destin nous amène, nous restons attachés à notre époque, et non à un lieu dans l'espace. Or, si l'espace demeure, l'époque, elle, appartient au passé. On ne peut s'évader du passé. On ne peut pas davantage y retourner. Le retour est aussi illusoire que l'évasion...

« Pour nous, enfants d'une époque effrayante et sans précédent, il n'y a pas de place ici en Occident : nous ne pouvons pas jouer des rôles étrangers dans un spectacle étranger. Mais, en tentant de retourner à Moscou, nous nous en éloignerions à tout jamais... »

L'Occident

Je ne sais si j'écrirai un jour un livre sur l'Occident. J'ai accumulé de nombreuses observations que j'utilise déjà dans mes œuvres. J'aimerais en dire quelques mots, tout en soulignant qu'il ne s'agit que d'impressions et non d'une étude théorique.

On désigne par le mot « Occident » l'ensemble des Etats-Unis, du Canada, de la Grande-Bretagne, de la France, de l'Italie, la Belgique, la Hollande, la Suisse, l'Allemagne fédérale et d'autres pays qui présentent des ressemblances quant à leurs systèmes sociaux, les formes de l'autorité et le mode de vie. Il s'agit donc d'une notion sociologique et non pas géographique.

Naturellement, on ne peut pas considérer l'Occident comme une unité : ce n'est pas un Etat mais un ensemble flou de plusieurs Etats souverains. On peut tout au plus considérer l'Occident comme une unité sociale tendanciellement très forte, qui se concrétise par des liens multiformes entre les pays occidentaux,

593

les influences mutuelles, la similitude du mode de vie, les déplacements réguliers de millions de personnes, etc. En dépit des frontières, des différences linguistiques, des différences de niveau de vie et même des conflits, les pays occidentaux sont devenus un seul et même espace d'activité pour des dizaines de millions de citoyens aux passeports différents. J'ai visité la plupart d'entre eux. Les différences entre le mode de vie et la psychologie des peuples n'étaient pas plus grandes que celles qui existent entre les différentes républiques soviétiques. Bien que l'Occident n'ait pas de gouvernement central, bien que la vie n'y soit pas planifiée par un équivalent du Gosplan, j'ai ressenti l'impression qu'un mécanisme commun régissait la vie de ces pays et la « planifiait ». Et ce mécanisme existe dans la réalité, mais il fonctionne autrement que celui de la société communiste.

L'unité de l'Occident est particulièrement forte dans le domaine de la culture et de l'idéologie. Si l'on fait abstraction des différences linguistiques, la ressemblance entre les différents pays est stupéfiante. On a l'impression que tout se fait sur un ordre donné et selon des modèles standards et bien précis. Derrière la diversité d'aspect, on découvre l'uniformité. Même lorsque éclate une divergence d'opinions ou une polémique, un observateur étranger comme moi découvre un fondement et un mode de pensée communs, en comparaison desquels les divergences semblent bien insignifiantes. Il est dès lors possible de parler de la mentalité occidentale, de la culture et l'idéologie occidentales, de l'homme occidental.

Les représentations de la société soviétique

A mon arrivée en Occident, j'ai été frappé par l'absence presque totale d'études scientifiques sérieuses consacrées à la société communiste en général et, en particulier, à la société soviétique. Les meilleurs ouvrages différaient des plus incongrus uniquement par l'abondance de faits (souvent sensationnels), de termes spéciaux et par la présence de quelques hypothèses purement spéculatives. Or, le nombre de gens occupés à des sujets soviétiques était considérable, et l'information abondait. J'ai vite cessé de m'étonner. Les lois communalistes que j'avais découvertes en Union soviétique agissent avec la même force en Occident. Là où quelques chercheurs de talent et bien formés suffiraient, mais où règnent des milliers de dilettantes, la vraie science n'a pas de place. Lorsque Raymond Aron a estimé que mon livre *Le Communisme comme réalité* était la première étude sérieuse de la société communiste réelle, et a insisté pour que l'on m'attribue le Prix Tocqueville, les réactions négatives à mon égard se sont amplifiées parmi les soviétologues. A un congrès soviétologique, à Garmisch, près de Munich où j'habite, furent invités plus de mille spécialistes de l'Union soviétique. Naturellement, je n'étais pas du nombre. Une foule encore plus considérable des « meilleurs connaisseurs » de la société soviétique fut rassemblée à Washington. Il va de soi que je n'y fus pas convié non plus. Or, je suis quand même le seul philosophe professionnel de l'émigration qui, pendant quelques dizaines d'années, ait étudié scientifiquement la société soviétique!

Mais laissons mon cas personnel. Je constate qu'en général les représentations occidentales de la société soviétique sont superficielles et fragmentaires. Elles subissent des fluctuations qui dépendent des changements sur la scène politique mondiale. Récemment encore, l'image dominante de l'URSS était celle d'un grand camp de concentration. Les ouvrages d'auteurs soviétiques dénonçant les répressions staliniennes faisaient toujours sensation en Occident. Leur a désormais succédé l'euphorie de la perestroïka gorbatchévienne. Les leçons du passé vite oubliées, on accorde désormais plus de confiance aux fonctionnaires du parti et à leurs larbins qu'aux Soviétiques qui

595

sont arrivés à une vision réaliste de leur société au prix de leur vie. Quelle explication en donner?

La culture des Occidentaux s'est formée sous l'influence du mode de vie dominant, du système de l'éducation et des médias. Tout cela engendre un mode de pensée peu souple (non dialectique), fragmentaire et chaotique, enclin aux sensations et aux pseudo-explications primitives et fausses. Et les soviétologues échappent à peine au dilettantisme des journalistes et diplomates et autres porteurs d'informations sur la société soviétique et qui en déterminent l'image. Les soviétologues jugent la vie soviétique dans le cadre du système conceptuel occidental, et ils sont intéressés moins par la vérité que par l'affirmation de soi.

La vision occidentale de la société soviétique est *grosso modo* idéologique. Elle est formée d'après les lois de l'idéologie destinée à la consommation des masses. Et les rares éléments scientifiques qui surgissent dans des ouvrages soviétologiques sont engloutis par l'océan de textes idéologiques. Ceci ne signifie guère que toute la vision occidentale soit fausse. Il s'agit plutôt d'une altération qui sert les intérêts des auteurs mêmes de cette vision, et qui est destinée avant tout à ces consommateurs bien particuliers que sont les politiciens, les collaborateurs de services secrets, les hommes d'affaires, les journalistes, les éditeurs et diffuseurs de livres et journaux. La représentation idéologique de l'URSS est donc sujette à la conjoncture, et change en accord avec la situation politique et l'état d'esprit public, comme il se doit selon les lois du marché idéologique.

Une des particularités de l'approche occidentale de la société soviétique est la description des phénomènes en termes généraux, applicables à toute société, mais qui ont un sens radicalement différent en URSS, comme: intégration, désintégration, démocratisation, libéralisation, parti, syndicats, élections, ouverture, démocratie, etc. Cette approche abstraite est conjuguée avec un empirisme poussé qui se manifeste par la généralisation spontanée des phénomènes visibles. En revanche, l'analyse des phénomènes sociaux, de leur coordination et subordination, manque. Bref, les éléments épistémologiques de la connaissance, indispensables à la compréhension d'un phénomène aussi complexe, sont quasiment absents.

L'incapacité d'effectuer une étude scientifique complexe est compensée par la recherche du « secret » qui éclaircirait tous les problèmes d'un seul coup. De plus, ces secrets magiques ne sont guère recherchés du côté des lois de l'organisation et du fonctionnement du mécanisme social, mais « au Kremlin », au sommet du pouvoir ou tout au moins au sein de l'appareil du parti. Et on y trouve des apparences d'explication qui satisfont certains cercles de la société occidentale.

Pour trouver « la clé » de la boîte aux secrets du Kremlin, les penseurs occidentaux sélectionnent des phénomènes de la vie soviétique qui conviennent aux médias et sont suffisamment « parlants » pour les gens ordinaires. Et les termes qui correspondent à ces phénomènes jouent le rôle de passe-partout censés tout expliquer comme, par exemple, totalitarisme, nomenklatura, faucons, conservateurs ou bureaucrates. Ce phénomène a atteint son apogée sous Gorbatchev, lorsque des coquilles idéologiques vides de sens, genre « perestroïka, glasnost, démocratisation », ont été distillées dans l'esprit de millions d'Occidentaux, parmi lesquels des spécialistes savants. Le fétichisme verbal est un trait typique de l'idéologie occidentale en général.

Je veux indiquer ici encore un aspect de la situation intellectuelle en Occident que l'on passe habituellement sous silence. Les pays occidentaux ne sont pas épargnés par les conflits sociaux, l'inégalité économique et sociale y règnent, les injustices y sont légion. A cause des rapports sociaux internes en Occident, on évitera toute critique des réalités soviétiques qui pourrait, par association, se retourner contre l'Occident. Seules les critiques portant sur des phénomènes sans équivalent à l'Ouest (répressions de masse, persécutions de dissidents, violation des Droits de l'homme, absence de libertés démocratiques, entraves à la libre circulation) bénéficient de l'attention publique. En revanche, une analyse profonde des lois du système communiste pourrait provoquer des analogies involontaires avec la société occidentale et porter atteinte à ses fondements.

Pour les Soviétiques critiques, la vérité la plus importante, c'est que le communisme n'élimine pas l'inégalité, l'exploitation et la violence, mais les revêt d'une facture différente. Cette vérité paraît futile et même incongrue aux Occidentaux. L'Occident a atteint un niveau de vie et de démocratie si élevé que la critique de ses propres inégalités, de l'exploitation et de la violence est passée à l'arrière-plan et ne préoccupe qu'une partie insignifiante de la société, sous d'ailleurs des formes idéologiques perverties. La réalisation extrême des idées communistes en URSS a effrayé les Occidentaux à tel point que l'indifférence, réelle ou feinte, à la critique scientifique du communisme est devenue une sorte de réaction d'autodéfense. Il n'y a rien donc d'étonnant que l'Occident porte aux nues des idées banales et pauvres qu'il a lui-même imposées à certains dissidents et à certaines couches de la société soviétique. Ainsi, l'Occident perçoit sa propre petitesse, reflétée dans le miroir courbe de la société soviétique, comme un phénomène grandiose.

Je mentionnerai encore un phénomène que l'on ne pouvait que difficilement imaginer il y a vingt ou trente ans. Les couches privilégiées de la société soviétique sont entrées dans une telle connivence avec leurs homologues occidentaux qu'elles éprouvent une plus grande affinité avec ces derniers qu'avec leur propre population. Désormais, l'Occident partage un plus grand enthousiasme pour les discours quelque peu critiques des partocrates soviétiques que pour l'analyse sérieuse de la société soviétique issue de l'opposition.

En Occident, les « spécialistes » de l'Union soviétique occupent toutes les positions clés, influencent l'opinion publique, les politiciens et les médias. Incapables de changer leurs visions du processus historique, ils ne ménagent pas leurs efforts pour empêcher l'étude scientifique de la société soviétique, qu'ils considèrent comme une menace pour leurs situations. Et pour cela, ils disposent d'un éventail de moyens colossal. En fait, ils jouent un rôle similaire à la surveillance idéologique en URSS.

Orientation politique

En dépit de la diversité de l'Occident, une attitude commune s'est forgée à l'égard de la société soviétique, qui, à chaque période de l'histoire soviétique, devient dominante. Dans les années brejnéviennes, on qualifiait la société soviétique de « régime totalitaire » et on soutenait les dissidents à fond. Dans les années gorbatchéviennes, on s'extasie de la démagogie des autorités et on soutient leurs actions. On peut donc parler d'une certaine orientation politique de l'Occident tout entier à l'égard de l'URSS à un instant donné. La perception du gorbatchévisme constitue d'ailleurs un exemple frappant de la rapidité avec laquelle l'image de l'URSS peut uniformément changer d'un bout à l'autre de l'Occident. Les médias et les institutions culturelles ont amorcé ce changement avec une telle précipitation et un tel zèle que l'Occident m'a semblé devenir plus communiste que l'Union soviétique. C'était comme si un politburo invisible de l'Occident avait pris la décision de considérer le remue-ménage réformateur gorbatchévien comme une grande transformation de la société soviétique et avait envoyé des instructions en ce sens à tous les partis, journaux, maisons d'édition, institutions officielles et que des millions d'Occidentaux, dans un gigantesque élan patriotique, s'étaient mis à les suivre avec application.

Au cours de mes visites dans différents pays

d'Occident, ces dernières années, j'ai rencontré de nombreux admirateurs de Gorbatchev ou au moins des gens qui évitaient de le critiquer en public. Beaucoup occupent dans la société occidentale des positions équivalentes à celles de professeur, journaliste ou écrivain soviétiques, qui, on le sait, ne sont que des fonctionnaires d'Etat. En parlant avec eux, je voyais bien que soit ils n'avaient aucune notion de la réalité de la perestroïka, soit ils partageaient en privé mes opinions mais se comportaient tous en public comme de zélés serviteurs de la société qui est la leur, suivant une ligne politique bien définie.

L'orientation politique de l'Occident envers l'URSS contribue à créer une image déformée de la société soviétique dans la conscience des masses occidentales. On peut aisément constater que la ligne politique soviétique à l'égard du monde capitaliste est intellectuellement supérieure à la politique des pays occidentaux vis-à-vis de l'URSS. Les personnalités de l'Ouest qui ont une influence décisive sur leurs compatriotes persistent à ne pas remarquer que leurs partenaires soviétiques se paient leurs têtes. Ils font seulement semblant de mener une stratégie très astucieuse à long terme et de gagner au jeu.

Et même si l'on admet que les leaders occidentaux pensent et font une chose en secret tout en disant ouvertement le contraire, ils ne prennent pas en considération un facteur crucial de la vie moderne : aujourd'hui, les paroles et les actes publics ont plus d'importance que les décisions cachées. Les chuchotements secrets ne jouent un rôle que pour les intrigants politiques, mais n'affectent pas la marche de l'histoire.

Dans les années khrouchtchéviennes, les Occidentaux étaient convaincus qu'il était possible d'exercer sur l'URSS une pression suffisante pour l'affaiblir et la faire tomber. Cette certitude s'avéra infondée et fut remplacée par la peur de la puissance militaire soviétique sous Brejnev.

Dans les années gorbatchéviennes, une autre conviction s'est répandue en Occident : il serait possible d'influencer l'URSS pour qu'elle se transforme graduellement et finisse par adhérer à la communauté des pays « civilisés » de la planète. Cette idée est tout autant vouée à l'échec. L'Occident a perdu ses deux premières batailles historiques contre le communisme en 1917-1922 et en 1945. Il se prépare frénétiquement aujourd'hui à sa troisième défaite qui décidera définitivement du destin de l'humanité pour les centaines d'années à venir.

Seuls les esprits sans consistance peuvent placer leurs espérances dans une supériorité économique et technologique occidentale. Les directeurs spirituels de la société occidentale ont peur de parler ouvertement de la marche réelle de l'histoire. Quant aux couches dirigeantes et privilégiées, elles ont perdu la volonté de défendre leurs positions. Dans l'idéologie occidentale, l'espoir se raffermit de pouvoir soudoyer le communisme et de le convaincre de devenir plus démocratique et libéral, plus généreux et humain. Mais ce n'est pas ainsi que l'on peut changer l'évolution historique et que s'arrêtera comme par magie la diffusion des idéaux du communisme réel sur la planète.

Notre propre maison

Au printemps 1984, nous avons acheté un appartement dans un petit immeuble, avec un jardin privatif et un garage. J'ai déjà exposé les conditions du crédit. Je dois tout de même reconnaître que l'accession à la propriété est plus avantageuse que la location. Les loyers montent alors que nos paiements restent stables, de plus nous sommes maîtres chez nous et les soins du jardin nous procurent un grand plaisir.

Polina grandissait et nous songions à son avenir. Elle possède un don réel pour le dessin et si nous avions eu des ressources garanties pour de longues années, nous l'aurions vue avec joie embrasser une carrière

601

d'artiste-peintre. Mais nous ne disposons pas de ces ressources et l'Occident est rempli d'artistes incapables de gagner leur vie avec leurs œuvres et qui ne peuvent jamais obtenir un travail permanent. Polina prit donc la décision raisonnable d'acquérir une profession qui lui assurerait des revenus stables et lui permettrait, en même temps, de continuer à dessiner et à peindre. Elle opta pour les sciences humaines. Outre ses deux langues maternelles, le russe et l'allemand, elle a également appris l'anglais et le français à l'école et maîtrise un peu l'italien. Apparemment, elle a hérité des dons linguistiques d'Olga. Elle a commencé tôt à écrire des récits et des textes sociopolitiques.

L'école occidentale, malgré tous ses défauts, permet aux enfants doués qui trouvent un soutien dans leurs familles de recevoir une excellente formation en sciences humaines. A dix-sept ans, Polina était déjà très cultivée. Elle est devenue pour nous une interlocutrice à part entière et ses connaissances sont souvent plus vastes que les nôtres.

Un événement très important pour notre famille fut l'apparition d'un chien, un Wolfschpitz de nobles origines. Son nom officiel sur son pédigree est Dux von Runnweg, mais nous le surnommâmes Charik. Je n'aurais jamais pensé qu'un chien puisse donner autant de joie et influencer à ce point la vie d'une famille. On ne peut imaginer ami plus compréhensif et compatissant.

Bref, la crise passée, notre vie s'est stabilisée. Olga a commencé à donner des cours de russe et à faire des traductions de l'allemand et de l'anglais. Cela a allégé quelque peu nos soucis matériels.

ÉCRIVAIN MALGRÉ LUI

Travail

J'ai l'habitude du travail. J'aime et je sais travailler. En Russie, je besognais comme un non-Soviétique. Un collègue de l'Institut compta que si l'on payait les collaborateurs en fonction de leurs publications, j'aurais été le seul à pouvoir vivre de mes honoraires. Dans l'émigration, mon habitude du travail me sauva. Je ne recevais d'aumônes de personne et c'est pourquoi on répandit la rumeur que j'étais payé par la CIA. En réalité, je gagnais mon pain par un travail de bagnard, inconnu en URSS. Evidemment, je ne travaillais plus par amour du labeur, mais en raison des contraintes économiques. Cela rendait mon activité beaucoup plus forcée qu'en Russie.

Logique

Mon travail professionnel en qualité de logicien s'est achevé en Occident. Pendant deux ans, je tentai de donner un cours facultatif de logique à l'université de Munich. Tenter est bien le mot. Mes auditeurs changeaient sans cesse et il m'était impossible d'avancer. De plus, j'étais sans cesse confronté à des problèmes pratiques : les horaires de mes cours n'étaient pas commodes, on me changeait d'auditorium sans prévenir, etc. En comparaison avec Moscou, mes conditions de travail étaient abominables. De plus, aucune perspective d'avenir ne s'offrait à moi. Je proposai de donner un cours de théorie de la société soviétique, mais on n'y donna aucune suite. Ayant perdu tout intérêt pour les activités universitaires, je laissai passer une occasion d'obtenir un poste permanent.

En 1980, je donnai un cycle de conférences sur la logique à Oxford. Ce cours a été publié en 1983. J'y exposais ma solution au problème du Grand théorème de Fermat ainsi que les fondements de ma « géométrie empirique » avec les preuves du postulat d'Euclide sur les lignes parallèles. Des logiciens et des mathématiciens assistèrent à mes conférences et trouvèrent mes solutions correctes. Un point, c'est tout.

Pourtant, des milliers de gens avaient cherché ces solutions pendant des siècles! La revue *Logic and Analysis* publia mon article sur la preuve de l'indémontrabilité du Grand théorème de Fermat, précédé d'une préface idiote d'un logicien connu qui réfutait d'emblée ma solution sans l'avoir étudiée. Il était clair qu'en tant qu'émigré russe et indépendant solitaire, je ne pouvais escompter aucune reconnaissance à propos de mes découvertes.

La traduction anglaise de mon livre *La Physique logique* parut en 1983. Les idées que j'exposais auraient peut-être permis à un Occidental de se distinguer. Pas à un Russe. J'ai rencontré plus d'une fois des collègues qui reconnaissaient en privé mon talent et tenaient mes travaux parmi les travaux marquants de la logique contemporaine, mais aucun n'a pris le risque de le confirmer publiquement. Je ne pouvais même pas compter sur une notoriété future. Pour cela, il m'aurait fallu former des étudiants et créer ma propre école de pensée. Tout cela n'avait plus de sens et j'arrêtai mes recherches.

Le temps où il suffisait à un scientifique de faire une découverte pour être reconnu est à jamais révolu.

Désormais, les idées en soi n'attirent pas les adeptes. Il faut que les disciples trouvent un intérêt quelconque à développer les idées du maître et que le maître puisse pousser leur carrière. Un innovateur sans pouvoir ni protection est voué à l'obscurité.

Mes recherches logiques n'ont pourtant pas été inutiles. J'ai élaboré grâce à elles ma vision du monde, mon mode de connaissance et ma pensée, c'est-à-dire ma propre philosophie. Par leur difficulté, elles m'ont permis de prendre conscience de mes forces et de mes capacités, ce qui renforça ma conviction de pouvoir devenir mon propre Etat. Tirant les leçons de mon expérience en logique, je renonçais à me lancer dans la même aventure en sociologie. Je décidai donc de concentrer toutes mes forces sur mes activités littéraires. Je n'y ai réussi qu'en partie.

Littérature libre

En Occident, le mot « russe » est utilisé dans différents sens : « soviétique », « appartenant à la Russie », « Russe ethnique ». L'expression « littérature russe » est encore plus vague. On désigne de ce nom tout ce qui s'écrit en russe, ce qui s'écrit en URSS dans des langues différentes, ce qui reflète la vie des Russes ethniques et ce qui est publié en russe par les émigrés soviétiques. Quant au mot « littérature », cela fait belle lurette qu'il ne désigne plus les belles-lettres et s'applique à tout ce qui est imprimé.

L'époque brejnévienne a rejeté en Occident plusieurs centaines de Soviétiques qui écrivent et publient des livres en russe. On les considère comme des « écrivains russes ». Je crois qu'il est plus correct de parler de littérature russophone. On l'appelle « libre », à la différence de la littérature soviétique. Naturellement, j'en suis devenu partie intégrante.

Quand on parle de liberté, ou de la « non-liberté », de la littérature, il faut toujours distinguer les aspects juridiques et sociaux. La littérature soviétique est un phénomène social de masse soumis à l'action des lois objectives de la société. Elle n'est pas libre puisque l'on ne peut pas écrire ce qu'on veut, comme on veut, en comptant être publié. Mais d'un autre côté, elle est libre car la grande majorité des écrivains soviétiques écrivent ce qu'ils veulent. En fait, il existe des procédés pour sélectionner et former de futurs écrivains et les organiser en qualité d'écrivains. Une fois obtenue cette qualité, les Soviétiques écrivent de bon gré de la manière dont les conditions officielles et l'idéologie l'exigent. Les interdictions et limitations formelles ne sont qu'un moyen d'éducation et de contrôle. Il est naïf de penser que dans la seconde même où la censure serait abolie, les écrivains soviétiques se mettraient à créer des chefs-d'œuvre. Même si on autorise des maisons d'édition privées, sans censure, et que l'on laisse les librairies vendre leur production sans aucun obstacle, la situation dans la littérature soviétique changerait pour le pire et non pour le meilleur. Les écrivains de talent sont très rares et l'on ne fait pas de découvertes littéraires sur commande. On en aurait vite assez des livres de révélations et des essais critiques. En absence de contrôle, les mauvaises herbes littéraires auraient tôt fait d'étouffer tout ce qu'il y a de décent dans l'édition soviétique.

Le niveau d'une littérature est défini par le degré de liberté formelle de l'écrivain mais aussi par plusieurs autres critères, valables également en Occident. Il faut d'abord constater que la littérature a perdu son rôle dominant dans la culture et se trouve repoussée à l'arrière-plan par la télévision, le cinéma et le journalisme. Cela ne l'a pas empêché de prendre des dimensions quantitatives inouïes. Chaque année sont publiés dans le monde plusieurs centaines de milliers de nouveaux titres. La littérature est devenue un phénomène de masse non pas seulement par le nombre de lecteurs, mais aussi par le nombre des écrivains. Elle s'est transformée en une industrie soumise à toutes les lois du

606

marché. Le lecteur cultivé est une espèce en voie de raréfaction rapide dans l'océan des lecteurs aux goûts primaires. La publicité et les médias ont repoussé le talent. Les critères esthétiques se sont effondrés, remplacés par ceux du succès commercial. Le critique littéraire professionnel a disparu, remplacé par le journaliste. L'intérêt porté à la littérature « sérieuse » a baissé. Le plus important dans l'appréciation d'un écrivain n'est plus l'originalité de sa création, mais la conformité de son œuvre aux goûts et besoins de certains cercles dont dépendent le destin des écrivains et de leurs œuvres.

Pour la littérature russophone « libre » de l'Occident les conditions ambiantes sont encore plus drastiques. La critique et la presse soviétiques l'ignorent. Si parfois elles s'en souviennent, c'est pour la qualifier de calomnieuse. En URSS, le cercle de ses lecteurs est très étroit. Le lecteur ordinaire, qui aurait pu devenir le juge strict de sa valeur littéraire, n'y a pas accès. Elle n'a pas, non plus, de critique sérieuse en Occident. Et celle qui existe est tendancieuse, superficielle et dilettantiste. En général, la presse ne porte attention à cette littérature que du point de vue politique. Cela explique que des œuvres insignifiantes d'un strict point de vue esthétique soient parfois exaltées comme de purs chefs-d'œuvre. En revanche, de vraies découvertes sont parfois ignorées.

L'écrivain soviétique, exilé de son pays, ne peut écrire sur l'Occident de façon qualifiée. Il est obligé de s'inspirer de la vie soviétique. Mais il aura vite besoin de détails que l'on ne peut trouver en Occident, ni inventer. L'écrivain russe a également besoin de lecteurs capables de lui communiquer le plaisir éprouvé lors de sa lecture. Ici, un tel lecteur est d'une rareté extrême. La liberté de création recherchée et obtenue dans l'exil s'est révélée illusoire dans les conditions de l'émigration. La liberté de publier ne suffit pas à la vraie littérature. Pour publier quelque chose, il faut d'abord l'écrire. Et le matériel et la stimulation de ce « quelque chose » sont restés en Russie...

Je me suis retrouvé en Occident, avec mes livres sous le bras, conçus pour le lecteur russe cultivé qui aspire à comprendre le monde à travers la littérature. La masse d'anciens écrivains soviétiques émigrés et de Soviétiques émigrés devenus écrivains m'a tout juste reconnu une petite place en tant que critique du système soviétique. J'ai pu survivre comme écrivain uniquement grâce aux traductions de mes livres en langues étrangères, à l'intérêt des lecteurs occidentaux et à une appréciation flatteuse de mon œuvre dans la presse occidentale. Mes livres ont également trouvé des admirateurs dans l'émigration, mais seulement dans les milieux qui ne sont pas influencés par la presse ou l'édition.

L'effet de la production de masse

Logicien, j'ai chaque fois remarqué une discordance criante entre le fond des problèmes et leur présentation extérieure. Les problèmes étaient en règle générale insignifiants et l'appareil pour les résoudre grandiose. Les savants du passé auraient eu honte de considérer comme des découvertes ce qui a acquis un tel prestige à notre époque. La raison en est claire et je l'ai déjà citée : l'inflation du nombre de chercheurs. Des milliers de scientifiques font un travail pour lequel quelques-uns suffiraient. En même temps, la vanité des savants a augmenté avec leur nombre alors que le nombre de problèmes et leur importance a diminué. En Occident, ce phénomène a fini par englober tous les domaines de la culture : littérature, cinéma, sciences sociales. La petitesse des idées (et même leur absence totale) est dissimulée par leur facture raffinée et un formalisme hypertrophié. Une culture grandiose s'est formée comme un colosse aux pieds d'argile, sans fondements solides. C'est une culture produite par une masse de gens en vue d'une consommation encore plus massive. Il est indiscutable qu'elle permet à des millions d'hommes de vivre et à des milliards de se distraire. Elle constitue un phénomène social régi par les lois du communalisme et par les mêmes relations spécifiques... que la société soviétique.

En Union soviétique, ma génération a été élevée à partir des meilleures œuvres de la culture mondiale. La société que nous découvrions autour de nous se trouvait en contradiction avec nos goûts et notre mentalité. Mais nous étions persuadés que la culture semée par les autorités était un produit du régime communiste et que l'on pouvait s'en préserver. Le *samizdat* et le *tamizdat* étaient des manifestations de cette foi. En Occident, j'ai constaté qu'il s'agissait d'un phénomène de portée planétaire et que la domination de la culture de masse y est encore plus forte qu'en URSS. De plus, elle n'est pas imposée par les autorités, mais pousse d'elle-même. Je me suis senti encore plus étranger à la culture occidentale qu'en Russie, à la culture officielle.

La Maison jaune

J'ai écrit en Russie la moitié du livre *La Maison jaune* que j'ai achevé en Occident. C'était le premier livre que j'ai pu avoir devant moi en entier et revoir avant publication. D'abord, j'eus l'intention de retarder sa parution pendant quelques années pour qu'il « repose ». Mais j'appris rapidement que deux de ses parties, tombées entre les mains du KGB, étaient utilisées par un escroc littéraire qui travaillait aussi comme expert du KGB. Je décidai de le publier aussitôt.

L'action du livre se déroule à Moscou, dans un Institut de l'idéologie. Son modèle était évidemment l'Institut de philosophie où j'avais travaillé pendant vingt-deux ans. Presque tous les personnages du livre reprennent des prototypes réels, collaborateurs de l'Institut ou philosophes soviétiques, que j'avais eu tout loisir d'observer. Quant à l'histoire du livre, elle reflète des événements authentiques de l'histoire soviétique en général et de l'idéologie en particulier. Le héros principal est cependant inventé, bien qu'il emprunte lui aussi quelques traits à des personnes réelles. Le livre est partiellement autobiographique mais on ne peut pour autant m'identifier à aucun des personnages.

La Maison jaune se situe dans le même registre que *Les Hauteurs béantes*. C'est un livre sur la réalité soviétique dans tous ses aspects et toutes ses manifestations. Pour décrire et interpréter la société soviétique, l'Institut de philosophie m'offrait des possibilités inouïes. Je n'avais pas besoin de voyager pour observer comment vivaient les gens aux quatre coins du pays. Je n'avais pas besoin de pénétrer en personne dans différentes institutions pour y faire carrière. L'information sur la vie du pays dans toutes ses régions, ses couches sociales et ses aspects parvenait directement à nos cercles professionnels pour y être discutée. D'autre part, l'afflux d'information et le travail de son interprétation n'étaient pas limités idéologiquement ou politiquement tant que cela restait à l'intérieur de l'Institut. Un homme sachant observer et réfléchir pouvait disposer d'une masse significative de données et en user avec toutes les garanties de l'objectivité scientifique. Mes études en étaient considérablement facilitées. Nos cercles concentraient les gens les plus à même de traiter les problèmes de la société soviétique. Leur talent, leur formation et leur travail intellectuel ne trouvaient pas d'expression appropriée dans leurs ouvrages. Ils étaient quand même des idéologues, sociologues et philosophes soviétiques, qui s'accommodaient des conditions sociales, aspiraient au succès et servaient loyalement les autorités. Mais dans le milieu professionnel, ils pensaient et s'exprimaient selon leur vrai niveau intellectuel. A la lumière de mon expérience depuis mon expulsion d'URSS, je dois dire que c'est dans les cercles philosophiques soviétiques que j'ai rencontré le niveau de réflexion sociale le plus élevé. Il ne s'agit pas évidemment de toute la philosophie et l'idéologie, mais d'une élite res-

610

treinte articulée autour de l'Institut de philosophie. Ce groupe avait des contacts directs avec les autorités suprêmes. J'avais donc une possibilité unique d'observer à l'état pur les rouages internes du système du pouvoir.

Au sein de cette élite, quelques-uns de mes collègues parlaient en cachette de faire un geste semblable au mien. Bavarder est facile. Pour faire ce que j'avais fait, il fallait avoir vécu une autre vie, moins sereine que celle de ladite élite. Si celle-ci avait un niveau intellectuel élevé, son niveau moral, lui, était bas. Je considère toujours que ceux qui comprennent la réalité et intérieurement la condamnent, tout en se comportant à la manière typique des caméléons soviétiques, ne méritent que mépris.

La Maison jaune est une analyse plus fine que *Les Hauteurs béantes*, c'est peut-être pour cela qu'elle n'a pas eu autant d'effet. Il est pourtant difficile d'en juger de façon catégorique. Le premier livre produit toujours un effet plus fort. Les nombreuses copies des *Hauteurs béantes* ont atteint l'Union soviétique dans les années rebelles. *La Maison jaune* est parue plus tard alors que l'esprit de révolte s'était émoussé. En fait, seul un petit nombre d'exemplaires est parvenu en URSS : le livre n'a pas été lu. Je pense que si la diffusion clandestine avait été plus importante, l'effet eût été différent.

La Maison jaune est un roman. Il comprend pourtant quelques chapitres qui, presque inchangés, pourraient être glissés dans un traité de sociologie. Ils concernent l'idéologie, les rapports entre l'individu et la collectivité, le parti, la religion, les lois sociales, etc. L'histoire raconte la tentative d'un jeune homme pour s'intégrer au sein d'une collectivité soviétique, tout en gardant sa personnalité et son indépendance, selon le principe « je suis mon propre Etat ». Il échoue bien qu'il ait essayé d'être à tout prix comme tout le monde et soit prêt à passer les compromis qu'il faut avec la société. Les gens sentent tout de suite en lui un étranger. Progressivement, il est rejeté. La collectivité en fait un renégat quoiqu'il ne soit ni dissident, ni rebelle. Il est voué à ce rôle uniquement en raison de son individualisme.

Dans ce roman, je touche aux problèmes cardinaux de la société soviétique et de la situation de l'individu dans cette société. Je présente ces problèmes comme reflétés dans la conscience de l'élite intellectuelle. Ce n'est pas une répétition des *Hauteurs béantes* mais un développement de ses thèmes et de ses idées.

Nouveau sujet

Je n'entendais pas me consacrer à l'étude de l'Occident. L'objet de ma passion intellectuelle, la société communiste, me prenait tout entier. Une vie supplémentaire ne m'aurait pas suffi pour en faire le tour. Et au fil des années, mon intérêt ne s'est pas affaibli. Cependant, ma vie en Occident me livrait sa moisson d'observations sur mon nouvel habitacle. Que je le voulusse ou non, un flot d'informations sur la société occidentale me submergeait. Et il m'était impossible de résister à son empire. De plus, bien qu'exilé à l'Ouest, je n'avais pas été exclu de la sphère d'influence de la société communiste. Elle se manifestait ici avec force, en permanence et partout. Je connaissais depuis longtemps la vérité sur l'expansion internationale du communisme. Ici, je l'ai ressentie de façon si aiguë que je ne pouvais y rester indifférent. Plus précisément, on ne me permettait pas de l'ignorer : il me fallait donner conférences sur articles, sur la présence soviétique en Occident.

La dimension de cette présence et son influence provoquèrent l'un de mes plus grands chocs dans les semaines qui suivirent notre arrivée. L'Ouest est entré dans mon œuvre en premier lieu de ce point de vue.

L'Union soviétique commença à créer tout un réseau d'agents secrets dans le monde capitaliste dès après la révolution. Mais ce ne fut qu'après la Seconde Guerre mondiale que le saut qualitatif fut fait : la toile d'agents de l'Est se transforma en une véritable armée secrète. Cette évolution atteignit son paroxysme dans les années soixante-dix grâce au généralissime de la guerre d'agents : Iouri Andropov. Les noms des maréchaux et des généraux de cette campagne resteront méconnus à tout jamais.

Cette armée remporta une brillante victoire en préparant le tournant gorbatchévien dans la stratégie soviétique à l'égard de l'Ouest. Elle fit aussi la preuve de son efficacité en organisant le pillage systématique des découvertes scientifiques et inventions techniques en tous genres en Occident. Un de mes anciens amis qui travaillait au KGB se vantait devant moi que ses agents avaient rapporté à l'URSS plus de découvertes que toute l'Académie des sciences. Il ne devait pas être loin de la vérité.

Homo sovieticus

J'ai parlé de cette activité secrète dans de nombreux articles ainsi que dans mes livres *Homo sovieticus*, *Para bellum*, *Fiancé d'Etat* (en allemand), *Bombe de raisins secs* (en italien), *La Main du Kremlin* (en russe).

Homo sovieticus a toute de suite été traduit en français, allemand, anglais et italien. Certains m'ont identifié avec le héros du livre. Michel Heller alla même jusqu'à l'affirmer dans la presse. Au cours d'une conférence en France, un monsieur âgé me demanda, en russe, quel grade j'avais au KGB. Il ajouta que, selon les rumeurs, j'étais un colonel. Je répondis qu'à mon âge, ce n'était pas un grand mérite et qu'en réalité j'étais un général. En entendant cette réponse, l'homme se mit littéralement au garde-à-vous et claqua des talons. Il me suivit après la conférence, me souriant servilement en tentant de me serrer la main.

Le livre est écrit du point de vue d'un agent soviétique infiltré en Occident sous la couverture d'un dissident. Plus exactement, le héros a accepté de devenir agent pour pouvoir quitter le pays et vivre au moins quelques années « comme un être humain ». Il vit parmi les émigrés qui, comme lui, subissent des vérifications avant d'obtenir le droit de résidence. Il décrit ses impressions sur l'Occident et les conditions de vie d'un Soviétique en émigration. Il se souvient de la vie en URSS et la compare à la vie occidentale. Il réfléchit sur les intentions du Kremlin envers l'Ouest, sur l'émigration, les événements dans le monde et, surtout, l'homme soviétique.

Comme tous mes romans sociologiques, on ne peut ramener *Homo sovieticus* à un seul sujet. Plus exactement, ce roman développe les différentes facettes d'un sujet immense : le communisme dans toutes ses manifestations. En même temps, c'est une parodie de plusieurs traits de la vie occidentale et soviétique. On y rencontre la figure d'un Grand Dissident dans lequel on reconnaît sans peine Andreï Sakharov. Je l'ai présenté exprès sous des traits satiriques. J'ai toujours tenu Sakharov pour un personnage artificiellement gonflé par l'Occident, où l'on présentait cet homme d'un niveau sommaire en matière de philosophie sociale comme le porte-parole des aspirations du peuple russe. Ce dernier a ses défauts mais il n'est pas à ce point primitif. En fait, les passages du livre consacrés à Sakharov visent davantage le comportement de l'Occident avec l'opposition soviétique que le dissident lui-même.

Si le héros de *Homo sovieticus* s'apprête encore à devenir un agent soviétique en Occident, ceux des romans *Para bellum* et *Fiancé d'Etat*, ainsi que de la nouvelle *Bombe de raisins secs*, agissent déjà en qualité d'agents. Je me suis servi du thème de l'espionnage comme moyen de décrire la situation de l'homme soviétique en Occident. Dans *Para bellum*, j'ai aussi dépeint l'homme qui dirige les activités soviétiques à l'Ouest mais je l'ai présenté comme un apparatchik

614

classique. J'ai écrit ce roman pendant la brève période d'Andropov. J'y donne mon analyse des réformes andropoviennes qui ont servi de fondement pour le remue-ménage réformateur de Gorbatchev. Comme dans tous mes livres, les événements courants de la vie internationale servent de toile de fond à de nombreuses pages. Il ne s'agit pas d'une simple reprise des informations des journaux et de la télévision, mais d'un traitement littéraire et sociologique des faits, qui me permet d'exposer des idées d'un autre ordre plus fécond.

Je suis convaincu qu'avec les médias et les moyens de communication modernes, l'écrivain qui possède des conceptions sociologiques, philosophiques et existentielles claires n'a pas besoin d'errer à travers le monde, sa besace sur l'épaule, à la recherche de sujets et de matériel concrets. Il dispose de tout cela en abondance autour de lui. Il faut seulement savoir y trouver les reflets des tendances profondes de la vie sociale. Mais ce « seulement » est le produit le plus rare...

Dans ma pièce *La Main du Kremlin*, j'ai poussé le côté satirique de la description jusqu'à la caricature. L'évolution ultérieure des relations soviéto-occidentales a transformé cette farce littéraire en réalité. Personne n'a osé monter cette pièce. L'Occident connaît des bornes et des interdictions qui réduisent les vertus de la démocratie à l'état parfois de fictions.

L'homme soviétique

Je consacre plusieurs pages dans chacun de mes romans à la notion d'« homme soviétique ». D'un point de vue logique, cette notion est assez compliquée. L'« homo sovieticus » n'est pas uniquement le représentant moyen des Soviétiques. Ce que l'on peut dire de lui n'est pas applicable à chaque Soviétique. Si, par exemple, nous disons que, dans les années 30, l'homo sovieticus affirmait que l'Allemagne hitlérienne était l'ennemi numéro un de l'URSS, cela ne signifie pas que tous les Soviétiques le pensaient. La majorité n'avait aucune conviction là-dessus et certains croyaient que l'Allemagne pouvait les sauver du communisme. Mais c'est l'opinion de l'homo sovieticus qui joua le rôle déterminant dans la formation de l'image de l'Allemagne dans la conscience soviétique.

Dans chaque société, une tranche de la population se constitue en pilier du système social du pays, de son pouvoir et de son idéologie. Cette tranche-là modèle la psychologie et la conscience du reste de la population. J'appelle homo sovieticus le représentant typique de cette partie du peuple soviétique. C'est un homme habitué à vivre dans les conditions de la société communiste et qui accepte celle-ci comme son milieu social naturel. Il participe à la perpétuation du régime par le simple fait de son activité. Il accepte le système du pouvoir et y prend part, dans la mesure de ses possibilités. Il obéit aux normes du comportement et se caractérise par son intransigeance idéologique. Le nombre d'individus proches de ce portrait modèle est suffisamment élevé pour donner le ton à la société. En plus, ils occupent les positions sociales les plus importantes, ce qui leur permet d'être les maîtres de la société entière.

En réalité, l'homme qui correspondrait exactement à cet idéal n'existe pas. De même qu'en médecine il n'y a pas d'homme à la santé parfaite, il y a seulement des hommes socialement bien portants qui s'approchent plus ou moins de cet état idéal.

Personne n'a encore calculé quel pourcentage de Soviétiques sont socialement « bien portants » et se rapprochent donc de l'homo sovieticus. Dans l'intérêt de la conservation de la société, leur nombre doit être suffisamment élevé. Ils doivent jouer les rôles décisifs dans la collectivité et posséder des moyens pour imposer à la majorité de la population le comportement et la conscience adéquats. Ils sont porteurs de toutes les qualités essentielles de la société communaliste.

L'homo sovieticus reçoit une éducation assez riche. On lui fournit une ample moisson d'information. Il possède d'énormes qualités de souplesse et de conformisme, ce qui permet de le considérer comme une sorte de caméléon social qui n'est limité par aucune barrière morale ou idéologique. Bref, l'homo sovieticus idéal possède toutes les qualités nécessaires pour marquer des progrès dans la société communiste.

Le sujet de l'émigration

Les œuvres du cycle d'espionnage sont en fait consacrées à la situation d'un Russe se retrouvant dans un Occident hostile. En parallèle avec *Homo sovieticus*, j'ai écrit un roman-poème *Ma maison mon exil* sur l'émigration. Je voulais les publier ensemble en un seul livre mais mon éditeur me conseilla de les faire paraître séparément.

L'un de mes héros littéraires exprime ainsi le problème cardinal de l'émigration russe : « Que vaut-il mieux ? La prison russe ou la liberté à l'étranger ? » Ce personnage ne trouve pas de solution et finit par se suicider. Le destin des autres héros est aussi tragique ou du moins malheureux. J'ai délibérément donné à ces personnages les rôles négatifs d'agents soviétiques pour décrire, de façon encore plus tranchante, le tragique du destin d'un homme qui échappe au train de vie normal en Russie pour se retrouver dans l'émigration. Emigrer en Occident n'est pas une idée nationale russe.

La tentation

J'ai commencé à écrire *La Tentation* tout de suite après avoir achevé *La Maison jaune*. Je me trouvais alors en pleine crise morale et, dans ce livre, je laissai libre cours à mes états d'âme. Mais il ne s'agissait pas seulement de moi : une grande partie de l'intelligentsia de mon époque traverse une crise idéologique, spirituelle et morale.

L'ouvrage devait comporter quatre parties : *Va au Golgotha, L'Evangile pour Ivan, Vivre!* Je n'avais pas encore fixé le titre de la dernière. Je voulais faire un « vrai gros livre » qui correspondrait à mes goûts littéraires et pourrait englober ma conception idéologique. Mais ce projet n'aboutit pas. Le manuscrit de *Va au Golgotha* tomba entre les mains du KGB en même temps que quelques parties de *La Maison jaune.* Je décidai donc de le publier comme un livre séparé. Il est sorti en 1985. Mon éditeur fit de même pour *L'Evangile pour Ivan* qui fut tout de suite traduit en français. Tout mon projet de *La Tentation* tomba à l'eau. La troisième partie, *Vivre!*, parut au début de 1989.

Le sujet principal de *Va au Golgotha* est la situation d'un homme qui décide de créer son propre Etat et même son univers cosmologique. Il s'agit d'un jeune Russe du nom d'Ivan Laptev. Il élabore pour lui-même une nouvelle idéologie destinée à s'opposer à celle de la société. Ce problème n'est pas spécifiquement soviétique, ni russe. Des milliers de jeunes gens en Occident en sont tout autant obsédés. Seulement, ils ne le ressentent peut-être pas de façon aussi aiguë que mon héros. Et le plus souvent, ils ont peur de reconnaître qu'il s'agit du problème le plus sensible dans le monde moderne, à l'Est comme à l'Ouest. Quant à mon héros, il le pousse jusqu'à sa dimension extrême. Il ose l'entreprise la plus grandiose pour un homme ordinaire : créer une nouvelle religion qui corresponde à la situation de l'homme dans la société moderne. Naturellement, il s'agit là d'un procédé littéraire qui permet de pousser certaines idées jusqu'à la limite de l'imaginable. En même temps, c'est un procédé réaliste : les gens sont parfois contraints à une telle audace. Laptev se convainc bien vite que la réalisation de son projet maniaque mène au Golgotha. Mais il subit un échec. La

618

réalité s'avère plus terrible qu'il ne le pensait. On l'empêche de monter sur la croix. L'horreur du destin humain à notre époque c'est l'impossibilité d'aller au sacrifice. Le chemin est barré pour un rebelle solitaire. La société, cette énorme masse sans visage, dans son avance impérieuse rejette l'individu si loin qu'il faudra peut-être des siècles pour que les gens gagnent à nouveau la chance d'aller au Golgotha.

L'action de toutes les parties de *La Tentation*, excepté *L'Evangile pour Ivan*, se passe dans la province russe. Pourquoi ai-je choisi un tel cadre alors que j'ai vécu l'essentiel de ma vie à Moscou ? Le mot « provincialisme » est équivoque. Il peut signifier le retardement, le sous-développement de la province. A mesure que tous les aspects de la vie provinciale se rapprochent à maints égards de la vie à Moscou, ce provincialisme-là disparaît. Mais il en existe un autre qui ne s'évanouit pas avec le rattrapage de la province et finit par s'étendre à la capitale elle-même. Dans ce sens, il s'agit d'un phénomène sociologique et pas seulement historique. En décrivant la Russie profonde, je représentais Moscou dans son essence sociale profondément provinciale.

Mon choix s'explique aussi d'une autre manière : j'ai voulu priver mes héros de l'influence occidentale et de contacts avec les Occidentaux. A cette fin, je mis l'accent sur les problèmes communistes spécifiques et leur solution à l'intérieur du système. Mes personnages ne sont pas des dissidents. Les idées occidentales des Droits de l'homme et des libertés démocratiques leur sont étrangères. Ils veulent simplement mener à bien leur existence dans le cadre donné. Ils n'aspirent pas à reconstruire le système social : ils sont suffisamment intelligents, cultivés et sobres pour ne pas mordre à l'hameçon des démagogues de type gorbatchévien. Ils connaissent le prix des perestroïkas en tout genre. Ayant retardé à 1989 la sortie de *Vivre !*, je l'ai quelque peu actualisé en transposant l'action à l'époque actuelle. Cela ne change rien aux idées de l'ouvrage.

Les héros de *Vivre!* sont infirmes de naissance ou originaires des bas-fonds et n'ont aucune chance de parvenir à la surface de la société. Il ne s'agit pas de la description spécifique de la vie des infirmes : le choix de tels personnages m'a permis de peindre les conditions de vie ordinaires dans la société moderne, qui engendrent anomalies, injustices et malheurs. La situation de ces personnages les pousse à poser des problèmes que les penseurs de la société normale évitent ou dont ils disputent en toute irréalisme.

Dans ce livre, mes héros sont victimes d'expériences nucléaires. Mais l'idée du livre m'est venue longtemps avant Tchernobyl, à la suite de rumeurs d'une autre catastrophe similaire en URSS. Mon personnage principal se tourmente : être ou ne pas être. Il se répète avec obstination : être, être, être! Mais les circonstances se liguent contre lui. Il tombe finalement du ciel de son Etat souverain dans la fosse commune de la vie quotidienne.

La dernière partie de *La Tentation* est achevée mais je préfère ne pas parler des livres non publiés.

Les personnages de cette suite sont confrontés au problème principal de ma vie : comment vivre dans les conditions communistes? Ils ne trouvent pas de réponse optimiste à cette question, faute qu'elle n'existe pas, que son principe même existe. L'idéal de soi que partagent à différents degrés mes héros ne correspond pas aux conditions de la société soviétique. S'ils subissent un échec existentiel sans appel, je n'engage pas pour autant mes lecteurs à renoncer au combat pour cet idéal. Je veux simplement démontrer que la société communiste se trouve au début de son histoire, alors que le combat pour l'idéal de soi ne fait que commencer. Il faut une période historique plus longue pour que des individus exceptionnels puissent apparaître. Enfin, le combat engagé, les sacrifices sont inévitables. Il faut se préparer à les accepter. Encore faut-il conquérir ce droit. La vie humaine n'est qu'un instant. Et le sacrifice dont je parle vaut la peine d'être fait.

Le Héros de notre jeunesse

En 1983, pour le trentième anniversaire de la mort de Staline, j'ai écrit *Le Héros de notre jeunesse*. J'y ai exprimé ma vision de l'époque stalinienne et mes rapports avec le stalinisme. Mon approche différait des clichés répandus et mon livre fut ignoré. A ce jour, mon approche reste encore solitaire. Dans les années gorbatchéviennes, les invectives contre Staline se sont multipliées. Elles ne méritent que mépris intellectuel. La critique du stalinisme correspond à l'état d'esprit actuel des masses qui n'ont pas vécu le stalinisme et méconnaissent le sens du communisme. Une fois de plus je me suis retrouvé isolé.

Le problème de la compréhension

Combien de fois ai-je entendu que mes livres n'étaient pas clairs ou carrément incompréhensibles pour les lecteurs occidentaux! J'essayais pourtant de toutes mes forces de clarifier ma pensée. J'avais derrière moi des dizaines d'années d'enseignement et il me semblait que j'avais appris à exposer les problèmes les plus complexes aux élèves les moins avertis. Mais ici, en Occident, je me trouvais dans une situation étrange : mieux j'expliquais les idées de mon livre, moins on me comprenait. Quelle est donc la raison de ce phénomène qui m'étonna d'abord, m'indigna et m'offensa ensuite et qui finit par me plonger dans un état proche du désespoir, avant de m'indifférer?

Des millions de gens lisent les romans fantastiques bourrés de galimatias, mais personne ne parle d'incompréhension. Pourtant, une simple vérification démontrerait que le degré de compréhension en est proche de zéro. Il en va de même pour les livres et les articles de journalistes, diplomates, politologues et soviétologues occidentaux qui sont à 50 % absurdes et à 50 % ne valent pas la peine d'être compris. On juge compréhensibles des ouvrages sur la vie des fourmis et des souris bien qu'aucun des lecteurs n'ait vécu une seule journée dans une fourmilière ou dans un trou de souris. Un seul sujet fait exception : la Russie. Dans ce dernier cas, plus l'écriture se veut véridique, exacte et profonde, et moins les lecteurs la comprennent. En quoi consiste cette énigme ?

D'après mes rencontres et conversations avec mes lecteurs, je suis arrivé à la conclusion qu'il s'agit d'un phénomène plus profond que l'incompréhension. Posons d'abord la question : est-ce que les manifestations de la vie soviétique que je décris dans mes livres sont vraiment si nouvelles et inhabituelles pour les Occidentaux ? Je les ai observées presque toutes présentes également à l'Ouest, sous des formes peut-être atténuées et dans des proportions plus ou moins grandes. Je les ai également ressenties sur ma peau comme écrivain autant que comme homme ordinaire. En 1978, le mathématicien français René Thom m'affirma que mes portraits du milieu scientifique soviétique étaient totalement applicables à la France. Ce fut l'un de mes rares lecteurs occidentaux à reconnaître le caractère général de l'un des phénomènes que je décris. La plupart ont perçu ma description du communisme réel comme celle d'un monstre social créé en Russie par les bolcheviks selon le plan marxiste. Mes lecteurs et critiques occidentaux n'ont pas voulu voir dans mes pages les traits de leur propre société et d'eux-mêmes. Je crois que le communisme réel donne la clé pour interpréter aussi la société occidentale contemporaine. Ce qui existe en Occident à l'état de tendances parfois diffuses, ce qui est dilué dans d'autres phénomènes (pluralisme, démocratie, chaos idéologique), on le voit en URSS à l'état presque pur, comme en laboratoire. Ces manifestations d'une certaine réalité sont de vieilles connaissances, mais elles jouent de nouveaux rôles dans les conditions de la société communiste.

Or, mes lecteurs occidentaux ne veulent pas voir

dans le miroir de la vie soviétique le reflet des mécanismes profonds de leur propre existence. Psychologiquement, la compréhension est un lourd fardeau qui empêche de gambader dans la vie. Elle n'apporte qu'insécurité et inquiétude, développe un sentiment angoissant de responsabilité pour le présent et l'avenir. L'incompréhension, en revanche, affranchit l'homme du poids de sa responsabilité et lui donne tous alibis de croire qu'il vit dans le meilleur des mondes possibles. C'est pourquoi la prédisposition à l'incompréhension volontaire de la société contemporaine est aujourd'hui dominante. Les gens sont prêts à perdre leur temps à tout sauf à réfléchir sur les livres qui leur proposent le reflet d'une réalité peu attrayante.

La conscience de tout cela n'influençait guère mon activité créatrice. J'aspirais à faire quelque chose de nouveau, le mieux possible, sans penser aux réactions de mes lecteurs. Bien entendu, j'avais envie qu'on voie et apprécie ce que j'avais fait. C'est un besoin naturel de chaque créateur. Mais je n'étais pas avide du succès à tout prix. Je n'avais rien contre la notoriété. Mais pour la bonne cause, et pas pour influencer les masses par des niaiseries.

Ecrivain politique et conférencier

La profession d'écrivain politique et de conférencier était entièrement nouvelle pour moi. Les interviews que je donnais faisaient également partie de mon nouveau métier. J'aurais même fait d'elles une activité professionnelle à part entière si j'avais été payé, car j'en donnais beaucoup.

Le travail d'écrivain politique m'absorba sans que je m'en rende d'emblée compte. D'abord, je publiai quelques conférences et articles sous forme de recueils : *Sans illusions, Nous et l'Occident, Ni liberté, ni égalité, ni fraternité.* Ensuite, je commençai à recevoir des commandes d'articles de différents journaux et magazines. J'écrivais sur des événements courants de la vie soviétique et de la politique internationale en relation avec l'URSS. En même temps, je me transformai en « conférencier ambulant » : je faisais des causeries sur des sujets politiques dans des dizaines de villes d'Europe et d'Amérique.

Toutes ces activités ont influencé de manière sensible mon œuvre littéraire. Plusieurs de mes ouvrages appartiennent à un type spécial de littérature journalistique. La période de la perestroïka s'est avérée particulièrement féconde. J'en parlerai plus loin.

Peinture

Malgré mon interdiction, Olga commença à rassembler mes dessins dans les dernières années de notre vie à Moscou. Elle parvint à les envoyer en Occident. Certains ont été utilisés pour les couvertures de mes livres. Après notre arrivée à l'Ouest, j'ai eu peu de temps pour la peinture. A Moscou, j'avais l'habitude de faire des dessins pendant des réunions ou des séances de différents comités scientifiques. J'en faisais également pour les journaux muraux ou pour amuser mes amis autour d'une table. Ici, ces passe-temps n'existent pas et je ne dessine plus que rarement. Pourtant, mes travaux s'accumulent. J'ai fait des expositions à Lausanne, Zurich, Genève, Milan, Paris. Deux catalogues ont été publiés et plusieurs dessins vendus.

Le communisme réel

Depuis *Les Hauteurs béantes*, l'objet principal de mon travail a été la description de la société communiste. Je le menais dans mes œuvres littéraires, articles d'actualité, essais et conférences. Mais je n'étais pas pressé d'écrire un essai sociologique spécial. Je voulais consacrer le temps nécessaire à mettre au point un

624

exposé détaillé de ma théorie. Je pensais que cela me demanderait cinq ans. De nombreux lecteurs de mes premiers livres ont pourtant remarqué les pages que je consacrais à la sociologie et m'ont demandé de les réunir dans une brochure à part. Au lieu de le faire, j'ai rapidement écrit en 1980 *Le Communisme comme réalité*, une polémique sur l'image de la société soviétique en Occident. Cela m'a pris moins de deux mois. En 1981, le livre fut publié en russe et en français. Il fut bientôt traduit dans d'autres langues. J'ai pu l'écrire si vite parce que j'exposais des idées sur lesquelles j'avais réfléchi de longues années en Russie. Pour moi, ce livre n'était que la première variante de ma théorie ou peut-être même l'introduction à la future théorie. Plus tard, en 1986, j'ai publié en allemand un livre sur l'idéologie soviétique *La Force de la défiance* et, en 1987, *Le Gorbatchévisme*.

Ces travaux n'étaient pas la simple retranscription organisée de ce que j'avais emmagasiné dans ma mémoire. Pour un théoricien, le processus de l'écriture représente la partie principale du travail. Parfois, il m'était plus difficile de trouver des formulations et d'exposer des idées qui me paraissaient claires que d'élaborer ces idées en première approximation. L'écriture de ces essais et des parties théoriques de mes romans m'apparaissait comme une continuation de mon travail de recherche.

La société soviétique m'a servi de modèle originel du communisme réel (ou communisme tout court). Mais ma description du communisme est applicable à tous les pays communistes. Pour que, dans une société donnée, les règles du communalisme deviennent dominantes et engendrent un type de société spécifiquement communiste, il faut que certaines conditions historiques soient remplies :

– liquidation des classes de propriétaires privés (capitalistes et propriétaires fonciers en premier lieu), nationalisation ou socialisation de tous les moyens de production et de toutes les sphères d'activité humaine qui ont un impact social ;

625

– organisation standardisée des masses en collectivités professionnelles ;

– transformation de tous les citoyens aptes au travail en employés d'Etat,

– uniformisation des conditions de travail et des rémunérations ;

– unification de toutes les collectivités professionnelles en un seul organisme social ;

– création d'un système de pouvoir et de direction unique et centralisé, qui pénètre la société dans toutes ses dimensions ;

– création d'une idéologie d'Etat unique et d'un appareil de propagande efficace ;

– création d'organes de répression puissants ;

– éducation des masses pour qu'elles puissent perpétuer dans leurs actes quotidiens les relations sociales communistes et le mode de vie communiste en général.

Bref, le communisme est l'organisation de plusieurs millions de personnes en une seule entité selon les lois de la communalité. Lors de la mise en place empirique de ce processus, la communalité des époques passées se transforme sous l'effet des nouvelles conditions de manière si radicale que la ressemblance avec ses anciennes manifestations se perd. Cela engendre l'impression fausse que les relations communistes sont un phénomène radicalement nouveau.

Pour comprendre les secrets du communisme, il faut descendre de sa surface vers ses profondeurs, là où se situe l'activité quotidienne de la population. Une fois instituée, la société communiste se perpétue de façon naturelle grâce à la vie routinière de millions d'êtres. Toutes les manifestations grandioses du communisme ont leurs racines les plus profondes dans les vétilles quotidiennes.

J'ai choisi comme point de départ de mon étude de la société communiste ses collectivités professionnelles primaires, c'est-à-dire ses cellules, parties standards et relativement autonomes, qui possèdent certaines propriétés de la société entière et la représentent en miniature. Ces cellules sont des entreprises et des bureaux. Chacune compte une direction, une comptabilité, un service du personnel, des organisations du parti, du Komsomol et des syndicats et d'autres éléments d'une collectivité primaire standard (usines, instituts, bureaux, magasins, kolkhozes, sovkhozes, etc.). Naturellement, la structure sociale de la société ne se réduit pas à sa composition cellulaire, mais c'en est la base. Pour comprendre la société communiste, il faut d'abord étudier la cellule.

Pour remplir ses fonctions, la collectivité-cellule reçoit de la société tous les moyens de production nécessaires. Elle en dispose et les exploite mais n'en est pas propriétaire. A la différence de la société féodale ou capitaliste, tous les membres de la collectivité, du directeur au manœuvre, sont égaux par rapport aux moyens de production. Ils diffèrent juste par leur place dans l'organisation de l'activité. Si l'on veut définir, à ce niveau, le communisme d'une phrase, on peut dire que c'est une société où tous les gens sont des employés d'Etat.

La dépossession des individus des moyens de production et leur transformation en employés de collectivités primaires a eu certes des conséquences négatives : incurie, détérioration d'équipements, vols, négligence. Cependant, pour la plupart, cela représentait en premier lieu la libération des relations de propriété. Ce fut l'une des plus grandes réalisations du communisme réel. La démarche de Lénine de garder dans une certaine mesure des relations de propriété et de préserver l'initiative privée échoua. La tentative de Staline d'imposer aux paysans la terre en « possession perpétuelle » échoua également. Les gorbatchéviens essaient de recréer un semblant de relations de propriété en espérant que grâce à l'intéressement personnel le rendement augmentera. Il n'est pas difficile de prévoir que cette tentative échouera à son tour. Naturellement, certains tirent profit de ces « innovations », mais pour la majorité des citoyens, ce n'est qu'une forme dissimulée d'asservissement et d'exploitation.

Les résultats de l'activité des cellules sont versés dans la « marmite » commune. Et la cellule reçoit de quoi rémunérer ses membres pour leur travail. Ce sont des fonds salariaux, des primes et des prêts, des maisons de repos et des sanatoriums, etc. Ce qui importe, c'est que les membres des collectivités soient rémunérés selon des normes établies indépendamment des résultats effectifs de leur travail. La collectivité peut s'occuper d'une activité parfaitement inutile. Sa production peut périr. Mais quoi qu'il arrive, si la collectivité est officiellement reconnue en tant que cellule, ses membres recevront leur rémunération. En fait, l'objectif principal de la cellule est d'associer ses membres au travail commun et de leur assurer les moyens d'existence. Cette situation mène à l'indifférence au travail, au parasitisme et la fumisterie. Mais la plupart des citoyens sont satisfaits car ils sont libérés de tous les problèmes réels de production et peuvent concentrer leurs efforts sur l'augmentation de leur part de rémunération. Toutes les tentatives de la direction du pays d'insuffler le sens de la responsabilité dans les cellules et d'harmoniser les revenus salariaux avec la production effective ont été et resteront vaines. D'ailleurs, une telle politique n'est possible que pour un petit nombre de collectivités, dans des limites bien étroites. Si la Direction suprême insiste sur ce point, elle se heurtera à la résistance des masses et engendrera un phénomène de lutte sociale proprement communiste.

Dans cette société, les relations sociales de base s'établissent entre les gens des cellules et entre les cellules elles-mêmes. Ce sont des rapports de commande-

628

ment et de subordination ainsi que ceux de co-subordination dont j'ai déjà parlé.

Officiellement, les citoyens de la société communiste sont rémunérés selon leur travail. En réalité, le seul critère universel est l'échelle des positions sociales et la comparaison entre la valeur sociale des individus. Le principe *de facto* de rémunération du travail est « à chacun selon sa situation sociale ». Même la réalisation la plus scrupuleuse de ce principe engendrerait l'inégalité dans la distribution de biens matériels et sa conséquence, le système de privilèges sociaux. La corruption et l'utilisation abusive du pouvoir se développent ainsi à leur tour, les individus s'organisant dans des groupes proprement mafieux en vue d'exploitation commune dans leurs propres intérêts.

Si l'argent mesure la richesse dans la société bourgeoise, c'est la position de l'homme dans la hiérarchie sociale qui joue ce rôle dans la société communiste. Formellement, les salaires des plus hauts fonctionnaires d'Etat ne sont pas tellement plus élevés que ceux de certaines autres catégories de citoyens, mais ils ont un bien plus haut niveau de vie. L'argent n'est pour eux que pure convention. J'ai déjà dit beaucoup de choses sur le communisme, mais je viens seulement de mentionner l'argent. Ce n'est pas une omission de ma part. L'argent joue un rôle tout différent dans la société communiste et dans la société capitaliste.

Les citoyens de la société communiste ressentent l'essence de leur société d'abord à travers la distribution des biens. L'inégalité de la distribution engendre, entre autres, des perversions structurelles. Le but de l'individu étant d'obtenir une position lui permettant de recevoir autant de biens que possible tout en dépensant le moins possible de forces et en évitant les risques, la société communiste est objectivement une société de mauvais travailleurs. Le haut rendement du travail, sur lequel comptaient jadis les idéologues, s'est révélé impossible à obtenir. Aussi le communisme s'est vu obligé de recourir à des mesures de coercition et de contrôle, et de créer des conditions de travail où les gens sont contraints à exécuter leurs obligations sous la menace de punition ou de perte de leurs privilèges.

Les mérites du communisme

Dans la société communiste, les citoyens aptes au travail sont obligés de travailler, c'est-à-dire d'être membres d'une cellule primaire. En principe, la seule source de revenus de l'individu est le travail dans sa collectivité. Les entreprises privées sont des déviations temporaires et atypiques.

La plupart des citoyens ressentent cette situation comme un bien. Le travail et donc les moyens de subsistance leur sont garantis. S'ils n'enfreignent pas les normes du comportement, il est difficile de les licencier. La collectivité les défendra.

Le travail garanti a pour conséquence un chômage dissimulé, c'est-à-dire la distribution du fardeau du chômage potentiel à tous les travailleurs, ce qui contribue à la baisse de l'efficacité de la production et des salaires. La garantie du travail ne prend pas des formes acceptables pour tout le monde. Certaines régions du pays et certaines sphères d'activité peuvent être menacées de chômage réel. Dans cette situation, le surplus de travailleurs peut être transféré de manière forcée dans d'autres régions et d'autres sphères d'activité, d'où le recours à des niveaux différenciés d'esclavage tels que le travail forcé de millions de prisonniers sous Staline ou le travail saisonnier de millions de citadins sous Khrouchtchev et Brejnev.

C'est un lieu commun que de parler de la non-efficacité des entreprises communistes. Mais c'est tout simplement que l'on leur applique des critères qui leur sont étrangers, ceux de l'efficacité capitaliste. Sous Gorbatchev, on a commencé à parler de la nécessité d'augmenter l'efficacité des cellules de la société. Mais cela a été dicté pour des raisons qui n'ont rien à voir avec la logique interne du communisme, et tout avec l'influence de l'Occident et la nécessité de compter avec lui, le manque de forces de travail dans les régions où les gens ne veulent pas vivre volontairement et la trop forte augmentation du chômage caché et du degré du parasitisme.

Les membres des collectivités disposent de nombreuses garanties sociales : congés annuels et congés de maladie payés, assistance médicale gratuite, retraites et pensions d'invalidité, logements, jardins d'enfants, éducation et formation professionnelle gratuites, etc. Les besoins vitaux des citoyens sont *grosso modo* satisfaits, certes à un niveau peu élevé. Mais ce niveau monte en rapport avec le statut social et il est tout ce qu'il y a d'élevé pour les couches supérieures de la population.

La vie dans la société communiste est assez simple. L'homme n'est pas empêtré dans un filet compliqué de relations de droit. Il a très peu de documents à produire. Ses impôts sont déduits automatiquement. Sa ligne de vie est généralement simple, claire, connue d'avance.

L'existence des travailleurs se déroule essentiellement sur leurs lieux de travail, dans leurs collectivités. La vie en collectivité est leur vraie vie. Les gens travaillent, certes, mais aussi passent le temps en compagnie d'amis, s'échangent des informations, s'amusent, font des contacts nécessaires, marquent des progrès, engagent des carrières, assistent aux réunions, obtiennent des logements, font du sport, participent aux activités culturelles, etc. Mais les biens matériels ne sont pas donnés automatiquement. Il faut les arracher, dans une lutte acharnée de tous contre tous. C'est là que les lois de la communalité se manifestent dans toute leur splendeur...

La vie en collectivité inclut aussi rapports personnels, potins, romances et cuissages, amitiés, pots, groupements, mafias, caution solidaire, services mutuels.

Tout ceci unit la collectivité en une sorte de super-personnalité. Ce n'est plus l'individu mais l'établissement entier qui fonde sa personnalité. Dans ces conditions, le slogan « les intérêts de la collectivité sont supérieurs aux intérêts de l'individu » est le principe pratique de l'asservissement de l'individu. L'essence même du communisme se manifeste là, dans les collectivités primaires.

L'analyse des fondements du mode de vie communiste démontre que les vertus et les défauts du communisme ont la même source. Mieux, les défauts sont les conséquences inévitables de ce qui est perçu comme vertus par la plupart des citoyens. La plus grande réalisation sociale du communisme, la garantie des besoins vitaux, a pour conséquences inévitables le bas niveau de leur satisfaction, la soumission de l'individu à la collectivité, l'inégalité dans la distribution des biens, le travail forcé, le bas niveau des rendements et autres tares de la société communiste désormais évidentes.

Le pouvoir

Le communisme, c'est l'organisation générale de toute la population du pays dans un système de relations de commandement et de soumission. Le pouvoir est un instrument de l'organisation intérieure des masses de gens, et pas un élément extérieur qui se trouverait au-dessus d'eux : c'est d'abord une forme et un moyen de l'auto-organisation. Le système du pouvoir, y compris l'Etat, s'est créé à partir de la nécessité d'assurer l'existence du pays comme organisme social unique. La théorie marxiste de la disparition de l'Etat dans le communisme s'avéra donc fausse. La société communiste sans Etat est aussi inconcevable qu'un organisme vivant compliqué et développé sans un système nerveux. Sous le communisme, l'Etat dépasse en fait par ses dimensions et par le rôle qu'il joue dans la vie de la société toutes les formes passées de la machine étatique. Il se transforme en super-Etat.

En prenant ses racines dans les profondeurs de la société, l'Etat communiste se transforme en une super-société qui vit sur le compte de la société entière. Ce n'est pas l'Etat qui sert la société, c'est la société qui devient l'arène et le matériel de l'activité du super-Etat, la sphère de l'application de ses forces et le moyen de satisfaire ses ambitions et besoins. Le super-Etat monopolise l'histoire. Sa vie, avec ses spectacles officiels, est imposée à la société tout entière dont les membres jouent les rôles d'exécutants de la volonté du pouvoir et de spectateurs enthousiastes.

Tous les aspects de la vie du pays : politique et commerce extérieur, industrie, agriculture, culture, sport, vie quotidienne et loisirs, éducation des enfants, entrent dans la sphère des préoccupations du super-Etat communiste. De là le système central de planification, l'attachement forcé des citoyens à leurs lieux du travail et de résidence, les limitations quant aux moyens de transport, la pénurie d'articles de consommation courante et de logements, le travail « bénévole », les organes de répression, les systèmes d'éducation et de distribution du travail et l'organisation pratique des entreprises et des institutions. Naturellement, dans une grande société contemporaine, il est pratiquement impossible de tout inclure dans la sphère du pouvoir du super-Etat. Il existe des limites objectives qui ne dépendent pas de la volonté des dirigeants. Les phénomènes hors contrôle sont une chose courante. Puisque l'Etat ne peut s'accroître au-delà d'une certaine limite et que son accroissement a pour conséquence inévitable sa baisse d'efficacité, le mouvement vers la simplification du corps contrôlé (la société) est l'une des tendances objectives de l'évolution.

Fonctions de l'État

La première des fonctions générales et spécifiques du super-Etat communiste est d'assurer l'activité vitale de la société en tant qu'entité organique. Pour cela, l'Etat doit définir la place et les fonctions de chaque collectivité et de chaque groupement de collectivités, leurs relations réciproques, leur structure interne, la participation à la production et à la répartition de biens. L'Etat remplit des fonctions qui, en Occident, relèvent d'entrepreneurs privés et d'organisations non étatiques.

La manifestation la plus importante de cette fonction fondamentale de l'Etat est la planification et le contrôle de la réalisation des Plans. La planification de l'activité de toutes les parties de l'organisme social est un moyen purement communiste de préserver l'unité de la société et de limiter le chaos communal, inévitable dans les grandes concentrations humaines. Le Plan définit le statut des collectivités. Son accomplissement est l'indice principal de leur activité. Tout droit à l'initiative ne se comprend que dans le cadre des Plans et en vue de leur accomplissement. L'affaiblissement de l'économie planifiée dans la société communiste mène à l'apparition de phénomènes hors contrôle, à la criminalité et au chaos.

La planification ne garantit pas en soi une vie sociale harmonieuse. Une relative harmonie n'est atteinte qu'au prix d'énormes pertes. La planification engendre elle-même des contre-phénomènes. Comme le destin des collectivités ne dépend pas directement des résultats de leur activité, elles inventent toutes sortes de moyens pour tromper les autorités.

Malgré ses limites, la planification reste une nécessité absolue pour la société communiste. Refuser la planification amènerait son krach total car c'est elle qui, malgré tout, assure l'unité de la société.

L'Etat communiste remplit aussi la fonction de réformateur et assure le progrès social. Toutes les transformations importantes sont décidées par la Direction. Celle-ci ne s'empare pas de cette fonction pour des motifs égoïstes : l'organisation même de la vie de la société l'oblige à assumer ce rôle. Ce n'est pas l'amour

634

du progrès qui l'anime mais l'instinct de conservation et le désir de préserver pareille société où ses membres occupent des positions privilégiées. Les rois agissent pour garder leur couronne plus que par amour de leurs sujets. Dans la société communiste, même pour préserver le *statu quo* et éviter une dégradation, certaines améliorations sont nécessaires. C'est pourquoi la lutte contre la dégradation prend la forme de réformes forcées, venant d'en haut. Les autorités tout en décourageant l'initiative individuelle sont obligées de surmonter la routine et l'inertie des masses populaires.

Structure du pouvoir

Le super-Etat communiste a une structure complexe. Son socle et son pilier sont formés par ce que l'on appelle en URSS « le parti communiste ». Le parti dans un pays communiste n'est pas une organisation unie comme les partis occidentaux (y compris les PC de l'Ouest). Il se divise en deux entités : les nombreuses organisations autonomes du parti fonctionnant dans les collectivités ; et son « appareil » qui forme l'ossature, les muscles et le cerveau de tout le corps du pouvoir et de la direction. Dans le pays, quelques « partis » pourraient bien exister formellement, cela ne changerait rien : de toute façon, un ensemble d'institutions jouera le même rôle dans la société que joue l'appareil du parti. La société communiste est, en principe, sans partis au sens occidental du terme. Elle prend juste la forme trompeuse de société « à parti unique » ou « multipartite ».

Les membres du parti sont les citoyens socialement actifs de la société. L'adhésion au parti n'est guère liée à la foi dans les idéaux de l'idéologie communiste ni au désir noble de servir « le parti », « le progrès », « les travailleurs ». Elle est dictée par des intérêts personnels pratiques : le désir de participer plus activement à la

635

vie de la collectivité, de mieux se caser dans la vie, d'obtenir de grands succès. L'adhésion au parti donne certains avantages. Sans elle, on ne peut occuper des postes de responsabilité et de prestige, on ne peut avancer à son travail. L'appartenance au parti fixe formellement le fait que les citoyens socialement plus actifs marquent plus de progrès que les citoyens passifs.

L'activité des organisations primaires du parti est limitée au cadre de leurs collectivités, mais à l'intérieur de celles-ci, elle est très importante. Elles interviennent dans tous les aspects de la vie des collectivités, influencent leur atmosphère générale et le comportement de la direction. Elles représentent la forme la plus importante de la démocratie communiste spécifique. L'unification des organisations du parti en une entité supérieure passe par l'intermédiaire de l'appareil.

L'appareil du parti c'est l'ensemble des comités du parti, depuis les comités locaux (qui sont les éléments de liaison entre l'appareil et les organisations de base) jusqu'au Comité central. Tout le système de pouvoir et de direction de la société se trouve sous son contrôle et ne constitue qu'une émanation de lui-même. Il est faux de penser que le CC existe à côté d'autres institutions et organes du pouvoir et se limite à diriger et contrôler l'idéologie. Tout le système du pouvoir est un déploiement de l'appareil du parti. Il est aussi incongru de se plaindre que l'appareil du parti « se mêle » de tous les aspects de la direction dans le pays que de se plaindre que le système nerveux central de notre corps se mêle des activités vitales de l'organisme.

C'est selon les mêmes principes que sont construits les appareils des soviets, des syndicats, du Komsomol. L'appareil syndical contrôle les conditions de la vie quotidienne du travail et du repos des citoyens. L'appareil du Komsomol s'occupe des problèmes spécifiques de jeunesse. C'est l'école principale des futurs membres du parti. Ils s'appuient tous deux sur les organisations syndicales et celles du Komsomol dans les collectivités primaires. Mais, à la différence du parti, tous les membres de la collectivité sont inscrits au syndicat. En fait, ces organisations syndicales n'ont rien de comparable, à part le nom, aux syndicats occidentaux. En principe, rien ne s'oppose à ce que les comités syndicaux et du Komsomol deviennent des sections de comités du parti.

L'existence des soviets est d'évidence un simple tribut aux circonstances historiques de la naissance de la société soviétique. Ces conseils étaient conçus comme les piliers du nouveau pouvoir. L'appareil du parti devait se borner à leur fournir une assistance technique. En fait, cette situation s'est renversée dès les premiers jours de la révolution. Il est possible que cette situation soit un jour inversée dans l'autre sens et que les soviets reviennent en apparence au premier plan. Mais ce ne sera qu'un changement de nom des différentes subdivisions du pouvoir. L'appareil du parti en tant que pivot du pouvoir correspond davantage à l'essence du pouvoir communiste comme pouvoir non élu.

Pour contrôler le système de pouvoir, l'un des moyens les plus importants est la capacité de désignation des titulaires de tous les postes clés de la société : c'est la nomenklatura de l'appareil du parti. Je ne reviendrai pas sur cet aspect dont j'ai déjà parlé.

J'ai mentionné également le superpouvoir qui se trouvait, dans les années staliniennes, au-dessus de l'appareil du parti. Dans les années suivantes, l'appareil du superpouvoir s'intégra dans celui du parti. Il devint peu à peu l'appareil du pouvoir personnel du secrétaire général du CC du PCUS. Composé d'un groupe de cadres supérieurs du parti, de leurs aides et conseillers, c'est une clique ou une mafia gouvernante unie par les liens personnels d'intérêt ou de soutien mutuel. Elle tient sous son contrôle tout l'appareil du parti. Le secrétaire général peut être une nullité absolue, l'appareil du superpouvoir se forme malgré tout.

Le pouvoir ne peut fonctionner que comme une entité complète. Généralement, ce processus prend quelques années et passe par la lutte au sein de l'appareil du parti et le remplacement des indésirables par les gens du nouveau patron.

Il va de soi que, dans la réalité, les deux modèles de superpouvoir (stalinien ou brejnévien) peuvent être combinés. C'est la domination des éléments de l'un ou de l'autre qui définit le modèle. Les types de direction stalinien et brejnévien ne sont d'ailleurs que des variations du même pouvoir communiste. Mais ils diffèrent quand même suffisamment pour que chacun soit l'alternative de l'autre. A part le stalinisme et le brejnévisme, rien d'autre n'est possible en principe, sauf des combinaisons de ces types de pouvoir, leur affaiblissement ou leur renforcement.

Lavage de cerveau idéologique

Le lavage idéologique des cerveaux constitue l'essence et le fondement de la formation de l'homme soviétique dans la société communiste. Ce processus commence à la naissance de l'individu et se poursuit toute sa vie. Il concerne toutes les couches de la société et toutes les sphères de la vie quotidienne. Elle inclut l'éducation, la formation et l'entraînement aux activités idéologiques.

Dans le cadre de la formation idéologique, les gens apprennent à interpréter « correctement » les phénomènes auxquels ils sont confrontés dans leur vie. On les informe, dans l'esprit de l'idéologie, de l'actualité politique de leur pays et du monde et des nouvelles de la science et de la technique. Il ne s'agit pas là d'abrutissement. L'homme idéologiquement formé ne devient pas bête. C'est plutôt l'effet inverse qui a lieu. Une des raisons du niveau intellectuel assez bas d'essais qui critiquent la société soviétique et dénoncent ses fléaux, c'est précisément une mauvaise éducation idéologique.

638

L'objectif de cette formation n'est pas simplement d'inculquer une certaine vision de soi-même et du monde, mais d'entraîner les cerveaux de telle sorte qu'ils ne soient pas capables d'élaborer une autre vision. Après cet entraînement, les individus ont des réactions similaires lorsqu'ils se trouvent confrontés à des phénomènes nouveaux. C'est la raison pour laquelle les Soviétiques n'ont pas besoin d'ordres supérieurs pour adopter sensiblement la même attitude devant les événements politiques nouveaux, les œuvres d'art et même les phénomènes de la nature.

L'objectif de l'éducation idéologique est d'inculquer aux gens certaines qualités qui se manifestent dans leur comportement. Il ne faut pas croire que l'idéologie aspire à donner aux gens le goût de l'égoïsme, du carriérisme, de la duplicité ou la vénalité. Au contraire, elle vise à leur donner les meilleures vertus. Et ce n'est pas une forme d'hypocrisie. Si l'idéologie ne le faisait pas, la vie deviendrait un vrai cauchemar et serait pratiquement impossible. C'est l'instinct de conservation de la société qui pousse l'idéologie à prôner des qualités positives comme l'honnêteté, la modestie, la compassion, la responsabilité devant la collectivité, etc.

L'homme de la société communiste doit être collectiviste par excellence. C'est pourquoi la collectivité dans son ensemble est l'objet principal de l'éducation idéologique. Les individus n'entrent dans son champ d'action qu'à travers leurs collectivités respectives. Il s'agit d'entraîner ces dernières à vivre et fonctionner comme des entités en accord avec les exigences de la société : en son sein, chaque collectivité doit assurer le bon fonctionnement des organes du parti, des syndicats et du Komsomol ainsi que l'administration et d'autres éléments de l'ensemble.

Le troisième aspect du lavage de cerveau, c'est l'entraînement des individus aux actions idéologiques dont l'objectif est de faire de chaque citoyen un participant et un complice des actions du pouvoir et de lui inculquer le sens de la responsabilité pour la société tout entière. Pour atteindre cet objectif, toute la population socialement active du pays est obligée de participer à d'innombrables réunions, manifestations, élections, travaux bénévoles. Ce ne sont pas la passivité et l'obéissance qui sont exigées d'un homme de la société communiste, mais au contraire l'activisme dans le sens souhaité par le pouvoir.

Le résultat de ce lavage de cerveau est un homme qui n'a rien de fanatique mais qui possède un certain type d'intellect, conforme à la vie dans les conditions du communisme. La grande majorité se souvient peu de la doctrine, même si elle a dépensé un temps fou à l'étudier. Mais ce n'est pas cela qui compte. Le traitement idéologique donne à l'homme une telle souplesse sociale et intellectuelle qu'il peut se permettre de collectionner les blagues contre le régime tout en s'occupant de l'éradication des états d'esprit antisoviétiques parmi ses compatriotes. Ce n'est ni du cynisme ni la fameuse « double pensée ». Il s'agit seulement d'une pure capacité d'accommodation à la vie dans la société communiste.

PERESTROÏKA

Perestroïka

Quelque temps après mon arrivée en Occident, un nouveau tournant commença à se faire jour en URSS. Son approche se fit sentir lors du bref gouvernement de Iouri Andropov et il s'est concrétisé avec éclat depuis l'arrivée au pouvoir de Mikhaïl Gorbatchev. Ce tournant, c'est bien sûr la « perestroïka ». Et j'allais pouvoir évaluer, à la lumière des événements d'URSS, à quel point ma conception du communisme était opératoire. Mon intérêt pour la perestroïka s'est renforcé, dans une certaine mesure, par le fait que j'y ai remarqué dès le début les traits familiers de l'époque stalinienne.

Je connaissais parfaitement la génération de carriéristes du parti dont faisaient partie les initiateurs idéologiques de la nouvelle politique gorbatchévienne et je savais d'expérience de quoi ils étaient capables. Je ne m'étais pas révolté dans ma jeunesse contre le stalinisme pour rester indifférent à la menace de sa réapparition, même sous une forme séduisante et trompeuse.

Je me trouvais aux Etats-Unis lorsque Iouri Andropov fut élu au poste de secrétaire général du CC du PCUS. Tard le soir, on envoya une voiture me prendre à l'hôtel pour que j'aille commenter l'événement sur une chaîne de télévision. J'expliquai devant les caméras que, quelques années auparavant, l'arrivée au pouvoir suprême d'un ancien chef du KGB aurait été impensable. L'histoire de la chute d'Alexandre Chelepine en témoigne. La situation dans le monde et en URSS avait changé si radicalement que la réputation policière d'Andropov jouait presque en sa faveur. Andropov fut admis au pouvoir par ses collègues et rivaux. Pourquoi et grâce à qui? La situation du pays à la fin du gouvernement Brejnev était devenue dramatique. La corruption avait atteint les sommets. La discipline au travail était tombée en dessous du niveau habituel, déjà très bas. Le KGB était la seule institution ayant obtenu des succès remarquables. L'opposition avait été cassée, discréditée, privée de base sociale. Le réseau d'agents en Occident avait connu un développement colossal. Ils avaient essaimé dans toutes les régions de la planète et se logeaient désormais dans les moindres sphères de la société. Le KGB était devenu une force qui jouait un rôle essentiel dans l'armée, l'économie et la politique. Et, parmi les dirigeants soviétiques les plus haut placés, l'ancien chef du KGB paraissait la figure la plus appropriée pour jouer le premier rôle. Il était le mieux renseigné sur la situation intérieure et internationale, de façon objective, sans illusion, ou bavardage idéologique. Il paraissait seul capable de prendre les mesures adéquates pour remédier à la dégradation du pays.

Mais une chose est d'être admis au pouvoir suprême et une autre de parvenir à se maintenir à ce poste pour mettre en application ses idées. Tout ne dépend pas de la volonté de la haute direction. Toute expérience sociale en profondeur exige d'énormes efforts, de la patience et du temps.

En ces jours de novembre 1982, toutes les personnalités politiques, y compris quelques anciens présidents des Etats-Unis, furent interrogées par les médias. Toutes parlèrent avec retenue de Brejnev que je tenais pour une nullité qui offensait les sentiments des Soviétiques. Les kremlinologues faisaient grand tapage autour des intrigues qui auraient amené Andropov au pouvoir et évoquaient les hypothèses les plus invraisemblables concernant son avenir. Pour ma part, je parlais de la situation de crise en URSS et du fait qu'Andropov avait été mis au pouvoir par consensus et ne l'avait pas usurpé. J'affirmais également que l'ancien chef du KGB, tout éminent qu'il ait été à la tête des « organes », se transformerait en un secrétaire général tout à fait ordinaire dans ses tentatives pour réformer la société soviétique. Peu de gens prêtèrent attention à mes paroles. Et ceux qui le firent ne les prirent pas au sérieux. Je ne sais pas bien chanter en chœur.

Andropov se proposait de prendre toutes les mesures que Gorbatchev a ultérieurement fait passer pour siennes en les baptisant « réformes » et même « révolution ». Mais Andropov n'eut pas le temps de porter un coup décisif à la mafia brejnévienne, ni d'acquérir une popularité dans le peuple pour s'imposer par-dessus l'appareil du pouvoir et s'en servir comme un instrument de réformes à la manière de Staline. Il eut juste le temps d'effrayer les cercles dirigeants et les couches privilégiées par la perspective de changements. Et si on ne l'aida pas à mourir, sa mort fut, en tout cas, la bienvenue. Il eut plus de chance que Khrouchtchev et fut enterré dans le mur du Kremlin.

Son successeur, Konstantin Tchernenko, était une pâle doublure de Brejnev. Cette nomination répondait aux seuls intérêts de caste d'une partie des dirigeants et des cadres de l'appareil du parti qui, pour des raisons personnelles, avaient peur des réformes. Le vrai héritier d'Andropov serait Mikhaïl Gorbatchev.

La légende sur le gorbatchévisme est née en
Occident. On le présente comme une « révolution d'en
haut », dont le but serait le décollage économique ainsi
que la démocratisation, la libéralisation et l'occidentalisation de l'URSS. La disparité entre l'image de Gorbatchev dans les médias occidentaux et la réalité du
gorbatchévisme a atteint des proportions sans précédent.

J'ai publié des dizaines d'articles dans divers journaux et magazines pour tenter d'expliquer l'essence
réelle du gorbatchévisme et démonter sa légende créée
par les efforts communs des médias de l'Est et de
l'Ouest, à grand renfort d'émissaires de Gorbatchev et
d'hommes politiques occidentaux. A partir de ces
articles, j'ai préparé un livre, *Le Gorbatchévisme*, paru
dans plusieurs pays. J'ai aussi écrit un roman satirique,
Catastroïka, paru en 1990.

Les gorbatchéviens ne sont pas une poignée
d'hommes réunis autour de Gorbatchev. Ce sont des
centaines de milliers de fonctionnaires de tout genre
qui ont commencé leurs carrières dans les années
khrouchtchéviennes, ou à la fin de la période stalinienne, et qui sont parvenus aux échelons moyens ou
supérieurs du pouvoir sous Brejnev et Andropov. Pour
toute une série de raisons, le phénomène prit
l'Occident au dépourvu. Mais, pour les Soviétiques qui
se sont penchés sur leur propre société en profondeur,
il ne contenait rien de nouveau ni d'inattendu. Ce phénomène s'est déjà produit plus d'une fois dans l'histoire soviétique. Ce qui est nouveau, c'est l'importance
qu'il a prise pour l'opinion publique occidentale, ainsi
que ses dimensions, ses prétentions verbales et sa
forme historique.

Les gorbatchéviens ont été formés comme activistes
du Komsomol et futurs carriéristes du parti dans les
années staliniennes. En 1953, au moment de la mort de
Staline, Gorbatchev venait d'avoir vingt-deux ans. A cet

âge, un homme est déjà socialement formé. Quand commença la lutte contre les staliniens, mes amis « libéraux » craignaient une restauration, mais je soutenais que la menace du stalinisme ne résidait pas dans les vieux staliniens, mais qu'elle avait son foyer potentiel chez ces jeunes activistes forcenés devenus sous Staline les « chefs scouts » du Komsomol dans les écoles, lycées professionnels et universités. Dans les années 60, beaucoup de gens, dans nos cercles, voyaient bien qu'un certain nombre de jeunes fonctionnaires, comparables en cynisme et habileté à ceux qui composaient le noyau du pouvoir stalinien, en plus cultivés, avançaient d'un pas sûr vers les échelons suprêmes du pouvoir. Ils seraient de toute façon parvenus aux plus hautes places du système. Mais l'évolution du pays et du monde a quelque peu accéléré ce processus, lui donnant la forme de la perestroïka. Ces futurs gorbatchéviens étaient déjà les héros des *Hauteurs béantes*.

La perestroïka et le gorbatchévisme sont des phénomènes complexes et instables. Ils ne peuvent être réellement compris qu'en tant que phénomène social dans le contexte général de la vie soviétique et du système de pouvoir soviétique. La politique extérieure de l'URSS et la situation en Occident, l'état du pays, les relations entre le pouvoir et la société, les relations à l'intérieur du système du pouvoir, le mouvement dissident, la circulation de la littérature illégale : tout cela a joué un rôle dans l'apparition du gorbatchévisme. Les phénomènes les plus importants du monde contemporain s'y reflètent dans toute leur complexité.

Une guerre mondiale manquée

Plusieurs événements et processus dans le monde d'aujourd'hui demeurent incompris si l'on ne prend pas en considération un fait capital : l'humanité a évité de peu une guerre mondiale. En principe, la guerre devait

avoir lieu. Mais l'humanité ne s'était pas encore débarrassée des séquelles effroyables de la Seconde Guerre
mondiale qu'elle était déjà traumatisée par la peur des
conséquences prévisibles d'un futur conflit nucléaire.
Et la guerre n'eut pas lieu. Elle se résorba sans avoir
résolu les problèmes qu'elle était censée résoudre et
sans avoir liquidé les raisons qui engendrent les
guerres. La menace du recours aux armes n'a pas disparu, mais il s'agit maintenant d'un nouveau conflit et
non de celui qui a été manqué.

La preuve que la guerre mondiale a bien été manquée et pas seulement ajournée : la liquidation des
armements prévus pour cette dite guerre qui n'a pas eu
lieu et donc restés sans emploi. On les remplace
aujourd'hui par de nouvelles armes qui correspondent,
elles, à la conception de la guerre future. Toutes les
mises en scène montées autour de la limitation et de la
réduction des armements ne font que camoufler le
réarmement déjà commencé des adversaires potentiels.

Plus éloquente encore est la fin de la tendance au
regroupement de forces dans le monde. Dans la période de préparation à cette guerre mondiale manquée, la
division en deux camps était dominante. Le conflit
n'ayant pas eu lieu, ce regroupement n'a plus de raison
d'être et la différence entre les systèmes sociaux n'a
plus la même importance.

La crise communiste

La conséquence la plus importante de la guerre
mondiale manquée et de la prolongation de la période
de paix a été une crise profonde et multiforme en
Union soviétique et dans les autres pays communistes.
Elle couvait depuis la fin de la période brejnévienne et
s'est déclarée sous Gorbatchev. Elle n'avait pas son origine dans les crimes de la direction stalinienne ou la
bêtise de la période brejnévienne, mais dans les pro

646

cessus réguliers internes propres au système social de l'URSS. La planification engendrait l'anarchie économique, la direction centralisée rendait les populations ingouvernables, le lavage de cerveau idéologique provoquait la démoralisation et le cynisme... La croissance et l'enracinement du communisme s'accompagnaient de l'ébranlement de ses propres fondements. Les gorbatchéviens ont été admis au pouvoir pour enrayer la crise montante. Non seulement leur action ne l'a pas arrêtée, mais elle a contribué à l'accélérer et à l'approfondir. La vie du pays est passée hors du contrôle du pouvoir.

Pour moi, il s'agit là de la première crise spécifiquement communiste de l'histoire. Elle englobe toutes les sphères de la société. Elle est née de l'apparition de déséquilibres flagrants entre diverses parties du système, notamment entre le pouvoir et le reste de la société, entre les institutions suprêmes et le reste de l'appareil du pouvoir, entre les instances qui gouvernent l'économie et les différents secteurs de la production, entre l'idéologie de l'Etat et l'état idéologique réel de la population. Il s'agit en premier lieu d'une crise des relations sociales de base du communisme. Quant aux défauts du mode de vie communiste dont les dirigeants parlent désormais avec une franchise et même un plaisir masochiste, ils se renforcèrent de façon évidente à la suite de cette crise.

Bien que sa venue se sentît déjà dans la seconde moitié de la période brejnévienne, la direction soviétique n'y était guère préparée, faute d'une approche scientifique du communisme et de la société soviétique. La science économique et sociale s'avéra incapable de proposer les fondements théoriques de la perestroïka. Le bagage théorique des gorbatchéviens se forma à partir d'idées volées aux critiques de la société soviétique, d'observations superficielles du mode de vie occidental et d'emprunts aux doctrines économiques et sociales de l'Occident. Aucune idée en propre ne vient du gorbatchévisme.

La crise étant spécifiquement communiste, elle aurait dû être surmontée par les méthodes communistes correspondantes. Mais la direction du pays avait perdu la foi dans ces méthodes et craignait que leur application ne mette à nu définitivement l'essence du communisme. Elle a donc essayé de forcer la société soviétique à surmonter une crise communiste par des méthodes occidentales. Mais les gorbatchéviens ne pensaient pas que les choses iraient si loin. Ils comptaient jouer la franchise et les promesses, tout en gardant le contrôle des événements. Or ceux-ci, en sortant de leur contrôle, les ont forcés à aller plus loin que prévu. Graduellement, les initiateurs de la perestroïka sont devenus ses poursuivants.

La crise administrative

La société communiste est une société de fonctionnaires. Le nombre gigantesque d'institutions et de gens impliqués dans le système de pouvoir et de direction est une particularité inaliénable du communisme réel. L'appareil bureaucratique étatique s'accroît et jouit d'une force énorme de manière structurelle. Sans lui, le communisme est aussi impensable que le capitalisme sans argent et sans bénéfices. La crise actuelle est avant tout une crise administrative. Le système de direction a perdu le contrôle de la société. Celle-ci est devenue si complexe que les normes et les principes de direction et de soumission en ont été brouillés. Parallèlement, la croissance du système de direction en réponse à la croissance de la société est devenue l'une des causes d'ingouvernabilité. Les règles de gouvernement ont été enfreintes à l'intérieur même du système de direction, qui s'en est trouvé déréglé. Une tendance au chaos est apparue à la base même de la société.

Dans les mesures gorbatchéviennes pour surmonter la crise administrative, il faut distinguer la forme et l'essence. La forme c'est la politique de démocratisation (ou d'occidentalisation) du système de pouvoir. Il ne faut pas confondre cette dernière avec la démocratie. On peut en effet définir la démocratie moderne comme une forme stable de la vie des masses, qui correspond à un seul système social : le capitalisme. Ce n'est pas un phénomène universel qui convient à toutes les époques et à tous les peuples. On ne peut pas l'imposer d'en haut et de l'extérieur pour une période prolongée si les conditions n'y sont pas propres. En revanche, la politique de démocratisation est une mesure temporaire des autorités d'un pays non démocratique en réponse au défi de la démocratie occidentale, et dont le seul but est de résoudre des problèmes qui n'ont rien à voir avec la démocratie. Exemple en a été donné par les manœuvres de la direction gorbatchévienne lors des élections aux organes du pouvoir. Ceux qui connaissent la structure réelle du système soviétique savent bien que ce dernier ne changera pas de façon substantielle, même si cent pour cent des fonctionnaires sont remplacés par des sympathisants de Gorbatchev, même s'ils sont élus parmi des dizaines de candidats « non uniques » et même si les partis politiques sont autorisés.

Cette démocratisation apparente cache un processus plus profond, notamment la formation d'un appareil de superpouvoir qui permettrait à Gorbatchev de prendre le contrôle total de l'appareil du parti et, avec son aide, de tout le système du pouvoir. Dans les conditions actuelles, Gorbatchev tend à mettre en place les mécanismes qui rendraient possible une dictature personnelle en dehors du parti. Ce serait donc un appareil de superpouvoir de type stalinien, d'où la volonté du n° 1 de renforcer le pouvoir du Soviet suprême et du « président ». L'entreprise ne relève pas de la volonté subjective de Gorbatchev, mais est la condition pour surmonter la crise administrative, puis la crise en général. Quelle que soit la composition de la direction, quelle que soit la phraséologie utilisée, tôt ou tard la direction empruntera ce chemin. Autrement, le système ne sortira pas du marasme.

La crise économique

Les difficultés économiques ont placé l'URSS et les autres pays communistes dans une situation comparable à celle de l'immédiat après-guerre. Pourtant, les difficultés économiques ne provoquent pas nécessairement une crise. D'ailleurs, elles sont tellement inhérentes aux pays communistes qu'ils ont fini par s'en accommoder. La crise actuelle est avant tout le produit d'une crise sociale en profondeur et ce n'est que récemment qu'elle est devenue également une crise économique.

Le désarroi et l'incompréhension des autorités soviétiques se sont manifestés de façon éclatante dans la promesse de Gorbatchev d'accélérer le développement économique du pays et de rehausser l'efficacité de l'économie soviétique jusqu'au niveau le plus élevé de l'économie mondiale.

Or la haute productivité en Occident est liée par nécessité au chômage et à une très forte ardeur au travail. Pour hausser l'efficacité économique des entreprises soviétiques jusqu'au niveau occidental, il faudrait licencier des millions de travailleurs de toutes catégories et obliger ceux qui garderaient leur emploi à vraiment travailler. Mais la société soviétique n'a pas les moyens de créer des emplois pour les personnes licenciées, ni de leur payer des allocations de chômage, ni, enfin, d'augmenter les salaires des travailleurs restants, amélioreraient-ils leur rendement. Du point de vue économique, il est beaucoup plus profitable de laisser les choses telles qu'elles sont que de suivre les exemples occidentaux. Dans les conditions du communisme, l'inefficacité économique est parfois plus profitable que l'efficacité.

Gorbatchev ne s'est guère montré original en adoptant les mesures censées augmenter l'efficacité des entreprises. La politique d'autofinancement, qui n'est ni nouvelle ni justifiée à grande échelle, apporte certains avantages immédiats tout en créant des difficultés supplémentaires aux travailleurs. Progressivement, l'autofinancement dégénère en camouflage derrière lequel se cachent les formes habituelles d'économie. Ce n'est pas un indice du progrès économique, mais un signe de l'incapacité à organiser l'économie planifiée en accord avec les principes de l'efficacité sociale.

Mais le signe le plus caractéristique du désarroi de la direction soviétique, c'est la politique d'encouragement de l'initiative privée que l'on peut nommer « politique de privatisation ». Les gorbatchéviens se disent les émules de Lénine qui avait introduit la Nouvelle politique économique, la fameuse NEP. Ils passent sous silence que ce fut précisément cette politique qui provoqua une vague considérable de criminalité et conduisit au goulag stalinien sa portion de victimes. De même, la NEP gorbatchévienne renforce la criminalité, en légalisant certaines de ses formes : les escrocs et les spéculateurs sont devenus un véritable pilier de la perestroïka économique.

Les penseurs gorbatchéviens ne se souviennent plus des paroles des fondateurs du marxisme : une des plus grandes réalisations de la société communiste est justement la libération des hommes des entraves de la propriété, contre un travail et des moyens d'existence garantis.

La politique de liberté de création

La liberté réelle de création n'a rien à voir avec la politique culturelle qui se cache sous ce nom. Peu de gens ont prêté attention à l'absence de liberté réelle : les autorités soviétiques ont *autorisé* la publication de certaines œuvres interdites, la citation dans la presse de certains noms interdits et l'évocation de phénomènes de la vie du pays qui étaient précédemment passés sous silence.

Les autorisations atténuent la non-liberté, c'est tout. La vraie liberté de création, c'est lorsque les citoyens

651

n'ont pas besoin d'autorisation pour créer. Les esclaves ne cessent pas de l'être parce qu'on leur enlève des fers.

Cette politique de libéralisation culturelle est faite d'en haut, dans les intérêts des hauts fonctionnaires et professionnels de la culture qui sont en passe de devenir les maîtres de la société mais ne sont pas encore entièrement sûrs d'eux. Ils encouragent les personnes et les œuvres qui leur sont utiles et ne menacent ni leur situation ni leurs perspectives.

Si on regarde superficiellement la presse soviétique, on a l'impression que tout est permis. Mais vu de près, le pullulement d'idées originales qu'on croit sentir n'en est pas un. Tout est pillé et puisé chez d'autres. Les vieux ambitieux sans talent qui ont toujours servilement obéi aux autorités se bousculent pour se mettre à la tête du changement, après avoir repoussé, volé et calomnié ceux chez qui ils puisent leurs idées. Quelqu'un a dit qu'il y avait deux moyens de détruire un champ cultivé : le piétiner ou faire pousser de mauvaises herbes. La politique gorbatchévienne en matière de liberté de création, c'est justement ce deuxième choix. Les « mauvaises herbes » reçoivent tous les privilèges et se répandent sur le champ de la culture.

Réhabilitation retardée

Sous Khrouchtchev, des centaines de milliers de victimes des répressions staliniennes furent réhabilitées. Les gorbatchéviens ont également lancé une politique de réhabilitation sous prétexte de restitution de la vérité historique. Ils ont rendu à l'histoire officielle Boukharine, Rykov, Kamenev, Zinoviev, Toukhatchevski et d'autres. Je n'ai rien contre ces réhabilitations, pour tardives qu'elles soient. Mais je n'y vois pas un tournant capital dans l'appréciation de l'histoire soviétique, comme le font les admirateurs de Gorbatchev. En comparaison avec Khrouchtchev, ces mesures ne sont qu'une farce minable.

Les réhabilitations khrouchtchéviennes furent la manifestation d'un tournant majeur de l'histoire soviétique : le passage de la jeunesse du système communiste à son âge adulte. Ce fut une sorte de fête qui toucha toutes les couches de la population.

Les réhabilitations de Gorbatchev ne traduisent aucun changement de fond dans la société soviétique et n'influencent nullement la vie des masses. Elles ne reflètent que les visées de la haute direction soviétique et permettent à un petit groupe d'opportunistes de faire carrière sur de « nouvelles tendances ».

La condamnation de Staline et la réhabilitation des plus importantes de ses victimes n'amène pas une restitution automatique de la vérité historique. Un mensonge en remplace un autre. Le fait que Boukharine, Zinoviev, Kamenev et Toukhatchevski n'étaient pas des espions occidentaux ou japonais n'implique pas qu'ils étaient l'incarnation même de la vertu. Zinoviev, l'un des initiateurs de la terreur, était un homme politique sans principes et fort limité. Toukhatchevski dirigeait les troupes qui écrasèrent la révolte de Kronstadt et celle des paysans de Tambov. Et les autres victimes de Staline différaient peu de leurs acolytes. Si on décide de dire la vérité, il ne faut pas se contenter de disperser de petites semi-vérités qui conviennent bien aux médias occidentaux et à la propagande intérieure.

De par sa nature sociale, la société soviétique est incapable de reconnaître des vérités objectives. Elle est toujours imprégnée de mensonges et d'hypocrisie. En corrigeant un mensonge, on en crée un autre qui correspond davantage aux exigences du moment. Et la vérité sur le passé n'est toujours pas dite.

Alternative hypocrite au stalinisme

En critiquant Staline, les gorbatchéviens ont commencé à parler d'une alternative à la voie stalinienne de la construction du communisme. Et ils l'ont trouvée en la personne de Nikolaï Boukharine qu'ils ont déguisé en pré-gorbatchévien. Il est facile de réécrire l'histoire, mais nul ne peut changer le passé. Dans l'histoire réelle, il n'y avait pas d'alternative à la voie stalinienne. La société communiste s'est formée sous la direction de Staline en accord avec les lois objectives de l'organisation d'une population de plusieurs dizaines de millions d'êtres en un organisme social unique. Et la nature même de cette société ne tolérait aucune alternative à ces lois.

Quand le stalinisme épuisa son potentiel historique, une autre tendance de la direction soviétique s'est proposée en « alternative » : celle qui prit force sous Khrouchtchev et s'épanouit dans toute sa splendeur sous Brejnev. Avant, une telle possibilité n'existait pas. Ce fut Brejnev qui devint la véritable alternative à Staline, bien qu'il remît à l'honneur certains traits extérieurs et secondaires du stalinisme.

Les invectives gorbatchéviennes contre Brejnev sont en réalité des attaques contre le brejnévisme en tant qu'alternative au stalinisme et en tant qu'obstacle à la création d'un nouveau système stalinien. Le monde n'a pas reconnu dans les gorbatchéviens les vrais successeurs de Staline.

Il va de soi que l'on ne peut répéter le phénomène stalinien dans toute sa grandeur et son horreur. Les conditions ne sont plus les mêmes. Le stalinisme était le produit d'une révolution qui a engendré un nouveau système social. Le gorbatchévisme est le produit de la crise de cette société. Et la place de la révolution réelle est prise par un ersatz que les polissons verbaux d'Occident nomment « la révolution d'en haut ». Gorbatchev répète Staline, mais il craint d'être assimilé à lui. Il l'imite sous une forme caricaturale, comme un apparatchik ordinaire de la société communiste ordinaire, gonflé par les médias occidentaux aux dimensions d'un surhomme. Mais Gorbatchev n'est pas un nouveau Staline, il n'en est qu'une pâle copie.

Aux yeux de l'Occident, les Soviétiques se partagent entre ceux qui sont « pour » la perestroïka, les réformateurs, et ceux qui sont « contre », les conservateurs. En réalité, quelques cas extrêmes mis à part, cette division n'existe pas. Les mêmes ont à la fois le potentiel de conservateurs et de perestroïkistes. Tous les dirigeants soviétiques en tant que fonctionnaires du système du pouvoir et de la direction ont les mêmes objectifs. De ce point de vue, il n'y a aucune différence entre le « réformateur » Gorbatchev et le « conservateur » Ligatchev. Il est incongru de penser que les conservateurs appellent de leurs vœux une stagnation de l'économie, ne souhaitent pas l'amélioration du travail des entreprises, sont contre la détente internationale et aspirent à un retour au stalinisme. On l'a vu, la menace d'une nouvelle variante stalinienne vient des gorbatchéviens qui imposent au pays leurs méthodes volontaristes.

Les conservateurs diffèrent cependant des réformateurs par leur appréciation de la situation réelle dans le pays et dans le monde. Ils proposent une autre tactique pour réaliser la stratégie politique commune aux gorbatchéviens et à eux-mêmes. Ils pensent que les problèmes de la société communiste doivent être résolus avec des moyens qui correspondent à la nature de cette société et en conservant toutes ses acquisitions. De leur point de vue, le système social communiste a montré de nombreux avantages face au système occidental. Une haute efficacité économique, un haut niveau de vie, la démocratie et autres phénomènes du mode de vie occidental ne représentent pas, pour eux, le bien absolu. Pour tout cela, les Occidentaux doivent payer un prix élevé. La preuve en est qu'en imitant l'Occident, la société soviétique commence à perdre les avantages acquis grâce au communisme.

Ce sont, paradoxalement, des millions de conservateurs qui doivent réaliser la perestroïka. Car le grand

chamboulement de cadres administratifs qui fit sensation en Occident toucha à peine le système gigantesque
d'organisation de la production dans le pays. Les millions de conservateurs dans toutes les couches sociales
se sont temporairement camouflés en perestroïkistes
afin de garder leurs positions et tirer profit de la nouvelle politique d'en haut.

En cas de changement de la direction politique, 99 %
des gorbatchéviens deviendraient des adversaires résolus du gorbatchévisme et dénonceraient son « aventu-
risme » avec le même zèle qu'ils employaient à
condamner la « stagnation » brejnévienne.

La contre-révolution d'en haut

On a habitué le peuple soviétique à penser que la
révolution de 1917, pour laquelle il a consenti des
sacrifices inouïs, a été la plus grande de l'histoire. Il
commence aujourd'hui à se demander si la perestroïka
est une révolution. Et si c'en est une, dans quel sens se
fait-elle par rapport à 1917? Ce n'est pas un hasard si
les « impérialistes » occidentaux dressent des louanges
à Gorbatchev! Ne s'agirait-il pas plutôt d'une contre-
révolution?

C'est l'opinion d'une certaine fraction de la société
de moins en moins négligeable et qui ne peut que
continuer à croître, dans la mesure où les innovations
gorbatchéviennes ne profitent qu'à une petite frange
de la population et n'améliorent en rien les conditions
de la majorité. De ce point de vue, la « révolution d'en
haut » attente aux réalisations de la « Grande Révolution socialiste d'Octobre ». Et les tenants de cette opinion ont suffisamment d'arguments pour fonder leur
avis : dans le domaine économique, on met en cause
l'un des principes sacro-saints de la révolution, le travail garanti; dans le travail gouvernemental et politique, on viole les principes léninistes du centralisme
démocratique; dans le domaine culturel, la permissi-

vité face aux influences occidentales provoque la démoralisation de la jeunesse et la licence des mœurs; et dans la vie quotidienne priment les intérêts petits-bourgeois. C'est dans cet esprit qu'un Soviétique ordinaire, élevé dans le cadre de l'idéologie communiste et qui a goûté aux avantages du mode de vie communiste, interprète la révolution gorbatchévienne. A ses yeux, les meilleures réalisations du communisme, qui ont séduit des centaines de millions de gens sur la planète, sont désormais menacées. Et les gorbatchéviens sont incapables de réaliser leurs promesses verbales, à moins de toucher et de mettre à mal les grandioses réalisations du communisme.

Nouvelle époque dans les relations avec l'Occident

Depuis les premiers jours de son existence, l'Union soviétique a exercé son influence sur l'Occident en développant une propagande qui utilisait toutes les armes de la supercherie. Mais, dans les années quatre-vingt, un tournant fut pris qui permet de parler d'une époque nouvelle dans la politique d'influence de l'URSS sur l'Ouest.

Avant ce tournant, la propagande soviétique reposait sur la conviction que le système social communiste libérerait les travailleurs occidentaux des maux du capitalisme. Dans les années brejnéviennes, la partie active de la population soviétique, dont les représentants du pouvoir, fit une découverte cruciale : elle ressentit d'après sa propre expérience que le système social communiste ne serait jamais le paradis promis. Une attitude pragmatique à l'égard de l'idéologie s'ensuivit. Désormais elle fut considérée comme un moyen nécessaire au lavage des cerveaux et à la pure organisation de la conscience collective. Et puis ces mêmes Soviétiques comprirent que l'on n'avait plus besoin de cacher les défauts de la société et que leur reconnaissance ouverte (ils étaient en plus évidents) ne menaçait plus le régime.

De leur côté, les services secrets soviétiques, grâce à leur immense réseau d'agents en Occident, firent également une découverte de grande importance : les révélations sur les horreurs de l'histoire soviétique et sur l'essence du communisme n'exerçaient pas d'influence profonde et de longue durée sur les Occidentaux. Non seulement ceux-ci n'étaient guère capables de comprendre la vérité sur la société soviétique, mais ils ne voulaient pas la connaître. L'Occident souhaitait simplement être trompé, mais d'une façon qui le satisfasse.

L'arrivée de Gorbatchev au pouvoir permit de rapprocher ces deux découvertes : la direction soviétique, ayant autorisé la critique ouverte des défauts du système, feignit d'être animée de la volonté d'effectuer les transformations qui pourraient satisfaire toutes les attentes de l'Occident à l'égard de l'URSS. Et une campagne grandiose de séduction fut déclenchée à cet effet.

Cette campagne n'est que l'instrument d'une stratégie dont les objectifs sont simples et évidents : découpler l'Occident de l'Amérique en utilisant les contradictions entre ses divers composants; pénétrer son économie, sa politique et sa culture; utiliser sa science, ses techniques et son économie dans le sens des intérêts soviétiques, surtout militaires; augmenter la supériorité militaire soviétique par une politique avantageuse de désarmement; développer des relations mutuellement profitables avec l'Occident, qui ne pense qu'à ses intérêts immédiats alors que l'Union soviétique agit selon des considérations stratégiques à long terme.

L'objet principal de l'influence soviétique à l'Ouest n'est plus la classe ouvrière et les partis communistes, mais les cercles politiques, les milieux d'affaires, les hommes de culture et les journalistes, etc. Cela montre que la stratégie politique détermine désormais le comportement de la direction soviétique, bien plus que l'idéologie marxiste, pratiquement sacrifiée aux

658

intérêts supérieurs de l'URSS. Car c'est la stratégie politique qui assure désormais la survie historique de la société soviétique en tant que société communiste.

Les gorbatchéviens ont annoncé qu'ils renonçaient à la lutte des classes dans leur approche des relations internationales. Cela ajouta à la popularité de Gorbatchev. Mais un aspect d'une extrême importance, dont les gorbatchéviens eux-mêmes ne se sont peut-être pas avisés, reste dans l'ombre : la direction ressent une peur inavouée que les idées de lutte des classes redeviennent d'actualité en URSS même et que les couches inférieures et une partie des couches moyennes n'entament une lutte politique pour leurs droits, contre les couches dirigeantes et privilégiées! La dialectique, discréditée et conspuée, peut jouer, là aussi, une méchante plaisanterie au communisme : la lutte des classes, pratiquement éteinte en Occident, pourrait bien éclater dans la société « sans classes » communiste.

Dans les années pré-gorbatchéviennes, la stratégie soviétique était dominée par l'idée de l'autonomie économique des pays du bloc socialiste. Aujourd'hui, les dirigeants parlent avec insistance de la nécessité de l'intégration soviétique dans l'économie mondiale. Les vraies raisons restent cependant cachées : le désir de sucer autant de sucs vitaux que possible du corps de l'Occident. Les formes de coopération économique proposées au monde capitaliste étaient auparavant considérées comme une menace pour le système socialiste. Désormais, la situation a changé. Sans la substance vitale de l'économie occidentale, l'économie soviétique, structurellement encline à la stagnation et au parasitisme, ne pourrait même pas garder son niveau actuel. Et l'Union soviétique a développé une telle puissance militaire qu'elle peut, sans risque, admettre un bout de capitalisme sur son sol et des relations plus étroites avec lui à l'extérieur du pays.

Nous touchons là un problème capital. L'influence de l'Occident sur la société soviétique, qui débuta sous

Khrouchtchev, s'est encore renforcée dans les années brejnéviennes. Or les problèmes actuels de l'URSS, bien qu'ils soient internes, trouvent leur origine dans ses relations avec l'Ouest. Si l'Occident n'existait pas, l'état de l'économie soviétique et son système social auraient été portés aux nues. Les conditions de vie de la population auraient été déclarées un paradis sur terre et le communisme presque réalisé. Mais l'Occident existe et sert de mesure et de contre-exemple aux Soviétiques. La tâche des dirigeants est de donner de leur pays une image moins rébarbative et consolider la société soviétique sous tous les rapports (militairement surtout) pour renforcer ses positions face à l'Ouest. Or, modernité oblige, cela ne peut se faire qu'en imitant l'Occident. Celui-ci est devenu un facteur aussi objectif dans la vie intérieure du pays que l'URSS l'est devenue dans la vie occidentale. La direction soviétique est donc obligée d'effectuer un rapprochement avec l'Ouest, même au prix de ce préjudice pour le système social soviétique que la propagande appelle « l'influence délétère de l'Occident ».

Cette influence, *ipso facto*, est passive. Mais l'Occident exerce aussi une influence active. Ayant acquis de nouvelles forces et perspectives grâce à la guerre mondiale qui n'a pas eu lieu, il déclencha une attaque virulente contre le monde communiste sous couvert de lutte pour la démocratie. Cette attaque comporta de nombreuses mesures pratiques : sanctions économiques, encouragement aux mouvements démocratiques et nationaux, discréditation des régimes politiques, etc. Elle porta tellement que les dirigeants d'un bon nombre de pays communistes renoncèrent aux méthodes communistes spécifiques pour résoudre leurs problèmes et s'engagèrent dans la voie de l'occidentalisation. Cela contribua à son tour au renforcement et à l'approfondissement de la crise et engendra en Occident les espoirs d'un effondrement rapide du régime communiste. L'Occident, dès lors, commença à mener à l'égard de l'URSS une politique d'encouragement à cette tendance imaginaire de l'évolution du communisme. Elle s'est manifestée par la création de la légende du grand réformateur et pacificateur Gorbatchev, par des crédits généreux et l'acceptation d'un flot puissant de désinformation sur la situation réelle en URSS et sur l'essence de la perestroïka.

Les troubles

La société soviétique s'est donc dégagée du contrôle du pouvoir. Pas entièrement, bien sûr. Mais suffisamment pour plonger le pays dans un état de crise. Des conséquences imprévues de la perestroïka sont apparues : mouvements nationaux, fronde politique, grèves. Tout cela ne faisait évidemment pas partie des plans de Gorbatchev. Pas plus que les divergences idéologiques inouïes au sein de la population. La crise s'est mise à dégénérer en troubles qui menacent les fondements mêmes de la société.

Perspectives

Certains experts occidentaux considèrent la crise actuelle du monde communiste comme le krach total du système et le début d'une ère post-communiste. Ce sentiment est absurde. La crise d'une société ne signifie pas sa destruction. Les situations de crise sont des phénomènes réguliers dans l'évolution des organismes sociaux. Les sociétés féodale et capitaliste ont traversé de nombreuses crises, ce qui ne les a pas empêchées d'exister pendant des siècles. La crise actuelle du communisme est une crise de croissance et non son déclin et sa destruction. Quelques années passeront et la crise sera surmontée. Et le monde aura de nouveau affaire au communisme plus capable que jamais de nouvelles attaques contre le capitalisme. L'ère post-communiste n'est qu'un rêve utopique de l'Occident.

661

Plusieurs personnes me disaient que mes livres seraient bientôt publiés en URSS et que l'interdiction me frappant serait annulée. « On a réhabilité Kamenev, Zinoviev et Boukharine. On parle de manière positive de Trotski! On autorise la publication de Goulimev, Pasternak, Akhmatova, Tsvetaïeva, Platonov, Boulgakov et tant d'autres. On mentionne dans la presse Soljenitsyne, Nekrassov, Galitch et Axionov. Un peu de patience et votre tour viendra! »

Non! Mon tour ne viendra jamais, car mes œuvres n'ont pas perdu et ne perdront pas de sitôt leur actualité. Leur objet principal, ce sont les lois et les mécanismes de la société communiste qui restent inchangés et immuables quels que soient les changements dans la vie courante du pays. J'écrivais et je continue à décrire ce qui ne peut être corrigé sans menacer l'existence même de la société soviétique.

J'ai été jeté hors du pays par ceux qui sont devenus les gorbatchéviens et qui étaient la partie la plus active et le pivot de la direction brejnévienne. Ils veulent passer pour des dissidents au pouvoir, des « presque fusillés ». Pour ce qui est de la frime, je les dérange! Ils sont tout au plus capables de jouer avec moi à un niveau trivial : me mentionner de temps à autre après m'avoir privé d'existence, assimilé à d'autres – les dissidents – et dénigré tout ce que j'ai produit.

La crise de l'opposition

La crise sociale générale en Union soviétique a touché aussi l'opposition. L'antistalinisme est épuisé depuis longtemps. Ceux qui font métier aujourd'hui de la critique de Staline et de son régime n'ont rien à voir avec l'antistalinisme historique. En fait, c'est devenu une partie de la propagande officielle. Le libéralisme a dégénéré en carriérisme, cupidité et obséquiosité devant les autorités. L'époque de la dissidence est également finie. Pendant de longues années, ce mouvement fut une source d'inquiétude pour la direction du pays et ses organes répressifs. La débâcle du mouvement dissident est certes le résultat des efforts du KGB, mais les fonctionnaires innombrables du parti ont également mis la main à la pâte. Son écrasement a été rendu possible par la destruction de la base sociale qui engendrait ces « renégats » et leur donnait un appui moral et matériel. Et les carriéristes qui composent aujourd'hui le noyau de la direction gorbatchévienne y ont joué leur rôle...

Le mouvement dissident s'épuisa intérieurement, sans prendre racine dans l'ensemble de la population. Il n'engendra aucune idée profonde et passionnante, se limitant à transposer sur le sol soviétique les slogans occidentaux des Droits de l'homme et des libertés démocratiques, étrangères à la mentalité russe. La plupart des dissidents actifs se retrouvèrent en Occident, et de ce fait, l'abîme s'est encore approfondi entre eux et la population. L'irritation à leur égard l'a emporté sur une compassion faible et timide, chez ceux qui les trouvaient jadis sympathiques.

Différenciation de l'émigration

La perestroïka a provoqué une forte différenciation de l'émigration soviétique en Occident. La majorité est devenue gorbatchévienne. C'est notamment le cas de personnalités comme Kronid Loubarski, Lev Copelev, Efim Etkind, Andreï Siniavski, Vladimir Voïnovitch. Ces perestroïkistes se sont vite conformés à l'état d'esprit général en Occident et se sont mis à chanter en chœur avec ceux qui soutenaient à fond Gorbatchev. Mstislav Rostropovitch appela également à aider ce dernier.

En signe de protestation, j'écrivis en janvier 1987 un appel à l'émigration soviétique.

« Nous nous sommes retrouvés dans l'émigration pour des raisons différentes et par des voies diverses. Nos destins, ici, divergent. Or, il existe une circonstance qui nous unit, indépendamment de nous et même malgré nous : nous nous sommes tous révoltés, d'une manière ou d'une autre, contre notre régime. Dans l'histoire de notre patrie, c'était la première révolte massive de gens qui sont eux-mêmes des produits du système social communiste.

« Notre rébellion a engendré la colère des autorités soviétiques. Elles ont déployé des efforts considérables pour l'étouffer. Il est amer de le reconnaître, mais elles l'ont emporté sur nous et le peuple soviétique les y a aidées. Seule une minorité insignifiante nous a soutenus. La société nous a extirpés d'elle-même, nous a privés de patrie, a coupé nos racines et réduit notre influence à presque rien.

« Les autorités soviétiques déclenchent une nouvelle campagne afin de discréditer notre révolte et de faire comme si elle n'avait jamais eu lieu. Dans cette campagne, elles ont usurpé sans vergogne ce qui avait été dit et fait par les participants de notre rébellion. Elles ont organisé une sorte de "village Potemkine" politique dans le pays... Beaucoup en URSS et en Occident ont cru sérieusement à leur démagogie. Certains d'entre nous y ont cru aussi. Or, dans les circonstances actuelles, toute collaboration avec les autorités soviétiques signifie en fait une trahison de l'acte le plus important et le plus noble de notre vie. Notre révolte est écrasée et les vainqueurs nous invitent à participer à leur triomphe. Mais elle a eu lieu, et nous ne devons pas aider nos ennemis à en anéantir le souvenir.

« Quoi qu'aient fait avec nous les puissants de ce monde, quel qu'ait été notre destin personnel, quoi que pensent de nous nos contemporains et les générations futures, nous nous trouvons devant le tribunal suprême, celui de notre conscience. Nous nous sommes révoltés! Assumons jusqu'au bout notre destin! »

Cet appel n'eut que des conséquences négatives pour moi. L'émigration soviétique s'avéra incapable, non seulement de jouer un rôle historique important, mais même de se pénétrer de la conscience de ce rôle.

Seul un petit groupe au sein de l'émigration active prit une position sceptique à l'égard de la perestroïka : Vladimir Maximov, Edouard Kouznetsov, Vladimir Boukovski en faisaient partie. Ils préparèrent une lettre collective qu'acceptèrent de signer également Vassili Axionov, Iouri Lioubimov, Ernst Neïzvestny, Leonide Pliouchtch et Iouri Orlov. Olga et moi la signâmes aussi, malgré notre position de principe de ne pas participer aux actions collectives. Mais la situation était telle que l'on ne pouvait pas rester en marge.

La Lettre des dix fit beaucoup de bruit dans la presse occidentale et soviétique. Elle fut publiée en français dans *Le Figaro* et en russe, retraduite à partir du texte français, dans le journal *Les Nouvelles de Moscou*, créé à Moscou à l'intention des étrangers. Il va de soi que la presse en URSS nous aspergea de boue, défigura et calomnia notre comportement en Occident.

L'opposition au gorbatchévisme

La perestroïka posait un problème à ce cercle restreint d'émigrés dont je viens de parler : une opposition constructive avec un programme alternatif aux réformes gorbatchéviennes est-elle possible ?

Au printemps 1988, à Cologne, à l'initiative de Vladimir Maximov, une réunion consacrée à ce problème eut lieu. Y participaient Maximov lui-même, Edouard Kouznetsov, Abdourakhman Avtorkhanov, Alexandre Krasnov-Levitine, Edouard Lozanski, Sergueï Khodorovitch, Gueorgui Vladimov, Anatoli Kariaguine, Mikhaïl Voslensky, Alexeï Fedosseïev, Alexandre Guinzburg, Vitali Rapoport et moi-même.

Mikhaïl Voslensky proposa un projet d'opposition constructive, qui fut d'abord soutenu par les participants. Je le réfutai pour plusieurs raisons. A l'heure actuelle, une telle « opposition constructive » n'a pas de sens. En URSS, il n'existe pas encore de société civile qui fonctionnerait de façon indépendante du pouvoir. Il faudrait d'abord mener le combat pour la formation d'une telle société, sans garantie de succès. D'autre part, personne ne doit proposer de programme alternatif car toute politique qui se proposerait de garder le système communiste ne changerait pas l'essence de la société. Toute opposition qui présenterait une alternative au remue-ménage gorbatchévien deviendrait, au mieux, son soutien ou sa caricature. A l'heure actuelle, il n'y a qu'une seule forme de combat valable : soumettre à la critique toutes les actions réformatrices du régime car celles-ci ne peuvent aboutir à des changements radicaux. Pas d'illusion, pas de compromis, pas de reconnaissance d'une « progressivité » même partielle. Les temps des coups sensationnels de dissidents dans les médias occidentaux sont révolus. Il faut nous pénétrer de notre responsabilité historique et nous munir de patience.

La plupart des participants soutint ma position. Dans la nuit, j'écrivis le projet de notre appel qui fut accepté par tous les présents, à l'exception de Fedosseïev. Ultérieurement, ce texte fut signé également par Natalia Gorbanevskaïa, Leonide Pliouchtch, Iouri Yarym-Agaïev. Il suffit de comparer cette liste avec celle des signataires de *La Lettre des dix* pour constater la versatilité des critiques de la perestroïka et leur nombre ô combien limité. De telles actions dans l'émigration sont purement ponctuelles et ceux qui signent les appels ne prennent aucun engagement pour autant.

Dans l'*Appel de Cologne*, on parlait de l'essence de la perestroïka et de la menace d'un retour au totalitarisme de style stalinien. Les conditions préliminaires du changement réel de la société furent formulées. En URSS, il n'y eut aucune réaction officielle à notre *Appel*, mais nous avons appris qu'il fut bien accueilli

666

par l'intelligentsia moscovite. En Occident, on réagit moins à cette occasion qu'à *La Lettre des dix*, à une exception notable : en novembre 1988, l'*Appel* et d'autres textes des participants de la réunion de Cologne ont été publiés en un livre séparé en Italie. ③

CASSANDRE DU XXᵉ SIÈCLE

Problème de l'avenir

Depuis ma jeunesse, je sentais intuitivement que l'affirmation du marxisme sur l'avenir communiste de l'humanité était juste. Je me doutais, cependant, que ce ne serait pas un avenir radieux. Je n'excluais pas que, d'ici plusieurs siècles, l'humanité communiste puisse atteindre de nouveau des sommets de civilisation, mais j'étais convaincu qu'elle devrait d'abord passer par des centaines d'années de « Moyen Age » communiste. La future « Renaissance » me semblait lointaine, douteuse, et vague. Le « Moyen Age », en revanche, me semblait proche et je distinguais clairement ses traits. Après plusieurs années d'études du communisme réel, j'ai précisé cette vision. La prévision a pris la place du pressentiment.

Un journal italien a comparé mon rôle à celui de Cassandre, dont les prédictions ne furent jamais prises au sérieux malgré leur véracité. Cette métaphore m'agrée. Le sort a voulu que j'entrevoie au tout début de l'ère communiste les traits sombres de son futur. Mon rôle est d'en parler. Mon destin, de ne pas être compris.

Mais la comparaison avec Cassandre n'est juste qu'en partie. Je ne prévois pas seulement le mal. D'ailleurs, ce que l'on considère comme mal ou bien dépend du point de vue. L'esclavage est mauvais pour les esclaves mais bon pour leurs maîtres. Le capitalisme n'est pas si mauvais pour les capitalistes. Dans la société communiste, la majorité des gens se sent passablement bien. Même au Moyen Age, la plupart ne brûlait pas sur les bûchers. Et dans les années staliniennes, tout le monde n'allait pas dans les camps. Plusieurs millions d'individus n'auraient échangé ces années-là pour aucune autre expérience.

Le communisme est un paradis terrestre pour ceux qui font partie de ses couches privilégiées. Si les maîtres de la future humanité communiste tombent un jour sur mes livres, ils en auront une autre appréciation que ceux qui m'appellent aujourd'hui « un sombre pessimiste ».

L'un de mes personnages littéraires (dans *Vivre!*) distinguait trois stades du communisme :
– dissimulation des défauts ;
– reconnaissance des défauts ;
– justification des défauts.

Je pense que le temps viendra où les phénomènes les plus fondamentaux du communisme, que j'ai décrits dans mes livres, seront tenus pour des vertus et non des maux. Si le maître est sûr de sa condition, il peut se permettre d'appeler son esclave « esclave ».

« 1984 » *et 1984*

Avant d'exposer mon approche de l'avenir, je m'arrêterai sur un exemple de prédiction qui ne s'est pas réalisée.

1984 a été déclarée l'année Orwell. J'ai fait alors plusieurs interventions où je comparais l'état actuel de l'humanité avec celui que prédisait Orwell dans son livre *1984*. J'affirmais et je continue d'affirmer que le tableau dépeint est faux. Ses prévisions, à part celles qui étaient réalisées avant même l'écriture du livre, ne se concrétiseront jamais et nulle part, ni en 2084, ni en

2984, pour la simple raison qu'il existe quand même des lois objectives de la vie sociale et de l'évolution qui ne dépendent pas des populations, gouvernements, partis et prophètes. Et ces lois excluent *a priori* l'évolution de l'humanité anticipée par Orwell.

Selon lui, le monde sera partagé en trois superpuissances et quelques *no man's land*. L'une d'entre elles surgira comme résultat de l'annexion de l'Europe occidentale par l'URSS, l'autre sera formée par les Etats-Unis ayant conquis tout le continent américain et l'Angleterre, la troisième comprendra la Chine et les territoires adjacents. Les superpuissances seront en permanence en état de guerre : toujours deux contre une mais selon des combinaisons différentes. Ces conflits auront pour but l'acquisition de main-d'œuvre bon marché dans les *no man's land*, et la destruction de produits de consommation pour instaurer une pénurie permanente. Chacun de ces Etats-continents aura une force telle, que les deux autres ensemble ne seront pas en mesure de le vaincre. La guerre sera sans danger pour eux. Seul un petit nombre de citoyens, professionnels pour la plupart, seront impliqués dans les combats. Les superpuissances auront le même système social et un mode de vie semblable. Ce système surgira après l'anéantissement du capitalisme. L'Union soviétique et, en partie, l'Allemagne hitlérienne en seront le prototype. Cet état de l'humanité est appelé à durer éternellement.

On peut apprécier à quel point l'idée d'une guerre sans danger s'est en effet vérifiée : en réalité, ce sont les nombreux conflits locaux qui se déroulent actuellement dans le monde. Mais leurs raisons et leurs objectifs n'ont rien à voir avec ceux que décrivait Orwell.

A notre époque, l'humanité tremble de peur devant une nouvelle guerre mondiale car chacune des deux superpuissances dispose d'une frappe suffisante pour détruire toute la civilisation. En réalité, le monde suffoque d'un surplus de population. La main-d'œuvre bon marché, sans guerre, et tout à fait volontairement, se rue dans les pays d'Occident. Et si ceux-ci ne prennent pas des mesures de protection, ils seront littéralement submergés. Le monde s'est, en fait, scindé en deux systèmes sociaux opposés dont les intérêts se trouvent déjà en confrontation dans toutes les sphères de la vie sociale.

Les Etats-continents comme ceux que décrit Orwell ne peuvent exister. Ils sont en contradiction avec la logique de formation et d'existence des grands rassemblements humains. La Chine, dans un avenir visible, ne pourra pas devenir une superpuissance au niveau des Etats-Unis et de l'Union soviétique si elle ne diminue pas sa population de moitié. L'Union soviétique, au cours des prochains siècles, ne pourra pas acculturer son propre territoire, sans parler de l'Europe. Elle possède une puissance militaire qui suffit à défaire les armées européennes. Mais d'autres facteurs sont nécessaires pour une conquête durable de l'Europe. L'URSS ne les possède pas. Les Etats-Unis n'arrivent pas à dominer leurs petits voisins rétifs, et ils sont bien loin d'être maîtres du continent américain.

Le tableau d'Orwell correspond encore moins à la structure sociale réelle, au mode de vie et aux problèmes des pays occidentaux, du bloc soviétique, et d'autres nations de la planète. En Occident, le capitalisme n'est nullement détruit, et on ne peut guère prédire sa fin dans les décennies à venir. Sauf si une nouvelle guerre mondiale a lieu et que l'Occident la perd.

Arrêtons-nous sur la structure sociale de la future société post-capitaliste selon Orwell. Au sommet de la pyramide trône *Big Brother*. Le parti Intérieur vient juste en dessous, puis le parti Extérieur et, enfin, les prolétaires. *Big Brother* est tout-puissant et infaillible. Il concentre sur lui toutes les émotions de la société : l'amour, la peur, etc. Le parti Intérieur est le cerveau de la société et le parti Extérieur ses mains. Tout le système de direction est concentré en quatre ministères. Seulement 40 % des prolétaires ont une éducation quelconque. Les enfants commencent à travailler à

671

l'âge de douze ans. Les membres du parti sont séparés des masses et se trouvent sous contrôle permanent de la police de la pensée. Le *télécran* y joue un rôle essentiel puisqu'il permet de les observer en permanence. L'amour est persécuté comme un crime, la sexualité est réduite à presque zéro. Les gens sont seuls, moralement isolés. Des collègues qui travaillent ensemble depuis des années ne se connaissent pas. Tout le pouvoir dans la société appartient au parti qui le conserve en accumulant douleur et souffrance. Mais il ne le transmet pas à ses propres enfants. Alors, pourquoi y aspire-t-il sans fin ? C'est le secret le mieux gardé du parti, qui n'est révélé que dans les dernières pages du livre : le pouvoir n'est pas un moyen, mais un but en soi. Le parti ne veut le pouvoir qu'au nom du pouvoir.

La société communiste réelle a peu de choses à voir avec cette description. Elle n'est ni pire ni meilleure, elle est différente. Naturellement, la description orwellienne contient des éléments de la réalité communiste, mais elle est faite selon les critères d'un Occidental. A ce jour, c'est l'expression la plus forte de l'idée que peut se faire un Européen de l'Ouest de la société communiste où il n'a jamais vécu. Orwell a conçu cette vision pour provoquer des sentiments de peur, d'indignation et de protestation auprès d'un tel lecteur. C'est pourquoi la vision orwellienne est dominée par des phénomènes purement négatifs de la période stalinienne. Or la description du communisme réel non seulement ne produirait pas de telles émotions chez ce lecteur mais serait vouée à l'incompréhension.

La société communiste réelle apparaît d'abord comme une promesse et un allègement de la condition de millions d'êtres. C'est sur cette base qu'elle développe et manifeste sa vraie nature en tant que nouvelle forme d'oppression, d'esclavage et d'inégalité. Elle engendre un nouveau type d'homme en tant qu'être social, avec une nouvelle vision du monde et de nouveaux critères de jugement. Cet homme nouveau perçoit la société orwellienne comme une allusion aux défauts de sa propre société : pénurie de produits de consommation, dénonciations, falsification de l'histoire.

En réalité, Orwell n'a pas prédit la société post-capitaliste future, mais a simplement exprimé comme nul ne l'avait fait auparavant la peur qu'a l'Occident du communisme.

On a pu dire que la grandeur d'un savant est définie par deux questions : combien de gens a-t-il induits en erreur ? pendant combien de temps ? Cette formule est également applicable au domaine social. La contribution d'Orwell à la formation des idées occidentales sur la société communiste est sans égal. Et l'Occident ne pourra pas s'en défaire avant longtemps, de sorte que *1984* continuera à influencer des millions d'Occidentaux. Rien ne prend si bien racine dans l'esprit des gens que des idées fausses, devenues préjugés. L'ignorance est une force !

En 1988, le livre d'Orwell a été officiellement publié en URSS, tant les autorités avaient enfin réalisé que ce livre avait peu de choses en commun avec la réalité du communisme. Mais en Occident, même les spécialistes ne le comprennent pas encore.

Prévoir et créer l'avenir

La possibilité de prévoir l'avenir a souvent été contestée. Voici un paradoxe des Anciens. Si nous pouvons prévoir que tel événement aura lieu, alors nous pouvons prendre des mesures pour qu'il n'ait pas lieu, mais, dans ce cas, notre prévision s'avérerait fausse. Ce paradoxe, comme tout autre, est le résultat de l'imprécision et de la polyvalence des mots ainsi que de l'absence d'une analyse correcte de la situation réelle. Il ne faut pas confondre, en effet, l'activité humaine qui inclut la prévision des résultats possibles de ses actions et le regard d'un observateur sur le processus historique. La prévision théorique relève, elle, du regard exogène.

Les individus construisent leur avenir dans leur présent. Il s'agit donc d'une action volontaire avec des objectifs précis. Les gens prévoient les résultats de leur activité, posent devant eux des objectifs et engagent tels efforts pour les réaliser. Pourquoi dans ce cas-là le problème de la prévision surgit-il en général? Parce que la volonté de l'individu ne contrôle pas tout. Des situations imprévues surgissent. Les hommes sont innombrables et leurs objectifs et intentions variés. Ils entrent en conflit, se créent mutuellement mille obstacles. Ils font des erreurs de calcul. Leurs possibilités de prévision sont limitées. En pensant aux résultats proches, ils ne se penchent pas sur les conséquences éloignées. Le résultat sommaire de leurs activités ne correspond donc pas souvent aux aspirations des participants individuels du processus historique. En plus, de nombreux comportements humains sont automatiques, mécaniques, sans objectif reconnu ni prévision. Bref, il est possible de considérer le processus général de la vie des hommes comme un processus objectif de la nature, que l'on peut étudier scientifiquement. Même les facteurs subjectifs de ce processus (objectifs, volonté, prévision, etc.) doivent être étudiés de la même manière, comme des molécules ou des électrons. Du point de vue scientifique, tous les phénomènes de la vie humaine et de l'histoire sont des phénomènes objectifs.

Autre aspect important. Certains membres de la société agissent consciemment pour produire un avenir qui leur paraît souhaitable et que l'on peut prévoir théoriquement. Ces gens peuvent cacher leurs vrais objectifs pour mieux tromper les autres. Ils peuvent se tromper eux-mêmes. D'autres peuvent succomber à la tromperie ou bien fermer les yeux sur ses effets. D'autres encore peuvent être simplement indifférents tout en étant lucides. La prévision théorique a pour but de mettre à nu les intentions réelles des participants du processus historique et de prédire les résultats de leurs actions. Cet aspect a une importance spéciale à notre époque, alors qu'une minorité minuscule de la société peut imposer sa volonté à la majorité de ses concitoyens et les manipuler. Dans les pays communistes, c'est évident. Objectivement, la prévision scientifique dans des cas pareils n'influence que d'une manière infime les objectifs et les actes des créateurs de l'histoire : ils ont une attitude de joueurs à l'égard du processus historique. Ils ne croient pas aux prévisions scientifiques. Ils sont tellement sûrs de leur puissance qu'ils comptent tromper non seulement leurs semblables mais aussi déjouer les lois de l'évolution. En poursuivant leurs buts égoïstes et en ignorant les conséquences plausibles de leurs actes, ces gens représentent la plus grande menace pour l'avenir de l'humanité. Une des tâches de la prévision scientifique est l'analyse du rôle objectif de ces acteurs historiques et la prédiction des conséquences de leurs actes.

Facteur temps

Nous pouvons nous intéresser à ce qui va se passer dans notre pays ou dans le monde en général dans dix, cent ou mille ans. Mais l'approche théorique de l'avenir exige un autre regard sur le temps : on peut le concevoir comme un facteur de l'évolution et non comme une période qui nous intéresse dans l'avenir.

D'autres problèmes surgissent : à quelle vitesse se déroule tel processus social? combien de temps faut-il aux autorités pour réaliser telle action? Dans ce sens-là, le facteur temps est habituellement ignoré dans les réflexions d'ordre social. Cela se manifeste de façon évidente dans le remue-ménage gorbatchévien. Par exemple : est-il possible de remonter l'efficacité économique des entreprises soviétiques à un niveau comparable à l'Occident? Oui, c'est possible. Mais en combien de temps? En milieu communiste, les processus sociaux sont plus lents qu'en Occident. Pour résoudre ce problème, il faut plusieurs fois plus de temps que ne peut en escompter la direction gorbatchévienne. Or, Gorbatchev l'a répété lui-même à maintes reprises, le temps lui est compté. C'est pourquoi la direction soviétique est obligée de suivre une autre voie : celle de l'exploitation des pays occidentaux et du tiers monde. A l'heure actuelle, l'URSS a besoin de moderniser l'industrie, surtout l'industrie militaire, et d'équiper son armée. Pour cela aussi, il lui faut du temps. Au moins cinq ans et peut-être même dix. Et comme la nouvelle guerre mondiale ne peut commencer sans l'accord de l'URSS, on peut prévoir qu'elle n'éclatera pas dans les cinq ou dix prochaines années. En outre, la guerre ne peut pas commencer de façon brutale, il faut se préparer. Et rien que pour la préparation idéologique et psychologique des masses, des années sont nécessaires. Encore le facteur temps !

L'avenir du communisme

Il faut distinguer deux aspects dans le problème de la future société communiste : les perspectives de l'évolution intérieure du système social communiste et les perspectives du communisme quant à sa prolifération sur la planète. Evidemment, ces deux aspects sont liés.

Quand je vivais en URSS, je m'intéressais surtout au premier aspect du problème. Admettons que la société communiste ne soit menacée ni de guerre, ni de cataclysme, qu'elle ne subisse aucune influence extérieure, occidentale ou autre, et qu'elle dispose d'un temps suffisant pour développer tout son potentiel, quel aspect prendra-t-elle ? Autrement dit : à quoi ressemblera la société où se réalisera le potentiel du communisme réel ? Pour répondre à cette question, je me suis laissé guider par un principe heuristique. Il faut conduire la description idéale (« le modèle ») du communisme en y incluant uniquement des phénomènes qui sont des conséquences nécessaires de mécanismes intérieurs et de faits réguliers du système.

676

Dans le cadre de ce modèle, il faut étudier toutes les possibilités logiquement envisageables de l'évolution de l'organisme social. C'est ainsi que j'ai établi mes déductions sur les tendances de la société communiste future.

Toute la population du pays sera rattachée à des territoires fixes et, qui plus est, à des établissements bien définis sur ces territoires. Tout déplacement s'effectuera avec la permission et sur ordre des autorités. Une stricte différenciation de la société aura lieu et l'appartenance à une certaine couche sociale se transmettra par héritage. La hiérarchie bureaucratique sera immuable. Une certaine partie de la population sera régulièrement recrutée dans l'armée pour effectuer des travaux durs et nuisibles à la santé, ainsi que pour peupler les contrées inhospitalières. Le temps de travail et les loisirs seront réglementés. La distribution de tous les produits de consommation sera strictement contrôlée. Tout le système hiérarchique sera divinisé. Le chef du parti sera vénéré comme un dieu. Toute activité créatrice sera dépersonnalisée. Les produits de la création porteront les noms de directeurs, présidents d'institutions et dirigeants du parti. Il n'y aura pas d'opposition. L'uniformité de pensées, de désirs, d'objectifs et d'actions sera achevée. Il y aura des systèmes de distraction différents pour chaque couche de la société. L'art, privé de spiritualité, ne servira qu'à la distraction. Toutes les réalisations de la science et de la technique ne seront accessibles qu'aux couches privilégiées. La différence de mode de vie entre les couches dirigeantes et les autres sera similaire à celle qui existe entre les fermiers modernes et le bétail qu'ils élèvent. Et on prendra soin des travailleurs pour les mêmes raisons que les éleveurs s'occupent de leurs animaux. L'emprise idéologique sera horrible. Mensonge, violation de la personne humaine, lâcheté pénétreront toute la société. Les crises spécifiquement communistes (que l'on appellera « difficultés temporaires ») se répéteront périodiquement. La population sera tellement absorbée par la lutte pour la survie au niveau le plus élémentaire qu'elle n'aura aucune possibilité de réfléchir sur sa condition. Les organes de répression étoufferont le plus faible soupçon d'insoumission et de critique.

Pluralisme et communisme

Au début de ma vie en Occident, je m'étonnais que l'on évitât de me parler de la lutte des classes et des différences entre elles. Je m'expliquais le silence par la peur des classes privilégiées devant la prolifération du communisme. Je pensais qu'on essayait, par divers moyens, d'occulter la structure sociale de classe et de détourner l'attention des gens des problèmes de classes. Par la suite, je compris qu'il s'agissait de tout autre chose : l'érosion des clivages entre les catégories sociales et un changement de la structure même de la société occidentale privent de tout sens l'approche marxiste. Il est impossible de considérer la société occidentale comme capitaliste dans l'acception que l'on donnait à ce mot avant la Seconde Guerre mondiale. Bien qu'existent dans les pays occidentaux tous les éléments du capitalisme classique (argent, profit, banques, salariat, marché, concurrence), cela ne suffit plus pour définir ces pays comme capitalistes. L'Occident dans son ensemble représente une société pluraliste, mais dans un sens plus rigoureux que celui que l'on donne habituellement à ce mot.

Si l'on peut admettre que la société occidentale tendait jadis à l'intégration sociale, on peut constater aujourd'hui sa désintégration. Certains éléments de l'ensemble social (groupes industriels, banques, appareil d'Etat, partis, syndicats, médias, etc.) ont atteint une telle puissance et une telle autonomie que l'on peut parler de la coexistence dans un seul espace social d'une multitude de structures sociales différentes. L'Europe a connu jadis le morcellement féodal. Aujourd'hui, on peut parler d'un morcellement pluraliste (ou capitaliste) de l'Occident. Il s'agit là du résultat du progrès de la société. Mais il engendre, avec la même nécessité, une tendance opposée, celle à l'unification. Il faut également prêter attention à un autre aspect du pluralisme : dans la société occidentale, à côté des phénomènes capitalistes, se développe le communalisme qui le rapproche des pays communistes. Il me semble que le pluralisme occidental est un morcellement capitaliste, avec une tendance à l'unification d'après les lois du communalisme, c'est-à-dire une tendance au communisme.

Les idées du communisme furent inventées en Occident, pas en Russie. Elles se sont réalisées plus tôt en Russie, ce qui ne signifie pas que l'Occident en fera l'économie. L'histoire de l'humanité ne connaît pas de ligne droite, mais des errances à travers des marécages : une multitude infinie de « lignes » de toutes formes et de toutes directions, une multitude infinie d'événements et d'actions à travers des siècles et des millénaires. Les lignes de l'évolution font des zigzags, se brisent, réapparaissent des décennies ou des siècles plus tard sous une forme nouvelle. Les idées communistes ne sont pas nées sans fondements. Ces fondements n'ont pas disparu entièrement. Ils ont juste changé leur forme, mais leur essence reste la même et se manifeste de nouveau.

Les tendances communistes en Occident ne sont pas engendrées par l'idéologie (en Russie non plus d'ailleurs), mais par les conditions internes de la vie. Ce processus se développe indépendamment des efforts des partis communistes occidentaux et, dans une large mesure, malgré eux. Les ouvriers et les paysans n'en sont pas à l'origine, mais les masses des fonctionnaires, ingénieurs, enseignants, médecins, artistes, écrivains, acteurs, journalistes, bref, tous ceux que l'on désigne en URSS par le terme d'« employés ». Cette couche de la population qui rêve de conditions de vie stables et garanties grandit et gagne une influence croissante en

Occident. Le nombre de gens qui aspirent à devenir fonctionnaires d'Etat est énorme. Ces gens ne se soucient nullement du prix que leurs descendants devront payer pour la réalisation de leur idéal.

Les efforts des partis, au pouvoir comme dans l'opposition, pour préserver l'ordre et apporter à la société des éléments de régulation par l'Etat mènent dans la même direction. On peut en dire de même du socialisme occidental. Il nourrit plus la tendance au communisme que les PC locaux. Ce socialisme est la voie occidentale vers le communisme : Sécurité sociale, système d'imposition, socialisation, hypertrophie de l'Etat, etc. D'autre part, par ces mêmes mesures on essaie d'éviter le communisme ou plutôt sa voie russe. Les chemins sont en effet différents, mais les résultats finaux seront similaires. L'Occident a devancé l'URSS dans beaucoup de domaines mais reste en retard quant à son système social. L'Occident a des siècles devant lui. Le temps lui suffira et il rattrapera ses retards : l'heure viendra où, en Bavière, l'on ne pourra se procurer des saucisses et de la bière que dans des dépôts spéciaux pour les privilégiés, où l'on fera de longues queues pour les spaghettis en Italie, où l'on ne trouvera plus de vin (d'ailleurs les cafés seront fermés) en France et où les « travailleurs » américains attendront pendant des années leur tour pour acheter une (mauvaise) voiture. Et tout cela sera présenté comme le sommet du progrès, car il n'y aura plus de point de comparaison.

La guerre et le communisme

Les problèmes de la guerre m'ont intéressé exclusivement en rapport avec les problèmes du communisme. Nous avons évité une guerre mondiale et je n'affirme pas qu'un nouveau conflit soit inévitable. C'est une affirmation impossible à prouver logiquement. Mais le contraire est également indémontrable.

Même si cette guerre a lieu, on ne pourra pas dire qu'elle était inévitable. Et si cette guerre est évitée, il sera faux de dire qu'elle était impossible.

Il est en tout cas facile de prévoir quelles destructions produirait un nouveau conflit mondial. Mais peu s'imaginent quelles en seront les conséquences sociales. Je peux affirmer avec une certitude absolue : si une guerre éclate et si une partie plus ou moins importante de l'humanité reste en vie, elle ne pourra survivre dans les conditions de l'après-guerre qu'à la condition d'adopter le système communiste réel. Car c'est avant tout et par excellence un moyen de survie sociale dans des conditions extrêmement difficiles et non un moyen de créer une société mythique de bien-être et de bonheur en général.

Problème de l'hégémonie mondiale

Une humanité unie est envisageable. Pas en tant que concert de pays et de peuples égaux, mais comme une entité sociale structurée, avec une hiérarchie de nations où les rapports de domination et de soumission (c'est-à-dire les rapports de l'inégalité sociale, économique et culturelle) sont inévitables. Il ne s'agit pas de raisons biologiques ou de vilaines idées racistes. Simplement, il existe des régularités sociales objectives dans l'organisation des grandes masses humaines. La connaissance de ces lois ne signifie pas qu'il faut capituler devant elles. Les gens ont toujours lutté contre l'intention d'autrui de les dominer, ainsi que contre toute forme de discrimination. Et les idées d'égalité et de justice morale ont joué leur rôle, et continueront à le faire. Mais il serait naïf de fermer les yeux sur la tendance objective à la structure verticale de pays et de peuples mentionnée ci-dessus. En tant que composants de l'humanité unie, les peuples sont sujets à l'action des lois communalistes générales qui sont valables pour tout rassemblement humain. De sorte que l'aspiration ouverte ou camouflée d'un pays quelconque à l'hégémonie mondiale fait partie de la tendance à l'unité de l'humanité.

La tendance d'un énorme pays communiste à la domination mondiale n'est pas, en soi, une intention maligne de dirigeants mégalomanes. Elle découle de la pente naturelle du communisme à la prolifération, et du désir d'assimiler l'étranger pour mettre un terme à des sources d'influence démoralisatrices et des comparaisons peu favorables au système. La vanité des chefs n'est qu'une conséquence de cette tendance et du sentiment que sa réalisation est possible. Les dirigeants du Luxembourg ou de Monaco peuvent difficilement avoir l'intention de conquérir le monde.

L'Union soviétique a-t-elle des chances de dominer la planète ? Elle est capable de se défendre contre tout ennemi extérieur et de développer une puissance militaire suffisante pour détruire la civilisation sur toute la planète. Mais ses chances d'atteindre l'hégémonie mondiale sont presque nulles. Il lui manque la qualité indispensable pour prétendre à ce rôle : avoir un peuple conscient de sa supériorité, un peuple-maître capable de gouverner des peuples vaincus. Les Russes, qui sont le pilier de l'empire soviétique, ne possèdent pas ces qualités. Dans sa masse, ce peuple se trouve dans un état des plus piteux. Sa conscience nationale a été détruite. Il a été démembré, privé du sentiment de solidarité nationale. On lui a imposé une psychologie d'esclave. En même temps, la légende a été créée que les Russes exploitent d'autres nations. En fait, ils supportent le poids principal des difficultés historiques et du fardeau de l'empire.

L'avenir dans ma vie personnelle

J'ai beaucoup réfléchi sur l'avenir de mon pays et de l'humanité mais je ne me suis jamais demandé comment je vivrais moi-même dans un futur plus ou moins

682

lointain. Cela ne signifie pas que je ne m'en souciais pas. Je prévoyais souvent ce qui allait arriver, surtout en mal, et j'en souffrais. Mais je me comportais en accord avec mes principes conçus pour être appliqués dans le présent et non en prévision de l'avenir. Ainsi, je connaissais d'avance les conséquences de ma révolte en 1939 mais cela ne m'arrêta pas.

Ce trait de mon caractère était d'abord naturel, spontané. Il contribuait à l'élaboration de ma doctrine de vie. Par la suite, il s'est développé et renforcé grâce à celle-ci. Car j'ai exclu, par principe, le problème de l'avenir personnel. J'ai consciemment renoncé à me diriger de façon préméditée vers tout objectif plus ou moins lointain. Je pense d'ailleurs que souvent, lorsque les gens affirment avoir eu tel ou tel but, ils « retournent » leur vie dans le temps et présentent le résultat final pour leur objectif de départ. En ce qui me concerne, j'ai remplacé la notion de but par celle de direction. J'accomplissais une multitude d'actions rationnelles : je me rebellais, étudiais, développais des théories, pensais, écrivais. Mais je ne peux pas dire que tout cela ait été dirigé vers un but unique. Cela s'accordait avec la vocation générale de ma nature. Je continue, maintenant aussi, à avancer dans ce même sens et ce n'est pas mon problème de savoir où va ce chemin. Dans mon enfance, j'ai reçu une impulsion au mouvement, un ordre « va ! ». Ensuite, j'ai défini la direction à prendre, et je suis toujours cette route sans prendre en compte les conséquences. Suis ton chemin, et que les autres disent ce qu'ils veulent ! Avance autant que peux ! Rampe si tu ne peux plus marcher, mais avance quand même ! Tu n'as aucun but final. Tu ne pourras jamais te dire que tu as atteint ce que tu voulais. Ton chemin n'a pas une fin précise. Il peut s'interrompre pour des raisons indépendantes de toi. Ce sera la fin de ta vie, mais pas celle de ton chemin.

Ayant vécu plus de dix ans en Occident, je peux dire, en connaissance de cause, que je ne saurais souscrire à la direction que prend l'évolution des pays occidentaux, pas plus qu'au mode de vie occidental. Si j'étais né ici, je serais entré en opposition avec le système et aurais tout autant créé mon Etat personnel souverain. Je ne pense pas que cette variante occidentalisée de mon Etat eût été très différente de la variante soviétique. Les fondements les plus profonds de mon refus d'accepter la réalité et son évolution sont les mêmes en Russie et à l'Ouest : ce sont les phénomènes du communalisme qui engendrèrent dans mon pays – et sont en train d'engendrer en Occident – le communisme réel.

Mais le lecteur aurait tort d'interpréter ma position comme une peur du communisme. Je suis un homme de la société communiste, elle est mon milieu naturel. Il m'a créé. Je suis son produit. Un produit négatif, certes, mais qui lui est propre. Je le conteste, certes. Mais je ne peux pas envisager un autre système social qui, dans l'idéal, lui serait supérieur. C'est pourquoi j'ai adopté une position qui peut paraître étrange au premier abord : être contre le communisme tout en restant dedans. J'ai choisi pour réaliser cette contradiction un individualisme social poussé jusqu'à l'idée de l'homme-Etat. La Russie, m'ayant soumis à l'ostracisme, m'est devenue étrangère. L'Occident, m'ayant hébergé, n'est pas devenu ma maison. Ma situation à l'Ouest s'est avérée sans issue car je suis un homme de la société communiste et un rebelle contre les phénomènes du communalisme en Occident. C'est pourquoi la formule « je suis mon propre Etat souverain » garde pour moi tout son sens dans mon exil.

Si j'avais des disciples, je n'aurais pas pu leur dire avec une conviction profonde : suivez-moi et vous serez heureux ! En revanche, je leur aurais dit : si vous suivez ma voie, vous serez malheureux. Cherchez d'autres chemins !

Ma confession est presque achevée et le doute dans lequel je l'avais commencée revient.

« Pendant plusieurs mois, tu as vécu une seconde fois le passé que tu avais décidé, semble-t-il, d'oublier. Tu as écrit des centaines de pages. Tu racontes comment tu te gelais, avais faim, te cachais du KGB, tirais sur les Allemands, lisais des nuits entières, perdais tes illusions, faisais des découvertes. Mais en quoi tout cela concerne les autres? Eux s'en fichent de ta vie.

– Et alors? répondais-je à moi-même. Est-ce que tu as vécu ta vie pour que les gens sachent comment tu as vécu et ce que tu as fait? Certainement, non. Ce qui compte, c'est que tu saches toi-même que tu as vécu ta vie de façon digne, comme tu te l'imaginais. En écrivant ces pages, tu as épuré ton âme. Il ne reste plus qu'à mettre le point final. »

Et je le mets. C'est une chose que d'accomplir un seul acte qui exige du courage et de passer par une brève épreuve. C'en est une autre que de vivre toute sa vie comme si elle était le seul acte demandant du courage et de la patience. J'ai l'impression que ma vie a été un seul instant qui a duré quelques dizaines d'années. Elle me semble très brève et très longue en même temps. Ma mère, peu avant sa mort, m'a dit qu'elle n'avait pas réussi à comprendre cette énigme. J'avoue que je ne l'ai pas comprise non plus.

En dressant le bilan de ma vie, je veux souligner trois circonstances de mon destin : tous les événements les plus importants ont été exactement à l'opposé de ce à quoi je semblais être promis; j'arrivais partout en retard; plus grands ont été mes résultats, moins j'ai eu de chances d'être entendu, compris et reconnu.

En effet, jugez vous-même. Par ma naissance, j'ai été destiné à la vie paysanne, mais j'ai vécu en ville toute ma vie. J'étais habitué à la vie de famille, mais pendant de longues années j'ai dû m'en passer. J'ai été élevé dans un esprit religieux, mais je suis devenu athée. Je suis né pour la vie en collectivité, mais j'ai été voué à la solitude et à l'extrême individualisme. J'ai été formé avec la psychologie d'un communiste idéal, mais toute ma vie j'ai dû lutter contre le communisme réel. Je voulais devenir écrivain, mais j'ai été obligé d'y renoncer pour de longues années. Quand j'ai atteint l'âge mûr et alors que je ne pensais plus à la littérature, je suis enfin devenu écrivain. Je voulais devenir sociologue, mais je fus repoussé vers la logique. Quand j'ai obtenu des résultats sérieux en logique, j'ai été chassé vers la sociologie. Dans ma jeunesse, j'avais un don pour les mathématiques, je me suis inscrit en philosophie. Je voulais rester dans mon régiment de chars voué à la débâcle, mais on m'a forcé à devenir aviateur. Je suis né et étais destiné à vivre le cycle primitif d'un Russe : un lieu, un amour, une famille, un costume pour les sorties, une profession, une amitié, un destin, et voilà que je suis devenu un intellectuel cosmopolite qui change d'attaches, de lieux, de professions, de choses.

Et avec tout ça, j'accédais à une nouvelle sphère de vie et d'activité au moment où elle perdait son exclusivité. On m'envoya à Moscou comme le meilleur élève dans l'espoir que je deviendrais un nouveau Lomonossov. Or, à cette époque, des milliers de futurs « Lomonossov » y firent leur apparition. Je suis entré à l'Institut au moment où il devenait accessible à des centaines de milliers de jeunes gens ordinaires. Je suis devenu aviateur au moment où l'aviation perdait son auréole. On m'accepta comme étudiant de doctorat alors que presque la moitié des diplômés avaient la même possibilité. Je suis devenu docteur d'Etat et professeur à un moment où le prestige de ces grades et titres était devenu très moyen en raison de leur multiplication. J'ai commencé à publier lorsque c'était déjà une activité ordinaire. J'ai commencé ma révision de la logique alors qu'elle était envahie par des milliers de médiocrités instruites. Et, à la parution des *Hauteurs béantes*, le monde était déjà saturé de révélations critiques. Je me suis retrouvé dans l'émigration au moment où des centaines de milliers d'émigrés soviétiques s'étaient déjà accaparé toutes les sources de revenus et les moyens de publicité.

Mais le plus étonnant, c'est que j'ai, tout de même, suivi le chemin qui m'avait été destiné et correspondait à ma nature. Là, j'ai devancé tout le monde. Je connais assez bien la situation dans les trois sphères principales de mon activité : la logique, la sociologie et la littérature. Quoi que l'on dise de moi, quel que soit le destin de mon œuvre, je peux dire avec la conscience tranquille à mon Juge intérieur : j'ai rempli le devoir de ma vie et j'ai devancé les autres sur ce chemin difficile.

Jusqu'à la dernière minute, je serai obligé de gagner ma vie pour ma famille. C'est pourquoi je ne peux me permettre d'être malade et vieillir. Dans ce sens, j'ai gardé une attitude typiquement russe face à la vie. Une vieille femme en Russie me l'a révélé. Elle s'apprêtait à mourir lorsqu'on lui annonça que sa fille et son gendre étaient morts dans un accident. Ses cinq petits-enfants restaient orphelins. La femme dit qu'elle ne pouvait pas mourir avant de les avoir élevés. Elle s'excusa devant Dieu d'être obligée de vivre et vécut plus de dix ans encore. Quand le plus jeune de ses petits-enfants eut terminé le lycée professionnel, elle annonça qu'elle pouvait désormais mourir tranquille. Elle mourut le même jour. Je suis comme cette femme.

Je ne veux pas terminer ce livre sans dire quelques mots d'Olga. Il n'est pas nécessaire de préciser qu'elle a joué un énorme rôle dans ma vie. Elle m'a continûment inspiré dans la création de mes œuvres littéraires et a donné son accord pour leur publication à l'Ouest. Elle connaissait pourtant les conséquences que pouvait avoir cet acte, mais elle était prête à les affronter avec moi. Il m'est difficile d'écrire sur ceux qui me sont proches. Je suis resté très discret sur elle et sur mes enfants dans ces pages et c'est difficilement pardonnable. Pourtant, pour cette confession, Olga m'a beaucoup aidé et s'est montrée un critique sans concession. A mon regret, je n'ai pu utiliser pleinement ses ressources. J'espère que, plus tard, elle remplira les taches blanches.

Il m'est arrivé de me confesser dans mon enfance. Là, tout était simple. Je devais répondre à toutes les questions du pope : « J'ai péché, mon père. » A la fin, il disait : « Dieu te pardonnera. » Et je rentrais à la maison, illuminé et heureux, sachant que j'obtiendrais un bonbon. Cette fois, pendant plusieurs mois, je me suis plongé dans le passé, mais je ne sais pas si je suis un pécheur ou non. D'ailleurs, je n'ai pas de qui attendre le pardon. Je ne veux pas obtenir un bonbon et mon âme n'en est pas illuminée. En revanche, l'écriture de cette confession a éveillé beaucoup de souvenirs qui m'ont fait souffrir. Je suis content de l'avoir achevée.

Après ma mort, je voudrais que mes cendres soient dispersées à l'endroit où se trouvait mon Pakhtino. Que je puisse retourner au moins sous cette forme-là à mes origines et que je devienne de nouveau une particule de ma terre et de mon peuple.

A plusieurs reprises, j'ai exprimé des sentiments négatifs à l'égard du peuple russe. Certaines personnes malveillantes en ont profité pour me déclarer russophobe. Que l'homme n'exalte pas son peuple et le critique ne signifie pas qu'il ne l'aime pas. Lermontov, Tchernychevski, Tchaadaïev et autres disaient que le peuple russe était un peuple d'esclaves et de larbins. Mais ils ne le faisaient pas par animosité. Si l'homme n'éprouve pas d'amour envers son peuple, cela ne veut pas dire qu'il éprouve de l'animosité, de la haine, du mépris. Un autre sentiment peut dominer, plus profond que l'amour : celui de l'appartenance. Je pense que précisément ce sentiment poussait Lermontov, Tchernychevski et Tchaadaïev à parler de façon critique de leur propre peuple. Je partage ce sentiment.

Le traitement auquel j'ai eu droit en Russie témoigne bien du degré de déchéance de mon peuple. Dans la Russie prérévolutionnaire, les hommes de culture avaient eux aussi une vie difficile. Les destins de

Radichtchev, Pouchkine, Lermontov, Saltykov-Chtche-drine, Griboïedov, Tchaadaïev, Herzen, Dostoïevski et bien d'autres sont connus. Mais, malgré tout, leur œuvre n'était pas interdite au peuple. Saltykov-Chtchedrine, auteur d'*Histoire d'une ville*, fut exilé à Viatka, comme vice-gouverneur, et Griboïedov comme ambassadeur extraordinaire en Perse. Mais leurs livres circulaient librement et les hauts dignitaires de l'Etat cherchaient à faire leur connaissance. Zinoviev, auteur des *Hauteurs béantes*, a été expulsé de la Russie socialiste, son nom éradiqué de la littérature russe et son œuvre frappée d'une stricte interdiction... Mais je ne me sépare pas de mon peuple. J'ai vécu, sous une forme concentrée, le destin d'un Russe. Je me tourmente pour le destin de ce peuple et de ce pays, non pas pour des raisons sentimentales, souvent superficielles, fausses et hypocrites, mais à cause de mon sentiment très profond d'appartenance à la Russie. Je veux que mon peuple puisse développer son potentiel créateur et occuper une place respectable dans l'histoire de la culture et de la civilisation mondiales. C'est pour cela que je n'ai cessé d'attirer l'attention sur les traits et les circonstances qui l'empêchent de devenir lui-même.

Et à la fin, selon le vieil usage russe, je veux demander pardon à tous ceux à qui, volontairement ou non, j'ai causé du mal.

Pour conclure, j'utiliserai le critère d'appréciation du passé auquel j'ai eu plusieurs fois recours. Voudrais-je répéter ma vie? Parfois, je rêve d'en revivre certains épisodes ou d'éprouver encore certaines sensations. Par exemple, effectuer une mission de combat dans mon vieil avion d'assaut. Manœuvrer parmi les explosions d'obus. Tirer sur les « Messer ». Jeter des bombes. Exploser dans l'air ou atterrir sur l'aérodrome avec l'appareil troué et la sensation d'être un héros. Parfois, je rêve de dire à haute voix l'horrible et interdite Parole de la Vérité, quand tous tremblent de peur, ou encore de sacrifier ma vie lors d'un attentat contre une incarnation et un symbole du mal universel. Mais ces vagues de nostalgie déferlent rarement sur moi. Je crois que je peux répondre à cette question par quelques paroles de mon *Evangile pour Ivan* :

> Ta fin arrive
> Et cassent les maillons de vie.
> Car même le créateur
> N'infléchit la marche du Temps.
> Dis et redis alors
> Face au Roi du Ciel :
> Je te sais gré
> De m'avoir donné un brin de vie
> Et davantage encore
> De l'avoir repris.

Postface, 1989

J'ai achevé cette confession en décembre 1988. Au cours de l'année 1989, de nombreux événements se sont produits dans le monde. Beaucoup les considèrent comme très importants, pas moi. En aurais-je eu connaissance par avance, cela n'aurait guère influencé ce que j'écrivais. Ma vie s'est passée bien avant eux et ils n'ont aucunement influencé la formation de mon Etat intérieur, ni son destin. Mon Etat n'avait nul besoin de la perestroïka et possédait une forte immunité contre ses virus. Ma tâche était de le protéger contre la folie générale et j'ai bien réussi. Contemplant le trouble mondial de ces dernières années, je me permets de répéter les paroles de l'Ecclésiaste : vanité des vanités, tout est vanité et poursuite de vent.

Quant à ma vie personnelle, j'ai poursuivi mes occupations habituelles et achevé ce que j'avais programmé. Cette année ne m'apporta rien de vraiment nouveau et d'inattendu. J'ai publié mes livres *Vivre!* et mon *Tchekhov*. J'ai achevé le roman satirique *Catastroïka* dont des fragments avaient déjà été publiés et lus dans les émissions de Radio-Liberty. Une version abrégée de ce roman est parue en Italie. Une exposition commune de mes dessins et de ceux de mes filles, Tamara et Polina, s'est tenue à Milan. J'ai fait plusieurs voyages à travers l'Europe occidentale et aussi au Chili, au Brésil et en Israël. J'ai participé à de nombreux symposiums, publié des articles, donné d'innombrables interviews. Presque toutes mes interventions ont été consacrées au même sujet : la situation en URSS et son influence sur la situation dans le monde. S'il fallait résumer en une phrase ce que je disais, je ferais encore référence à la sagesse de la Bible.

Mon union avec le « Club de Cologne » a été de courte durée. L'année dernière, j'ai écrit un *Manifeste de l'opposition sociale* où j'exposais mon idée d'une opposition stable et indépendante de l'Occident, qui correspondrait aux conditions de la société communiste. Ce *Manifeste* fut publié dans la revue *Continent* et il devait servir de point de départ à la discussion lors de la rencontre du « Club » en juin 1989. Mais cela n'a pas été. Les participants ont écrit et signé un Appel dans l'esprit de la fornication verbale à la mode aujourd'hui. J'ai refusé de le signer. Les comptes-rendus de cette rencontre dans la presse russe ne mentionnent même pas mon nom parmi les participants.

L'édition allemande de mon livre sur le gorbatchévisme a été pratiquement boycottée car mon analyse de la perestroïka ne correspondait pas à la gorbimania générale qui se manifeste avec une force particulière en Allemagne fédérale. C'était particulièrement sensible lors de la visite de Gorbatchev. Depuis l'époque hitlérienne, l'Allemagne n'avait pas connu une telle liesse. En revanche, lors de la visite de Gorbatchev en Italie, je donnai une interview au *Corriere della sera*. On a dit que c'était la seule voix de sang-froid dans l'océan d'extase et de litanies à l'adresse du dirigeant soviétique. Je continue à faire cavalier seul et suis perçu comme un solitaire. Au Brésil, on me reprochait de ne pas marcher au pas avec tout le monde. Parfois, on m'invitait exprès, sachant que je ne chante pas avec le chœur des thuriféraires, et on m'en voulait quand même, ensuite, de ne pas vouloir lécher le derrière de Gorbatchev avec tous.

Au cours de cette année, il est devenu parfaitement

évident que ce n'étaient pas des staliniens larvés qui me persécutaient en 1976-1978, mais précisément ces « forces progressistes » qui occupent maintenant les positions clés dans toutes les sphères de la société soviétique. La presse soviétique abonde d'articles où l'on exalte les émigrés de la culture, considérés comme victimes du brejnévisme. La publication de leurs œuvres a commencé. Mais cette campagne ne me concerne pas. Mon nom a été brièvement mentionné, parmi les autres. On passa une brève note d'information sur moi dans la revue *Littérature étrangère*, une interview de moi fut publiée dans *Les Nouvelles de Moscou*. On l'a fait pour jouer à la glasnost et à la liberté, et aussi dans l'espoir que je cesserais de critiquer la perestroïka et rejoindrais les rangs de ses admirateurs. Comme écrivain, je suis toujours rejeté par les écrivains soviétiques ; comme sociologue, je le suis par les sociologues et comme logicien, par les logiciens. Tout est resté à sa place. Pour certains, perestroïka signifie libéralisation et retour à la vérité historique. Pas pour moi.

Les autorités soviétiques ont déclaré que la nationalité soviétique serait restituée à tous ceux qui en avaient été injustement déchus et qui le demandent. On nous avait jetés hors du pays à titre individuel, et voilà qu'on nous restitue la nationalité de façon anonyme en nous mettant dans la situation humiliante de demandeurs. C'est un geste typiquement soviétique : humilier ses victimes, les « traiter en insectes » comme on dit en Russie. Au lieu de reconnaître publiquement l'illégalité et le caractère honteux de notre punition. Dieu, quel pays, quel peuple !

Cette année a été saturée d'événements qui ont bouleversé la planète et engendré des illusions inouïes. Pour les analyser, il faudrait un livre entier. Si j'ai le temps et les forces, je le ferai. Dans cet ouvrage, j'aimerais démontrer que cette masse d'événements n'est que l'écume de l'histoire, qui cache dans ses profondeurs un courant bien différent. Tout cela n'est que

693

vanité, dont le symbole est la liquidation du mur de Berlin, l'ouverture de frontières des pays de l'Est avec l'Occident, la jubilation au sujet de la fin du communisme. Du temps passera, les eaux troubles de l'histoire vont se calmer, et une cruelle déception s'emparera de l'Occident et de l'Est. Les heures d'ivresse se paient avec des jours de gueule de bois.

Cette année ont été atteints dans le monde des sommets de confusion. Tous les contours ont été érodés, tous les critères se sont effondrés. Carriéristes et oppresseurs ont été élevés au rang de libérateurs et serviteurs du progrès. Des crétins se sont proclamés génies. Des escrocs se déguisent en altruistes. On confond tout : les conflits de classe avec l'avidité de vivre à l'occidentale et de piller l'Occident, l'incapacité de contrôler avec l'octroi volontaire de la liberté, le désarmement avec le réarmement, la liberté avec le dévergondage, la désagrégation des blocs avec un regroupement des forces dans le monde, la lutte pour le pouvoir personnel avec la désagrégation du système du pouvoir. Tout a pris des formes perverties. La lutte pour la vérité historique a pris la forme d'une flagellation masochiste et d'un dénigrement du passé. L'invasion de l'Occident par l'Est a pris la forme d'une capitulation de l'Est devant l'Occident. Les nains se sont gonflés aux dimensions de géants. Les imbéciles et les ignorants prétendent au rôle de guides de l'humanité. Les pertes de l'adversaire sont considérées comme ses propres victoires. Les relations établies sur des conditions mutuellement désavantageuses mènent à des accords dont chacun est exalté comme s'il ouvrait une nouvelle ère.

On parle sans fin du krach du communisme et du début d'une ère post-communiste sans rien comprendre. Et on pense que des votes et des manifestations de philistins sans expérience politique, qui comptent obtenir à la volée tous les biens de la civilisation, suffisent pour effectuer le passage du socialisme au capitalisme, appelé de surcroît la démocratie. On

694

ignore entièrement le fait banal que ce passage, pour les gens habitués à la société communiste, peut s'avérer aussi tragique que le passage du capitalisme au communisme. Tout est confondu et troublé. Les communistes sont prêts à trahir les idéaux et les réalisations du communisme afin de sauver... le communisme. L'Occident est prêt à assumer d'énormes dépenses pour sauver le communisme, à condition que les communistes renoncent au... communisme. Le ton est donné par des politiciens criards, avides de victoires historiques et de gloire éternelle sans risques. Des générations ont grandi qui veulent tout avoir sans travailler et tout de suite. L'Ecclésiaste avait raison : tout est vanité et poursuite de vent.

Un ouragan de désinformation d'un type nouveau s'est déversé sur l'humanité. Il ne s'agit plus de création et diffusion intentionnelle d'informations délibérément fausses pour induire en erreur. Maintenant, on utilise des informations vraies dans le but prétendu de nettoyer les esprits. Mais ces informations sont sélectionnées, traitées, combinées, interprétées et présentées de telle façon qu'une image fausse et déformée de la réalité en résulte. Jamais dans l'histoire de l'humanité une si énorme somme de vérités n'a servi de matériel pour un si gigantesque mensonge. Jamais encore l'humanité n'est tombée en si grande erreur à partir de la meilleure information qui soit. Aujourd'hui, instruction et compétence servent à l'abrutissement des masses aussi bien que l'ignorance crasse dans les temps passés.

La particularité spéciale de cette nouvelle forme de mensonge, c'est qu'elle ressemble plus à la vérité que la vérité elle-même. Le mensonge est créé par une armée de professionnels qui contrôlent les moyens d'information et solidement protégés contre des révélations possibles. La vérité est désormais le lot de solitaires aux moyens, hélas, très limités de diffuser leurs idées et d'influencer les masses. De plus, le mensonge médiatique, ayant monopolisé les appréciations morales, prend la forme du bien tandis que les tentatives de le dévoiler prennent la forme de mal. Les démagogues affolés manipulent les masses en leur promettant toutes sortes de biens terrestres, sans prendre en considération les lois de l'histoire. L'appareil de propagande de Staline et de Brejnev semble, en comparaison, un jeu de faussaires amateurs. Le monde se trouve de nouveau en face de folles tentations et de folles séductions.

Je voudrais crier : Bonnes gens! Ayez peur de ceux qui vous séduisent car les séducteurs trompent toujours! Mais qui m'écoutera si le monde est mûr pour la séduction?

Alexandre ZINOVIEV
Munich, décembre 1989

VA AU GOLGOTHA (1986)
PARA BELLUM (1987)

En coédition avec Bernard de Fallois :

VIVRE ! (1989)

Aux Éditions Complexe :

MON TCHEKHOV (1989)

Impression Brodard et Taupin,
à La Flèche (Sarthe),
le 28 octobre 1991.
Dépôt légal : octobre 1991.
Numéro d'imprimeur : 6696E-5.
ISBN 2-07-032658-6 / Imprimé en France.

53740